MALENA ES UN NOMBRE DE TANGO

colección andanzas

Libros de Almudena Grandes
en Tusquets Editores

ALMUDENA GRANDES
MALENA ES UN NOMBRE DE TANGO

1.ª edición: abril 1994
21.ª edición: febrero 1997

Diseño de la colección: Guillemot-Navares
Reservados todos los derechos de esta edición para
Tusquets Editores, S.A. - Cesare Cantù, 8 - 08023 Barcelona
ISBN: 84-7223-432-0
Depósito legal: B. 4.185-1997
Fotocomposición: Foinsa - Passatge Gaiolà, 13-15 - 08013 Barcelona
Impreso sobre papel Offset-F. Crudo de Leizarán, S.A. - Guipúzcoa
Liberdúplex, S.L. - Constitución, 19 - 08014 Barcelona
Impreso en España

Indice

A mi padre,
a la memoria de mi madre,
y a la leyenda de mi bisabuelo Moisés Grandes

Odio y amo.
Siento ambas cosas y estoy agonizando.

Catulo

No hay carga más pesada que una mujer liviana.

Miguel de Cervantes

La memoria no es más que otra manera de
inventar.

Eduardo Mendicutti

Existen tres tipos fundamentales de mujeres:
la puta, la madre, y la puta madre.

Bigas Luna

Parándome, miré los ornamentos de la fachada. Sobre la puerta, una inscripción decía «Hareton Earnshaw, 1500». Aves carniceras de formas extrañas y niños en posturas lascivas enmarcaban la inscripción

Emily Brontë, *Cumbres Borrascosas*

Pacita tenía los ojos verdes, siempre abiertos, y labios de india, como los míos, que cerraba rozándolos apenas, entre las comisuras el hueco suficiente para franquear el paso a un delgado hilo de baba blanca que se escurría despacio, estancándose a veces al borde de la barbilla. Era una criatura abrumadoramente hermosa, la más guapa de las hijas de mi abuela, el cabello espeso, castaño y ondulado, una nariz difícil, perfecta en cada perfil, el cuello largo, lujoso, y una línea impecable, de arrogante belleza, uniendo la rígida elegancia de la mandíbula con la tensa blandura de un escote color caramelo, al que aquellos grotescos vestidos de mujer consciente de su cuerpo que ella nunca eligió otorgaban una fabulosa y cruel relevancia. Nunca la vi de pie, pero sus piernas ágiles, compactas, la robustez que matizaba el brillo de unas medias de nailon que jamás se vieron expuestas a sufrir herida alguna, no merecían el destino al que las abocó para siempre el implacable síndrome de nombre anglosajón que paralizó su desarrollo neuronal cuando aún no había aprendido a mantener la cabeza erguida. Desde entonces, nada había cambiado, y nada cambiaría jamás, para aquel eterno bebé de tres meses. Pacita ya había cumplido veinticuatro años, pero sólo su padre la llamaba Paz.

Yo estaba escondida detrás del castaño de Indias y recuerdo las pequeñas esferas erizadas de pinchos que asomaban entre las hojas, así que debíamos estar en primavera, quizás ya en la frontera del verano, y supongo que me faltaba poco para cumplir nueve años, tal vez diez, pero seguro que era domingo, porque todos los domingos, después de oír misa de doce, íbamos con mamá a tomar el aperitivo a casa de los abuelos, un sombrío palacete de tres pisos con jardín, Martínez Campos casi esquina con Zurbano, que ahora es la sede española de un banco belga. Cuando hacía buen tiempo, Pacita estaba siempre a la sombra de la higuera, atada a una silla de ruedas especial con tres correas, una sobre el pecho, otra en la cintura, y una tercera, la más gruesa, entre aquélla y el extremo del asiento, para evitar que se escurriera y se cayera al suelo, y apenas distinguía su silueta entre los barrotes de la verja, yo fijaba la vista precisamente allí, en la grava, el único lugar donde estaba segura de no poder verla, y trataba de disimular las huellas de un tormento semanal, colorado y caliente, la inexplicable vergüenza que arrasaba mi cuerpo en llamas feroces mientras escuchaba el impúdico concierto de palabritas que mi madre y mi hermana, como todas las demás mujeres de la familia, dedicaban a coro a mi pobre tía, aquella torpe bestia imbécil que no podía verlas mientras contemplaba el mundo con sus dos ojos verdes, siempre abiertos, siempre abrumadoramente hermosos y vacíos.

—¡Hola! —decía mi madre, como si estuviera encantada de tropezársela, poniendo morritos y chasqueando la lengua rítmicamente contra el paladar, como se hace para llamar la atención de los bebés auténticos, los niños que miran, y al mirar escuchan, y al escuchar aprenden—. ¡Hola, Pacita, cariño! ¿Cómo estás, cielo? ¡Qué buen día hace hoy!, ¿eh?, ¡menuda suerte, toda la mañana al sol!

—¡Pacita, Pacita! —la llamaba Reina, ladeando alternativamente la cabeza a un lado y a otro—. Cucú... ¡Tras! Cucú... ¡Tras, tras!

Y la cogían de la mano, y acariciaban sus rodillas, y la pellizcaban en la cara, y le arreglaban la falda, y daban palmitas, y hacían los cinco lobitos, y sonreían todo el tiempo, como si estuvieran muy contentas de sí mismas, muy satisfechas de estar haciendo lo que había que hacer, mientras yo las miraba desde lejos, haciéndome la loca a sus espaldas por si colaba, pero no colaba nunca.

—¡Malena! —antes o después, mi madre volvía la cabeza para encontrarme—. ¿No le dices nada a Pacita?

—Hola, Pacita —cantaba yo entonces, mi voz degradándose contra mi voluntad hasta quedar reducida a un ridículo susurro—. ¿Qué tal, Pacita, qué tal?

Y yo también la cogía de la mano, que siempre estaba fría, y siempre húmeda, y viscosa de babas y de una maloliente mezcla de restos de papilla y crema perfumada, y la miraba a los ojos y lo que veía en ellos me estremecía de miedo, y me sentía tan culpable del asco egoísta que Pacita me inspiraba, que entonces, cada mañana de domingo, con más intensidad, con más pasión que nunca, le rogaba a la Virgen que me concediera aquel pequeño milagro privado, y durante el resto de la mañana, mientras permanecía cautiva en aquella casa odiosa, rezaba sin parar, siempre en silencio, Virgen Santa, Madre Mía, hazme este favor y no te pediré nada más en toda mi vida, anda, si no es difícil, a ti no te cuesta trabajo... Mis primos varones no saludaban a Pacita, no tenían que besarla, ni acariciarla, no la tocaban nunca.

Pero aquella mañana, emboscada en la sombra del castaño de Indias, ya no rezaba, no hacía falta rezar. El estaba sentado en una silla, al lado de su hija, y su simple presencia, una fuerza más poderosa que el viento, más que la lluvia, o el frío que confinaba a mi tía durante todo el invierno entre los muros de su cuarto, había abortado ya, desde su inicio, la profana ceremonia de todos los domingos, para exponerme a un peligro mayor, de incalculables aristas, porque de todas las cosas que me daban miedo en el caserón de Martínez Campos, su sombra era sin duda la más aterradora. Mi abuelo Pedro había nacido sesenta años justos antes de que yo naciera, y era malo. Nadie me lo había advertido nunca, y nadie tampoco me había explicado nunca por qué, pero yo respiraba en el aire aquella verdad amarga desde que tenía memoria, los muebles lo susurraban, los olores lo confirmaban, los árboles lo propagaban, y hasta el suelo parecía crujir bajo sus suelas para avisarme a tiempo de la proximidad de ese hombre extraño, demasiado alto, demasiado tieso, demasiado duro, y encanecido, y brusco, y fuerte, y soberbio, para mirar con unos ojos tan cansados, bajo el pavoroso trazo de dos cejas tajantes, anchas e hirsutas, de un blanco purísimo.

Mi abuelo no era mudo, pero no hablaba nunca. Apenas despegaba los labios durante un instante cuando el infantil lastre de su buena educación desplazaba a su adulta vocación de fantasma encarnado, y si se tropezaba con nosotros por el pasillo nos saludaba, y si no le quedaba más remedio que despedirnos, nos despedía, pero jamás intervenía en las conversaciones, nunca nos llamaba, ni nos besaba, no nos hacía la visita. Pasaba la mayor parte del tiempo con Pacita, sombra incapaz de apreciar la calidad de su silencio, y su vida era tan misteriosa, al menos, como tenebrosa su reputación. De vez en cuando, antes de salir de casa, mamá nos advertía que su padre estaba de viaje, y nunca daba más pistas, no mencionaba el lugar al que se había marchado ni la fecha de su regreso, todo lo contrario de lo que sucedía con las eternas vacaciones de su hermana melliza, mi tía Magda, el otro miembro de la familia que se pasaba la vida viajando, pero de quien siempre sabíamos dónde estaba, porque lo anunciaba antes de irse, y luego mandaba postales, y hasta traía regalos a la vuelta. El, sin embargo, podía llevar ya semanas en Madrid sin que nos diéramos cuenta, porque se pasaba los días encerrado en el despacho del primer piso y sólo se dejaba ver por la planta baja a las horas de comer, y eso cuando no comía con Paz, a solas. Ahora estaba sentado a su lado, mirando hacia delante sin fijar los ojos en ningún punto concreto, y yo le estudiaba al acecho de cualquier descuido, la menor oportunidad de cruzar corriendo el jardín en dirección al salón, donde mis padres y mi hermana seguían celebrando con el resto de la familia el aniversario, cumpleaños o defunción de alguien, a juzgar por el confuso murmullo que escapaba de las ventanas entornadas. Seguro que ya se han zampado toda la tortilla, pensé, mientras lamentaba amargamente haberme rezagado a posta, como todos los domingos, lo justo para que los demás entraran juntos en la casa caminando más aprisa que de costumbre, sin advertir que me dejaban descolgada, a merced de la furia de aquel hombre terrible. Y sin embargo, agazapada tras el castaño de Indias, me sentía tan segura que la primera vez que le escuché, no pude creer que fuera él quien me estaba hablando.

—¿Qué haces ahí escondida, Malena? Ven aquí conmigo, anda.

Estoy absolutamente segura de que nunca hasta entonces me había dirigido tantas palabras juntas, pero no contesté, no me moví, no respiré siquiera. La voz que acababa de escuchar tenía un sonido tan familiar, y a la vez tan extraño para mí, como la del panadero, o la del cobrador del autobús, esa clase de personas a las que se puede ver todos los días, durante toda una vida, pero a las que sólo se oye pronunciar, a lo sumo, una docena de frases que casi siempre son las mismas. En los labios de mi abuelo, siempre eran las mismas y no llegaban a la media docena, hola, dame un beso, toma un chupa chups, vete con tu madre, adiós. La novedad me aterraba.

—¿Sabes cuál es el animal más tonto de la Creación? —prosiguió en voz alta, clara, reventando el código que él mismo se había impuesto, y obedecido con rigor hasta aquel momento—. Yo te lo diré. Es la gallina. ¿Y sabes por qué?

—No —contesté con un hilo de voz desde detrás del castaño, sin atreverme a salir todavía.

—Pues porque si a una gallina le pones delante un trozo de tela metálica del tamaño de ese árbol, poco más o menos, y colocas al otro lado un puñado de grano, estará toda su vida rompiéndose el pico contra el alambre y nunca se le ocurrirá rodear el obstáculo para llegar a la comida. Por eso es la más tonta.

Alargué despacio la pierna izquierda, y cerré los ojos. Cuando los abrí de nuevo, ya estaba delante de mi abuelo, que me miraba con el ceño apenas hilvanado, y entonces pude haber salido corriendo, pude haber rodeado la silla de Pacita y haber ganado la puerta antes de que él tuviera tiempo para darse cuenta, pero no lo hice, porque estaba segura de que ya se habían zampado toda la tortilla, y yo, además, había dejado de temerle.

—Yo no soy una gallina —afirmé.

—Claro que no —dijo él, y me sonrió, y estoy absolutamente segura de que aquélla fue la primera sonrisa que me dedicó en mi vida—. Pero un poco cobarde sí que eres, porque te escondes de mí.

—No es de ti —murmuré, mintiendo a medias, y a medias diciendo la verdad—. Es de...

Señalé a Pacita con el dedo y el asombro desencajó su rostro.

—¿De Paz? —me preguntó, después de un rato—. ¿Tienes miedo de Paz? ¿En serio?

—Sí, yo... Ella me asusta un poco, porque no sé muy bien para dónde mira, ni qué piensa, y ya sé que no piensa, pero... Y además... —hablaba muy despacio, mirando al suelo, y notaba que las manos me sudaban, y los labios me temblaban mientras buscaba deprisa palabras imposibles, las que me permitieran quedar bien sin herirle al mismo tiempo—. Ya sé que es una cosa mala de mí, muy mala, horrible, pero además me da... No es asco, pero... Como un poco, sí... —entonces tuve que aceptar que difícilmente podría estar haciéndolo peor, y decidí lanzar aquel burdo piropo de consolación—. Pero es muy guapa, ¿eh?, eso desde luego, mamá lo dice siempre, y es verdad, que es guapísima, Pacita.

Mi abuelo acogió mi torpe caridad con una carcajada, y estoy absolutamente segura de que nunca antes le había visto reírse.

—Tú sí que eres guapa, princesa —me dijo, y alargó una mano que yo estreché sin dudar—. Ven aquí —me atrajo hacia él y me sentó sobre sus rodillas—, mírala. Nunca te podrá hacer daño, nunca le hará daño a nadie. Es de los demás de los que hay que tener miedo, Malena, de los que piensan, de los que te dejan adivinar hacia qué lado están mirando. Esos son los que siempre miran en la dirección contraria a la que tú te imaginas. De todas formas, creo que he comprendido lo que quieres decir, pero no me parece que sea muy malo, ni siquiera malo a secas. Yo diría incluso que es bueno. A mí me gusta, por lo menos.

—Pero tú estás siempre con ella, y mamá dice que hay que decirle cosas, y ser cariñosos, y hacer como que te alegras mucho de verla, para que se pongan contentos los que viven aquí. No por ella, ¿entiendes?, sino por la abuela, y por ti, y eso... A mí no me sale, yo la miro y... No sé, pero me parece que si pudiera darse cuenta no la gustaría, porque es mucho más grande que nosotras, y siempre va vestida tan elegante, con los tacones y joyas y eso, y... es que no es un bebé, la verdad. Me da pena, no puedo tratarla como hacen ellas. No te enfades conmigo, pero es que yo nunca me alegro de verla.

Entonces me cogió por los hombros, y me giró un poco, para poder mirarme a los ojos, y me di cuenta de que aunque nunca me hubiera hablado, aunque nunca me hubiera dedicado una sonrisa, aunque nunca antes le hubiera visto reír, ya me había mirado así muchas, muchísimas veces. Luego me recostó contra su pecho, cruzó los brazos sobre mi cuerpo, y apoyó en mi sien derecha su mejilla huesuda y dura.

—Le gusta mucho ir de paseo —me dijo—, pero tu abuela no la lleva nunca porque no le apetece que la vean con ella. Siempre la saco yo, y cuando está aquí, Magda viene conmigo. Ya es la hora.

—Yo te acompañaré, si quieres —contesté después de un rato, porque Pacita seguía dándome miedo, y asco, pero él me daba calor, nunca había recibido tanto como el que él me había transmitido en un solo gesto, y nadie me había dicho nunca que yo le gustara, y él lo había hecho, y hasta me había llamado princesa.

Antes de salir, aparcó la silla bajo el porche del garaje, y entró en casa. Creí que sólo pretendía avisar a mi madre de que me llevaba de paseo con él, pero regresó con un montón de cosas. Siempre en silencio, empapó un algodón en el contenido de un bote de plástico blanco que llevaba en el bolsillo, y desmaquilló a Pacita con unos cuantos frotes enérgicos en los labios, en las mejillas y en los párpados. Le quitó los pendientes, dos pequeñas flores de brillantes y zafiros, las sortijas, y el collar de perlas, y lo metió todo en un saquito de terciopelo que escondió debajo de una teja, en el alféizar de un ventanuco del garaje. Luego cubrió a su hija con una manta, sobre la que colocó sus brazos, y entonces sentí un agudo dolor en el tobillo.

—¡Lenny! —chillé. El perro de mi abuela, un diminuto yorkshire terrier de pelo largo, castaño, recogido sobre la frente con una cinta roja, brincaba a mi alrededor como una pulga odiosa y cabreada, satisfecho sin embargo de haberse cobrado ya, en mis talones, el obligado tributo al que invariablemente sometía a los visitantes.

—Dale una patada —me dijo el abuelo con voz tranquila, mientras levantaba el seguro de la silla.

—Pero... no puedo —contesté, moviendo negativamente la cabeza—. No hay que maltratar...

—A los perros. Pero eso no es un perro, es una rata. Dale una patada.

Le miré durante un segundo, indecisa todavía. Después estiré la pierna, impulsé el pie procurando no descargar en él todas mis fuerzas, y Lenny voló por los aires, chocó en la caída contra una columna y se escabulló a toda prisa. Se me escapó una carcajada tan honda, que antes de terminar de reírme ya me estaba sintiendo fatal, pero le miré y él me tranquilizó, sonreía. Fue después, ya estábamos en la acera, al otro lado de la verja entreabierta, cuando se puso serio, y bajó la voz para proponerme un enigma que yo no podía comprender todavía.

—¿Te das cuenta de que todos los demás se quedan dentro?

Al principio no supe qué contestar, como si presintiera el engaño, la trampa que acechaba tras una pregunta tan obvia, tan fácil de responder, pero tuve la osadía de reaccionar antes de darle tiempo para advertir mi desconcierto.

—Claro —dije, y sólo entonces cerró la puerta.

—Ven, móntate en el travesaño —me ofreció, señalando la barra metálica que unía por detrás las dos ruedas—, y sujétate con las manos al asiento, muy bien. Así no te cansarás.

El empujó la silla desde atrás y nos pusimos en marcha, deslizándonos despacio por una ligera cuesta. El aire caliente tropezaba en mi cara, mi pelo bailaba, el sol parecía contento y yo también lo estaba.

El domingo siguiente no vi al abuelo. Una semana después, al llegar, me lo encontré en el vestíbulo de su casa, hablando en voz baja con dos señores de su edad, muy bien vestidos, muy serios. Mamá le saludó —hola papá—, sin acercarse, y siguió andando, y Reina fue tras ella, los ojos clavados en el suelo. Yo no me atreví a mover los labios, pero cuando me hallé a su altura, le miré. El sonrió y me guiñó un ojo, y sin embargo, tampoco dijo nada, y desde entonces, siempre fue así. Cuando no estábamos solos, mi abuelo, sabio, me protegía tras una muralla colosal, fabricada con los fingidos ladrillos de su indiferencia.

No me gusta la mermelada, pero si no puedo desayunar otra cosa, prefiero, por este orden, la de fresa, la de frambuesa y la de moras, como la mayor parte de la gente que conozco. A mi hermana Reina sólo le gusta la mermelada de naranjas amargas. Cuando éramos niñas, y veraneábamos con la familia de mi madre en una finca que el abuelo poseía en La Vera de Cáceres, la tata nos preparaba a veces un postre especial, una naranja desnuda —la pulpa pelada con mimo, dos, tres, cuatro veces, fuera primero la cáscara, luego las compactas capas de fibra amarillenta donde los médicos dicen que moran las vitaminas, limpia por fin la gasa de venas blancas que soporta la presión feliz del zumo— y rebanada luego en finas rodajas, que rociaba, dispuestas ya sobre el plato como los pétalos de una flor, con un chorrito de aceite verde y una nevada de azúcar blanco. El almíbar dorado que brillaba sobre la loza cuando ya me había comido, despacito, la carne ácida y dulce de esa fruta bendita que siempre me duraba demasiado poco, era el bálsamo más eficaz que nunca he conocido, el remedio insuperable de todos los pesares, el ancla más potente entre mis pies y la Tierra, un mundo que me daba naranjas, y azúcar, y olivas verdes, vírgenes, un nombre de Dios, la cifra de mi vida. A Reina no le gustaba un postre tan grasiento, tan barato, aquel vulgar milagro de pueblo. Tardé años en descubrir que lo que hace amargas las naranjas es precisamente la fibra amarillenta que la tata extirpaba con tanto cuidado, sin romper jamás la tela de araña que preserva la carne jugosa, soleada, de la amenaza de ese amargor blanco, tumor de lo seco y de lo ajeno. Lo bueno es lo de dentro, me decía con una sonrisa mientras yo la miraba, mi boca codiciosa segregando de antemano un turbio mar de saliva. Siempre me ha gustado lo de dentro, los sabores más dulces y los más salados, los fuegos artificiales y las noches sin luna, las historias de miedo y las películas de amor, las palabras sonoras y las ideas antiguas. Aspiro solamente a milagros pequeños, ordinarios, como ciertos postres de pueblo, y prefiero la mermelada de fresa, como la mayor parte de la gente que conozco, pero hace muy poco tiempo que descubrí que no soy vulgar por eso. Me ha llevado toda la vida aprender que la distinción no se esconde en la amarga fibra de las naranjas.

Tengo la edad de Cristo, y una hermana melliza, muy distinguida, que no colecciona fantasmas y nunca se ha parecido a mí. Durante toda mi infancia, lo único que yo quise, en cambio, fue parecerme a ella, y tal vez por eso, cuando éramos pequeñas, ya no puedo recordar con precisión la fecha, ni la edad que ambas teníamos entonces, Reina inventó un juego privado, secreto, que no terminaba nunca, porque se jugaba todos los días, a todas las horas, en el tiempo real de nuestra propia vida. Cada mañana, al levantarme, yo era Malena y era María, era la buena y era la mala, era yo misma y era, al mismo tiempo, lo que Reina —y con ella mi madre, y mis tías, y la tata, y mis profesoras, y mis amigas, y el mundo, y más allá de sus fronteras, el entero universo, y la misteriosa mano que dispone el orden mismo de todas las cosas— quería que yo fuese, y nunca sabía cuándo cometería un nuevo error, cuándo se dispararía la alarma, cuándo se detectaría una nueva discrepancia entre la niña que yo era y la niña que yo debería ser. Saltaba de la cama, me ponía el uniforme, me lavaba la cara y los dientes, me sentaba a desayunar y esperaba a que ella me llamara. Algunos días no llegaba a pronunciar otro nombre que el mío, y yo me sentía, más que alegre o satisfecha, comúnmente de acuerdo con mi piel. Otros días me llamaba María antes de salir de casa, porque llevaba la blusa por fuera de la falda, o me había llevado a la boca un cuchillo untado de mantequilla, o se me había olvidado peinarme, o había metido los libros en la cartera sin ordenarlos y una hoja de papel arrugada asomaba por una esquina. Cuando volvíamos a casa, por la tarde, yo solía tumbarme en mi cama, y ella se dejaba caer despacio, desde la suya, hasta sentarse en el suelo, para incorporarse después, muy suavemente, sobre un costado, y yo comprobaba que su cabeza ganaba altura pero sólo después, muchos años después, pude reconstruir por completo sus movimientos, y me di cuenta de que se ponía de rodillas para hablarme.

—María... —me dijo aquella tarde de domingo, con el acento lastimero que empleaban algunas monjas del colegio, las peores, cuando se dirigían a mí en un tono que hacía imposible prever que me iban a castigar sin recreo—, pero María, hija, ¿es que no te das cuenta? Mamá está muy triste, la pobre. ¿Cómo se te ha ocurrido irte a la calle con el abuelo? ¿Qué es lo que te ha comprado?

—Nada —contesté—. No me ha comprado nada, hemos sacado a Pacita de paseo, solamente.

—¿Y no te ha invitado a nada? —negué con la cabeza—. ¿Seguro? —volví a negar—. No te habrá dado vino con gaseosa, ¿eh? La abuela nos ha contado que le encanta darle vino a los niños, dice que es una cosa civilizada, fíjate, si estará loco, y ya sabes que a mamá no le gusta que bebamos vino, ni siquiera con agua... La abuela también se ha enfadado muchísimo. Desde luego, María, es que no te portas nada bien. Hala, levántate de ahí. Si me prometes que no lo volverás a hacer más, te ayudo con los deberes.

Entonces volví a rezar, volví a pedirle a la Virgen ese milagro que a ella no le costaría nada y a mí en cambio me arreglaría la vida para siempre, y me levanté muy despacio de la cama, rezando, y rezando me enfrenté a otra sesión de tortura, aquellos problemas absurdos, ridículos, astronómicamente estúpidos, que ni siquiera eran auténticos problemas, porque a ningún cretino le servirá jamás para nada saber cuántos gramos pesan cincuenta y dos litros de leche, porque siempre comprará la leche por litros y nunca nadie se la venderá por gramos, y como seguía rezando, no me enteraba de nada, y seguí llamándome María al resolver la primera operación, y la segunda, y la decimoquinta, siempre María, como esa madrastra ingrata que nunca quiso escucharme, virgen rácana y blanca, tan distinta de las generosas vírgenes aceitunas, esa mujer que no me amaba porque seguramente prefería también, como mi hermana, la fibra amarga del sacrificio a la dulce carne de las naranjas.

Cuando levanté la vista, ya estaba segura de que la madre Gloria fruncía sus terribles cejas sólo para mí. Estreché el tallo de la flor entre los dedos y sentí que mi piel se teñía de sangre verde. La vara sólida y tiesa, casi crujiente, que había sacado apenas dos horas antes del jarrón del comedor, se doblaba ahora sobre sí misma, exhausta, fofa como un espárrago demasiado cocido, en pos de un capullo enfermo de vértigo cuyos pétalos codiciaban alarmantemente el suelo. La fila avanzó y traté de esconderme tras el cuerpo de Reina, pero la madre Gloria no me perdía de vista, y sus cejas, dos bestiales trazos negros para subrayar la dureza de un rostro incapaz de cualquier matiz, estaban ya tan cerca la una de la otra que parecían a punto de unirse para siempre. Canté con todas mis fuerzas para desterrar el pánico que me inspiraba aquella rapaz, y miré al frente. Sobre el hombro de mi hermana asomaba un gladiolo fresco, cuajado de flores blancas y erguido como la bayoneta de un soldado, perfecto. Para mañana escogeré un gladiolo, me dije, aunque la cala que se desmayaba entre mis manos era una réplica exacta de la que Reina había llevado al colegio la mañana anterior. Todas las flores se me tronchaban antes o después, las aplastaba entre las carpetas, o se caían al pasillo, en el autobús, y una niña las pisaba, o simplemente se me partían por la mitad dentro del puño cuando movía el brazo para saludar a alguien, azucenas, calas, rosas, claveles, la especie daba lo mismo, nunca he sido cuidadosa, pero aquella primavera la naturaleza completa parecía conjurada contra mí.

Supuse que a la Virgen no le importaría mucho, y cuando juzgué que ya me encontraba adecuadamente cerca del altar, empecé a rezar moviendo los labios muy deprisa, en silencio. No creo que nunca, nadie, haya rezado con más fe, con más empeño, por una causa tan descabellada como la mía, pero entonces yo tenía sólo once años y aún podía creer en los grandes milagros. Mis esperanzas no iban más allá, porque sabía muy bien que nunca obtendría ese don que necesitaba desesperadamente sin una intervención divina en toda regla, pero aunque el cielo no se había abierto sobre mi cabeza, y aunque presentía que nunca se abriría, seguía rezando, recé aquella mañana, como todas las mañanas, hasta alcanzar el grosero simulacro de nube mal tallado en un pedazo de madera pintado de azul celeste, y arrojé los despojos de mi ofrenda a unos pies diminutos que pisaban la luna sin maltratarla, y seguí la estela de mi hermana Reina hasta la puerta, rezando siempre.

La madre Gloria, apoyada de costado contra una jamba, me detuvo con un simple gesto de su brazo extendido. Estaba tan absorta en mi oración que me costó trabajo reaccionar, y eso no hizo más que empeorar las cosas.

—No te escapes, Magdalena... Todavía estamos a diecisiete, pero el mes de María ya se ha acabado para ti, ¿está claro? A partir de mañana, mientras todas las demás estemos aquí, tú tendrás una hora de estudio arriba, en la clase. Yo misma te pondré la tarea. Y pon atención de ahora en adelante, porque ya me estoy cansando de tus descuidos. Yo diría que te la estás jugando... Tú me entiendes, ¿verdad?

—Sí, madre —me felicité a mí misma por no haber contestado solamente sí, aunque ya podía distinguir, como si estuviera pintada en el aire, una larguísima columna de raíces cuadradas, y me preguntaba cómo iba a salir de aquélla. Nunca he sabido hacer raíces cuadradas, no las entiendo.

—Este mes ofrecemos un homenaje a nuestra querida Madre, pero lo que la Virgen merece son flores, símbolo de nuestra pureza, y no verdura.

—Sí, madre.

—No sé cómo puedes ser así, es que no lo entiendo... Podrías aprender de tu hermana.

—Sí, madre.

Entonces intervino Reina, con la prodigiosa entereza que sólo dejaba entrever algunas veces.

—Perdone, madre, pero si seguimos aquí vamos a llegar tarde a clase.

Las cejas se fruncieron una vez más, como si fueran ellas, y no los ojos de aquella medusa, las que me examinaban de arriba abajo, buscando cualquier pecado complementario.

—¡Y métete la blusa dentro de la falda!

—Sí, madre.

Ella modificó levemente su postura y giró la cabeza para darme a entender que nuestra entrevista había terminado, pero yo no me atreví a moverme todavía, estaba enferma de miedo.

—¿Puedo irme ya, madre?

Reina tiró de mí antes de que llegara a recibir una respuesta. Cuando ya nos habíamos alejado unos pasos, me pasó un brazo por el hombro y frotó su mano fría contra mi cara, como si pretendiera templar mi mejilla, limpiarla de la vergüenza que coloreaba mi piel hasta su raíz más remota.

—No te pongas tan nerviosa, Malena —su voz era delgada y aguda, como la de un bebé que está aprendiendo a hablar, y con sólo pronunciar mi nombre, me hizo saber que Reina estaba de mi parte—. Esa bruja no puede hacerte nada, ¿entiendes? Papá y mamá pagan para que estemos aquí, y a ellas lo que más les importa es el dinero. Lo de las flores es una tontería, no va a pasar nada, en serio...

Las niñas que recorrían el pasillo en dirección contraria a la nuestra se nos quedaban mirando con curiosidad y una lejana compasión solidaria, el sentimiento casi universal que reemplazaba al auténtico compañerismo entre los muros de aquel recinto peligroso, vallado como una cárcel. Me imagino que formábamos una pareja peculiar, yo despeinada y con la blusa fuera de la falda, más alta que ella y mucho más fuerte, haciendo pucheros, y Reina, pequeña y pálida, con los zapatos relucientes y aquella voz que parecía quebrar las palabras antes de terminar de pronunciarlas, sosteniéndome. El contraste de aquella imagen con la opuesta, que parecía más lógica, hacía que me sintiera todavía peor.

—Además, tía Magda es de aquí, y tú eres su ahijada, nunca dejará que te expulsen... Oye, que hace un montón de días que no la veo. Ya no vigila la salida, es raro, ¿verdad?

Me detuve en seco, desprendiéndome del abrazo de mi hermana para mirarla de frente, y una sensación nueva, desazón aliñada con unas gotas de desconcierto, desterró de golpe a mi tutora, con todas sus amenazas, al limbo de los miedos que aún pueden esperar. Me costaba trabajo dormirme por las noches mientras meditaba qué respuesta le daría a aquella pregunta, y aún no había encontrado una mentira suficientemente eficaz. Reina me miraba ya con recelo, como si nunca hubiera previsto la lentitud de mi reacción, cuando hice un gesto ambiguo con los labios para ganar tiempo, y el azar recompensó mi fidelidad con el sonido del timbre que llamaba a la primera clase.

Cuando me senté ante mi pupitre, el aspecto del mundo ya había mejorado bastante. Durante toda mi infancia, la atención de Reina ejerció siempre un inmediato efecto balsámico sobre mis heridas, como si su aliento las cerrara antes de que se hubieran abierto del todo. Al fin y al cabo, el castigo tenía mucho de premio, no había nada divertido en permanecer una hora de pie, medio dormida, apretujada entre todas las demás alumnas en el hall transformado en capilla, cantando canciones blandas con una flor en la mano. Por la tarde le pediría a Reina que me enseñara a hacer raíces cuadradas y ella no se negaría, quizás lo entendería todo bien si ella me lo explicaba, y en cuanto a Magda, tampoco estaba haciendo nada malo, en realidad mi secreto era casi una tontería... Entonces la madre Gloria apareció en el umbral y creí que el cielo se oscurecía de repente, aunque tras las ventanas seguía brillando un firme sol de mayo. Había olvidado que era miércoles, matemáticas a primera hora. Intenté meterme la blusa dentro de la falda sin levantarme del asiento e invoqué sin ningún resultado al improbable espíritu de la lógica de conjuntos.

Mientras copiaba la monstruosa hilera de uves mayúsculas con rabito que ensuciaban la pizarra a una velocidad vertiginosa, recuperé sin esfuerzo el ritmo de mi oración, que nunca cambiaba, y la proseguí en un murmullo casi imperceptible, pero moviendo los labios para que tuviera más efecto, porque decidí que aquella mañana necesitaba el milagro más que nunca y ya presentía que no me equivocaba, Virgen Santa, Madre Mía, hazme este favor y no te pediré nada más en toda mi vida, si a ti no te cuesta trabajo, tú puedes conseguirlo, Virgen María, por favor, hazme niño, anda, si no es tan difícil, conviérteme en un niño, porque es que yo no soy como Reina, es que yo, de verdad, Virgen Santa, por mucho que me esfuerce, es que yo para niña no sirvo...

Nunca terminé de copiar aquellas raíces cuadradas. Apenas habían transcurrido diez minutos desde el principio de la clase cuando la madre superiora se anunció con unos golpecitos en la puerta y asomó la cabeza ladeada, reclamando a nuestra tutora en el decoroso lenguaje de gestos mudos que todas las monjas utilizaban. Ella asintió inclinando el mentón un instante, pero su rostro, acalorado por la saña con la que arañaba la pizarra para trazar sus malditos números de tiza, perdió color, todas nos dimos cuenta. La visita de la superiora, ese misterioso ente con hábito que nunca se dignaba a bajar del tercer piso excepto para presidir la misa de aniversario de la Madre Fundadora, sólo podía obedecer a una razón. Había pasado algo gordo, algo muy, muy gordo, tal vez una expulsión definitiva, una expulsión temporal como mínimo.

Escuchamos las recomendaciones habituales —trabajad en estas operaciones, en silencio y cada una en su silla, que nadie borre la pizarra, si alguna habla, o se levanta, que la delegada de curso copie su nombre en una hoja para entregármela luego, yo vuelvo enseguida— y nos quedamos solas. Tras dos o tres minutos de silencio absoluto, en parte preventivo, en parte fruto de la sorpresa generada por aquella imprevista ausencia de autoridad, estallaron los rumores, y mi hermana, delegada de curso también aquel año, no hizo nada para atajarlos porque estaba tan excitada como las demás. Pero los acontecimientos se sucedieron muy deprisa. Rocío Izquierdo, una infeliz que era incapaz de trabar bien la mentira más pequeña, no había terminado aún de contar una estúpida historia sobre las tabletas de chocolate que desaparecían de la despensa, cuando la madre Gloria reapareció bruscamente, y sin reclamar silencio, sin reparar siquiera en el desorden de la clase, las sillas separadas de las mesas, sus alumnas distribuidas en grupitos, Cristina Fernández comiéndose un bocadillo, Reina de pie, en flagrante delito, alargó un brazo en mi dirección y, señalándome casi con el dedo, pronunció mi nombre.

—Magdalena Montero, ven conmigo.

Cuando me esfuerzo por recordar qué pasó después, mi memoria se niega a devolverme imágenes nítidas, y envuelve la realidad, personas y cosas, en una especie de bruma grisácea que antes sólo había visto en los sueños. Entonces contemplo las caras de mis compañeras de curso, mudas y asustadas, como si su carne fuera gelatinosa, como si pudiera ahuecarse y crecer, cambiando constantemente de forma, aunque no puedo asegurar que no las viera precisamente así en aquel momento, crucé con Reina una mirada líquida y quizás mi recuerdo sea exacto, porque nunca había estado tan cerca del fracaso y todos los sentidos me fallaban, temblaba de pies a cabeza pero el miedo no me impedía moverme, aceleraba más bien mis movimientos, y cuando alcancé a la madre Gloria, cuando ella cerró la puerta y me encontré en el pasillo, aislada de los míos, separada de mi hermana, exiliada a la fuerza en un territorio hostil, fue todavía peor. Las paredes, los armarios metálicos donde dejábamos el abrigo al llegar por la mañana, las plantas que decoraban las esquinas, no eran grises, pero ya no puedo recordar su color. El hábito de mi tutora tardaba un siglo en barrer solemnemente cada una de las losetas de terrazo salpicadas de manchas blancas que ya no se me parecían a la mortadela de Bolonia, y el aire apestaba a lejía, ese asqueroso aliento a limpieza que, en invierno, neutralizaba los efectos de la calefacción y me impedía entrar en calor. Quería hablar, preguntar qué había pasado, disculparme por ofender a la Virgen con mis flores desmochadas, arrodillarme para pedir clemencia o regodearme viciosamente en mi desdichada condición de víctima, pero sentía que los huesos de mis piernas me avisaban de que estaban cansados, cada vez más cansados, y me dolían los bordes de las uñas como si les costara trabajo acoplarse con mis dedos, me sentía capaz de manejar palabras pero no de pronunciarlas, y no despegué los labios, Virgen María, tú no eres buena, o vale, a lo mejor sí eres buena, pero no me quieres, si me quisieras me convertirías en un niño y todo sería más fácil, yo sería más feliz, lo haría todo mucho mejor si fuera un niño...

Mis reproches no habían adquirido aún la consistencia de una plegaria cuando la monja, que no había mencionado el lugar al que nos dirigíamos, se detuvo ante una puerta que yo jamás había atravesado y la abrió sin volverse a mirarme. No se me ocurrió leer la plaquita de plástico pegada en el cristal esmerilado, pero la visión de un auténtico cuarto de estar, amueblado con sofás y butacas tapizadas alrededor de una mesa de cristal, aquella camilla de largas faldas y hasta un televisor en una esquina, me tranquilizó incluso antes que la silueta de mi madre, que me sonreía desde el fondo, su abrigo de piel como una mancha de color en la abrumadora cortina blanca de los hábitos que la rodeaban. Por un instante tuve la sensación de haber escapado del verdadero mundo, atravesando un túnel invisible que desembocaba sin previo aviso en un planeta gemelo, pero distinto, un aula sin muebles de formica donde el aroma a café recién hecho suplantaba al repugnante hedor de la lejía y el desinfectante de los que me había librado para siempre, hasta que distinguí en la pared un cartel bastante grande —SALA DE PROFESORAS—, y después de leer una columna de nombres inequívocamente familiares, tuve que admitir que no había recorrido más que unos pocos metros de pasillo. La madre Gloria seguía a mi lado, sonriente. Tal vez había venido sonriendo todo el camino, no me había atrevido a mirarla antes.

—No me van a expulsar, ¿verdad? —pregunté bajito, para que nadie más lo oyera.

—¡No digas tonterías!

Mi cuerpo se ablandó de repente, mi cerebro recuperaba poco a poco la humedad. Quise emitir un suspiro casi teatral, dejé caer todo mi peso sobre el pie derecho y, como si conectara sin darme cuenta un cable enterrado muy lejos, al margen de mi voluntad, busqué a Magda con los ojos y no la encontré. La voz de mi madre, que me llamaba en un tono opaco que hubiera distinguido entre un centenar de acentos, me hizo temer que aquella reunión no tenía nada que ver con su cargo de presidenta del comité de antiguas alumnas, y mi serenidad se evaporó antes de haber llegado a dejarse sentir. Viajé sin transición del terror al desconcierto y no sabría decir cuál de estas dos etapas fue más desagradable.

Me alegré de ver a mamá, sin embargo. Su presencia en horas lectivas me gustaba tanto como el descubrimiento de ese regalo diminuto que, de repente, hace soportable, hasta dulce, la indigerible masa reseca de un roscón barato, amasado sin almendras ni agua de azahar. Yo era mediopensionista y no vivía cerca del colegio, así que la mayor parte de mis días transcurría entre las tripas de aquel coloso de ladrillo rojo que me engullía a las nueve y cuarto de la mañana y no me vomitaba hasta las cinco y media de la tarde. Entonces, como supongo que le ocurriría a la mayoría de los niños sometidos a la misma agotadora rutina, tenía la sensación de pertenecer a dos casas diferentes, de vivir dos vidas no sólo distintas, sino opuestas, hasta irreconciliables entre sí, y mi madre, que pertenecía al mundo de la cama caliente y el desayuno copioso de los fines de semana, parecía estar allí, a deshora, para revelarme que aquellos placeres formaban parte de una realidad más poderosa, más perdurable que los muros que nos rodeaban, porque ella podía venir al colegio para rescatarme en un momento tan delicado como aquél, pero el colegio nunca podría penetrar en sus dominios. Me afirmé en esta amable teoría mientras me acercaba para besarla cerca de la oreja, donde todavía sobrevivía una pizca de su perfume, pero ella me tomó de las muñecas y me pidió que me sentara a su lado, con una sequedad que me avergonzó ante testigos tan indeseables.

—Escúchame bien, Malena, porque ha pasado algo muy grave. Estamos todas en un aprieto muy grande. Magda ha desaparecido, se ha marchado sin avisar, ¿comprendes?, y no hemos podido encontrarla, no sabemos nada de ella.

—Nunca debimos admitirla, Reina, ya sabes que yo siempre me opuse —la madre superiora se dirigía a mi madre, que había sido alumna suya muchos años atrás—. Una mujer hecha y derecha, que llevaba tantos años viviendo en el mundo... De sobra sabía yo que no podía salir bien.

Mamá la miró e hizo un gesto en su dirección para exigir silencio. Yo comenzaba a comprender, desvanecidas ya todas mis ilusiones, que me encontraba frente a algo parecido a un tribunal, y no pude resistir la tentación de defenderme, aunque nadie me había acusado todavía.

—Bueno, ella ya es muy mayor, ¿no? Puede hacer lo que le dé la gana.

—¡No digas barbaridades, Malena! —ahora era mi madre quien se avergonzaba de mí—. Tu tía es una monja, ha hecho los votos, no puede tomar decisiones por sí misma, vive en comunidad, ella lo eligió. Y ahora, escúchame. Antes de irse, Magda escribió dos cartas, una para la abuela y otra para mí, dos cartas horribles y llenas de disparates, igual que si se hubiera vuelto loca, no he querido enseñárselas ni a la madre superiora, así que ya te puedes imaginar. En la carta que yo recibí, habla bastante de ti. Nunca te ha tratado como a sus demás sobrinos, ya lo sabes, tú eres una niña especial para ella, yo creo que piensa un poco en ti como en la hija que nunca va a tener...

—¡Dios te oiga!

Mamá pasó por alto la perversa apostilla de la madre Gloria y continuó. Parecía serena todavía.

—Por eso he pensado, hemos pensado, las madres y yo, que a lo mejor, bueno, Reina me ha dicho que hablabais mucho en los recreos, ¿no?, es posible que ella... te contara algo, o que tú notases cualquier cosa nueva, o rara, en fin, ya la hemos buscado en la casa de Almansilla, hemos llamado a todas sus amigas, le hemos preguntado incluso a don Javier, el notario del abuelo, por si hubiera pasado por el despacho para firmar algún documento, un testamento, yo qué sé... Nadie sabe nada. Nadie la ha visto, nadie ha hablado con ella desde hace cinco días, pero ha sacado todo su dinero del banco y es necesario localizarla, si ha salido de España con otro nombre, por ejemplo, nunca la volverás a ver.

Fue la segunda persona lo que me puso en guardia, porque mamá podía haber utilizado el plural, tan machaconamente repetido a lo largo de su discurso, o incluso invocar mi compasión hablando en primera persona, al fin y al cabo ella era la hermana melliza de Magda y quien más debería lamentar su ausencia, pero dijo *volverás,* eligiendo una fórmula que evocaba los términos de un chantaje, y cambié de opinión cuando ya casi me había decidido a ser sincera, esa segunda persona me retornó a la confusión, rompiendo en pedazos la asfixiante atmósfera que había sido creada sólo para mí, para hacer florecer mis remordimientos infantiles, y advirtiéndome al mismo tiempo de que todos parecían calcular que yo sería el único ser de este mundo capaz de llorar la desaparición de Magda, como si las dos perteneciéramos a una especie aparte. Rehuí la mirada de mi madre. Yo la amaba, y le debía obediencia, de mayor quería ser una mujer como ella, una mujer como Reina, pero su hermana me reflejaba como un espejo, y los espejos rotos solamente traen desgracias. Ahora sé que si hubiera vendido a Magda, habría hecho algo mucho peor que vender mi propia piel, pero entonces sólo me atreví a decirme que mi tía me gustaba, que me gustaba mucho y que siempre parecía necesitarme, y sin embargo, mamá, ajena por principio a las convulsiones que me desgarraban por dentro, nunca me había necesitado antes de ahora, mientras seguía interrogándome con suavidad, y su excelente técnica.

—Dime, Malena..., ¿tú sabes dónde está Magda? —por un instante, en sus ojos brilló la misma luz que encendía la mirada de mi hermana cuando me llamaba María, activando un oscuro mecanismo, pura astucia, que yo nunca había aprendido a controlar—. ¿Te contó ella algo que nos pueda ayudar a encontrarla?

Miré a mi madre de frente y contemplé el rostro de Magda tal y como lo había visto por última vez, cuando me preguntó entre sonrisas si podía confiar en mí, y tal vez entonces empecé a adivinar el sentido de la extraña pregunta que me hizo el abuelo delante de la verja de Martínez Campos, tal vez entonces empecé a sospechar que ya aquella mañana de domingo había elegido, que había aceptado mucho más que el vaso de vino con gaseosa que él me ofreció con modestia en el sagrado nombre de la civilización, y que yo bebí a sorbitos, flecos de una pereza asombrada y golosa, en una terraza de la plaza de Chamberí.

—No, mamá —dije, con la voz más limpia que la conciencia—. Yo no sé nada.

—¿Estás segura?

—Sí. Ella no me cuenta cosas importantes.

—Está bien... Dame un beso, anda, ya puedes volver a clase.

Su gesto de desaliento me convenció de que yo era la última posibilidad con la que contaban para encontrarla. A partir de entonces, siempre que le rezaba a la Virgen, le rogaba que, de paso, protegiera a mi tía Magda.

Ni siquiera la Interpol, a la que mis abuelos recurrieron sólo después de pensárselo mucho, consiguió dar con el rastro de Magda, pero no creo que el mérito deba atribuírsele a la Virgen María porque yo, desde luego, nunca me convertí en un niño. Como contrapartida, debo reconocer que la madre Gloria en un ingenuo intento de premiar, supongo, mi fraudulenta colaboración con el enemigo, no llegó a materializar la represalia anunciada, y hasta el último día de mayo, cada mañana, una flor diferente, siempre blanca, se marchitó entre mis dedos por un motivo o por otro. La vida se plegaba sobre sí misma bajo el peso de la normalidad, y yo seguí pronto su camino, ignorando presagios tan violentos.

En estricta concordancia con la segunda persona que mi madre había dejado escapar en nuestra conversación, su propia familia prescindió de Magda sin grandes muestras de dolor, al menos en la apariencia, el único nivel al que yo podía acceder. Mi abuela parecía resignada a tener ocho hijos en lugar de nueve, y una vez llegó a recordarle risueñamente a mi madre que al fin y al cabo ella siempre había dicho que hubiera preferido nacer sola, sin compañía. Yo no escuché este comentario, pero mi hermana me lo contó, escandalizada hasta el tuétano de los huesos. Reina y yo soñábamos en aquella época que algún día nos casaríamos con dos hermanos, un proyecto público que durante años yo lamenté desbaratar en privado con mis firmes propósitos de masculinidad, para estar siempre juntas, y solíamos jurar que cualquiera de las dos preferiría morir antes que vivir lejos de la otra. No sé si ella era sincera, yo sí lo era.

Reina y yo éramos mellizas, pero no lo aparentábamos. A diferencia de mamá y Magda, que sin ser idénticas, guardaban un parecido asombroso entre sí, nosotras habíamos disfrutado del privilegio de ocupar dos placentas individuales en el mismo útero húmedo y oscuro, así que nuestra semejanza no iba más allá de la que se podría advertir entre dos hermanas de distinta edad. Nadie sabía cuál de las dos era la mayor, porque aunque yo nací un cuarto de hora más tarde, circunstancia que habitualmente apareja el dudoso prestigio de la primogenitura, Reina provocó el parto antes de plazo, cuando se encontraba al límite de la supervivencia. Los médicos dieron a entender que yo me había comportado como un feto ambicioso y egoísta, devorando la mayor parte de los nutrientes que el organismo de mi madre producía para las dos, acaparando con avidez los beneficios en detrimento del feto más débil, hasta que en el séptimo mes de embarazo, aquél se encontró ya prácticamente sin recursos para alimentarse, y se encendieron todas las luces de alarma, acelerando un final que nadie previó muy feliz. Entonces fue al bebé fuerte y robusto al que llamaron Reina, mientras que la raquítica criatura que seguía en la incubadora, debatiéndose entre la vida y la muerte cuando yo ya estaba en casa, bien arropada en mi cuna y hasta con pendientes de oro en los agujeros de las orejas, carecía incluso de un nombre. Durante muchas semanas nadie se atrevió a augurar que algún día fuera necesario imponérselo, pero tras algunos tímidos signos en los que solamente mamá se empeñó en ver síntomas de mejoría, se inició un proceso de recuperación tan espectacular que en las fotos que conmemoran nuestro primer trimestre de vida aparecemos ya las dos juntas, yo gorda y reluciente, con la piel brillante y un lacito prendido en el pelo, ella calva y delgadita, su cuerpo reseco flotando, perdido en el hueco del pañal, y una mano protegiendo siempre su rostro del flash, como si la cámara le recordara esas máquinas de pruebas que tanto la habían martirizado durante su estancia en el hospital, a lo largo del proceso que había ido descartando, una tras otra, todas las lesiones que podrían haberse derivado de su doloroso desembarco en este mundo. Nuestra madre, que mientras tanto, como si hubiera adivinado que para mí bastaría con un biberón y los cuidados de una niñera, había permanecido a su lado día y noche para darla de mamar cada tres horas, decidió que sería ella, y no yo, quien llevara su propio nombre antes de que ambas regresaran a casa, en un simbólico intento de atraer hacia su lado, hacia el lado de la vida, a aquel gusano diminuto que algunos días todavía mostraba unos deseos tremendos de morir, y aunque años después, cuando por fin conocí aquella historia, me aseguró que había tomado una decisión tan excéntrica porque desde el principio, a falta de otras instrucciones, las enfermeras del nido bautizaron espontáneamente a mi hermana con el único nombre que conocían, el suyo, y así había quedado registrado en su ficha médica cuando yo aún no había visitado siquiera la consulta del pediatra, siempre supe que su versión no era más que una excusa, y nunca se lo reproché, porque ella, que antes de recibir la primera caricia había triunfado ya sobre tantos obstáculos, merecía llamarse Reina más que yo.

De puro lejano, nadie recuerda cuándo comenzó a haber al menos una mujer llamada Reina en cada una de las generaciones de mi familia materna. Nadie recuerda tampoco de dónde arranca la línea de Magdalenas que ojalá muera conmigo, pero al parecer, la costumbre de confirmar la transmisión del nombre por la vía del bautismo es incluso anterior al relevo de las Ramonas y las Leonores, tan abundantes tiempo atrás en el patrimonio familiar, así que dos cadenas paralelas de mujeres homónimas, abuelas y nietas, tías y sobrinas, cuyos eslabones se enredan sistemáticamente entre sí —las abuelas a su vez han sido nietas, y las nietas serán madres, y las tías son hijas, y las sobrinas abuelas—, serpentean entre mis apellidos desde hace siglos, respaldándolos con una garantía de continuidad tan absurda, y tan inabarcable ya, como esos cálculos que dicen haber destripado para siempre el inocente baile de las estrellas en el firmamento.

Al final, me llamé Magdalena porque no me quedaba otro remedio, y Magda me sostuvo sobre la pila por idéntica razón, y nadie le preguntó si tenía interés en participar de aquella ceremonia, y aunque ella insistió en contestar por adelantado que cedería encantada su puesto a cualquier otra mujer con más méritos, cuando yo nací no quedaba en la familia ninguna otra Magdalena viva, así que su opinión no contó entonces más que la mía. Mi abuela fue la madrina de Reina, como mi bisabuela lo fuera antes de mi madre, y llevó a mi hermana andando de la mano hasta el altar, porque el bautizo se había retrasado todo lo posible con la intención, frustrada tras casi dos años de espera, de que ella creciera y ganara peso hasta rondar más o menos mi aspecto. A mí, Magda me dejó subir sola las escaleras, y me caí, y me hice un rasguño en la frente, y en todas las fotos aparezco embadurnada de mercromina, hecha talmente un ceomo, como decía Juana, la tata de mi madre, castellanizando a su manera el letrero que identificaba a un Cristo pintado que había en la parroquia de su pueblo, un remoto lugar de Cáceres que se llamaba Pedrofernández de Alcántara, igual que mi abuelo pero todo junto.

Fue aquel dato, envuelto siempre en alusiones indirectas de la propia Juana, y no el histérico frenesí hereditario que alcanzaba hasta a los nombres propios, lo que me indujo a pensar que tal vez fuéramos ricos antes aún de ir al colegio, donde encontraría una prueba definitiva en la placa con el nombre de mi abuela —«Reina Osorio de Fernández de Alcántara donavit»—, que presidía una de las alas de la capilla. Excepcionalmente, induje bien. Mi abuelo, que era primo segundo de su mujer, tenía mucho menos dinero que mi bisabuelo, quien a su vez había sido mucho más pobre que mi tatarabuelo, quien no había conseguido retener más que una parte de la gran fortuna que le legó su padre, pero, a pesar de todo, seguía siendo inmensamente rico. En su casa se acumulaban objetos que yo nunca había visto en mi propia casa, y en la vitrina del comedor, la vajilla de plata, que hubiera merecido llamarse también Reina a juzgar por los cuidados, casi maternales, que le procuraban mi abuela y todas sus hijas, tenía un color distinto, con reflejos cobrizos y un brillo mate que a veces le prestaba apariencia de oro. Paulina, la cocinera, me contó una mañana de Navidad, mientras yo aprovechaba uno de sus frecuentes despistes para encaramarme en la tabla de mármol que cubría el horno y contemplar, fascinada, cómo pulverizaba, con un pequeño cuchillo y una enorme destreza, las pechugas de pollo, los huevos duros y las lonchas de jamón serrano que luego, seccionados en diminutos fragmentos, acompañarían en la mesa a la sopa con hierbabuena de todos los años, que el aspecto de la sopera, lustrada por ella misma sólo unas horas antes, se debía a que había sido cincelada hacía muchos siglos, porque la vajilla, como todo el dinero de mi familia, venía de América, pero de muy antiguo, de cuando Colón y Hernán Cortés poco más o menos.

Aquel comentario, que catalogué como una indiscreción de Paulina hasta que Reina correspondió a mi nerviosa confidencia con una mirada escéptica, como asombrada de que yo no hubiera escuchado ya esa historia un centenar de veces, modificó para siempre mi relación con la casa de Martínez Campos, dando un nuevo sentido a la incomprensible oquedad que se instalaba en lugar de mi estómago cada vez que atravesaba sus pesadas puertas de madera labrada. Nunca se lo confesé a nadie pero, hasta que cumplí ocho o nueve años, tenía la sensación de que aquellas paredes, recubiertas hasta el techo de cuadros, y tapices, y manuscritos enmarcados, se inclinaban sobre mí como si estuvieran vivas, mientras que el grosor de las alfombras absorbía perversamente el ruido de mis pasos para que nadie pudiera acudir en mi ayuda cuando cayera muerta allí mismo, emparedada para siempre entre los muros corredizos. Luego descubrí al autor de todos aquellos miedos en el terror que me inspiraba el abuelo, y aquél se los llevó consigo al disolverse, pero ninguna dosis del amor que empecé a sentir por su dueño contagió nunca los muros de aquella casa. La doncella, que llevaba guantes blancos, se empeñaba en cerrar constantemente las cortinas aunque el día fuera espléndido, y se movía sin hacer ningún ruido, con calculados ademanes de gata elegante que le prestaban más bien, en mi opinión, la inquietante apariencia de una espía mal camuflada. Paulina, la cocinera, nos ponía cubiertos de pescado aunque hubiera gambas a la plancha de segundo plato, y se precipitaba sobre mi silla entre agónicos alaridos para pegarme en la mano con un cucharón de plata que tenía siempre a punto, cuando me veía despedazar al bicho con los dedos y la intención de chupar la cabeza, que es lo que más me gusta de todas las gambas. Mi abuela Reina, que se pasaba la vida con *Lenny* en brazos, peinándole y dándole besos en el hocico, me llamaba Lenita, y cuando no abría la boca para quejarse, lo hacía para comentar el *Hola* con mi madre durante mañanas enteras, deteniéndose pesadamente en cada página para censurar el nuevo peinado de Carmencita o alabar la elegancia de Gracia Patricia, como si las interesadas pudieran apreciar en algo su opinión.

—¡Jo, abuela! —dije un día—. Ni que las conocieras...

Y ella me miró muy sorprendida antes de contestar.

—Es que a muchas las conozco, hija.

Luego mi madre me dio un bofetón por haber dicho ¡jo! delante de la abuela, y ese tipo de cosas me ponían muy nerviosa. En ese estado pasé muchas más horas que en la plácida compañía de la abuela Soledad, la madre de papá, que vivía sola, sin perro y sin criados, en un piso más pequeño que el nuestro, y nos daba para merendar pan con chocolate en lugar de pastas de té, un dulce que ya entonces encontraba particularmente insípido. Una vez le pregunté a mi padre por qué no íbamos a verla ni la mitad de las veces que a la abuela Reina, y él me contestó sonriendo que, bueno, era normal, porque las hijas tiran a su madre más que los hijos. Acepté esa explicación sin comprenderla bien, como aceptaba todo lo que salía de sus labios, pero siempre que tuve una oportunidad, seguí marchándome con él a casa de su madre. Me tranquilizaba pensando que todo estaba en orden porque, al fin y al cabo, era lógico que yo, un niño nacido niña por algún misterioso error, tirara más a mi padre, y no le concedía ninguna importancia al hecho de que éste fuera un hombre tan hermoso, una criatura más fascinadora que cualquiera de aquellas a las que me sería dado sucumbir después.

El, sin embargo, conocía exactamente los límites de su arrolladora capacidad de seducción. Recuerdo que cuando éramos pequeñas y entraba con nosotras, arrastrándonos a cada una de una mano, en cualquier tienda, en un restaurante, o hasta en el colegio, todo el mundo, hombres y mujeres, se le quedaba mirando a la vez. Entonces solía animarnos en voz alta —¡vamos, vamos, niñas!— como si nosotras estuviéramos haciendo algo y nos resistiéramos a continuar, y dirigía la vista al suelo para disimular la sonrisa de satisfacción que hacía florecer su rostro. Un segundo más tarde nos soltaba, y nos autorizaba a alejarnos con un gesto para quedarse solo, suspirar profundamente y dirigirnos una última ojeada que proclamaba, así soy yo, las hago a pares. Nunca cambiaba de técnica, así que supongo que obtendría buenos resultados. Reina y yo salíamos de los supermercados repletas de pequeños regalos, caramelos, globos, bolsas de cromos, que las cajeras nos tendían con una mirada ausente, su sonrisa siempre destinada a papá, y éramos las últimas en marcharnos de las fiestas de cumpleaños, porque las madres de nuestras amigas no solían resistir la tentación de invitarle a una copa, y él aceptaba siempre. Mis tías felicitaban a mi madre por haber conseguido un marido tan solícito y tan buen padre, siempre dispuesto a traernos y llevarnos incluso cuando no era en absoluto necesario, pero insistían tanto en sus alabanzas, sobre todo cuando él estaba presente, que me imagino que adivinaban hasta qué punto le beneficiaba aquella situación. Nosotras, tan monas, tan parecidas, tan bien vestidas siempre con la misma ropa, matábamos para él dos pájaros con un solo tiro, restando por una parte agresividad a sus operaciones de descubierta y encubriéndolas al mismo tiempo a los ojos de mi pobre madre, que vivía enajenada por unos celos tan obsesivos que la estorbaban incluso para comprender lo evidente. Con el tiempo, hasta llegué a sospechar que quizás ligaba más con una niña en cada mano que con ambas en los bolsillos, porque era tan guapo que daba miedo.

A él sí que le gustaba ir a la casa de Martínez Campos, pero aquel escenario no le favorecía nada, al menos a mis ojos, tan acostumbrados a mirarle con una mezcla de amor, admiración, y cierta sofocante ansiedad posesiva —la atroz dependencia que luego, cuando ya no tenía margen para asustarme, reconocería entre los ingredientes del deseo de los adultos—, que hubieran querido negarse a verlo allí, preparando copas para todos, besuqueando a mi abuela, o comentando con entusiasmo los partidos de fútbol que en nuestra casa jamás veía. Era como si aquel edificio subvirtiera el orden natural de las cosas, tornando a mi madre una mujer frívola y conversadora solamente a costa de privar a mi padre de la extraordinaria confianza que en cualquier otro ambiente acostumbraba a inspirarse a sí mismo, una roca insospechadamente frágil que se cuarteaba como una armazón de escayola para caer al suelo, hecha pedazos, a la menor alusión no ya malévola, sino simplemente fría, por parte de mi abuelo, que por suerte, eso sí, generalmente no abría la boca.

Pero la gran epopeya americana que la revelación de Paulina había puesto en mis manos como un regalo sorpresa, alumbró las sombrías estancias del purgatorio familiar con un color distinto, trabado con las mismas tintas agrias y chillonas que iluminaban apenas los ribetes del chaleco de aquellos tristes, sucesivos Fernández de Alcántara de pelo negro, y ojos negros, y barba negra, y traje negro, y capa negra, y botas negras, cuyos retratos se alineaban ordenadamente sobre las paredes, animándome a creer que la vida de verdad, la Vida con mayúscula, latía todavía tras las burdas pinceladas que cualquier desconocido y animoso pintor peruano había posado sobre aquellas tablas sólo para que yo, muchos siglos después, lograra por fin mirarlas con simpatía. Allí estaban, mis tatatatatarabuelos, valientes hasta el suicidio, temibles hasta el horror, vencedores de batallas perdidas, hincando la rodilla en la arena para tomar en nombre de la reina, y con su bandera en ristre, la más paradisíaca playa tropical, doblegando con dos docenas de bravos a ese millón de indios que aullaban como lobos sobre sus caballos, alrededor del círculo de carromatos que marchaba hacia el salvaje Oeste, defendiendo el oro de su Majestad de los cobardes asaltos de los piratas ingleses, poniéndolos de rodillas sobre la bruñida cubierta de sus galeones para acariciarles la garganta con el filo de su espada justo encima de la gola —y ahora, Garfio, felón, pagarás en un solo plazo todas tus cuentas conmigo—, desbrozando selvas y fundando ciudades con tres o cuatro flechas envenenadas clavadas en la espalda —curare a nosotros, ja ja—, defendiendo a puñetazos en una sucia taberna el honor de su dama o escogiendo al final a una nativa guapísima, con sorprendentes ojos azules, que atravesaría con ellos el umbral de su tienda para engendrar mucho más que el final de una película, toda una línea continua de carne y de sangre que iba a desembocar, lo que son las cosas, en los exactos límites de María Magdalena Montero Fernández de Alcántara o, más precisamente, yo.

Me divertía tanto inventando su historia que antes de darme cuenta me encontré explorando rincones en los que nunca hasta entonces me había atrevido a aventurarme sola. Me divertía escrutando los rostros de todos aquellos conquistadores melancólicos, al acecho de cualquier rasgo familiar, los ojos achinados de mi primo Pedro, el mentón del tío Tomás, o un lunar en el dorso de la mano, exactamente en el mismo sitio donde otra diminuta manchita negra interrumpía la uniforme blancura de la piel de mi madre, y les ponía motes, Francisco el Chulo, porque había posado con los brazos en jarras y una mueca insolente en sus labios fruncidos, Luis el Triste, porque en sus ojos brillaba un barniz húmedo que sugería la inminencia de las lágrimas, Fernando III el Tacaño, porque lo debió ser, y mucho, a juzgar por el raído aspecto de su capa, y sobre todos, mi favorito, Rodrigo el Carnicero, quien parecía haberse adornado para el pintor con todas las joyas que existían en el Cuzco, medallas, colgantes, broches, alfileres de oro y piedras preciosas, prendidos tan cerca los unos de los otros que parecían luchar por un lugar sobre su ajustado jubón de terciopelo rojo, completando una composición sólo comparable al espectáculo que ofrecía gratuitamente Teófila, la carnicera de Almansilla, cuando, cada verano, el día de la Virgen, subía la cuesta de la iglesia andando muy despacio para que la vieran bien las vecinas, con una sonrisa venenosa entre los labios y todo el oro de Extremadura a cuestas, como si así, blindada de arriba abajo, pudiera encajar todavía con más descaro las torvas miradas de las mujeres que, a su paso, la insultaban a gritos mientras tiraban un cubo de agua sucia por la ventana, una batalla tan tradicional, aunque nunca se incluyera en el programa de festejos, que incluso la tata Juana se había atrevido a terciar un año —¿te crees que me das envidia, pingo? ¡Una mina de oro igual que la tuya tengo yo entre las piernas, so puta, que así te mueras de algo malo!— para que Reina y yo nos deshiciéramos de risa, mamá se pusiera furiosa, y la abuela, lívida, tuviera que sentarse en una tapia para descansar un rato, porque era bien sabido que, en lo que se refería a la abuela, el mundo había sido creado sin Teófila, y sin ella daba vueltas todavía, hasta el punto de que había que ir en coche al pueblo de al lado para comprar la carne en una tienda peor, y más pequeña que la suya.

Tal vez al abuelo, que aquel día, en la comida, estuvo mareante de puro locuaz, sacando a colación todos los temas imaginables y hasta contando chistes, aunque sonaran todos tan antiguos que en ningún momento logró que las carcajadas de su público matizaran los bramidos procedentes del piso de arriba, donde su mujer, pretendidamente indispuesta, recorría su dormitorio con tanta salud en cada pierna que la lámpara del comedor se movía como si estuviéramos en un barco, amenazando con desplomarse de un momento a otro sobre nuestras cabezas, también Rodrigo el Carnicero le recordara a la Teófila de los buenos tiempos, esa muchacha guapa y divertida que apenas se adivinaba ya bajo los rasgos afilados, prematuramente consumidos, de la mujer madura que había replicado a Juana en público sólo para humillar cruelmente a mi abuela —¡pues sí, ya ves, unas tanto y otras tan poco...! Que a alguna que yo me sé, mejor le habría valido ser un poco más puta y andar menos a la sierra a coger tomillo para el cajón de las bragas, ¡que de puro machorra, hasta en Nochebuena echaba a su hombre de casa!—, porque el retrato desapareció un buen día de su sitio, en el descansillo del segundo piso, y terminó en su despacho, haciéndole compañía a la pareja formada por Alvaro el Cursi y María la Mandona, una mujer joven, con bellos rasgos exóticos de india pero, a juzgar por su expresión, tan mala leche como su amante.

Allí estaba yo una tarde, mimando a mi favorito, cuando el abuelo apareció de improviso, y como estábamos solos, en lugar del consabido chupa chups y las palmaditas de despedida de tantas otras tardes, se acercó a mí por la espalda, puso sus manos sobre mis hombros y me besó en el pelo.

—¿Qué, te gusta? —preguntó luego.

—Sí —contesté, y proseguí antes de darme cuenta de que estaba metiendo la pata—. Se parece a Teófila, la carnicera.

Pero en lugar de enfadarse conmigo, o recobrar al menos las ventajas del silencio, soltó un par de carcajadas y se sentó detrás de su escritorio para seguir sonriéndome desde allí, tranquilo quizás porque entonces ya era viudo, lo recuerdo bien, había pasado más de un año desde que Magda se marchara del convento.

—¿Sí? No me digas.

—Sí. Pero no es por la cara, ni nada de eso, sino por las joyas. Teófila siempre lleva muchas.

El asintió con la cabeza y murmuró algo para sí, como si yo me hubiera esfumado de repente.

—Es cierto, la amiga de Dios nunca quiso fiarse del dinero. Sólo le gusta el oro, pobrecilla... Pobre Reina.

Me quedé callada, sin saber qué decir, porque no podía referirse a otra Reina más que a la abuela. Parecía muy cansado, y cerró los ojos. No me pareció bien seguir mirándole, así que retorné con la mirada al cuadro y con la memoria a la fuente de huevos rellenos que permanecía intacta, en el centro de la mesa, aquel día de la Virgen en el que nadie se atrevía a servir el primer plato, cuando Reina y yo aprendimos que las señoras bien, como mi abuela, también sabían decir tacos, y nos regocijamos de tal forma por aquel descubrimiento que dos caballos sentados a comer no habrían desentonado más que las carcajadas que ambas reprimíamos a duras penas en aquel funeral imprevisto, aparentemente secundadas sólo por el tío Miguel, que era el más joven, y por la tía Magda, la única mujer que había bajado al comedor, con la razonable excusa de que, por muy mal que se encontrara su madre, ella estaba muerta de hambre. Ambos se miraban, escondiendo la cara en la servilleta de vez en cuando mientras, arriba, como un demonio colérico, la abuela pasaba de los reproches razonables —... a ese cabrón le voy a dar yo para que vaya contando por ahí dónde guardo las bragas, y esa..., ese pedazo de puta... ¡Pues no ha tenido valor para llamarme machorra, a mí, precisamente a mí, machorra, cuando he tenido nueve hijos, cuatro más que ella, maldita sea su estampa! Y, además, no fue en Nochebuena, no, aquello que dice pasó en Nochevieja, tú te acordarás, Juana, que estaba borracho como una cuba, y lo que quería aquella noche, os lo juro, niñas, por el Dios que está en los cielos, que lo que vuestro padre quería hacer aquella noche era..., en fin..., bueno..., a vosotras no tengo por qué daros explicaciones, era pecado y ya está, y por eso me encerré en el baño...—, a las amenazas más disparatadas —¡y tú ve diciéndolo en el pueblo! Que nadie vuelva a comprarle ni una salchicha porque como me cabree, cojo, desmonto el techo del Ayuntamiento, y me lo traigo aquí, teja por teja, que para eso lo he pagado yo—, ante la impasibilidad de todos los demás, que se comportaban como si estuvieran sordos, negándose al mismo tiempo a encontrar las desesperadas miradas de auxilio que mi abuelo lanzaba en todas las direcciones, sin cosechar otro consuelo que la serenidad de mi padre, íntegro por fin su aplomo mientras asentía con disimulo, en sus labios una media sonrisa de compasión burlona que, con el tiempo, yo aprendería a descifrar antes aun de leerla, como una revista vieja, aburrida ya de puro sobada, ¡mujeres!, ¿quién las entiende? Conoces a una que te gusta, te tiras un montón de años haciendo manitas, la compras una sortija, te casas, la mantienes, le pintas la casa cada tres años, le pones una muchacha para que no se le estropeen las uñas, la dejas embarazada tres o cuatro veces y, aunque se ponga ñoña y engorde, la sigues echando un polvo religiosamente, todos los sábados por la noche... ¡y resulta que todavía se queja! Pero ¿qué más quieren? ¡Si un macho siempre será un macho, qué cojones!

Esos son los riesgos que se corren casándose con un conquistador, pensaba yo aquella tarde mientras miraba a Rodrigo el Carnicero, porque de alguna parte habrán tenido que salir todos esos peruanos que se llaman igual que nosotros. Entonces, el abuelo volvió silenciosamente de su ensueño.

—Ese se llamaba Rodrigo.

—Ya lo sé. Lo pone aquí. ¿Cuánto tiempo lleva muerto?

—¡Uy, no sé! Casi tres siglos, vivió a mediados del XVII, creo, y fue el más rico de todos.

—Ya se nota.

—Ven aquí —se levantó, y rodeando la mesa, señaló un mapa colgado en la pared, justo enfrente de mí—. Mira, esta raya roja marca los límites de sus tierras, ¿ves? Llegó a tener más poder en Perú que muchos reyes en Europa —su dedo recorrió lo que, en efecto, podrían ser las fronteras de un país mediano, con sus ciudades y todo.

—¡Qué bien! —estaba entusiasmada, la realidad parecía superar mis cálculos más optimistas—. Y ¿cómo lo conquistó?

—¿Conquistar? —mi abuelo me miró, perplejo—. No, Malena, él no conquistó nada. Compró sus tierras.

—¿Qué quieres decir? No lo entiendo.

—Pues que las compró, como suena. Le prestó mucho dinero al rey, que era más pobre que él y nunca pudo devolvérselo, así que aceptó algunas haciendas como pago y le compró otras a la Corona a bajo precio. Era muy listo.

—Sí, pero entonces... ¿cuál fue el conquistador?

—Pues Francisco Pizarro. ¿No te lo han enseñado en el colegio?

—Ya —mi paciencia comenzaba a escasear—, pero yo quiero decir el conquistador de la familia.

—En nuestra familia nunca ha habido ningún conquistador, hija.

Apreté los puños con fuerza y me mordí el labio inferior. Me sentía estallar de rabia, hubiera matado al abuelo a golpes allí mismo, porque lo que decía no era posible, sencillamente no podía ser posible.

—Y entonces... ¿me quieres decir qué mierda hacíamos en América?

El furioso tono que encrespó mi pregunta debió de divertirle mucho, porque se echó a reír sin detenerse siquiera a censurar mi vocabulario.

—Pues comerciar, Malena, ¿qué te habías creído?

—¡O sea, que ni siquiera eran piratas!

—Hombre, yo no diría tanto... —sonrió nuevamente—. Eso, según se mire, pero lo que hacían era comprar en Perú tabaco, especias, café, cacao, y otras cosas de valor, y mandarlas a España en sus propios barcos, y aquí, o en cualquier puerto que les pillara de camino, a la vuelta, los cargaban con telas, herramientas, armas... —hizo una pequeña pausa y su tono de voz descendió hasta convertirse en un susurro—, esclavos..., y en fin, mercancías que vendían allí. Así ganaron mucho dinero.

Cuando me miró, esperando una respuesta, no fui capaz de decir nada. El mundo se había desplomado sobre mis hombros y ni siquiera me sentía con fuerzas para enterrarlo, pero él me cogió por el hombro y me besó dos veces en la sien, al borde de mi ojo izquierdo, para enseñarme que su calor se acrecentaba en la derrota.

—Lo siento, princesa, pero ésa es la verdad. Puedes consolarte pensando que los Fernández de Alcántara nunca mataron a nadie.

—¡Y eso a mí qué me importa!

—Lo sabía —dijo entonces, cabeceando, como si hubiera recibido la peor noticia de mis labios—. Y eso que a tu hermana era lo único que le preocupaba. Estáis tan unidas, parecéis tan iguales, y sin embargo, yo ya lo sabía, lo sabía...

—Pero ¿qué dices, abuelo? —protesté, reaccionando a la única frase de su discurso que había podido entender—. Claro, tú, como no hablas y vas siempre a lo tuyo, pues no te enteras. Reina y yo no nos parecemos en nada, Reina es mucho más buena que yo.

Su rostro se ensombreció de repente y me miró de una manera especial, horadando mis pupilas con las suyas, escrutándome con ansia, como si buscara una contraseña, algún signo distinto en mis ojos. Tenía el ceño tan fruncido que desfiguraba todos sus rasgos y luego, tras una larga pausa, su voz se elevó hasta un tono que yo no recordaba haber registrado nunca. Me daba miedo.

—No digas eso, Malena. Ya he escuchado esa frase demasiadas veces en mi vida, y siempre me ha puesto enfermo.

—¿Que no? Pregúntaselo a mamá, y verás...

—¡Me importa tres cojones lo que diga tu madre! —descargó un puñetazo inútil sobre la pared—. ¡Yo sé que no es cierto y basta!

Por un momento conseguí verle borracho, un hombre alto, quizás
desnudo, mucho más joven, mientras aporreaba la puerta del cuarto de
baño de Almansilla, intentando sacar a la abuela de allí a la fuerza para
obligarla a pecar con él, y un escalofrío me corrió por la espalda, y me
quedé colgada de aquella imagen, absolutamente fascinada, y aunque
Reina y mamá tuvieran razón, aunque en aquellos asuntos el abuelo
se hubiera portado siempre como un hijo del diablo, me dije que yo no
hubiera resistido la tentación de salir del baño para pecar deprisa, lo antes
posible, y ni siquiera me desanimé ante ese nuevo indicio de que mi sexo,
lejos de parecer un accidente, se confirmaba como un destino fijo, para
toda la vida.

El pareció leer mis pensamientos y no debieron molestarle mucho,
porque se calmó y me tomó suavemente del brazo.

—Ven, te voy a regalar una cosa.

Volvió a su escritorio y abrió con llave un cajón que yo había encontrado siempre cerrado para extraer de su interior una caja de madera de
aspecto antiguo, muy bonita. Me miró con una sonrisa indescifrable
mientras levantaba la tapa muy despacio, creando una expectación casi
circense que no se vio defraudada por el agudo chillido que dejé escapar
cuando por fin me permitió contemplar su interior. Allí, entre otras joyas
más modernas, resplandecían sobre una almohadilla de terciopelo dos
enormes broches que yo conocía muy bien.

—Esto es todo lo que queda de las joyas de Rodrigo. Las demás las
fue enviando a la Corte, poco a poco. Regalos para la reina, esperaba
obtener a cambio un título de nobleza.

—¿Se lo dieron?

—No.

—Claro. ¿Por qué se lo iban a dar, si no era más que un tendero?

—No fue por eso —reía—, sino porque al rey le fastidiaba ennoblecer
a sus acreedores... Pero Rodrigo era muy listo, ya te lo he dicho, y se
quedó con las dos piezas más valiosas. Esta —puso los dedos sobre un
pedrusco rojo, enorme, como un huevo de grande, que estaba engarzado
en un simple cerco de oro— es un granate, y aquélla —señaló entonces un
guijarro verde, ligeramente más plano y más pequeño— es una esmeralda.
Tiene un nombre. Se llama Reina, como tu madre y tu hermana.

Permaneció mudo unos instantes, acariciando siempre la piedra roja,
que imaginé más cara por su tamaño, pero en el último momento, escogió
la piedra verde, la desprendió del terciopelo y me la puso en la mano,
que encerró después entre las suyas.

—Toma, es para ti, pero ten mucho cuidado con ella, Malena, vale muchísimo dinero, más del que te puedes llegar a imaginar. ¿Cuántos años tienes ya?

—Doce.

—¿Sólo doce? Claro, pero pareces mayor... —el dato de mi edad pareció desconcertarle. Me di cuenta de que había comenzado a dudar e intenté facilitarle las cosas.

—Si quieres, quédatela tú y me la das cuando sea más mayor.

—No —negó con la cabeza—, ya es tuya, pero tienes que prometerme que no le dirás a nadie, absolutamente a nadie, ni siquiera a tu hermana, y mucho menos a tu madre, que te la he dado. ¿Me lo prometes?

—Sí, pero ¿por qué me...?

—No me hagas preguntas. ¿La quieres?

—Sí.

—¿Se la enseñarás alguna vez a alguien?

—No.

—Bueno, pues guárdala en cualquier sitio seguro, en alguna parte que puedas cerrar con una llave, y cuélgate esa llave del cuello. No la saques nunca, a menos de que estés completamente segura de que no hay nadie mirándote. Cuando te vayas de viaje, llévala contigo, pero jamás la metas en una maleta, y no se la regales a nadie, Malena, esto es importantísimo, no se la des a nadie, a nadie, a ningún chico, ni siquiera a tu marido cuando lo tengas, prométemelo.

—Te lo prometo.

—Consérvala, y si alguna vez, de mayor, estás en apuros, llama al tío Tomás y véndesela. El te pagará lo que vale. No recurras a nadie más, ¿de acuerdo? Y ten presente siempre que esta esmeralda puede salvarte la vida.

—Lo haré.

Procuraba parecer tranquila, pero me sentía a punto de desplomarme de un momento a otro, excitada por aquella historia increíble, el disparatado sesgo aventurero que, como en las películas, había tomado la más prosaica de las decepciones, y muy asustada al mismo tiempo por el carácter de aquellas peligrosas recomendaciones. Nadie excepto Magda me había hablado así antes, y me pregunté por qué todos en aquella casa parecían elegirme precisamente a mí para implicarme en los secretos más terribles.

—Muy bien —y me besó en los labios, como si pretendiera reforzar así el vínculo secreto, aún más estrecho, que desde entonces nos unía—. Ya puedes irte.

Me di la vuelta y caminé hacia la puerta, apretando el broche de Rodrigo el Carnicero entre los dedos, mientras me preguntaba si sería cierto que aquella piedra de aspecto sucio y superficie áspera, rugosa, que ni siquiera brillaba como el solitario de mamá, fuera un auténtico tesoro. Entonces me volví, como impulsada por un resorte.

—Abuelo, ¿puedo preguntarte sólo una cosa? —él asintió con la cabeza—. ¿Qué le has regalado a mi hermana?

—Nada —sonrió—, pero ella va a heredar el piano, es la única que ha aprendido a tocarlo, ya lo sabes.

La seguridad con la que me contestó, como si tuviera aquella respuesta preparada desde hacía mucho tiempo, me devolvió la tranquilidad, alejando de mí la sospecha de haber sido injustamente favorecida. Al fin y al cabo, el piano de Martínez Campos era también de maderas preciosas, y alemán, y carísimo, por eso a Reina aún no le habían dejado rozarlo siquiera, solamente afinarlo ya costaba una pasta, mi madre no paraba de decirlo.

—Ya. ¿Y por qué me has regalado esto precisamente a mí? Tienes muchos nietos.

—Sí, pero sólo hay un broche. No lo puedo partir en pedacitos, ¿verdad? Y... —marcó una pausa— ¿por qué no te lo iba a regalar a ti? Magda te adoraba, eso te convierte casi en una nieta doble, y además..., me temo que tú eres de los míos —bajó la voz—, de la sangre de Rodrigo. Seguramente te hará falta algún día.

—¿Qué quieres decir?

—Te dije antes que no me hicieras preguntas.

—Sí, pero es que no te entiendo.

Calló y miró al techo, como si allí pudiera encontrar un argumento convincente para desmentir su clarividencia, cualquier justificación vulgar en la que envolver el certero augurio que no habría querido pronunciar ante esa niña mayor sólo a medias, y halló lo que buscaba, porque un instante después me contestó, seguro de la eficacia de sus palabras.

—Si nosotros hubiéramos ido al Perú, no habríamos necesitado comprar las tierras, ¿verdad?

—No —sonreí—, claro que no, nosotros las hubiéramos conquistado a mandoble limpio.

—A eso me refería.

—Pero entonces... nosotros no seremos de la sangre de Rodrigo, ¿no? Porque fue él quien compró las tierras.

—Claro, claro, tienes razón, no sé por qué he dicho esa tontería, ya debo estar chocheando, las palabras se me van y se me vienen de la cabeza sin que me dé cuenta... Anda, márchate ya, tu madre te debe estar buscando, pero recuerda siempre lo que me has prometido.

—Sí, abuelo, y muchas gracias.

Volví corriendo a su lado, le besé y desaparecí. Aquella tarde no salió de su despacho para despedirnos, y pasaron semanas antes de que tuviéramos otra oportunidad de hablar, pero nunca jamás, ni entonces ni después, volvió a mencionar la esmeralda. El día en que me enteré de que se iba a morir me pasé toda la noche llorando.

Nunca llegué a creer del todo en los mágicos poderes de la piedra salvavidas. Era difícil apreciarlos en aquel guijarro, sobre cuya superficie irregular parecían haberse entrechocado ya mil veces esas feas cordilleras de aristas romas, limadas por el tiempo, y que siempre estuvo recubierto de una especie de barniz polvoriento que no logré disolver ni siquiera con lejía. Y es cierto que, durante aquel mismo curso, aprendí en el colegio que la esmeralda es una piedra preciosa, pero en las ilustraciones del libro de Ciencias, aquellas resplandecientes lágrimas de vidrio verde que brillaban como si su interior alimentara un misterioso fuego vegetal, no pude reconocer ningún indicio que hiciera digno del calificativo de precioso a mi pobre talismán, que, pese al remoto tono verdoso que desprendía a veces, cuando lo miraba a la luz, más bien se parecía a esas esquirlas de granito con las que me tropezaba por todas partes cuando íbamos a la sierra de excursión. Además, recuerdo que pensé entonces, vete a saber lo que quiere decir precioso, seguramente no vale ni lo que un piso, así que, sin pensarlo mucho, dejé caer el broche en el fondo de la caja de Tampax que guardaba en el armario y allí se quedó durante más de dos años, hasta que Reina tuvo su primera regla —nunca olvidaré la fecha, porque cuando mi hermana se quejaba ante mi madre de la enervante pereza de su organismo, ella solía responder con una sonrisa, no te preocupes, cariño, todo tiene su lado bueno y su lado malo, y Malena se hará vieja antes que tú— y aquel escondite pasó a engrosar la nómina de las propiedades compartidas. Después, el legado de Rodrigo fue a parar al cajón de los abalorios, bien camuflado por una infinidad de pequeñas cosas de colores, aros de metal, collares de cuentas, perlas de plástico, cabezas de muñecas y relojes estropeados, hasta que una tarde, cuando ya casi me había olvidado de él, mi hermana me pidió prestado un par de pendientes, y le dije que los cogiera ella misma, y antes de que tuviera tiempo para reaccionar, ya me estaba preguntando por la esmeralda con ella en la mano, menos mal que todavía pude recordar algunas de las excusas que había fabricado específicamente para esa situación.

—¿Qué es esto, Malena?

—Pues un broche, ¿no lo ves?

—Ya... Pero es horrible, está hecho polvo.

—Sí. Lo saqué de un contenedor de esos de la calle, donde echan los cascotes de las obras. Pensé que me vendría bien para el disfraz de bruja, pero al final no me lo llegué a poner, porque pesa demasiado y me hacía unas arrugas horribles en la túnica. Trae, lo voy a tirar a la basura.

—Sí, es lo mejor, porque parece oxidado. Si te pincharas con él, tendrían que ponerte la antitetánica.

Mientras Reina, de espaldas a mí, se ponía los pendientes, deslicé la esmeralda en mi bolsillo con un gesto sigiloso. Me dije con orgullo que el abuelo habría aplaudido mi astucia, pero tuve miedo de que aquella escena pudiera llegar a repetirse delante de mi madre, y aquella misma tarde compré una caja de metal con cerradura, cuya llave pasó a hacer compañía a la que protegía mi diario, entre las medallas que llevaba colgadas del cuello. Luego, sin detenerme a meditarlo apenas, corrí por el pasillo hasta el despacho de mi padre, la única habitación de la casa donde mamá nunca se atrevía a entrar a solas.

Llamé con los nudillos a la puerta y no recibí respuesta, así que la empujé despacito y me colé dentro. Él jugaba a comerse el labio inferior con sus propios incisivos mientras seguía con interés, a juzgar por su expresión embobada, alguna fascinante historia que alguien narraba al otro lado del teléfono, y aproveché para mirarle con detenimiento antes de que llegara a advertir mi presencia, porque ya hacía años que se comportaba como todos los demás padres que yo conocía, es decir, como si no tuviera nada que ver con nosotras. En aquella época estaba tremendamente guapo, casi más que antes, y parecía muy joven. En realidad lo era, todavía no debía de haber cumplido los cuarenta, cuando nosotras nacimos era casi un crío, mamá y él se habían casado muy deprisa, después de un noviazgo corto, y tampoco esperaron mucho para tener hijos, quizás porque ella era mayor que él, casi cuatro años.

Cuando por fin cambió de postura y me descubrió al otro lado del escritorio, hizo un gesto de fastidio con los labios y tapó el auricular con una mano.

—¿Qué quieres, Malena?

—Necesito hablar contigo de algo importante.

—¿Y no puede ser dentro de un rato? Tengo muchas cosas que discutir por teléfono.

—No, papá, tiene que ser ahora.

Masculló sus últimas palabras entre dientes, como si fueran insultos, pero se removió en la silla para darme la espalda y despidió deprisa a su interlocutora, asegurándole que volvería a llamar enseguida. Luego se volvió hacia mí, y sin marcar ninguna pausa, apoyó los codos en la mesa y me hizo, a bocajarro, la pregunta que menos esperaba.

—¿Estás embarazada?

—No, papá.

—Menos mal.

Parecía tan profundamente aliviado que me pregunté qué clase de imagen tendría de mí si hasta me creía capaz de una gilipollez semejante, y perdí el hilo del discurso que traía preparado.

—Verás, papá, este verano voy a cumplir diecisiete años... —intentaba improvisar, pero él echó una ojeada a su reloj y, como de costumbre, no me dejó terminar.

—Uno, si quieres dinero, no hay dinero, no sé en qué coño os lo gastáis. Dos, si te quieres ir en julio a Inglaterra a mejorar tu inglés, me parece muy bien, y a ver si convences a tu hermana para que se vaya contigo, estoy deseando que me dejéis en paz de una vez. Tres, si vas a suspender más de dos asignaturas, este verano te quedas estudiando en Madrid, lo siento. Cuatro, si te quieres sacar el carnet de conducir, te compro un coche en cuanto que cumplas dieciocho, con la condición de que, a partir de ahora, seas tú la que pasee a tu madre. Cinco, si te has hecho del Partido Comunista, estás automáticamente desheredada desde este mismo momento. Seis, si lo que quieres es casarte, te lo prohíbo porque eres muy joven y harías una tontería. Siete, si insistes en casarte a pesar de todo, porque estás segura de haber encontrado el amor de tu vida y si no te dejo casarte te suicidarás, primero me negaré aunque posiblemente, dentro de un año, o a lo mejor hasta dos, termine apoyándote sólo para perderte de vista, pero siempre con dos condiciones: primera, régimen de separación de bienes, y segunda, que el novio no sea Fernando —se concedió un respiro, la única pausa que abriría en su descabellado discurso, y excepcionalmente, se comportó como un padre—. Lo siento mucho, Malena, y te juro que me la suda de quién sea hijo, pero aunque me puse como una fiera cuando me enteré de que mamá te abría sus cartas, ese tío no me gusta porque es un chulo, y ya lo sabes... Ocho, si has tenido la sensatez, que lo dudo, de buscarte un novio que te convenga aquí en Madrid, puede subir a casa cuando quiera, preferiblemente en mis ausencias. Nueve, si lo que pretendes es llegar más tarde por las noches, no te dejo, las once y media ya están bien para dos micos como vosotras. Y diez, si quieres tomar la píldora, me parece cojonudo, pero que no se entere tu madre. Ya está —miró de nuevo el reloj—. Tres minutos... ¿Qué tal?

—Fatal, papá, no has dado ni una.

Siempre había pensado que los indignados reproches —¡qué cómodo eres, Jaime! Desde luego, así educaría yo a veinte hijos...— que mi madre oponía a esos divertidos números de prestidigitación mental a los que, prácticamente, se había reducido ya nuestro contacto con él, no dejaban de tener fundamento, y sin embargo, jamás los habría cambiado por los concienzudos interrogatorios, cuajados de pausas y suspiros, a los que ella, más tradicional en todo, había permanecido fiel, de modo que reí con ganas aquel infrecuente fracaso paterno, y esperé en vano a que se iniciara el segundo asalto, pero la campana no llegó a sonar, aquella tarde tenía prisa.

—Bueno, Malena, ¿qué es lo que quieres?

Puse la caja encima de la mesa.

—Quiero que me guardes esto en un cajón cerrado, que no lo abras, y que me lo devuelvas cuando te lo pida.

—¡Joder! —alargó la mano hacia la caja y la sacudió en el aire, pero yo había rellenado el interior con un periódico arrugado para que no sonara—. Parecemos la familia Secretitos...

No lo sabes tú bien, pensé.

—¿Qué hay dentro?

—¡Bah! Nada que te interese —calculé deprisa, no había contado con su curiosidad, pero él mismo me había sugerido la mejor excusa—. Son cosas de Fernando, una Venus de escayola que ganamos tirando al blanco en las fiestas de Plasencia, un pañuelo suyo que me quedé una vez, postales, un bombón, de ésos tan cursis con forma de corazón, que me mandó desde Alemania...

—El condón que usó la última noche...

—¡Papá!

Enrojecí hasta la raíz del pelo. No encontraba nada divertido en estas insinuaciones suyas, cada vez más frecuentes y siempre gratuitas, porque generalmente pensaba que, si de verdad les hubiera sospechado algún fundamento, no las celebraría con tantas carcajadas, aunque algunas veces llegué a intuir la verdad, el auténtico propósito de la sistemática insolencia que él procuraba maquillar de tolerancia liberal, el peso de la culpa que le roía por dentro, impulsándole a asomar la nariz constantemente en el interior de quienes le rodeábamos en busca de errores ajenos que colocar, junto con los suyos propios, en la lista de lo que habría podido denominar debilidades humanas si su mujer, un indiscutible ser humano, hubiera sucumbido a alguna, alguna vez. De todas formas, aquella tarde yo tampoco me puse de su parte.

—Muy bien —dijo, por fin, todavía risueño—. Te la guardaré en este armario —señaló uno de los bajos del mueble que recorría tres de las cuatro paredes de la habitación—. ¿Dónde está la llave?

—Aquí —contesté, haciéndola bailar sobre mi cuello.

—No dejas nada al azar, ¿eh?

En ese momento escuchamos el eco de otra llave que se introducía en la cerradura de la puerta principal, muy cerca de nosotros, y se llevó las manos a la cabeza, apretándose las sienes como si le acabaran de condenar a muerte.

—¡Me cago en la hostia! No puede ser tu madre, ¿verdad?

Era mamá, por supuesto. El «hola» cantarín con el que se anunciaba siempre, apenas traspasaba la puerta de la calle, alcanzó mis oídos antes que el final de su frase.

—No puede ser —miró el reloj, desconcertado, y por un instante me concedí el lujo de sentir compasión de él—. Pero si se ha ido de compras hace menos de dos horas...

—¡Hola! —repitió mamá, al unirse a nosotros—. ¡Malena! ¿Qué haces aquí?

—Estaba hablando con papá —contesté, pero mis intenciones la debían traer sin cuidado, porque antes de que pudiera explicarme, ya estaba al lado de la mesa.

—Cierra los ojos, Jaime, te he comprado una cosa que te va a gustar, por eso he vuelto tan pronto.

Me miró con la sonrisa nerviosa que imprimía un extraño temblor en sus labios cuando estaba contenta y yo se la devolví, porque me gustaba verla así y no era muy frecuente. Luego sacó de una bolsa un paquete alargado, y lo vació para colocar sobre los papeles de mi padre una corbata de las que sólo él se había atrevido a llevar en la grisácea ciudad que fue el Madrid de mi infancia, seda italiana estampada en azules, púrpuras y morados, que reproducían un fragmento de un cuadro cubista. A mí me pareció muy bonita, pero pensé que a ella no sólo no le podía gustar, sino que incluso se iba a morir de vergüenza el día que tuviera que salir a la calle a estrenarla con él, y me asombré de la torpeza de aquel deficiente sabueso de intimidades, que tan tenazmente husmeaba en mis pecados sin reconocer en sí mismo el único pecado que podría disculpar, que de hecho disculpaba desde hacía años, todos los suyos.

—Ya puedes abrirlos.

Mi padre cogió la corbata y la frotó con las yemas de los dedos.

—¡Reina! Es preciosa... Me encanta, gracias.

Luego apoyó la cabeza, los ojos cerrados, en el estómago de mi madre, que estaba de pie, a su lado, acariciándole el pelo como si fuera un niño, y sólo entonces me di cuenta de lo deprisa que estaba envejeciendo ella, y encontré aquella escena atrozmente injusta. Iba a marcharme ya, dejándoles a solas con sus miserias, cuando mamá, que ni siquiera permitía que su marido la besara en la boca delante de nosotras, se me adelantó.

—Bueno, voy a pasarme por la cocina, a ver cómo va la cena...

Mi padre pareció resistirse a deshacer su abrazo, pero ella se separó de él con un gesto decidido, y después de sonreír de nuevo, se fue sin decir nada más. Apenas un segundo después, hice ademán de imitarla. Ya no me apetecía quedarme con papá a solas, ni siquiera para agradecerle el favor.

—Yo también me voy. Tengo que contarle una cosa a mamá.

—¿Larga? —su voz me interceptó cuando estaba a punto de alcanzar la puerta.

—¿El qué?

—Lo que le tienes que contar a tu madre.

—Pues, no sé...

—¿Diez minutos? —ya tenía la mano encima del auricular del teléfono.

—Sí, supongo que sí.

Empezó a marcar un número. En aquel momento hubiera cogido la corbata, la habría doblado varias veces, se la habría metido en la boca, y le habría obligado a masticarla hasta que su aparato digestivo hubiera aprendido a metabolizar la seda natural, pero por alguna misteriosa razón, él sabía, como Magda, que podía confiar en mí. Por eso no se alteró, y mientras esperaba a que alguien respondiera a su llamada, volvió del revés su flamante propiedad para leer la etiqueta, y tras dejar escapar un sonoro silbido, no se tomó el trabajo de hablar para sí mismo.

—¡La hostia! Cómo se nota que vamos a heredar.

El abuelo no sobrevivió ni dos meses a aquella advertencia, y entonces decidí dejar de correr riesgos y seguir sus instrucciones al pie de la letra. No recuerdo haber tomado nunca una decisión más sabia, a pesar de que me costó trabajo permanecer callada cuando, tras la apertura del testamento y el sucesivo estallido de dos bombas de tiempo —el abuelo, siguiendo la más acrisolada tradición familiar, tenía mucho menos dinero en metálico del que sus herederos esperaban recibir y, como un magnánimo rey medieval, había dispuesto que su fortuna se dividiera no en nueve, sino en catorce partes iguales, reconociendo a los hijos de Teófila los mismos derechos que a sus descendientes legítimos—, la mayoría de los asistentes se pusieron a chillar al mismo tiempo, acusándose los unos a los otros de la pérdida de aquella esmeralda que no aparecía por ninguna parte, hasta que la voz del tío Tomás se impuso sobre las demás para comunicar a sus hermanos, sin insinuar el más mínimo ademán que pudiera comprometerme, y sin mentir del todo, que el abuelo había decidido proteger a una jovencita tres o cuatro años antes de morir, y que, en un momento de locura, le había regalado a ella la Piedra Reina, que ya ni siquiera figuraba en el inventario de bienes que hizo llegar al notario con la última versión de su testamento.

Mi tío Pedro, el primogénito y, hasta aquel momento, el más serio y formal de todos, fue el primero en sorprenderme.

—Cómo no iba a hacer algo así... ¡el viejo putero de mierda!

Entonces me llevé instintivamente la mano a la cadena del cuello y me dispuse a confesar la verdad, pero no fue necesario, porque mi tío Tomás, el otro mudo artificial de la familia, misterioso amigo de juventud de mi padre que solía comportarse conmigo como si yo no hubiera llegado a existir nunca, intervino de nuevo, en su tono y sus gestos una energía que nadie hasta entonces habría podido adivinar tras lo que parecía una indolencia enfermiza, y ésa fue la segunda sorpresa.

—Mira, Pedro, si te da asco tocar el dinero de papá, no tengo ningún inconveniente en aceptar una renuncia voluntaria de tu parte firmada ante notario. Y lo mismo vale para todos los demás. ¿Está claro?

Debió de estar bastante claro, porque nadie permitió que se le moviera ni un solo músculo de la cara, y liquidamos los legados particulares en media hora, sin más contratiempos que los furiosos espasmos que hicieron removerse sobre la silla a varios de los presentes, entre ellos mi madre, cuando en la más completa impotencia, conocieron que el destino del granate, último testimonio material de las riquezas de los Alcántara de ultramar, apuntaba con precisión al mullido centro del escote de Teófila.

—Es lo más indicado —comentó mi padre, que había recibido la noticia con una ruidosa carcajada, como si nada pudiera hacerle más feliz—. Ella será la única que lo sepa apreciar en lo que vale. Conociéndola, no se lo va a quitar ni para dormir. Anímate, Reina, a lo mejor una noche de éstas se pincha con la aguja y se muere...

—No tiene ninguna gracia, Jaime —ésa era mamá.

Posiblemente él tampoco se la encontraba, pero siguió riéndose porque era un buen jugador, y mientras tanto, llegó el turno de los nietos. Reina heredó el piano previsto. A mí, que no esperaba nada, me correspondió el retrato de Rodrigo el Carnicero, un regalo escogido sólo para cubrir las apariencias, pero que, por lo exiguo de su valor, incrementó la dosis de indignación de mi madre, arrebatando de su rostro el último vestigio de color. Ya nos íbamos, cada cual con su premio y su castigo, cuando la tía Conchita, que tenía muchos hijos y siempre se quejaba más que los demás, desencadenó el último acto.

—Oye, Tomás... Y ¿qué pasa con la parte de Magda?

—Nada. La parte de Magda no se toca.

—Bueno, pero ella —era mi tío Pedro quien hablaba ahora— es como un soldado en rebeldía, ¿no? En rigor, no le correspondería...

—La parte de Magda no se toca —Tomás insistió, masticando las sílabas como los niños pequeños—. Ella conserva una cuenta abierta en el banco, y desde allí le mandan la documentación a donde sea que viva ahora. Deducirá lo que ha pasado cuando le llegue información del ingreso —se llegaron a oír algunos murmullos, pero él los acalló elevando la voz—. Una cosa es que Magda no quiera saber nada de nosotros, y otra muy distinta que haya dejado de ser hermana nuestra.

—Me parece justo.

Era nuevamente la voz de mi padre, el único que se atrevió a apoyar ante los demás las palabras que todavía flotaban en el aire como si ningún otro sonido pudiera absorber su eco, aunque aquella sorprendente toma de posición sólo sirvió para romper definitivamente los nervios de mi madre.

—¡A ti no te parece nada, porque ninguna cosa de la que se pueda hablar hoy aquí es asunto tuyo!

—En eso estoy de acuerdo, pero puedo opinar, ¿no? Y repito que me parece justo.

Entonces, la mirada de mamá pasó de largo sobre mí sin detenerse, y vagó perdida por la habitación como si no encontrara un asidero, un lugar donde posarse y descansar, hasta que halló un hueco confortable en otros ojos que la esperaban, desafiantes, y por fin estalló.

—¡Tú lo has sabido siempre, Tomás, tú sabes dónde está, y papá también lo sabía, los tres mantuvisteis vuestra maldita alianza hasta el final! No hay derecho, ¿te enteras?, ¡no hay derecho! Ella se salió con la suya, y tú, que no eres más que un... Todos vosotros, egoístas y soberbios, siempre igual, desde el principio. No os merecéis nada, ¿me oyes?, nada, no sois más que basura... ¡Qué horror, si viviera mamá! ¡Qué horror, Dios mío!

Luego se derrumbó sobre una silla, parecía que estaba a punto de desmayarse, y durante un segundo nadie se acercó a ella, como si los demás temiéramos contagiarnos de la estancada tristeza de aquella mujer que no había derramado una sola lágrima en el funeral de su padre, pero ahora sollozaba siguiendo un ritmo constante, desolado, desprovisto de cualquier rastro de esperanza. Mi hermana rompió el hechizo corriendo para abrazarla como si quisiera protegerla de sí misma, esconderla de nuestros ojos. Yo la seguí con la mirada, reprochándome no tener unos reflejos tan rápidos como los suyos, y tuve que admitir por fin, casi a la fuerza, el misterioso poder de mi esmeralda, porque existiera o no aquella alianza, y estuviese o no maldita, lo cierto es que en ella seguíamos estando tres.

El primer recuerdo que conservo de Magda es, precisamente, la ausencia de recuerdos o, a lo sumo, la profunda extrañeza con la que, siendo todavía muy pequeña, recibía los besos y los regalos de aquella mujer intermitente, la eterna visitante que decía ser mi tía, pero que no solía pasar más de un tercio del verano en Almansilla, ni merendar los domingos en Martínez Campos, ni cenar siquiera con nosotros en Nochebuena, y que a mí me parecía más bien un inquietante duplicado de mi madre. Con el paso de los años siguió sin gustarme, a cada edad por un motivo distinto, porque los juguetes que me regalaba traían siempre instrucciones en un idioma que yo no podía leer, o porque trataba a la tata Juana de tú, o porque cuando celebraba su cumpleaños sólo preveía las copas de los adultos y no ponía ni un mísero plato de patatas fritas para los niños. Después, cuando se cansó de ir todo el tiempo de un lado para otro y empezó a quedarse en casa de los abuelos temporadas más largas, empecé a odiarla ya por un motivo concreto y con una intensidad que ahora me parece enfermiza en una niña de nueve años, porque Magda era igual que mamá, pero al mismo tiempo, era una mujer mucho más atractiva que mamá, y yo acusaba este matiz como una ofensa imperdonable.

Entonces no habría sido capaz de enumerar por separado los pequeños detalles que obraban el milagro de la diferencia, una meta a la que sólo ella aspiraba, porque su hermana se mostraba muy a gusto encogida en el espacio de una identidad común, pero ahora recuerdo algunos detalles sueltos, y veo a Magda fumando con boquilla, el brazo izquierdo atravesado debajo del pecho, el puño cerrado para sostener el codo del brazo opuesto, y éste tan tieso que parecía prolongarse en la columna de humo blanco que escapaba de un cigarrillo preso entre los dedos índice y corazón, más allá de una muñeca que se desmayaba hacia atrás en un gesto perfectamente calculado, y la veo encendiendo un puro de Sumatra, pequeño y delgado, justo veinticuatro horas después de que mamá se decidiera a estrenar una boquilla que nunca le sentaría tan bien como a ella, y puedo aventurar incluso una fórmula capaz de explicar lo que en aquellos tiempos ya no podía interpretar sino como un desesperado intento de fuga permanente, y es que Magda se obstinaba en no tener nada en común con el modelo de señora madrileña de la época, al que mi madre siempre se plegó con convicción, pero, y esto era lo excepcional, no fue nunca por defecto, sino por exceso.

En lugar del flequillo acomplejadamente francés que se prolongaba en una media melena cardada, teñida totalmente o a rayas en cualquiera de las gamas del amarillo, y cuyas puntas, curvadas con rabia hacia dentro, llegaban justo hasta los hombros, ella conservaba largo su pelo castaño oscuro, y se lo dejaba suelto por las mañanas, peinándolo a lo sumo en una trenza para transformarlo luego, excepto en las raras noches que pasaba en casa, en un moño bajo y muy sencillo, que le daba el aspecto agitanado del que todas sus coetáneas huían como de la peste, y prefería subrayar sus párpados con una sola línea negra a empastarlos con los lápices azul celeste o verde mar que mamá desgastaba con verdadero vicio, como si creyera que sometiendo sus ojos a semejante asedio, sus pupilas terminarían rindiéndose y mudando de color a cambio de clemencia. Magda casi nunca se ponía pantalones, aunque eso hiciera moderno, pero jamás se embutió en una faja, y llevaba siempre medias negras, pero nunca marrones, y apreciaba su escote como una joya suficiente, pero solía escoger unos pendientes enormes, en las antípodas de los pequeños detalles de buen gusto que hacían siempre juego con alguna de la media docena de cadenas de oro que mis otras tías llevaban colgadas del cuello, y decía tacos en público, pero no se pasó al biquini, y permaneció fiel a las faldas tubo en el reinado de la minifalda, pero prescindía del sujetador en verano, y no se arreglaba las uñas, pero se pintaba los labios con un carmín muy rojo, y no tenía marido, pero esquivaba con furia los ramos que volaban a su encuentro en todas las bodas, y no se daba masajes, pero recorría kilómetros enteros caminando por el campo ella sola, y jamás se adornó con mantilla y peineta, pero durante las fiestas de Almansilla se levantaba a las cinco de la mañana y salía de casa sin hacer ruido, con mi padre y con su hermano Miguel, para ser la única mujer que se atrevería a correr delante de los toros, y no le gustaba el jerez, pero sólo podía comer con un vaso de vino tinto delante, y leía su propio periódico, pero no discutía sobre política, y tenía muchos amigos, algunos hasta famosos, pero nunca se los presentó a la familia, y pronunciaba todas las erres de *prêt-à-porter*, pero había vivido en París algunos años, y decía gancho en vez de *sex-appeal*, pero aconsejaba a la gente cómo moverse por Londres en metro sin consultar otros planos que los de su memoria, y se ponía muy morena en verano, pero en lugar de tomar el sol, nadaba, y nunca, nunca, a pesar de lo que terminó siendo la gran bronca continua de cada mes de agosto, accedió a depilarse las axilas, pero se hacía la cera en las piernas hasta la mismísima articulación de los muslos con la cadera, sin detenerse al llegar a la rodilla como las demás, y supongo que lo más importante de todo es que ninguna de estas normas, inmutables como la sucesión de la noche y el día, cambió en lo más mínimo durante años y años.

Entonces yo no podía admitir que hubiera preferido una madre como Magda, no me sentía con fuerzas bastantes para acometer una traición tan espantosa, así que no me quedaba más remedio que detestarla mientras aprobaba apasionadamente los actos de su doble, poniendo tanto énfasis en mi arbitrariedad que, pese a que jugaba siempre a su favor, mamá llegó a preocuparse, y hasta Reina me regañaba de vez en cuando por ser tan antipática con mi tía. Durante mucho tiempo no pude explicarme la virulencia de mi reacción, pero ahora creo que mi organismo trataba solamente de elaborar una vacuna eficaz, una defensa destinada a preservar intacta mi vida en ese mundo lento, apacible y ordenado, bajo cuya superficie se desbocaban torrentes tan profundos que amenazaban con hundirlo para siempre. Lo único que me tranquilizaba era la actitud de mi padre, que trataba a Magda con cierta indiferencia desdeñosa a la que su cuñada correspondía puntualmente.

Ella era sin embargo una mujer muy guapa, de rostro un tanto irregular, muy cuadrado, con los ojos un poco más oscuros que los de mamá, no tan dulces, y los labios, el único rasgo que también en mi boca delata el entusiasmo con el que nuestros antepasados se entregaron al mestizaje, tal vez abultados en exceso, pero su cuerpo, y ésta era la principal diferencia que recuerdo entre ambas, era el armonioso cuerpo de mujer joven que su hermana conservaba solamente en algunas fotografías de bordes festoneados y luces amarillentas ya por el paso del tiempo. Esta distancia, fuente de una especie de celos reflejos que yo invocaba a menudo para defender la legitimidad de mi rechazo, me resultaba todavía más irritante porque las imperfecciones físicas más llamativas de mamá adquirían el carácter de defectos atractivos, cercanos ya a la virtud, en el cuerpo de Magda, que coqueteaba arriesgadamente con los límites de la opulencia sin decidirse a atravesar jamás una frontera de la que su hermana nunca podría regresar ya. Así, por ejemplo, los grandes pechos redondos que parecían doblegar con su peso el torso de mi madre, siempre imperceptiblemente inclinado hacia delante, brotaban del tieso tronco de Magda con una naturalidad pasmosa, creando un efecto que sólo se podría definir como una desproporción agradable a la vista, y esa misma condición amparaba a su vientre, que al sobresalir levemente hacia delante sugería más una almohadilla mullida, pero firme, que una advertencia del cansancio de la piel, y a sus piernas, quizás un poco demasiado cortas pero misteriosamente espléndidas.

Magda tampoco mostraba entonces indicios del cariño que más tarde llegaría a sentir por mí, y en apariencia me trataba igual que a sus demás sobrinos, como a una obligación incómoda, sin detenerse a prestarme la atención precisa para detectar siquiera mi enemistad. Por eso me sorprendió tanto el brusco interés que desperté en ella durante el banquete de primera comunión de uno de mis primos, cuando tras mirarme atentamente todo el tiempo, desde los entremeses hasta el postre, salió al jardín y me obligó a bajarme de un columpio para llevarme aparte y disparar, sin ningún preámbulo, aquella extraña pregunta.

—¿Te gusta el lazo que llevas en la cabeza?

Me toqué el pelo, sorprendida, aunque sabía que se refería a un lazo ancho de raso rojo, exactamente igual al que llevaba mi hermana Reina y colocado exactamente en el mismo sitio, a la derecha de la raya central que dividía nuestra melena en dos mitades exactamente iguales, y di un respingo, porque hacía sólo unas horas que había confesado para poder comulgar, y no me hacía mucha gracia tener que mentir tan pronto. Sin embargo contesté con el mayor descaro posible.

—Sí, me gusta mucho.

—¿Y no te gustaría llevar un lazo de otro color? ¿O llevarlo en otro sitio, a la izquierda, o justo en el centro, o peinarte con una coleta?

Fumaba despacio, con una boquilla de marfil que tenía forma de pez, y tamborileaba con la puntera del zapato en las baldosas de granito, mirándome con una sonrisa que no conseguía serlo del todo, y me asusté a mí misma sospechando que quizás fuera bruja, una hechicera como las de los cuentos, con poderes para leer la verdad en los labios sellados por viejas lealtades.

—No, no me gustaría.

—Es decir, que te apetece seguir siendo toda la vida una copia de tu hermana.

—O no... ¿Qué pasaría si fuera al revés?

—¿Si tu hermana fuera una copia tuya, quieres decir?

—Justo.

—Eso no pasará nunca, Malena —negaba suavemente con la cabeza—. En esta familia no, ya te irás dando cuenta...

Antes de que pasaran tres años ya había aprendido a amar a la madre Agueda, aquel desastre de monja que trotaba por los pasillos como un caballo, y se reía a carcajadas, y hablaba a gritos, y fumaba a escondidas, siempre con boquilla, el tabaco que yo misma introducía de contrabando en el colegio, y fueron todas estas cosas las que me empujaron hacia ella, porque nada une tanto como la clandestinidad compartida, y las dos habitábamos entonces un territorio fronterizo donde ella vivía como una monja imposible, y yo vivía como una niña imposible, y ambas cultivábamos una personalidad falsa sólo para despistar, aunque nuestros errores eran tantos, y tan evidentes, que bastaron para imprimir a mi monótona vida escolar un anhelado cariz aventurero, y la salvaje América de los bravos Alcántaras se trasladó por algún tiempo a las clases, a la capilla, a las alas de clausura donde ambas corríamos los mismos pequeños riesgos, jóvenes países de un continente para dos en el que Reina, mucho más sensata que yo, nunca quiso siquiera poner un pie.

De vez en cuando mi hermana se preguntaba cómo era posible que tanta antipatía hubiera dado paso a un amor tan profundo. Reina recapitulaba con esa cabeza suya, siempre tan prodigiosamente fría, y concluía que las cosas no habían cambiado tanto, que Magda seguía siendo Magda por mucho que llevara otro nombre, y que era incluso más molesta ahora, de monja, tropezándose con nosotras en cualquier esquina, que antes, cuando apenas la veíamos el pelo. Yo respondía con vaguedades, porque ella, que era tan lista, no podría comprenderlo nunca. Ella, que era tan fuerte, podía vivir feliz en un mundo sin espejos.

Y sin embargo, Reina y yo estábamos de acuerdo en una cosa. Magda no era monja ni llegaría a serlo jamás, Magda no pintaba nada en aquel lugar porque no poseía, ni en la dosis más insignificante, ninguna de las cualidades que empachaban de puro absolutas en cualquiera de sus nuevas hermanas, con las que tenía aún menos que ver que con sus hermanas de toda la vida, y no lograba aparentar lo contrario ni siquiera cuando se portaba bien y se acordaba de hablar en un murmullo, ni siquiera cuando se arrodillaba en la capilla tapándose discretamente la cara con las manos, ni cuando, los lunes, por ejemplo, que siempre ponían de primer plato unas lentejas asquerosas, rezaba de verdad en lugar de santiguarse tres veces con muchas prisas y volcarse sobre el plato con un apetito feroz, una debilidad que no desentonaba menos que el escandaloso cuidado con el que corregía continuamente el ángulo de la toca sobre su frente, mirándose de reojo en los cristales hasta que lograba un resultado que la favorecía, porque Magda era tan poco monja que se las arreglaba incluso para estar guapa con toca.

Reina y yo espiábamos todos sus gestos, jugando a descifrar su misterio, y mi hermana llegó a estar convencida de que Magda se había retirado del mundo para olvidar el rechazo de un hombre, al que ella suponía el único con valor suficiente para haberse acercado jamás a tamaño marimacho. Yo nunca estuve de acuerdo con su última apreciación, pero concedí durante algún tiempo cierto margen de éxito a esta hipótesis, sobre todo desde que Reina atribuyó su inspiración a la naturaleza del nombre que había escogido Magda para tomar los hábitos, para contarme a continuación, con la solvencia de una experta en la materia, una historia que yo había escuchado ya sólo unas semanas antes, en términos mucho más reconfortantes por lo frívolos, de los labios de mi propia tía.

Había aprovechado el recreo para acompañarla a la capilla, donde se ocupaba de cambiar las flores del altar. Ese era el único trabajo del convento que la gustaba, y a mí también me encantaba estar a solas con ella en aquella estancia inmensa, cuya imponente solemnidad se disolvía como por ensalmo a medida que avanzábamos por el pasillo central cargando una prosaica ofrenda de flores, jarras con agua, tijeras y bolsas de basura, para desaparecer por completo poco después, cuando alcanzábamos el estrado y yo me paseaba alrededor del altar mientras Magda, absorta en su trabajo, me contaba cualquier cosa. Pero aquella mañana, el silencio no terminaba de romperse, y me sentía incómoda, como si la indiferencia con la que mis ojos recorrían aquel recinto fuera en sí misma un pecado mortal, y por eso intenté provocar una conversación preguntando lo primero que se me ocurrió.

—Oye, Magda... —yo nunca anteponía a su nombre la palabra tía, ése era mi privilegio— ¿por qué te bautizaron otra vez al entrar aquí? Te podrías haber seguido llamando madre Magdalena, ¿no?

—Sí, pero pensé qué sería más divertido cambiar. Vida nueva, ropa nueva. No me bautizó nadie, Malena, yo lo elegí. No me gusta mi nombre.

—Ah, pues a mí sí que me gusta el mío.

—Claro —levantó un segundo la vista de los crisantemos que estaba ordenando por alturas, y me miró, sonriendo—, porque tu nombre es bonito, es un nombre de tango. Te lo puse yo, con una Magda ya había bastante.

—Sí, pero Agueda es mucho peor que Magda.

—¡Uy, no creas! Acércate un momento a la sacristía y mira el cuadro que hay en la pared, anda.

No me atreví a soltar el picaporte, como si presintiera que iba a necesitar parapetarme tras el imaginario escudo de la puerta para afrontar una masacre tan horrorosa, la sangre que manaba a borbotones del cuerpo de esa mujer joven cuya sonrisa confiada me hacía suponer mucho más dolorosas aún sus heridas, como si un tirano invisible la estuviera obligando a decir con los ojos que allí no pasaba nada, como si ni siquiera se hubiera atrevido a alargar sus dedos hasta la túnica para comprobar que la tela estaba empapada, teñida hasta la cintura de un macabro rojo oscuro que intensificaba el contraste con la blancura de esos dos pálidos e indefinibles conos que parecía transportar en una bandeja, con gesto de camarera experta.

—¡Qué espanto! —Magda respondió a mi sincera exclamación con una carcajada—. ¿Quién es esa pobre?

—Santa Agueda... o santa Agata, como quieras, se llama de las dos maneras. Yo hubiera preferido ponerme Agata, que tiene mucho más glamur, pero no me dejaron porque no es un nombre español.

—¿Y quién le hizo eso?

—Nadie. Fue ella misma.

—Pero ¿por qué?

—Pues por amor a Dios —ya había terminado con los jarrones, y me acerqué a ella para ayudarla a recoger—. Verás, Agueda era una chica muy piadosa que sólo se preocupaba de su vida espiritual, pero tenía muy buen tipo y, sobre todo, unas tetas enormes, estupendas, que por lo visto la estorbaban constantemente, porque cada vez que salía de casa, todos los hombres se la quedaban mirando, y la decían piropos, bueno, no sé... más bien serían burradas. Total, que como con tanto barullo no conseguía concentrarse, pero tampoco podía ir a la iglesia sin pisar la calle, un buen día se puso a pensar en qué sería lo que a los hombres les gustaba tanto de ella, y al darse cuenta de que eran sus tetas, decidió acabar con su lujuria cortando por lo sano.

—¿Y lo consiguió?

—Claro que sí. Cogió un cuchillo, se colocó así... —Magda se inclinó sobre el altar, apoyando solamente sus pechos en el borde y mantuvo durante unos instantes su mano derecha en el aire para dejarla caer luego, en un simulado arrebato de violencia—, y ¡zas!, se cortó las dos tetas de cuajo.

—¡Aghhh, qué asco! Y se murió, claro.

—No. Plantó las tetas en una bandeja y salió a la calle muy contenta para ir a la iglesia y ofrecérselas a Dios como prueba de su amor y su virtud, ya lo has visto en el cuadro.

—¿Eso que hay en la bandeja del cuadro son dos tetas? —asintió con la cabeza—. ¡Pero si no tienen remate!

—Ya... Es que ese cuadro lo pintó un monje benedictino, y no sé, le debió dar cosa dibujar los pezones. No lo debía llevar muy bien, sin embargo, porque bien que lo empapó todo de sangre, Zurbarán pintó a Agueda sin una sola gota, y eso que él también era fraile... Anda, vámonos ya, que se te va a hacer tarde. ¿A que es una historia bonita?

—No sé.

—A mí sí me lo parece, y por eso ahora me llamo Agueda.

La seguí en silencio hasta la puerta, con los pelos todavía de punta, y no quise decir nada más, pero antes de que llegáramos a separarnos, la cogí por un brazo y ella detectó algo raro en mi forma de mirarla.

—¿Qué te pasa?

—Magda, por favor... tú no te cortes las tetas.

—¡Oh, Malena, te he asustado!, ¿verdad? —me abrazó, apretó la mejilla contra mi cráneo y me besó en el pelo, balanceándome despacio, como si fuera un bebé—. Si es que soy una bestia, no debería de contarte esas cosas, tú no las entiendes, pero... ¿con quién hablaría yo aquí si no pudiera hablar contigo?

La madre Agueda siempre fue así. Oscilaba entre la luz y la sombra como una luciérnaga herida, incapacitada para orientarse, sin decantarse nunca entre los ataques de risa y los de melancolía, al principio equilibrados, aunque los últimos se fueron haciendo cada vez más frecuentes para encontrar a la vez obstáculos progresivamente infranqueables, porque llegó un tiempo, hacia el final, en el que hasta yo intuía que Magda se movía sólo porque se obligaba a sí misma a moverse, y sus sonrisas se convirtieron en ensayadas muecas de escayola, a las que ya no se asomaba la auténtica sonrisa, aunque no llegaron a desvanecerse jamás.

Yo la quería, aunque no entendía muchas de las cosas que me contaba, una distancia a la que nunca concedí un gran valor, porque yo misma me resultaba confusa y hasta inaccesible con una frecuencia exasperante, y sólo ella parecía comprenderme, y movía la cabeza en mi dirección, muy despacio, sin dejar de mirarme a los ojos, como si quisiera decirme, sí, ya lo sé, también eso me sucedió a mí hace mucho tiempo, hasta que me acostumbré a verme reflejada en ella, en su fortaleza herida de debilidad, en su cinismo podrido de inocencia, en su brusquedad carcomida por la mansedumbre, en todos sus defectos, que hice míos, y en la virtud de su propia existencia, que hacía mi existencia tolerable, pero me daba tanta rabia verla allí, traicionándose metódicamente a sí misma, castigándose con tanto rigor, que pronto elaboré mi propia teoría, y no me costó mucho trabajo convencerme de que Magda no se había metido a monja por su propia voluntad, sino como resultado de algún chantaje, cualquier variedad de juego sucio cuyo inspirador había conseguido doblegar su verdadera naturaleza sólo a base de someterla a unas presiones tan insoportables que el convento se habría aparecido ante sus ojos como un destino casi placentero.

Todavía recuerdo cómo empezó todo. Mamá nos sacó una tarde de compras, y eligió para nosotras dos vestidos iguales, fondo blanco con flores azules y un aparatoso cuello bordado que más bien parecía un babero, y dos abrigos ingleses de paño azul oscuro, con botones y cuello de terciopelo, todo a juego con su aburrido concepto de moda formal para niñas. El sábado siguiente, por la mañana, nos vistió con la ropa nueva y nos comunicó, muy contenta, que íbamos a la boda de la tía Magda. Cuando Reina le preguntó quién era el novio, mi madre contestó con una sonrisa que ya lo conoceríamos al llegar a la iglesia, pero no lo vimos por ninguna parte y, de hecho, si algo se echaba de menos en la nutrida representación familiar que nos esperaba ante la capilla del colegio, eran precisamente hombres. Ni el abuelo, ni el tío Tomás, ni el tío Miguel, ni mi padre, que ni siquiera llegó a apagar el motor al detener el coche frente a la puerta, y siguió su camino diciendo que como éramos solamente tres no nos sería difícil repartirnos luego en otros coches, asistieron a aquella ceremonia que comenzó cuando Magda alcanzó el altar andando muy despacio, vestida de blanco pero rigurosamente sola.

Hace poco, todavía encontré entre mis papeles un recordatorio de los que la abuela repartió aquella mañana. Magda se casó con Dios el 23 de octubre de 1971. El 17 de mayo de 1972 ya había abandonado el domicilio conyugal para no volver jamás.

Yo me enteré de su plan por puro azar, gracias si acaso a las flores de calabacín, el más extravagante de los vicios que ambas compartíamos. El resto de la familia se había negado siempre a probar siquiera un bocado de esa extraña verdura, los carnosos tulipanes anaranjados con hebras verdes que yo no había visto jamás en la cocina, hasta que una mañana, Magda, recién llegada de Italia, ofreció una insólita representación, arremangándose la blusa y ciñéndose un delantal para freír, tras sumergirlo en una pasta parecida a la gabardina de las gambas pero con un poco de pimentón, lo que mi abuelo definió lacónicamente como un buen ramo. Nadie, excepto ella, que se comió por lo menos una docena, alargó la mano hacia la fuente donde reposaban aquellos enormes capullos marchitos que en el aceite hirviendo habían recuperado misteriosamente su tiesura, hasta que yo me decidí a probarlos y me asombré de cuánto me gustaban. Desde entonces, cada verano, Magda y yo saqueábamos cuidadosamente el huerto de vez en cuando, por sectores, desprendiendo con cuidado una flor de cada tallo de calabacín para merendarnos una fuente entera mano a mano.

Y también aquella primavera fuimos a Almansilla un fin de semana porque habían florecido los cerezos, una tradición cuyo sentido nunca entendí muy bien, aunque mi madre, que normalmente se negaba a cualquier traslado de duración inferior a una semana, alegando, con razón, que la casa estaría helada, y demasiado lejos, y que no compensaba montar un zafarrancho semejante sólo para un par de noches, no la perdonaba nunca. Ella lo llamaba *ir a los cerezos,* y en realidad no hacíamos otra cosa que pasear entre esos árboles privilegiados y desdichados al mismo tiempo, tan vulgares en verano, cuando no son más que feos esqueletos de madera, frágiles y desnudos, y tan espléndidos en abril, cuando parecen reventar de gozo en millones de flores diminutas que explotan a la vez, hinchando sus pétalos blancos para envolver a destiempo las ramas en un abrigo inmaculado que siempre me ha recordado el pelo de las ovejas a punto de ser esquiladas. Mirábamos los cerezos, y subíamos al desván para disfrutar otra vez, sólo una vez al año, del equívoco espectáculo de los árboles nevados que se extendían hasta el infinito como un geométrico ejército invernal, amenazando de blanco los confines de los prados nuevos, verde moteado ya de lunares de margaritas amarillas, pero no contábamos con comer cerezas, porque las cerezas son la única fruta que no madura fuera del árbol, y no hay que cogerlas hasta que ya están bien hechas, como repetía incesantemente Marciano, el jardinero, que se debía de sentir en la obligación de disculparse, aunque fuera a costa de cargar con las culpas de la naturaleza, por privar a los lejanos propietarios de la cosecha del placer de comprobar su calidad *in situ*, sobre todo porque cuando volvíamos a Almansilla, a principios de julio, ya sólo colgaban de las ramas algunos restos podridos, picoteados por los pájaros, de los frutos defectuosos, pequeños o secos, que no habían sido considerados buenos para ir a parar al cesto. Pero nuestros cerezos eran árboles tempranos, y aquel año no aparecimos por allí hasta finales de abril, y el sol había empezado a rabiar —este maldito fuego solano, se quejaban en el pueblo— antes de tiempo, y Marciano, aterrado por las heladas que todavía podrían caer en mayo para arrasar con todo, quemando las cerezas en las ramas, nos recibió con un puñado de fruta en cada mano. Entonces le pregunté si en el huerto habrían florecido ya los calabacines, y me contestó que posiblemente, en un tono tan fúnebre como el que habría adoptado para comunicarme mi propia muerte, pero a mí me pareció una noticia excelente, y escogí con cuidado las flores más grandes para llevármelas a Madrid y alegrar un poco a Magda, que aquellos días parecía más triste que nunca, mucho más abajo del nivel más bajo en el que hubiera podido caer antes.

El lunes, antes de la primera clase, la busqué en secretaría, donde trabajaba últimamente, pero no la encontré, y nadie supo decirme dónde estaba. Al salir al recreo, nos cruzamos en el pasillo y la llamé, pero ella, que caminaba deprisa, el cuerpo encogido, las manos cruzadas bajo el pecho, los ojos fijos en los baldosines del suelo como si alguien le hubiera encomendado la tonta tarea de contarlos, se contentó con girar la cabeza sin detenerse para decirme que tenía mucha prisa, y que ya nos veríamos luego, a la salida. Intenté explicarle que eso era imposible porque las flores estaban ya bastante pochas, y si no se las comía enseguida, tendría que tirarlas, pero ella siguió andando sin escucharme y desapareció por la puerta del fondo. Entonces volví a entrar en clase, cogí la bolsa y salí corriendo, dispuesta a impedir que un malentendido echara a perder mis mejores intenciones.

La alcancé justo a tiempo para atisbar cómo el vuelo de su hábito se enredaba un instante en la puerta del despacho de la directora, y me senté a esperar en el sillón destinado a las visitas. Mantuve la serenidad durante un buen rato, pero Magda no salía y media hora de recreo se escapa deprisa, y tuve miedo de que el sonido del timbre me obligara a volver sobre mis pasos sin haber llegado siquiera a hablar con ella. Por eso me acerqué a la puerta, para intentar calibrar la fase en la que se hallaba su conversación y calcular así mis posibilidades.

—Lo siento, Evangelina —era la voz de Magda.

—Sí, pero cuando entraste aquí, dijiste...

—Ya, ya me acuerdo de lo que dije, pero me equivoqué, sencillamente. Yo no podía saber cómo me sentiría aquí dentro.

—Pues no haberte negado a hacer el noviciado, Agueda. Aquello fue un disparate. Porque tu madre es tu madre, que si no...

—Eso no tiene nada que ver, Evangelina, porque entonces yo sabía que mi vocación era firme, y lo sigue siendo, tanto como antes, pero necesito tener alguna ocupación, no puedo estar todo el día sin nada que hacer... Ahora que Miriam se jubila y Esther se va a Barcelona, os va a hacer falta más gente, y yo ya sé algo de francés, no mucho, pero podría alcanzar un buen nivel en tres o cuatro meses, se me dan muy bien los idiomas.

—Todo eso es cierto, pero lo que no entiendo... Vamos a ver, tú, de jovencita, viviste en París, ¿no?

—Sí, pero no hablo bien el idioma, porque yo me fui con un americano que vivía allí, y entonces...

—¡Agueda! —la voz de la directora se elevó hasta un volumen que la habría hecho perfectamente audible para cualquiera que caminara por el pasillo—. Te he dicho mil veces que los detalles anteriores a tu ingreso en nuestra comunidad no me interesan en absoluto.

—¡Ya lo sé, Evangelina! Pero solamente intento explicarte que entonces yo aprendí sobre todo a hablar inglés... —y entonces, como si pretendiera compensar los excesos de su interlocutora, Magda susurró un nombre que no pude escuchar—, hablaba francés tan bien que yo nunca llegué a lanzarme, íbamos juntos a todas partes.

—¿El fue quien...?

—¿Quien qué?

—No seas insolente, Agueda, sabes perfectamente a lo que me refiero.

—Lo siento, creía que los detalles de mi vida anterior no te interesaban. Me has pillado desprevenida.

—O sea, que fue él.

—No, por supuesto que no. Es un cálculo muy sencillo, lo nuestro se acabó muchos años antes.

—Sí, ya sé, y al otro...

En el momento más interesante, perdí de una vez el eco de Magda y el de la madre Evangelina. Las dos monjas conversaban ahora en un susurro apagado, tan parecido al silencio que, cuando la directora volvió a hablar, después de exhalar un suspiro hondo como su último aliento, ya me estaba apartando de la puerta, segura de que la entrevista había terminado.

—A veces, es preciso cometer una auténtica monstruosidad para hallar dentro de uno mismo las fuerzas suficientes para comprender...

—No me mortifiques más, Evangelina, ten caridad conmigo.

—Está bien. Volviendo al tema del francés, el caso es que no dejas de tener razón.

—Claro. Si me das permiso, saldré esta misma tarde para matricularme en cualquier academia. Estamos a veintiocho, puedo empezar el día uno, y en septiembre me haré cargo de la primaria...

En ese punto dejé de escuchar, aunque mis pies, paulatinamente bloqueados por el asombro, se negaron a moverse del sitio. Debería haber regresado al sillón, o alejarme al menos unos pasos, sabía que no se escucha detrás de las puertas, mi abuela se pasaba la vida repitiéndoselo a las criadas, pero mis piernas estaban agarrotadas, mis sentidos anulados, mi cabeza desbordada por la corrosiva esencia de las noticias que me esforzaba en procesar sin volverme loca, la envidiable naturalidad con la que esa imponente sarta de mentiras había brotado de los labios de mi tía, y la primera noticia de su viejo pecado, un pecado gravísimo, porque la madre Evangelina lo había llamado monstruosidad, eligiendo una oscura etiqueta tras la que aún latía el rastro de un hombre secreto, y un secreto peor que el nombre de ese hombre, aunque quizás lo que más me impresionó de todo fue la repentina certeza de que Magda se condenaría, de que se iba a condenar sin remedio porque, aparte de todo, ella hablaba francés perfectamente, un francés impecable. Yo lo sabía porque la había escuchado sólo un par de meses antes, en su propia habitación, dentro del colegio, una tarde entré sin llamar y me la encontré hablando por teléfono, y aunque entonces puso mucho cuidado en no levantar la voz, me quedé sorprendida de lo bien que lo hacía, mientras ella gorjeaba como un canario y ponía todo el tiempo esos morritos de bebé maleducado que hacen falta para cerrar bien las úes, que a mí, en cambio, me cuestan tanto trabajo.

Cuando por fin la puerta se abrió, de un golpe, casi me di de bruces con mi tía.

—¡Hola, Malena! ¿Qué haces tú aquí?

Me sonreía con una expresión casi eufórica, los puños, que había apretado y entrechocado en el aire nada más atravesar el umbral en un gesto de ánimo destinado a sí misma, aún cerrados, y no hizo ningún gesto de estar ofendida, enfadada o decepcionada por la gravedad de la falta en la que acababa de sorprenderme.

—Yo, es que... Quería darte esto.

Alargué la bolsa hasta suspenderla en el aire, a mitad de camino entre su cuerpo y el mío, y ella la cogió con curiosidad.

—¿Qué es? —metió la nariz en el interior pero la sacó apenas un segundo después, sujetándola entre el pulgar y el índice de su mano derecha como si estuviera a punto de desprenderse del resto de su cara—. Pero, tesoro, si están medio podridas. ¿Cuándo las cogiste?

—En Almansilla, el viernes. Este fin de semana hemos ido a los cerezos... Pensé que aguantarían, no me había dado cuenta de que olieran tan mal.

—Gracias, Malena, gracias de todas formas, cariño. Te debo una, recuérdamelo un día de éstos.

Entonces me abrazó y me besó en la mejilla, y echamos a andar por el pasillo todavía enlazadas, sin detenernos siquiera cuando, al pasar ante una papelera, ella se desvió un momento para desprenderse de mi malogrado regalo, y estaba tan contenta, se parecía tanto a la auténtica Magda, a esa mujer de verdad a la que yo odiaba antes, que tuve la sensación de que algo se rompía, de que un mundo distinto empezaba a girar sin contar conmigo, de que tal vez ya la estaba perdiendo, y no podía dejarla marchar así.

—¿Sabes una cosa, Magda? Te quiero mucho, muchísimo, en serio.

—Yo también te quiero, Malena —frenó por fin, y nos quedamos paradas una frente a otra, y me miró a los ojos, y los suyos ardían—. Eres la persona a la que más quiero en este mundo, la única que me importa de verdad. Y no me gustaría que lo olvidaras. Nunca.

La madre Agueda regresó por un instante en sus ojos cargados de lágrimas, en sus labios temblorosos y en sus manos, que recorrían mis brazos sin decidirse a aferrarlos del todo, y la abracé de nuevo con todas mis fuerzas, como si quisiera imprimir sus huellas en mi cuerpo, retenerla conmigo para siempre, y le devolví sus besos rápidos con otros besos breves y sonoros sin controlar mi propio llanto, hasta que noté que mis labios sabían salados y que la intensidad de mis sentimientos había saturado mi piel, que me pesaba sobre los huesos, floja y embotada como después de realizar un gran esfuerzo.

Si todo hubiera salido bien, aquélla hubiera sido nuestra despedida, pero yo nunca había logrado aprender a tocar el piano.

—¡Déjala ya, Reina, por Dios! Esto es una tortura para ella ¿pero es que no lo ves? Si la niña no sirve, pues no sirve, y ya está.

Esta frase, que mi padre repetiría a intervalos regulares, casi con las mismas palabras, por lo menos una docena de veces, terminó por agotar las esperanzas de mi madre, que desde que se vio obligada a admitir, cuando yo tenía sólo cinco años, que los principios teóricos del solfeo jamás se grabarían en mi cerebro, no cesó de tratar de encajarme en cualquier actividad complementaria a mi medida, con la sana intención de evitar que me acomplejara ante los progresos musicales de mi hermana, una carrera que en el fondo me traía sin cuidado, sobre todo después de que aquel profesor suizo, al que mamá no quiso escuchar, emitiera un certero diagnóstico, advirtiendo que Reina tenía ciertas dotes para la música, pero que desde luego, y por mucho que se desgastara los dedos encima de las teclas, jamás llegaría a ser una virtuosa porque su talento no daba para tanto. Semejante análisis era sencillamente incompatible con el carácter de mi madre, que tampoco consideró dignos de atención los comentarios de los sufridos profesionales que, cuando todavía estábamos a tiempo, la informaron sucesivamente de que yo no había nacido para bailar, de que mis aptitudes para el dibujo eran tirando a escasas, de que la expresión corporal no parecía ofrecer un cauce apropiado para mi desarrollo integral, de que no convenía encauzarme hacia la cerámica porque el único requisito que cumplía para tal fin consistía en la propiedad de dos manos, una a la izquierda y otra a la derecha —un argumento similar, extensible a mi posesión de dos piernas, me apartó por fin de la gimnasia rítmica, que resultó uno de los experimentos más crueles—, o de que teniendo en cuenta el miedo instintivo que me inspiraban los caballos, iba a ser difícil conseguir que algún día me subiera en alguno. Así que, cuando ella estaba considerando ya las posibilidades de iniciarme en algún arte marcial, sólo porque estaban empezando a ponerse muy de moda en Norteamérica, me planté, para suplicarle con lágrimas en los ojos que me dejara estudiar inglés, una opción que siempre había rechazado pretextando que era vulgar, y carente de interés artístico, pero que en realidad le preocupaba porque, en caso de prosperar, podía terminar acomplejando a mi hermana. Hasta ella, a su pesar, presentía que hablando inglés se llega mucho más lejos que leyendo música.

En cualquier caso, y como mi padre se negó en redondo a permitir que yo pusiera ni siquiera la planta de un dedo del pie en el umbral de un gimnasio —claro, Reina, cojonudo... ¿Y por qué no la apuntas a boxeo? Es lo único que me falta, vamos, que me vuelvan a una hija lesbiana...—, mamá tuvo que permitirme estudiar inglés, aunque sólo fuera porque, descartado el kárate, no le quedaban ya muchas más expectativas que mis capacidades pudieran seguir frustrando a buen ritmo. El tiempo demostró que yo tenía razón. Al margen de mis tradicionales dificultades con el acento, derivadas de la asombrosa carencia de oído musical que estuvo en el origen de toda la historia, progresé con el inglés muy deprisa, hasta el punto de obtener un par de títulos para extranjeros emitidos por una prestigiosa universidad de remeros británicos antes incluso de empezar la carrera, una proeza que reconcilió finalmente a mi madre con mi voluntad.

Mamá rechazó, por una cuestión de principios, la variada oferta del consulado norteamericano e insistió en matricularme en el British Institute, pero como a mitad de curso no quedaban plazas libres en ninguna parte, al final tuvo que conformarse con inscribirme en una academia de idiomas que estaba en la calle Goya, muy cerca ya de Colón, desde donde yo misma volvía andando a casa tres veces por semana sin más riesgo que cruzar la Castellana por un paso subterráneo. Y fue una de aquellas tardes, mientras hacía tiempo delante del portal, cuando vi a una monja que solamente podía ser Magda subiendo por las escaleras de una boca de metro.

Por un instante pensé que se dirigía hacia mí, y hasta que quizás tomaba clases en la misma academia a la que yo iba, pero ni siquiera miró hacia atrás, y echó a andar Goya arriba bastante deprisa. Sin pensármelo dos veces, empecé a caminar detrás de ella, siguiéndola a una distancia considerable. No me atrevía a apretar el paso para alcanzarla, porque de alguna manera sospechaba que no sería bien recibida, pero tampoco tenía miedo de perderla, porque su toca y su hábito destacaban como un brochazo blanco en la masa de los transeúntes vestidos de entretiempo. Anduvimos al mismo ritmo durante un buen rato, más de diez minutos, y perdí la cuenta de las calles que embocábamos, una tras otra, porque no se me ocurrió mirar los cartelitos azules fijados en las esquinas hasta que Magda desapareció en un portal oscuro. Sólo entonces me di cuenta de que me había perdido.

Leí Núñez de Balboa en una placa, y Don Ramón de la Cruz en otra, y ninguno de aquellos nombres me dijo nada. Goya debería estar a mi derecha, pero probablemente estuviera a mi izquierda, no conocía bien aquella zona, mi madre se negaba a cruzar la Castellana siempre que le era posible porque militaba en la más rancia de las manías de mi abuela, que era una señora bien de tan toda la vida, que se refería al distrito de Salamanca como a «ese pretencioso barrio de funcionarios y advenedizos», y no se resignaba a que el mejor comercio de la ciudad se hubiera obstinado con tanta terquedad en colonizar la orilla este del gran eje que parte Madrid por la mitad, en lugar de permanecer en la oeste —que es la zona donde la gente rica de verdad ha vivido siempre—, y donde, por supuesto, seguía viviendo ella, que aún podía permitirse el lujo de definirse como terrateniente. Me pregunté qué haría si Magda tardaba en bajar. Me faltaban cuatro meses para cumplir doce años y todavía no había salido nunca sola a la calle, con la única excepción del ridículo paseo subterráneo que enlazaba mis clases de inglés con mis deberes. No me daba miedo coger un taxi, pero cuando vacié mis bolsillos, sólo encontré 25 pesetas y una ficha de teléfonos. Entonces me di cuenta de que no me quedaba otro remedio que recurrir a Magda, y me acerqué a un señor que tomaba el fresco en una silla, junto al portal, para preguntarle en qué piso daban las clases de francés. El me miró con extrañeza y me contestó que en aquella casa nadie daba clases de francés, al menos que él supiera. Su ignorancia disipó mi última esperanza. Todavía quedaban muchas horas de luz, pero se haría de noche antes o después, y tal vez Magda saliera por otra puerta, o no llegara a salir nunca, quizás me había equivocado de monja, posiblemente la mujer a la que había perseguido hasta allí ni siquiera era ella. Me puse tan nerviosa que sólo tenía ganas de echarme a llorar como un bebé, pero aquel hombre me estaba mirando de una forma sospechosa, y regresé lentamente a mi observatorio, una parada de autobuses situada en la acera de enfrente, para entregarme a la desesperación sin fuerzas ya que oponer. Entonces Magda apareció de nuevo.

Se había fijado sobre la nuca un moño forzosamente postizo, pero impecable, y su maquillaje era muy discreto excepto en los labios, pintados de un rojo furioso, como antes. Llevaba unos zapatos de piel de cocodrilo con tacón muy alto, y el vestido de punto estampado con el que había aparecido en Almansilla un par de meses antes, cuando vino a pasar las vacaciones de Semana Santa con nosotros.

Reina y yo nos habíamos quedado pasmadas al verla aparecer así, vestida de persona normal, y no habíamos sido las únicas en sorprendernos, porque hasta su propia madre se negó a besarla antes de proclamar que encontraba su aspecto escandaloso, pero ella explicó con mucha tranquilidad que todos podríamos comprobar a simple vista cuánto había adelgazado desde que estaba en el convento, y añadió que la propia Evangelina le había sugerido que aprovechara las vacaciones para enviar los hábitos a estrechar. La mera mención del nombre de la directora bastó para calmar los ánimos de mi abuela, y Magda fue por fin besada y abrazada por todos, como si no hubiera pasado nada, pero yo me di cuenta de que pasaba algo, y tenía que ser algo muy raro, porque la mujer que volvió aquel Viernes de Dolores a Almansilla era muy distinta de la que había salido de Martínez Campos el día del Pilar del año anterior, como si Magda hubiera decidido saltarse de golpe el último año de su vida.

Todavía recordaba perfectamente aquella primera metamorfosis, la aparatosa transformación que habíamos contemplado por primera vez justo en Semana Santa, justo un año antes, cuando una Magda irreconocible, con el pelo muy corto y la cara lavada, adquirió la insólita manía de seguir mansamente a su madre hasta los oficios de cada tarde, rechazando las comodidades del coche familiar para arrastrar hasta la iglesia dos pesados zapatos planos de colegiala, como si tuviera que hacer un esfuerzo para mover el grueso tejido escocés de la falda tableada que cubría sus pantorrillas incluso cuando estaba sentada, en lugar de trepar obedientemente sobre sus muslos como trepaban los estrechísimos tubos a los que hasta la abuela se había acostumbrado. Aquella Magda cobarde, a la que yo llegué a detestar más que a la anterior sólo porque se había rendido, sí era una monja, una monja auténtica, pero la que nos había devuelto el convento apenas cinco meses después de acogerla, ya no era esa mujer, sino la otra, la Magda de antes, como si el tiempo hubiera enloquecido y con él se hubieran descabalado todas las cosas, en un mundo sin memoria para discernir el pasado reciente de un pasado más remoto.

Yo no podía calcular el sentido de una evolución tan tortuosa, pero deseaba con todas mis fuerzas estar en lo cierto, aunque ningún signo exterior, excepto quizás el brillo que despedía una mirada que había vuelto a ser intensa, avalaba mi intuición de que Magda estaba desandando ahora, de puntillas, el mismo camino que antes había recorrido a grandes zancadas, porque todavía no había vuelto a ser una mujer del todo, y su pelo no alcanzaba ni siquiera la longitud de una melena corta, y su cara seguía estando limpia de cualquier cosmético, y sus zapatos seguían siendo planos, y sus vestidos sosos, y sus gestos humildes, y cerraba los ojos, como si la oración la conmoviera, cuando dirigía el rosario por las noches. Es cierto que se reía mucho más, y más alto, que cuando estaba en el convento, y que, por las tardes, cuando paseábamos por el monte las dos solas, a veces me cantaba canciones antiguas, siempre de amor, o daba saltitos, pero esta alegría, tan sana y tan limpia como la que emanaba de Dios en las fosilizadas películas con las que nos empachaban en el colegio de vez en cuando, no parecía una base suficiente para sostener mis sospechas, y ella no hizo nada por alimentarlas durante toda una semana, hasta que el Viernes Santo, mi padre entró sin previo aviso en la cocina para representar, en función única, su ya tradicional auto sacramental privado.

Mi madre estaba planchándome el cuello de un vestido que la tata Juana, según ella, no sabía rematar bien, y yo estaba a su lado, esperando. La mujer de mi tío Pedro, Mari Luz, que siempre ha sido muy buena y la más corta de todas, estaba con nosotras, arreglada ya para ir a los oficios, charlando con las muchachas, que nunca tenían nada mejor que hacer a media tarde. Entonces, mi padre, que no pisaba la iglesia ni siquiera en Navidad, apareció muy sonriente y, sin decir nada, sacó un cuchillo largo y afilado de un cajón y se perdió en la despensa. Mamá sonrió, porque adivinó lo que iba a pasar, y yo sonreí con ella.

—¿Alguien más quiere demostrar que es cristiano viejo en fecha tan señalada como la de hoy?

Papá nos miraba, risueño, sosteniendo entre los dedos una loncha de jamón ibérico, el maravilloso jamón casi negro que procedía, pese a todas las prohibiciones, de la cueva de Teófila, quien poseía una sabiduría incuestionable para curar jamones.

—¿No? —prosiguió, y mordió a continuación una diminuta porción de carne—. Pues voy a tener que tirar lo que sobra, porque en realidad no me apetece comer jamón, lo he hecho solamente para pecar.

Las muchachas irrumpieron en carcajadas, y yo no pude evitar hacerles coro.

—Lo que no entiendo, Jaime —fue la tía Mari Luz quien intervino—, es por qué no te comes directamente un filete de choto a la hora de comer, como hace papá.

—¡Ah! Es que a mí el potaje de bacalao me gusta mucho. Pero eso es una cosa, y la vigilia es otra bien distinta... Yo soy un pagano muy estricto.

Mamá me alargó el vestido y desenchufó la plancha. Parecía que no iba a pasar nada más, ella estaba ya acostumbrada a las exhibiciones de su marido, yo creo que incluso le hacían gracia, pero tampoco aquella vez resistió la tentación de reprenderle blandamente, aunque sólo fuera por quedar bien ante el servicio, y él reaccionó como si fuera exactamente eso lo que estaba esperando.

—Desde luego, Jaime, no sé por qué tienes que montar siempre tanto escándalo.

—Pues bastante peor es lo de tu hermana la santa, esa que reza para salvar mi alma —replicó papá, elevando la voz en un tono teñido de desprecio—, que, monja y todo, está en bañador al lado de la piscina, haciéndose la cera hasta la cintura como si fuera una vicetiple...

Mamá levantó la cabeza y le dirigió una mirada furiosa, que él sostuvo con desdén.

—No te miento. Ahí está, no tienes más que ir y comprobarlo por ti misma.

Me dije que nunca nacería un hombre más tramposo, y sentí un dolor casi físico al calcular las dimensiones de la tormenta que se iba a desencadenar sobre la cabeza de Magda de un momento a otro, porque, aunque no entendía muy bien el sentido de tal catástrofe, el frenético taconeo con el que mi madre parecía querer pulverizar las baldosas del suelo mientras abandonaba la cocina a toda prisa, sin detenerse siquiera a plegar la tabla de planchar, me convenció de que indudablemente estaba a punto de producirse.

Todo el mundo se las arregló para desaparecer de mi vista en menos de un minuto. Yo también intenté marcharme, pero la tata me cogió por un brazo, me metió en el baño, y empezó a peinarme, mientras me advertía que a la abuela le reventaba tanto llegar tarde a la iglesia que era capaz de dejar en tierra a los rezagados, y que ya podía correr porque aquel día, encima, había procesión. Yo asentí y simulé dirigirme a la puerta principal, pero me agazapé en el hueco de la escalera y contuve la respiración hasta que escuché el ruido de los coches que se alejaban. Entonces salí corriendo y no paré hasta llegar a la piscina.

Magda, embutida en un bañador negro, con las piernas relucientes de crema hidratante, lloraba y fumaba sin parar, consumiendo el cigarrillo directamente desde el filtro. Me vio enseguida e intentó sonreír, pero en lugar de saludarme, murmuró algo que no entendí con los ojos clavados en el suelo, y yo me quedé de pie, a su lado, sin saber muy bien qué hacer. Me preguntaba qué resultaría mejor, si sentarme junto a ella en silencio o ensayar algún comentario divertido sobre lo absurdo de la bronca que acababa de recibir, pero Magda ni siquiera me miraba, estaba tan triste que no parecía necesitar ningún consuelo, y empecé a sospechar que, en aquel trance, mi compañía le sobraba. Volví despacio sobre mis pasos, en dirección al hueco que se abría a modo de puerta en el seto de arizónicas que rodeaba la piscina, pero no llegué a alcanzarlo, porque precisamente entonces, en aquel mismo lugar, apareció la última persona a quien yo esperaba encontrar allí en aquel momento.

Papá se dirigió directamente hacia Magda, actuando como si no me hubiera visto, y cuando la alcanzó, rodeó su cuerpo para situarse exactamente a su espalda. Entonces, se inclinó hacia delante, deslizó una mano por debajo de cada una de sus axilas, y la levantó un segundo en vilo, el impulso justo para poder unir sus propios pies y situarlos en el mismo punto donde el cuerpo de ella había descansado antes. Luego la dejó caer con suavidad, y repitió la operación varias veces, jugando con su cuñada como si fuera una niña pequeña, haciéndola botar una y otra vez sobre sus empeines.

—Vamos, vamos, Magdalena... ¿Y lo contento que se va a poner el Espíritu Santo cuando vea que has tenido un detalle tan bonito?

Ella, que había celebrado cada uno de sus empellones con una sonrisa, rió entonces abiertamente mientras las lágrimas aún brillaban sobre sus mejillas.

—Has sido tú, ¿verdad?

—Claro. ¿Quién iba a ser si no?

—Eres un cabrón, Jaime, en serio —pero no había dejado de sonreír—. Bastante tengo ya con lo que llevo a cuestas como para que tú, encima, te diviertas enredando más las cosas.

—¡Pero si lo he hecho solamente por ti! No se me ha ocurrido una manera mejor de quitártelos de en medio.

—¡Ah! ¿Es que te he pedido yo que me los quitaras de en medio?

—Sí —la voz de mi padre se hizo más profunda, y su volumen descendió tan bruscamente que me costó trabajo distinguir lo que decía—. A gritos. Desde que has llegado. Siempre que te cruzas conmigo por el pasillo. Cada vez que me saludas por la mañana. Cada vez que me das las buenas noches. Ya lo sabes.

La sonrisa de Magda se ensanchó, y su voz se contagió del oscuro nerviosismo que había aflorado en las palabras de mi padre.

—¡No me jodas, Jaime!

—¿Lo ves como estás muy nerviosa? —se rió, e indiferente a mi asombro, se inclinó para besarla en la frente—. Ni siquiera sabes lo que dices —Magda se reía a carcajadas—. Vamos a dar un paseo, anda, ya verás lo bien que te sienta tomar un poco el aire...

Ella se levantó trabajosamente, sin renunciar nunca a su apoyo, y sólo entonces él se me quedó mirando, como si acabara de descubrirme.

—Y tú ¿qué haces ahí?

—Pues, no sé —contesté—, se han debido de olvidar de mí, como somos tantos... Mejor me voy de paseo con vosotros.

—Claro, pero hazme un favor primero. He estado viendo la tele en el cuarto de Miguel y creo que me la he dejado encendida. ¿Por qué no subes y la apagas? Luego sales por la verja de atrás y nos coges, iremos por el camino de la majada, ¿vale?

—Sí, pero es que el tío Miguel nunca me deja entrar en su cuarto —la verdad es que esa habitación estaba al fondo del tercer piso y no me apetecía subir tantos escalones.

—Ya, pero esta vez yo te doy permiso. Además, Miguel no está. Se ha ido con el abuelo y con Porfirio a cazar tórtolas.

—¿Y Juana? —fue Magda quien hizo esta pregunta.

—También se ha marchado. Quería ver la procesión.

—Vale —contesté, aunque los dos parecían haber perdido ya cualquier interés en mí. Sin embargo, Magda se me acercó y me dio un beso.

—Gracias, tesoro. Por la compañía.

Atravesé el seto y me quedé quieta al otro lado. Intentaba engañarles, pero la voz de mi padre resonó enseguida desde la piscina —Malena, no te estoy oyendo andar—, y tuve que marcharme. La televisión del cuarto de Miguel estaba apagada, y por supuesto, me sobró tiempo para llegar hasta la majada y volver sin verles por ninguna parte, pero mi expedición no llegó a resultar tan desgraciada como prometía, porque me encontré en la verja de atrás con los cazadores, que estaban de muy buen humor y me invitaron a merendar para celebrar la docena larga de tórtolas que les colgaba de los cinturones. Fuimos en el jeep a una venta aislada, en medio del campo, y mientras yo me atiborraba de tortilla, el abuelo llamó a casa y le dijo a mamá que estaba allí, con ellos. Al final, todos mis problemas se redujeron a una ligera regañina y la orden de madrugar al día siguiente para acompañar a Magda al pueblo a misa de ocho, y fue solamente durante aquel paseo, contagiada yo misma del entusiasmo que impregnaba todos sus gestos de una alegría distinta, que ya no era sana, ni limpia, ni emanaba de Dios, cuando por fin pude estar segura de que algo dentro de ella había cambiado para siempre.

Ahora avanzaba por la acera, en mi dirección, con el mismo aplomo satisfecho que me había sorprendido entonces. Tal vez fuera la elevación de su cabeza, el cuello casi tirante, o la decisión con la que sus hombros apuntaban hacia atrás, arqueando su espalda, no me sentía capaz de precisar las causas de aquel efecto óptico, pero sin embargo sabía que nadie, ni siquiera su madre, habría podido reconocer a simple vista en esa mujer, que caminaba como si nada en el mundo tuviera el poder de conmoverla, a la extraña monja impostora que interrumpía regularmente cualquier actividad para mirar bruscamente a su alrededor, obligándose a permanecer siempre al acecho de una invisible amenaza. Magda era Magda otra vez pero, como antaño, pasó por delante de mí sin descubrirme, con la vista perdida en algún remoto punto del horizonte, y cuando yo todavía no había tenido tiempo para reaccionar, levantó el brazo derecho y paró un taxi, reduciendo con ese gesto todas mis opciones a una sola.

La llamé por su nombre y corrí a su lado, esforzándome por no pensar en lo que estaba haciendo. Ella, en cambio, no intentó controlar su sorpresa, y de puro asombrada semejó perder el control de su cuerpo, que permaneció tan rígido e inmóvil como si fuera de cartón mientras me dedicaba la mirada incrédula, hecha a medias de miedo y estupor, que le habría dirigido a un fantasma auténtico. No me atreví a decir nada, y ella tampoco rompió el silencio, pero el taxista intervino cuando el sonido de las bocinas comenzaba a adquirir un volumen atronador —a ver si se aclara usted, señora... ¿nos vamos o no nos vamos?— y todavía dudó unos segundos antes de empujarme dentro del coche, con tanta brusquedad que hasta llegué a temer que hubiera decidido no acompañarme.

—Muy bien, Malena, y ahora... ¿qué hago yo contigo?

Llevaba casi cinco minutos mirando por la ventanilla, dándome forzadamente la espalda, cuando se volvió para hacerme esta pregunta. Estaba muy nerviosa y parecía asustada, pero con miedo de verdad, el miedo que tienen los niños pequeños, aunque yo no pudiera darle una respuesta.

—No sé.

—Claro. ¿Qué vas a saber tú?

Se giró de nuevo, como si estuviera infinitamente interesada en el paisaje, y entonces pensé que lo mejor sería contárselo todo, explicarle por qué estaba junto a ella en aquel taxi, disculparme e intentar tranquilizarla a la vez.

—Yo estaba en la puerta de la academia, ¿no? Iba a ir a clase de inglés, pero entonces te vi salir del metro, y te seguí para saludarte.

—Pero no lo hiciste —se había vuelto nuevamente hacia mí, y me miraba.

—No, porque ibas muy deprisa. Esperaba cogerte, pero te metiste en esa casa cuando yo todavía estaba muy lejos, y me hubiera marchado, pero no sabía por dónde se volvía a la academia, no conozco ese barrio. Le pregunté al portero y me dijo que allí no daban clases de francés... —ella no dijo nada, y me dije que no me quedaba otro remedio que arriesgarme—. Yo ya me imaginaba que no ibas a clase de francés, porque sé que hablas muy bien, te escuché una vez.

—Eso no se lo habrás contado a nadie, ¿verdad? —cuando pronunció esta frase parecía más alarmada que nunca, pero yo negué moviendo la cabeza con decisión.

—Yo sé guardar secretos.

Entonces sonrió, y luego empezó a reírse, y se reía cada vez más alto, mientras me abrazaba y me apretaba fuerte, tanto que fui yo quien estuvo a punto de asustarse, hasta que contemplé cómo su alborozo se deshacía en una mueca casi nostálgica.

—¡Dios mío, Dios mío, estamos todos locos! Sólo tienes once años y ya estás metida hasta las cejas en esto, ya sabes lo que se puede y lo que no se puede contar, qué barbaridad... Por supuesto que sabes guardar secretos —parecía más tranquila, y su voz se volvió dulce—. Eres la nieta de mi padre, la hija de mi hermana, has aprendido a guardar secretos antes que a montar en bicicleta, como todos... A mí también me pasó lo mismo.

—Ya sé que es pecado.

—No, no es pecado, Malena —me acariciaba el pelo con la misma indescifrable lentitud que acariciaba sus palabras—, no es pecado. Mentir sí, pero esto... Esto es sólo una manera de defenderse.

El taxi se detuvo junto a la acera antes de que se me ocurriera algo más que decir. No había entendido sus últimas frases, pero tampoco les había concedido ninguna importancia, ahora pienso que si entonces conseguí ser tan leal fue sobre todo porque nunca llegué a comprender bien la naturaleza de los misterios que se me confiaban. En realidad, sólo había una cosa que me preocupara, y se la pregunté apenas comenzamos a caminar por una calle moderna, completamente desconocida para mí, cuando un hombre que llevaba un mono azul frenó sus pasos sólo porque nos aproximábamos a él, para quedarse mirando las piernas de mi tía y gruñir algo entre dientes mientras ella esbozaba una sonrisa rácana, como si, al fin y al cabo, llamándose todavía Agueda, le diera vergüenza sonreír por algo así.

—¿Por qué no vas vestida de monja?

—¡Oh, porque no me gusta! A ti también te fastidiaría que te vistieran un sábado con el uniforme del colegio, ¿no?

—Sí, pero es que hoy no es sábado.

—Ya, pero esta tarde he salido de la casa para hacer algo que no tiene nada que ver con el hecho de que yo sea monja o no. Además, para hablar de negocios es mejor no llevar los hábitos. La gente finge que respeta a las monjas, pero no nos toma en serio porque tenemos fama de tontas. Con los sacerdotes es distinto.

—¿Vamos a hablar de negocios?

Se detuvo y me sujetó por los hombros.

—Escúchame, Malena. El otro día me dijiste que me querías, ¿verdad? —asentí con la cabeza—. Que me querías mucho, ¿no? —volví a asentir—. Entonces, si me quieres, prométeme... Ya sé que me paso la vida pidiéndote lo mismo, y que es lo mismo que te piden tu padre, y tu madre, y tu hermana, pero no existe otra manera de hacerlo. Yo no te he traído hasta aquí, tú me has seguido, y después yo no he querido dejarte tirada en la calle, ¿es eso?

—Sí.

—Muy bien, Malena, entonces prométeme que no le dirás a nadie que me has encontrado esta tarde, ni que me has acompañado al sitio al que vamos a ir, ni que me has visto hacer lo que me vas a ver hacer. ¿Me lo prometes?

Tuve que tragar saliva para contestar, porque creí que sólo la inminencia del infierno más horrible podría estar obligándola a decir esas cosas, y cuando hablé, mi voz sonó tan aguda como si fuera la voz de mi hermana.

—Sí, te lo prometo.

—Pero no te asustes, tesoro —sonrió, consciente de mi angustia—. Solamente voy a comprar una casa. Eso sí que no es pecado, ¿verdad?

—Claro que no —le devolví la sonrisa por fin, mucho más tranquila.

—Lo que pasa —dijo ella, mientras me cogía de la mano para seguir andando—, es que no quiero que nadie lo sepa, porque las monjas no podemos comprar nada sin pedir permiso y a mí, en cambio, me da rabia no tener una casa que sea mía, un sitio al que me pueda ir..., por ejemplo, si..., si algún día las cosas cambian. Eso lo entiendes, ¿no?

Por supuesto que lo entendía, lo entendía todo, comprar casas era uno de los hobbys de la familia, y la verdad es que no encontré nada terrible en lo que Magda dijo o hizo aquella tarde, ni siquiera cuando atravesamos la puerta de un local muy elegante, y nos sentamos juntas frente a una mesa, y un señor muy simpático, que me ofreció caramelos, empezó a leer un papel donde, tras la expresión «la propietaria», figuraba todo el tiempo mi propio nombre, Magdalena Montero Fernández de Alcántara, y no el nombre de Magda. Ella advirtió aquel desajuste entre la realidad y la historia que me había contado, y se volvió hacia mí para tenderme unas fotografías aprovechando una breve ausencia de nuestro anfitrión.

—Mírala. ¿Qué te parece?

Era una casa muy bonita, un cortijo blanco, blanquísimo, excepto alrededor de las ventanas, enmarcadas con gruesos trazos de pintura añil. Sobre la entrada, un antiguo portón de madera que se abría a dos alturas, como las puertas de las cuadras de Almansilla, una fila de azulejos componían un nombre y una fecha con letras también azules. La fachada se abría a una placita semicircular, solada con cemento y rodeada de chumberas, entre grandes tinajas, siempre encaladas, por cuyas paredes se descolgaban largas varas de flores de adelfa. Si los ilustradores de los libros que solían regalarme entonces se hubieran inspirado alguna vez en las casas andaluzas, habría podido decir que era una casa de cuento.

—Es preciosa, Magda. ¿Dónde está?

—En un pueblo de Almería. Se llama El Pozo de los Frailes, debe de ser mi destino... —se quedó un momento colgada en el aire, presa de sus propios pensamientos. Luego sonrió de nuevo, sólo para mí—. Me alegro de que te guste, porque es tuya.

—¿Mía?

—Sí, la he comprado a tu nombre. Así te podrás quedar con ella sin ningún problema cuando yo me muera, porque espero, eso sí, que no me eches antes, ¿eh?

Entonces volvió el señor aquel y siguió leyendo papeles en voz alta, y por un momento pensé que Magda se iba, que se escapaba de Madrid para irse a vivir a aquella casa blanca, sola, erizada de flores y de cactus, y me dije que me gustaría irme con ella, pero luego recordé que era monja, y que por eso no se podía ir, y me la imaginé viejecita, vestida todavía con los hábitos, desmigando pedazos de pan duro para que los pájaros comieran en su mano, como hacía la madre portera, aunque el paisaje de las fotografías parecía tan árido que allí, a lo mejor, ni siquiera había pájaros. Luego, ella se levantó, le dio la mano a aquel señor, me animó a que la imitara, y salimos a la calle, pero no habríamos avanzado aún ni veinte pasos cuando giró bruscamente para atravesar el umbral de una papelería.

—Me acabo de acordar de que te debo un regalo, por las flores de calabacín, ¿te acuerdas?

—Sí, pero estaban podridas, así que...

—No importa, mujer. La intención es lo que cuenta.

Una señora muy mayor, envuelta en una desteñida bata de color añil nos miraba desde el otro lado del mostrador.

—Buenas tardes. Querríamos comprar un diario.

—¿Para un niño o para una niña?

—¿Tiene eso mucho que ver?

—Pues... no, la verdad. Lo digo por el color, y por el dibujo de las tapas.

—¿Es para mí? —susurré en el oído de Magda. Ella me contestó que sí con la cabeza—. Entonces para niño, por favor.

Mi tía, la única persona en el mundo a la que me había atrevido a confiar mis ambiciones, soltó una carcajada, pero la mujer desapareció en la trastienda sin hacer ningún comentario para regresar unos minutos más tarde, cargada con una docena de cuadernos de tapas rígidas, cerrados siempre con una trabilla gobernada por una diminuta cerradura, que fue depositando sobre el cristal del mostrador con expresión impasible.

—Elige el que más te guste.

Los miré con atención, pero no me resistí a mostrar tímidamente mi desacuerdo.

—La verdad es que preferiría que me regalaras un libro, o un plumier de madera...

—No —me contestó Magda con firmeza—. Tiene que ser un diario.

Al final me decidí por el más sencillo de todos, un librito forrado de fieltro verde, con un bolsillo delante que le daba aspecto de chaqueta tirolesa.

La dependienta se ofreció a envolverlo para regalo, pero Magda insistió en que no era necesario, lo pagó, y salimos nuevamente a la calle. Mientras esperábamos un taxi, ella tomó el diario, acarició un momento la tapa, y me lo tendió.

—Escúchame, Malena. Ya me he dado cuenta de que no te hace mucha ilusión, pero sin embargo este diario te puede ser muy útil. Escribe en él. Escribe sobre las peores cosas que te pasen, esas tan horribles que no se las puedes contar a nadie, y escribe sobre las mejores, esas tan maravillosas que nadie las comprendería si se las contaras, y cuando sientas que no puedes más, que no vas a aguantar, que sólo te queda morirte o quemar la casa, no se lo cuentes a nadie, escríbelo aquí y volverás a respirar antes de lo que te piensas, hazme caso.

Yo la miraba, de pie sobre la acera, y no sabía qué decir, sólo apretaba el diario contra mi pecho, tan fuerte que, alrededor de las uñas, las yemas de mis dedos se estaban volviendo blancas, Magda miraba a lo lejos, pero los taxis libres pasaban a nuestro lado sin que ella quisiera verlos, concentrada en las palabras que brotaban de su boca como si sus labios no se decidieran a querer pronunciarlas del todo.

—Sólo hay un mundo, Malena. La solución no es convertirse en niño, y tú nunca te volverás un niño, por mucho que reces, esto no tiene remedio. Ellas son iguales, ya lo sé, pero tú tienes que aprender a ser distinta, y tienes que aprender a ser tú sola. Si eres valiente lo conseguirás, antes o después, y entonces te darás cuenta de que no eres mejor ni peor, ni más ni menos mujer que tu madre o tu hermana. Pero, por el amor de Dios, Malena —sus labios comenzaron a temblar pero aún no sé si los movía la emoción o la ira—, no vuelvas a jugar al Juego nunca más, ¿me oyes?, nunca, nunca más, no le consientas a Reina que siga jugando, ni en serio ni en broma, tienes que acabar con eso, acabar de una vez, antes de hacerte mayor, o ese maldito juego acabará contigo.

Entonces comprendí que Magda se marchaba, que se iba lejos, a esa casa blanca que era mía, al desierto donde no había pájaros, y que allí se llevaba los espejos, y mi esperanza, y me dejaba sola, con un cuaderno forrado de fieltro verde entre las manos.

—Yo también me voy, Magda.

—Pero ¡qué dices, tonta! —me limpió las lágrimas con la punta de los dedos e intentó sonreír—. Nadie se va a ir a ninguna parte.

—Me voy contigo, déjame ir, por favor.

—No digas tonterías, Malena.

Entonces sí levantó la mano para parar un taxi, y abrió la puerta, y le dio al taxista la dirección de mi casa, y a mí un billete de quinientas pesetas.

—Sabrás calcular el cambio, ¿verdad?

—No te vayas, Magda.

—Pues claro que no me voy —me abrazó y me besó como lo había hecho miles de veces, esforzándose por no imprimir a sus gestos una intensidad especial—. Te acompañaría, pero se me hace tarde. Y tú también tienes prisa, tu madre tiene que estar preocupada, vete ya, anda...

Me metí en el taxi, pero el coche no se movió porque, ante nosotros, el semáforo se había puesto rojo. Ella se inclinó hasta colocar la cabeza a mi altura, al otro lado de la ventanilla.

—¿Puedo confiar en ti?

—Claro que sí, pero déjame ir contigo.

—¡Menuda manía que te ha entrado ahora con eso! Nos vemos mañana en el recreo, ¿vale?

—Vale.

Nos pusimos en marcha bruscamente y saqué la cabeza por la ventanilla para mirarla, y encontré su cuerpo quieto, y una sonrisa forzada en sus labios, y un brazo rígido que oscilaba como accionado por un motor, de izquierda a derecha, la palma tiesa, en un adiós mecánico y constante. Seguí hablando sin mover los labios, rogándola que no se fuera mientras mis ojos pudieron atisbar su silueta. Al día siguiente no la encontré en el recreo. Entonces aprendí lo que significa estar sola.

Durante mucho tiempo conservé la sensación de haber nacido por error.

Supongo que las profundas sombras que oscurecieron nuestro nacimiento, transformando en un episodio doloroso el feliz acontecimiento que todos esperaban, determinaron este confuso sentimiento antes de que yo misma pudiera encontrar a mi alrededor otros argumentos en los que apoyar mi sólida intuición de disponer solamente de una vida equivocada. Nunca, mientras fui una niña, llegué a aceptar con serenidad la autoría de los destrozos que yo, y nadie más que yo, había cometido dentro del útero de mamá, y siempre me sentí en deuda con Reina, como si viviera de más, usurpando sin querer, pero sin remedio, una dosis considerable de la pura capacidad de existir que ambas compartimos una vez, y que a ella, y no a mí, le habría correspondido disfrutar después.

Nadie me culpó jamás, pero tampoco nadie me dijo nunca que no debería sentirme culpable. Todos parecían asumir la situación con una especie de serenidad fatalista que les permitía vivir tranquilos mientras a Reina le medían la cabeza cada seis meses y le radiografiaban la muñeca constantemente, como si los médicos temieran por la estabilidad de los tímidos resultados positivos que cosechaban en cada prueba, como si sus huesos, elásticos, pudieran encogerse y estirarse a placer, al ritmo de la angustia que desencajaba la expresión de mi madre ya desde el momento en que nos ponía el abrigo para salir de casa, y que apagaba definitivamente el brillo de sus ojos mientras, sentada a mi lado en la sala de espera, intentaba en vano prepararse para escuchar el espantoso veredicto —lo sentimos, señora, pero esta niña ya no crecerá ni un solo centímetro más— que sin embargo nadie llegaría nunca a pronunciar, porque antes o después salía el doctor, y nos devolvía a Reina con un puñado de caramelos Sugus, y miraba a mamá con una expresión ambigua, que quería decir que la muñeca de mi hermana no se cerraba, pero que su cuerpo se obstinaba en crecer tan lentamente como se estira el diminuto cuerpo de una oruga, y que habría que esperar, y volver a intentarlo, quizás dentro de seis meses. Entonces la enfermera se acercaba a mí, sonriente, y me cogía de la mano, pero la voz de mi madre la detenía con un seco estallido que parecía descender de las alturas, como la sentencia de un dios rencoroso.

—No, ésta no. Esta está sana.

Yo estaba sana, yo crecía y engordaba, mis progresos eran evidentes, tanto que ya antes de que cumpliéramos seis años el pediatra dejó de pasar dos facturas y sólo cobraba por Reina, porque a mí me controlaba de un vistazo. En aquella época, la remota infancia de la que apenas puedo recordar con nitidez este sentimiento, yo hubiera entregado todo cuanto poseía a cambio de una sola oportunidad para desandar mi vida hacia el principio, hasta esa larga noche uniforme donde intercambiaría, sin dudarlo un instante, mi cuerpo con el de mi hermana. Renegaba de mi buena suerte como de la tara más cruel, aunque aún no me atrevía a sospechar que tal vez lo fuera.

Tardé mucho tiempo en admitir que aquella asfixiante culpa que no me abandonaba siquiera durante el sueño, alentando pesadillas que aparentemente no eran tales, sino inocentes fantasías impregnadas de la neutralidad de lo cotidiano, no tenía tanto que ver con el sincero amor que sentía hacia mi hermana como con el disgusto, igualmente sincero, que sólo podía inspirarme a mí misma, porque a pesar de la vaga amenaza de precariedad que planeó durante años sobre la propia existencia de Reina —aunque tal riesgo, siempre teórico, tuviera más fundamentos en la deformada hipersensibilidad de una madre hipocondríaca que en la realidad inspirada por datos objetivos—, yo ya podía darme cuenta de que el mundo, o al menos esa precisa parcela del mundo donde ambas habitábamos, estaba hecho a su medida y no a la mía. Por eso la situación me parecía todavía más injusta y, aún peor, peligrosamente errónea, y cuando me despertaba en plena noche temblando, empapada en sudor, después de haber estrellado contra el suelo, a veces por accidente, otras solamente por cansancio, o por curiosidad, esa diminuta figura viviente en la que al principio presintiera a mi hermana, hasta que, confundida por el lugar que ocupaba entre los peluches de la estantería, me hubiera decidido a jugar con ella como si fuera una muñeca habladora más, me sobrecogía la magnitud de mi crueldad imaginaria, porque cuando el cuerpo de Reina estallaba sobre la tarima, desvelando la sangre y las vísceras de un ser vivo donde yo sólo esperaba descubrir engranajes mecánicos entre tripas de lana y de esparto, mi conciencia se desdoblaba, y yo, que vivía en el sueño, salía tranquilamente de la habitación, indiferente a la tragedia provocada por mi torpeza, pero no tan estúpida como para olvidarme de cerrar la puerta con mucho cuidado y comenzar inmediatamente a elaborar una coartada que encubriera mi crimen, mientras yo, que durante el sueño no vivía del todo, me horrorizaba de lo sucedido hasta el punto de despertarme, ahogada en mi propia angustia, para contradecir misteriosamente la serenidad con la que, al mismo tiempo, contestaba a las preguntas de mi madre, acusando a la tata Juana, que pasaba el plumero con demasiada brusquedad, de la estúpida muerte de su hija. Luego, ya despierta del todo, la respiración casi sosegada, la boca amarga todavía, miraba a mi hermana, que dormía plácidamente a mi lado, en una cama igual que la mía, y adivinaba que sus sueños eran dulces, porque su vida era la correcta y las niñas de verdad no tienen pesadillas criminales, y se pliegan a su destino soñando solamente con esas hadas azules que salvan a las princesas extraviadas, desfallecidas ya, que sobreviven apenas a base de bayas y grosellas del bosque, incluso cuando, como Reina, no han visto en toda su vida ni una sola grosella auténtica.

Yo primero tuve que resignarme a no poder soñar con bosques de grosellas porque nunca había visto ninguno. Luego empecé a extrañar mi propia ropa, las telas, los colores, los estampados, la manera de peinarme y hasta el olor de la colonia con la que mamá me rociaba la cabeza todas las mañanas. Al final, llegué a sentir mi propio cuerpo como algo prestado, ajeno, cautivo en un lugar que no le correspondía. Entonces comencé a sospechar que yo debía de ser un niño, un varón embutido a la fuerza en un cuerpo equivocado, un misterio casual, un error, y esta extravagante teoría, que reunía el defecto de ser un disparate y la sedante virtud de explicar todas las cosas, me tranquilizó durante un tiempo, porque si yo estaba construida como están construidos los niños, entonces no me sería imposible querer a Reina y quererme a la vez a mí misma.

Nadie podría exigir al niño oculto que yo deseaba ser lo que todos esperaban de mí por ser una niña. Porque los niños pueden desplomarse pesadamente sobre los sofás, en lugar de controlar sus movimientos al sentarse, y pueden llevar la camisa por fuera del pantalón sin que la gente piense por eso que están sucios. Los niños pueden ser torpes, porque la torpeza es casi una cualidad varonil, y ser desordenados, y carecer de oído para aprender solfeo, y hablar a gritos, y gesticular violentamente con las manos, y eso no les hace poco masculinos. Los niños detestan los lazos, y todo el mundo sabe que esta repulsión nace con ellos en el exacto centro de su cerebro, en el primer rincón de donde brotan las ideas y las palabras, y por eso no les obligan a llevar lazos en la cabeza. A los niños les dejan escoger su ropa y no les ponen uniforme para mandarlos al colegio, y cuando tienen un hermano mellizo, sus madres no se preocupan tanto por vestirlos siempre igual. Los niños tienen que ser listos, listos y buenos, con eso basta, y si son un poco brutos, sus abuelos sonríen y piensan que tanto mejor. Yo en realidad no quería ser un niño, no me consideraba ni siquiera apta para conquistar un objetivo tan fácil como ése, pero no encontraba otra salida, otra puerta por donde escapar de la maldita naturaleza que me había tocado en suerte, y me sentía como una tortuga coja y sin olfato mientras renquea en pos de una liebre que corre sin dejar rastro. Jamás alcanzaría a mi hermana, así que no me quedaba otro remedio que volverme niño.

El mundo era de Reina, crecía tan despacio como ella, y la favorecía con su color, con su textura y con su tamaño, como un escenario diseñado con mimo para una sola diva por un anónimo carpintero enamorado. Reina reinaba sobre el mundo, y lo hacía con la sencilla naturalidad que distingue a los monarcas auténticos de los bastardos usurpadores. Era buena, graciosa, dulce, pálida y armoniosa como una miniatura, suave e inocente como las niñas de las ilustraciones de los cuentos de Andersen. No siempre hacía las cosas bien, por supuesto, pero hasta cuando fallaba, sus fallos estaban de acuerdo con las eternas leyes no escritas que gobiernan el movimiento del planeta que nos acoge, así que todos los aceptaban como un ingrediente ineludible de la normalidad. Y cuando se proponía ser mala, Reina era malvada con la más sutil alevosía. Yo, que sólo sé embestir de frente, la admiraba también por eso.

Eramos tan diferentes que el abismo que separaba nuestros rostros, nuestros cuerpos, llegó a parecerme lo menos importante de todo, y cuando la gente correspondía con una mirada de asombro a la confidencia de que ambas éramos mellizas, yo pensaba, ya está, ya se han dado cuenta de que ella es una niña y yo soy otra cosa. Muchas veces pensé que si las dos hubiéramos sido tan parecidas como para resultar idénticas a los ojos de los demás, todo habría sido distinto, y tal vez habría tenido acceso a esos enigmáticos fenómenos de identidad que otros gemelos juran haber compartido, pero lo cierto es que mi conciencia no llegó a registrar nunca una zona común con la conciencia de mi hermana, y estoy segura de que a ella tampoco le dolían mis golpes, ni le estremecían mis miedos, ni le trepaban mis risas por la garganta, y ya entonces, cuando lo compartíamos todo, desde las tostadas del desayuno hasta la bañera de por las noches, a veces me asaltaba la sospecha de que Reina estaba lejos, mucho más lejos de mí que el resto de las personas que conocía, y la sensación de que las tostadas que yo me comía eran sus tostadas, y la bañera donde yo me sumergía era su bañera, porque todo lo que yo poseía no era más que un indeseable duplicado de las cosas que ella parecía haber elegido libremente poseer, contribuía a incrementar esa distancia. El mundo, el pequeño mundo donde vivíamos entonces, no era otra cosa que el exacto lugar que Reina habría escogido para vivir, y los resultados de esa misteriosa armonía se manifestaban hasta en el más pequeño de sus gestos, que siempre resultaba ser el gesto que los demás habían intuido que debería producirse, la marca de una criatura perfecta, la niña total.

A mí nadie me había dado la oportunidad de elegir, y no me encontraba con fuerzas bastantes como para intentar cambiar el entorno donde me veía obligada a crecer, una proeza que por otro lado nunca imaginé siquiera, porque estaba convencida de que aquel escenario era el justo y yo la cantante afónica, el prestidigitador manco, el fotógrafo ciego, la diminuta tuerca defectuosa que bloquea de manera incomprensible el funcionamiento de una máquina gigantesca y carísima. Intentaba mejorar, me esforzaba por aprender de memoria cada palabra, cada gesto, cada reacción de Reina, y todas las noches me dormía planificando el día siguiente, y todas las mañanas saltaba de la cama dispuesta a no cometer ningún error, pero hasta cuando lo conseguía, cuando me miraba en el espejo antes de salir de casa, e incluso, raras veces, al volver del colegio por las tardes, y me encontraba normal, correcta, previsible, no podía ignorar que la niña a la que contemplaba no era yo, sino una voluntariosa, apenas pasable doble de mi hermana. Eso no me habría molestado tanto si alguna vez me hubiera creído capaz de adivinar qué era exactamente yo, aparte de eso.

Entre tanta confusión, sólo podía aferrarme con certeza al amor que sentía por ella, un sentimiento grande, hasta demasiado grande a veces, cuyos múltiples ingredientes se mezclaban y se repelían constantemente para darle a cada momento una nueva forma. El resultado nunca dejaba de ser amor, pero tampoco llegaba nunca a alcanzar el rango de lo absoluto, supongo que porque para amar absolutamente a alguien, es preciso que el amante agote una seguridad de la que yo no disponía en ninguna dosis, y además porque, por mucho que intentara despegar de mí una rabia tan mezquina, cada vez soportaba peor que Reina se pareciera tanto a nuestro padre mientras yo me iba quedando solamente en una Fernández de Alcántara más, como mamá, como Magda, como la última pieza a encajar en el centro de un rompecabezas que cualquier espíritu aburrido se hubiera entretenido en diseñar a base de retales sueltos, fragmentos cada vez más parecidos entre sí, hacia el final casi idénticos, pero escogidos definitivamente al azar, de aquellos oscuros retratos que colgaban de las paredes de la casa de Martínez Campos.

Esta envidia instintiva y elemental, que durante mucho tiempo absorbió en sí misma todas las demás envidias, fue creciendo a medida que mi hermana se liberaba, con una lentitud que parecía traducir el enorme esfuerzo de su organismo, de las dramáticas secuelas de su nacimiento, para convertirse, si no en una niña saludable, sí en una adolescente de aspecto normal, no demasiado alta y siempre sorprendentemente frágil, pero hermosa a su manera, a la manera de un pintor manierista obsesionado por las texturas de la piel y la precisión en los detalles, porque considerados en sí mismos, de uno en uno, sus rasgos eran casi perfectos, y sin embargo, al integrarse en el conjunto del rostro, parecían incomprensiblemente condenados a perder alguna nota de su belleza, como si su cara redonda se ensanchara en los extremos, y sus ojos verdes se tiñeran de castaño, y sus labios finos se sumieran hacia dentro, y su piel pálida adelgazara hasta rozar la transparencia, delatando el rastro pequeño y agudo de una vena que coloreaba de violeta su sien derecha. No era fácil reparar en Reina a simple vista porque, como si hubiera sido creada por obra de un hermético sortilegio medieval, sólo quien se paraba a mirarla conseguía verla del todo, y advertía entonces la misteriosa delicadeza que matizaba cada ángulo de su cuerpo, traicionando la fuerza titánica que albergaba aquella frágil estructura con un éxito tan profundo como esta misma paradoja. Conmigo, en cambio, no ocurría lo mismo. Pelo negro, ojos negros, labios de india y dientes blanquísimos, no hacía falta esforzar demasiado la vista para verme bien, y quizás por eso nadie, excepto Magda y el abuelo, solía mirarme mucho.

Mamá lamentaba amargamente nuestra disparidad física porque, empeñada como estaba en contrariar el doble dictamen de la naturaleza y el azar, veía cómo se agotaban todos sus recursos antes de lograr que nuestro aspecto se aproximara lo suficiente como para sugerir siquiera la verdad, que éramos mellizas, y se quejaba con periódica frecuencia, cada primavera y cada otoño, de las dificultades que hallaba para encontrar colores, modelos o adornos que nos sentaran a las dos igual de bien. Entonces, mi padre le animaba a resignarse de una vez por todas a tener dos hijas mellizas pero distintas, una morena y otra rubia, una alta y otra baja, una muy delgada y la otra no, pero ella cabeceaba en silencio y no contestaba, y seguía buscando un método secreto para enderezar lo que se había torcido antes de empezar. Nunca llegué a descifrar por completo su insistencia en fomentar nuestra semejanza, pero supongo que no tendría un origen muy distinto del que había inspirado su férrea negativa a tener más hijos, y ahora sé que la imagen de mi hermana en la incubadora, la piel morada, los huesos recubiertos de piel reseca, los ojos inmensos en una cabeza sin mofletes, sin papada, sin la rosada blandura de todos los demás recién nacidos, la infinita soledad de esa cría desnutrida y triste, confinada en una caja transparente, tan fría desde fuera como un prematuro ataúd de cristal, jamás la abandonaría, y sé que cada vez que se acercaba a Reina tenía que someterse a una aguda punzada de dolor, recobrar por un instante esa imagen y desecharla, antes de romper a hablar, de apuntar un gesto, o hasta de esbozar un azote, tibio siempre y seguramente inmerecido.

Las cosas no habían ido bien, pero ella no estaba en absoluto dispuesta a plegarse a su rumbo, como si presintiera que inmediatamente después de admitir la realidad se vería obligada a aceptar una tarea muy superior a sus fuerzas, a reconocerse responsable de una situación que nunca debería haber llegado a producirse, así que jamás renunció a tener dos hijas mellizas, una pareja de niñas iguales, como deberíamos haber sido desde el principio, y siguió vistiéndonos a las dos igual, haciéndonos las mismas trenzas, regalándonos las mismas cosas, y a lo mejor ni siquiera llegaba a darse cuenta de lo mal que me ha sentado siempre el azul marino, o esas blusas de lana de color tostado que impedían distinguir de un vistazo dónde terminaba mi piel y dónde comenzaba la tela, o de lo feo que es el remolino que marca el nacimiento del pelo sobre la esquina izquierda de mi frente, pero la única vez que se me ocurrió pedirle que me peinara con raya en medio, sonrió y me la hizo exactamente en aquel rincón, como todas las mañanas, preguntándome con voz risueña de dónde había sacado esa ocurrencia. No quise contarle que me lo había sugerido su propia hermana, esa imprevista bruja adivina, mientras me miraba con los brazos cruzados, fumando con una boquilla de marfil en forma de pez, torturando rítmicamente a la vez una baldosa del suelo con la puntera de sus zapatos negros de tacón alto, pero por un instante me arrepentí de no haber confesado a mi tía la verdad, que no creía ser capaz de odiar nada tan intensamente como odiaba el lazo que llevaba en la cabeza, como si una revelación semejante pudiera haber servido para algo.

Ni siquiera el ingreso de Magda en el convento, y su consiguiente irrupción en el estrecho ámbito de mi vida, consiguieron entonces sacudir un orden que se mantenía tan firme como lo estaría un pavimento de cemento en el que me hubieran obligado a hundir los pies antes de fraguar, cuando aún estaba fresco como la arcilla húmeda. Nunca llegué a descifrar las verdaderas razones que empujaban a mi tía a preferirme de una forma tan clara sobre mi hermana, y me dolía la certeza de que su cariño, que yo apreciaba tanto, no pudiera ser un sentimiento puro, como si lograra casi distinguir el factor oculto, un elemento turbio, inconfesable, que se agazapaba tras una elección tan incompatible con la realidad. Porque lo que le confesé al abuelo ante el retrato de Rodrigo el Carnicero era verdad, la única verdad auténtica, por mucho que admitirla me hiciera tanto daño como el que debió de atormentar sus nudillos desollados después de estrellar contra la pared aquel puño propulsado por una rabia íntima y vieja, que yo ignoraba y había nacido sin embargo de mis palabras. Reina era mucho más buena que yo, era mejor que yo, y eso era tan evidente como que yo había crecido ocho o nueve centímetros más que ella, una diferencia que se detectaba a simple vista y que tampoco tenía remedio.

Por eso, cuando Magda se fue, durante un año entero seguí jugando al Juego, aquel rito solemne disfrazado de broma infantil que nunca llegaría a extinguirse solo, diluyéndose en el tiempo, porque a mí se me olvidaba con mucha frecuencia pero Reina lo tenía siempre presente, y antes o después deslizaba en mis oídos un discreto susurro para devolverme a los dominios de aquel detestable apodo, María, que tantas veces consiguió anular mi voluntad sin lograr nunca hacerme mejor, un fracaso que me daba rabia sobre todo por ella, porque me dolía infinitamente defraudarla, aunque muchas veces me molestaba plegarme a censuras tan absurdas como la que me impedía comer entre horas —María, desde luego, si sigues así te vas a poner como una vaca—, o echarle un vistazo a las fotonovelas de amor que coleccionaba Angelita, la muchacha de casa, y que eran tan divertidas —suelta ahora mismo esa paletada, María, por favor—, o incluso andar por casa los sábados por la mañana con las dos primeras piezas de tela que había sacado al azar del armario —pero... ¿qué haces de marrón y azul marino, María? Ve corriendo a cambiarte, anda—, porque muy pronto me sorprendió lo diferentes que eran las cosas que Reina y yo considerábamos importantes, y también aquellas a las que cada una de nosotras no concedía importancia, por muy convencida que estuviera de que el Juego era beneficioso porque me ayudaba a terminar antes los deberes, sacar mejores notas, irritar menos a mi madre y pasar desapercibida en el colegio, los aspectos fundamentales de mi vida. Y por el Juego me enfrenté a Magda, que se puso como una fiera cuando mamá se lo comentó una tarde como una gracia más de sus hijas, y no quise oír sus advertencias, la única nota discordante que brotó nunca de sus labios, la retorcida interpretación de una adulta, pensaba yo, a la que la inocencia ha repudiado para siempre, arrebatándole el privilegio de comprender los juegos de los niños, porque ni siquiera aquella tarde de mayo, cuando la portera del colegio, sin pronunciar una palabra y sólo después de asegurarse de que nadie nos veía, deslizó en mi mochila un paquete embalado en papel de estraza, para devolverme la esperanza envuelta en una clásica escena de película de espías, dudaba yo de que el Juego fuera algo distinto de una travesura, y si tomé la decisión de acabar con él para siempre, fue solamente porque entonces, cuando estuve segura de que Magda me seguía queriendo, de que seguía velando por mí desde el resplandeciente desierto donde vivía, me avergoncé de no haber cumplido aún mi última promesa.

Por eso me sorprendió tanto que Reina se enfureciera de aquella manera cuando, antes aún de abrir el paquete, camino de casa, le anuncié que había decidido no volver a jugar más con ella, porque ya teníamos doce años, casi trece, y el Juego no era más que una estupidez de crías. Ella me miró con ojos de alucinada, como si no pudiera confiar en sus oídos, y me pidió que no dijera tonterías, pero yo me mantuve firme y entonces cambió de táctica, insistiendo una y otra vez en que había emprendido todo aquello solamente por mí, afirmando después, con acento amargo, terco, que el Juego era divertido, y un secreto importante, lo único importante de verdad que compartíamos. Yo me limité a repetir que no volvería a jugar, y un par de días más tarde, cuando me disponía a comerme una rodaja de embutido envuelta en pan a las ocho menos cuarto de la tarde, ella me llamó María por última vez y yo me zampé el chorizo delante de sus narices.

Su enfado no sobreviviría al plazo de una semana, pero aquella tarde no me volvió a hablar y yo tampoco le di muchas oportunidades para hacerlo. Cuando llegamos a casa me encerré en el baño, y después de recortar el remite con cuidado, destrocé el envoltorio con dedos histéricos para descubrir una resma de cuartillas blancas, perforadas como los recambios de las carpetas de anillas, y encabezadas por una hilera de letras doradas que componían en relieve la palabra *Diario*. Me emocioné tanto que me empezaron a temblar las manos, y al final tuve que arrodillarme sobre las baldosas para recoger, una por una, las hojas que se me habían caído, desparramándose por el suelo.

Aquella noche esperé a que Reina se durmiera y extraje sin hacer ruido el penúltimo regalo de Magda del fondo del cajón en el que reposaba, olvidado, desde que ella me lo dio. Recuerdo las primeras frases que escribí, prácticamente a oscuras, como si las hubiera redactado hace solamente un par de horas.

«Querido diario, me llamo Magdalena, pero todos me llaman Malena, que es un nombre de tango. Hace casi un año que tengo la regla, así que ya me parece muy difícil que la Virgen quiera convertirme en un chico, y creo que voy a ser más bien un desastre de mujer, igual que Magda.»

Luego, por precaución, taché las tres últimas palabras.

Escribí cada noche en mi diario desde entonces, y desde entonces, cada mes de mayo, recibí un nuevo recambio, al principio siempre por medio de la portera del colegio, una mujer sombría con la que no recuerdo haber cruzado ni siquiera un saludo hasta que abandoné definitivamente aquella casa, a punto de cumplir los dieciséis, y después por correo certificado, un escueto aviso anónimo que no proporcionaba indicio alguno acerca del nombre o de la dirección del remitente, hasta que lo perdí, sin llegar a comprender cómo se puede perder algo que se guarda siempre en el mismo sitio, justo cuando comenzaba a serme útil, cuando por fin tenía algo importante que escribir en él, y al mismo tiempo, cuando con más frecuencia incumplía mi cotidiano compromiso con sus páginas, porque al llegar a la casa del abuelo, en aquellas sofocantes madrugadas de verano, lo único que me preocupaba era controlar la resonancia de mis pasos, desplegando la angustiosa precisión de un artificiero para evitar los peldaños que crujían en la vieja escalera de madera, temibles sobre todo el tercero, el séptimo, el decimoséptimo y el vigesimoprimero, para pasar de puntillas delante de la puerta del dormitorio de mis padres y ganar por fin la cama, y tumbarme encima, vestida todavía, para ver girar el mundo con los ojos cerrados, víctima y cómplice a un tiempo del mareante olor que las hojas de tabaco negro a medio secar, húmedas aún como frutos capaces de dar zumo bajo mi peso, habían esparcido por todo mi cuerpo, mientras el olor de Fernando llegaba más lejos, y penetraba mi piel, y ascendía por las cavidades de mis vísceras, y trepaba por las paredes de mis huesos, para ganar, navegando en mi propia sangre, el centro de ese alma que no muere porque no existe, y que sin embargo él no ha abandonado todavía.

Hasta entonces, supongo que mis reflexiones no encerraban gran interés, sobre todo durante el curso, cuando los días eran siempre iguales, aburridos y neutros, jalonados a lo sumo, de año en año, por acontecimientos oficiales transcendentales que a mí, por lo general, no me lo parecieron tanto, como la confirmación, o la reválida de cuarto, o mi primer viaje al extranjero, que podría quizás recordar como una magnífica y excitante aventura si no fuera porque las monjas nos llevaron a la gruta de Lourdes —la ciudad casi ni la vimos— en un tren abarrotado de ancianos y enfermos que olían muy mal. Recuerdo mejor otras cosas, seguramente igual de importantes pero a la vez más ajenas a mi propia vida. Murió la abuela Reina, de una muerte generosa y breve, y el abuelo, de golpe, se hizo mucho más viejo, tal vez porque el coma hepático que acabaría con su mujer la sumió, durante sus últimos días, en un dulce delirio juvenil, y se fue acariciándole, e intentando entre risas colgarse de sus brazos, y llamándole con nombres que él, quizás ella también, había querido borrar de su memoria en una fecha tan remota que ya ni siquiera era capaz de recordarla. Mi hermana intervino en algunos recitales colectivos de piano, y mamá y yo, y creo que también papá, aunque él se empeñaba en disimularlo, nos sentimos más orgullosas de lo que habíamos estado nunca. Angelita se casó en Pedrofernández, y todos fuimos a su boda, y mamá nos enseñó un edificio semiderruido, con un escudo encima de la puerta, que había sido la casa de nuestra familia antes de que el abuelo de mi abuelo, al decidirse a volver a España e instalarse en Madrid con todos los suyos, prefiriera edificar de nueva planta en la finca que había comprado en Almansilla, a poco más de un centenar de kilómetros en dirección nordeste, a la sombra de Gredos, en una comarca, La Vera, más fértil y rica que aquella en la que sobrevivía un pueblo con su propio nombre.

Aquello sí que fue un viaje divertido, y no lo de Lourdes. Reina estuvo muy ñoña todo el tiempo, porque el chico que le gustaba se le había declarado por teléfono el jueves anterior, y como sólo nos dejaban salir los sábados y los domingos, se había visto obligada a aplazar en una larga semana el principio real de su primer noviazgo, así que apenas abrió la boca para decir que el traje que había elegido la novia —un vestido como los de las películas de Sissi, con miriñaque, y muchas sobrefaldas, y perlas por todas partes— era horroroso, pero a mí me gustaba Extremadura, incluso con Guadalupe dentro, más que cualquiera de los chicos que había conocido hasta entonces, y encontré a Angelita muy guapa, y sobre todo muy contenta, y disfruté mucho viendo el campo nevado, el espectral esqueleto de los cerezos, blancos por fin de nieve auténtica, y comiendo cuchifrito en el banquete, y bebiendo más vino del que hubiera debido, y bailando después con los mozos del pueblo, que me distinguieron con el honor de admitirme en la cuadrilla responsable de quitarle la corbata al novio, y la liga a la novia, y pasar el plato pidiendo dinero para los recién casados, antes de que la tata Juana y su hermana María, más encorvadas aún por los licores y la risa de lo que ya era habitual, se decidieran a bailarse una jota al ritmo de las palmas y las voces, tan cascadas ya como sus espaldas, de la mayoría de los asistentes, para poner así punto final a mi insólita velada de libertinaje, porque cuando me acerqué a pedir permiso para ir con los mozos a rondar a los novios, mamá casi se desmaya, y al final fue mejor, porque estaba tan borracha que en el breve trayecto que separaba el restaurante del coche, me di cuenta de que no podía andar en línea recta, y presa de un arrebato de pánico tardío, me estremecí al recordar que si la hermana pequeña de Angelita no llega a salir del baño justo en el momento en que él me estaba empezando a acorralar en una esquina, me habría dejado besar encantada por aquel primo suyo, que era feo y un poco gordo, pero muy bestia, y el más divertido de todos, y eso luego no me hubiera gustado porque ni siquiera sabía cómo se llamaba.

Para ir a aquella boda me puse las primeras medias transparentes que usé en mi vida. Tenía catorce años, y mi cuerpo había cambiado mucho, pero yo no me di cuenta del todo de aquel fenómeno hasta que me sorprendió el hallazgo de mis propias piernas, desnudas y enteras bajo una funda de nailon que emitía destellos plateados al chocar con la luz, enmascarando con milagrosa eficacia la cicatriz alargada, como un hilo grueso de piel más clara, que siempre intentaba esconder estirándome la falda en esa dirección. Me miré en el espejo y me descubrí, fundamentalmente redonda, bajo la funda de punto amarillo claro que tantos disgustos me había costado, y me sonrojé por dentro al comprobar que yo tenía razón, porque aquel vestido sería italiano y una monada, como dijo mamá en el probador, pero me prestaba un indeseable aire de familia con las vacas lecheras de origen suizo que criaba Marciano en los establos de la Finca del Indio, y no sólo a la altura del pecho, sino en las direcciones más insospechadas. Mi cuerpo entero se había llenado de bultos, en los brazos, en las caderas, en los muslos, y hasta en el mismísimo culo, que de repente, había dado en crecer hacia fuera sin el menor respeto por los cánones estéticos vigentes, y el acentuado estrangulamiento de mi cintura no hacía otra cosa que empeorar una imagen que, exagerando muy poco, podría haberse calcado de un cartel de propaganda de cualquier película italiana de los años cincuenta, aquellas rollizas tetonas que se arremangaban la falda hasta la cintura nada más y nada menos que para cosechar cereales. Con un poco de buena voluntad, mis últimas costillas podían detectarse a simple vista, pero aparte de eso, sólo se me notaban los huesos en los tobillos, en las rodillas, en las muñecas, en los codos y en la clavícula. Todo lo demás, súbitamente, se había hecho carne. Basta, ordinaria, morena y vulgar carne humana que ya no me abandonaría jamás.

El contraste de mi aspecto con el de mi hermana, que iba vestida con un conjunto austriaco de loden verde y leotardos grises de lana calada, porque mamá había claudicado ya ante la evidencia, al menos provisional, de que, a aquellas alturas, yo habría resultado tan ridícula vestida de niña como Reina hubiera conseguido parecer vestida de jovencita, agigantó en un segundo mi conciencia de una metamorfosis que en ella no llegaría nunca a consumarse del todo. Durante muchos años envidié sus huesos, las escuetas líneas de su silueta evanescente, su incorpórea elegancia de ninfa aplazada, su no cuerpo, su no carne, y esperé, pero mis bultos no la informaron nunca, una ausencia tanto más sorprendente en cuanto que ella se mostraba decididamente más audaz que yo, y con más razones, en sus contactos con ese conjunto de criaturas a las que ya entonces, por un prejuicio estético tan invencible como a la larga fatal, yo prefería llamar hombres.

El tremendo éxito que mi hermana cosechaba entre las filas del enemigo me desazonaba por varios motivos, entre los cuales el principal, por más que me hubiera atrevido a cortarme la mano derecha con un cuchillo manejado por mi mano izquierda, antes que a admitirlo en el más secreto de los íntimos coloquios que hubiera podido llegar a sostener conmigo misma, era una envidia tan pura, tan simple, tan insana y tan elemental, que llegó a encarnarse en el primer factor eficaz entre los que me permitirían superar la extraña angustia derivada de mi fantasmagórico crimen prenatal, porque si no dejaba de ser cierto que yo seguía siendo la culpable última de la fragilidad física de Reina, no era menos cierto que ella conseguía sacarle a su aparente debilidad mucho más partido del que yo podía soñar con extraer jamás de mi saludable y vigoroso aspecto, que si bien inspiraba en la tata Juana la legítima satisfacción precisa para exclamar, cuando había visitas y sólo después de darme un cachete en el culo, que daba gusto verme de lo hermosa que me había criado, operaba a cambio el milagro de hacerme invisible a los muchos pares de ojos que, cada fin de semana, recogían ansiosamente hasta el más pequeño de los gestos de mi hermana, con el tibio brillo intermitente que traicionaría la uniforme mirada de un ejército de suicidas frustrados si no se hubieran decidido a escoger aún entre la muerte acogedora y el insoportable desgaste diario de una esperanza crónicamente enferma. Porque Reina, que era tan buena con todo el mundo, nunca se portaba bien con ellos.

El malestar que llegó a producirme esta actitud mientras todavía me atrevía a catalogar la calidad de Reina como un bien más de mi propio patrimonio, llegó casi a adquirir la consistencia del rencor cuando advertí con cuánta naturalidad lograba ella prolongar en tan flamante, improvisada astucia, su admirable bagaje de niña perfecta, como si la repentina impotencia de su corazón fuera una estampa más que se pudiera clavar con una chincheta sobre el cabecero de la cama ante la complacida mirada de mi madre, que en Almansilla, aquel mismo verano, creería asistir desde una privilegiada tribuna al concienzudo florecimiento de la pequeña mujer fatal, evocando con nostalgia viejas reglas de oro, prudencia y sabiduría, ante el desolado espectáculo de aquel páramo desierto de misericordia. Ella ignoró siempre que la llegada de Bosco, el pobre primo Bosco, actuaba solamente como el detonador público de la imperceptible explosión controlada a la que yo asistía en privado como único testigo, aun en contra de mi voluntad, desde que regresamos a Madrid tras la boda de Angelita y Reina empezó a salir con Iñigo, intercalando el exhaustivo control de las manos de su novio, a las que permitía ascender sobre su cuerpo a razón de un centímetro por semana mientras su propietario la aplastaba contra el portal para intercambiar con ella un beso húmedo e interminable —diez, quince, veinte minutos sin parar, lo recuerdo de sobra porque yo estaba allí, apoyada en una farola, afrontando de mala gana la proeza de mirarles fijamente con los brazos cruzados para eludir la bronca que me esperaba el día que regresara a casa sin mi hermana, que era, paradójicamente, quien estaba encargada de vigilarme a mí—, con la Adoración Nocturna en la capilla del colegio, y más tarde, también con sesiones equivalentes, aunque levemente más apasionadas, dada la circunstancia de que Angel era tres años mayor que Iñigo y proporcionalmente exigente, con un amigo de nuestro primo Pedro que hacía primero de agrónomos.

Entonces, cuando la ausencia de Magda, el desapego de mi padre y mi progresiva conformidad con mi destino parecían haber borrado ya todos los signos extraordinarios que me inquietaron durante la infancia, haciéndola tan diferente de esos años de paz que disfrutara mi hermana, volví a mirar a mi alrededor, y lo que vi me retornó a la odiosa perplejidad de la que creía haberme desprendido como de una piel inservible, desgastada, muerta, cuando acepté con desgana la certeza de mi sexo. Porque yo, que había recibido la misma educación que Reina, que había dormido en el mismo cuarto, que había vivido sometida a idénticas presiones, era incapaz de comprender la placidez con la que ella afrontaba su nueva situación, caminando kilómetros enteros bajo la lluvia para entregar la hucha más repleta el día del Domund, sacrificando noches de sueño para rezar ante una imagen de madera con la mente perdida y los ojos en blanco, o coqueteando en público con el proyecto de irse de misionera a Africa al acabar la carrera, para que mi madre y la tata se la quedaran mirando, tan aterradas como si se acabaran de enterar de que los zulúes estaban chupando ya el tuétano de sus huesos, mientras le ponía los

96

cuernos al mismo tiempo a los dos tíos que la gustaban, sin experimentar, y esto era lo más pasmoso, el más mínimo sentimiento de culpa por todo ello, cuando yo, que tantos años antes había perdido la facultad de rezar con emoción y que debía de estar varias veces condenada por albergar los sombríos secretos que se pudrirían en mi interior antes de que mis labios traicionaran el más liviano entre ellos, era capaz de acusar con una fuerza insólita el peso de los pecados de Reina, e incluso de compadecerla vagamente, como si intuyera que se estaba perdiendo algo, que los besos culpables siempre saben mejor.

—Está en la edad.

Con eso, y una sonrisa, mi madre solía zanjar la cuestión, cuyos extremos me temo desconocía por completo, cada vez que Reina salía trotando por el pasillo a toda prisa en dirección al teléfono de la cocina, renunciando a descolgar el aparato que reposaba sobre una mesita, en un rincón del salón. Pero a mí, que había nacido apenas quince minutos más tarde que ella, no me resultaba fácil aceptar aquel argumento, así que una tarde le pregunté sin más preámbulos si no tenía remordimientos, y me contestó que no dijera tonterías.

—No soy la novia formal de ninguno de los dos, ¿verdad? Al fin y al cabo, Iñigo sale todas las tardes y no me cuenta lo que hace. Y Angel... bueno, sólo lo veo cuando viene a buscarme con Pedro. El ya sabe que salgo con un tío, y si a él no le importa, ¿por qué va a importarme a mí? Además, no hago nada malo con ninguno de los dos. Sólo besos.

Estuve a punto de corregirla porque su última afirmación no era del todo cierta. Angel le tocaba las no tetas por encima de la ropa, yo estaba harta de verlo, pero no llegué a mencionarlo, y no únicamente porque en mi extravagante interpretación del mundo la densidad de sus concesiones, sólo besos o más que besos, fuera lo de menos, sino porque ella, tras un profundo suspiro, dio por terminado su discurso aludiendo a un punto que entonces me atormentaba casi a diario.

—En fin, hija, que no sabes la suerte que tienes con eso de que no te gusten los tíos.

Cada vez que alguien mencionaba mi rigurosa indiferencia frente a los chicos de la pandilla, incluso sin la discreta malevolencia característica de la tía Conchita —rarita esta niña, ¿no?—, mi memoria me devolvía la alarma de su hermana Magda, las cejas encrespadas enmarcando el recelo de unos ojos que ya no conocía, la mano sujetándose el pecho como si fuera una trampilla suelta que se podía vencer, derramando por el suelo su contenido, y el acento desquiciado con el que entonaba esas absurdas preguntas de loca —pero..., pero, vamos a ver, Malena, tú quieres ser un niño para decir tacos y para subirte a los árboles, ¿no?, quiero decir, que no es que quieras tener el pecho plano cuando seas mayor, ¿no?, quiero decir, que no es que quieras tener cola, como tienen los niños, ¿no? ¿A que no, Malena? ¿A que a ti te apetece maquillarte y ponerte zapatos de tacón?—, la descabellada encuesta que repitió una y otra vez aquella tarde en que me atreví a confesarle que yo rezaba para volverme niño, que quería ser un niño, hasta que la razón suprema que, por la vergüenza que en definitiva me inspiraba, había intentado camuflar tras pretextos fabricados sobre la marcha, afloró finalmente a mis labios, y la mera mención de la perfecta naturaleza de Reina bastó para tranquilizarla en un momento. Entonces no comprendí ni el origen, ni la intensidad, ni el brusco y reconfortante final de su preocupación, y sin embargo, más tarde, la precocidad amorosa que, frente a mi estricta impasibilidad, parecía capaz de desarrollar mi hermana, me devolvería a una vieja incertidumbre.

Pero Reina se enamoraba aproximadamente cada tres meses de un chico distinto, y se enamoraba hasta la muerte, hasta la locura, hasta la desesperación, eso decía, y yo ya intuía que por ese camino nunca podría llegar a ninguna parte. Yo, mientras tanto, enrollaba todas las noches la pesada colcha de ganchillo que la abuela Soledad había tejido para mí, y la dejaba en el suelo, a mi lado, y cuando me metía en la cama, ponía la vida en izarla sin hacer ruido para encabalgarla después sobre mi cuerpo. Entonces me quedaba muy quieta, con los brazos estirados, muertos, y cerraba los ojos para sentir su peso, para calcular el peso de un hombre de verdad, y muchas noches me dormía así, esperando.

No había nada extraordinario en mi vida, excepto quizás ese gran día de cada mes de junio, el único del año en que mamá nos hacía trabajar de firme, cerrando maletas, embalando cajas, transportando las plantas en brazos hasta el portal, a la espera del gigantesco camión que inauguraba las verdaderas vacaciones viajando de vacío desde Almansilla hasta Madrid para regresar cargado de trastos hasta los topes, cuando nosotros estábamos ya esperándolo a la sombra de la parra, en el porche de esa casa que era maravillosa como ninguna otra casa podrá serlo jamás.

—No está mal, para ser el capricho de un indiano —solía decir el abuelo mientras se quedaba un instante inmóvil, contemplándola con los brazos en jarras, sin detenerse siquiera a apagar el motor del coche, y yo sonreía, consciente de que me había sido dado traspasar un año más las fronteras del Paraíso.

Han pasado ya muchos años desde que los cerezos empezaron a florecer sin mí, muchos años desde que murió Teófila, desde que decidí que debía ir a su entierro aunque cada kilómetro que recorriera se me clavara en el corazón, excepto acaso el último, como el último alfiler que ya no encuentra espacio libre para posarse sobre un viejo y trillado acerico, y nunca más volví, y sin embargo lo recuerdo todo con la memoria de una niña que era feliz porque un golpe de viento tibio, cargado de sol, le rozaba la cara al abrir la ventana, y aún puedo jugar con las sombras de colores que nacían en la puerta vidriera del vestíbulo, lunares rojos, amarillos, verdes y azules temblando sobre mis brazos desnudos, y puedo mirarme en el pequeño espejo de un perchero de metal pintado de verde y contemplar mi rostro, esta boca de india, entre las lagunas de plata que delataban la edad del azogue viejo, arruinado por el tiempo, tan distinto del que aún resplandecía en el gran salón del primer piso donde me colaba para bailar, dando vueltas y vueltas sin despistar nunca a mi propia imagen, que se multiplicaba hasta el infinito en ocho inmensos espejos, tan altos como las propias paredes, deslumbradores signos de un recinto prodigioso que sin embargo no era el único, porque también podía abrir la puerta del despacho y asomarme al balcón del suicida, o perseguir a mi hermana alrededor de una mesa de mármol, en el centro de la enorme cocina en la que sólo se veían ristras de ajos y de guindillas pero donde el aire olía siempre a jamón serrano, o espiar por la rendija de la puerta la cama de mis abuelos, que tenía un dosel de raso color sangre rematado con borlas de seda, como los que salen en las películas, o tratar de salvar cuatro pisos deslizándome por la barandilla de la escalera, para caerme y hacerme daño en el descansillo del tercero, como me sucedía siempre. Esto es lo único que he querido conservar de aquella casa, y creo que, aunque quisiera, ya no podría describirla con la distancia de un observador objetivo, calcular el número de sus habitaciones, el tamaño de los armarios, o la disposición de los cuartos de baño que albergaban aquellos espesos muros de piedra gris coronados de pizarra negra, como los castillos de los cuentos excepto por la veleta, el guerrero desnudo, tocado con un penacho de plumas, cuya lanza de hierro señalaba la dirección del viento.

Pero no solamente la casa era excitante, porque el jardín que la rodeaba, más allá de la piscina y la pista de tenis, más allá todavía de los establos y los invernaderos de la abuela, se hacía campo, olivos, cerezos y tabaco, y más allá del campo estaba el pueblo, que se vislumbraba ya, como una sola calle, desde la verja de hierro, tan lejos que nunca nos atrevíamos a dejar la bicicleta en el garaje cuando salíamos a dar una vuelta por las tardes. Almansilla era, supongo que sigue siéndolo, un pueblo muy bonito, tanto que, sobre todo en agosto, nos tropezábamos muchas veces con coches de matrículas absurdas —Barcelona, La Coruña, San Sebastián—, cuando no sencillamente indescifrables, aparcados en la plaza, y a sus ocupantes recorriendo las callejas empedradas donde nunca daba el sol, tan estrechas eran y tan desplomados estaban ya los viejos muros de adobe de las casas que las flanqueaban, o fotografiando desde todos los ángulos posibles aquel hermoso rollo jurisdiccional de piedra labrada donde se había azotado durante siglos a los condenados en los tribunales del Santo Oficio, o admirando la fachada de la Casa de la Alcarreña, un viejo edificio abandonado tras la guerra civil pero conocido aún por el apodo de quien fue su última propietaria, tan respetuosa con el color de sus muros, revocados año tras año con un añil intenso, casi violeta, como quiso Carlos V que fueran las amas de los burdeles de su imperio. Pero al margen de dos reclamos turísticos de naturaleza tan dispar, la gran atracción de Almansilla para quienes habitábamos en la Finca del Indio, porque así la llamaban en el pueblo, eran los Fernández de Alcántara Toledano, la irresoluble madeja que sólo conseguí desenrollar a medias, poco a poco, al torpe ritmo con el que las artríticas manos de Mercedes, la mujer de Marciano, el jardinero, limpiaban de hebras las judías verdes que acababa de recoger para la cena.

Mi hermana y yo, y todos nuestros primos, al menos todos los que eran nietos de la abuela Reina, habíamos crecido en el más estricto respeto del código establecido por aquélla con respecto a Teófila, una norma muy cómoda de cumplir porque constaba de un único punto, que negaba en cualquier presente, pasado o futuro, reciente o remoto, que Teófila pudiera haber existido alguna vez. Y sin embargo, desde que era pequeña, no recuerdo haber dejado de reconocer ni una sola vez a cualquiera de mis otros tíos, de mis otros primos, al cruzarme con ellos por la calle, aunque a veces ignorara hasta su nombre, y no podría precisar cómo aprendí a identificarlos, pero estoy segura de que a ellos les sucedía lo mismo, porque el pueblo entero parecía vivir con nosotros aquella rígida comedia, hasta el punto de que, tradicionalmente, los jóvenes de Almansilla se agrupaban en dos pandillas distintas, la de los nativos y la de los veraneantes, y en ambos casos, los respectivos Fernández de Alcántara actuaban como aglutinante del correspondiente grupo, dando sentido a una división en sí ridícula, teniendo en cuenta lo escasa que era la población incluso en el mes de agosto.

Cuando yo alcancé la adolescencia, las cosas no habían cambiado mucho, porque a pesar de que los herederos de mi abuelo ya habían empezado a saludarse entre sí —yo no tendría más de diez años cuando María perdió a su marido y a uno de sus hijos en un espantoso accidente de tráfico, y todavía recuerdo el asombro de mi madre cuando, tras decidir por su cuenta y riesgo que teníamos que ir al funeral, se encontró allí con cinco de sus ocho hermanos legítimos—, y de que Miguel y Porfirio eran uña y carne, la inercia era tan fuerte todavía que nunca se nos pasó por la cabeza ir a buscar a nuestros primos del pueblo, ni siquiera por curiosidad. Recuerdo incluso el susto aquel que nos llevamos una noche, durante las fiestas, cuando Reina se cortó en la muñeca con el cuello de una botella rota, y Marcos, el hijo mediano de Teófila, que era el médico, se la llevó corriendo a su casa porque parecía que fuera a desangrarse allí mismo. Mis padres vinieron con nosotras, y estuvieron charlando tranquilamente en el consultorio, y ella incluso besó a su hermano cuando le dio las gracias, al final. Yo pasé más de una hora hablando con mi prima Marisa, y me pareció muy simpática, y divertida, con ese acento tan cerrado que tenía, pero cuando me despedí de ella ni siquiera se me ocurrió que pudiéramos volver a vernos alguna vez. Mi prima siguió saliendo con sus amigos y yo con los míos, y todos seguimos mirándonos mal los unos a los otros, porque ellos eran unos paletos y nosotros éramos unos pijos, o porque ellos no sabían nada y nosotros nos pasábamos de listos, o porque su abuela era una puta de las que ya no quedan y la nuestra una bruja más seca que un sarmiento o, a lo mejor, sólo porque nuestra memoria no alcanzaba a veinte años, y nada de lo que habitaba en ella nos consentía aún compadecernos de nosotros mismos.

Las fuerzas estaban equilibradas, porque aunque la abuela había tenido nueve hijos de siete embarazos —Carlos y Conchita también eran mellizos— y Teófila sólo cinco —ella siempre de uno en uno—, la tía Pacita había muerto cuando yo todavía era una niña pequeña, y ni Tomás, ni Magda, ni Miguel, que es solamente diez años mayor que yo, le habían dado nietos a su madre. La tía Mariví, que estaba casada con un diplomático destinado en Brasil, apenas venía a España, y su único hijo, Bosco, sufrió tanto de amor por mi hermana aquel verano que pasó con nosotros, que no le quedaron ganas de repetir. Con mi tío Carlos pasaba algo parecido, porque vivía en Barcelona y prefería veranear en Sitges, así que los únicos niños que pasábamos los veranos en la Finca del Indio éramos los seis hijos de mi tío Pedro, los ocho de mi tía Conchita, Reina y yo, netamente superiores en número a los cinco hijos de María y los cuatro de Marcos, pero desprovistos de los refuerzos que para ellos representaban sus parientes por parte de madre. De los restantes hijos de Teófila, Fernando, el primogénito, vivía en Alemania y no venía nunca, y ninguno de los dos pequeños, ni Lala, que era actriz, ni Porfirio, que tenía la misma edad que Miguel, había tenido hijos todavía.

Y así dejé pasar, mirando el mundo de reojo desde una valla de piedra sembrada de cáscaras de pipas, los veranos de mi infancia, sabiendo y sin saber al mismo tiempo, enterándome de las cosas sin preguntarlas, aprendiendo que nosotros éramos los buenos y los del otro bando eran los malos, aunque me tenía que parecer legítimo que ellos dividieran el mundo exactamente al revés, y colocando a Porfirio y a Miguel, para no complicarme más la vida, en una especie de fuera de juego permanente. Con eso tuve bastante hasta que el abuelo me regaló la esmeralda, la piedra verde que me vincularía para siempre a la herencia de Rodrigo el Carnicero, y entonces, de repente, intenté mover las muñecas y las encontré atadas, y mi imaginación inútil, aplastada por el peso de tantos secretos antiguos, tan viejos ya que algunos no podían seguir siendo valiosos, y me propuse desentrañar al menos la clave de esa historia tan oscura y tan cercana a la vez, pero no conseguí averiguar nada, y la mirada que me lanzó mi madre cuando le pregunté, sin mencionar a Teófila siquiera, desde cuándo se llevaban tan mal sus padres, me convenció de que debía renunciar a indagar dentro de los límites de mi propia familia, y cumplí catorce años, y luego quince, sin saber a quién recurrir, hasta que un par de semanas después de mi cumpleaños, me enfadé una tarde con mi hermana y con mis primas porque se pusieron de acuerdo para cambiar el canal de la tele, robándome el final de la película de después de comer, y salí al jardín por hacer algo, y cuando quise darme cuenta, estaba delante de la casa de Marciano. Entonces me acerqué a saludar a su mujer, y le acepté un refresco por no ofenderla, y descubrí por casualidad que a Mercedes le gustaba mucho hablar.

—Y es que no hay caso, en vuestra familia siempre ha habido una mala vena. Por eso te digo que tienes que andarte con mucho ojo, porque ya se sabe, sólo unos pocos la heredan, y son los menos, justo es reconocerlo, pero antes o después, no hay caso, acaba saliendo a flote la sangre de Rodrigo y todo se viene abajo...

La excitación que me produjo aquella novedad desterró mi enfado, y quise compartir mi flamante sabiduría con mis amigas más íntimas, pero muy pronto tuve que sucumbir ante la indiferencia con la que tanto Reina como mis primas acogieron aquel transcendental descubrimiento. Clara, la única niña de los seis hijos que había tenido mi tío Pedro, acababa de cumplir dieciocho años, iba a la universidad y tenía un novio haciendo la mili, así que, fiel al papel que le deparaba ese conjunto de circunstancias, afirmó que a ella se le había pasado ya la edad de interesarse por semejantes tonterías de cría. Macu, que era hija de mi tía Conchita y tenía los mismos años que yo, estaba saliendo con nuestro primo Pedro, y el único propósito que guiaba su existencia consistía en ocupar el asiento contiguo al del conductor en el Ford Fiesta que aquél había recibido como recompensa por aprobar en junio segundo de agrónomos. Reina, con Bosco permanentemente pegado a sus talones, era la aspirante fija al asiento trasero, y solía embarcarlos siempre que podía para que la llevaran hasta Plasencia, a tomar copas en un bar donde trabajaba de disc-jockey un chico que le gustaba. Como todavía sobraba una plaza, yo solía ocupar el puesto de quinto pasajero, aunque la verdad es que me aburría tanto mientras conductor y copiloto se perdían por la zona oscura del piso de arriba para darse la paliza y mi hermana se encerraba en la jaula de cristal a poner discos, que casi llegaba a agradecerle a Bosco que se emborrachara de aquella manera, porque cuando se desplomaba en el banco, a mi lado, incapaz ya de tenerse en pie, y empezaba a mascullar tristezas en brasileño, idioma que prefería al castellano para lamentarse de la crueldad de su suerte, yo al menos podía entretenerme en consolarle, aunque no entendiera una palabra de lo que decía, mientras llegaba la hora de volver a casa. Nené, la otra Magdalena de mi generación, había salido siempre con nosotras hasta que Macu se enamoró del Ford Fiesta, y desde entonces se pasaba las tardes refunfuñando, marginada del grupo, en teoría por la limitada capacidad del vehículo de su futuro cuñado, y en la práctica por la ilimitada capacidad para el magreo de su hermana mayor, que no quería testigos comprometedores. Ella era mi última esperanza, pero enseguida me dio a entender con pocas palabras que le importaban un pito la abuela, su marido, Teófila, y los hijos de las dos, y que lo único que quería era venirse a Plasencia con nosotros, así que en el siguiente viaje, le cedí graciosamente mi plaza.

Y a punto estuve de arrepentirme, porque Mercedes, que se regodeaba con una complacencia exasperante en la descripción de pecados y maldiciones, la calidad de las venas, y de la buena y la mala sangre, no me había confiado aún ningún dato interesante de verdad, cuando resonó a mis espaldas una voz familiar que interpreté como la señal irrebatible de que todo se había echado a perder.

—No le cuentes esas historias a la niña, mujer, que cada día que pasa te vuelves más chismosa...

No había tenido en cuenta que Paulina, la cocinera de los abuelos, era notoriamente más cotilla que mi interlocutora, y no debió de esforzarse mucho para convencerse a sí misma de que su justo espíritu de censura constituía un motivo suficiente para sentarse un ratito al sol, con nosotras, y controlar de paso la lengua de su amiga de la infancia.

—¡La que habló, la gloria honró! —replicó Mercedes—. Además, no la estoy diciendo nada malo, sólo la aviso.

—De la mala vena...

—¡Claro! ¿De qué va a ser?

—¡Pues sí que estamos bien! A estas alturas, seguir hablando de buenas y malas venas, alabado sea Dios.

—Tú relata, relata todo lo que quieras... Pero yo estaba sirviendo la mesa en el jardín el día que Porfirio se tiró por el balcón, yo lo vi caer, ¿te enteras?, y no quiero que ésta acabe así.

—¿Y por qué había de acabar? Porfirio tenía el mal de la melancolía, estaba enfermo, se le veía venir desde pequeño.

—¡No señora!

—¡Sí señora!

—Porfirio era melancólico precisamente porque tenía la mala vena, pero se mató por aquella mujer de Badajoz, que era mucho mayor que él, y estaba casada y bien casada, con un general por si fuera poco, y convidada por los amos, que eran sus propios padres, y a pesar de eso, y de que estudiaba para cura, Porfirio se le arrimó bien arrimado, y como, que yo sepa, no le empujó el diablo, la culpa fue de la mala sangre, la misma que le corre al abuelo de ésta...

—¡No seas lianta, Mercedes! Y no hables mal del señor. Porfirio era melancólico porque nació así, igual podía haber nacido como Pacita.

—Otra que heredó la sangre de Rodrigo.

—¡Que no seas burra, leñe! Porfirio estaba enfermo, todos lo sabíamos, era... triste, represivo, como dicen ahora, tenía represiones, y cuando le venía una, intentaba matarse. ¡Si me acordaré yo! Si de pequeño casi no iba al colegio, que se tiraba los días enteros metido en la cama, sin fuerzas para levantarse, y luego fue peor, que no quería ni desayunar, y se tiraba las horas muertas mirando al techo, y lloraba... ¡Si hasta con veinte años le afeitaba su madre, para no dejarle a mano las navajas!

Todavía puedo verlas, Mercedes progresivamente indignada, sus mejillas calientes de rabia, las palmas de las manos abiertas y apoyadas en los muslos, transmitiendo toda la fuerza que podían ejercer sus brazos rígidos, y la cabeza muy lejos de esas judías verdes que había derribado de un papirotazo al comienzo de la discusión, y que seguían esparcidas a sus pies, alrededor del cacharro de plástico verde que las había contenido. Paulina en cambio no se había movido ni un milímetro, y seguía sentada, la espalda rígida, las piernas decorosamente juntas, las manos unidas reposando con pretendida elegancia sobre el delantal almidonado, y en su voz, en su rostro, en sus gestos, ese engolado barniz de mujer de la capital que tan nerviosa llegaba a poner a su interlocutora.

—Todo lo melancólico que usted quiera, señora mía, pero cuando Pedro y yo nos llegábamos por la tarde hasta los juncos...

—Para espiarles.

—O para darnos una vuelta, lo mismo da, y cuando los veíamos revolcarse desde los juncos... ¡anda que no tenía colores en la cara, el melancólico! Lo mismo que un tiovivo, así estaba, y que me caiga muerta aquí mismo si miento.

—No la hagas ni caso —me advirtió Paulina—. Esta sí, porque siempre ha sido un abanto, pero tu abuelo no se dedicaba a espiar por ahí a su tío.

—¡No poco! ¿Me oyes? ¡No poco! A ver a quién te crees tú que se le ocurrió la idea, pues anda que no prometía ése, desde pequeñito...

—Hablas así para presumir de que el señor y tú sois uña y carne.

—Y lo éramos, y más. Somos hermanos de leche, mi madre le amamantó al mismo tiempo que a mí, cuando al ama casi se la llevan aquellas fiebres.

—Sí, pero ha llovido mucho desde entonces...

—¿Y qué? Todo el mundo sabe que jamás le he llamado de usted. Nos criamos juntos. Además, eso no viene al caso, lo que sí viene es que Porfirio se mató por aquella mujer de Badajoz, y a ver por qué, si lo que digo no es cierto, se quedó ella tan pálida cuando lo vio aparecer en el balcón, saludándoles a todos con la mano, con aquella sonrisa de beato, que parecía ya un cura repartiendo bendiciones, pero no eran bendiciones, no, y esa mala puta lo sabía, y por eso se levantó antes de que él se doblara hacia adelante, y chilló luego, un grito más fuerte que el grito que lanzó la propia madre del muerto, ¿me oyes?, y fue la primera que salió corriendo, y la primera que se abrazó al cadáver, y eso que se había reventado la tapa de los sesos contra las losas de granito, pero lo mismo la dio, y yo lo vi con estos ojos, que su marido se montó en su coche y se largó para no pasar más vergüenzas, porque no había manera de que su mujer se soltara del cuerpo de Porfirio, descerebrado y todo, que a saber qué remordimientos no la ataban a él de aquella manera.

—Claro, porque se entendían. Yo nunca he dicho que no se entendieran, pero Porfirio se mató porque era melancólico...

—¡No señora!

—¡Sí señora!

Y el sol recorrió un buen trecho mientras ellas continuaban retándose con los ojos, escupiéndose a la cara las dos mitades distintas de la misma verdad, coloreando de violeta, con ambiguos matices, brillantes y sombríos a un tiempo, las mejillas pálidas, del tono de la cera consumida, de aquel a cuyo retrato había impuesto yo años atrás el título de Porfirio el Ojeroso, el arrogante suicida que estaba enterrado en el suelo pagano de nuestro jardín, a la sombra de un sauce y de ninguna lápida, y cuyo nombre, vetado por mi abuela para sus hijos varones, había heredado por fin el menor de los hijos de Teófila. Y a Teófila, que era mi principal objetivo, temí que no llegaríamos nunca, porque la discusión se desarrollaba según patrones progresivamente pintorescos, evolucionando siempre de lo general a lo particular, y mis fuentes amenazaban con no ponerse de acuerdo acerca del color del pelo de aquella señora de Badajoz antes de la hora de la cena.

—Era castaña.

—Era morena, Mercedes, si lo sabré yo, que hasta me tocó peinarla alguna vez.

—Morena clara, o sea, castaña.

—No, lo siento pero no. Era morena morena, con el pelo negro, así era.

—Ni hablar, me acuerdo perfectamente. Alrededor de la cara puede que tuviera el pelo negro, no te digo que no, pero el moño era castaño, Paulina... ¡si tenía las puntas casi rubias!

—¡No señora!

—¡Sí señora!

—¡Que no, Mercedes, que lo que te pasa a ti es que siempre has sido como un animal! Es como lo de la mala vena, que ¡hala!, la sangre de Rodrigo por acá, y la sangre de Rodrigo por allá, y no hay quien te saque de ahí, y no me lo niegues porque te acabo de escuchar, poniéndole a la muchacha la cabeza como un bombo con tanta historia... Si es que tienes muy poca cultura, Mercedes, que rectificar es de sabios y tú, en cambio, vas por la vida como un burro con una zanahoria colgando entre los ojos.

—Todo lo que tú quieras, pero es la verdad. Se la trajeron de América, la sangre de Rodrigo, con el dinero. Tanto dinero no se gana trabajando con las manos, eso no puede ser bueno, y una cosa lleva a la otra, porque a ver de qué, si Pedro no hubiera sido tan rico, le habría buscado a Teófila la ruina que le buscó.

—¡Ah! O sea... ¡que ahora resulta que fue el señor quien le buscó una ruina a Teófila! Un respeto, Mercedes, que tienes delante a su nieta.

—¡Como si tuviera delante a su madre!, ¿me oyes?, la culpa fue de Pedro. Pero si le saca quince años, ella no sabía dónde se metía cuando...

—¡De sobra! ¡De sobra lo sabía! ¿Me estás oyendo? De so-bra. Y si aquí alguien le ha buscado una ruina a alguien, ya será ella quien se la buscó a mi señora, que llevaba un montón de años casada y tenía cinco hijos ya cuando esa zorra se metió por medio, y no se lo merecía, con lo buena que era...

—La verdad es que la señora era muy buena.

—Muy buena.

—Muy buena, sí.

—Desde luego que sí, buenísima.

—Muy buena, Paulina, muy buena, pero eso da lo mismo, porque tú no veías a Pedro como le veía yo cuando pasaba por aquí a caballo, galopando como un loco, antes de casarse y después igual, que así salió de esta casa la mismísima noche que la señora y él volvieron del viaje de novios, y todos sabíamos a lo que iba, que parecía que nunca tuviera bastante y que era el mismo demonio quien tiraba de las riendas...

—¿Quieres dejar al demonio en paz de una vez? Hay que ver, Mercedes... ¡qué poca cultura tienes!

—¿Qué pasa, que entonces no había coches? —las dos se me quedaron mirando con ojos asombrados, como si nada pudiera haberlas desconcertado más que mi pregunta. Paulina hizo un gesto vago con las manos, pero fue Mercedes quien me contestó.

—¡Qué coño no iba a haber coches! Y él tenía dos. Lo que pasa es que... ¡anda que no era chulo, tu abuelo!, y a caballo estaba más guapo, sobre todo cuando salía desnudo de cintura para arriba, que... ¡válgame Dios!, es que hay que joderse, Jesús, María y José me valgan siempre, si hasta a mí me entraban ganas de santiguarme, y él lo sabía, que siempre ha sabido más que el diablo. Ahora, que yo no me callo, y un día fui y se lo dije, ándate con ojo, Pedro, y sobre todo ponte una camisa de una maldita vez, que con tanto galope esto va a acabar en una tragedia. Y ¿sabes lo que me contestó?

—No, pero déjate de dobles sentidos y pon cuidado, Mercedes, que ésta tiene sólo quince años.

—Pues me dijo, no te preocupes, que yo no me voy a tirar por la ventana. ¡Si será cabrón! ¡Como si yo le estuviera advirtiendo de eso! ¡Como si alguna vez se me hubiera ocurrido que él, precisamente él, se iba a tirar por una ventana! Lo que pasa es que yo ya sabía que alguna le iba a enganchar, que por ese camino alguna le tenía que enganchar, tarde o temprano, y le tocó a Teófila, que no era ni mejor ni peor que las demás.

—Mujer, eso es mucho decir.

—Ni mejor ni peor, Paulina.

—No, solamente la más... fresca.

—Pero ¿qué dices? Si cuando Teófila se vino desde Aldeanueva a vivir con su tía, no debía ni de haber cumplido los dieciocho. ¿Qué digo? ¡Si parió a Fernando con diecinueve! Cuando él le echó el ojo, ella era una criatura, y lo siento por tu señora, pero no es de ley cargarla con todas las culpas. Fue más bien Pedro, la sangre de Rodrigo, que más que encoñado, porque yo estaba harta ya de verle encoñado, parecía que se hubiera vuelto loco y, fíjate, aquel verano, el del 33 debió de ser, sí que me recordó a Porfirio, porque dejó de comer, y andaba todo el día desasosegado, rascándose la piel de todo el cuerpo, o se quedaba alobado horas enteras, mirando nada, como si estuviera leyendo en el aire, y a la mínima se largaba al pueblo para dejar un poco más en evidencia a la muchacha, olfateándola por la calle como si fuera un perro... No sé qué le dio ella, eso no lo sé, pero le despertó la mala vena, que él ya era un hombre hecho y derecho, porque los dos nacimos con el siglo, y ya te acordarás tú de cómo se puso cuando aquel primo de Teófila que vivía en Malpartida le habló de casarse y de adoptar a Fernando para irse a vivir a América, que tenían parientes allí, no sé dónde, en Cuba, creo, o en Argentina, a saber... No sé, me falla tanto la memoria...

—No, si ya me he dado cuenta. A ver, esa señora de Badajoz era morena...

—Era castaña, coño, y no me interrumpas que pierdo el hilo... Sería más bien Argentina, bueno, no me acuerdo, lo mismo me da, era a tomar por culo de aquí, eso seguro, y a ella le pareció bien, que era un arreglo bueno para todos, y entonces apareció Pedro hecho una furia, el mismísimo demonio parecía, me acuerdo como si ayer mismo le hubiera tenido delante porque me pilló en el pueblo haciendo la compra, aquí no le esperábamos, nadie nos avisó de que fuera a venir, era un martes, la una de la tarde, en primavera, mayo seguramente, hacía muy buen día, si hasta de eso me acuerdo... Todavía le estoy oyendo chillar, lo mismo que chilla un cerdo a medio degollar, con una voz que no le salía de la garganta, te lo juro, Paulina, que le nacía del puro centro de las tripas, y con las tripas llamaba a Teófila a grito pelado, desde la plaza, y sólo de oírle se me pusieron los pelos de punta, porque nunca le había visto tan desesperado, ni el día que murió su padre, ni el día que enterró a su madre, nunca, y nunca he vuelto a verle así, ni cuando nació Pacita, que parecía un toro moribundo, con ese velo que se les pone en los ojos cuando están ya cuajados de banderillas y con la espada en la cruz, así estaba, las cejas le echaban chispas y el cuerpo entero le temblaba como si tuviera fiebres, del empacho de rabia que llevaba dentro.

—¿Cómo se había enterado?

—No lo sé, nunca lo he sabido, pero aquel día vino a por Teófila, y Teófila fue a buscarle al centro de la plaza. Mira que se lo dijo su tía, que no saliera de casa, que no se asomara a la ventana siquiera, pero ella fue, porfiando hasta con su propia tía, que era como una madre para ella, pero fue, y cuando él la tuvo delante, amagó una bofetada pero no la pegó, sólo la cogió de un brazo y, sin decirle siquiera una palabra, la arrastró hasta la Fonda del Suizo, y de allí no salieron hasta pasados cuatro días con sus cuatro noches, el sábado por la mañana.

—Y ¿qué pasó dentro?

—¡Y yo qué sé! Eso no lo sabe nadie. Claro está que me lo imagino, porque cuando se despidieron ella le besó en las manos, no en las palmas, sino en el revés de las manos, como se besa a un obispo, y él ya estaba tranquilo, como siempre. Teófila esperó a que el coche desapareciera por la carretera, y luego atravesó la plaza con los ojos medio cerrados y una sonrisa de boba en los labios que parecía que en vez de en la cama con un hombre había estado mirando de frente a Dios Padre, si sería mema, madre mía, tonta perdida... Y su tía le dijo que todavía estaba a tiempo, que se casara con su primo, que no fuera imbécil... Pero ella no contestó, sólo sonreía, y yo me imaginé que ahí ya no había nada que rascar, que ésa ya iba a ser una desgraciada para toda su vida.

—¡No señora! Y no cuentes así la historia, Mercedes, porque ésa no es la verdad.

—¡Sí que lo es!

—¡No lo es! —y entonces se dirigió a mí—. Aquí la única que sufrió fue tu abuela, Malena, hazme caso, tu abuela, que era una santa, Dios la tenga en su gloria, y la mejor mujer que pudo tener su marido, aunque él la pagara como la pagó.

—El no la quería, Paulina.

—Sí que la quería, y yo lo sé mejor que nadie porque he vivido con ellos en Madrid desde que se casaron, en el año 25 fue, y fíjate si ha llovido, pero todavía me acuerdo, y a mí no me falla la memoria como a ti, yo no confundo Cuba con Argentina, y él la quería, Mercedes, la quiso hasta que Teófila se metió por medio.

—No la quería, no. Habría tenido que quererla, era su obligación, pero no la quería. Que se llevaran bien, no te digo que no, porque él se encaprichaba de las mujeres tan deprisa que cuando conseguía a una, ya andaba detrás de otra, así que, al cabo, todas le daban lo mismo, pero quererla, lo que se dice quererla, no la quería, no. Tú no le viste aquí con Teófila, cuando la guerra...

—Y tú no viste en Madrid a la señora, ¡maldita sea!, que se me caía el alma a trozos cuando la veía arreglarse cada tarde, que entonces empezó a pintarse, ella, que había salido siempre a la calle con la cara lavada, pobre infeliz. Se ponía de punta en blanco para sentarse en la sala, al lado del balcón, y sonreía todo el tiempo, para que los niños se creyeran que no pasaba nada. Fíjate, Paulina, me decía, me da en el corazón que el señor va a volver hoy, así que mejor me quedo en casa. Y hacía ya meses que había acabado la guerra, y desde entonces tu marido venía a vernos una vez al mes para traernos comida, que en Madrid no había, y ella siempre le preguntaba, ¿qué tal van las cosas por Almansilla, Marciano?, y tu marido mentía como un bellaco, que todavía le estoy oyendo, muy

109

liadas, señora, muy liadas, pero el señor me ha dicho que le diga que se acuerda mucho de usted y que tiene muchas ganas de volver, que ya están casi arreglados los asuntos... ¡Y todos sabíamos que aquí no había líos, y que aquí no había asuntos, y que aquí, por no haber, casi ni había habido guerra, sólo la zorra esa metida en la cama de mi señora, que no sé cómo ese... hombre... pudo tener tanto valor!

—Porque le corre la sangre de Rodrigo, Paulina, por eso y porque hubo mala suerte, que nadie tuvo la culpa de que a Pedro le pillara la guerra aquí, con Teófila, y a la señora en Madrid, con los niños.

—¡Porque él ya se ocupó de que la guerra le pillara aquí! Los bombardeos nos los dejó a los demás. Y el miedo. Y el hambre, que tú no viste cómo lloraba la señora el día que se quedó seca, que había estado amamantando a las mellizas, a Magda y a la madre de ésta, me refiero, casi un año, pero se quedó seca, porque no comía bastante para que comieran los otros hijos, y tuvo que destetarlas con un puré de lentejas, con un maldito puré de lentejas, agua con pimentón, más que otra cosa, que algún día estuve tentada hasta de echar las piedras en la olla, para que hicieran bulto, porque no teníamos ni para comer, no comíamos, ¿me oyes?, los niños se lo comían todo y seguían teniendo hambre, se me despertaban llorando por las noches y no tenía otra cosa para darles que el pan que tendríamos que habernos comido su madre y yo al día siguiente, y así estuvimos, ayunando un día sí y al otro también, tres años seguidos, y sobre todo el último, que todos los días amanecían Viernes Santo, mientras él se pegaba la gran vida, atiborrándose de matanza con esa puta, y tú y tu marido con ellos.

—No digas eso, Paulina, porque no es verdad. No fue culpa de nadie, de nadie, de Franco si acaso...

—¡Ya estamos!

—Pues sí, claro que estamos, porque si ese pedazo de cabrón no hubiera empezado la guerra... ¡A ver de qué se habrían liado esos dos como se liaron! Y eso que el verano del 35 ya no vinisteis, ¿o es que no te acuerdas?, porque a la señora le daba miedo, que el asunto de los colectivistas se estaba poniendo rabioso y se decía por el pueblo que los Alcántara eran los primeros a los que había que expropiarles todo lo que tenían. Entonces vino él solo, y a su mujer le pareció bien, porque al fin y al cabo venía a defender lo que era suyo. Ella no podía saber que la cosa estaba caliente, porque el primo de Teófila todavía la rondaba, no habían debido de pasar ni tres meses desde aquello que te he contado, así que anduvieron enredados todo el verano, pero Pedro viviendo aquí, solo, y ella en la casa de su tía, en el pueblo. Y es cierto que él vino muchas veces aquel año, y siempre solo, pero también es cierto que todo se le estaba poniendo muy feo, que aquí hasta llegaron a amenazarle de muerte más de una vez, aunque nunca tuvo miedo.

—Porque para tener miedo hay que tener vergüenza.

—¡O porque siempre ha sido un hombre! Todo lo malo que tú quieras, eso sí, pero un hombre entero, de los pies a la cabeza... Luego ya, es verdad, cuando estalló la guerra él estaba aquí, y no podía volver a Madrid, Paulina, aunque hubiera querido, que no digo yo que quisiera, pero desde luego no habría podido volver. Entonces, todo importaba poco, nadie tenía tiempo ni ganas de chismorrear, y Pedro se volvió loco, es que yo ya ni lo reconocía, vamos, que un día me lo encontré detrás de un árbol, sin hacer nada, y cuando le saludé me chistó con un dedo encima de los labios, como se hace con los críos, para que me callara, y señaló al porche, a Teófila, que estaba allí sentada, cosiendo, y entonces me dijo que estaba mirándola, así, sin más. Es que hay que joderse, para que luego digas que ése no tiene la mala vena, calla, que estoy mirándola, me dijo. ¡Pero si se volvió maricón perdido, todo el día pendiente de la muchacha, con la baba colgándole de la boca...! Y a ver cuándo había tratado así a la señora, nunca, Paulina, nunca, ya lo sabes tú bien y no mientas... Lo malo es que acabó por contagiarle la locura a Teófila, y habrías tenido que verles aquí a los dos, que parecían dos niños chicos, besándose todo el tiempo delante de cualquiera, y paseando por el jardín como si estuvieran de vacaciones, que se diría que la guerra les había tocado en una tómbola... Yo al principio no me lo tomaba muy en serio, creíamos que eso no iba a durar mucho, porque aquí casi ni nos enteramos, en eso tienes razón, pero Madrid no caía, Madrid resistía, y luego Teófila se quedó embarazada otra vez, y nació María, en esta misma casa, y Pedro lo celebró por todo lo alto, es que ni te lo imaginas, todo el pueblo pasó por aquí y ella parecía una duquesa recibiendo a los invitados, ¡matamos dos cerdos sólo para celebrar el bautizo...! Ahora, que yo, aquel día, ya no me callé, porque no me podía callar, y se lo solté en la cara, que se hiciera cuenta de una vez de que su mujer no estaba en la luna, sino a trescientos kilómetros escasos de aquí, y de que la guerra no iba a durar siempre... Entonces fue cuando toda Extremadura empezó a murmurar, y con razón, no te digo que no, porque esto era ya un pedazo de escándalo, pero a él le daba lo mismo, que el día que la señorita Magdalena, la que vivía en Cáceres, le mandó aviso de que, para ella, desde aquel momento, como si estuviera muerto, ¿sabes lo que me dijo? ¡Pues que le tocaban mucho los cojones su hermana, Franco y el Papa de Roma!

—¡Mercedes, no seas burra! Hay que ver, si es que no tienes cultura... Mira lo que dices, mujer.

—¡Pero si me lo dijo así, Paulina! ¡Qué tendrá que ver la cultura con todo esto! Ni le he quitado ni le he puesto una coma, te lo juro... Ahora que, lo mismo que te digo una cosa te digo otra, y mucha chulería, eso sí, eso que no falte, pero él no estaba bien, no señora, no estaba ni pizca de bien, sobre todo al final, cuando ya sabíamos que la guerra iba a terminar, y quién la iba a ganar, ya lo sabíamos, y una tarde le pillé aquí, echando un cigarro con mi marido, y me quedé de piedra al escucharle... Madrid resistirá, estoy seguro, decía, Madrid resiste, y si Barcelona aguanta hasta que lleguen de una puta vez refuerzos desde Francia... ¡Si será cabrón!, pensé entonces. Mira, no quieras saber cómo me puse, no quieras saberlo, que mandé a Marciano a casa de un berrido y entonces me lo eché a la cara. ¡Qué va a aguantar Barcelona!, le dije, ¡desgraciado!, con todo el dinero que tú tienes... ¿Qué te van a dar a ti los republicanos, más que disgustos? Que sea roja yo, que no tengo donde caerme muerta, le chillé, pero tú... mamón, más que mamón... ¿es que te has vuelto loco? ¿Es que has perdido la poca cabeza que te queda? ¡Que tienes siete hijos en Madrid, coño, siete hijos y una mujer! ¿Y todavía quieres que dure más la guerra...? Y entonces se me vino abajo, Paulina, se me vino abajo, tendrías que haberle visto, primero se quedó quieto, sin moverse, sin hablar, hasta que la brasa del cigarro que tenía entre los dedos le quemó la piel. Luego se apoyó contra la pared, contra esta misma pared que estoy yo tocando ahora, y se me echó a llorar. Todo lo hago mal, Mercedes, es que todo lo hago mal, estuvo así más de una hora, repitiendo todo el rato la misma frase, murmurándola más bien, bajito, como si fuera una letanía, todo lo que toco se estropea, eso decía, todo lo hago mal, y a mí se me puso el corazón en un puño, te lo juro, Paulina, porque yo le quiero, ¿cómo no le he de querer, si nos criamos juntos? Y era verdad lo que decía, que siempre lo ha hecho todo mal, porque le corre la sangre de Rodrigo, y él no tiene la culpa, la podría haber heredado otro..., cualquiera..., pero le tocó a él, la mala vena...

—No llores, Mercedes, mujer, si de eso hace ya mucho tiempo...

Ninguna de las dos se dio cuenta de que yo también estaba llorando, luchando con desesperación contra dos lágrimas indecisas que no lograría retener, ni impedir que abrieran el camino que seguirían después muchas otras, alimentando dos regueros calientes y regulares que serpenteaban por mis mejillas para disolverse en la comisura de mis labios, y sabían amargo, como los silencios del abuelo, que nunca se dejaba ver pero se acordaba de mirarme mientras me veía, y me regaló una esmeralda para que me guardara de mí misma, de mi mala sangre, que era la suya, y porque me quería, porque no le quedaba otro remedio que quererme, porque él también, y sólo en aquel momento lo comprendí, había nacido

112

por error, en la fecha, y el lugar, y la familia que no le correspondían, hombre por fin entero, pero equivocado.

La emoción que me asaltó entonces, una pasión tan intensa que hizo brotar un cerco casi doloroso alrededor de cada uno de los poros de mi piel erizada, súbitamente transfigurada en un órgano cuya posesión era capaz de sentir, como siempre me había sentido en posesión de mis brazos o de mis piernas, no logró contener sin embargo la frenética actividad de mi pensamiento, y presentí que no saldría indemne de la batalla que todavía libraba con mi conciencia, y que al cabo me precipitaría, como un peso muerto e indefenso, en un abismo mucho más hondo aún del que, siempre a mi pesar, se había ido abriendo hasta entonces entre mi voluntad y mi corazón, entre lo que yo quería, lo que yo sabía que debería ser, y lo que yo era, entre Reina y yo en definitiva. Y antes de conocerla por completo, decidí que jamás le contaría a mi hermana la historia que había escuchado aquella tarde, y que no lo haría para poder escapar a su veredicto, que sería sin duda justo y certero, una sentencia apoyada en verdades axiomáticas, reivindicaciones legítimas, resentimientos solidarios, porque hasta si ella dejaba escapar alguna lágrima al evocar la figura de mi abuela, la mujer sola de los pechos secos, e incluso si condescendía a compadecerse, con la exacta dosis de generosidad que le permitía derrochar su posición en aquella familia, de la tosca huérfana de pueblo que se había dejado embaucar en un amor sin salidas, Reina nunca entendería la infinita ternura que sentía yo por mi abuelo, el deseo de ir hacia él, de tocarle y de besarle, que me urgía como una necesidad física, la irresistible tentación de fundir entre sus brazos mis errores con los suyos, porque él no sabía hacer nada bien, y yo tampoco, yo me estaba traicionando a mí misma, estaba traicionando a mi madre, y a mi abuela, y a Teófila, mientras lloraba por él, que había sido un mal padre, y un mal marido, y un mal amante pero, sobre todo, un hombre amable a quien el azar transformaría en el desesperado habitante de una soledad completa, mucho más desoladora y terrible que aquella a la que él mismo condenó a sus dos mujeres.

Eso sentía yo, y sabía que sentía mal, y casi podía escuchar la voz de Reina, el imaginario eco de aquella razonadora implacable a quien yo jamás daría la oportunidad de intervenir, mientras intentaba convencerme de que el abuelo no merecía perdón, ni más compasión de la que había mostrado en su vida, pero yo le perdonaba, y yo le compadecía, y yo le amaba, mucho más de lo que amé nunca a su mujer, y mi amor crecía entre los vericuetos de aquella historia imposible, que lo mostraba a veces débil, y otras brusco, arbitrario, perezoso o cruel, y hasta asustado, pero siempre aterradoramente enamorado, y por lo tanto inocente, porque su pobre seguridad y su torpe astucia me devolvían a la madre Agueda, el cálido espejo donde antaño solía mirarme, y me hacían compañía, más allá de las tragedias casi simétricas que la sangre de Rodrigo había sembrado en las vidas de dos mujeres exactas y constantes, coherentes y opuestas, pero ambas, en cualquier caso, tan perfectas, tan conscientes de su naturaleza, como yo no llegaría a ser en mi vida. Y por ellas seguía llorando aún, y por mí, y por el abuelo, cuando Mercedes y Paulina llevaban un buen rato discutiendo de nuevo, porque ya ni siquiera me miraban, y cada una defendía su versión, siempre dos mitades distintas de la misma verdad, mirándose de frente, como si nadie más escuchara sus palabras.

—Bueno, mujer, todo acabó bien.

—¡Qué va a acabar bien, Paulina, qué va a acabar bien! Si esto no ha acabado todavía...

—Me refiero a que el señor terminó por volver a casa, con su mujer y sus hijos.

—Y estos de aquí ¿qué? ¿Es que los de aquí no son su mujer y sus hijos?

—¡No señora!

—¡Sí señora!

—¡No señora! Los hijos sí, porque digamos que los hijos son todos iguales, eso vaya y pase, pero ella no... Desde luego que no, y bien que sabía ella que él no era libre, desde el principio.

—Eso es lo de menos, Paulina...

—¡Y unas narices va a ser lo de menos! ¿Me oyes? ¡Y u-nas na-ri-ces! Que eso fue lo que le dije a mi señora, que no podía aguantar más mientras la veía consumirse despacito, que una barra de labios entera había gastado ya, y todo para nada, porque Franco había entrado en Madrid en abril, a-bril, ¿te enteras?, y llegó mayo, y junio, y nadie se atrevió a preguntar siquiera si nos íbamos a venir aquí, y vino septiembre, entró el invierno y él no había vuelto, y a Marciano se le atascó el sermón, que ya no sabía ni qué decir, aparte de lo buenos que estaban saliendo aquel año los chorizos... Cuando llegó Nochebuena y él no apareció, creí que me llevaban los demonios. Me entró tanta rabia que ni siquiera cené, no te digo más, y ella tampoco. Entonces, después de acostar a los niños, se lo pregunté, ¿y qué piensa usted hacer ahora? No lo sé, Paulina, no lo sé. ¡Pues yo sí que sabría!, le dije, yo me iría a Almansilla ahora mismo y lo traería de las orejas, eso haría, y eso es lo que tiene que hacer usted, que para eso es su marido y se debe a unas obligaciones... Yo me había enterado por mi prima Eloísa de que Teófila estaba preñada otra vez, y a punto estuve de decírselo, pero me contuve, porque la pobre ya tenía bastante con lo que llevaba encima. Veremos, me dijo, veremos, ahora lo que tengo que hacer es serenarme y pensar. Entonces me di cuenta de que tenía miedo, miedo de su marido, y creí que lo iba a perder para siempre, pero al final juntó valor, no sé de dónde lo sacaría, el día de Navidad se lo pasó entero rezando, y a la mañana siguiente se vino para acá...

—No, no fue ese día, no, sino el de los Inocentes, me acuerdo de sobra porque apenas vi el coche lo pensé, vaya fecha que ha elegido la señora para aparecer... La verdad es que yo la esperaba desde hacía meses, que ya estaba harta de preguntarle a Pedro si es que no pensaba volver nunca a Madrid, y él me mandaba callar con malas maneras, o no me contestaba, o me decía que sí, que sí, que un día de éstos, moviendo la mano en el aire como si quisiera llevarse aquel pensamiento muy lejos de su cabeza, pero ellos también la esperaban, porque Teófila estaba muy delgada a pesar del bombo, y tenía muy mal color, como la piel de una aceituna, y ojeras, se quedaba traspuesta en cualquier sitio porque no dormía por las noches, ella le decía a todo el mundo que eran los ascos del embarazo, pero qué va, es que sabían que, antes o después, la señora vendría a buscarle, porque tenía que venir... Y te digo una cosa, Paulina, no sé cuánto miedo le daría Pedro a su mujer, pero estoy segura de que no era ni la mitad del que le tenía él a ella, y lo sé porque subí yo a avisarle, que la señora no quería ni acercarse a su casa, y al final hablaron aquí, en la mía... Habría querido encontrarle a él solo, pero estaba sentado delante de la chimenea, con ella y con los niños, hacía meses que no se separaban nunca, nunca, ni un minuto, yo creo que porque todas las mañanas se temían que aquel día fuera el último. Le hice una señal con la mano para que saliera al pasillo, y antes de que tuviera tiempo de decirle nada, me lo dijo él, que siempre ha leído en mi cara como si fuera un libro abierto, ha llegado Reina, ¿verdad? Asentí con la cabeza y me pidió que le esperara un minuto, porque quería ponerse una corbata. A mí me extrañó que se andara con puñetas en un momento como aquél, pero luego se me ocurrió que a lo mejor quería parecer lo más formal posible, no sé si me entiendes, hacerle ver a ella que estaba de visita, en una casa que ya no era la suya, no lo sé, o se encontraría mejor bien arreglado, más fuerte, vete a saber, pero tardó un buen rato en bajar, y apareció por la escalera con corbata y chaqueta, recién peinado y con zapatos en los pies, que desde que vivía aquí no había calzado más que botas en invierno y alpargatas en verano. Yo no le dije nada, de todas formas, aunque cuando encendió un cigarro me di cuenta de que le temblaban las manos. Hici-

115

mos el camino callados, andando muy despacio, y no me atreví ni a mirarle siquiera, pero sé que estaba pálido y le escuchaba tragar saliva todo el tiempo. Cuando se encontraron, su mujer le besó en las dos mejillas y le saludó muy sonriente, como si hiciera sólo un par de días que faltaba de su casa, la muy mema...

—¡Porque así se porta una señora!

—Pues así será, pero ya ves tú, a aquellas alturas, a quién le iban a impresionar tantos modales.

—Y ¿de qué hablaron?

—¡Y yo qué sé! ¿Qué te crees, que yo ando todo el día escuchando detrás de las puertas, igual que tú? Yo me fui al pueblo andando, ida y vuelta, sólo por hacer tiempo, pero cuando llegué aquí le oí chillar...

—¿A él?

—Sí.

—¡Que poca vergüenza!

—Total, que me fui otra vez, y me llegué hasta la majada, y allí me tiré un buen rato, hasta que se hizo de noche. Entonces volví y me lo encontré solo, sentado en este banco, y por un momento pensé que estaba muerto, que había caído muerto aquí mismo, porque no levantó los ojos del suelo cuando me acerqué, ni siquiera cuando me senté a su lado, y cuando le cogí una mano, me la encontré helada, pero sentí que apretaba sus dedos contra los míos y por eso supe que seguía vivo. Reina no quiere ningún arreglo, me dijo...

—¿Y por qué habría tenido que quererlo? El era su marido, y tenía que apencar con lo que juró en la iglesia y, si no, que no se hubiera casado.

—Pero un arreglo hubiera sido lo mejor.

—Lo mejor para Teófila.

—¡Lo mejor para todos, Paulina, no seas terca tú, que andas todo el tiempo llamándome burra! Un arreglo hubiera sido lo mejor, pero ella no lo quiso. Eran otros tiempos, eso sí, todo era distinto...

—¿Y no dijo nada más?

—Sí, pero dame tiempo, coño, que anda que no eres chismosa tú también, si además ya lo sabes, si te lo he contado un centenar de veces...

—A mí no.

—A ti sí.

—¡No señora!

—¡Sí señora! Un ciento largo de veces te lo he contado ya... En marzo me nace un hijo, me dijo, cuando él y su madre estén bien, me vuelvo a Madrid aunque no quiera, Mercedes, y acuérdate bien de lo que te estoy diciendo, que no quiero volver... Yo ya no sabía a qué santo votarme, te

116

lo juro, Paulina, que me entró un sofoco que me ardía toda la cara por dentro, que por un lado no quería escucharle más, y por el otro me entraron unas ganas horrorosas de decirle que lo mandara todo a la mierda y que se quedara aquí toda la vida... Sí, cállate, cállate que ya lo sé, ya sé lo que me vas a decir, pero tú no le viste, tú no le viste y tú no le quieres bien, que a mí no me engañas con tanto respeto, y tanto el señor por aquí y el señor por allá, pero yo sí, yo le he querido siempre, como a un hermano, y nunca le había visto tan triste, que aún me toco la mano y me la siento congelada por culpa de aquellos dedos, todavía, después de tanto tiempo... Tengo que volver, siguió diciendo después de un rato, pero mirando siempre al suelo, igual que antes, porque es justo que pague yo, que tengo la culpa de todo, y porque si no lo hago, mi mujer acabará conmigo, que ahora sí que puede, y acabará con Teófila de paso, y yo no tengo cojones para volverme pobre a los cuarenta años, Mercedes, ésa es la verdad, que no los tengo, yo de pobre sería un desastre, y por eso vuelvo, pero no porque quiera, es mejor que lo sepas. Entonces quise morirme, que me tragara la tierra allí mismo, hubiera querido... ¡Pues no serás burra!, me dije a mí misma, ¡un pedazo de carne con ojos, eso es lo que eres! Mira que no darme cuenta, aquel día que le eché la bronca, Dios de mi vida, si le hice llorar y todo, que tuve valor hasta para maldecirle, y para portarme como una harpía, pero me faltó seso para darme cuenta, ¡si seré animal!

—Pero, no entiendo... ¿de qué no te diste cuenta?

—¡Pues de por qué había cambiado de bando a mitad de la guerra, que ahora va a resultar que eres igual de bruta que yo, coño!

—¿Y qué tiene que ver la guerra con esto? Si la hubiera hecho, aún, pero estando aquí metido...

—¡Todo! Todo tiene que ver, joder, Paulina, que tú también... ¡El día que te sacudan, darás bellotas! Porque si hubieran ganado los republicanos él se podría haber divorciado, ¿lo entiendes ya?

—¡Ah..., te refieres a eso!

—Pues claro que me refiero a eso, en la República se habrían divorciado, y aquí paz, y después gloria. Cada uno se habría llevado lo suyo y listos, que algo se les hubiera quedado entre las uñas hasta si llegan a empezar la dichosa Reforma Agraria, que no creo yo ni que la hubieran hecho nunca, porque, hay que ver, ésa es otra, lo Judas que podía llegar a ser Azaña, coño, para que luego digan, que, bien mirado, en todas partes cuecen habas... Pero con Franco en El Pardo, metiéndose cada noche en la cama con un cura a cada lado... ¡tú me contarás!

—Ya, ya te entiendo. Pero yo no creo que eso fuera así, Mercedes, que no, que el señor siempre ha sido de derechas...

—¡Anda! ¿Y de qué te crees tú que era Azaña? ¿De izquierdas? No me jodas, Paulina, claro está que fue así, y déjame acabar... Luego se levantó, y me obligó a levantarme, y me puso enfrente de él. Júrame por la memoria de tu padre que no le vas a decir a Teófila ni una sola palabra de esto, júramelo. Y yo se lo juré, y después se marchó sin decir nada más, que ya había largado bastante, pero a ella no le dijo ni pío, tiene gracia, que me acosté pensando que me había hecho jurar porque quería ser él quien le diera las noticias, y no pude ni dormir siquiera, pensando en el belén que se habría armado allí arriba, y a la mañana siguiente... ¡pues no voy y me encuentro a Teófila como nueva! Canturreando con una sonrisa de oreja a oreja, así estaba, y así estuvo todo el tiempo que él se quedó aquí, viviendo en la inopia, convencida de que Pedro lo había arreglado todo, o de que a la señora se la había llevado el diablo, vete tú a saber... ¡Si hasta parió a Marcos con más de cuatro kilos, ella, que había tenido críos más bien pequeños, que María no pasaba siquiera de los dos y medio! Y así pasaban los días, y nada, y yo esperando a que el asunto estallara de una vez, pero ¡quiá! Teófila no supo una palabra hasta la víspera, y eso si no se cayó del guindo cuando le vio salir por la puerta con las maletas. Yo creo que le faltó valor para decírselo antes, fíjate, y se inventó aquello de que parecía que el crío no se terminaba de enderezar para ganar tiempo, pero eso no era así, qué iba a ser, si Marcos ya gateaba cuando él se fue, y se había puesto bien hermoso, debía de tener cuatro, o cinco meses...

—Seis. Y el señor volvió a casa a mediados de septiembre, no se me olvidará nunca. Estaba amaneciendo ya cuando sentí algo moverse cerca de la cama, y al abrir los ojos me encontré con Magda acostada a mi lado, retorciendo la sábana entre los dedos, a punto de llorar... Tengo miedo Paulina, me dijo, hay un hombre durmiendo en la cama con mi madre, y yo le di gracias a Dios, porque había vuelto. No es un hombre cualquiera, cariño, le contesté, es papá, y ella se quedó muy sorprendida porque todavía no conocía a su padre, a ver, Reina y ella nacieron en el 36, así que... Y al día siguiente me dijo que no le quería, tócate las narices, y mira que luego llegaría a adorarle, que era locura lo que tenía por su padre, y andaba todos los días a la greña con la señora por defenderle siempre, con razón o sin ella, porque no atendía a razones, que para Magda el señor era Dios, y desde luego que no sé cómo, porque no decía ni pío, ¡como no le hablara en sueños! Y sin embargo, cuando llegó no quería ni verlo, porque se comportaba como un fantasma, un muerto en vida parecía, eso es verdad, que en cuanto pisó la casa empezó a hacerse el mudo, y a pasarse el día entero encerrado en el despacho, con la mente en blanco...

—¡En blanco, no, Paulina! La mente la tenía aquí. Y anda que no le costó trabajo irse a Madrid, que ni se paró a despedirse de mí... Ahora, que los cojones que no tuvo él, los tuvo ella de sobra, y bien puestos, ya lo creo que sí, que tenías que haberla visto el día que se bajó al pueblo. Estaba la calle que parecía que iba a pasar por medio la Vuelta Ciclista a España, con las aceras llenas de piojos, que algunos hasta dejaron el trabajo para acercarse a verla pasar, un hato de cabrones y de envidiosos, que eso es lo que son, y sobre todo ellas, un montón de mierda, que había que verlas, chismorreando y dándose codazos en plena calle, celebrando la desgracia de la muchacha como si fuera un cumpleaños... ¡Una manada de putas, mil veces más putas que ella, eso es lo que son!

—¡Mercedes! Si sigues hablando así, cojo a la niña y me largo.

—¡Pues lárgate! Otra pena, y bien gorda, ya ves...

—Sigue contando, Mercedes, por favor, no te preocupes por mí.

Sabía que seguiría hablando de todas formas, pero le insistí porque ya era tarde, muy tarde, el sol había desaparecido hacía un buen rato, y aún tenía que nacer Eulalia, y tenía que nacer Porfirio, y ya no me quedaban lágrimas, mi memoria se estaba saturando, como si el espacio destinado a grabar los datos nuevos se agotara por momentos, pero sentía una curiosidad parecida al hambre, parecida a la sed, y me dolía la cabeza por el esfuerzo de reordenar la información a medida que la recibía, para hacer sitio a los desastres que aún debía de conocer, y necesitaba llegar hasta el final, como se necesita comer cuando se tiene hambre, como se necesita beber cuando se tiene sed, como si presintiera la importancia que aquella historia vieja, tan vieja ya que algunos de sus detalles me resultaban tan difíciles de creer como los argumentos de esas viejas películas en blanco y negro que me había tragado aquel verano ante el televisor, llegaría a tener en los momentos más oscuros, y en los más espléndidos de mi vida.

—Tiesa como un lápiz, así bajó la cuesta, con los ojos bien abiertos y el cuello bien estirado, pidiendo guerra, y nadie dijo mus, ¿me oyes? ¡Nadie! Ninguno se atrevió a abrir el pico. Ella pasó despacio por delante de todos, llevando a Marcos en brazos, con Fernando de la mano, y María de la mano de su hermano, apretando los dientes, pero entera y bien entera, que me figuro que a alguno hasta miedo le dio verla. Yo la acompañé porque alguien tenía que llevarle las maletas, y es mentira lo que cuentan en el pueblo, todo mentira, ella no se llevó nada de aquí, sólo la ropa. ¿Y sabes por qué? No porque fuera más o menos honrada, ni porque tuviera las llaves de más o de menos puertas, que las tenía todas y eso no son más que pamplinas. No fue por eso, no, sino porque no lo necesitaba, porque estaba convencida de que él iba a volver, de que pasara lo que pasara, él volvería con ella, chúpate ésa, anda... Aquella misma mañana me lo dijo. Yo no la había visto en los tres últimos días, sólo a sus hijos, que me los mandaba aquí porque quería estar sola, eso decían ellos por lo menos, y cuando nos pusimos en marcha le pregunté qué pensaba hacer de entonces en adelante. Busca un buen hombre, le dije, uno sensato, que le gusten los niños, cásate con él y vete lejos. Porque no le hubiera costado demasiado trabajo encontrarlo, ella era muy joven, y muy guapa todavía, y los críos pequeños, y en aquella época, después de la guerra, había tanto desesperado que yo pensé que a lo mejor... Pero ¿qué dices, Mercedes?, me contestó, si yo ya estoy casada. ¡La madre que la parió! Pues siguió repitiendo lo mismo un año detrás de otro, no creas, y vosotros veraneando en San Sebastián, que aquí no sabíamos más de Pedro que lo que quería contarnos el señor Alonso, el administrador, cuando traía el dinero a las dos casas, a ésta y a la de Teófila, y yo, que iba a verla a menudo porque estaba muy encariñada con los niños, intentaba convencerla de que sentara la cabeza, porque estaba segura de que no volvería a ver a Pedro en mi vida, de que terminarían vendiendo la finca, eso decía todo el mundo, pero ella no, ella dale que te pego, que ella ya estaba casada y que ahora le tocaba esperar a ella, pero que él iba a volver... Y entonces me dio por pensar que le había hecho algo, que sabía más de lo que decía, porque tanto aplomo no era normal, no señora, pero luego, cuando nació Pacita, ya me di cuenta de que no, y a Teófila le dio lo mismo que naciera aquella niña, ella seguía igual, diciendo que él volvería, que hasta llegué a aburrirme de oírla... ¿Qué te pasa, Paulina? Te has quedado atontada.

—Es que no te entiendo... ¿Qué tiene que ver que naciera Pacita con todo esto?

—Pues que Pedro podía seguir acostándose con su mujer.

—Ya. ¿Y por qué no iba a poder? ¡Si tenía cuarenta y cinco años! A Porfirio y a Miguel los engendró con cincuenta, así que... Y eso es lo único que ha sabido hacer a derechas en toda su vida, lo único, mal rayo le parta.

—Claro, porque Teófila no le había hecho nada.

—¿Y qué le iba a haber hecho Teófila, Mercedes? ¿Quieres hablar claro de una vez?

—Una ligadura... o algo por el estilo, Paulina, ¿qué va a ser?

—¿Una ligadura? Pero ¿de qué me estás hablando?

—Pues una ligadura, Paulina —y fui yo la que intervine, porque ya me estaba poniendo nerviosa con tantas preguntas, y tuve miedo de que desperdiciaran el poco tiempo que me quedaba en otro interminable diálogo de besugos—. Todo el mundo sabe lo que es. Brujería, vamos...

Cuando estás con un tío y sabes que te está poniendo los cuernos, coges cualquier cosa que haya llevado puesta, una camisa o un pantalón, mejor si se la acaba de quitar, y te vas a ver a una curandera, a una adivina, o lo que sea, y ella coge la ropa, y dice un conjuro, y luego hace un nudo con la tela...

—Después de retorcerle por encima la cabeza a un ganso —me corrigió Mercedes.

—No —repliqué—. Eso del ganso en Madrid no lo hacen.

—Entonces no lo hacen bien. El ganso representa a la lujuria.

—Pues en Madrid la representará otra cosa, porque por lo visto allí sólo dicen el conjuro, y echan unos polvos de no sé qué por encima mientras hacen el nudo, y entonces es como si al tío se le hiciera un nudo ahí, y entonces... —me detuve para escoger las palabras con cuidado, porque Paulina estaba ya lívida, escuchándome como si no pudiera creer que era yo quien estaba hablando, pero no fui capaz de dar con ningún eufemismo eficaz, y al final, acabé cortando por lo sano— bueno..., pues si sale bien... al tío ya no se le levanta más que contigo durante seis meses, o más, según lo que pagues.

—¡Quita de ahí, muchacha, quita de ahí, que te voy a matar de una paliza! —su explosión fue mucho más intensa de lo que yo esperaba, porque se levantó como impulsada por un resorte para avanzar hacia mí, y si Mercedes no la llega a asir por el brazo a tiempo, más de una bofetada me hubiera caído—. ¿Dónde aprendes esas cosas tú, maldita? ¿Con las monjas?

—No, si yo no sé nada, a mí, lo que me contó Angelita solamente, que una temporada, como dos meses antes de la boda, le dio por sospechar que, en vez de un trabajo para por las tardes, lo que tenía Pepe era otra novia en Alcorcón —me detuve para respirar, y contemplé cómo el brazo de Mercedes acompañaba el movimiento de Paulina mientras se sentaba de nuevo a su lado, dándome a entender que lo peor ya había pasado—. Entonces fue a una bruja, después de tirarse dos meses ahorrando, claro, porque la ligadura costaba tres mil pesetas.

—¡Tres mil pesetas, válgame Dios!

—Desde luego —apostilló Mercedes—, aquí, mi cuñada se lo habría hecho gratis.

—¡Tú dale ideas, anda! ¡Tú, encima, dale ideas a ésta, que ya has visto que es lo único que le hace falta!

—No, si yo no tengo a quien ligarle nada —aclaré—, y además no creo en esas cosas.

—¿Por qué? Yo creo que sí funcionan.

—Que no, Mercedes, que no, que cuando Angelita le contó a la bruja que su novio tenía veintitrés años, ella le salió con que a esas edades no podía garantizar nada. De todas formas, el pobre Pepe le enseñó las dos nóminas un par de días después, así que como seguro que sólo se acostaba con ella...

—Pero ¿qué dices tú? Anda que... ¡mal pensada y peor hablada!, porque, a ver, estando Angelita en tu casa y Pepe de pensión...

—¡Y unas narices de pensión! Eso es lo que le dijo ella a la tata, pero Pepe vivía en un piso de alquiler, al lado de la plaza de la Cebada, con un amigo suyo de Jaraíz. Total, ya da lo mismo, están ya casados...

—¡Madre del amor hermoso! ¡En qué país vivimos, quién lo diría!

—¿Y qué te habías creído tú? ¡No te digo lo que hay! Que estás vieja ya, Paulina, y más te valdría morirte pronto, porque lo que es a ese cabrón, ni dos cortes de pelo le quedan, y luego... ¡hala!, vengan otra vez la República y el libertinaje...

—Las ganas que tú tienes, Mercedes, las ganas. Y anda con cuidado que ya estás viendo visiones.

—¿Y qué si no? Dímelo tú... ¿qué? Donde las dan, las toman, y yo ya he tomado bastante, así que ahora me toca dar, y vendrá la República, y después la Revolución, y después... ¡toma! ¡Pum, otra vez los conventos saltando por los aires! Y anda que no me voy a reír yo, anda que no me voy yo a reír, que se me van a saltar las lágrimas de risa, y ya me estoy preparando, mira bien lo que te digo...

—Pero, no te entiendo, Mercedes —y esta vez fui yo quien la interrumpió—. Vamos a ver, tú, que te pasas todo el día hablando de Dios y del demonio... ¿no eres católica?

—Católica, apostólica y romana, sí señorita.

—Entonces, ¿cómo es que estás deseando que salten por el aire los conventos?

—Porque no quiero nada con los curas, que de sobra sé que ellos tienen la culpa de todo lo malo que ha pasado en España desde que se perdió Cuba para acá. La culpa es de los curas, y de que aquí, con todo lo salvajes que cuentan por ahí que somos, no le hemos cortado la cabeza a ningún rey, y así nos va...

—¡Cállate ya, maldita! Hay que ver... ¡qué comunistona eres y qué poca cultura tienes!

—Pero eso que ha dicho es verdad, Paulina, porque los ingleses se cepillaron a un rey, y los franceses no digamos, y los rusos se quitaron al último de encima con todos sus herederos, y los alemanes no tanto, pero creo que alguno cayó en la Edad Media, y los italianos colgaron en plena calle a Mussolini, que para el caso, como si lo fuera... pero todos los reyes de España se han muerto en su cama, eso es cierto.

—¿Lo ves? Lista, que eres una lista. Y la niña ya ha terminado el bachiller.

—No, me queda un año todavía pero, de todas formas, tú no puedes ser comunista y católica a la vez, Mercedes.

—¡Anda! —y para mi sorpresa, Paulina resultó la más sorprendida—. ¿Y por qué no, si puede saberse?

—Pues... porque los comunistas son ateos, tienen que ser ateos, está claro.

—¡Eso lo serán los rusos! —exclamó Mercedes, muy indignada, y entonces temí haberla ofendido de verdad—. Los rusos, que son unos bárbaros y no reconocen ni padre ni madre, los rusos a lo mejor, pero yo no... Yo creo en Dios, y en la Virgen, y en todos los santos, y en el demonio. ¡Pues no voy a creer, si bien sé yo que existe, que todos los días veo en la televisión al criado que le lleva la cola!

—Franco ha sido bueno para España, Mercedes.

—¡Vete a la mierda, Paulina!

—¡Vete tú..., o haber ganado la guerra!

Apenas dos horas antes de que terminara aquel mismo año, cuando llegué con mis padres a Martínez Campos para celebrar la que sería la penúltima Nochevieja de mi abuelo, me encontré a Paulina vestida de negro y con un pañuelo arrugado en la mano, y pensé que aún llevaba luto por el general, porque así, como una solitaria viuda desgarrada por el dolor, había asistido a todas las ceremonias, desfiles y manifestaciones que se celebraron el día de su muerte, que amaneció para mí con un concierto de gritos histéricos —mi madre rogándole a mi padre que se quedara con nosotras porque era peligroso salir a la calle, y mi padre marchándose al fin a casa de la abuela Soledad, de donde sólo volvió, y bastante tocado por cierto, para llegar tarde a comer— acompasado por los alborozados palmoteos de Reina, quien, más despierta que yo, relacionó instintivamente aquella tormenta doméstica con el comienzo de unas deliciosas vacaciones que, con un poco de suerte, se prolongarían en las de Navidad. Llevábamos semanas enteras haciendo números con un afán inédito, un febril entusiasmo por el cálculo que me habría permitido resolver sin duda el prosaico misterio de las raíces cuadradas si hubiera tenido tiempo para ocuparme de esas tonterías, y en el recreo, cada mañana, cotejábamos nuestras previsiones con las que habían elaborado nuestras compañeras, intentando establecer la fecha ideal de aquella muerte más que anunciada, cuya transcendencia se nos antojaba directamente proporcional a su proximidad con respecto al 22 de diciembre, último día de clases en el calendario oficial de aquel año. Habíamos convenido en que sería razonable esperar dos semanas de luto oficial, quizás hasta tres, por lo que, si tan dispuesto estaba a hacer las cosas bien hasta el final, Franco tendría que haber aguantado vivo todavía diez días, pero ni uno más, eso era lo fundamental, que no siguiera habitando en este mundo bajo ningún concepto más allá del segundo día de diciembre. De lo contrario, su supervivencia menoscabaría gravemente nuestros derechos escolares, al obligarnos a fundir días de vacaciones intrínsecamente neutrales con el previsible plazo del duelo patriótico. Por eso, al final, no interpretamos el 20 de noviembre como una elección desacertada, ya que, de hecho, descontando la mañana que destinamos a escuchar el testamento político del finado, la que perdimos en poner el Nacimiento, y las horas destinadas a ensayar la función navideña, el resto del primer trimestre se nos quedó en poco más de una semana lectiva.

Hacía ya tres meses que habíamos cumplido quince años, pero carecíamos por completo de conciencia política, un tema del que jamás se discutía en casa porque mi madre lo consideraba del peor gusto y porque, aunque eso sólo lo descubriría mucho después, tampoco en ese campo hubiera llegado a estar de acuerdo nunca con su marido. Sin embargo, yo, siempre en secreto, cultivaba otras expectativas, y sonreía para mí misma con cierta frecuencia al recordar las palabras de Mercedes, esa profecía brutal, entretejida de violencia y de esperanza, que resonaba aún en mis oídos como el eco de una traca terrible, pero gozosa, vengan la República y el libertinaje, sonaba tan bien, pólvora es alegría, e imaginaba los conventos saltando por los aires, y mi colegio el primero, la madre Gloria desmembrada por la explosión, su tronco amorfo bailando en el aire como el cuerpo de un muñeco roto, y la cabeza, los brazos y las piernas, componiendo todavía por un instante, a su alrededor, un sencillo y grotesco rompecabezas de seis piezas, antes de salir volando para perderse por encima de las acacias del patio, certificando la venganza de Magda, y la mía. Todas las mañanas, al levantarme, le preguntaba a mamá si había pasado algo, y a pesar de las negativas que se acumulaban en sus desconcertadas respuestas —pues no, hija... no ha pasado nada. ¿Qué iba a pasar?—, no me permití desfallecer en el culto de una fe tan extravagante como la que había invertido tiempo atrás en aquel milagro que jamás recompensaría la constancia de mis oraciones, y aguardaba la Revolución, esa deliciosa catástrofe, con una impasibilidad moral no exenta de cierta controlada impaciencia, y no era capaz de sentirme culpable por ello, porque donde las dan, las toman, como había dicho Mercedes, y también yo había tomado ya bastante.

Sin embargo, cuando volví a encontrarme con Paulina, aquella Nochevieja, llevaba ya semanas esperando en vano cualquier risueño atisbo de un atroz estallido, y me preparaba para admitir por fin que era ella, y no su oponente, quien había acertado a predecir correctamente el futuro. Eso fue quizás lo que me hizo tan antipática su figura enlutada y llorosa mientras creí que lamentaba todavía la ausencia del difunto más ilustre, hasta que me devolvió un abrazo más intenso del que habría correspondido a los dos protocolarios besos con los que la saludé, y me confió al oído que la mujer de Marciano había muerto aquella misma tarde, y entonces sí que me arrepentí de haber pensado mal de ella.

—Una trombosis —me dijo—, a la pobre se la ha llevado una trombosis, de repente. No, si con tanta mala leche, se tenía que morir de una cosa así, ella no se podía apagar despacito, en la cama, Mercedes no... Pobrecilla, con lo buena que era, si en el fondo era muy buena, pobrecita mía. Bueno, por lo menos, mira, después de esperar tantos años, ha vivido lo justo para ver a Franco amortajado...

Entonces, víctima nuevamente del más hondo de los pasmos, me pregunté si debería felicitarme por haber nacido en una familia donde todo el mundo parecía capaz de anteponer sistemáticamente sus sentimientos a sus más altas y arraigadas creencias, o si, por el contrario, debería compadecerme a mí misma por vivir en un país donde los esquizofrénicos andaban sueltos por la calle, pero, todavía antes de decantarme por la primera opción, comprendí al fin por qué Mercedes, lejos de ofenderse al escuchar la respuesta de Paulina, esas palabras rebosantes de una soberbia antigua, tan vieja como mi padre, había seguido hablando como si tal cosa, aquella tarde de agosto.

—¡Anda, que si hubiera ganado yo la guerra... aquí ibas a estar tú, todo el santo día arrimada a mí, igual que una chinche! Que hay que ver, menuda cruz llevo yo a cuestas contigo, y desde bien pequeñita.

—Pues la misma que acarreo yo desde que te conozco, Mercedes, la mismita, ni con un clavo más ni con un clavo menos... Y no te hagas ilusiones, que sería mejor que te murieras pronto tú también, y mira que sé lo que me digo, que bien que gané yo la guerra, y ya me contarás tú para lo que me ha servido, y a mi señora, no digamos, con tanto que andas relatando de que sacó partido de la victoria de los nacionales... ¿me quieres decir tú qué se echó encima? Otros treinta años de infierno, ni uno más ni uno menos.

—Porque él no la quería, Paulina, no la quería, pero ella no quiso soltarle.

—¡Porque estaba en su derecho de no querer!

—A eso no te digo que no, pero más la hubiera valido.

—El error de la señora fue volver aquí, ése fue su error, fíjate... Y es

125

que fue ella quien se empeñó, no él, sino ella, y no tenía que haberlo hecho, yo lo sabía y estuve en un tris de advertirla, pero no me atreví, la veía tan empeñada que me daba reparo darle otro disgusto. Porque fue cuando nació Pacita, y ya te acordarás tú que estaba muy desanimada, muy triste, y andaba echándose las culpas encima a todas horas. Entonces se le ocurrió que ya era hora de volver, al fin y al cabo, a ella le encantaba esto, era de aquí, como quien dice, y estaba ya harta de San Sebastián, hasta las narices acabamos todos de playa, venga a ponernos perdidos de arena, y de alquitrán, y de algas, y de... ¡uf!, no veas qué asco, y todos los días bacalao para comer, encima, por si lo demás nos supiera a poco... Ella era la que peor lo llevaba, lo del bacalao y todo lo demás, que no se hizo nunca a aquello, y cuando llovía, que allí llueve mucho, se quedaba encogida y callada, sin ganas de nada. Pero yo creo que lo que la animó de verdad a volver fue lo cariñoso que estuvo el señor con ella y con la niña después del parto, que no hacía más que consolarla y repetir que aquello no era culpa de nadie, y hasta volvió a hablar una temporada, un par de meses serían, que cada vez que él abría la boca yo me llevaba un susto, claro, como ya habíamos perdido la costumbre de oírle...

—Once días aguantó metido arriba, once, que se los fui contando uno por uno, y el doce apareció por aquí, tan arreglado como cuando vino a tratar con su mujer, que a ése también sólo se le ocurre ponerse elegante cuando va a la greña, coño, que vaya hombre más raro que es... Igualito que aquella mañana estaba, igualito, me di cuenta nada más verle, los mismos temblores, los mismos sudores, igual de acojonado, vamos, aunque con el pelo gris, y nada más verle me dije para mí, malo, porque éste tiene que dar mucha guerra todavía. ¿Adónde vas tan guapo, Pedro?, le pregunté aquella tarde, y ya sabía yo de sobra adónde iba, pues no lo iba a saber... A ver a mis hijos, me contestó, y luego me preguntó por Marciano, porque quería pedirle que le llevara al pueblo en la furgoneta, por llamar menos la atención, supongo, que es que hay que joderse, a aquellas alturas, ya... Pues déjale, le dije, que vaya él y que te traiga aquí a los niños, y así los ves, y ellos te ven a ti, y tenemos todos la fiesta en paz. Entonces se me echó a reír, pero con todo el descaro del mundo, no creas. ¡Qué mal bicho eres, Mercedes!, eso me dijo, y me di cuenta de que ni siquiera me había tomado en serio, y de que iba a hacer lo que se le pusiera entre las dos piernas, como había hecho siempre, menos cuando se volvió a Madrid. Y aquella tarde fue la única vez, y fíjate bien en lo que te digo, Paulina, la única vez en mi vida que me he metido aposta donde no me llamaban, la única, que desde que volvió Marciano a casa conté una hora justa y entonces le dije, ¡hala!, saca la furgoneta que te vuelves al pueblo otra vez, pero ahora conmigo. ¡Y lo que rezongó el maldito! Todavía le estoy oyendo, que si eso está muy feo, que si eso no se hace, que si como nos pille el señor me va a despedir... Gallina, que no es más que un gallina, eso es, igual que el otro, que achacoso y todo como está ahora, se subiría a un árbol antes que atreverse a despedirme a mí, pues no te digo... Así que llegamos al pueblo, y me acerqué andando a casa de Teófila, ¿y qué me encontré? ¡Ja! ¡Las persianas bajadas y a los niños sentados en la acera, eso me encontré! Y a Fernando desentendido de sus hermanos, tirándole piedras a una tapia porque no se las podía estrellar a su padre en la cabeza, claro, que los otros dos no entendían nada, que lo mismo que has contado tú de Magda, así estaban, pero ese pobre sí que se acordaba de él, y de todo lo demás, y no creo que se le vaya a olvidar nunca.

—¿Va a venir este año, no? Fernando, digo.

—Eso va contando Teófila, y que tiene muchas ganas de ver a sus nietos, que Fernando, el mayor, ya está hecho un hombre, pero todos los años dice lo mismo... Yo creo que ése ya no vuelve, Paulina, ¡pero si se fue de aquí cuando era un crío, y sin ninguna necesidad, sólo para perdernos a todos de vista! En su casa no le faltaba de nada, de nada, que se han criado todos como señoritos, y él podría haber tenido hasta carrera, igual que sus hermanos, y lo sabía, y bien que le rogó su madre, pero no quiso quedarse. ¿Y ahora que le van tan bien las cosas va a venir? Te digo yo que no, que ése ya no vuelve ni con los pies por delante, y no me parece mal, yo le entiendo. Los pequeños es distinto, porque ésos sí que han crecido con su padre, sólo a temporadas, pero de todas formas... Mira, por lo menos, la segunda vez lo hizo mejor.

—¡De eso nada! Lo que pasa es que la señora ya era mayor, y estaba muy cansada de tanto follón, y con lo de Pacita encima, que había que estar todo el santo día pendiente de ella, pues con más razón. Ahora, que te advierto que cada vez que se venía para acá, todos descansábamos.

—Pues ya lo hizo mejor, aunque sólo sea por eso ¿te parece poco? ¡Cómo lo sabía yo, Dios mío, cómo sabía yo que esto era el cuento de nunca acabar! Y es que no hay nada que hacer, es que es más fuerte que él, lo lleva escrito en los mismos huesos, la maldita sangre de Rodrigo le tira más que la conciencia, y para un mal así no inventarán el remedio.

—Una mala persona, y un mal marido, y un mal padre, y un pedazo de golfo... ¡Eso es lo que es, Mercedes, y déjate de sangres, que parece mentira que a estas alturas sigas hablando así!

—¡Hablo como me da la gana! Y lo que digo es verdad, la pura verdad, y si la señora no hubiera querido volver, habría vuelto él solo, antes o después, porque lo lleva en la masa de la sangre, ¿me oyes?, y Teófila lo sabía, por eso no necesitaba a ninguna bruja para adivinar el futuro, porque ella también lo sabe, que en la masa de la sangre lo lleva, en la vena de Rodrigo, que es la misma que han heredado, antes que sus apellidos, Tomás, y Magda, y Lala...

—¡Magda no, Mercedes!

Ya era casi de noche, y llevaba tanto tiempo en silencio, y mi protesta sonó tan parecida a un grito, que las dos me miraron sorprendidas, casi asustadas por mi vehemencia.

—¡Qué sabrás tú! —dijeron a la vez, casi a coro.

—¡Sé todo lo que hay que saber! —mentí—. Y Magda no ha heredado nada malo del abuelo. Y Lala tampoco. ¿Por qué, porque salía en el *Un, Dos, Tres?* Ya ves tú, pues también quiere salir Nené, y hacer películas, igual que ella, no sé qué tiene que ver la sangre en todo eso...

Mi tía Lala, la cuarta hija de Teófila, era la mujer más guapa que había visto en mi vida. Bastante más alta que yo, porque debía de rondar el metro ochenta, tenía unos ojos pardos inmensos, rasgados en los extremos, y había heredado la boca de los Alcántara, pero su nariz era perfecta, como la de su madre, y perfecto el óvalo de su cara, enmarcado por dos pómulos que sobresalían lo justo, y no como los míos, que me dan a veces un aspecto famélico, bajo una piel impecable, como la de Pacita, color de caramelo. Yo sólo recordaba haberla visto el verano anterior, cuando apareció por Almansilla con su novio después de haber estado fuera más de diez años, y en todo el pueblo no se habló de otra cosa hasta que nos volvimos a Madrid. Al parecer, su llegada ya fue espectacular, a bordo de un flamante deportivo rojo que la depositó exactamente delante de la puerta de su madre, una circunstancia que no tendría nada de especial si aquella enorme casa de piedra que ordenara levantar mi abuelo, no hubiera estado en una calle por la que hasta entonces, según decían los más viejos, nunca había circulado ningún vehículo con ruedas, porque los edificios antiguos que se mantenían en pie, sobre ambas aceras, tenían unos balcones volados tan profundos que cualquier coche se hubiera destrozado el techo contra ellos, cualquiera menos el del novio de Lala, que pasó limpiamente bajo las vigas de madera, incólume pese a la lluvia de serrín que le cayó encima.

Quienes ya la habían visto antes, contaron que era imposible reconocerla, de tanto que había cambiado desde que, a los diecisiete años, la eligieron Miss Plasencia y se marchó de casa, y algunos afirmaron que estaba peor, más artificial, más vieja, pero yo la busqué por la noche, en la plaza, y me encontré con la misma belleza que habíamos descubierto una noche, por pura casualidad, en la televisión, cuando empezó a trabajar como azafata en aquel concurso que veía todo el mundo. Mamá dijo que no le pillaba de sorpresa, y desde entonces, ella y la tía Conchita la llamaba «la astilla», porque decían que había salido del mismo palo que su madre, pero a mi padre le hacía mucha gracia y no se perdía ni un solo programa. Nosotras éramos sus más fervientes admiradoras, y todavía me acuerdo de cómo sufríamos si alguna vez se equivocaba, y de cuánto presumíamos de ella en el colegio, donde nadie sabía que tuviéramos tías de dos clases diferentes, sobre todo desde que Reina dio en alguna revista con la respuesta precisa para cortar los malintencionados comentarios de algunas de nuestras compañeras, que insinuaban, y con razón, que lo que hacía Lala en la tele no era actuar, sino más bien enseñar las piernas. Entonces estirábamos el cuello todo lo que podíamos, para intentar mirar a nuestra interlocutora desde arriba, y adoptábamos un deje desdeñoso para replicar, es que ella es actriz, y los actores tienen que hacer de todo. Esto es sólo un paso más en su carrera.

Y Lala terminó siendo actriz, y muy buena, al menos para mí, que nunca he dejado de mirarla con cariño. Ya había hecho cine aquel verano, cuando vino a Almansilla, aunque sólo había intervenido en dos películas, un par de papelitos muy cortos y uno de ellos casi todo el tiempo en ropa interior, un conjunto de sujetador, bragas y liguero de encaje granate, pero por lo visto apenas hablaba, sólo chillaba, intentando defenderse de un señor calvo que intentaba violarla dentro de un ascensor. Eso fue por lo menos lo que me contó la tata, que la odiaba, como odiaba cualquier cosa que tuviera algo que ver con Teófila, porque la película era para mayores de dieciocho años, y aunque intentamos colarnos en tres cines, no nos dejaron pasar en ninguno. Sin embargo, aquel director que vino con ella la convenció de que dejara de aceptar ese tipo de papeles, y la hizo protagonista, dos años después, de su segunda película, una nueva comedia urbana, como las llamaban entonces, que tuvo mucho éxito. Aquélla sí pude ir a verla, y la verdad es que Lala estaba estupenda, guapísima y muy graciosa, a la altura de la película, aunque el argumento, digan lo que digan, no era muy distinto del de aquella del ascensor, un tío que andaba todo el día como loco, intentando follar y sin encontrar con quién, hasta que conocía a una tía —la mía—, se la ligaba, y acababan en la cama, donde, al terminar, en vez de un pitillo cada uno, se fumaban un canuto entre los dos. Esa era la principal diferencia, y que Lala llevaba vaqueros y botas planas, y debajo, unas bragas blancas de algodón vulgares y corrientes, y nada más, porque se tiraba media película con las tetas al aire, y su compañero de reparto, un treintañero escuchimizado con barba y gafitas redondas, clavado al que estaba detrás de la cámara, la seducía leyéndole trozos de *Alicia en el país de las maravillas*, y sin embargo todo me pareció muy bien, real como la vida misma, y por eso acabé de convencerme de que aquel tío era un genio, como proclamó ella en Almansilla a los cuatro vientos, y como yo le repetí machaconamente a la tata, porque me dio mucha rabia que, cuando apenas había tenido tiempo para echarle un vistazo por encima, en el baile, sentenciara de aquella manera, pues sí, más vale que sea una lumbrera porque, por lo que está a la vista... ¡menuda mierda de hombre!

Luego se tuvo que tragar esas palabras, y todas las que había pronunciado, la boca sempiternamente torcida, a propósito de Lala, porque algún tiempo después de que se estrenara su película, aquella mierda de hombre montó una versión de la *Antígona* de Anouilh, que entonces se llevaba mucho, para el Festival de Mérida, y una dramática fotografía de su novia, más que recatadamente ataviada con una adusta túnica blanca, larga hasta los pies, que apenas dejaba entrever la forma de sus brazos por encima del codo, ocupó un espacio destacado en las páginas de cultura de todos los periódicos, y hasta llegó a invadir la portada del *ABC*, inopinadamente travestido aquel día de martillo de virtuosos, sobre todo porque la larga crítica que encontramos en su interior —una descalificación sañuda, y hasta cruel, del pobre gafitas, a quien se le sugería con bastantes malos modos que se quedara para siempre en la comedia urbana y se dejara de transcendencias que le venían grandes— valoraba muy positivamente el entusiasmo y la garra de la primera actriz, en quien nadie ya, salvo nosotros, reconocía a la pizpireta/gilipollas Jacqueline del concurso televisivo. Pero eso sólo ocurriría años después, y ni la imaginación de Mercedes, ni la de Paulina, podían llegar tan lejos cuando les confesé las aspiraciones de la pobre Nené, propietaria ya de un cuerpo cuadrado, corto y recto, macizo, que no permitía augurarle un gran futuro como mujer objeto.

—¿Que Nené quiere salir en el *Un, Dos, Tres?* —Asentí con la cabeza a la pregunta de Paulina, que me dedicaba una torva mirada inquisitorial, como si la dureza de sus ojos supusiera una amenaza suficiente para propiciar una fulminante retractación por mi parte—. ¿Y lo sabe su madre?

—Claro que lo sabe, y lo que me extraña es que no lo hayas oído tú, porque se lo va cascando a todo el mundo.

—¿Y qué dice?

—¿Quién, la tía Conchita? Pues nada, Paulina, ¿qué va a decir? Nada.

—Desde luego, a veces tienes razón... —y Mercedes propinó un par de palmadas en el hombro a su amiga, como si tuviera algún motivo para felicitarla por algo—. Mira, mejor que nos muramos las dos al mismo tiempo, porque, vamos, es que es lo único que me faltaba por ver, ya, al mico de la Nené en televisión, enseñando la peseta...

—¿Pero qué peseta ni qué peseta, Mercedes? Por favor, pero si llevan pantalón corto.

—¿A eso le llamas tú pantalón corto? —me interpeló Paulina—. ¡Válgame Dios, pantalón corto, dice!

Entonces creí distinguir la voz de Reina, que me llamaba a gritos desde muy lejos, quizás apostada todavía en la fachada de casa, a una distancia en cualquier caso superior a la que podían cubrir los gastados oídos de mis interlocutoras, que no dieron muestras de haber escuchado nada más allá del piar de algún que otro pájaro, y no conseguí calcular la hora pero adiviné que era muy tarde porque la noche veraniega se había cerrado casi por completo, y presintiendo que tal vez no dispondría de otra oportunidad para reunir a aquellas dos infatigables polemistas, me propuse apurar su memoria en el plazo, inevitablemente breve, que transcurriría antes de que mi hermana consiguiera dar conmigo.

—Oye, Mercedes... ¿Teófila era guapa de joven?

—Mucho, mucho, muy guapa. ¿Cómo te diría yo? Bueno, con fijarte en Lala tienes bastante, ésa ha salido igual que su madre.

—¡No señora!

—¡Sí señora!

—Pero ¿qué dices, Mercedes? ¡Ni hablar, ¿me oyes?, ni hablar! Lala es mucho más guapa de lo que ha sido su madre nunca, no seas lianta.

—¡La lianta lo serás tú, Paulina! Y te advierto que me tienes hasta las narices ya, con tanto llevarme la contraria, que tú en invierno estabas en Madrid, y en verano pegada todo el santo día a las faldas de la señora, así que ni la veías, y Teófila era igual que Lala, ¿me oyes?, igualita... Más baja, eso sí, y menos fina, sin los potingues que la otra se pringa en la cara, ni esa ropa indecente que lleváis todas ahora, o sea, una chica de pueblo, con una bata de flores y las manos rojas de fregar con agua fría, en eso como todas, pero por lo demás, clavada, pero es que clavada a su hija, si me acordaré yo... Mujer, sin ese par de tetas que tiene Lala ahora, eso sí, que el año pasado casi la arreo una bofetada, de lo nerviosa que me llegó a poner, venga a repetirme que ella siempre había tenido mucho pecho, como si yo no me acordara, la muy sinvergüenza... ¡Quita de ahí!, la dije al final, ¡y déjame en paz de mentiras ya, que estaré vieja, coño, pero nunca he sido tonta!

Reina amenazaba con aparecer de un momento a otro. Su voz, que se acercaba y se alejaba a intervalos intermitentes, como si pretendiera jugar con mis oídos, dejaba todavía constancia del titubeante rumbo de sus pasos, pero el plazo se agotaba, y limité mi curiosidad, todavía hambrienta, a una última pregunta, una cuestión trivial en apariencia que, por motivos que ni yo misma comprendía del todo, valoré de repente como una clave imprescindible para mí.

—Dejad de discutir, por favor, escuchadme un momento. ¿Y el abuelo? ¿Era guapo el abuelo, de joven?

—¡Sí!

—¡No!

—¿Cómo que no? Hay que ver, Paulina, cómo se nota que te quedaste viuda hace treinta años, hija mía, estás chocha perdida ya, es que no te acuerdas de nada...

—Pues sí, mira, treinta años hace que me quedé viuda y cada mañana, cuando me levanto y veo a tu marido regando el césped, le doy gracias a Dios por haberme librado de cargar con un pellejo semejante, que para dormir a gusto, con una bolsa de agua caliente me apaño estupendamente yo sola, ya ves. Y el señor nunca ha sido guapo de cara, por cierto, nunca, que siempre ha tenido un pedazo de nariz, y las cejas tan espesas que no se le veían los ojos.

—¿Y para qué quería ser guapo de cara? ¡No te digo! Y eso habría que verlo, que los hombres guapos en el fondo nunca lo son del todo, y de todas maneras, cuando era joven y pasaba por aquí, a caballo... ¡Madre de Dios! Guapo no, guapo es poco, que parecía, cómo te diría yo...

Se quedó callada, la frente fruncida, los labios abiertos, pensando, y terminé por anticipar yo misma su respuesta, quebrando en un instante su ensimismamiento.

—El mismísimo diablo.

—¡Tú lo has dicho, Malena! Sí señora, el mismísimo diablo parecía, que tenía que engancharse una los pies en una banqueta para no salir corriéndole detrás.

—¡Eso tú, Mercedes! Que mira que te gusta el dichoso caballo, y hay que ver, bien que te ha tirado a ti siempre...

—¡A mí y a cualquiera, Paulina! Y pregunta en el pueblo si no, a ver qué te cuentan.

—Pero guapo de cara no era.

—Claro que era guapo. De cara y de lo demás. Sobre todo de lo demás.

—¡No señora!

—¡Sí señora!

—¡Malena! —y la voz de mi hermana rompió definitivamente el hechizo desde algún lugar situado muy cerca de mi nuca—. Pero ¿qué haces aquí, tía? Son las once, llevo media hora buscándote, mamá está ya de los nervios, te va a caer una que no veas...

Y con ese par de frases, tan pocas para una tarde repleta de palabras, Reina devolvió el mundo en un instante a la más decorosa normalidad. Paulina se levantó de golpe, furiosa consigo misma como siempre que se le pasaba la hora de la cena. Rozaba los ochenta, y hacía ya años que apenas tocaba el mango de una sartén, pero todos en casa seguíamos el ejemplo del abuelo, que la consultaba cada mañana, felicitándola cuando la comida estaba buena y regañándola cuando sucedía lo contrario, para preservar su dignidad y asegurarle, con tácita elegancia, que pensaba respetar la promesa de mi abuela y no enviarla jamás a un asilo, una perspectiva tan aterradora para ella que a menudo se despertaba chillando por las noches, presa de una terrible pesadilla en la que siempre se veía a sí misma sola, delante de una residencia benéfica, sujetando con el brazo una maleta de cartón con el asa rota y atada con una cuerda. Mercedes no reaccionó mucho mejor, porque sólo entonces se dio cuenta de que Marciano no había aparecido todavía, y seguía maldiciéndole y llamándole borracho a grito pelado cuando Reina y yo emprendimos, casi a la carrera, el camino de casa.

Le dije a mamá que se me había hecho tarde escuchando a Mercedes, que se sabía miles de historias viejas sobre el pueblo, las fiestas, las bodas y las muertes de todo el mundo, sin especificar nombres, y Paulina, que estaba delante, no me desmintió. Aquella noche, cuando nos fuimos a la cama, temí que no me resultara tan fácil desbaratar la curiosidad de Reina, pero fue ella quien habló todo el rato, y todavía estaba repasando en voz alta los pros y los contras de Nacho, el disc-jockey de Plasencia que por fin se había decidido a declararse aquella tarde, cuando noté que me estaba quedando dormida, y por eso me atreví a subir a la grupa de mi abuelo, que galopaba ya, soberbio y desnudo, cada vez más deprisa, aun sin saber, como no sabía yo, adónde íbamos.

Desde aquella noche, la revelación que brotó de los labios de Mercedes ha estado siempre presente en mi conciencia, porque aunque nunca llegué a depositar una gran fe en la eficacia de aquella maldición antigua y oscura, cuyos orígenes y consecuencias desconocía por igual, pronto descubrí lo reconfortantes que podían llegar a ser sus efectos, y me entretenía en fantasear con los poderes del gen desastroso, que tenía la virtud de transformar mi nacimiento en correcto precisamente por ser erróneo, y mi naturaleza en perfecta precisamente por lo imperfecta, y a Reina en un armonioso delta de sangre buena y limpia, tan hermoso como la luna pero, como la luna, redondo e inalcanzable ya para mí, por más que gozara a cambio del dudoso honor de engrosar la nómina de propietarios de la vena catastrófica.

Pero aunque no creía en la fatal condición de la sangre de Rodrigo, temí por algún tiempo que las huellas de mi deserción sentimental, el proceso turbio, pero sincero, que abrieron aquellas lágrimas vertidas por el abuelo, con él y para él, se hicieran visibles de alguna forma, advirtiendo a quienes me rodeaban del violento sesgo que yo misma había impreso a mi vida aun cuando no fuera consciente de haber tomado ninguna decisión específica. Sin embargo, nada cambió a mi alrededor. Reina y yo seguíamos tan unidas como antes, aunque la parcela propia que cada una de nosotras guardaba para sí, crecía al mismo ritmo que la insustancialidad de nuestras conversaciones, en las que, por lo general, ella hablaba y yo escuchaba, porque aún carecía de grandes cosas que contar. Mamá se despreocupaba de mí cada vez más, y esa actitud la transformó en alguien mucho más amable, más interesante y divertido, hasta el punto de que llegó un momento en el que me empezó a apetecer ir con ella de compras, al cine, o a tomar el aperitivo en Rosales los domingos por la mañana. Mi padre, que empezaba a ser un ente básicamente invisible, nos trataba sin embargo con progresiva extrañeza, como si estuviera resignado a haber perdido ya a sus hijas, atrapadas irremediablemente en la otra mitad del mundo. Me estaba haciendo mayor, y ese acontecimiento absorbió durante algunos meses toda mi atención, desplazando la mohosa amenaza que pendía sobre mi cabeza como una espada oxidada y cubierta de polvo.

Pero el filo estaba vivo, y una leve caricia bastaría para arrasar mi frente, abriendo entre mis ojos una herida irreversible. Nada me advirtió, sin embargo, de que la tierra se estaba moviendo bajo mis pies mientras desperdiciaba una sofocante tarde de principios de julio en la terraza de Casa Antonio, el bar que dominaba la plaza de Almansilla, contemplando el desolador paisaje de un pueblo abandonado, las aceras desiertas, las puertas y ventanas cerradas a cal y canto, los perros como muertos, sombras flojas, agazapadas en las esquinas oscuras, porque aunque ya habían dado las siete, hacía tanto calor que el contacto con el aire mareaba, y el simple brillo de las losas del empedrado, hirviendo bajo el sol, daba dolor de cabeza. Y sin embargo, allí estábamos nosotros, todas las víctimas de la perversidad mecánica del Ford Fiesta, que aquella mañana se había negado a arrancar para sumirnos en el desconcierto, porque nadie sabía ya qué hacer por las tardes excepto ir en coche a Plasencia a tomar copas, hasta que al final, algún imbécil había aclamado la iniciativa de Joserra, el mejor amigo de mi primo Pedro, que se había comprometido a dejar su propio coche en el garaje a cambio de que se celebrara un torneo de mus.

Estuve a punto de quedarme en casa, pero cuando metí un pie en la piscina, previendo las consecuencias de una semana de sol tan salvaje que, al ponerse, no se iba del todo, como si pudiéramos detectar sus latidos en el asfixiante bochorno nocturno, comprobé que el agua estaba tan tibia como el caldo de un enfermo, y en el último momento me uní al grupo, porque tenía sed de Coca-Cola y ya no quedaba ninguna en la nevera. Se habían formado cuatro equipos y los cuatro tenían que competir entre sí, todos contra todos y yo contra ninguno, porque nunca he sabido jugar al mus. Iban todavía por la segunda ronda cuando el ruido a hueco de un motor extraño, que giraba a una velocidad poco frecuente, se abrió paso desde mi derecha. Segundos después, bajo el arco que daba acceso a la plaza por aquel lado, apareció una moto negra de aspecto flamante pese a sus líneas antiguas, casi arcaicas, que identifiqué casi inmediatamente con las que había visto en algunas películas situadas en la segunda guerra mundial, porque aunque no tenía sidecar, transportaba a un individuo alto, de piernas largas, con el pelo trigueño y el tímido bronceado de quienes no son morenos pero tampoco rubios del todo, notas aisladas que, en conjunto, bastarían para avalar a un pasable oficial nazi si no fuera por la boca, los labios levemente abultados, de un grosor inconfundible, que delataban la impureza de su origen. Y mientras le miraba, casi sin darme cuenta, mi cuerpo se estiró como si todos mis músculos se atiesaran de golpe, repentinamente insensibles a la aplastante contundencia de un calor que yo ya no sentía.

Aparcó la moto delante de la puerta del bar y entró sin pararse a mirarnos, pero no obtuvo de nosotros la misma respuesta, porque mientras los jugadores abandonaban las cartas sobre la mesa para acercarse a estudiar, admirar y tocar lo que resultó ser una BMW R-75, yo me recosté contra el alféizar de la ventana adoptando la posición más airosa y favorecedora que me vino en aquel momento a la memoria, y apartando con la mano derecha la cortina de pelo que yo misma me ocupaba de precipitar sobre mi cara aproximadamente cada dos minutos para imitar uno de los ademanes más rentables de Reina, pude verle bien con el ojo izquierdo, una camiseta blanca, con las mangas enrolladas, y vaqueros desgastados a conciencia, de un tono ya cercano al azul celeste, sujetos por un vulgar cinturón de cuero, aunque las zapatillas, de jugar al baloncesto, eran americanas y muy caras, en España al menos. Pidió un botellín, y se lo bebió de un trago mientras jugaba con un llavero, haciéndolo girar a toda prisa sobre el nudillo de su dedo índice. Pidió otro botellín y lo agotó más despacio, mientras se volvía un par de veces para mirarme, consintiéndome descubrir su rostro, la nariz rota que destruía la armonía de unos rasgos casi dulces, como si todavía no se hubieran decidido a abandonar del todo una cara de niño.

Entonces experimenté una sensación nueva y sorprendente, que apenas ha vuelto a repetirse un par de veces en el resto de mi vida, porque más allá del nerviosismo común, las familiares tenazas que me retorcían por dentro cuando, sentada ya en el pupitre, con el boli en la mano, esperaba la llegada de una hoja de examen, sentí que me había convertido en un árbol de Navidad repleto de bolas de colores brillantes y luces intermitentes recién enchufadas, que parpadeaban a un ritmo enloquecido, intervalos cada vez más cortos que yo no podía controlar, y no podía mirarme en ningún espejo, pero supe que mi pelo estaba echando chispas, y que mi piel brillaba, y que mis labios entreabiertos eran más rojos y más húmedos que de costumbre, y mis ojos sonreían, se clavaban en su nuca, y le llamaban, le ordenaban que volviera la cabeza y él, sorprendentemente, obedecía, se volvía y me miraba, contemplaba el deslumbrante espectáculo que era yo, y que al mismo tiempo me era ajeno, porque mi cuerpo ya había elegido por mí, y cuando se dio la vuelta para encarar la puerta, sentí que cada una de mis vísceras saltaba salvajemente hacia arriba y no volvía a bajar, sino que se quedaba allí, presionando contra el diafragma, para permitir que una atroz cámara de vacío llenara el espacio libre entre mis costillas.

No tenía ningún motivo para despegar los labios, pero estaba segura de haber perdido la facultad de hablar mientras le veía acercarse despacio a la moto, y parapetarse tras ella para abrir una cajetilla de tabaco de color rojo que no pude identificar a primera vista. Se me escapó una sonrisa al descubrir que fumaba Pall Mall, una marca tan sofisticada, tan extravagante para nosotros, y aunque yo todavía no fumaba, me dispuse a aceptar un cigarro, pero él no tuvo el detalle de ofrecer, y ya temía que encendiera el pitillo y, se fuera, sin más, cuando Macu, que llevaba tanto tiempo como yo escudriñándole con ojos de lechuza, consiguió por fin distinguir algo que celebró con un agudo grito de niña histérica, como si pretendiera crisparme los pocos nervios que conservaba en su sitio.

—¿Habéis visto? ¡Lleva unos etiqueta roja!

El principal inconveniente que mi prima —tan desaforadamente pija que tardé años en descubrir que en realidad era tonta— encontraba por aquel entonces en su nacionalidad, consistía en la pobre oferta de Levi's Strauss disponible a la sazón en las tiendas españolas, repletas exclusivamente de pantalones vaqueros con etiquetas naranjas impresas en blanco, o blancas impresas en azul, que delataban, pese al legendario anagrama grabado en trabillas y botones, su miserable confección nacional.

—¡Oye, oye, perdona! —se levantó, tiró las cartas al suelo y fue hacia él sin vacilar, porque la simple visión de una etiqueta roja era superior a sus fuerzas—. Perdona, por favor... ¿Puedes decirme dónde te has comprado esos pantalones?

—En Hamburgo —tenía la voz grave y un poco ronca, una buena voz de hombre, más hecha que la cara.

—¿Dónde?

—En Hamburgo... En la República Federal de Alemania. Vivo allí, soy alemán.

A pesar de que los nervios convencionales se mezclaban ya con el resplandor de las bombillitas de colores, dejé escapar una risa breve al escucharle. Tendría que luchar con esa risa todavía algunas veces, antes de acostumbrarme al sonido de sus palabras, porque hablaba un castellano impecable, pero tenía un acento espantoso, un inconcebible amasijo de jotas aspiradas y erres descomunales, monstruoso cruce entre el deje extremeño cerrado, que yo conocía tan bien, y la rígida pronunciación de su lengua materna.

—¡Ah, ya! —Macu, que tampoco estaba dotada para distinguir peculiaridades fonéticas, sacudía la cabeza como si no se resignara a resignarse—. Y ¿qué haces en Almansilla? ¿Estás de vacaciones?

—Sí, claro. Tengo familia aquí.

—¿Españoles?

El no estaba habituado a la velocidad de los procesos mentales de su interlocutora, y no se esforzó por reprimir un gesto de fastidio.

—Pues sí, más bien.

—Claro. Y si yo te diera el dinero y te dijera mi talla... ¿me podrías comprar unos pantalones como los tuyos y mandármelos a Madrid? Es que aquí no hay, y son los que más me gustan.

—Sí, supongo que sí.

—Gracias, en serio, muchas gracias... ¿Cuándo te vas?

—No lo sé todavía. A lo mejor me vuelvo con mis padres, el mes que viene, o me quedo un poco más.

—Tienes una moto preciosa —y la intervención de Joserra, promotor del torneo, relegó definitivamente el mus a un segundo plano—. ¿De dónde la has sacado?

—Era de mi abuelo —y movió los ojos para abarcarnos a todos en una mirada desafiante, que nadie excepto yo intentó interpretar—. La compró al terminar la guerra, en un ¿sorteo? No... ¿cómo se dice? Subasta, eso, en una subasta de... ¿material? —Macu, que no se había movido ni un milímetro de su lado para salvaguardar los intereses de sus futuros pantalones, asintió con la cabeza—, pues de material militar. Era del Afrika Corps, el ejército de Rommel.

—Pues parece nueva.

—Ahora es nueva.

—¿La has arreglado tú?

—A medias... —estaba orgullosísimo de su moto, y yo, sin ningún derecho, me sentí orgullosísima de él—. Mi abuelo me la regaló hace dos años, pero mi padre no me quiso dar dinero para ella porque creía que nunca volvería a andar, y entonces empiezo a trabajar en un taller todos los sábados, sin cobrar. A cambio, mi jefe pone las piezas nuevas y me ayuda a arreglarla. Terminamos hace solamente un mes y ahora corre como si fuera nueva. La llamo la Bomba Wallbaum.

—¿Cómo?

—Wallbaum —y deletreó su apellido materno—. Mi abuelo se llamaba Rainer Wallbaum.

—¿Y tú cómo te llamas? —preguntó Macu, para no dejar ningún cabo suelto.

—Fernando.

—¡Fernando Wallbaum! —declamó Reina, con una sonrisa radiante en la cara—. Suena muy bien...

Entonces tuve miedo, miedo de mi hermana, una sensación fría, distinta de los celos, que siempre son calientes, y me decidí a intervenir, conseguí imponerme a mi propio pánico y hablé, menos por llamar la atención de Fernando que por desviar la de Reina, por desbaratar la amenaza que pendía de su sonrisa complaciente, porque ella no tenía derecho a mirarle así, ella no, y yo sabía que dejaría de hacerlo apenas conociera la identidad real de quien todavía era un desconocido para todos, excepto para mí.

—No, no se llama así.

El sonrió y se volvió lentamente para mirarme.

—¿Quién eres tú?

—Malena.

—Ya...

—Y yo sí sé quién eres.

—¿Sí? ¿Seguro?

—Sí.

—Basta ya de secretitos, por favor, parecéis dos niños pequeños —mi primo Pedro era el mayor de todos y le gustaba comportarse en consecuencia—. ¿Cómo te llamas?

Entonces rodeó parsimoniosamente la moto para montarse encima. Arrancó con el pie, comenzó a acelerar en seco, y me sonrió de nuevo.

—Díselo tú —me dijo.

—Se llama Fernando Fernández de Alcántara —recité.

—Exacto —aprobó él, levantando la barra que mantenía fija la moto en el suelo para marcharse—. Igual que mi padre.

Adiviné que llevaba toda la vida esperando el momento justo para pronunciar esas palabras, en el tono justo, en el sitio justo, ante la gente justa, y si no lo hice antes, debí empezar a amarle justo en aquel instante, y justamente por eso. Le despedí con una sonrisa que él no llegó a contemplar, aunque no se borró de mis labios cuando desapareció por fin, bajo el mismo arco que había atravesado antes, y sentí que había triunfado sobre el mundo al descubrir el miserable aspecto que ofrecían mis amigos, y sobre todo mis primos, mientras me miraban como si les acabara de sumergir a la fuerza en un tanque de agua helada.

—Estupendo... —la lastimera queja de Macu consiguió romper al fin un silencio denso y oscuro—. Ya me he vuelto a quedar sin pantalones.

Durante unos minutos, nadie se atrevió a añadir nada. Más tarde, un comentario de Joserra inauguró la previsible, casi tradicional, caza del bastardo.

—¿Pero habéis visto cómo se ha marchado? ¿Quién se creerá que es?

—Un gilipollas —sugirió Pedro—. Un pedazo de gilipollas montado en una moto gilipollas.

—Y un nazi —matizó Nené—. Ya le habéis oído, seguro que es nazi, segurísimo, es que tiene toda la pinta, nazi perdido, vamos...

—Lo que le pasa a ése es que ha visto demasiadas películas —remató Reina—. Del Oeste, sobre todo. Se debe saber de memoria los diálogos de *Solo ante el peligro*, lo único que le falta es el caballo...

Sonreí para mí, porque quizás en eso estábamos de acuerdo, y rebosante de una fuerza nueva, que me elevaba muy por encima de la provinciana mezquindad de quienes me rodeaban, decidí desertar de nuevo, aunque por un camino que se adivinaba mucho más cómodo y fácil.

—A mí me gusta. Me gusta mucho. —Me di cuenta de que todos me miraban al mismo tiempo, pero mantuve los ojos fijos en los de mi hermana—. Me recuerda a papá.

—¡Malena, por Dios, no seas imbécil! Deja de decir tonterías, anda, hazme ese favor. Pero si no es más que un chulo...

—Por eso lo digo —quise replicar, pero por fin me falló la voz, y nadie excepto yo pudo escuchar mis últimas palabras.

II

Violeta, de alrededor de quince años, se
sentó en un cojín, abrazándose las rodillas y
mirando a Carlos, su primo, y a su hermana
Blanca, que leían poesías, turnándose en la
larga mesa.

[...] A Mamacita le gustaba ser la carabina
de Blanca. Violeta se preguntaba por qué Mamacita consideraba a Blanca tan atractiva, pero así era. Siempre le decía a Papacito: «¡Blanquita florece como un lirio!». Y
Papacito decía: «¡Será mejor que se comporte
como si lo fuera!».

Katherine Anne Porter, «Violeta Virgen»,
Judas en Flor y otras historias

Me enamoré de Fernando antes de tener otra oportunidad para hablar con él.

Amaba a Fernando porque aunque era ya un alumno universitario, y antes había sido un niño bien educado, se obstinaba en carecer absolutamente de modales, porque llevaba las mangas de las camisetas enrolladas hasta el hombro para enseñar los músculos de los brazos, y porque tenía músculos en los brazos, porque jamás llevaba pantalones cortos o bermudas por las tardes, y porque me gustaban sus piernas cuando me lo tropezaba en bañador por las mañanas, porque iba a todas partes sobre la Bomba Wallbaum, y porque por eso no le hacía falta subirse a ningún caballo, porque fumaba Pall Mall, y porque jamás bailaba, porque casi siempre estaba solo, y porque a veces se quedaba absorto durante horas enteras, ensimismado en mudos pensamientos que recubrían su rostro con una fina película de barniz transparente, pero capaz de transfigurar la enérgica piel de sus mejillas en dos agotadas cavidades que sugerían, además de cansancio, melancolía y quizás asco. Amaba a Fernando porque era mucho más arrogante que cualquiera de los otros tíos que había conocido, y porque sufría enormemente en aquel pueblo donde sentía su orgullo comprometido a cada paso, porque era nieto de mi abuelo pero no me trataba como si fuera su prima, y porque era nieto de Teófila pero tampoco me trataba como si yo fuera nieta de mi abuela, porque cuando me miraba sentía que mis pies se hundían en el suelo, y porque sonreía cuando yo le miraba y entonces la tierra entera se resquebrajaba de placer, porque mi cuerpo ya había elegido por mí, y porque cuando le veía adelantar la pelvis para jugar al flipper como si estuviera montando a la máquina, y la golpeaba alternativamente con las caderas para desbloquear las bolas sin cometer jamás una falta, mi columna vertebral acusaba cada acometida generando un escalofrío helado que me recorría entera, ardiendo al mismo tiempo en las uñas de mis pies y en los rizos que me caían sobre la frente, y porque él jugaba así sólo para que yo le viera, porque sabía descifrar las reacciones que provocaba en mí a su antojo, y porque le gustaba verme temblar.

Si hubiera tenido algún momento libre para sentarme a meditar sobre las cosas que estaban ocurriendo, supongo que me habría visto obligada a claudicar irremediablemente ante la superstición, porque sólo un factor tan excéntrico como la sangre de Rodrigo podría explicar una elección tan peligrosa como la mía, pero no disponía de ningún momento libre, mi imaginación estaba permanentemente ocupada en los aspectos estratégicos del asalto, y cuando me cansaba de buscar respuestas ingeniosas para las preguntas más improbables, reconstruía su rostro en mi memoria con la mayor precisión posible para regalarme el dulce estado de atontamiento que alcanzaba sin esfuerzo mientras permanecía colgada de aquella imagen, mirándole con los ojos cerrados, exprimiendo una serenidad que huía con urgencia por cada uno de mis poros cuando me atrevía a mirarle con los ojos abiertos. Mi enajenación resultaba tanto más brutal porque no podía compartirla con nadie, aunque no llegué a echar de menos la ocasión, tantas veces acariciada en un pasado inmediato, de desmenuzar minuciosamente para mi hermana cada una de las etapas de un proceso que ella parecía esperar con más impaciencia que yo misma. Fernando no gozaba de grandes simpatías en la Finca del Indio, porque nunca se rebajó lo suficiente como para propiciarlas, y porque era el primer Alcántara de Almansilla que poseía cosas —la Bomba Wallbaum y varios Levi's Strauss etiqueta roja en el armario— que ningún Alcántara de Madrid podía comprar con dinero, y aunque ni Reina, ni mis otros primos, se atrevían a declarar abiertamente su desdén, porque mi abuelo aún estaba vivo, y lúcido, y nunca se lo hubiera consentido, murmuraban insultos en voz baja cada vez que nos lo encontrábamos en el pueblo, lo cual ocurría a diario, porque el Ford Fiesta, que tenía la dirección rota, se portó francamente bien, resistiéndose a la reparación tan tercamente como se resistió mi tío Pedro a soltar el dinero preciso para financiarla, y se divertían proponiendo motes para ahorrarse en lo sucesivo hasta la molestia de pronunciar su nombre.

A mí me daba lo mismo, porque todavía seguía estando a su lado, pero ya no estaba con ellos, y aunque cuando él se enteró se puso furioso, hasta me hacía gracia que le llamaran Otto, apodo que triunfaría definitivamente cuando a Reina, en plena campaña para imponer un término más culto, se le escapó un día en la mesa, y Porfirio, que estaba sentado frente a ella, sonrió, y dijo que Fernando el Nibelungo le gustaba, para que Miguel añadiera que, además, a su sobrino le sentaba especialmente bien ese título.

Si Miguel y Porfirio no hubieran tendido ya, mucho tiempo atrás, un puente imprevisible y sin embargo eternamente sólido entre los Alcántara de arriba y los Alcántara de abajo, los de la Finca y los del pueblo, seguramente mi pasión por Fernando nunca habría arrojado más fruto que otro pesado e inconfesable secreto de familia, pero yo no tenía más que cuatro años, ellos catorce, cuando el azar desencadenó los acontecimientos que harían nacer una excéntrica e indisoluble alianza, la amistad que tan estrechamente les une todavía.

Todo empezó con un célebre 5 a 1, el resultado de un partido de fútbol en el que los mozos del pueblo vapulearon a los veraneantes. Miguel había jugado como delantero centro del equipo perdedor, que se negó a aceptar la legitimidad de su derrota, acusando a los ganadores, y entre ellos a Porfirio, que solía ocupar el puesto de defensa central, de haber comprado al árbitro, una hipótesis más que razonable teniendo en cuenta que el imaginario silbato había estado en manos de Paquito el lechero. Se discutió la posibilidad de anular el encuentro y fijar la fecha para un partido de revancha pero, al final, los vencedores impusieron una solución más expeditiva y tradicional, y emplazaron a sus oponentes en una cantera abandonada, situada fuera de los límites del pueblo, para dirimir sus diferencias en una drea, una guerra de pedradas que se celebraría al caer la tarde del día siguiente.

Miguel no comentó nada en casa, donde todos estaban al tanto de que, en semejantes coyunturas, su bando había llevado siempre las de perder, pero acudió a una cita que declinaron muchos de sus amigos. Porfirio, que hasta aquella tarde jamás había cruzado una palabra con él, le esperaba emboscado detrás de unas peñas, rodeado de los suyos y con la honda ya tensa entre las manos, pero cuando le vio aparecer solo, entrando en la cantera por delante de los pocos veraneantes que habían aceptado el desafío, sintió un extraño temor, y la lucidez le deslumbró de golpe, como un chispazo eléctrico que desgarra el cielo negro en una noche de tormenta. Entonces se dio cuenta de que su presa se le parecía tanto que ningún desconocido podría dejar de advertir su parentesco, pero se lo explicó todo de otra manera, afirmando para sí mismo que Miguel era valiente, demasiado valiente como para salir de allí con una brecha abierta en el cráneo antes de haber tenido una oportunidad de defenderse, y mientras aflojaba el brazo, se lanzó instintivamente hacia delante para derribar a uno de sus primos, que calculaba la trayectoria de la piedra que ya se le escapaba de los dedos, y gritó, a ése no le des, que es mi hermano. Miguel, paralizado por la sorpresa, miró a la cara a Porfirio y le dio las gracias. Este las aceptó, quitando importancia a su actuación, y allí acabó la guerra. Los contendientes, sin haber llegado a cruzar una sola pedrada, se dieron la vuelta y cada cual regresó por su camino.

Esa misma noche, Miguel se encontró con Porfirio en el bar de Antonio y le saludó, y su hermano le devolvió el saludo. Durante un par de semanas no intercambiaron otra cosa, hasta que una mañana de domingo, mientras mi tío hacía tiempo en la puerta del bazar, esperando a que llegara la furgoneta de los periódicos, una mujer salió llorando de la carnicería, con el rostro lívido y las piernas blandas, como si estuviera a punto de desplomarse, y antes de hacerlo, consiguió narrar entrecortadamente la horrible escena que venía de contemplar. Así se enteró Miguel de que Porfirio se había triturado dos dedos en la máquina de picar carne, mientras despachaba ante un mostrador abarrotado de clientas para, expresión tan justa como siniestra, echarle una mano a su madre.

Cuando era una niña, los dos me contaron cientos de veces lo que sucedió aquella mañana, y nunca me terminé de creer que la bici de Miguel hubiera sido capaz de subir la cuesta en menos de cinco minutos, pero en cualquier caso debió de pedalear muy deprisa, porque tuvo tiempo para avisar a su padre, para esperar a que éste sacara el coche del garaje y para montarse a su lado desoyendo las tajantes amenazas de mi abuela, que por una vez, en más de veinte años, condescendió a aflojar en público la imaginaria venda que tan eficazmente cubría sus ojos, antes de que Teófila hubiera decidido aún qué hacer con su hijo, porque los encontraron juntos en la puerta de la tienda, ella presa de un ataque de nervios, él muy pálido, pero asombrosamente sereno, comentando que al fin y al cabo había tenido suerte porque la mano dañada era la zurda. Sin embargo, en un angustioso viaje por carreteras polvorientas y llenas de baches, Porfirio se desmayó dentro del coche, y no se recuperó hasta después de haber ingresado en el hospital de Cáceres, donde no pudieron hacer otra cosa que suturar sus heridas para dar la mejor forma posible a los dos pequeños muñones que ocuparían el sitio de los dedos índice y corazón de su mano izquierda, una ausencia que me fascinaría durante todo el tiempo que duró mi infancia.

Desde entonces Miguel y Porfirio formaban, más que un equipo, una sola persona, porque iban juntos a todas partes, hasta el punto de que cuando alguien se veía obligado a referirse a uno de ellos en solitario, quienes escuchábamos sentíamos que nos faltaba algo, como si acabáramos de oír una canción muy famosa a la que algún osado hubiera privado del estribillo. Su unión, que mientras fueron adolescentes parecía casi una dependencia mutua, era tan fuerte porque ambos habían gozado de la rarísima oportunidad de elegirse libremente siendo hermanos, y aunque su relación nunca fue fraternal, sino más bien una de esas férreas amistades íntimas típicamente masculinas, siempre tuvieron en común más de lo que es habitual entre dos amigos, y menos de lo que suele haber entre dos hermanos, porque cuando se conocieron, cada uno disponía ya de un mundo propio, distinto del que poseía el otro. La combinación de estos factores resultó tan explosiva que nadie tuvo fuerzas bastantes para oponerse a lo que, como mínimo, se podría haber catalogado como una simpatía antinatural, y aunque durante algún tiempo ambos tuvieron la precaución de preservar al otro del contacto con su propio ambiente, encontrándose siempre en terreno neutral, o en la estrecha franja favorable que representaba su propio padre, con quien salían a menudo al campo a cazar, un buen día Porfirio llevó a Miguel a cenar a su casa, y cuando éste era ya un invitado habitual en la mesa de Teófila, correspondió apareciendo con su hermano en la Finca del Indio a la hora de comer.

Yo estaba presente, pero no recuerdo nada porque debía de tener solamente seis o siete años. Clara, en cambio, sí que se acordaba, y cuando alguna de las demás le demostraba que estaba enfadada con ella por el procedimiento de ponerse tiesa y no dirigirle la palabra, solía decir siempre lo mismo, ay hija, por favor, pareces la abuela el día que vino Porfirio a comer... Pero incluso ella acabaría aceptando la situación, y con mucho menos esfuerzo del que cualquiera habría podido prever, porque antes de que terminara el verano, ya había empezado a llamarles «los pequeños», como hacía todo el mundo hasta en el pueblo, y aquel mismo año hubo un regalo de Reyes para Porfirio debajo del árbol de Navidad instalado en el salón de Martínez Campos.

Mamá, que ya idolatraba a un hermano adolescente y estaba predispuesta a idolatrar a otro tan parecido, decía siempre que la abuela había aceptado a Porfirio para no enfrentarse con Miguel, pero que había terminado por encariñarse con él porque era un crío absolutamente encantador, y no lo dudo, pero siempre he pensado que hubo algo más, porque en aquel pueblo todo el mundo estaba ya cansado de guerra, y ni la abuela, que había tenido a Miguel con cuarenta y seis años, ni Teófila, que por aquel entonces contaba once menos, pero que ya pasaba de los cincuenta cuando Porfirio empezó a pasearse por la casa de arriba como si llevara haciéndolo toda la vida, debían de tener muchas ganas de desperdiciar las energías que conservaban en una agonizante prórroga de esa lucha que una vez fue a muerte, y luego sólo a sangre, a despecho, y por fin, a indiferencia, todo por la posesión del poderoso jinete que apenas se adivinaba ya en un anciano cansado de ser bígamo, aburrido de estar solo, y de fingirse mudo, y de buscar en la ropa más cara que podía comprar una clase de aplomo que nunca estaría a su alcance, la herrumbrosa medalla que se cuelgan en el pecho algunos hombres que son mucho más malos de lo que él fue jamás, porque son además mucho más tontos. El tiempo había abierto demasiadas heridas que no se había ocupado de cerrar a su paso, y sus labios reblandecidos, blanquecinos, intactos, rezumaban pus y un líquido apestoso, cuyo hedor aún no les consentía dormir bien por las noches. Y treinta y cinco años de insomnio son demasiados hasta para un hombre culpable, hasta para una esposa mal amada, incluso para una favorita que no ha corrido, en definitiva, mejor suerte que su rival, así que la unión de Miguel y Porfirio resultó a la larga más útil que cualquier somnífero, porque les ofreció una preciosa oportunidad para olvidar, y ellos la aprovecharon. Olvidaron.

Desde aquel momento, los pequeños disfrutaron del trato más abiertamente privilegiado, arbitrario y parcial que se había procurado jamás a nadie en aquella casa, porque todos quienes habitaban allí, excepto los niños, hallaron en ellos una válvula de escape adecuada para desprenderse de la mala conciencia que se les había enquistado dentro a lo largo de una vida repleta de agravios, tan dolorosos quizás en el recuerdo los infringidos como los recibidos, y cada vez que la tía Conchita, o mamá, las más batalladoras en otro tiempo, le hacían una carantoña a Porfirio, cerraban una puerta, saldaban una deuda, o se la cobraban, y en el pueblo debía de pasar algo parecido, porque en realidad las circunstancias permitían que la situación se fuera alargando hasta alcanzar la indefinida duración de las cosas que han existido siempre, sin que nadie sufriera demasiado por ello. Desde que Pacita murió, Magda y mamá, catorce años mayores que él, eran las hermanas más cercanas en edad a Miguel. Porfirio también fue el pequeño en solitario durante mucho tiempo, porque Lala, que le sacaba sólo dos años, se marchó de casa antes de que él pisara la Finca del Indio por primera vez, y Marcos, su hermano inmediato, le aventajaba en diez años. Todos, menos ellos, se habían fabricado ya una vida de adulto, cada vez más alejada de los conflictos que atormentaron su infancia, tan neutrales ya, tan ajenos, como el propio paisaje. Así se fue forjando una normalidad sólo aparente, un espejismo que nunca superó las fronteras de la diminuta isla que habitaban mis dos tíos, como un iceberg que flotara a la deriva en el océano, acercándose tanto a la costa que, en ocasiones, pareciera anclarse en ella, quedarse allí para siempre, confundiendo sus límites con los de la tierra firme, hasta que un capricho de la corriente se lo llevaba lejos para hacerlo flotar de nuevo en el agua, aislado y solitario, dirigiéndose quizás ahora al continente opuesto al que acababa de abandonar.

Yo pagué un precio muy alto por esta ilusión, pero para todos los demás, que tuvieron, o eligieron, la suerte de vivir encerrados en un mundo compacto, tan distante de ese otro mundo paralelo que giraba sobre idénticos ejes como dos planetas en el universo, se convirtió en un ingrediente más de la vida conocida, el escenario que nunca cambia del todo por más brincos o cabriolas que lleguen a desgastar sus tablas. Y algunas veces pensé que sólo Porfirio y Miguel habían llegado a advertir la esencial naturaleza de la verdad antes de que yo me estrellara brutalmente contra ella, porque no podía evitar la sensación de que ambos recelaban, recelaban siempre, de cada bien, de cada sonrisa, de cada caricia, de todo y de todos, aunque con el tiempo deseché aquella idea, intuyendo que eso es exactamente lo que le debe ocurrir a cualquiera cuando le aman demasiado.

Y nosotros les amábamos, desde luego. Yo les amaba ciegamente, y Reina también les amaba, y mi padre, y mi madre, y mis primos y mis tíos, todo el mundo, y ellos nunca dejaron de merecérselo, porque tenían algo especial, una gracia distinta al hablar, un encanto distinto al reírse, una belleza distinta en la cara, puro carisma, un poder de atracción irresistible sobre todo para las mujeres. Cada una de nosotras afirmaba tener una razón especial para mimarlos, pero supongo que todas confluían en una sola, quizás el cálido placer de verlos aparecer por la cocina, recién levantados, vestidos solamente con un pantalón de pijama de algodón blanco con finísimas rayas azules, o verdes, o amarillas, igual de altos, igual de flacos, dos rostros sonrientes y embellecidos por las huellas del sueño, las mismas cejas, la misma boca, el mismo cuerpo perfecto, un trapecio impecable de piel lisa, bronceada sin estridencia, y hubiéramos pagado por aquel espectáculo, pero no hacía falta, era gratis, por eso había que compensarles de otra manera. Por eso nos parecía natural que Paulina se afanara sobre besugos y lubinas como un cirujano, malgastando su tiempo de ocio en abrir el pez con infinito cuidado y recomponerlo después, para que nadie en la mesa notara la ausencia de las huevas, que estaban ya en la nevera, bien camufladas en papel de plata, esperando a que Porfirio apareciera por allí a cenar cualquier noche, porque al pobre, como decía Paulina con una sonrisa, le gustaban tanto las huevas rebozadas, bien fritas... Y cuando había ensalada de primer plato, se tomaba el extravagante trabajo de repartirla en platos individuales, de aliñarla por separado, y hasta de replicar a la abuela, que no entendía de qué revista había copiado su cocinera ese ridículo método de servir la ensalada cuando siempre se había llevado en una fuente a la mesa, pero todos, incluso ella, sabíamos que el plato que encontraría Miguel junto a su servilleta no tenía cebolla, porque pese a las reiteradas prohibiciones de su señora, que no quería caprichitos a la hora de comer, pues si al pobre no le gustaba la cebolla, estaba en su perfecto derecho de que no le gustara la cebolla, repetía Paulina con otra sonrisa, y yo no se la voy a dar, pues faltaría más, pobre Miguelito... Y a uno había que hacerle la cama con el embozo muy alto porque, si no, no dormía a gusto, y al otro había que ponerle el cojín de una butaca del salón en lugar de la almohada porque si no, no descansaba bien, y a uno había que plancharle las camisas con mucho cuidado porque le gustaba ponérselas dobladas, y al otro había que colgárselas en una percha porque no le gustaba que se marcaran los dobleces, y daba lo mismo que vinieran a comer tarde y sin avisar, con cuatro invitados, o que no vinieran, que llegaran borrachos a las seis de la mañana, despertando a todo el mundo, o que no aparecieran a dormir siquiera, y si por la mañana ofrecían la vida a grito pelado desde la buhardilla a cambio de un vaso de agua, no tenían resaca, sino que se habían levantado con la boca seca porque aquella noche habíamos pasado un calor terrible, y si cualquiera de los dos arañaba la carrocería del coche que compartían, la culpa siempre había sido del otro, y cuando Antoñita la del estanco fue contando por todo el pueblo que Porfirio y Miguel se habían pasado mucho, pero mucho, con ella, la tata, que por aquel entonces ya nos llamaba putas con todas las letras cada vez que nos escuchaba explicarle a alguien que no nos podíamos bañar porque estábamos malas, dijo en la cocina, ignorante de que yo la escuchaba, que ésa ya podía ir dándole gracias a Dios en lugar de quejarse, que no se iba a ver en otra igual en lo que la quedaba de vida, y que si los pequeños se hubieran pasado con ella cuarenta años antes, que a buenas horas iba ella a abrir la boca, pues no faltaría más, echarle la culpa a los pobres chicos, y a ver qué andaba buscando ésa para montarse con ellos en el coche a las cuatro y media de la mañana, con todos los bares cerrados...

Yo siempre estaba de acuerdo con quien les defendía, les mimaba, les favorecía o les adoraba con los gestos más fervientes, y desde el primer día de julio esperaba su llegada con una nerviosa impaciencia que jamás me inspiraron los retrasos de mis amigas cateadoras, como si solamente con ellos en casa el verano fuera de verdad verano, como si las vacaciones de verdad empezaran solamente cuando escuchaba la ensordecedora canción de aquel claxon que empezaba a atronar en el aire cuando su coche apenas había enfilado la verja, y sentía una imprecisable desazón, un disgusto liviano, pero disgusto, cuando distinguía en el asiento contiguo al del conductor la figura menuda y nerviosa de Kitty, la novia que compartían, alternándose periódicamente en su vida con la misma risueña tranquilidad que gobernaba su convivencia en un mismo apartamento, sus estudios simultáneos en una misma facultad, o su mancomunada propiedad de un solo vehículo.

Cuando la conocieron a la vez, en el curso preuniversitario, Catalina Pérez Enciso ya estaba empeñada en ser cantante pop, y encaraba la carrera de derecho como un mero trámite alimenticio, el transitorio recurso que garantizaba su manutención en la casa paterna durante el necesariamente brevísimo período de tiempo que transcurriría entre la creación de Kitty Baloo y los Peligros de la Jungla, el grupo musical que acababa de fundar y del que esperaba a cambio que la propulsara hasta la leyenda, y la fulgurante, impostergable y estremecedora fama que sin duda aguardaba, con matemática puntualidad, a su primera maqueta en el estudio de algún disc-jockey genial. Probablemente la radio española carecía de tal especimen, porque Kitty aprobó Preu, y después primero, y segundo, y tercero, cuarto y quinto, a curso por año, sin lograr del destino la más mezquina compensación por la apasionada tozudez con la que escribía, interpretaba y arreglaba sus propias creaciones, acompañada de año en año por músicos aficionados siempre diferentes, condenados a perder la fe en tres o cuatro meses a lo sumo. Mientras tanto, Miguel y Porfirio se turnaban en su cama, y seguirían haciéndolo, algún tiempo después, en la no tan agradable tarea de acudir en cualquier momento a sus llamadas de auxilio desde los juzgados, aportando consigo la documentación necesaria para probar que la portadora de esa escandalosa cresta armada con jabón Lagarto y teñida con un espray verde lima a quien los porteros no dejaban entrar era, efectivamente, quien decía ser, y se dirigía, efectivamente, a representar los intereses de cualquier maleante que exhibiría sin duda un aspecto más presentable que el de su defensora. Aun así, cuando un delincuente no invocaba sus principios para rechazarla de plano en la primera visita, Kitty era una buena abogada, concienzuda, meticulosa y, con frecuencia, triunfante, aunque su carrera no estaba destinada a alcanzar las altísimas cotas de éxito en las que tan cómodamente se instalaron, a la vuelta de unos años, los dos hermanos entre quienes nunca se decidiría a escoger al definitivo hombre de su vida.

Porfirio siempre había querido ser arquitecto, pero Miguel, en cambio, parecía carecer de una vocación definida, así que a nadie le extrañó mucho que, después de aprobar tercero al enésimo intento, abandonara esa Escuela a la que había seguido a su hermano casi por pereza, para quedarse anclado en el título de aparejador, que obtuvo apenas un par de meses antes de que Porfirio terminara la carrera. Entonces empezaron a trabajar juntos, y el hijo de Teófila —que debía de sentirse en deuda con el hijo de mi abuela por la iniciativa que éste emprendió antes incluso de formalizar la matrícula de primero, cuando, de despacho en despacho, llegó hasta el jefe de Estudios para desplegar ante él todas las ramas de nuestro peculiar árbol genealógico, y obtener a cambio la gracia de que tanto a él como a su hermano les fuera permitido fragmentar en dos su primer apellido, para cortar de raíz cualquier ulterior tentación de curiosidad sobre su origen— decidió compartir las ganancias al cincuenta por ciento con su socio, quien, a pesar de elevar airadas protestas en contra de tal medida, nunca llegó, sin embargo, a ofenderse del todo. Algún tiempo después, cuando Miguel encontró por fin algo parecido a una vocación sólida en el diseño industrial, y obtuvo su primer gran éxito con un revolucionario modelo de dispensador de compresas femeninas para pared cuyas sugerentes líneas aún se pueden contemplar hasta en el cuarto de baño del más casposo bar de carretera de la provincia de Albacete, estuvo en condiciones de devolver el brindis. En aquella época, todavía trabajaban en un tercero interior de un edificio ruinoso de la calle Colegiata, al lado de Tirso de Molina, donde su placa, un bruñido rectángulo de latón dorado ocupado por una sola palabra, ALCANTARA, en rígidas mayúsculas romanas, alternaba con las de un par de hostales de viajeros de una estrella, un rectángulo de plástico rojo donde, en primorosos caracteres cursivos y sobre una curvilínea rúbrica de florecitas de aspecto silvestre, se leía «Jenny, 1.º B», y el rótulo de un médico que se anunciaba, alardeando de la misma concisión de la que hacían gala mis tíos, con una sola palabra, VENEREAS. De allí se mudaron a un ático más pequeño, pero exterior, en el último extremo de Atocha, que abandonaron pronto en favor de la planta baja de un chalet de la zona innoble de Hermosilla. Este alojamiento cayó enseguida a beneficio de dos pisos unidos en la zona noble de General Arrando, desde donde se mudarían a la primera planta de una vieja mansión aristocrática de Conde de Xiquena, antes de conquistar todo un edificio para ellos solos, un palacete, diminuto en relación con la casa de Martínez Campos pero mucho más gracioso, situado en el mejor tramo de la calle Fortuny, el estudio del que ya no creo que se muevan nunca, porque con un plano de Madrid en una mano, y una revista especializada en cotizaciones inmobiliarias en la otra, resulta difícil imaginar una digna etapa sucesiva sin contemplar previamente la harto improbable privatización de los edificios que administra el Patrimonio Nacional.

Muchos años antes, cuando aún veraneábamos juntos, ningún detalle permitía prever que la vida, esa diosa artera, estaba dispuesta a respetar tan escrupulosamente la patente de corso de la que los pequeños gozaron en el generoso ámbito de su propia familia. Para mí, que la afirmaba y sostenía por encima de todo, existían ciertas contrapartidas, sin embargo, porque mis tíos, aun conservando una cierta dosis de temeraria inconsciencia y las ganas de divertirse necesarias para mezclarse en nuestros juegos, habían aprendido ya a invocar su autoridad de personas mayores para explotarnos, en la misma medida en que todos los adultos explotan siempre a los niños que pululan a su alrededor, y apenas pillaban desprevenido a alguno de nosotros, le enviaban a comprar tabaco, invitándole a un helado, eso sí, con las vueltas, o le pedían que subiera hasta su habitación, tres agotadores pisos, para bajar un libro que se habían dejado encima de la mesilla o, si había algo que ver en la televisión a media tarde, levantaban al sobrino que hubiera corrido más, o peleado con más fiereza, para conquistar una butaca, y le mandaban sentarse en el suelo, y cualquier padre, o madre, o tío, que merodeara por allí, sancionaba inmediatamente sus atropellos.

Aquello me ponía enferma porque, en esas coyunturas, Miguel y Porfirio añadían un odioso delito de traición al vil ejercicio de la tiranía, y me dolía sentirme obligada a despreciarles queriéndoles tanto al mismo tiempo, pero sin embargo, nunca llegué a acusar como una ofensa lo que mi hermana consideraba el abuso definitivo, tal vez porque, aunque ambas solíamos afirmarlo con idéntica pasión, yo estaba verdaderamente enamorada de ellos —en la medida, siempre mayor de la que los adultos suponen, en la que puede enamorarse una niña pequeña— y ella no, o quizás porque ya entonces presentía que las pocas veces que consiguiera beneficiarme del entusiasmo de algún incauto, mi piel se estremecería de placer bajo el filo de sus uñas como aquellos hombres se sacudían contra las yemas de mis dedos, y me creería capaz de vivir días enteros sin comer y sin dormir, alimentándome solamente de caricias, mientras que a Reina, en cambio, la gusta tan poco que la soben, que siempre, todavía hoy, va a la peluquería con la cabeza recién lavada.

—Malena, hazme cosquillas un rato, anda... Si tú me las haces a mí, luego te las hago yo a ti, en serio.

Podía ser cualquiera de los dos, y podía ser en cualquier sitio, y a cualquier hora. Quizás se lo habían pedido antes a Clara, o a Macu, o a Nené, y alguna se había negado, o se había inclinado sobre ellos hasta cansarse sin obtener a cambio más que el desganado rasgueo de un par de dedos perezosos, que el estafador de turno había guardado en sus bolsillos mucho antes de que se cumpliera el plazo apalabrado. Pero en cualquier caso, antes o después, acudían a mí y yo me sentía feliz por ello.

—Anda, Malena, tú, que eres el amor de mi vida y no una borde como éstas..., hazme cosquillas, unas pocas sólo, y te juro que en cuanto que me crezcan las uñas, te las devuelvo, una por una. Hoy no puedo porque me las acabo de cortar y me da mucha dentera.

—Siempre te acabas de cortar las uñas —intervenía Reina, en lo que ella creía que era mi defensa—. ¡Anda que no tienes jeta!

—Tú te callas, enana. Por favor, princesa, hazme cosquillas y te llevaré al pueblo en coche todas las tardes de esta semana.

—Eso. Como estamos a domingo y es la última...

—¡Que te calles ya, joder, que esto no va contigo!

Y en eso tenían razón. Aquello no iba con Reina.

Siempre, desde que era tan pequeña que ya apenas puedo reconstruir con detalle las situaciones al rescatar vagamente aquella sensación, cuando Miguel o Porfirio me cogían por la cintura, o me llevaban a hombros, o jugaban conmigo en la piscina, dejándome resbalar sobre su cuerpo mojado mientras se arrojaban mutuamente el mío como si fuera una gran pelota, había sentido una especie de extraño nerviosismo, un impreciso estado de exaltación física sólo comparable al hormigueo que erizaba los poros de mis brazos en ciertas ocasiones privilegiadamente extraordinarias y felices, como la llegada de los Reyes Magos, o mi irrupción en la fiesta de disfraces del colegio o, quizás más exactamente, el misterioso mareo que me paralizaba en el portal de casa la primera mañana de primavera, una estación que para mí comenzaba solamente el día que mamá nos consentía por fin salir a la calle en manga corta, para que yo sintiera, triunfante, que había derrotado otra vez al invierno. Si someto mi memoria a un esfuerzo todavía mayor, intuyo que antes sentía lo mismo mientras mi padre me llevaba en brazos, pero él se hizo mayor mucho antes que los pequeños, y cuando dejó de jugar conmigo yo no disponía aún de una memoria duradera. Nunca le pregunté a mi hermana si ella había experimentado alguna vez un impulso semejante, porque daba por hecho que cualquier cosa que me sucediera a mí le había ocurrido antes a ella, que parecía vivir más deprisa, y tampoco me detuve jamás a interpretar la naturaleza de mis sensaciones, cuya legitimidad estaba garantizada por la complaciente indiferencia con la que todos asistían a esa ceremonia que comenzaba cuando Miguel, o Porfirio, extendía un brazo en mi dirección para que yo aferrara la muñeca con mi mano izquierda y recorriera lentamente el resto de extremo a extremo, utilizando solamente la punta de los dedos de la derecha, y frecuentando de vez en cuando las zonas prohibidas, fundamentalmente la cara interior del codo, para generar cosquillas auténticas, la insoportable caricia que les hacía retorcerse y gritar. Sin embargo, recuerdo que ya en aquella época me sorprendía que ellos nunca intentaran cobrarse aquel tributo de ninguno de sus sobrinos varones, limitando su presión, en virtud de un mecanismo tal vez inconsciente, tal vez no, a las niñas de la casa. Conmigo siempre tenían éxito, de todas formas.

Entonces apreciaba sobre todo la diferencia que establecían entre mi hermana y yo, porque habitualmente no nos hacían mucho caso, e incluso cuando jugaban con nosotros, nos trataban a todos como si fuéramos uno solo, un misterioso ente denominado «los niños», en lugar de este niño, y esta niña, y aquélla, y el otro, pero cuando me rogaban que les hiciera cosquillas, me hablaban a mí, a mí sola, y me distinguían de los demás, y de Reina por encima de todo. Ahora, en cambio, sospecho que les complacía sólo porque me gustaba hacerlo, gobernar sobre su piel, controlar sus reacciones, tenerlos, en definitiva, a mi merced, sobre todo cuando me sentaba a horcajadas sobre ellos, que me recibían tumbados blandamente boca abajo, al lado de la piscina, para permitirme tomar posesión de toda su espalda.

Miguel hablaba.

—Ahí, ahí, justo... No, un poco más arriba, a la derecha, sube, sí... Ahora ve despacio, hacia la izquierda, no, más abajo, ahí, en el centro... Baja, baja pero no mucho, justo, justo, no te muevas, por Dios, no te muevas... Tengo un grano horroroso, ¿no?, me pica muchísimo, rasca, ráscame con las uñas... Bien, muy bien, ahora puedes ir a donde quieras, los hombros también... Enróllame la cintura del bañador, sólo un poco, así... Hazme cosquillas en los riñones, por favor... Me encanta, me encanta, me encanta...

Porfirio gruñía.

—¡Hummm...! Sí... No, no, ¡ah...! ¡Ah! Sube... Más... Sí... Mm, Mm, Mm... Vale. Derecha... Ahí, ahí... No, abajo, quédate... Bien... ¡Hummm...! Rasca, sí... Ay, ay, ay...

Y así, una mañana de sol y de agua, como otra cualquiera, hice la primera conquista de mi vida.

Había terminado con Porfirio, que parecía tener la piel más sensible y quizás disfrutaba más, pero se saturaba antes, y estaba sentada encima de Miguel, bastante harta ya de trabajar, y a punto de renegar de mis habilidades, cuando escuché el ruido de un coche que se acercaba por el camino. Porfirio, que estaba sentado encima del césped leyendo el periódico, estiró la cabeza y sonrió. Yo le imité, convencida de que en un instante podría abandonar mi tarea y lanzarme a la piscina, donde jugaban los demás, al distinguir a las pasajeras del R-5 amarillo que acababa de detenerse junto al garaje.

—Levántate, Miguel. Venga, que han llegado las tías.

Pero mi víctima, la cabeza hundida entre los brazos cruzados a modo de almohada, ni siquiera hizo ademán de mover un dedo.

—Pero ¿qué haces? —insistió Porfirio, y se acercó a nosotros para darle una patada suave en el brazo—. Levántate ya, tío.

Entonces Miguel desenterró su cara y los dos pudimos contemplar allí, perplejos, las huellas de un ataque de risa que apenas le consentía hablar.

—No puedo. No puedo levantarme...

Tres chicas, cubiertas con largas camisetas blancas tras las que se adivinaban las siluetas de sus bañadores, se acercaban lentamente hacia nosotros, saludando a Porfirio con los brazos en alto.

—¿Qué dices?

—Que no puedo levantarme, coño. Estoy haciendo un hoyo de la hostia, tío, me he debido de cargar todo el césped, no me la ha mordido un topo de milagro, te lo juro...

—¡Joder! —su interlocutor movía el pie derecho con impaciencia, pero la calidez de su sonrisa me convenció de que no estaba enfadado, sino más bien divertido por la incomprensible parálisis de su hermano.

—Si me levanto y me ven así, van a salir corriendo y no van a parar hasta Madrid.

—Vale, tío —Porfirio estaba muerto de risa—. Es que eres la hostia, en serio.

—Y ¿qué quieres que haga? Ha sido sin querer. Ve tú con ellas, y distráelas un rato, anda. Yo me voy a tirar al agua. Espero que esté helada.

—Está helada —confirmé, satisfecha de haber descifrado al fin el sentido de algunas palabras en aquella hermética conversación.

Los dos empezaron a reírse al mismo tiempo, sincronizando las carcajadas, como siempre. Miguel se escurrió de debajo de mí y alcanzó la piscina en un par de zancadas, corriendo como un poseso. Porfirio se dirigió a sus invitadas, que ya estaban muy cerca, pero antes de alejarse, me revolvió el pelo de la cabeza con la mano y, para consumar mi confusión, me dijo algo incomprensible en voz muy baja.

—Vas a ser una tía de puta madre, Malena. Seguro.

Pensé mucho en Miguel y en Porfirio, en Bosco, en Reina y en todos sus novios, durante las primeras noches de aquel verano del 76, mientras daba vueltas en la cama sin haber encontrado todavía una postura cómoda, cuando notaba que las sábanas estaban ya húmedas, empapadas en un sudor que entonces comencé a producir por litros para mi propia sorpresa, porque nunca recordaba haber sudado mucho, y permanecía despierta, como si estuviera velándome a mí misma, hasta que el cielo comenzaba a clarear a través de las rendijas de las contraventanas, y me asustaba pensando en la hora, y en la obligación de estar despierta al día siguiente, y por fin el sueño me mecía en oleadas dulces que me devolvían lentamente la verdad, la auténtica imagen de Fernando, adorable y limpia, tan distinta del monstruo al que había llegado a odiar sólo unos minutos antes, rebozada en el insomnio y en una ansiedad desconocida, una sensación cercana a la asfixia aunque, lejos de atenazar la garganta, se fijaba en mi cerebro, que sin embargo disponía de un margen suficiente para advertir que aquello no iba exactamente con él, que, a pesar de las apariencias, no era mi cabeza la que se estaba ahogando, como si la verdadera vida hubiera comenzado a latir por fin en el centro de mis muslos.

Hasta aquel momento, mi sexo genérico me había dado tantos quebraderos de cabeza que nunca había concedido demasiada atención a mi sexo físico. Años antes, a los diez, a los once, lo había estudiado frente al espejo con interés, contemplando alegremente cómo se poblaba de un vello al que quise conceder cierto vago carácter premonitorio, hasta que descubrí que allí no iba a crecer nada más, sólo pelo, y dejé de frecuentar tan decepcionante espectáculo. Luego, cuando Reina empezó a salir con Iñigo y a besarse con él en el portal, algunas veces me rendía a un breve escalofrío que ya había experimentado esporádicamente ante el televisor, o en el cine, al contemplar unas pocas escenas de amor que parecían desprender una rara magia, oscura y violenta, pero difícil de encontrar en la mayoría de las películas, y por lo tanto, indigna de ocupar un lugar permanente en mi memoria. Más tarde, las sensaciones de esta naturaleza se diversificaron y se hicieron más frecuentes, y pude clasificarlas y pensar, no mucho, sobre ellas, hasta que una noche, el verano anterior al advenimiento de Fernando para iluminar el mundo, lo pasé mal de verdad.

Volvíamos de Plasencia en el Ford Fiesta y yo ocupaba el puesto central del asiento trasero para separar a Reina y a Bosco, que habían tenido una trifulca casi habitual a la salida del bar, cuando mi primo se había desplomado encima de mi hermana dispuesto a besarla donde pudiera, y ella, siempre uno o dos minutos más tarde del momento justo, como si la costara trabajo reaccionar ante una manifestación de amor tan visceral, había pegado un chillido y se había desasido de su abrazo con un movimiento enérgico. Ahora los dos estaban callados, como muertos, y Pedro, Macu y yo habíamos iniciado una conversación trivial con la esperanza de que se aflojaran las tensiones. No me acuerdo del tema sobre el que estábamos hablando, creo que cuando bajé del coche lo había olvidado ya, pero recuerdo todavía, y con una sorprendente precisión, cómo se desprendió del volante la mano derecha del conductor, inciertamente seguro de la consistencia de la oscuridad, y cómo se perdió bajo la ropa de su acompañante, que en ese momento me estaba contando algo, y siguió haciéndolo mientras mis ojos escoltaban el trayecto de aquella mano que a veces se hundía entre sus piernas, desapareciendo de mi alcance para reaparecer un instante después, asomando primero dos, tres dedos, y después los cinco, la palma abierta que subía y bajaba sobre el cuerpo de mi prima, frotando su cadera, hundiéndose en su cintura, trepando hasta su pecho izquierdo y aferrándolo con fuerza, para hacer oscilar luego el pulgar como si pretendiera sacarle brillo al pezón, que crecía, obediente, hasta hacerse también visible, y los dedos aflojaban su presa para iniciar un movimiento circular, sin hallar obstáculo alguno en el vestido mejicano de algodón verde bordado con flores de colores por encima del canesú, para descender otra vez despacio hasta los muslos, y acariciarlos bajo la tela, y desaparecer un momento para reaparecer luego, completando un circuito limitado, siempre parecido pero nunca exactamente igual que el anterior, mientras ambos se dirigían alternativamente a mí con el neutro, simpático acento, con el que me habían hablado miles de veces. Yo tenía calor, y sudaba, pero sobre todo estaba furiosa, furiosa con mi cuerpo, con mi suerte y con el universo entero, porque lo de Reina podía pasar, lo de Reina era casi justo, pero que aquella gilipollas estuviera allí, delante de mí, disfrutando de la posesión de una tercera mano mientras yo miraba, retorciendo con dedos impotentes sendas esquinas de la tapicería que forraba los asientos delanteros, tan cerca de ellos y tan cósmicamente lejos al mismo tiempo, me parecía sencillamente atroz, horriblemente injusto, y no me paré a pensar que yo jamás le hubiera consentido al memo de Pedrito que me rozara siquiera con el borde de una uña, no se me ocurrió argumentar sobre ese punto, porque no tenía importancia aquella noche, nada era importante excepto que no había derecho, no había definitivamente ningún derecho a que sucediera lo que en aquel momento estaba sucediendo.

Cuando me senté a cenar, estaba tan cabreada que ya ni siquiera me molesté en disimular mi enfado, y la tercera vez que dejé caer el vaso del agua en la mesa como si pretendiera hacerlo añicos sobre el mantel, mi madre me dijo que, si pensaba seguir en aquel plan, era mejor que me fuera a la cama. Sorprendentemente para todos, seguí su consejo. Me deslicé entre las sábanas desnuda, pero dispuesta a no mover ni un solo músculo de mi cuerpo, ni uno solo, repetí, porque eso sería una muestra de debilidad intolerable, eso sería como reconocer a gritos que me habían sacado de quicio, eso sería la rendición más vergonzosa que el más sucio cobarde hubiera podido planear jamás, y Macu nunca obtendría de mí una satisfacción semejante. Eso pensaba, pero lo hice, y me quedé atónita, como siempre, al extraer de aquella breve descarga una dosis de paz tan completa. Luego, sonriente y relajada, despreocupada de mi carne y de mis huesos, felizmente ingrávidos, me dije que al fin y al cabo, Macu nunca se iba a enterar, y sucumbí a un breve acceso de risa. Un cuarto de hora después atravesé la puerta del salón pidiendo disculpas a todo el mundo y me senté en el suelo a ver una película empezada cuyo comienzo, sin embargo, logré reconstruir bastante bien.

Descubrí aquel método personal de conocimiento del mundo cuando era todavía una niña, y todo pasó por puro azar, dentro de unos vaqueros del año anterior que me estaban pequeños, muy pequeños, pero fueron los únicos pantalones que mi madre pudo encontrar en el armario en una mañana de mayo tan oscura como un anochecer de enero, mientras, repentinamente inseguros en los marcos metálicos de las ventanas, los cristales temblaban bajo el impacto de una lluvia tan tupida que se diría que cada gota, insatisfecha del estruendo que provocaba al estrellarse contra su superficie, la rasgara para siempre con uñas afiladas, porque resultaba imposible distinguir los contornos de las casas y los árboles que estaban al otro lado, un mundo fofo de ángulos redondos y blandos como el que engaña a los ojos de quien contempla una habitación tras un grueso vidrio esmerilado. Llevaba una semana lloviendo así, día y noche, y aunque mamá decía que era normal, porque acababan de inaugurar la Feria del Libro en el Retiro, y quedaban solamente un par de días para que el tiempo impidiera celebrar las corridas de San Isidro, el albero de Las Ventas hecho un barrizal, como todos los años, yo no recordaba haber padecido nunca una lluvia tan colérica, y ya entonces, no la soportaba. Reina afirmaba que íbamos a criar champiñones en el pelo de un momento a otro, pero, sin embargo, aquella mañana de sábado nos disponíamos a ir al campo, porque mi padre quería ocupar un puesto en el consejo de administración del banco antes de cumplir los cuarenta, y el secretario, sobrino nieto del presidente, nos había invitado a comer en su finca de Torrelodones, así de simple.

El tamaño de mis pantalones puso la nota detestable en particular a una jornada detestable en general. Con los pulmones hinchados como un globo a punto de explotar, sin atreverme a respirar siquiera para mantener el volumen de mi tripa en los límites de lo inexistente, trataba de conservar ciertas esperanzas mientras miraba de reojo a mi madre, que arrodillada ante mí, estirando de la cinturilla con todas sus fuerzas, pugnaba por abrochar un botón que resbalaba una y otra vez entre sus pulgares, como si estuviera dotado de voluntad propia y ésta le impeliera a rechazar el ojal, tal vez en interés de la inmutabilidad de más de una ley física. Y sin embargo, en un agónico alarde de desdén por el prestigio de la ciencia, mi madre enganchó el botón en su lugar, subió la cremallera, y me autorizó a volver a respirar, con una voz palpitante de triunfo. Cuando lo intenté, solté un alarido, e intenté negociar por todos los medios, pero no hubo manera. Mamá me aconsejó que hiciera media docena de flexiones para que el algodón diera de sí. No es nada, concluyó, no seas quejica.

Conseguí doblar las rodillas con un considerable esfuerzo, pero cuando por fin me puse en cuclillas, fui incapaz de conservar el equilibrio. Rodé por el suelo, y sólo logré levantarme cuando me quité las botas de agua, me senté de lado, y me impulsé con las manos. Sentía un dolor pequeño, constante, como el efecto de una quemadura leve, en la cintura, en el vientre y en las caderas, pero lo peor era la costura central, que se me clavaba con el más ligero movimiento, hundiéndose en mi carne como una soga para arrancar de mi garganta aullidos de dolor, un tormento al que solamente podía anticiparme pellizcando la tela y estirando de ella hacia abajo con todas mis fuerzas, y repetí aquella operación a cada paso, pese a la creciente luz de alarma que iluminaba los ojos de mi padre, quien debía de pensar, no sin cierta razón, que tales manipulaciones no contribuían a forjar la imagen modélica de esa encantadora hija de once años que convenía a sus propósitos publicitarios.

Me senté en el coche con el mismo ánimo que me habría acompañado hasta el patíbulo, pero mientras me retorcía como si estuviera sembrada de pulgas, en busca de una postura que atenuara la presión de esa terrible mortaja, pude casi escuchar un ¡clic!, y sentí de repente que algo había encajado en alguna parte, provocando una misteriosa armonía entre mi cuerpo y la costura de mis pantalones. El dolor cambió de signo, y pese a la persistente sensación de quemadura, aquel precario contacto adquirió, si no la calidad de una caricia, sí al menos una aislada nota brillante cuya naturaleza me resultaba imposible definir, pero que estaba cargada de una potencia suficiente para anular por sí sola el resto de las sensaciones que yo percibía al mismo tiempo, absorbiéndolas un segundo antes de que llegaran realmente a producirse. Era agradable, muy agradable, aunque difícil de retener. Y entonces, cuando ya estaba tan abstraída en el mecanismo de mi secreta unión con el cordón de tela, que ni siquiera recordaba dónde estaba, mi padre no acertó a sortear un bache a tiempo, y los generosos amortiguadores de su coche me elevaron durante un instante para dejarme caer después en el mismo sitio, desencadenando un viaje tan breve como revelador.

Hay que botar, dije para mis adentros, recelando instintivamente hasta de mis propios labios, apenas logré recuperarme de la sorpresa que despuntaba en la huella de otra sorpresa. Claro, de repente parecía tan simple, no hay que hacer nada más que eso, sólo botar, es fácil...

—¿Pero qué coño le pasa a esta niña?

La airada voz de mi padre, que me contemplaba boquiabierto por el retrovisor, mientras yo suplía la ausencia de baches mediante la técnica, aún titubeante, de imprimir a mis piernas un continuo temblor que me hacía rebotar una y otra vez contra el asiento, no logró arrebatar la sonrisa de mis labios, ni inducirme a contestar.

—¿Quieres estarte quieta? ¿Te ha entrado el baile de San Vito, o qué?

—No —dije al fin—. ¿Qué pasa? ¿Es que no puedo hacer esto? Me gusta.

—Pero ¿qué es lo que haces? —me preguntó mi hermana, que hasta entonces se había dedicado a mirar por la ventanilla.

—Botar —le contesté—. Prueba. Es estupendo.

Reina me lanzó una mirada cargada de desconfianza pero al final se decidió a imitarme, aunque no obtuvo resultados comparables a los míos, quizás porque sus pantalones de pana azul marino, con un par de pinzas a cada lado de la cremallera, eran nuevos y la estaban casi grandes.

—¡Bah, qué tontería! —me replicó al fin, en un tono cercano a la censura—. Lo único que vas a sacar de esto es un buen mareo.

—¡Basta! ¡Ya! ¡Las! ¡Dos! ¡Quietas! ¡Ahora! ¡Mismo!

Los entrecortados gritos de mi madre, que aserraba las frases como si fuera tartamuda cuando quería darnos a entender que estaba definitivamente furiosa, me persuadieron de que convendría quizás aplazar mi experimento hasta encontrar una coyuntura más favorable, básicamente cualquiera, que me situara lejos del alcance de su vista. No tuve que esperar mucho.

Cuando llegamos a aquella finca de Torrelodones, las gotas caían con tal fuerza que parecían arrancar escamas transparentes de la piel de todas las cosas. Ya no llovía, ahora el cielo se escurría afanosamente a sí mismo, y el sonido de las gotas que se estrellaban contra todas las cosas había perdido cualquier resonancia metálica para convertirse en el sordo chapoteo que genera el agua al vertirse sobre más agua. El jardín estaba inundado, y el porche, salpicado de charcos que habían nivelado la irregular superficie de las losas de granito, parecía una laguna a medio desecar. El anfitrión y una de las doncellas vinieron a buscarnos con sendos paraguas hasta la puerta del coche, y corrimos al interior, donde una pequeña multitud de escogidos, un puñado de gente vestida con una elegancia absurda, mujeres peinadas, maquilladas y enjoyadas como si hubieran seguido las instrucciones de un demente que pretendiera sólo divertirse, viéndolas salir así de casa en un día como aquél, se apiñaban en torno a la chimenea vacía, desmintiendo sólo a medias la vitalidad de esa catástrofe que nos guiñaba de vez en cuando un ojo desde el otro lado de las ventanas. Cuando mi padre y mi madre se despojaron de sus gabardinas, me parecieron tan ridículos como todos los demás, todos menos mi tío Tomás, al que nunca habría podido imaginar de otra manera, porque Tomás no era exactamente elegante. Tomás era la elegancia.

Considerablemente más viejo que mi padre, al que apoyaba y ayudaba en tal medida que su protegido no tenía inconveniente en reconocerlo en público, el hermano mayor de mi madre era miembro del consejo de administración del banco desde que, un par de años antes, ocupara el puesto de su tío Ramón, un primo de mi abuelo que había muerto sin hijos ni otros herederos. En aquella época, y aunque ya sabía que estaba muy unido a papá, y sobre todo a Magda, que le adoraba y recibía a cambio un amor idéntico, no me caía demasiado bien, porque era un personaje inquietante, abrumador, excesivamente irregular para el sencillo mundo de una niña, como la solitaria pieza superviviente de un juguete perdido muchos años antes que ya no cabe bien en ninguna caja. Recuerdo haber mirado siempre con recelo su figura silenciosa, de contornos casi escurridizos, que siempre transmitía mensajes ambiguos, como si pudiera estar y no estar entre nosotros al mismo tiempo. Tomás lo veía todo, lo miraba todo, y casi nunca decía nada, pero su silencio tenía un sonido diferente del que escapaba por los resquicios que su padre cuidaba de dejar abiertos entre sus labios mudos. De pequeña tenía la sensación de que él no hablaba porque nos odiaba, y el abuelo no, pero años después me desmentí a mí misma, porque Tomás tenía la boca triste, un rictus profundo, como un doble surco de arado, que unía su nariz con las comisuras de sus labios en un gesto perpetuamente insatisfecho, traduciendo un sufrimiento abismal e íntimo, quizás, hasta cierto punto, deliberado, o incluso gozoso, como el que acecha al espectador desde la grave mirada de esos aterradores caballeros toledanos a quienes El Greco retrató. Era, sin embargo, un hombre amable, escrupulosamente educado, que jamás molestaba a nadie y tendía a mostrarse en cambio generoso con todo el mundo, pero a mí no me caía bien, creo que hasta me daba un poco de miedo, porque también era el único miembro de mi familia que se atrevía a decir con naturalidad que detestaba a los niños, y porque le conocía desde que había nacido y sin embargo no sabía nada, absolutamente nada de él, excepto que le gustaban los canelones y que volcaba todas sus energías en una lucha tan agotadora como estéril, sin cosechar otro triunfo que la contemplación de algún tímido rasguño en la piel de un enemigo que le había derrotado ya, y para siempre, en el exacto instante de su concepción.

Tomás era, y lo sigue siendo, y lo será siempre, a pesar de las cremas, y de los masajes, y de la gimnasia, y del bronceado mecánico, y de los gestos estudiados ante el espejo, y de los trabajosos afanes de su peluquero, y de la espontánea elegancia que sugiere cada objeto que le pertenece, un hombre feo. Nunca es justo nacer feo, porque antes o después alguien te obliga a pagar por tus defectos, y la fealdad es una de las taras más injustas, y la más difícil de ocultar al mismo tiempo, pero esta desgracia, cuya intensidad se modifica como la piel del camaleón al contacto con el ambiente, puede llegar a ser una tragedia si quien la padece está rodeado de gente guapa. Y los Alcántara, como los miembros de casi todas las familias que han mezclado mucho su sangre, somos, en general, guapos. Mi abuela Reina lo era de una forma especial, porque había heredado, junto con una estatura inusual entre las mujeres de su generación, los ojos verdosos y el pelo cobrizo de su madre, mi bisabuela Abigail McCurtin Hunter, una esbelta doncella escocesa que, pese a su frágil y húmedo aspecto, se adaptó tan espectacularmente bien al cambio de clima que, por lo visto, cada vez que caían cuatro gotas, se ponía de una mala leche tremenda, y cuando se hizo mayor, y su cerebro empezó a acusar ciertas deficiencias de riego sanguíneo, se entretenía increpando en un castellano de acento impecable al Dios presbiteriano de su infancia, a quien preguntaba a grito pelado si no estaba de acuerdo en que ya les había llovido a los dos bastante en su maldito pueblo natal —el lugar de nombre endiablado, cerca de Inverness, que abandonó al morir su padre en dirección a Oxford, cuna de su familia materna y escenario de su apasionado encuentro con mi bisabuelo, que a la sazón, y aparte de dedicarse a perfeccionar su estilo de torero de salón para tener contenta a su novia, intentaba sacar la máxima renta posible del descabellado capricho de sus progenitores, quienes le habían enviado a estudiar allí como expresión del más histriónico delirio de grandeza que un terrateniente cacereño pudo permitirse jamás—, para concluir a continuación que se tenía muy bien empleado que ella se hubiera convertido al catolicismo, una religión seca y soleada, para poder casarse, igual que Victoria Eugenia. Su sobrino Pedro, mi abuelo, que no era exactamente guapo de cara, pero que de joven parecía el mismísimo demonio y de anciano resultaba todavía un hombre apuesto, había engendrado en su prima algunos hijos —los menos— en los que se reproducía la exótica combinación de piel tostada y ojos claros que acentuaba la belleza de su madre, y otros —los más— donde la herencia escocesa se diluía entre los rasgos de un mestizaje más antiguo, con la emblemática boca peruana a la cabeza, pero con Tomás se debió despistar, o más bien se despistaron los dos, porque su hijo mayor nunca tuvo nada que ver con ninguno de sus hermanos.

Tomás tenía los ojos muy redondos, casi saltones, y una diminuta nariz respingona que habría resultado demasiado pequeña en cualquier rostro de hombre, pero que en el suyo —fachada frontal de una cabeza enorme que nadie sabía de dónde había salido, como era imprecisable el origen de su piel blanca, delicadísima, que el tibio sol de abril hacía explotar en un millón de pústulas rosadas, pregoneras del eritema que le martirizaría durante los meses de verano aunque no se detuviera ni un segundo bajo el sol— se asomaba a la frontera de lo grotesco. Sus cejas eran finas, y su pelo frágil y caprichoso, porque en lugar de teñirse de blanco, como le sucedió a su padre y a sus hermanos mayores, como ya les está empezando a ocurrir a Miguel y a Porfirio, optó por desaparecer de su frente, de forma gradual hasta que cumplió los treinta y cinco, vertiginosamente después. El resto de su cuerpo había corrido mejor suerte que su cabeza, pero el paso del tiempo ejecutó la detestable tarea de acortar esta distancia, y la debilidad de su propietario por los canelones se resumió en un perfil inapropiadamente femenino, pleno de curvas plenas, que redondeaban su vientre dotándolo de una blanda potencia, semejante a la que alcanzan los grandes bebedores de cerveza y por lo tanto hasta cierto punto disculpable, pero también su culo, donde generaban una redondez específicamente intolerable en un señor, aun cuando frise ya en los cuarenta y cinco años.

Esa edad, más o menos, debía de tener Tomás aquella mañana de sábado, mientras recorría con pasos tácitos, tan resbaladizo y cortés como el más peligroso cardenal renacentista, el inmenso salón al que nos había reducido la lluvia, levantando de vez en cuando una ceja para afrontar cualquiera de los estruendosos detalles de mal gusto que se alineaban con precisión aritmética entre las paredes de aquella estancia, que parecía destinada a integrar un futuro museo etiológico bajo un rótulo que preparara a los visitantes para contemplar una colección representativa de las perversiones estéticas desarrolladas, como la más brutal fianza de su poder, por los plutócratas españoles de la segunda mitad del siglo XX.

Yo, semiescondida tras unas cortinas, explotaba al máximo mi más reciente descubrimiento sobre un escabel de madera y cuero, apenas tres patas que sostenían una delgada almohadilla de forma triangular para cruzarse, ya cerca del suelo, en un punto equidistante, diseño esquemático para un objeto admirable, no sólo por carecer del color dorado que unificaba el estilo de todos los muebles y enseres de aquella casa, sino también por la funcionalidad que demostraba en relación con mis propósitos. Era evidente que aquel asiento había sido concebido para que su ocupante se sentara de tal forma que dos de las patas flanquearan sus caderas, mientras la tercera, situada a su espalda, apuntalara el peso, pero resultaba igualmente evidente que nadie se iba a sorprender demasiado porque una niña eligiera sentarse precisamente al revés, con sus piernas flanqueando una sola pata, y las otras dos, inútiles, contrapesando en el aire el intermitente desequilibrio que yo misma imprimía a mi montura, haciendo rebotar mi cuerpo mientras resbalaba contra la torneada superficie de aquella diagonal que acentuaba de una forma deliciosa la correcta presión de la costura de mis vaqueros, sobre todo cuando, al balancearme, dejaba caer todo mi peso hacia delante.

Ya no veía a Reina, que me había abandonado en aquel rincón para lanzarse sobre el buffet, muy sorprendida de que yo hubiera decidido sacrificar una comida por las buenas, y mis padres debían de haber seguido la corriente de una buena parte de los invitados hacia otros salones, porque tenía la sensación de haberles perdido la pista horas antes cuando, de repente, mis ojos tropezaron con unos pantalones de franela verde oliva, y prosiguieron un recorrido ascendente a través de una aterciopelada franja, el sector central de un chaleco de ante color miel que asomaba entre las solapas de una gruesa americana de lana inglesa, patas de gallo verdes —el mismo oliva de los pantalones— y burdeos sobre fondo crema, para atravesar el cuello de una camisa de seda salvaje de tono crudo, y encontrar finalmente los ojos de Tomás, que destellaban con una expresión de inteligencia.

—¿Qué haces, Malena?

Me tomé algunos minutos para contestar, y como me caía gordo, no juzgué necesario detenerme.

—Nada.

—¿Nada? ¿Seguro? A mí me parece ver que te estás moviendo.

—Bueno, sí —admití—. Me muevo. Es que me gusta.

—Ya lo veo.

Entonces sonrió, y creo que aquélla fue la primera sonrisa que me dirigió en su vida, antes de desaparecer, y ni entonces, ni después, comentó nuestra breve conversación con ninguno de mis padres.

Logré perfeccionar aquella técnica tan intensamente, y en un período de tiempo tan corto, que yo misma, ámbito circular en el que comenzaba y terminaba todo, no podía escapar a cierta perplejidad cuando reconstruía un proceso que, partiendo de la casualidad más azarosa, había llegado a arrojar un saldo infinitamente positivo, sobre todo porque aunque no estaba muy segura del sentido de aquella operación ni de la naturaleza de sus resultados, tenía en cambio la absoluta certeza de que mis manejos eran esencialmente incompatibles con el triste y feísimo concepto del vicio solitario. Este, como nos repetían las monjas del colegio en las raras ocasiones en las que se habían sentido acorraladas por la inflexible tenacidad de nuestras preguntas, era una cosa horrible que hacían los chicos cuando perdían la gracia de Dios. De las chicas, en cambio, nunca dijeron ni una palabra. Ventajas de la educación católica.

A los quince años ya había descubierto la verdad, gracias a la proverbial lentitud de las empleadas de la peluquería que frecuentaba mi madre, y a un número atrasado de la edición norteamericana de *Cosmopolitan* que me dediqué a hojear para hacer tiempo, pero la verdad es que no me sirvió de mucho. Nada me servía de mucho por aquel entonces.

Me había enamorado como una auténtica bestia, y me movía por puro instinto, lanzando testarazos al vacío, boqueando con el morro abierto y seco, fuera la lengua blanca, enferma, y me sentía incapaz como el más torpe de los inválidos, un animal que pudiera ver pero estuviera ciego, que pudiera oír pero estuviera sordo, idiotizado por una pasión angustiosa, que era el célebre amor, pero dolía, y no podía pensar, no podía descansar, no podía decir basta, expulsarle siquiera unos minutos del centro de mi cerebro, la inexpugnable guarida en la que se había hecho fuerte, el castillo desde el que me tiranizaba sin concederme jamás un respiro, presente en todas mis palabras, en todos mis gestos, en todos mis pensamientos, a lo largo de interminables noches de insomnio y de días estériles, cortos y veloces, que se amontonaban cruelmente en mi memoria, su número en sí mismo una amenaza, el presagio de un verano que se agotaría antes de haber empezado.

Nunca me había creído capaz de experimentar una convulsión semejante. Pronunciaba su nombre con cualquier excusa, incluso a propósito de cualquier otro Fernando, solamente para disfrutar del dudoso placer de escucharlo, y lo escribía en todas partes, en el suelo, en los árboles, en los libros, en el periódico que leía cada mañana y devolvía luego, con mis propias inscripciones recubiertas por una capa de tinta de bolígrafo tan espesa que cubría completamente las letras, y escribía, y luego tachaba, con tanta fuerza, que muchas veces rompía el papel. Cuando una mañana Miguel comentó al azar que creía haber oído que Fernando salía con una chica en Hamburgo, me tiré a la piscina y me hice casi cien largos, tragando cloro y tragando agua, para que nadie me viera llorar. Disimulaba bien, me las arreglaba para comportarme con normalidad, y aunque mi madre observó un par de veces que me estaba volviendo un poco rara, concluyó en solitario que mi repentina insociabilidad, y aquellas rachas de euforia trufadas de amargura, no eran sino el tradicional fruto de la edad difícil. Disimulaba bien si él no estaba delante, pero algunas veces, cuando me miraba por dentro, distinguía la sombra de una mujer histérica, una pobre loca estúpida, penosa y sola mientras emborronaba paredes enteras con palabras sin sentido, y me reconocía en ella, pero no podía hacer nada por evitarlo, y ya intuía que aquél no era el camino, que debería mostrarme fría, esquiva, inasequible, una señorita en definitiva, pero no era eso lo que me salía de dentro, e identificaba mis errores un instante antes de cometerlos, pero mis labios se curvaban en una sonrisa de pura debilidad cada vez que me cruzaba con El por la calle, y si sonreía al mirarme, mi garganta emitía una risita chillona que me daba mucha rabia, porque estaba segura de que, a sus ojos, me prestaba la indeseable apariencia de una retrasada mental que da palmas porque la acaban de sacar de paseo, y yo no era eso, yo era una tía cojonuda, no me quedaba más remedio que serlo, y lo pensaba cuando me lo encontraba aunque nunca acababa de creérmelo, soy una tía cojonuda, ¿sabes?, pero no encontraba la manera de decírselo, hasta que una tarde, Reina, que le contemplaba sin las orejeras con las que el deseo recortaba mis ojos, me hizo una advertencia muy seria cuando llegamos al pueblo.

—Ten cuidado con Otto, Malena.

—¿Por qué? Si no hace nada.

—Ya, pero no me gusta cómo te mira.

—Pero si no me mira.

—¿Que no?

—Bueno, sólo a veces, cuando juega a la máquina, o cuando se emborracha un poco...

—A eso me refiero. No digo que te mire todo el tiempo, sólo digo que no me gusta cómo te mira cuando te mira.

—Mira, Reina, métete en tus asuntos y déjame en paz.

No me asombró menos pronunciar esas palabras de lo que a Reina le sorprendió escucharlas, porque jamás hasta entonces había hablado con mi hermana en ese tono. Me contestó con una mirada extraña, en la que se combinaban la humillación, el desconcierto y algo más, un ingrediente que no logré identificar, y musitó, a modo de respuesta, una despedida que se me escapó, antes de acelerar el paso para distanciarse de mí. Cuando llegamos a la plaza y distinguí la silueta del coche de Nacho, el disc-jockey de Plasencia que ya se perfilaba como el único novio que le duraría dos veranos, corrí para alcanzarla.

—Perdóname, Reina, lo siento, no he querido decir eso.

Mi hermana accionó la manivela con un gesto perezoso hasta que el cristal desapareció por completo en su funda de chapa roja. Luego sacó el brazo por la ventanilla y sonrió.

—No importa, Malena, no estoy enfadada. De todas formas, tenías razón, no es asunto mío, y tampoco es nada importante, porque..., bueno, Porfirio me contó el otro día que Otto está loco por su novia, ¿sabes? Por lo visto se liaron hace poco, y él no quería venir, intentó quedarse allí como fuera, y además, la verdad es que..., en fin, no creo que te mire tanto precisamente porque le gustes, sino sólo porque debes llamarle mucho la atención. En Alemania no debe haber muchas tías como tú, así..., con esa... cara de india.

Me quedé callada, como clavada en el suelo, colgada de su sonrisa limpia y franca, y de su voz, que llegaba rotundamente a mis oídos, abiertos pese a mis deseos de cerrarlos para siempre.

—No es que tu cara tenga nada de malo —prosiguió—, a mí me pareces muy guapa, ¿verdad que es guapa mi hermana, Nacho? —su novio asintió, moviendo la cabeza—. Lo que pasa es que, en ese país..., bueno, ya sabes cómo son con la gente morena. ¡Igual, cada vez que apareces por el pueblo, el nazi ese se cree que ha llegado el circo! —ambos celebraron estruendosamente tan admirable muestra de agudeza—. Hija, por Dios, no me mires así, si no soy sólo yo, todo el mundo lo dice, parece mentira que no te hayas dado cuenta todavía... Ya sé que a ti al principio te gustaba un poco, pero no vale la pena, en serio, no te llega ni a la suela del zapato y, total, un tío más o un tío menos, lo mismo da, ¿no?, al fin y al cabo, el mundo está lleno de tíos. Venga, anímate. No me irás a decir que te importa lo que piense Otto de ti, ¿eh? Vamos, monta, te llevamos a Plasencia...

—No —dije por fin—. No voy.

—Pero ¿por qué? ¡Malena! ¡Malena, ven!

Eché a andar sin rumbo fijo, saliendo de la plaza por la puerta opuesta a la que había elegido para entrar, un portillo tan estrecho que no permitía el paso de un coche, y seguí caminando, salí del pueblo y emboqué la carretera, pero me molestaba el polvo que levantaban los coches al pasar a mi lado, y me desvié para tomar un camino de tierra, el sendero del mirador, una pequeña plataforma excavada en el vientre de la sierra desde donde se contemplaba toda la vega, el paisaje dulce y grandioso a la vez del que yo no distinguiría más que las escarpadas aristas de roca viva, tan afiladas como las palabras de Reina que zumbaban todavía entre mis sienes. Entonces, al doblar la última curva, vi primero la Bomba Wallbaum aparcada contra un poste y después le vi a él, a través de una camiseta blanca sin mangas, y antes de haber decidido si debería quedarme, o renunciar, a beneficio de mi hipotética dignidad, al encuentro que había sido la única meta de mi vida en las últimas, eternas semanas, Fernando miró hacia atrás y me descubrió.

—¡Hola! ¿Qué haces por aquí?

Me acerqué andando muy despacio, para que no se notara demasiado que a cada paso hacía oscilar levemente mis caderas, intentando hinchar el vuelo de la falda de mi vestido blanco, hasta que conseguí que un par de veces se enrollara alrededor de mis piernas, satisfaciendo un impulso oculto que de repente se hizo consciente para que me sintiera doblemente furiosa, no sólo con él, sino también conmigo misma.

—Pues ya ves —contesté, sentándome en un banco, a su lado—. A partir de ahora, lo mismo que tú.

—Muy bien, no me viene mal un poco de compañía...

Cogió una piedrecita y la tiró al vacío con un gesto enérgico. Luego se volvió hacia mí, se recostó contra el respaldo, y se me quedó mirando con una expresión risueña. Le sostuve la mirada, intentando cargar mis baterías hasta el tope, y cuando ya no pude más, estallé.

—¿Qué pasa? No te gusta mi cara, ¿verdad? ¿Opinas que parezco un mono o que soy como un filete pasado de parrilla? Demasiado hecha, ¿no?

—No, yo no... No te entiendo... Yo... pero ¿por qué dices eso?

Si le hubiera mirado, habría descubierto en su rostro las huellas de un estupor tan genuino como mi cólera, pero no lo hice, y ni siquiera eso habría podido detenerme.

—¡Pues entérate de una vez de que mi padre es más rubio que tú, gilipollas, y una de mis bisabuelas tenía el pelo rojo y pecas por todo el cuerpo!

—Lo sé, pero lo que no...

—Además, no es por darte un disgusto, pero no sé si sabrás que el apellido de tu abuela es judío, pero judío perdido, vamos, el no va más de judío, es que... ¿Cómo te explicaría yo? Apellidarse Toledano en España es como apellidarse Cohen en cualquier otra parte, a más de uno lo quemaron sólo por eso.

—¡Ya lo sé, lo sé, lo sé!

Me cogió por los hombros y me zarandeó un par de veces, para aflojar los brazos luego, de repente, como si lamentara haber perdido el control. Se enderezó sobre el asiento y lanzó a la nada otro guijarro. Habló de nuevo y ya no balbuceaba. Su voz era dura, serena.

—Cuando termines, avísame.

—Ya he terminado —había estado a punto de rematar recordándole que ni era andaluza ni sabía bailar flamenco, por si se había hecho ilusiones, pero mientras le miraba me di cuenta de que me gustaba tanto, pero tanto tanto, que me empezaron a temblar las piernas, y me quedé sin fuerzas para seguir.

—Entonces, ¿me quieres decir qué hostia te pasa? ¿Qué te he hecho yo, eh? ¿Me he metido contigo, te he dicho alguna vez algo malo, te he insultado, como tú me acabas de insultar a mí? No, ¿verdad?, porque no es eso. Yo te voy a decir lo que pasa. Lo único que pasa aquí es que tú eres una señorita de mierda, igual que todos los que vivís en esa puta casa.

Se levantó con brusquedad y se volvió para mirarme, y en aquel instante comprendí con una aterradora precisión que hasta entonces mi vida no había sido otra cosa que su ausencia.

Aquella revelación me inspiró una rara suerte de serenidad, y la apuré despacio, consciente de que por fin había llegado a alguna parte, de que ahora, por fin, podía atisbar, siquiera entre nubes, el trozo de cielo que me correspondía, pero cuando levanté la vista, mi tranquilidad murió tan mágicamente como había nacido, porque jamás saldría indemne de aquella mirada, y jamás volvería a contemplar un fuego como el que alimentaba a aquellos ojos que ardían para herirme y para curarme a la vez. Fernando temblaba de ira, la barbilla erguida, y jadeaba con la boca entreabierta, hinchiendo al mismo tiempo las aletas de la nariz, tensos los brazos, apretados los puños, y amagaba con marcharse pero no se iba, y me pregunté qué extraña fuerza le mantendría a mi lado, más poderosa que su rancio honor de joven bastardo, una pasión tan débilmente alemana, y entonces la verdad me partió por el eje, como si un hacha de hierro se hubiera clavado en el centro de mi cráneo para seccionarlo en dos mitades iguales, y bajé los párpados para encerrarme en mí misma al comprender en qué burda clase de trampa para niños me había dejado atrapar.

Sentí la descabellada tentación de tirarme al suelo para arrodillarme ante él y estrellar mi propia frente contra la roca, tan miserable, tan imbécil me sentía, pero me limité a arrastrarme sobre el banco hasta que conseguí enganchar una mano en la cinturilla de sus pantalones, para darle a entender que no debería marcharse todavía.

—No, yo no soy una señorita de mierda... —estaba tan nerviosa como pueda estarlo un enfermo que contempla cómo se apaga su vida sobre la pantalla de un monitor, pero escogía cada palabra como si la correcta combinación de todas ellas pudiera generar una milagrosa fórmula capaz de detener el tiempo—. Y además eres tú el que me desprecias.

—¿Yo? —el estupor colocó dos nuevos acentos sobre sus ojos—. ¿Yo te desprecio?

—Sí, tú... Lo haces porque piensas que soy una señorita, y... y porque..., bueno, cuando me miras, a veces tengo la sensación de que..., bueno, de que... lo haces como si yo fuera un bicho raro, o porque... —resoplé, y lo solté de un tirón— porque me desprecias por mi cara de india.

—¡Ah! Así que es eso lo que piensas...

Intenté leer en su rostro, y lo que vi no me gustó nada. Retrasada mental, me dije, eso es, habrá oído hablar de Pacita y ahora ya se ha dado cuenta de que soy igual que ella, retrasada mental, seguro.

—No, yo no pienso eso —arriesgué, con la impasibilidad del jugador que ya sabe que lo tiene todo perdido—. Pero eso es lo que dicen todos.

—¿Quiénes son todos?

—Mi hermana... y los demás.

—¿Quién es tu hermana, esa canija que lleva siempre cola de caballo? —asentí, porque no me gustaba la idea de que Reina siguiera estando canija, pero no había otra con esas señas—. ¿Y tú qué piensas? Porque tú, a ratos sueltos, también pensarás, ¿no?

—Sí, yo también pienso. En realidad, pienso mucho... —le sonreí en silencio, hasta que obtuve una sonrisa a cambio—. Y yo también me he dado cuenta de que me miras raro, pero a lo mejor no es porque tenga cara de india, sino por otra cosa.

Se movió despacio para sentarse nuevamente a mi lado, sin hacer ningún ademán de retirar mi mano de su cintura, pero antes de dejarse caer sobre el banco se sacó del bolsillo un paquete de tabaco, y me ofreció sin decir nada. Entonces acepté el primer cigarrillo de mi vida.

—¡Vaya, se te ha acabado el Pall Mall!

—Sí... —se inclinó sobre mí para darme fuego y por un instante rocé mi brazo con el suyo, y la hiperbólica sensibilidad que desarrolló mi piel en el curso de un contacto tan breve me dejó perpleja—. Nada dura eternamente.

—Este es muy bueno —le di una chupada al Ducados y me entraron unas ganas terribles de toser, aunque todavía no sabía tragarme el humo—. Y además, aunque lo fabrican en Canarias, lo hacen con tabaco cultivado aquí, en esta comarca.

—Ya, eso me dice todo el mundo, parecéis todos muy orgullosos de esa tontería... ¿Por qué crees tú que te miro raro?

—No lo sé —el humo me ayudó a disimular una de aquellas penosas risitas chillonas—. A lo mejor te resulto curiosa, porque en Alemania no hay tías como yo, o te recuerdo a tu novia.

—No. Mi novia es rubia, delgada y bajita —encajé bien, sin mover un músculo de la cara—. Me gustan las chicas pequeñas y... ¿cómo se dice cuando algo no llama demasiado la atención?

—¿Sosas? —sugerí. Intentaba barrer para casa, pero él se dio cuenta, y me desautorizó con una sonrisa.

—No. Hay otra palabra.

—Ya, quieres decir discretas...

—Eso, pequeñas y discretas.

—Pues estupendo, no sabes cuánto me alegro por ti —seguía encajando bien, de todas formas, él se reía—. ¿Y cómo se llama?

—¿Quién? ¿Mi novia? Helga.

—Es... bonito —en español sonaba horroroso, rimaba con acelga, pero en las películas, las actrices siempre enmascaraban su decepción tras comentarios parecidos.

—¿Tú crees? A mí no me gusta nada. El tuyo, en cambio, sí es muy bonito.

—¿Malena? Sí, sí que lo es —y era sincera, siempre me ha gustado mucho mi nombre—. Y también es el título de un tango, una canción muy triste.

—Lo conozco —aplastó la colilla contra el suelo y marcó una pausa muy larga antes de volver a lanzar piedrecitas al aire—. ¿Sabes por qué te miro tanto?

—No, y te juro que estoy deseando saberlo.

—Pues... —pero adoptó una expresión aún desconocida para mí, extrañamente serio a pesar de la sonrisa que amenazaba con despuntar entre sus labios, y al final cabeceó, improvisando un gesto de desaliento—. No, no te lo puedo decir.

—¿Por qué?

—Porque no lo entenderías. ¿Cuántos años tienes?

—Dieciséis.

—Mentira.

—Bueno, me quedan sólo algunos días para cumplirlos...

—Dos semanas.

—Vale, pues dos semanas, pero eso no es mucho, ¿o sí?

—Para lo que tengo que decirte, sí.

—¿Y tú cuántos años tienes?

—Diecinueve.

—Mentira.

—Bueno... —y empezó a reírse conmigo—. Los cumplo en octubre.

—Fatal, te queda muchísimo. Dieciocho años son demasiado pocos para dárselas tanto de hombre hecho y derecho.

—Depende. Aquí sí, en Alemania no. Allí soy mayor de edad.

—Vamos a hacer un trato. Yo te invito a mi fiesta de cumpleaños y tú me regalas el secreto. ¿Vale?

—No.

—¿Por qué?

—Porque no me apetece ir a ninguna fiesta de mierda en este pueblo de mierda, y porque, además, seguirías sin entenderlo.

—No te gusta mucho esto, ¿verdad?

—No. Esto no me gusta nada.

Su mirada se había perdido en el vacío. Estaba rígido, y muy lejos de mí, pero yo todavía debería acostumbrarme a sus bruscas soledades, y ante mis ojos se extendía un paisaje espléndido, dulce en el llano sembrado de huertas y de agua, y en las laderas suaves, plantadas de frutales, grandioso al mismo tiempo en las alturas de esas montañas grises y severas que nos miraban desde muy lejos, como si fueran las gigantescas nodrizas de la Tierra.

—Pues no lo entiendo. Es un sitio maravilloso. Míralo.

—¿Esto? Es como el desierto. Pelado y seco.

—¡Porque ya estamos en julio y todo se ha agostado! Aquí siempre es así, por el clima, pero si vinieras en primavera y vieras los cerezos blancos, como si hubieran nevado flores...

—Yo no voy a volver nunca.

En aquel instante le habría pegado una bofetada, y le habría hecho daño. Sentiría lo mismo muchas otras veces, hasta que llegó un momento en el que conseguí distinguir ya el chirrido de la invisible cremallera que cerraba cuando quería crear a su alrededor un vacío compacto y completo, que le permitía excluir de sí mismo todas las cosas salvo el aire que respiraba, y también a mí, aunque no consintiera que me marchara de su lado. A partir de entonces era su expulsión lo que me dolía, y no la irritante arbitrariedad de sus afirmaciones, la taxativa estupidez de esas sentencias radicales, a menudo injustas, y hasta absurdas, que parecían bastarle entonces para explicarse el mundo, pero aquella tarde, en el mirador, sus palabras lograron enfurecerme, porque se estaba portando como un idiota y no lo era, y porque un vacío de signo muy diferente al suyo reconquistó mi cuerpo cuando le escuché decir que nunca volvería.

—¡Ah, no! ¿Eh? Pues tus compatriotas, en cuanto que se jubilan y pillan dos duros, se vienen aquí a morirse.

—Aquí no.

—Bueno, pues a Málaga, pero es lo mismo, hace el mismo calor, y los campos están igual de secos en verano.

—No. Aquí no hay mar.

—Pero yo no tengo la culpa de eso, Fernando.

Entonces se dobló hacia delante, se tapó la cara con las manos y la frotó contra sus palmas, de arriba abajo, durante un buen rato, hasta que su cabeza se sacudió en un espasmo seco, como un escalofrío, y cuando se recostó otra vez sobre el respaldo, y me miró, comprendí que su crisis, de la clase que fuera, había pasado.

—Ya lo sé, india —se rió mientras me daba un golpecito en el hombro. Estaba otra vez de buen humor.

—No me llames así.

—¿Por qué no? Vosotros me llamáis Otto.

—Yo no. Yo no soy como los demás...

Tomé el relevo de los fenómenos inexplicables, porque alguien había enchufado en alguna parte un centenar de cables hilvanados con bombillas de colores, y el árbol de Navidad brillaba con una intensidad cegadora, desde la gran estrella dorada sujeta en la punta, hasta el papel de plata que forraba un vulgar tiesto de plástico oscuro. Nunca en mi vida había sido menos discreta, y él se dio cuenta. Tenía la boca abierta e inclinaba lentamente su cabeza hacia la mía. Yo cerré los ojos y pronuncié en un murmullo lo único que los dos necesitábamos saber.

—Yo no, ¿sabes? Yo soy una tía cojonuda.

Pero no me besó. Sus labios se alejaron de los míos cuando ya no los veía, y se abrieron solamente para adoptar un tono jocoso que me sacudió tan violentamente como una ducha fría.

—Sí, supongo que para ser española no estás mal.

Me eché hacia atrás para verle mejor, y no tardé mucho tiempo en sonreír con él. Había conseguido descolocarme, pero sospeché que, a la vez, estaba empezando a defenderse.

—¿Qué pasa con las españolas?

—Nada. Sólo que sois... un poco... ¿estrechas, se dice?

—Depende.

Debería haber esperado de él una observación por el estilo, porque donde las dan las toman, y aquél era el justo pago por mis insultos previos, la última referencia folclórica, una réplica inevitable al estigma congénito que en aquel instante, cuando me estaba empezando a aplastar como la lápida de mi propia tumba, decidí que no me merecía. Traté sin embargo de buscar una salida airosa por el procedimiento de explotar sus titubeos, las pequeñas confusiones que aún cometía, aunque no albergaba grandes esperanzas, porque hablaba un castellano mucho más flexible y preciso del que pude escuchar el día que le conocí.

—¿De qué?

—Pues del sentido en el que la emplees. Es un adjetivo muy confuso, sirve para definir muchas cosas... —se reía ruidosamente, pero yo me resistí a abreviar la comedia—. ¿Te refieres a la moda? Quiero decir a la ropa, al estilo con el que se viste la gente.

—No

—¿A la educación?

—No.

—¿A la religión?

—No.

—¿A la familia?

—No.

—¿A la política?

—No.

—¿A la patria, quizás?

—No.

—Pues no sé...

—Me refiero al sexo.

—¡Ah, claro! Entonces lo has dicho bien.

Me respondió con una larga serie de carcajadas, pero yo me obligué a seguir hablando. Me sentía ligeramente ofendida, aunque la risa se me escapaba entre los dientes.

—¿Y tú cómo lo sabes? Quiero decir que no lo dirás por tu a...

Y cuando se estaba preparando para saltar desde la punta de mi lengua, llegué justo a tiempo para atrapar la palabra «abuela», para masticarla, y para tragármela.

—¿Por mi qué?

—Por tu experiencia.

—¿Yo? Desde luego que no. Yo no me liaría con una española ni loco.

—Ya... ¡Joder, los alemanes lo hacéis todo mejor!

—Pues sí, bastante.

—Menos jugar al baloncesto.

La sonrisa se borró casi completamente de sus labios mientras pensaba. Estaba perplejo.

—Sí... —admitió al fin—. Eso todavía no se nos da muy bien.

—Ya, a nosotros sí, y a los italianos, y a los yugoslavos, y a los griegos... ¿Sabes por qué? —negó con la cabeza, ahora era yo la que me reía en solitario, aunque él volvería a acompañarme muy pronto—. Pues porque para jugar bien al baloncesto hace falta pensar deprisa.

—¡Muy graciosa! ¿Es un chiste?

—No, se me acaba de ocurrir.

—¿Sí? Es bueno, lo contaré por ahí cuando vuelva. Así que, después de todo, piensas —asentí, muy satisfecha—, aunque no folles...

—Yo no he dicho eso.

—¡Vamos, Malena!

Hizo una pausa para encender dos cigarrillos y me pasó uno, antes de someterme a un examen tan descaradamente fácil de aprobar que conseguí tragarme el humo sin toser ni una sola vez.

—¿Sabes que en Hamburgo hay una calle entera, llena de casas de putas con unas ventanas enormes en las fachadas, y que las tías se sientan desnudas al otro lado y se tiran allí todo el día, leyendo, o viendo la televisión, o mirando a los que pasan, para que los clientes las vean y puedan elegir? En cada punta de la calle hay una valla, porque la entrada está prohibida a las mujeres, y cuando alguna entra, las putas abren las ventanas y les tiran de todo, tomates, huevos, verduras podridas... hasta basura. Helga entró conmigo una vez y cruzó corriendo, así que no vio nada, pero salió con la gabardina llena de manchas, y tuvo que tirarla.

Mi madre, en cambio, ha nacido en Hamburgo y nunca las ha visto, pero yo, hace un par de años, cuando estaba todavía en el colegio, me daba una vuelta por allí todas las tardes, con mis amigos, al salir de clase.

—Y os tirabais a seis o siete cada uno, ¿verdad? —había captado mi burda ironía, por supuesto, pero sorprendentemente, siguió hablando en serio.

—No, sólo mirábamos, no podíamos hacer otra cosa... Ninguno de nosotros lo aparentaba, pero todos éramos menores de edad. No nos hubieran dejado entrar en ninguna casa.

—Claro, y ahora que podrías, ya no vas porque te aburres, ¿no?

—Pues sí, la verdad es que mirar, en el fondo, no es muy divertido. Y por lo demás, tampoco es que ellas estén demasiado buenas. No me hace mucha falta.

—Ya. No das abasto.

—No, tampoco es eso —sonrió—. Pero no me quejo.

—Muy bonita, me ha gustado mucho.

—¿El qué?

—La película que me acabas de contar. Ahora, por favor, una de piratas, pero procura que haya tiburones, es más movido.

—No te lo crees, ¿eh, india?

—¡Por supuesto que no me lo creo! Si te hace ilusión, puedes tomarme por una estrecha, pero no te pienses que soy gilipollas.

Estaba casi ofendida por la magnitud de la bola que había intentado colocarme, y sin embargo, la calidad de su risa, progresivamente desbocada, aguda al final, como un alarido victorioso, me hizo dudar.

—¿Es verdad? Contéstame, Fernando. ¿Estabas hablando en serio? —él asintió por fin, más sereno—. ¿Pasa eso de verdad?

—Claro que sí, y es igual en Bélgica, y en Holanda, y en un montón de sitios donde nadie juega bien al baloncesto.

—¡Joder, qué burrada!

—Si es que los españoles sois unos paletos, Malena. Seguro que tú sólo has salido de Madrid para venir aquí.

—Mentira. He estado en Francia.

—Bueno, habrás ido a Lourdes con las monjas.

—¡Ah! ¿Sí? —me había quedado helada—. ¿Y tú cómo lo sabes?

—Pasé una vez por allí, en una excursión del colegio, y lo vi. Los alrededores de la gruta estaban podridos de autocares españoles, eran tantos que no los pude contar. Abrimos la ventanilla y empecé a meterme en español con algunas niñas que llevaban velos y misales en las manos. Todas se asustaban y se iban corriendo, dando saltitos —entonces empezó a parodiar a Macu con una perfección de la que no era consciente—, y me insultaban con su vocecita, imbécil, idiota, chulo, vete a la eme, me reí mucho. Total, que aquello parecía El Escorial una tarde de domingo.

—¿Cuándo fue eso?

—Déjame pensar. Fue hace tres años, no, cuatro... ¿Por qué me lo preguntas? ¿Andabas por allí?

—No —y eso era cierto, yo había ido dos años después que él—. Yo nunca he estado en Lourdes, no me gustan nada esos sitios.

—Ya. ¿Y adónde fuiste cuando estuviste en Francia? ¿A París?

—No, a París no... Más bien al sur.

—¿Pero a qué parte del sur? —sonreía, no se fiaba de mí.

—Es que no me acuerdo bien. Cerca de Italia, íbamos todo el rato al lado del mar.

—¿La Costa Azul?

—Sí, debe de ser eso. Es que se me han olvidado los nombres, y todo, todo, es increíble...

—Pero pasarías cerca de alguna ciudad importante, ¿no?

—Sí, claro.

—¿Cuál?

No me acordé de Niza, pero estuve muy cerca de Marsella, a punto de pronunciar su nombre, hasta que recordé haber leído en alguna parte, seguramente en un libro de Astérix, que a aquella otra ciudad la llamaban la capital del sur.

—Lyon.

—¡Ja! Tú no has ido más que a Lourdes con las monjas, me juego los huevos...

—¡Muy bien, listo! —me levanté de un salto. No estaba enfadada con él, y tuve que tragarme una sonrisa cuando desfiguró la expresión favorita de Porfirio («me huego los juevoss»), pero me sentía incómoda en una situación que parecía empeorar progresivamente, sin terminar de arrojar ningún fruto—. Si ya lo sabes todo, no me necesitas para nada, así que me voy.

Giré sobre mis talones y emprendí camino muy despacio, pero no me habría alejado más de diez pasos de él cuando una piedrecita cayó muy cerca de mi tobillo izquierdo. La segunda me dio de lleno en el derecho. Me volví, frotándome la pierna con gestos muy aparatosos, como si el impacto me hubiera dolido terriblemente.

—¿Qué pasa ahora?

—Hay una cosa que todavía no sé —me miraba con una expresión que no presagiaba nada bueno—. ¿Qué te dejas hacer tú, india?

—¡Ah! —fingí sorpresa, aunque en realidad estaba encantada—. No me digas que te interesa eso...

El no consideró oportuno contestar, y yo recapitulé brevemente. Un primo de Angelita había estado a punto de besarme en su boda, un año y medio antes. Después, a mediados de aquel curso, me había echado un novio, un amigo de Iñigo que no me gustaba demasiado, aunque le había dicho que sí porque había pensado que ya iba siendo hora. Nos besábamos, y una vez, al final, me metió una mano por el escote, pero le dejé enseguida porque me aburría mucho con él. Por lo demás, en el primer guateque de aquel mismo verano, Joserra se había emborrachado y la había tomado conmigo, como siempre. Mientras bailábamos, me tocaba el culo todo el rato, pero al final se emocionó y me levantó la falda por detrás con una mano. Entonces le clavé una rodilla en los huevos. Todos me dijeron que me había portado como una bestia, aunque yo opinaba que se lo había ganado. No era un balance precisamente cosmopolita, pero desde que apareció Fernando no podía dormir bien por las noches, y me dije que eso debería bastar para equilibrarlo.

—Yo me dejo hacer casi de todo.

—¿Casi?

—Casi. De todo menos cosquillas. Es que las cosquillas me ponen de los nervios, ¿sabes?

Giré nuevamente sobre mis talones, y me aguanté las ganas de mirarle a la cara. Caminaba deprisa, dejándome impulsar por el viento, que soplaba a mi favor, cuesta abajo, y me sentía tan satisfecha que ni siquiera tenía ganas de analizar el resultado de aquel combate, decidir si había ganado o si me había perdido del todo, pero antes de alcanzar la mitad del recorrido, cuando aún no podía distinguir entre los árboles la estrecha cinta negra que señalaba la carretera, escuché el ruido hueco de un motor extraño, que giraba a una velocidad poco frecuente, y pude oler el polvo que levantaba la Bomba Wallbaum al arañar el suelo de tierra apisonada. No quise volver todavía la cabeza, pero él frenó la moto cuando estuvo a mi altura y yo le respondí deteniéndome.

—¿Adónde vas?

—A mi puta casa. Si no te parece mal, desde luego.

—Sube —sonrió—. Te llevo.

Me encaramé sobre el asiento con alguna dificultad porque las piernas me temblaban como si tuvieran vida propia, pero en un par de segundos estuve detrás de él, pegada a él, y advertí por primera vez la rácana consistencia de la realidad, la fugacidad insoportable que destiñe, apenas se produce, el color de un instante que se ha deseado tanto como yo había deseado aquel instante. Pero estreché su cuerpo con mis dos brazos hasta que mis dedos leyeron sobre la tela el relieve de sus costillas, invirtiendo estrictamente el orden de los huesos que deberían haber adivinado las yemas de una señorita, y noté cómo se aplastaban mis pechos contra sus omóplatos, y el anómalo estremecimiento de humedad fría, que había señalado la irrupción del sudor que me empapaba ya bajo la ropa, mudó en una tibieza ágil y confortable, como la que despide una chimenea encendida para acoger a un visitante al que nadie espera, en una noche de invierno.

—No te importa que te coja así, ¿verdad? Es que he montado en moto muy pocas veces y me da un poco de miedo.

—No. Y haces bien en agarrarte fuerte, porque corro mucho.

—Ya... Me lo imaginaba.

—Sí, yo también.

—¿Qué?

—Que te daría miedo ir en moto.

Aceleró varias veces en seco y luego levantó con un pie, sin avisar y sin que yo me diera cuenta, la palanca que hacía girar las ruedas en el aire. Salimos despedidos por la cuesta y por un instante creí que habíamos despegado, que nos levantábamos del suelo, como si la Bomba Wallbaum pudiera volar, y chillé, como chillaba de pequeña en la montaña rusa, pero cuando desembocamos en la carretera aquella sensación de gozo irracional cedió ante una rápida secuencia de imágenes que me asaltaron en tromba. Primero pensé que cualquiera de los coches rojos que se cruzaban con nosotros, a una velocidad muy superior de la que me habría permitido distinguir la marca y el modelo de cada uno, podría ser el coche de Nacho, y llevar a mi hermana dentro. Luego dejé de pensarlo para empezar a desearlo. Más tarde me pregunté hasta qué punto había creído Fernando mi última afirmación y si, en ese caso, me llevaría de verdad a casa. Todavía no me había pronunciado acerca de cualquier posible consecuencia de esta última hipótesis cuando noté que la velocidad decrecía alarmantemente. Jamás hubiera creído que el mirador estuviera tan cerca.

—Hemos llegado.

—Uy, no, por favor... Si no te importa, rodea el jardín y déjame en la puerta de atrás. Así ando menos.

Le abracé un poco más fuerte, por si cambiaba de idea y se desviaba para ir al pueblo, a tomar una caña, por ejemplo, una iniciativa de lo más corriente, pero no me atreví a asumirla y a él no se le ocurrió, o no quiso hacerlo, y antes de que quisiera darme cuenta, se detuvo delante de la verja, sin haberme puesto un dedo encima. No me atreví a analizar los motivos de semejante abstinencia, un enigma que antes de ser formulado sugería ya un panorama pavoroso, y en un arrebato de demencia pura, concebí un miedo nuevo, insólito, y me dije que si él no me tocaba, moriría, y la mía no sería una amable muerte de novela, sino una agonía lenta e irreversible, porque viviría de entonces en adelante con la condena de mi propia muerte a cuestas, y cuando la alcanzara, vieja y arrugada, agotada y vacía, comprendería con horror que no había empezado a vivir nunca. Mis pensamientos eludían las fronteras del deseo para hundirse en un abismo mucho más hondo, la curva de una sonrisa sarcástica, una tristeza espesa y llena de grumos, el miserable destino que me esperaba con los brazos abiertos en la otra orilla, como un ogro acechante que uniría sus garras alrededor de mi cuello si yo no era capaz de jugarme el pellejo en un instante. Y me rendí al pánico al comprender que no tenía el valor suficiente para hacerlo, pero aproveché el sordo zumbido del motor para quejarme en un murmullo que calibré perfectamente inaudible.

—Bésame, gilipollas.

El ruido cesó, y yo aflojé los brazos con pereza, pero Fernando giró la cabeza como si le hubiera picado una avispa en la nuca y me miró con los ojos muy abiertos.

—¿Qué?

—No, nada.

Mi espejismo se deshizo en infinitesimales moléculas de humo al contacto con el polvo de la realidad concreta, y agradecí íntimamente al alcalde que jamás se hubiera decidido a prolongar el alumbrado público hasta aquel callejón, pese a las reiteradas amenazas de mi abuela, que le hacía responsable de cualquier desgracia que la oscuridad pudiera sembrar entre sus nietos, porque me sentía enrojecer hasta la última capa del cuero cabelludo.

Me bajé despacio de la moto y avancé un par de pasos hacia la puerta.

—Muchas gracias por el viaje, ya nos veremos.

—Espera un momento —se deslizó sobre el asiento hasta ocupar la posición que yo acababa de abandonar, y señaló hacia delante con un dedo—. Monta, anda...

—¿Yo? ¡Pero si no sé conducir!

—Ni yo te pienso dejar. Monta, pero al revés. Mirando hacia mí.

Mi corazón dio un vuelco y rodó varias veces sobre sí mismo, y recordé que los camiones cargados hasta los topes suelen dar muchas vueltas de campana antes de incendiarse, pero me hice de rogar un par de minutos, como si necesitara meditar antes de decidirme. Luego me acerqué a la moto y él me ayudó a subir, pero la repentina potencia de mi pensamiento metafórico tampoco logró sobrevivir esta vez a un contratiempo de lo más vulgar, porque tuve que concentrarme en la búsqueda de un lugar adecuado para mis piernas, que chocaban constantemente con las suyas, y no pude hallarlo en un espacio tan exiguo, así que al final las estiré hacia atrás, apoyando los pies en las tuercas de la rueda delantera para adoptar una postura tan incómoda como favorecedora, que me obligaba a mantenerme erguida, con la espalda arqueada y el pecho escandalosamente proyectado hacia delante. Cuando intenté modificar este último detalle, en busca de un ángulo menos agresivo, estuve a punto de caerme al suelo. Fernando me sujetó con una sonrisa sagaz y decidí que lo mejor sería estarme quieta.

—¿Qué has dicho antes, india?

Pero aquél era mi juego favorito.

—¡Ah, bueno! Creo que antes he dicho que no había dicho nada antes.

—No —sonrió—. Me refiero a lo que has dicho antes de que yo te preguntara qué habías dicho antes...

—Ya —le devolví la sonrisa e imprimí velocidad a mi respuesta—. O sea, lo que he dicho antes de decirte que no había dicho nada antes, antes de que tú volvieras a preguntarme qué había dicho antes para que yo te contestara que no había dicho nada antes.

—Sí, porque eso es lo que quería saber antes, cuando... te he preguntado qué habías dicho... —dudó de nuevo y suspiró, le estaba costando trabajo— antes de que yo te preguntara... y tú me contestaras antes..., no, antes no... —se dio una violenta palmada en el muslo para sancionar su propia equivocación—, y tú me contestaras que no habías dicho nada... antes.

—Un poco lento, pero para ser extranjero no está mal del todo. Se te dan bien los trabalenguas.

—No tanto como a ti.

—No, eso no. Pero es que a mí me llaman Malena la de la lengua vertiginosa.

Soltó una ruidosa carcajada, celebrando quizás un doble sentido que no había sido mi intención deslizar, pero su risa me ayudó a sentirme mejor.

—Pues ya va siendo hora de que la muevas.

—Es decir, que quieres que te diga lo que he dicho antes de que tú me pregun... —entonces me tapó la boca con una mano, y me dio la sensación de que su palma permanecía apretada contra mis labios más tiempo del que habría sido necesario.

—Eso.

—Bueno, la verdad es que no he dicho nada. Más bien, para ser exactos, lo he susurrado. Y es importante que seamos exactos, porque no es lo mismo, ¿sabes?, ni mucho menos, en realidad es muy diferente... —creo que sonrió de nuevo, pero sólo pude interpretar sus ojos, porque se frotaba el resto de la cara con las manos, en una cómica parodia de la desesperación—. No sé si en alemán existe la diferencia entre hablar y...

—Susurrar —me interrumpió con impaciencia—, claro que existe. ¿Qué has susurrado?

—¿Antes de...?

—Sí.

Marqué una pausa. No tenía otra alternativa que tirarme al suelo y salir corriendo, y eso era lo último que tenía ganas de hacer.

—Creo —suspiré— que te he llamado gilipollas.

—Ya, eso es lo que me había parecido oír.

—No habrás oído nada más, ¿verdad?

—¿Por qué me has llamado gilipollas?

—¡Oh, bueno! Es como un tic, una manera de hablar. Se lo digo hasta a mis padres, todo el tiempo, gilipollas, gilipollas... No te lo tomes en serio, en realidad no quería decir... No tiene importancia.

—¿Por qué me has llamado gilipollas, Malena?

Dejé correr el tiempo nuevamente y opté por negociar un compromiso.

—¿Puedo susurrarlo?

—Sí.

Pero entonces comprendí que no debería hacerlo, porque eso sería como cobrarle una entrada, por muy mínimo y simbólico que fuera su precio. Así que levanté la cabeza despacio, le miré a los ojos y hablé con voz clara, esforzándome en pronunciar con nitidez, y marcando las pausas adecuadas entre las palabras.

—No te he llamado gilipollas. Te he pedido que me besaras. El insulto lo he añadido después, porque llevo horas esperándote y cuando nos hemos parado aquí, he creído que no ibas a llegar nunca. O que no me besabas porque tienes novia. O porque no te gusto, que sería lo peor de todo.

Había sido muy fácil. Había hablado sin miedo y sin vergüenza, y él no hizo nada para cambiar las cosas. Alargó sus brazos hacia mí y deslizó una mano debajo de cada una de mis corvas para atraerme bruscamente hacia sí. Mis piernas se cruzaron solas alrededor de su cuerpo y le eché los brazos al cuello para conservar el equilibrio. El apretó sus dedos contra mi cintura como si tuviera miedo de que me escapara, y me besó.

Aquella vez, la realidad se mostró generosa. Sencillamente, se evaporó.

Cuando me esfuerzo por evocar aquellos días, tengo dificultades para distinguir lo real de lo imaginario, y a veces no consigo establecer qué cosas ocurrieron de verdad y cuáles jamás existieron fuera de mis sueños, tal vez porque a fuerza de detenerme en ellos, he desgastado ya esos recuerdos, o quizás porque la realidad y el deseo nunca estuvieron tan cerca como entonces, mientras se confundían en una sola cosa.

Ya no tiene sentido llorar, y ya no lloro, pero me sigo estremeciendo al recuperar algunas imágenes sueltas, como viejas fotografías descoloridas, desterradas en un cajón remoto, que parecen recobrar el brillo, y el esmalte del papel intacto, apenas poso mis dedos en su filo, y mi piel muda lentamente, se estira hasta reconquistar la gratuita elasticidad cuya paulatina pero implacable deserción me está empezando ahora a preocupar, y me miro el borde de las uñas y lo encuentro más blanco, y ésa es la señal de que ha llegado el momento de empezar a pensar en otra cosa. Con el tiempo he logrado cultivar una disciplina tan rigurosa que ya consigo concentrarme en la lista de la compra con sólo proponérmelo, pero algunas veces me cuesta un trabajo infinito desprenderme de la imagen de aquella muchacha a la que el tiempo ha convertido en un personaje aún más conmovedor para mí que el jovencito que aparece a su lado en todas partes, porque yo todavía era una niña, pero nunca he vivido tan en serio, y porque nunca, tampoco, me costó menos trabajo vivir.

Después, cuando ya todo daba lo mismo, algunos detalles sueltos, palabras y gestos secretos, preciosos, que jamás podré transmitir a nadie, se confabularon para revelarme que Fernando —iguau, nena, no sabes cómo es esto!— era casi tan niño como yo, pero entonces no me daba cuenta, y si conseguía mirarle sin que él me devolviera la mirada, sobre todo cuando estaba poseído por uno de aquellos oscuros raptos que le transformaban durante unos minutos en un adulto, prendiendo un velo opaco sobre sus ojos, y suavizando las líneas de esa barbilla casi cuadrada que prestaría a su rostro, apenas volviera a estar despierto, un cierto toque animal que también me encantaba, me preguntaba cómo era posible

183

que él, Él, todo un hombre, con moto, y encima alemán, se hubiera fijado en mí. Y sin embargo, nunca antes me había sentido tan grande.

Recuerdo el asombro que me sacudió al contemplar mi propio rostro en el pequeño espejo del perchero cuando, tras reunir trabajosamente las fuerzas precisas para descender de la Bomba Wallbaum y de la remota nube en la que Fernando me había encaramado, me decidí a volver a casa para llegar tardísimo a cenar. Iba deprisa, y rezando para no encontrar a mi madre de mal humor, pero me detuve un momento en el vestíbulo para estudiar mi aspecto, al acecho de cualquier signo que pudiera revelar mi nuevo estado a quienes me esperaban tras la vidriera de colores, y mi propio reflejo me deslumbró. No me reconocía en aquellos ojos resplandecientes, en aquella piel suave y brillante, aquellos rizos casi azulados, que despedían una humedad metálica, como si estuvieran impregnados del espeso aceite que hacía relucir el pelo de las vírgenes de la Biblia, ni en mis labios, que se habían hinchado como dos esponjas empapadas en vino, aunque no llegaban a rebosar la línea de mi boca. Tampoco me reconocí en aquella herida, y a pesar de todo, sentí unas inexplicables ganas de llorar al comprender que aquella imagen era la mía, y que aquella radiante criatura era yo.

Me limpié apresuradamente con un dedo empapado en saliva un reguero de baba seca, como una mancha de pegamento, que cruzaba mi mejilla izquierda y entré en casa. Cuando llegué al comedor, me encontré con que había invitados. Todo el mundo se estaba acomodando alrededor de la mesa, aún no habían empezado a servir el primer plato, y mi madre, con una sonrisa reveladora de que a ella también se le había pasado el tiempo volando, me presentó a no sé cuántos parientes lejanos y me mandó a la cocina a cenar, porque allí no cabíamos todos. Mientras recorría esos pocos metros de pasillo, tuve la sensación de que mis pies se desprendían del suelo como de un lastre indeseable, y sentí que ya no necesitaba andar, porque levitaba, avanzaba sin esfuerzo un par de palmos por encima del nivel de las baldosas de barro. Cuando distinguí a Reina tras la puerta de cristal sentí el impulso suicida de desafiarla, de advertirle que desconfiara de sus sentidos, porque aunque creyera verme andar, el movimiento de mis pies era un simple efecto óptico, pero ni siquiera llegué a empezar, porque ella me saludó con una sonrisa.

—¿Qué te ha pasado antes, tía? ¿Dónde te has metido? No estarás enfadada, espero.

Sus palabras me devolvieron de golpe a los dominios de la gravedad. Mientras mis talones chocaban con una superficie dura, decidí que sería mejor dejar las cosas claras desde el principio.

—Me he enrollado con Fernando. No hace falta que digas nada, no necesito tu opinión. ¿Está claro?

—¡Malena!

Su sonrisa se ensanchó hasta alcanzar las proporciones de una mueca, pero no hallé nada sospechoso en aquella expresión, nada que la hiciera distinta de cualquiera de las explosiones de júbilo con las que Reina celebraba mis buenas notas cuando estábamos en el colegio. Mi hermana se alegraba por mí, eso era todo.

—¡Enhorabuena, tía! Qué bien, ¿no? Ya tenía ganas de conocerte un novio.

—Bueno, para el carro. Novio, lo que se dice novio, no sé si es.

—Seguro que sí. Joder, vaya cambio... ¡Me levanto con una magdalena y me acuesto con una hamburguesa!

Reí con ganas aquella estúpida broma. Aquella noche me hubiera desternillado hasta con la información bursátil del telediario.

—¡Cuéntamelo, por favor! —Reina me clavaba los dedos en el brazo—. Quiero saberlo todo, todo, todo... Por favor...

—No, déjalo.

—Pero ¿por qué?

—Porque a ti no te cae bien.

—¡Pero si no le conozco, tía! O sea, que no me cae ni bien ni mal. Lo que te he dicho antes es porque no me fiaba de él, porque... creía que iba a machacarte, en serio, pero no tengo nada más contra él, yo no me podía imaginar... Pero si os habéis enrollado es otra cosa, te lo juro, Malena.

—Bueno, pero de todas formas...

—¡Cuéntamelo, anda! No te puedes ni imaginar la ilusión que me hace, cuéntamelo, por fa, y te juro que no volveré a llamarle Otto nunca más.

Ella cruzó los dedos, pero yo preferí mirarla a los ojos, aprovechando la pausa forzosa a la que nos obligó Sagrario cuando se acercó para ponernos delante sendos platos de ensaladilla rusa, y fallé a su favor. Me moría de ganas de contárselo, y ella se moría de ganas de escucharlo, y era mi hermana, viajaba en el mismo barco que yo, podía fiarme de ella, pero de todas formas decidí amarrar ciertas garantías.

—Si le cuentas a mamá una sola cosa de lo que te diga, yo le contaré que te montas con Nacho en el coche y os vais a Plasencia.

A mi madre le daba pánico que saliéramos a la carretera con cualquiera que no fueran Joserra o mi primo Pedro, y Reina tenía específicamente prohibido montar en el coche de Nacho, no sólo por su potencial carácter de recinto pecaminoso, sino porque, además, el verano anterior había estampanado contra una valla otro R-5 que los del seguro habían declarado siniestro total.

—Pero, Malena, por Dios. ¿Cómo se te ocurre que yo vaya a hacer una cosa así?

Entonces empecé a hablar, y se lo conté todo, todo, hasta la batalla de los trabalenguas, omitiendo solamente mi declaración final y lo que pasó después, pero Reina me miró con el rabillo del ojo torcido, como si desconfiara de la sinceridad de mi relato.

—¿Y qué más?

—Nada más.

—¿Nada más?

—Bueno, mientras me besaba, me estaba abrazando, claro... —improvisé un acento experto y no pude reprimir una sonrisa al darme cuenta de que aquélla era la primera vez que necesitaba improvisar un tono parecido—. Si no, encima de una moto... es un poco difícil, ¿sabes?

—Ya. ¿No te vas a comer la ensaladilla?

Bajé la vista hacia mi plato, repleto de una apetitosa amalgama de pedacitos de comida de distintos colores. Adoro la ensaladilla rusa, sobre todo la que se inventó Paulina, que en lugar de verduras, le añadía a la patata cocida gambas, huevo duro, pimiento morrón y aceitunas, y la mía era una pasión pública, vehemente, por eso Reina parecía tan asombrada. Yo no lo estuve menos cuando, pese a que sabía de sobra que estaba deliciosa, decidí que no me apetecía nada comérmela. Cogí con la punta del tenedor un poco de mayonesa y la probé. Me gustaba, pero me costó demasiado trabajo tragármela.

—No, no me baja. ¿Tienes un cigarro?

Reina fumaba en casa desde el principio de aquel verano, y asumí que el permiso me amparaba a mí también.

—Claro. ¿Desde cuándo fumas? —me preguntó, su sorpresa creciendo mientras rebuscaba en el bolso que había dejado enganchado en el respaldo de la silla.

—Desde hace cuatro o cinco horas.

—Ya. ¿Pall Mall? Te lo digo porque éste es negro.

—He estado fumando negro toda la tarde. El Pall Mall se le ha acabado.

—Lástima —sonrió—. El otro mola más.

Asentí con una sonrisa. Ella torció la cabeza para darme fuego y no pude ver su rostro cuando formuló por fin la pregunta que esperaba desde el principio.

—No te habrás dejado meter mano, ¿verdad?

—Por supuesto que no —respondí, procurando evitar cualquier énfasis sospechoso.

—No, si a mí no me importa, allá tú, pero te lo digo porque no creo que convenga dejarles. Yo les hago esperar siempre...

—Ya lo sé, Reina, lo sé.

Lo sabía de sobra, conocía con una precisión exhaustiva cada una de las etapas del calendario que mi hermana había elaborado para sí misma, con una libertad de espíritu similar a la que había derrochado Paulina para reinventar la receta de la ensaladilla rusa, una escala que aumentaba de dos en dos semanas hasta que se cumplían los seis meses de noviazgo, una auténtica reválida tras la que, por lo general, pero no siempre, el sufrido sujeto sobador adquiría ciertos derechos a convertirse en objeto sobado. A fuerza de escucharlo, me lo había aprendido todo de memoria, con la misma técnica que había empleado de pequeña para retener las tablas de multiplicar, por pura repetición, pero empezando por el final, que era lo más fácil.

—Además —insistió—, siendo alemán, más te vale ponerle en su sitio desde el principio, porque ya sabes cómo son las tías por ahí. Cantidad de frescas. No se cortan nada, vamos, allí acostarse con un tío es como aquí tomarse una caña.

—No, otra vez no, por favor —susurré—, Dios mío, otra vez no...

En aquel momento, hubiera vendido mi alma por un pasaporte francés, pero mi hermana ya no me escuchaba, porque Pedro acababa de entrar en la cocina y la estaba metiendo prisa.

—¿Has quedado? —entonó con un acento casi maternal, y yo negué con la cabeza. Aquel verano ya nos dejaban salir por la noche, pero cuando me despedí de Fernando estaba tan alterada que no fui capaz de recordarlo—. Vente con nosotros entonces, anda.

—No, no me apetece. Estoy muy cansada.

Y lo estaba. Apenas media hora más tarde caería en la cama como un peso muerto y me dormiría enseguida, por primera vez en muchos días.

Pero antes de acostarme cedí a la tentación de encerrarme en el baño para mirarme en el espejo, y aprendí poco a poco que aquellos ojos, y aquella piel, y aquellos rizos, y aquellos labios eran los míos, porque eran el reflejo del rostro que él había querido mirar, y mi repentina belleza no era sino la huella más profunda de su mirada. Me estudié atentamente, y me estremecí al comprender que lo importante no era verme guapa, sino simplemente verme, o quizás, verme con sus ojos, ser capaz de desprenderme de mí misma para observarme desde un corazón ajeno, y gustarme, y decidir entonces que podía volver de nuevo a ser una sola cosa. Nunca me había sentido tan a gusto con lo que me había tocado en suerte, y nunca había estado tan segura de ser no ya alguien valioso, sino simplemente alguien.

Me desnudé despacio, y contemplé mi cuerpo en el espejo como si nunca lo hubiera visto antes, y comprendí que era hermoso, porque él me había dicho que era hermoso. Cerré los ojos y lo recorrí lentamente con mis manos tibias, intentando reseguir los caminos que sus yemas habían hollado antes, y sucumbí a un fantasmagórico temblor al recuperar el contacto de sus manos frías cuando se hundieron sin anunciarse debajo de mi ropa, y treparon por mis costados para trazar senderos paralelos que no se borrarían nunca, descubriéndome, a medida que avanzaban, la calidad de mi piel, como si yo jamás la hubiera sentido, como si ignorara incluso que existiera y que su función consistía en recubrir mi carne, devolviéndome al mismo tiempo, mezquino y grotesco, el episodio del Ford Fiesta y mi propia tosca desesperación, un recuerdo ácido que apenas sobreviviría al forcejeo de sus pulgares, que tropezaron con mi sujetador y se detuvieron, indecisos, antes de ensartarse a presión entre la tela y mis costillas y estirar hacia arriba con un gesto enérgico, los corchetes incólumes forzando una tensión insoportable bajo mis axilas mientras sus dedos se aferraban a mis pechos como un ejército de niños desesperados y hambrientos, entonces me separé de él, y me dio miedo ver cómo me miraba, pero le pedí que me liberara del doloroso cilicio que amenazaba con desprender mis brazos del tronco y sonrió antes de complacerme, eres una tía muy rara, india, y yo sonreí al escucharle, antes de que mi sujetador cayera al suelo como un cadáver de trapo, y creí que mi vestido seguiría el mismo camino, pero él extrajo con delicadeza mis brazos de las mangas y lo arremolinó entero alrededor de mi cuello, descubriendo mi cuerpo para mirarlo despacio, y fue entonces cuando sus ojos me dijeron que era hermoso, pero no logré apurar esa emoción, porque sus manos actuaron deprisa para arrebatármela y precipitarme en una emoción nueva, asiendo bruscamente mis caderas e impulsándome con urgencia hacia delante, como si quisieran privarme de cualquier apoyo, y aquel gesto hizo saltar un resorte automático en el fondo de mi cerebro, y aunque tuve que estirar los brazos hacia atrás y aferrarme al asiento para no caerme, aún dispuse de tiempo suficiente para contemplar su asombro, el estupor que acudía deprisa a sus rasgos mientras yo me balanceaba plácidamente contra él, interpretando correctamente su dureza, eres una tía muy rara, Malena, repitió, y eso fue bastante, dejé caer mi cabeza hacia atrás cuando él inclinó la suya sobre mí, y un golpe de viento hizo ondear mi vestido blanco como la capa de una princesa medieval mientras sus labios acertaban a atrapar uno de mis pezones, y aunque tenía los ojos cerrados, conseguí ver con claridad aquella imagen, dos jinetes dementes, solos en el mundo, a lomos de una moto de la segunda guerra mundial, en la exacta frontera entre un encinar más que centenario y la frágil muralla de un palacio plebeyo, levantado piedra sobre piedra por una dinastía de aventureros malditos con el mismo dinero que les había podrido la sangre.

A la mañana siguiente, cuando entré en la cocina para prepararme el desayuno, me tropecé con Nené, que me estaba esperando con el brazo derecho rígidamente estirado, la palma recta, los dedos apretados, mientras silbaba lo mejor que su repertorio daba de sí.

—Eso es la marcha de *El puente sobre el río Kwai*, imbécil —dije al pasar a su lado, con la característica sonrisa que algunos dioses condescendientes reservan para un eventual tropiezo con los groseros mortales.

—Claro —me replicó, muy segura—. ¿Qué pasa? ¿No te gusta?

Puse a calentar la leche y contesté sin volver la cabeza.

—Esa era la canción de los prisioneros ingleses, y si te crees que me molesta, es que eres un caso límite, bueno, límite no, más bien toda una oruga, porque a ver si te enteras de que no tiene nada que...

—¡Nené! ¡Baja ahora mismo ese brazo, idiota! Hay que ver, pero tú, ¿eres subnormal, o qué?

Los gritos introdujeron en la escena un ingrediente que por fin la hizo digna de ser contemplada, y me volví lentamente, preguntándome si sería posible que, en aquella casa, alguna voz consiguiera engañarme todavía.

—¡Largo de aquí! —efectivamente, la memoria de mis oídos era irreprochable—. ¡Vete al porche! Tengo que hablar con Malena.

Macu se me acercó con una sonrisa de pura complacencia que no fui capaz de interpretar. Luego, con una paciencia insólita en tan rara cultivadora de silencios, esperó a que terminara de reunir mi desayuno y me ayudó a transportar las tostadas hasta la mesa. Allí, se sentó frente a mí y sonrió de nuevo, sin decidirse todavía a decir nada.

—¿Qué pasa, Macu? —el desayuno era mi comida favorita y no estaba dispuesta a sacrificarlo mientras escrutaba los rasgos de una esfinge tan simple—. ¿Qué querías decirme?

—Yo... —arrancó como si le fuera la vida en cada sílaba. Luego comprendí que en realidad le iba mucho más que la vida—. Yo quería pedirte un favor.

Asentí con la cabeza, pero mi gesto no debió de parecerle lo suficientemente expresivo.

—¿Cuál?

—Yo... Si tú... Si tú se lo pidieras a Fernando...

—¿Qué?

Macu se levantó de golpe, estrelló los puños contra la mesa y me dirigió una expresión de súplica tan intensa que me asusté.

—¡Yo quiero unos Levi's etiqueta roja, Malena! ¡No hay una sola cosa en este mundo que me apetezca más que unos Levi's etiqueta roja! Ya lo sabes, llevo años detrás de esos pantalones, y mi madre no me deja que se los pida a nadie porque dice que soy una estúpida, pero yo no tengo la culpa de que en este país de mierda no haya nada de nada, y yo los quiero, yo...

Se sentó de nuevo. Parecía más serena, y sonrió para tranquilizarme, pero mientras hablaba, se retorcía una mano con la otra como si pretendiera desollarse los dedos.

—A Fernando no le costaría trabajo comprarme unos. En Alemania hay de todo, y mamá nunca se enteraría. Eso no significa que no piense pagárselos, claro, por supuesto que se los pagaría, ya lo sabes, lo que me pidiera, sacaría el dinero de donde fuera. Por eso, si a ti no te importara echarme una mano, yo... Me he fijado muchas veces en cómo te mira, y anoche, Reina me contó, bueno... Yo creo que, si tú se los pidieras, él me mandaría unos, estoy segura.

Levanté una mano para imponer una tregua. Nunca se negoció la paz por un precio tan barato.

—Cuenta con ellos, Macu.

—¿Seguro?

—Seguro. Si hay algún problema, le pediré unos para mí y cambiaré mi talla por la tuya. Pero no va a haber ningún problema. Tendrás los pantalones.

—Gracias. ¡Oh, Malena, gracias! —se acercó a mí y me besó en la mejilla—. Muchísimas gracias. No... No puedes saber lo importante que es esto para mí.

Luego, mientras mis dientes se hincaban con ansia en la costra del pan tostado, pensé que, incluso si Fernando no volvía a dirigirme una mirada en toda su vida, ya me habría regalado aquella escena y nadie podría quitármela nunca. Me sentía tan grande como el cedro del jardín, y tan invulnerable como la roca verde que había pasado de mano en mano durante siglos sólo para que el abuelo quisiera regalármela un día cualquiera, y sin embargo, apenas unas horas más tarde, aquella misma noche, esa sensación gloriosa se me antojaría tan lejana e improbable como si la hubiera vivido en mi propia cuna.

Marchábamos muy despacio por el margen derecho de la carretera y el mundo todavía se plegaba a mis pies, como si bajo sus plantas asomaran los picos de una luna menguante y humilde, igual que la que pisaba la desdeñosa Virgen del colegio, cuando Fernando desprendió de su cintura

190

mi mano derecha y la llevó unos centímetros más abajo, para apretarla después contra la bragueta de sus míticos Levi's etiqueta roja.

—¿Sabes lo que es esto?

—Sí, claro.

En realidad tenía solamente una idea aproximada, pero todavía me sentía segura, y risueña, y todavía confiaba en mis catastróficas facultades para el cálculo mental, que me habían llevado a inducir, con un margen de error que juzgué deleznable, que Fernando, básicamente, era un mentiroso tan ingenuo como yo, sobre todo porque, de lo contrario, la noche anterior no habría aceptado las apresuradas excusas que emití al descubrir que la hora excedía en cuarenta y cinco minutos de la más flexible de las convocatorias para la cena. Entonces, si lo que me había contado hubiera sido verdad, no me habría dejado marchar tan fácilmente, sino que me habría violado allí mismo, encima de la moto, en virtud de las universales leyes del comportamiento masculino que ni yo misma sabía dónde había aprendido, pero que, era de suponer, regían igualmente en Centroeuropa. Sin embargo, él sólo me preguntó qué me pasaría si llegaba aún más tarde, y yo le contesté que seguramente mi madre me castigaría sin salir, y cuando indagó acerca de la duración de ese castigo y yo le informé de que, aun dependiendo de la dosis de mala leche que hubiera acumulado mamá durante el día, podía oscilar, más o menos, entre una semana y un mes, aunque generalmente la sentencia se conmutaba antes de cumplirse el plazo, torció la cabeza y musitó que entonces no merecía la pena, y me dejó ir. Después, lo que había sucedido aquella misma tarde confirmó mi primera impresión. Habíamos recorrido abrazados la mitad de los bares de Plasencia, hablando mucho, y besándonos cuando no hablábamos de aviones —él estudiaba una carrera equivalente a la de ingeniero aeronáutico—, de hermanos —tenía dos, una chica de mi edad y un niño más pequeño—, de amigos —también tenía dos, al menos íntimos, y uno de ellos, que se llamaba Günter, era hijo de una española nacida en el exilio—, de Franco —me contó que su padre había decidido volver para intentar comprender qué se sentía aquí después de su muerte, aunque él pensaba que era otra muerte inminente, la del abuelo, la auténtica razón de su regreso—, de lo baratas que eran las copas en España, de *El baile de los vampiros*, de Jethro Tull, de los Who, y de otras pasiones comunes. Cuando volvió a buscarme a medianoche, vencido ya el fastidioso trámite de la cena familiar, por un instante tuve la sensación de que la sonrisa con la que me saludó era distinta de la que había esbozado al despedirme en el mismo lugar a las diez y media, pero achaqué la ambigua punta de perversidad que brillaba en uno de sus colmillos a las travesuras de la luz de luna, casi llena, que envolvía su figura en una incierta niebla de plata templada, y sólo cuando apartó mi mano con suavidad y la depositó sobre su muslo, para recuperarla un par de segundos después e introducirla con un gesto pausado en el interior de sus pantalones, sentí una oleada de auténtico terror.

—¿Y qué te parece?

—¡Oh! Pues... —me hubiera gustado detenerme a pensarlo, pero entre mis dedos latía la prueba de una intuición vieja y poderosa, la mágica potencia del deseo de los hombres, que escapa de su interior como el espíritu de un demonio ajeno y es capaz de materializarse para proclamar con soberbia que está vivo, imponiendo una metamorfosis imprevista y fascinante en un cuerpo al que le está permitido contradecir todas las reglas, y retorcerse, y cambiar, y crecer a destiempo, para regalarse a sí mismo una egoísta exhibición de plenitud que siempre estaría vedada a los invisibles repliegues de mi propio cuerpo. Intenté reunir la punta de mi pulgar con las de mis otros dedos y no lo conseguí, pero sentí que su sangre se agolpaba contra mi mano, respondiendo a mi presión, y fui sincera—, me parece muy bien.

Fernando soltó una carcajada y se desvió de la general para tomar un camino de tierra que yo no conocía. Íbamos tan despacio que todavía no comprendo cómo no nos caímos.

—Estupendo... Porque ya no sé qué hacer con ella.

Yo tampoco, podría haber contestado, pero no hallé un lugar para la ironía en el confuso campo de batalla que se había desplegado dentro de mi cabeza, y el miedo, un impulso cada vez más impreciso, paralizaba todavía mis piernas, pero no conseguía gobernar los dedos de mi mano derecha, adelantados de la poderosa alianza que lo combatía con fiereza, desarbolando su escudo de sensatez para obligarle a retroceder lentamente detrás de sus líneas, herido de muerte por la imaginación, por la edad, por la curiosidad, por mi propia voluntad, y por la sangre de Rodrigo, que hervía alrededor, y en el exacto centro de mi sexo, y entre las paredes del sexo de mi primo, que me llamaba y me respondía, imponiendo al pulso de mis muñecas el ritmo de sus propios latidos.

Cuando Fernando paró el motor, ya me asustaba más la amenaza de decepcionarle que la de salir maltrecha de aquel pequeño claro escondido, respaldado por una muralla de rocas tras una espesa empalizada de eucaliptos, como el refugio del pirata Flint, y por eso reuní mi mano izquierda con la derecha, y le aferré con fuerza, y clavé en su dorso las puntas romas de ocho de mis dedos para imprimir a mis movimientos el ritmo de una caricia deliberada, y entonces él dejó caer la cabeza, los párpados cerrados, negándome sus ojos, y apoyó la nuca en mi hombro, y nunca había estado tan guapo, y no podía dejar de mirarle. Le miraba todavía cuando entreabrió los labios para dejar escapar un sollozo roto, y aunque me sobrecogió el eco de mi propio poder, comprendí que hubiera dado la vida por escucharle gemir otra vez y que él, ni en el peor de los casos, me iba a exigir tanto a cambio.

Después, mientras rodábamos encima de una enorme manta de lana que parecía nueva —es nueva, me confirmó Fernando, cuando la sacó de la peña tras la que la había escondido antes, pues tu abuela se va a poner contenta, respondí entre risas, y se encogió de hombros—, yo desnuda, él vestido a medias todavía, el fantasma de Rodrigo, quienquiera que hubiese sido, y cualesquiera que fueran sus pecados, la liviana carga escrita en el relieve de mis labios, me reveló que no existían secretos que yo no conociera, y me inspiró la serenidad precisa para no pensar, y entonces mi cintura ocupó el lugar de mi cerebro, y sus intuiciones desplazaron a mis pensamientos, y guiaron mis manos y mi boca, hasta que Fernando se despojó con torpeza del resto de su ropa, y entonces aquella sombra antigua, que podía elegir, me abandonó para cambiar de bando.

Estaba sentado sobre sus talones y probablemente me contemplaba con una sonrisa divertida, pero yo, acurrucada ante sus rodillas, cautelosamente separada de él, como si su cuerpo fuera un recinto sagrado que no me atreviera siquiera a rozar, no le miraba a la cara.

—Esto es una polla... —hablaba para mí, como si necesitara afirmar la realidad que estaba contemplando, aunque sólo fuera para romper el hechizo, la insoportable tensión que hacía vibrar, de puro tirante, el invisible hilo tendido entre mis ojos enrojecidos por el asombro y aquel pedazo de carne mineral que los atraía como si pretendiera desgajar mis pupilas para adornarse con ellas.

—Estás impresionada, ¿eh, india?

—Sí —admití, resignándome a demoler mi trabajosa impostura hasta los cimientos—, es bastante impresionante.

Eso era una polla, desde luego, pero me llevaría algún tiempo aprender que la misma palabra designa conceptos mucho más pobres que aquel milagroso cilindro violáceo, que se insinuaba tras un húmedo estuche de piel viscosa para sugerirme la imagen de una cobra enfurecida cuando yergue su cuerpo, revelando a su víctima la amenaza que palpita en su cuello sólo un instante antes de henchir la garganta para ceñir su cabeza como la corola de una flor venenosa. No podía apartar la mirada de aquel prodigio que me reclamaba por completo, tan fascinada, tan conmovida por un misterio que parecía crecer a medida que se desvelaba, que no reaccioné a tiempo cuando Fernando lo liberó suavemente de mis manos para tomarlo entre las suyas, que sujetaban una especie de arrugada baba amarillenta que no conseguí identificar.

—¿Qué es eso?

Se detuvo y levantó los ojos para mirarme, pero no quiso registrar mi estupor.

—Un condón.

—Ah...

DiosmíoDiosmíoDiosmíoDiosmío, pensé, DiosmíoDiosmío-Diosmío, y mis manos empezaron a sudar, DiosmíoDiosmío, y mis piernas empezaron a temblar, Diosmío, y vi la cara de mi madre, Dios mío, recortándose contra el sol, una sonrisa de dulcísimo amor que habría hecho llorar a una piedra, pero al mismo tiempo mis oídos se rindieron al atronador galope de un caballo lejano, que se acercaba deprisa, y presentí que no hallaría ninguna banqueta donde enganchar mis pies, los dedos ya moviéndose, nerviosos, para impedir que salieran corriendo detrás de él.

—Es... español —Fernando, aun negándose a sí mismo la elemental capacidad de descifrarla, intentaba disipar mi confusión, y el torpe sonido de sus palabras, cargadas de una dulzura inmensa que yo no podía identificar y que sin embargo acerté a recibir, como el golpe definitivo, en alguna víscera que no poseía, decidió mi suerte en aquel instante—, lo he cogido en la farmacia de la tía María.

—Fernando, yo... Yo tengo que decirte... —tenía que decirlo, pero no me atrevía a hacerlo, y por eso no encontraba las palabras justas—, yo no querría que tú...

—Ya lo sé, india —me empujó blandamente hasta que me encontré tendida sobre la manta, y él se tendió a mi lado—. A mí tampoco me gusta, pero es mejor hacerlo así, ¿no? No merece la pena arriesgarse, a no ser que tomes algo y..., bueno, no creo que lo tomes.

Negué con la cabeza e intenté sonreír, pero no lo logré. Cuando se encaramó encima de mí, supe que se lo debería siempre, y que jamás se lo diría a tiempo, y mientras mi cuerpo crujía bajo su peso, y dos lágrimas graves y redondas rodaban sobre mi rostro para sellar la ausencia que disolvía mi secreto, desterrando con él la angustia, le ofrecí otras palabras a cambio.

—Yo..., yo te quiero tanto, Fernando.

Todo lo demás fue fácil. Rodrigo velaba por mí.

—Te has portado bien, india —su dedo índice improvisaba arabescos circulares sobre la piel de mi vientre. Estaba tumbada de espaldas sobre la manta, completamente agotada, pero encontré las fuerzas justas para unir una sonrisa satisfecha a la que contemplaba en un rostro tan exhausto como el mío, porque estaba de acuerdo, me había portado bien, mejor de lo que nunca hubiera imaginado—. Al principio me asustaste, porque no te movías.

—Es que me hacías mucho daño —le interrumpí, y pensé que aquél sería un buen principio para una confesión, pero él interpretó mal mis palabras una vez más, como si durante aquella noche que ya terminaba estuviéramos condenados a hablarnos en un idioma esencialmente inútil, capaz de desdoblarse como una maliciosa lengua bífida sólo cuando su integridad era vital para mí.

—Ya, me pasa siempre. No te lo vas a creer, porque nadie se lo cree, pero una vez lo hice con una mujer casada y también se quejó... Yo creo que lo que pasó es que se puso muy nerviosa, pero a veces no sé si esto es de verdad una ventaja.

Paseé mis ojos por su cuerpo y encontré al fondo un apéndice pequeño y encogido que parecía intentar resguardarse contra la curva de un muslo.

—Yo no me he quejado —protesté, y era cierto. Me había dejado los dientes en una esquina de la manta hasta que el dolor de mis mandíbulas me hizo desistir, pero no me había quejado, él sonrió.

—Eso es verdad. Tú te has portado bien. Muy bien. Muy, muy bien.

Entonces empecé a reírme y no fui capaz de controlar mis carcajadas, demasiada histeria acumulada, pero me asaltó la sospecha de que Fernando podría estar pensando que me reía de él, y esa simple idea bastó para calmarme.

—¿De qué te ríes? —su voz era risueña, sin embargo.

—Oh, estaba pensando que debe de ser innato... porque en realidad, aunque vengo de una familia con tradición... la verdad es que no he follado mucho.

—¿No? ¿Cuántas veces lo has hecho?

—Pues... unas pocas.

—¿Con cuántos tíos? Es sólo curiosidad, pero si te molesta no tienes por qué decírmelo.

—No, no me molesta. Sólo he follado con un tío.

—¿Sí? ¿Un tío de Madrid?

—No, un extranjero —entonces me di cuenta de que, por algún motivo que yo no alcanzaba a comprender, en lugar de sonreír, se estaba empezando a poner nervioso.

—¿Cuándo? ¿Este invierno?

—No, este verano.

—¡Este verano! Pero no pasaría en Almansilla, ¿verdad?

—Bueno, en Almansilla exactamente no... —recordé la genial expresión con la que Marciano se refería a las tierras que nos rodeaban—. Más bien en el agro extremeño.

—¿Qué es eso?

—Una broma. Quiero decir que fue por aquí. En el monte. Encima de una manta nueva, a cuadros... —me incorporé un momento para fijarme en los colores—, verdes, azules y amarillos.

—No me estarás diciendo que... —y su voz se rompió—. No me digas eso, Malena, por favor, no me lo digas.

Le miré con atención y su rostro desencajado me inspiró un pánico mucho más intenso del que reflejaba. Antes de intentar mover los labios, presentí que mi garganta se negaría a emitir ningún sonido articulado. El se incorporó de golpe, y de rodillas sobre la manta, me cogió por los hombros, me levantó y me obligó a arrodillarme frente a él. Entonces, víctima de un delirio imprescindible, me tranquilicé y me dije que iba a besarme, pero no lo hizo. Empezó a chillar, y sus gritos rompieron el silencio de la madrugada, y un silencio mucho más hondo dentro de mí.

—¡Pero tú me dijiste que...!

El dolor que me producían sus uñas al clavarse con fuerza en mis brazos, actuó como una palanca sobre mi lengua.

—Yo no te dije nada, Fernando.

—Pero me lo diste a entender.

—No. Tú entendiste lo que te convenía entender, pero yo no te dije nada, y además, ya no tiene importancia, todo ha salido bien.

Y sin embargo, las venas de su cuello engordaron, y su rostro enrojeció un poco más, y comprendí que había acusado mi último comentario como un golpe más difícil de encajar que los anteriores.

—¡Tú estás loca, tía! Loca de atar. Eres una irresponsable, una irracional, y una... una imbécil. ¡Dios mío, nunca me había acostado con una virgen! —y prosiguió para sí, en un murmullo—, siempre me han dado un miedo horrible...

—Bueno, yo ya no soy virgen —le sonreí, e intenté tranquilizarme de nuevo, porque tenía que haber un error en alguna parte, alguno de los dos se estaba equivocando, y estaba casi segura de no ser yo, pero mi oferta de paz pareció enfurecerle todavía más.

—Pero ¿es que no te das cuenta? ¿Es que no lo comprendes? Esto puede ser fundamental para ti, puede marcarte para toda tu vida, y yo no quiero saber nada, ¿me oyes? Tú me has engañado, no acepto esa responsabilidad.

—Fernando, por favor, no seas alemán —estaba a punto de llorar, y su rechazo no me sabía más amargo que mi propio desconcierto—. Es todo mucho más fácil, yo...

—¡No estoy para chistes! ¿Te enteras? ¿Por qué no me lo has dicho? —escondió su cara entre las manos, y el volumen de su voz descendió de nuevo, pero por el camino se tiñó de una cierta dulzura—. Yo... yo no te convenía para esto ¿es que no lo entiendes?

—No, no lo entiendo.

—De todas formas, yo... Tenía derecho a saberlo.

—¡Si he intentado decírtelo! Pero tú has creído que estaba protestando por el condón.

—Tendríamos que haberlo hablado, Malena, tendríamos que haberlo discutido, esto no se puede hacer así.

—Claro que se puede —protesté, pero mi voz era tan delgada que me costó trabajo escucharla—, y ha salido bien.

Entonces me soltó y desvió la cabeza para no mirarme, y mi desconsuelo cedió lentamente bajo la presión de mi inocencia, y un extraño rencor, entretejido con hilachas de cólera, creció en su lugar, porque yo no era culpable de nada malo, yo solamente lo había deseado, y lo había deseado tanto que por algún tiempo mi propio deseo había invadido todos y cada uno de los elementos que me integraban, hasta que logró disolverlos en sus menores raíces para suplantarme por completo, un triunfo absoluto que era mi propio triunfo. Cuando lo comprendí, me abalancé contra él por sorpresa, y estrellé mis puños cerrados contra su pecho mientras gritaba con todas mis fuerzas.

—¡Se supone que debería gustarte ser el primero!

Pero ni siquiera aquel arrebato consiguió conmoverle. Cuando se recuperó de la perplejidad en la que le había sumido mi ataque, apartó mis puños de su pecho y sujetó mis brazos por las muñecas, apretando lo justo para no hacerme daño, pero cuando habló, su voz todavía era nauseabundamente equilibrada y serena.

—¡Ah! ¿Sí? ¿Quién lo supone?

Aquel tono de reposada curiosidad me robó hasta el último átomo de mi amor propio, y cuando contesté, el llanto no me permitió articular las palabras con claridad.

—Yo... lo... supon... go...

Mi opinión no valía más que el imperceptible lamento de una oruga de tierra, tan diminuta que él podría haberla aplastado con la suela del zapato sin percibir siquiera la causa de una muerte tan ridícula, pero sus brazos se cerraron alrededor de mi cuerpo para unirme con el suyo, y sus labios me besaron muchas veces, en la boca, en la cara, en el cuello, en el pelo, y mi sangre comenzó a recuperar el antiguo calor de la sangre humana mientras le escuchaba.

—Malena, por favor, no llores... No llores, por favor... ¡Dios mío, lo sabía, lo estoy haciendo fatal!

Me apretó un poco más fuerte, y flexionó las piernas para arrastrarme con él. Cuando estuvimos tumbados de nuevo, estiró un brazo para coger la manta por el borde y la dobló sobre nosotros, antes de limpiarme de lágrimas con sus dedos. Abrí por fin los ojos, más serena, y sólo pude ver su rostro, que asomaba por encima del improvisado sobre de lana, y entonces aprendí lo que era tener miedo, miedo de verdad, y descarté los pequeños temores que me habían asaltado uno tras otro a lo largo de aquella noche infinita como si desgranara las cuentas de un rosario hecho de humo, y tuve que respirar hondo antes de asomarme al terror desde el borde de una sonrisa amable y fraternal, porque Fernando había retrocedido años enteros en unos pocos minutos, había recuperado la fácil conformidad con la que los niños se pliegan a cualquier contratiempo, y nunca vi tan claro que quería mi bien, pero nunca tampoco rechacé con tanta vehemencia ninguna muestra de amor de nadie. No era capaz de expresar lo que sentía, y él tampoco me habría entendido si le hubiera pedido que dejara de hacerse el simpático, el comprensivo, el solidario, el imbécil generoso que jamás piensa en sí mismo, pero supe que preferiría cualquier cosa, un bofetón, una carcajada, un escupitajo denso y caliente, a la caricia desvaída de esa mano que recorría mi cabeza con mecánico descuido, el mismo gesto que esbozan las niñas cuando juegan a las mamás con una muñeca, y saben que esa criatura de plástico de colores no es un bebé de verdad. La ternura de los débiles es una virtud barata, y yo, que renegaba sistemáticamente de una debilidad en la que nunca me habían consentido refugiarme, no quería de él esa clase de ternura. Y me habían enseñado que era precisamente eso, generosidad, simpatía, comprensión, solidaridad, lo que se debe apreciar en los chicos, pero yo presentía que sólo unos minutos antes había tenido entre las manos algo mucho más grande, algo mucho más viejo y más valioso que cualquiera de las normas del decálogo de los camaradas complacientes, porque yo le había arrebatado la vida para sostenerla entre mis dedos, y sólo mis dedos le habían preservado de la muerte, y ahora las cifras de esa ternura auténtica, la única que cuenta, se escapaban por las rendijas de mis palmas abiertas, bailando perversamente alrededor de mis llagas para componer una ecuación modernamente engañosa, tan fácil y tan falsa a la vez.

No era capaz de expresar lo que sentía porque no era capaz de ordenar lo que pensaba, pero podía adivinar que lo que estaba en juego era mucho más que el amor de Fernando. Estaba en juego mi propio amor, y no podía permitir que los dos cayeran juntos. Atrapé su muñeca para detener el movimiento de su brazo, y la sostuve en el aire mientras le miraba.

—Dime que no es verdad.

—¿Qué?

—Lo que has dicho antes. Dime que me has mentido, dime que no te importa, que no es asunto tuyo, que ya soy mayorcita para saber en dónde me meto, que tú sólo cuidas de ti mismo, que tampoco estás de acuerdo con lo que te han enseñado, que para salir del paso has recitado un papel que te obligaron a aprenderte de memoria, dímelo.

—¿Por qué quieres que te diga eso?

—Porque quiero escuchar la verdad.

—¿Y cuál es la verdad?

—No lo sé.

—Entonces ¿qué quieres oír?

—Quiero oír que cuando encontraste este sitio ya sabías para qué ibas a venir, que cuando trajiste la manta, ya sabías para qué la ibas a usar, que cuando viniste esta noche a buscarme, ya sabías qué iba a pasar, y quiero oír que no has hecho preguntas para no escuchar respuestas que no te convenían, y que has cruzado los dedos para que yo no cruzara las piernas, y que no podías aguantar más, que es superior a tus fuerzas, que me tenías tantas ganas que si te hubiera suplicado con lágrimas en los ojos que me respetaras, tú habrías hecho lo mismo conmigo, eso quiero oír.

Sus ojos se suspendieron sobre mi rostro desde una plataforma muy lejana, y el volumen de su voz descendió hasta rozar apenas mis oídos.

—Eres una tía muy rara, india.

—Ya lo sé, lo he sabido siempre. Pero una cosa así no tiene remedio. O lo tomas o lo dejas, y yo ya me he cansado de intentar dejarlo. De pequeña hasta le rezaba a la Virgen María para que, si no podía hacerme como mi hermana, me convirtiera por lo menos en un niño, porque creía que siendo un niño haría las cosas mejor. Hasta que encontré a Magda... ¿Tú conoces a Magda?

Asintió con la cabeza pero no me contestó.

—Magda me dijo que la solución no era convertirme en un niño, y tenía razón. Lo he pasado muy mal, pero ahora ya no rezo. Y creo que tampoco me gustaría volverme hombre.

El se sumergió por unos instantes en alguno de sus abismos portátiles, el invisible equipaje que llevaba siempre consigo, pero su silencio me acarició con una eficacia que no había conseguido transmitirme su mano, porque adiviné que intentaba calcular qué debía de hacer conmigo, e intuí que el plazo de esa decisión ya había vencido.

—Tu serías un hombre espantoso, india.

—¿Por qué?

—Porque no me gustarías... ¿Dónde he puesto el tabaco?

Cuando se inclinó sobre mí para darme fuego, estudié disimuladamente su rostro a la luz del mechero, pero no conseguí averiguar lo que pensaba.

—¿Tienes tiempo? —me preguntó, y luego siguió hablando sin esperar una respuesta—. Te voy a contar una cosa. Te la has ganado.

Se tumbó boca arriba y pasando un brazo sobre mis hombros, me obligó a seguir su ejemplo. Luego salió por donde menos esperaba.

—En Hamburgo hay bastantes clubs de españoles, ¿sabes?, casi todos de emigrantes y alguno de republicanos exiliados. Son casas donde se reúne todo tipo de gente, desde viejos hasta niños, para hablar en español, y comer tortilla de patatas en el bar, o jugar a las cartas, o charlar... Mi padre nunca me llevó a ninguno de esos sitios, porque no le da pena haberse marchado de aquí. Vive rodeado de alemanes desde que llegó, y habla alemán perfectamente, y no quiere saber nada de España, nada, en casa ni siquiera bebemos vino español, porque jura que le gusta más el vino italiano, aunque todos sabemos que es peor. Sigue diciendo «coño» cada vez que se hace daño, pero a veces me dice que se arrepiente de habernos hablado siempre en su idioma cuando éramos pequeños. Edith lo habla peor que yo, y Rainer, que tiene trece años, se ha soltado solamente aquí, este verano, porque ya no se ocupó de enseñárselo. No sé, es un hombre muy raro, pero yo le quiero mucho... Hace un par de años, Günter me habló de un club de españoles que tenía unas mesas de billar estupendas, que estaban casi siempre vacías, y donde podíamos jugar gratis. El habla muy bien, casi como yo, y nos habíamos acostumbrado a usar el español entre nosotros para que nadie entendiera lo que decíamos, en el colegio, y sobre todo con las chicas, y eso, así que fuimos una tarde y nos dejaron pasar sin ningún problema, y jugamos solos todo el tiempo. Nos hicimos socios y volvimos muchas veces, y hemos acabado por conocer a todo el mundo, por eso creo que aquí se sorprendieron tanto de lo bien que hablaba cuando llegué. En el bar del club hay un hombre, un camarero, que se llama Justo, y es andaluz, de un pueblo de Cádiz. Llegó a Alemania bastante mayor, hace unos quince años, y vino solo porque acababa de quedarse viudo. Le encanta contar cosas de aquí, porque no se ha acostumbrado a vivir en Hamburgo...

—¿Hace mucho frío? —le interrumpí. Nada de lo que decía tenía sentido para mí, pero me gustaba escucharle.

—Sí, pero eso no le jode tanto. Lo peor es que siempre está nublado, y llueve todo el tiempo, o mejor dicho, como dice Justo, está empezando a llover todo el tiempo, porque casi nunca llueve del todo, es más bien una lluvia fina, que no molesta, pero empapa, y carga el aire de humedad.

—Calabobos.

—Eso, él también lo llama así. Bueno, el caso es que Günter y yo siempre vamos a hacerle una visita. El nos llena las copas un poco más de la cuenta y hablamos, o más bien, le escuchamos, a veces durante mucho tiempo. Una tarde, hace unos seis o siete meses, mientras le regañábamos por quejarse tanto, como siempre, llegamos al tema de las mujeres. Ya sabíamos que él dice que no le gustan mucho las alemanas, aunque no es verdad, porque ha estado liado con un montón de ellas.

—¿Es guapo?

—No, pero es muy divertido, y se las liga contándoles unos rollos increíbles en un alemán malísimo, le hemos visto alguna vez. Aquella tarde, él nos dijo que en España hay mujeres que tienen los pezones de color violeta, y nosotros no le creímos. Günter dijo que más bien serían morados, como los de las indonesias, o marrones muy oscuros, como los de las árabes, pero él dijo que no, que había dicho violeta, y quería decir violeta, y que eso era lo que más echaba de menos. Yo seguía sin creérmelo, pero todas las tías que había visto desnudas tenían los pezones rosas, y algunas tan claros que casi no se distinguían del resto, menos alguna tailandesa y alguna negra a las que había mirado en la Reeperbahn, pero ellas no cuentan, porque nunca he llegado a saber si son mujeres de verdad, así que dije que me gustaría verlo, y él me contestó que lo sentía por mí, porque yo era un desgraciado y me acabaría casando con un caballo, como todos los alemanes, pero no me ofendí porque él siempre habla así. Cuando llegué a este pueblo, cada vez que veía a una tía, me dedicaba a adivinar de qué color serían sus pezones, y aunque nunca he sabido si acertaba o no, llegué a pensar que Justo me había liado otra vez, y que las mujeres de las que me había hablado no existían. Hasta que te vi a ti, india, y supe que eras violeta, que tú tenías que ser violeta. Por eso te miraba tanto, y te miraba tan raro... Y por eso estás aquí, ahora ya lo sabes.

Aparté la manta para mirarme, y aunque la engañosa luz del amanecer apenas se insinuaba entre las grietas de una noche aún compacta, me estremecí al descubrir en mí misma algo que nunca había visto antes.

—Son violetas...

—Claro que lo son.

Se volcó encima de mí, tomó uno con los labios, y sorbió fuerte, como si pretendiera arrancármelo.

—¿Te gusta más esto?

—Sí. Me gusta mucho más.

Estancada entre una emoción inédita y el estupor en el que me había sumido una transformación imposible, la piel que viajaba del castaño al violeta como un nuevo testigo de la abrumadora voluntad de sus ojos, intenté corresponder a su confidencia con un gesto igualmente singular y poderoso, pero no creía poseer ningún secreto de signo semejante, así que tomé su cabeza entre mis manos y le besé, y él respondió de nuevo enroscando una pierna alrededor de mi cintura para aplastar mi vientre contra el suyo, y mientras yo sentía que perdía terreno, que cedía parcelas de espacio cada vez mayores al amable monstruo que me devoraba, mi deseo despertó al suyo, y una erección fulgurante, implacable, me devolvió la paz. Crucé una de mis piernas sobre la que él mantenía encima de mí y lo busqué con la mano. Apreté los dedos y noté cómo crecía. Me hubiera gustado darle algo más, pero no habría sabido por dónde empezar, y sólo me atreví a usar palabras para restablecer una vulgaridad imprescindible.

—Esto es una polla... —repetí—, y la quiero dentro... —él sonrió—, y la quiero ya.

Se rió ruidosamente y apartó mi mano para sustituirla por la suya, y mientras la guiaba hacia el fondo de mi vientre, recogió el guante.

—Como quieras, pero si te aficionas a esto, nunca más volverás a sentir a ningún hombre.

—¡Venga ya, Fernandito! ¿En qué libro has leído eso?

—Deja ya de reírte así, tía, que se me va a bajar...

Pero agotamos nuestra risa hasta el final y todo volvió a ser como al principio, las grietas se cerraron, los gritos se borraron, y el frío desapareció, y desapareció el suelo, porque nada existía excepto yo, que flotaba, y Fernando clavado en mí, sujetándome para no permitir que cayera, y el resto daba vueltas, giraba cada vez más deprisa, circulaba veloz entre el rosa y el naranja, conquistando lentamente el rojo, y el color del mundo era cada vez más caliente, el amarillo lo hinchaba con llamaradas fugaces que se apagaban deprisa, pero alcanzaban a sobrevivir minutos enteros sobre la chamuscada piel de mis muslos, y antes no había sido así, antes no había llegado tan lejos, y él fue la última víctima de las inconcebibles exigencias de una soledad nueva para mí, porque le amaba infinitamente, pero le desterré a un lugar infinitamente lejano, y ya fue sólo rojo, como todas las demás cosas, otra pequeña partícula que viajaba despacio hacia el núcleo de un color cada vez más intenso, cada vez más perfecto, que se hizo circular, y luego espeso, y unos segundos más tarde, de repente, explotó.

Cuando comprendí lo que había pasado y recuperé de nuevo a Fernando en un rostro reventado de placer, lamenté no ser capaz de recordar si había chillado lo bastante, porque a pesar del color de mis pezones, sus ojos aún traducían un alivio profundo. Sonreía. Yo le devolví la sonrisa y engolé la voz para imitar la suya.

—Te has portado bien, Otto.

—Pero tendrías que habérmelo dicho antes.

—Bueno, en realidad —me dije que ya no tenía importancia mentir un poco más para consolarle, aunque me costó trabajo decidirme a presentar semejantes excusas—, he estado a punto de hacerlo un par de veces antes de ahora, pero a punto, de verdad, uno de ellos incluso me la metió un poco.

—Da igual —murmuró, y me dio la sensación de que se sonrojaba—. Si lo hubiera sabido, yo hubiera intentado ser... un poco... un poco más tierno...

—¡Oh, no!

Le abracé con tanta fuerza que tuve que hacerle daño, pero no se quejó, y yo misma tiré de la manta para cubrirnos con ella, porque sentí su vergüenza mucho más intensamente que él.

—De todas formas, si mañana, o pasado, te sientes mal, cuéntamelo.

—¿Me vas a dejar?

—¿Qué? —me dedicó una mirada de extrañeza tan pura que creí que no me había oído bien.

—Que si me vas a dejar, que si piensas desaparecer, largarte, hacerte el loco cuando me veas...

—No. ¿Por qué iba a hacerlo? —estaba estupefacto desde el principio, y me arrepentí de mi debilidad.

—Entonces estaré bien.

La luz se filtraba despacio por las rendijas de un cielo ya solamente gris. Empezaba a amanecer, y yo nunca había visto salir el sol, pero aunque hubiera querido quedarme allí toda la vida, contemplando sin hablar el espectáculo de la noche que se desvanecía, tenía que irme a casa, desafiar a mi suerte en los peldaños de la escalera, y estar en la cama antes de que se levantara Paulina, que competía tenazmente con todos los gallos del pueblo. Me costaba trabajo hasta pensarlo, pero cuando estaba a punto de decirlo, Fernando lo hizo sin mirarme.

—Deberíamos empezar a pensar en irnos. Son las seis de la mañana.

Cuando me monté en la moto y él arrancó, deseaba sinceramente llegar a casa, porque aunque no tenía ni pizca de sueño, estaba asustada. Nunca había vuelto tan tarde, ni en las fiestas, y sin embargo, y aun a riesgo de retrasar considerablemente aquel momento, hice una última pregunta, porque no podía dejarle marchar antes de saberlo todo.

—Oye, Fernando... Y Helga, ¿qué tal se porta?

—¡Oh, Helga! —tuve la sensación de haberle pillado por sorpresa, y me hizo esperar algunos minutos antes de completar su respuesta—. Pues... se porta bien, más o menos.

—¿Qué quiere decir más o menos?

—Bueno, ella... —se detuvo nuevamente, como si necesitara buscar las palabras con cuidado—. Su familia es católica.

—La mía también.

—Ya, pero eso aquí no cuenta. Aquí eso os lo pasáis todos por los cojones.

—¿Y en Alemania no?

—No. Allí los católicos son una minoría, y se lo toman mucho más en serio.

—¿Tú eres católico?

—No, yo soy luterano, o mejor dicho, mi madre es luterana. Mi padre no ha pisado una iglesia desde que le conozco.

—Ya. ¿Y qué pasa porque la familia de Helga sea católica?

—Nada, en realidad no pasa nada, sólo que ella, bueno... es como todas las chicas católicas.

Me estaba empezando a cansar de recorrer un camino tan largo, e incluso me pregunté si no debería interpretar sus rodeos como una ligera muestra de censura, una señal de que mi curiosidad bordeaba peligrosamente los terrenos de la indiscreción, y por lo tanto amenazaba con volverse en contra mía, pero como todavía no había cumplido los dieciséis, cuando estaba a punto de abandonar me dije que aquella noche había adquirido ciertos derechos.

—¿Y cómo son las chicas católicas?

Hizo una pausa y se rió entre dientes.

—Pues... Se me ha olvidado la palabra.

—¿Qué palabra?

—La del otro día.

—¿Qué día? No te entiendo, tío. ¿Quieres hablar claro de una vez?

No me respondió y le di un golpe en el hombro, aunque la situación me estaba empezando a divertir porque ya me atrevía a sospechar la verdad.

—Las alemanas católicas, en general... —dejó escapar un suspiro de resignación—, son muy parecidas a las españolas, en general.

No me costó trabajo reprimir un alarido prematuro, pero tuve que imponerme seriamente el esfuerzo de adoptar un tono suspicaz.

—¿No me estarás diciendo que no te acuestas con ella?

—No —y soltó una carcajada—. No se deja.

—¡Eres un cabrón, Fernando! Te voy a matar...

Creo que nunca antes le había dirigido a nadie un insulto tan fuerte, pero mis risas lo desvirtuaron de tal manera que sólo sirvió para incrementar sus risas, y cuando empecé a pegarle, mis puños blandos posándose sin fuerza sobre su espalda, protestó con una inofensiva voz ahogada, tan falsa como mi indignación.

—Déjame, india... Nos vamos a pegar una hostia de lujo, estate quieta... Además, no es culpa mía. Si me lo hubieras dicho a tiempo, seguramente seguirías siendo virgen y, la verdad, tampoco es que se te vea muy arrepentida.

No me arrepentí nunca, ni aquella noche, ni al día siguiente, ni en los días sucesivos, y nunca he estado tan segura de hacer las cosas que tenía que hacer, ni de hacer las cosas bien, aunque otras sombras, agazapadas en los pliegues de aquellas horas que inflaron el verano como si fuera un gigantesco globo capaz de vestir el cielo y de contenerlo al mismo tiempo en su interior, escapaban con frecuencia a mi control y emprendían un crecimiento frenético que multiplicaba miles de veces su tamaño, hasta desbordar en todas las direcciones el espacio reservado a los remordimientos comunes y seguir extendiéndose, imparables, para bordear las fronteras de un territorio sobre el que yo no poseía ningún dominio. Entonces, Fernando, que era el único objeto de mi pensamiento, pasaba a un segundo plano, y era yo quien me preocupaba a mí misma, yo quien me disgustaba, yo quien, de nuevo, me sumergía voluntariamente en un pantano del que creía que los ojos de mi amante habían logrado arrancarme para siempre, y dudaba de las verdades viejas, pero no dudaba menos de las verdades nuevas.

Desarrollé un sentido especial para comprender cosas que no conocía, y tal vez esa ignorancia alimentó mi angustia con más tesón que sus propias causas, porque creía sinceramente ser la única criatura en el mundo que experimentaba, que había experimentado alguna vez, los efectos de pasiones tan intensas y tan contradictorias, y me aterraba estar segura de que Fernando no me amaba tanto como yo le amaba a él, pero me aterraba más reconocer que no era su lealtad lo que me atormentaba, sino mi propia dependencia. Echaba de menos los ingredientes del romanticismo convencional, porque nunca nos miramos arrobados con los dedos entrelazados, y no nos sentábamos en ningún banco para contemplar las puestas de sol, y nunca jamás hablamos del futuro —un tema que ambos, parejamente conscientes de nuestras circunstancias, eludíamos con un cuidado rayano en la neurosis—, y los besos, y las caricias, y los abrazos, como un frente de nubes cargadas de lluvia, nunca se agotaban en sí mismos, y me parecía que eso no estaba bien, que estábamos condenados a quedarnos para siempre en el peldaño inmediatamente inferior al sublime éxtasis espiritual que resume el amor en teoría, pero al mismo tiempo, algunas veces, mientras Fernando se movía dentro de mí, un sentimiento ambiguo, propio y ajeno, hecho a medias de emoción y de culpa, descendía desde un nivel situado muy por encima del placer corriente, para concederme una suerte de estado de gracia que me retornaba a las parcas manifestaciones de fervor religioso que habían jalonado mi infancia, aunque mi enajenación crecía hasta alcanzar cotas que jamás había rozado antes, y sin embargo no era esa pagana conexión lo que me angustiaba, sino la certeza de que si, en uno de aquellos momentos, Fernando me hubiera confesado que le apetecía mucho matarme, yo le habría rogado que me estrangulara con la misma alegría que embriagaba a los mártires cuando se precipitaban sobre las fauces de los hambrientos leones del circo. Llegué a estar tan obsesionada por esa cuestión que a veces, cuando estaba sola, mientras fingía ver la televisión, o leer una revista, o nadar, o comer, me dedicaba a calcular cuántas horas de las que habíamos pasado juntos se nos habían ido follando, y cuántas habíamos dedicado a hacer cualquier otra cosa, y el balance me daba pánico, pero no era su ansia lo que temía, sino mi propia, inagotable avidez.

Me preguntaba todos los días si en el brutal proceso de mi amor por Fernando habría influido o no, y en qué medida, el hecho de que él fuera el primogénito del primogénito de Teófila, porque ese detalle en apariencia secundario matizaba con una prodigiosa destreza las aristas de mi pasión, limando algunas y afilando otras para precipitarme alternativamente en la virtud y en una vergüenza paradójicamente deliciosa. Intentaba reconstruirme a mí misma como si trabajara sobre un personaje de ficción, y me contemplaba distinta, al cabo de una vida opuesta, para descubrir, presa de un escéptico estremecimiento, que si yo hubiera sido como mi hermana, si nunca hubiera sentido la incomprensible necesidad de querer, de saber, de apoyar y de justificar a todos los que, entre quienes me rodeaban, habían desertado antes o después del puesto que les había sido asignado en el bando correcto, tal vez jamás me habría fijado en él. Pensaba a menudo en la sangre de Rodrigo.

Algún tiempo después de nuestro primer encuentro, Fernando eligió una carretera insólita para salir del pueblo, y abandonamos pronto el asfalto para embocar el sendero de tierra que llevaba al campo de fútbol. Le pregunté un par de veces adónde íbamos, pero me contestó que no me lo podía decir porque se trataba de una sorpresa. Era noche cerrada y no pude identificar con certeza los lugares por los que circulábamos, pero estaba casi segura de haber sobrepasado con creces el desvío que había tomado otras veces, dispuesta a animar al equipo de mis amigos, cuando la moto se detuvo en la orilla del río.

—Baja —me dijo Fernando—. El puente nos pilla demasiado lejos y ya estamos muy cerca. Llegaremos andando.

Cruzamos el agua por una hilera de piedras dispuestas en línea recta, y coronamos sin esfuerzo una loma que ocultaba un pequeño edificio rectangular a los ojos de cualquiera que transitara por el camino que acabábamos de abandonar. Fernando se acercó y dio una palmada en la pared.

—Vamos a ver... ¿Qué es esto?

Me eché a reír ante una pregunta tan absurda. Enganché mis propios dedos en uno de los agujeros de aquella pared de ladrillos y aire, y respondí con el acento cantarín que emplean los niños para recitar una lección difícil que sin embargo se han aprendido de memoria.

—Un secadero de tabaco.

—¿Y qué más?

Lo miré con detenimiento y no encontré nada extraño en aquel débil tabique perforado, levantado a base de hiladas de ladrillos que se contrapeaban entre sí, generando en su alternancia una retícula de huecos que aseguraba la ventilación del interior, donde las hojas de tabaco, colgadas como sábanas sucias de las vigas del techo, se secaban lentamente.

—Pues nada más. Es un secadero de tabaco como otro cualquiera, aunque no sabía que estuviera aquí. La mayoría están río arriba.

—La respuesta no es correcta —contestó, con una sonrisa que no supe interpretar—. Míralo bien. Si descubres el truco, te ganas un premio. Si no lo descubres, seguramente también...

Me acerqué a la puerta, que estaba cerrada y asegurada con un candado, y recorrí despacio el edificio al acecho de cualquier trampa, pero no descubrí ningún detalle sospechoso.

—Me rindo —admití, cuando estuve de nuevo a su lado.

Entonces Fernando se acuclilló en el suelo y enganchó los cinco dedos de su mano izquierda en cuatro de los huecos que se abrían entre los ladrillos, y al principio no comprendí qué estaba haciendo, porque estiraba de la pared hacia sí como si pretendiera que se le desplomara encima, y yo sabía que eso era imposible pero, sin embargo, la pared se estaba moviendo. Me arrodillé junto a él en el momento preciso en que se volvía para mirarme, sosteniendo un considerable trozo de muro de forma romboidal entre los dedos.

—Bienvenida a casa —murmuró—. No es un palacio, pero sí es mucho mejor que una manta.

—Es increíble... —acaricié el filo del inútil pegote de cemento que ya no adhería el ladrillo superior a ninguna parte—. ¿Cómo lo has hecho?

—Con una lima.

—Igual que los presos.

—Justo. Me hubiera gustado hacer un agujero más grande, pero nunca me imaginé que costaría tanto trabajo, y la verdad es que me cansé bastante antes de lo que pensaba. ¿Quieres pasar?

Atravesé el muro gateando, sin ninguna dificultad, y me encontré en una estancia rectangular, vacía en sus tres cuartas partes. A la izquierda, la cosecha reciente, hojas todavía húmedas, su piel viscosa y flexible goteando rítmicamente sobre el suelo, colgaba apenas de un par de vigas. A la derecha, grandes pilas de hojas más oscuras, la cosecha del año anterior, se amontonaban contra la pared con la sola excepción de dos de ellas, que reposaban unidas en el suelo para sugerirme la imagen de una cama vegetal. Me quedé de pie, en el centro, un gran espacio libre que no debió haberlo estado en tiempos mejores, cuando el tabaco ocupaba todo el techo, todo el suelo, todos los centímetros, los milímetros de aire, y Fernando, que había entrado después, devolvió la trampilla a su primitivo lugar, y se acercó hasta situarse a mi espalda. Sentí sucesivamente sus manos, que se cerraron alrededor de mis pechos para impulsarme con brusquedad hacia atrás, y sus labios, que se aplastaron contra mi nuca.

—¿De quién es?

—De Rosario.

—¡Pero si es tu tío!

—¿Y qué? Está ya muy mayor, ha vendido casi todas las fincas, cultiva muy poco, y además... esto lo van a picar igual, ¿no?

—Sí, pero no está bien. Es como robar.

No me contestó, ya no podía. Ese repentino silencio se convertiría en el preámbulo de la solemne liturgia que inauguramos aquella misma noche, el rito del tabaco, el regalo de aquel claustro húmedo y oloroso, tibio y oscuro como el inmenso útero de una madre descuidada, esencial y dulce al mismo tiempo. Fernando enmudecía mientras me desnudaba con dedos torpes de la violencia que los recorría, un fluido más impetuoso, más veloz que su propia sangre, y yo me dejaba despojar hasta del último de mis velos transparentes y callaba con él, hasta que su dedo índice, empapado en el espeso jarabe marrón que nuestro calor y nuestro sudor habían hecho brotar en la blanda superficie de las hojas prensadas, empezaba a pasear sobre mi piel, dibujando rayas y círculos para componer un imposible paisaje geométrico que llegaba a cubrirme por completo. Yo a veces me atrevía a escribir mi nombre sobre su pecho y luego lo borraba con la lengua, y hallaba un placer inexplicable en el acérrimo amargor de aquella sustancia donde se confundían el sabor de Fernando y el sabor del tabaco. Allí terminaba el recorrido. Luego volvíamos a hablar, y a reírnos, y a comportarnos como dos imbéciles, ensayando tímidamente palabras y acciones de ese amor que se aprende en el cine, o en los libros, y que nos sonaban cursis y ridículas, porque nos venían grandes de puro pequeñas, pero apenas recuerdo ya nada de aquello, porque sólo me he esforzado por conservar un gesto de Fernando, la contraseña de nuestra pureza, una mano abierta que se afirmaba sobre mi vientre para estirar de mi piel hacia atrás mientras sus pupilas se dilataban imperceptiblemente, traicionando un instante de angustia intensa y pasajera. Los ojos de mi primo se anclaban en mi sexo con la morbosa complacencia que genera el vértigo, y simulaban una imposible neutralidad para escrutar desde una distancia todavía segura el hueco donde su dueño se perdería a ciegas apenas unos segundos después, pero que aún le inspiraba un terror instintivo, digno de la más tenebrosa de las ciénagas, y yo retenía su miedo como una garantía, porque jamás le poseería tan completamente como entonces, mientras afrontaba mi cuerpo como un destino turbio y peligroso al que sin embargo se sabía irremediablemente abocado.

Sin embargo, mi poder nunca sería tan ambiguo como la primera noche, cuando me esforzaba por respirar, imponiéndome con decisión a la asfixiante atmósfera de aquel estanque de aire empapado donde el bochorno del viento ausente parecía activar un gas tóxico y lento, y la presión de los dedos de Fernando se hacía más intensa a medida que él avanzaba despacio en mi dirección, mirándome todavía, mientras sostenía su sexo en la otra mano con un gesto casual, casi descuidado. Entonces yo también le miré, y hallé algo insoportablemente familiar en su expresión, y de nuevo la ambigua silueta de un fantasma creció entre nosotros.

—¿Sabes, Fernando? Los dos tenemos la sangre de Rodrigo.

El no me contestó enseguida, como si no creyera necesario acusar el sentido de mis palabras, pero cuando yo ya no esperaba respuesta alguna, levantó los ojos para enfrentar los míos, y sonrió.

—¿Sí? —dijo al fin, un instante antes de penetrarme con un golpe seco, y cuando mis vértebras comenzaban a chocar unas contra otras, acusando el bárbaro ritmo de sus embestidas, y mi cabeza colgaba hacia atrás, como muerta, desgajada del resto de mi cuerpo, añadió—, no jodas...

Pero aunque la parcialidad de mi memoria, incesantemente atraída desde la niñez, tal vez en virtud de una engañosa casualidad, por los personajes y acontecimientos que estaban fabricando, sin contar con nosotros, el mundo donde algún día habitaríamos en solitario, me molestaba, porque me impedía afirmar mi amor como un sentimiento esencialmente puro, descontaminado de cualquier ingrediente que no contuviera en sí mismo, no era eso lo peor. A menudo, Fernando me besaba como si estuviera hambriento, clavándome los dientes con tanta fuerza que, cuando nos separábamos, mi lengua se asombraba de no hallar el sabor de la sangre sobre la piel de mi labio inferior. Una noche llegó a hacerme tanto daño que abrí los ojos, y encontré los suyos cerrados, desmintiendo uno de sus principios más intransigentes. Me había reprochado muchas veces que no quisiera mirarle cuando decidía dejarme ir, porque le parecía una cursilada, aunque a veces se empeñaba en atribuir a aquel impulso trivial una transcendencia que me desconcertaba. Es como si no quisieras ver, como si no quisieras saber quién soy, me dijo un día, y sin embargo, cuando me mordía, él cerraba los ojos, y a partir de aquel descubrimiento accidental, empecé a sospechar que las raíces de su pasión no deberían de ser menos impuras que los cimientos de la mía.

Ahora sé que en aquel punto convergían mi fuerza y mi debilidad, que en el exacto corazón del riesgo latía la mayor de mis ventajas, porque había millones de chicas en el mundo, más guapas, más listas, más divertidas que yo, pero ningún instrumento tan perfecto para un desafío tan intensamente deseado, y sin embargo, entonces, aquella idea me atormentaba, y me desgarraba por dentro, presa de la violencia de unos celos universales que me reducían, en mi propio orden del mundo, a un nombre y a un apellido, a una cuna y a una casa. Me preguntaba con frecuencia qué ocurriría conmigo cuando Fernando se aburriera de sacar los pies del plato.

Mi angustia crecía a medida que se agotaban los días de agosto, mientras una voz opaca susurraba en mis oídos, cada noche, que no habría jamás otro verano. Para conjurar el maleficio, intentaba imprimir a mis palabras y a mis acciones toda la solemnidad que admitían, hasta lo que yo consideraba el mismísimo borde del ridículo. Nunca me atreví a preguntarle si volvería, pero una tarde, en la terraza del bar del Suizo, cogí su mano derecha, estiré sus dedos, uno por uno, y cubrí mi cara con ella, dispuesta a darle todo lo que tenía. Mientras le miraba entre las rendijas, sentí que la carne de mis mejillas empezaba a hincharse, y que mi lengua ardía de calor, me picaban los ojos, y la saliva no conseguía franquear la frontera de mi paladar, y sin embargo lo hice, y escuché mi voz, segura y firme, en el supremo instante del suicidio.

—Te quiero.

La expresión de sus ojos no cambió, y sus labios esbozaron una sonrisa que se me antojó intolerablemente breve, pero su mano resbaló sobre mi cara y la recorrió despacio, como si quisiera borrar de su superficie las huellas de mi vergüenza.

—Yo también te quiero —dijo al fin, con voz neutra—. ¿Quieres tomar algo más? Voy a pedir otra caña.

En otras ocasiones se mostraría aún menos generoso. A principios de septiembre, la Bomba Wallbaum nos sorprendió con un ruido nuevo e inquietante, que sugería, sin margen de duda incluso para una profana como yo, que alguna pieza se había desprendido del motor y andaba suelta, golpeando en el interior del chasis. Fernando se puso de un humor de perros, y casi llegó a echarme la culpa de la avería, proclamando a grito pelado que aquélla era una moto fabricada para andar por carretera, y que se estaba destrozando de tanto andurrial y de tanto maldito camino de piedras. Sólo podía referirse al sendero que tomábamos casi todas las noches para ir al secadero de Rosario, y no me pareció justo que dijera esas cosas, pero nunca le había visto tan furioso, así que me senté en un banco sin despegar los labios, y me quedé al cuidado de la moto mientras él iba a su casa en busca de las herramientas.

Cuando volvió, siguió refunfuñando en voz baja todo el tiempo, afirmando para sí que estaba haciendo el imbécil, porque era imposible arreglar la Bomba en aquel pueblo de mierda, donde seguro que ni siquiera las tuercas giraban en el mismo sentido que en el resto del mundo, y pronosticando que su padre le iba a matar, y que se iba a negar a enganchar el remolque, y que al final se iba a quedar sin moto, y que en qué puta hora se le habría ocurrido a él marcharse de Hamburgo, hasta que enmudeció de repente, dejando una frase por la mitad, para alargarme un pequeño cilindro de cobre entre dos dedos pringados de grasa negra.

—Corre al taller de Renault que hay en la esquina, y pregúntales si alguna vez han visto una pieza parecida a ésta —el más grosero de los sargentos de guardia se habría dirigido a una nueva promoción de reclutas con más consideración—. Si te contestan que sí, que te digan dónde. Vete allí y compra una. Rápido.

Me puse en marcha sin objetar que yo misma, basándome en la experiencia acumulada durante toda una vida, dudaba mucho que en Almansilla las tuercas giraran, no ya en el mismo sentido que en el resto del mundo, sino siquiera sobre sí mismas. Sin embargo, cuando el mecánico de la Renault vio la pieza, la miró un poco por encima, metió la mano en un cajón, y sacó de allí un puñado de exactas y relucientes réplicas.

—A ver, coge la que más te guste.

—¿Pero valdrá para una moto alemana?

—Y para un avión australiano, Malena, coño... ¿Qué se ha creído ese listo? La rosca es de paso universal.

Los ojos de Fernando se iluminaron cuando le entregué el recambio, y le escuché canturrear en alemán durante el cuarto de hora escaso que duró la reparación. Cuando hubo apretado el último tornillo, arrancó la moto y se montó encima, pero no llegué a perderle de vista. Al final de la calle, dio la vuelta y regresó a mi lado con una inequívoca expresión de triunfo.

—Perfecto. Suena estupendamente, mira...

No echó de menos la pieza defectuosa hasta que cerró la caja de las herramientas y revisó el suelo, para ver si se había olvidado de algo.

—¿Y el otro cilindro? ¿Lo has dejado en el taller?

—No, lo tengo aquí.

Extendí mi mano derecha. La pieza, que había estado limpiando con un trapo empapado en saliva mientras él trabajaba de espaldas a mí, brillaba ahora sobre mi dedo corazón, igual que si fuera nueva. Me hubiera gustado ponérmela en el anular, como las alianzas, pero me quedaba demasiado grande. Cuando estaba a punto de contárselo, una estrepitosa carcajada me sugirió que aquél no era el mejor momento para una confesión.

—¡Menuda joya!

—A mí me gusta, pero si la necesitas para algo, te la devuelvo ahora mismo.

—No, quédatela. Total, no debe valer más de dos cincuenta... —y sin embargo, cuando me mordía, cerraba los ojos.

El final del verano aportó la prueba que confirmaría definitivamente mis sospechas. Fernando me informó de que la fecha de su regreso a Alemania ya estaba decidida con el mismo tono despreocupado y optimista con el que solía preguntarme qué me apetecía hacer, y desde entonces, viví amarrada al tiempo. Primero quedaban solamente diez días, después quedaron nueve, luego ocho, yo contaba con los dedos cada hora, intentaba ser consciente de cada minuto, explotarlo a conciencia, estirarlo, doblarlo, hacerle trampa, y cada mañana quedábamos un poco antes, y cada noche nos separábamos un poco más tarde, y apenas salíamos ya del secadero, no íbamos a Plasencia, no pisábamos el pueblo, no tomábamos copas, no malgastábamos el tiempo jugando a las cartas o yendo al cine. Yo me obligaba a planear una despedida deslumbrante, algo que él no pudiera olvidar, que me instalara para siempre en su memoria, y buscaba por todas partes un hilo capaz de coserle a mi sombra, un gesto grandioso, una señal conmovedora, una fianza, un tesoro, una estrella, pero por más que me exprimí la cabeza mientras estaba a su lado, tendida junto a él, disfrutando de aquellos breves silencios densos y profundos como horas, no había conseguido diseñar aún un plan concreto cuando de repente, una noche como las demás, sin previo aviso, él rompió a hablar.

—En tu casa, nada más entrar, hay un recibidor cuadrado, pequeño, ¿verdad?, y a la derecha un perchero de hierro, pintado de verde, con un espejo, y ganchos para colgar los abrigos, ¿no?

—Sí —musité, y apenas logré hacerme escuchar—. Pero ¿cómo sabes tú todo eso?

Sabía muchas más cosas, y las enunció con voz segura, ningún titubeo, ninguna duda, su voz renunciando a cualquier envoltorio de interrogación mientras afirmaba que más allá, una puerta con una vidriera de colores, cristales rojos, azules, verdes y amarillos, se abría a una especie de gran vestíbulo, donde arrancaban la escalera y un pasillo que se bifurcaba inmediatamente para conducir, a la izquierda, al gran cuarto de estar, y a la derecha, a la zona de servicio, dispuesta alrededor de la cocina, y entonces me miró. Asentí nuevamente con la cabeza, muda de asombro, y él debió de interpretar mi gesto como una invitación a proseguir, y siguió hablando, describiendo una casa que nunca había pisado con una precisión pasmosa, deteniéndose en detalles que sólo estaban al alcance de los ojos de un niño aburrido en una tarde lluviosa, como la silueta de elefante que una grieta accidental dibujaba en una de las losas de pizarra que recubrían el suelo de la despensa.

—Es increíble, Fernando —dije al final, perpleja—. Lo sabes todo.

El sonrió sin volverse a mirarme.

—Mi padre me lo ha contado. Vivió allí hasta los siete años —entonces recordé la historia que aprendí de Mercedes, e intenté decirle que ya lo sabía, pero él siguió hablando—. Cuando era pequeño, vinimos a veranear a España tres o cuatro veces, y algunas tardes, me subía con él a las peñas que hay al lado de la presa, y trepábamos los dos hasta la más alta para poder ver la casa entera. Entonces yo le preguntaba cómo era por dentro, y él me lo contaba. Se acordaba de todo. Dicen que los niños pequeños tienen mucha memoria, y debe de ser verdad, porque yo también me acuerdo de todo lo que me dijo entonces, ya lo has visto.

Entonces mi cerebro se inundó de luz, e intuí en un segundo cuál era el único gesto, la más difícil de las hazañas que estaban a mi alcance, y me puse tan nerviosa que me costó trabajo desprender la cadena de mi cuello, y mis dedos temblaban mientras la liberaba del peso de una pequeña llave metálica, y los ojos me picaban cuando la deposité en la palma de su mano para apretarla después entre sus dedos.

—Toma —dije solamente.

—¿Qué es esto? —preguntó, abriendo la mano para mirar la llave, y luego a mí, con idéntica expresión de desconcierto.

—Es una esmeralda, una piedra preciosa casi tan grande como un huevo de gallina. Rodrigo, el de la mala vena, se hizo un broche con ella, y el abuelo me lo regaló una tarde. Vale mucho dinero, más del que te puedes imaginar, me dijo entonces, y me pidió que la guardara, y que no se la diera a nadie nunca jamás, porque algún día podría salvarme la vida. No se la des a ningún chico, Malena, esto es lo más importante, eso me dijo, que no se la diera a nadie, pero yo te la doy ahora a ti, para que sepas cuánto te quiero.

Se paró a reflexionar un par de segundos, y cuando levantó la cabeza para mirarme, tuve la sensación de que no había creído ni una sola palabra de la historia que le acababa de contar.

—Esto no es un broche —dijo, con un acento altivo, casi desdeñoso—, es una llave.

—Pero es la única llave que abre la caja donde está guardada la esmeralda, y eso significa que ya es tuya, ¿no lo entiendes?

—¿Quieres hacer algo grande de verdad por mí, india? —me preguntó a modo de respuesta, mirándome a los ojos después de tirar la llave sobre sus vaqueros.

—Claro que sí —afirmé—. Haría cualquier cosa.

—Entonces, méteme una noche en la casa de mi abuelo.

Estaba amaneciendo cuando escondí mi cara en el hueco de su axila y la moví despacio, como si pretendiera beberme su sudor, y él, que antes jamás me lo había consentido, no hizo nada por impedirlo. Entonces estuve segura de que Fernando, de alguna manera, me utilizaba, pero eso tampoco era lo peor.

Lo peor, y lo mejor, era que todo aquello me gustaba.

Nos despedimos de pie, por la mañana, delante de la verja de atrás, la misma entrada que él había allanado dos noches antes cuando lo metí de contrabando en la Finca del Indio, y entonces vi mi llave, la minúscula llave plateada de mi caja de seguridad, en su llavero, prendida a una arandela que tintineaba entre muchas otras llaves. No nos dijimos nada, ni siquiera adiós, y volví a portarme bien, muy bien, porque él me había sugerido que no quería verme llorar, y no lloré. Cuando la moto desapareció por el camino, me quedé parada, sin saber muy bien qué hacer, como si me sobrara todo el tiempo del que pudiera disponer hasta que él volviera, y al final, por hacer algo, entré en casa, llegué hasta la cocina, y me senté a la mesa, sin intención de comer ni beber nada. Ya estaba pensando en irme de allí, a ninguna parte en concreto, cuando distinguí a mi abuelo tras la cristalera del office.

Se acercó hasta la nevera sin decir nada, como si no se diera cuenta de que allí no había nadie más que yo, y de que a mí sí que me hablaba, y echando una ojeada apresurada a su izquierda, y luego a su derecha, abrió la puerta, sacó una cerveza fría, y la abrió colocando el gollete contra el filo de la encimera para golpear luego la chapa con el puño. Sonreí porque hacía años que le habían prohibido la cerveza, y sólo entonces fui consciente de haber traicionado mis promesas. Bueno, me dije, seguro que él habría hecho lo mismo si estuviera en mi lugar, y como si pudiera leer en mi pensamiento, vino a sentarse a mi lado y sonrió.

—Volverá, Malena —me dijo, mientras yo dejaba caer la cabeza contra su hombro.

Jamás me había consentido que le hablara de Fernando, no quiero saber nada, me había dicho la única vez que intenté darle la gran noticia, antes de concederme tiempo para franquear siquiera el umbral de su despacho, bastantes problemas tengo ya por ese lado, así que éste te lo ventilas tú sola y que te aproveche, y en aquel momento creí que era sincero, que no quería saber nada, que se las arreglaría para no escuchar ningún rumor, para no enterarse nunca de lo que estaba pasando, pero aquella mañana, en la cocina, comprendí que ya entonces debía de saberlo todo, porque él, que no hablaba, que no oía, que no miraba, siempre lo sabía todo, porque era sabio.

—No pongas esa cara —añadió, y yo me eché a reír—, hazme caso, seguro que ése vuelve.

Volver a Madrid resultó, en contra de lo que yo misma había previsto, una novedad casi reconfortante, y no sólo porque la tremenda nostalgia de Fernando, que me había asaltado a cada paso durante la semana escasa que pasé sola en Almansilla después de su partida, se diluyó entre los imprecisos límites de una inquietud más compleja, como un compás de espera activo, exento de la indolente pasividad de la melancolía, sino también porque aquel otoño introdujo notables novedades en el hasta entonces monótono ritmo invernal de mi vida.

Mis días, antes rigurosamente iguales, empezaron a ofrecer particularidades bien diferenciadas, estrechos márgenes de variedad que adquirían a mis ojos el trepidante desnivel de las rampas de una montaña rusa, porque el colegio había terminado, y con él, el uniforme, y el mes de María, y las clases de Hogar, y las matemáticas, y el mismo autobús de todas las tardes y todas las mañanas. Cuando, seis meses atrás, me enteré de que las monjas habían pospuesto *in extremis* su viejo propósito de incorporar el COU a los cursos que tradicionalmente impartían, no había podido soñar siquiera una libertad semejante. Hasta el metro, que me transportaba diariamente hasta la vieja, sucia y desordenada academia donde asistía a clase, me parecía un lugar hermoso. Y no podía evitar una sonrisa al recordar aquel asqueroso olor a desinfectante que hervía en las pulidas losas de piedra rosada, como gigantescas lonchas de mortadela de Bolonia, un castigo del que mi nariz se había librado para siempre.

Al día siguiente de nuestro regreso, sin haber terminado siquiera de deshacer las maletas, Reina y yo corrimos a estudiar las listas y nos encontramos con que nos habían asignado turnos diferentes. Ella, que pensaba estudiar Económicas, una carrera bastante popular, había sido adscrita a uno de los muchos grupos de 25 alumnos que tenían como asignaturas complementarias Matemáticas, Inglés Especial y Principios de Economía. Yo, en cambio, había escogido Latín, Griego y Filosofía, una combinación muy exótica, al parecer, dado que mi nombre figuraba en un grupo único de sólo 18 alumnos. La mayoría de los candidatos a entrar en la facultad de filología, a la que yo aspiraba, habían elegido un idioma extranjero junto con las dos imprescindibles lenguas muertas, pero yo había descartado esa posibilidad porque mi nivel de inglés era ya muy superior al denominado especial. A consecuencia de ello, mi grupo, como todos los raros, tenía horario de tarde, mientras que el de Reina, en su calidad de muy solicitado, disfrutaba del teórico privilegio de un horario de mañana.

Así, un factor tan aparentemente trivial como la elección de las asignaturas optativas de aquel curso, cambió en más de un aspecto el sentido de mi vida. A partir de entonces, apenas si me tropezaba con mi hermana en la cena, porque tenía que comer antes que los demás para llegar a las tres en punto a la primera clase, pero su ausencia en sí misma no me extrañaba tanto como el hecho de estar sola, y aún más, de ser sola, porque aún recuerdo el estupor que me produjo el advertir que ninguno de mis profesores, y ninguno de mis compañeros, y ninguna de las personas con las que me cruzaba por los pasillos o en el bar, todas las tardes, tenían motivo alguno para sospechar que yo tuviera una hermana melliza, y que, de hecho, no lo sospechaban.

Esa fue la mayor sorpresa de aquel principio de curso, pero no la única, porque, aunque se les podía contar con los dedos de una mano y aún sobraba alguno, en mi clase había alumnos varones, detalle que por fin recompensaba mi histórica —casi histérica— reivindicación de enseñanza mixta, una causa a la que, de todas formas, la aparición de Fernando había privado de toda transcendencia. Pero la mera presencia de aquellos enanos, tan aterrados por la abrumadora superioridad del elemento femenino que se protegían los unos a los otros sentándose siempre juntos, en la última fila, era tan reconfortante como la legalidad de las faltas de asistencia, que se apuntaban, pero no acarreaban una inmediata llamada telefónica de justificación al domicilio paterno. Y apenas dejé de asistir a alguna clase dos o tres veces en todo el curso, pero disfrutaba muchísimo de la simple seguridad de que cualquier tarde podía irme al cine sin que pasara nada. Hacer amigos fue, sin embargo, la mejor de las sorpresas.

El primer día de clase, mientras atravesaba el umbral de un aula repleta de desconocidos, en mi estómago el hormigueo de los estrenos importantes, me di cuenta de que, en realidad, yo nunca había tenido amigos propios. La constante compañía de Reina me había liberado de la común preocupación infantil por hacer amistades en el colegio, y el gran número de primos y primas que convivían conmigo en la Finca del Indio había hecho innecesario el no menos común y trabajoso reclutamiento de una pandilla para las vacaciones de verano. Nunca había tenido que pedirle a nadie que me ajuntara, ni hacer méritos públicos para ser admitida en ningún grupo, y por eso, perdida entre extraños, elegí un asiento contiguo a la pared y estuve un par de semanas sin hablar con nadie, recorriendo yo sola los pasillos cuando salía a fumar en los cambios de clase. Era consciente de que mi ignorancia de un código tan vulgar como el que regula la vida social en un ambiente como aquél, podía ser malinterpretada por mis compañeros como una muestra de arrogante e injustificado desdén, sobre todo porque yo no podía ampararme en una timidez que desmentían a cada paso mi voz y mis gestos, pero por otra parte, disfrutaba tanto de aquella pequeña soledad que la perspectiva de su crecimiento nunca llegó a inquietarme realmente.

Mi actitud terminó por llamar la atención de una chica que solía sentarse en el extremo opuesto de la clase, rodeada de tres o cuatro compañeras a las que debía de conocer desde hacía tiempo, porque todas parecían llevarse muy bien entre sí. Una tarde se sentó a mi lado, y disculpándose de antemano por su curiosidad, me preguntó qué llevaba en el dedo. Celebró la historia de la tuerca con grandes carcajadas desprovistas de sarcasmo, y su risa me gustó. Se llamaba Mariana, y en el siguiente cambio de clase me presentó a sus amigas, Marisa, que era baja y gordita, Paloma, rubia y con granos en la cara, y Teresa, que era de Reus y hablaba con un acento muy divertido. Me acogieron con mucha naturalidad, porque ellas mismas no se habían visto nunca hasta el primer día de curso, y enseguida me presentaron a sus primos, y a sus hermanos, y a sus novios, que además tenían primos, y hermanas, y amigos del colegio que a su vez tenían otras novias que tenían primas, y hermanos, y amigos del colegio, y así, antes de darme cuenta, yo también tuve amigos, aunque nunca me preocupé por presentárselos a mi hermana.

Nunca había vivido días tan apretados. Tenía clase de inglés por las mañanas, y casi todas las noches iba al cine con Mariana y con Teresa, porque ninguna de nosotras se cansaba jamás de ver películas, y cuando alguna nos gustaba de verdad, repetíamos hasta tres o cuatro veces sin aburrirnos. Paraba poco, me reía mucho, y procuraba no pensar demasiado en Fernando de lunes a viernes, pero sólo conseguía dormirme mientras le recordaba, y le consagraba, enteros, todos los fines de semana. Cada sábado, después del desayuno, empezaba a escribirle una carta larguísima que no solía terminar hasta la tarde del día siguiente, tras haber desechado un montón de borradores. Antes de cerrarla, metía en el sobre cualquier tontería plana que pudiera parecer un regalo, una chapa, un llavero, una postal, un recorte divertido del periódico, una pegatina o una flor disecada, con una nota en la que me disculpaba por mandar algo tan cursi. El espaciaba sus respuestas, pero sus cartas eran aún más extensas que las mías, y después de cumplir mi único encargo —los pantalones que le había prometido a Macu—, empezó a enviarme paquetes postales con regalos de verdad, camisetas, carteles, y algunos discos que aún tardarían meses enteros en aparecer en España.

El tiempo pasaba despacio, pero soportaba su pereza mejor de lo que había calculado, hasta que, a principios de noviembre, Reina contrajo una extraña enfermedad.

Los primeros síntomas se habían producido casi exactamente un mes antes, pero entonces no les había prestado demasiada atención, porque su aparición sucedió sólo en unos días a otros más crueles, los que anunciaron la desenfrenada carrera de la esclerosis que consumiría el querido y pecador cuerpo de mi abuelo en poco más de tres meses. Cuando una mañana, al levantarme, me encontré con que Reina seguía en la cama, doblada sobre sí misma, sujetándose la tripa con los brazos como si sus intestinos amenazaran con desparramarse sobre las sábanas, me asusté un poco, pero ella misma me tranquilizó al contarme que le había venido la regla. Ninguna de las dos solíamos padecer mucho en tales circunstancias, pero interpreté aquella excepción como un contratiempo de lo más natural. No me lo pareció tanto, sin embargo, el encontrármela igual de postrada y retorcida cuando volví por la noche, y me enteré de que no había tenido fuerzas para levantarse en todo el día.

Tampoco lo hizo la mañana siguiente, y al despertarse tenía tan mal aspecto que decidí no ir a clase y quedarme con ella. Como los analgésicos no parecían hacerle mucho efecto, le di una copa de ginebra para que se la bebiera a sorbitos, y aquel remedio casero le sentó mucho mejor. Comimos juntas, y por la tarde se empeñó en llevarme al cine, a ver una película que le apetecía mucho, aunque sabía que había quedado con mis amigas para ir a verla el fin de semana siguiente. Al final, vi aquella película dos veces y todo volvió a la normalidad. Me había olvidado ya de los dolores de mi hermana cuando, veinticinco días más tarde, se reprodujo un proceso idéntico, aunque mucho más intenso, a juzgar por los aullidos de la enferma.

Entonces empecé a preocuparme de verdad, y hablé con mi madre, pero ella, que un mes antes, agobiada por el ingreso del abuelo en el hospital, apenas se había enterado de lo sucedido, no quiso hacerme caso. Todas las mujeres del mundo, me dijo, han tenido reglas dolorosas alguna vez, y eso no tiene ninguna importancia. Yo insistí, porque Reina llevaba ya tres días en la cama, y decía que a veces se sentía hinchada, como si algo estuviera creciendo 'dentro de su vientre, pero mamá se negó a aceptar siquiera la posibilidad de que su hija más débil, aquella criatura que había estado tan cerca de perder la vida mientras luchaba por conservarla, recayera ahora en el riesgo de la gravedad, ese destino aparentemente inevitable que con tanto esfuerzo, y tanta suerte, había conseguido sortear durante su infancia, y descartó cualquier enfermedad de mi hermana con la misma fría inconsciencia que le había inducido a vestirla siempre con ropa grande cuando era una niña, como si sus ojos, que no habían podido ver entonces que su cuerpo no crecía, se negaran a ver ahora que en aquel cuerpo, por fin adulto, algo no marchaba bien.

Reina, que había aprendido a no preocuparla en las sombrías salas de espera de aquellos especialistas que la volvieron varias veces del revés cuando era una cría, no se quejaba delante de ella, pero cuando nos quedábamos solas, me describía los detalles de un sufrimiento atroz. Sentía unos pinchazos muy agudos, como si se hubiera tragado un afilado y caprichoso alfiler que viajara sin rumbo entre sus vísceras, clavándose sin previo aviso en un lugar o en otro, y reposando durante horas enteras para multiplicar luego sus ataques, atormentándola hasta dejarla exhausta, y este dolor, concreto y brillante, se superponía a una molestia más sorda, pero constante, una presión implacable que atenazaba su vientre extendiéndose a veces hasta el pecho, para generar allí una angustiosa sensación de ahogo. Yo no sabía qué hacer, pero tenía mucho miedo, y aunque no quería asustar a mi hermana con historias siniestras, me acostaba cada noche temiéndome lo peor, tras haber fracasado en mis intentos de aliviar su dolor por todos los procedimientos imaginables. Intenté sustituir la ginebra, cuyos efectos parecían haberse debilitado, por el contenido de todas las botellas que pude encontrar en casa, pero no obtuve otro éxito que la precaria mejoría que la enferma extrajo de un par de buenas cogorzas, antes de que las consecuentes náuseas la precipitaran en un estado aún más penoso. Planchaba toallas con el vapor al máximo, y cuando el calor se revelaba inútil, llenaba el lavabo con cubos de hielo y las metía dentro, para comprobar que el frío tampoco servía. Los masajes en la tripa y en los riñones la sentaban bien al principio, pero sus virtudes se agotaban enseguida, y los baños tibios no servían para nada. Mi imaginación no daba más de sí, y el resultado siempre era el mismo, me duele mucho, Malena.

Cuando se levantó al fin, después de cinco días de reposo, mi madre suspiró aliviada y me reprochó haberla alarmado tanto por tan poca cosa, pero yo no me quedé tranquila, porque Reina no conseguía volver a caminar completamente erguida, y se cansaba mucho al realizar cualquier esfuerzo, aunque fuera tan pequeño como subir las escaleras de una estación de metro. Por eso, aunque aquella tarea no me correspondía, y ella afirmaba sentirse bien desde hacía más de una semana, me ofrecí a bajar a la calle a comprar el periódico una mañana de domingo, pero se empeñó en acompañarme, y al final fuimos juntas, como cuando éramos pequeñas, porque su enfermedad, cualquiera que fuese, había obrado el milagro de unirnos otra vez, cuando nuestro alejamiento parecía ya definitivo. Paseábamos despacio por la acera, disfrutando de la luz del sol de invierno, cuando ella, sin previo aviso, se dobló por la mitad, acusando un pinchazo tan intenso que, durante algunos segundos que se me hicieron largos como siglos, ni siquiera le consintió hablar.

Por la tarde la dejé en el salón, viendo la tele, y me encerré en mi cuarto con el pretexto de escribir a Fernando, pero ni siquiera llegué a sacar el papel del cajón. Necesitaba pensar, y tenía todos los elementos precisos para evaluar la situación, calculando sus posibles desarrollos con una exactitud casi matemática. Nunca me había enfrentado a un dilema semejante, porque nunca me había visto obligada a afrontar una responsabilidad tan grave. Si yo no intervenía, mi madre no se decidiría a llevar a Reina al médico hasta que la viera arrastrándose por el pasillo, y entonces quizás sería demasiado tarde. Mi hermana, que se compadecía del miedo culpable de mamá más que de sí misma, no se lo pediría hasta que se sintiera morir, y entonces seguro que sería demasiado tarde. Pero si yo presionaba a ambas, y podía hacerlo, me metería por mi propio pie en la boca del lobo, porque desde que se resolvió la cuestión del crecimiento, cada vez que mi madre se había visto obligada, siempre en contra de su íntima voluntad, a llevar a Reina al médico, yo había ido con ellas, y nunca me había librado de que mis oídos, o mis dientes, o mi garganta, o las plantas de mis pies, fueran examinados inmediatamente después que los suyos. Podía prever incluso, palabra por palabra, la frase que pronunciaría ella para animarme —Sí, Malena, ve tú también, anda... Así me quedo tranquila del todo—, en un tono que traicionaba tanto su absoluta despreocupación por mi salud como el auténtico propósito de mi reconocimiento, que no era otro que el de confortar a Reina, dando a su dolencia, cualquiera que fuera ésta, la mayor apariencia de normalidad posible.

Me daba cuenta de que cualquier persona sensata se habría mantenido absolutamente al margen de los acontecimientos, ejerciendo si acaso, y de lejos, una discreta vigilancia sobre su evolución, pero yo no me sentía capaz de una neutralidad semejante, y la angustia que había acumulado era tanta, y tan honda, que empecé a ver visiones, hermosos espejismos, como los que seducen a los náufragos del desierto cuando están a punto de morir de sed. Porque, aun dando por sentado que mamá escogería un médico privado, seguramente el ginecólogo de la familia —si es que lo había, y lo habría, porque en mi familia había de todo, desde carpinteros hasta veterinarios, de cuya clientela formaban parte los Alcántara desde que tenían memoria—, en lugar de acudir a un anónimo, probablemente apresurado, y hasta grosero, especialista de la Seguridad Social, que dispondría, sin embargo, de una ilimitada variedad de medios técnicos rotundamente inasequibles al primero... ¿qué coño le importaba a ese señor lo que yo hiciera o dejara de hacer? Por otra parte, Reina y yo éramos ya tan mayores que no sería descabellado pensar que hasta mi madre se diera cuenta de lo absurdo que resultaba perder tiempo y dinero en consultas innecesarias, porque desde luego, a aquellas alturas, ya nadie nos iba a mirar a las dos por el mismo precio. Y además, me dije que los médicos eran un poco como los curas, porque ellos también tenían normas que les obligaban a guardar secretos.

Cuando estaba a punto de concluir que en ambas direcciones el riesgo era inmenso, rectifiqué a tiempo, porque desde cualquier punto de vista, mi hermana corría un peligro mucho más grande que yo. Entonces tragué saliva, y lo primero que hice al día siguiente fue acompañar a mi padre al trabajo para poder hablar con él en el coche.

—¡Ah, no, no, no! A mí no me vengas con mujeridades sanguinolentas —me advirtió—, porque me dan un asco espantoso.

Pero al final se comprometió a convencer a mi madre, aunque eligió un tono tan despreocupado que no presagiaba nada bueno. La presumible ineficacia de mi gestión no me desanimó tanto, sin embargo, como el fracaso que coseché al volver a casa, cuando me atreví por fin a hablar del tema con la interesada. Ella, que sólo unos días antes parecía disfrutar describiéndome el color de sus dolores con la fanática precisión de un miniaturista, arqueó las cejas para subrayar su asombro antes de proclamar pausadamente que nunca se había sentido tan mal como yo afirmaba, y desplegó una vehemencia insólita para rechazar uno por uno todos mis argumentos, sin detenerse a reemplazarlos con otras razones. Por un momento tuve la impresión de que se sentía acorralada, pero cuando ya aflojaba la presión, sospechando que mi discurso no hacía sino alimentar el miedo que delataban sus férreas negativas, dejó escapar un comentario tan frío y tan sereno, tan propio de la engrasada maquinaria de sus razonamientos, que terminé preguntándome si no sería verdad que era yo quien estaba pasada de rosca.

—Son sólo imaginaciones tuyas, Malena —me dijo con dulzura, rozando un instante su cabeza con la mía—. Sigues obsesionada con mi salud, igual que cuando éramos pequeñas, como si tuvieras la culpa de todo lo que me pasa. Pero por mucho que lo sientas, siempre seré más baja que tú, eso no tiene remedio, y tampoco lo tiene el que tú no te enteres de la regla y a mí, en cambio, me deje hecha polvo. ¡Si ni siquiera te coges un catarro en invierno y yo estoy tosiendo y moqueando hasta la mitad de mayo! Eres mucho más fuerte que yo, y ya está, pero eso no es culpa de nadie.

Esta breve declaración me devolvió al árbitro del juego, a la frágil manipuladora de conciencias que se dejaba caer suavemente hasta el suelo para hablarme desde allí, encogida sobre sus rodillas, a la Reina que menos me gustaba, y recelé de ella, de su misteriosa y voluble dolencia que sólo yo apreciaba, y de sus intenciones, pero aquella misma noche, un grito me despertó de madrugada, y cuando encendí la luz de la mesilla, la encontré con los párpados fruncidos y los dientes clavados en el labio inferior. Su brazo derecho terminaba en un puño que se hundía en su vientre, como si pretendiera empujar el dolor hacia dentro, y su expresión reflejaba un sufrimiento tan intenso que solamente podía ser sincero.

—De acuerdo, Malena —susurró, cuando pasó la crisis—. Iré al médico. Pero con una condición.

—¿Cuál?

—Que tú vengas conmigo.

—¡Claro que iré! —dije con una sonrisa, tragando saliva—, ¡qué tontería!

Un par de días más tarde, mamá se decidió por fin a pedirle hora a un tal doctor Pereira, que efectivamente resultó ser su ginecólogo de toda la vida, el que nos había traído al mundo a nosotras y a la mitad larga de la familia. Entonces Reina volvió sobre el tema, para imprimir al futuro un cariz mucho más negro del que yo misma me había atrevido a prever.

—¿Pero por qué quieres que me mire también a mí? —protesté—. ¡Si a mí no me duele nada!

—Ya lo sé, pero es que me da mucho corte...

—No seas paleta, Reina, por Dios. Es sólo un médico.

—Sí, tía, pero para ti es distinto, tú no eres vergonzosa, pero yo me pongo como un tomate con cualquier cosa, ya lo sabes. Además, tengo mucho miedo, igual me encuentra algo horrible, y no sé... Es que no me gusta nada la idea de que un tío me ande hurgando mientras mamá y tú me miráis, tan tranquilas. Si te reconociera a ti primero, y yo viera que no te hace daño, ni te pasa nada, pues... me pondría mucho menos nerviosa, estoy segura. Si tú no entras, desde luego, yo no voy, te lo juro, Malena...

Terminé accediendo, plegándome al destino antes de tiempo, y no sólo porque todo lo que decía Reina, mucho más pudorosa, y más aprensiva que yo, fuera verdad, ni porque ya hubiera aceptado, haciendo acopio de toda la serenidad que pude encontrar, que la suerte estaba echada, sino porque tenía mucho más miedo que ella. Estaba tan aterrada por la certeza de que encontrarían algo terrible en su interior, que no dediqué ni siquiera un minuto a pensar en mí misma cuando emprendimos aquella expedición, que nos conduciría, a través del siniestro pasillo de un inmenso piso de la calle Velázquez, a la presencia de uno de los seres más desagradables que he conocido en mi vida.

El doctor Pereira mediría, a lo sumo, un metro y medio. Tenía los dientes amarillos, tres o cuatro verrugas en la calva, y un bigotito repulsivo que parecía una raya pintada a mano con un rotulador de punta fina y mal pulso. No parecía un médico, porque cuando nos recibió aún no se había puesto una bata blanca sobre el grueso traje de tweed con chaleco, y su edad, sumada a la de la vetusta enfermera que sujetaba la puerta, habría rebasado el siglo al menos en veinte años. Pero mientras soportaba con una sonrisa estoica sus bromas, sus palmaditas y sus ¡qué barbaridad, pero si ya estás hecha una mujer!, me dije que aquel paternal baboso iba a curar a mi hermana, y cuando, desbaratando todos los planes de Reina, insistió en ver primero a la enferma para reaparecer tras el biombo blanco más de media hora después, y afirmar que todo estaba en orden y que la encontraba perfectamente, casi me cayó bien.

Mientras él explicaba a mi madre, en un tono que subrayaba su perplejidad, que no comprendía cuál podía ser la fuente de aquellas molestias y que, de todas formas, sería conveniente realizar una batería de pruebas para descartar cualquier problema que hubiera escapado a la exploración, mi hermana se reunió con nosotras, los ojos llorosos y el susto pintado en la cara, y la abracé mientras se sentaba a mi lado. Mamá ya se levantaba para despedirse, cuando él, que debía de tener sus honorarios bien grabados en la cabeza, intervino señalándome con un dedo.

—¿No quieres que mire también a la otra?

—No hace falta —dije—. Yo estoy muy bien, no me duele la regla ni nada.

—Pero ya que estás aquí... A mí no me cuesta ningún trabajo —insistió él, dirigiéndose siempre a mi madre.

—Sí, Malena, ve, anda, es mejor... Así me quedo tranquila del todo.

Cuando aquel cerdo estuvo delante de mí, cerré los ojos, para no hallar en los suyos un reflejo de la mirada de Fernando, y conseguí mantener mi ánimo intacto durante aquella prueba. Al salir, cuando Pereira retuvo en la puerta a mi madre tras despedirse de nosotras, traté de sostenerlo concentrándome en la idea de que Reina estaba bien, y que eso era lo único que importaba. Y no me dolió la bofetada que me pegó mamá apenas me tuvo delante, ni que me gritara que no quería volver a saber de mí en toda su vida en una sala de espera repleta de gente extraña, ni que me llamara puta a gritos en plena calle. Lo que me dolió fue que, cuando paró un taxi y abrió la puerta para que mi hermana pasara delante —¡vamos, hija!—, ella ni siquiera se volvió a mirarme.

Eché a andar despacio por la calle Velázquez, y no la dejé hasta la esquina con Ayala. Entonces torcí a la izquierda, crucé la Castellana, y subí por Marqués de Riscal hasta encontrarme con Santa Engracia. Doblé la esquina, esta vez a la derecha, y seguí andando hasta Iglesia. Sólo cuando llegué a esta plaza, comprendí que, abandonándome a mi instinto, había trazado con mis pasos el sendero de los réprobos.

No era capaz de pensar en nada, y me encontré llamando al timbre de Martínez Campos sin haber preparado siquiera una excusa para la visita. A Paulina, que debió dar por sentado que mi único propósito consistía en ver al abuelo, no le sorprendió demasiado, sin embargo. Mientras contestaba a sus tradicionales preguntas sobre el estado de salud de todos los habitantes de mi casa, incluida la tata, buscaba desesperadamente un argumento del que colgarme como de una liana salvadora en plena selva, pero no hallaba nada porque mi imaginación, de puro agotada, estaba en blanco. Entonces, Tomás se tropezó con nosotras cuando cruzaba el vestíbulo.

El era el único hermano de mi madre que seguía viviendo en aquella casa, y a partir de la enfermedad del abuelo, la única autoridad vigente entre sus muros, porque un par de meses antes, y sólo después de que el enfermo desmantelara sus planes, destinando sus últimas energías a exigir que le sacaran inmediatamente del hospital porque quería morirse en su cama, todos sus hijos se pusieran de acuerdo en que sería mejor contratar a tres enfermeras para que, en turnos consecutivos, se ocuparan del enfermo durante las veinticuatro horas, que cuidarlo ellos mismos, decisión que Tomás aplaudió con entusiasmo por cuanto garantizaba su tranquilidad. Desde entonces, él se ocupaba de su padre en solitario, pero la tarea de organizar a las enfermeras y recibir al médico todos los días, no le absorbía tanto como para segregarle temporalmente del mundo, y más listo, o menos confiado que Paulina, no necesitó mirarme más de una vez para adivinar que mi aparición en aquella casa se debía a causas más complejas que mi interés por el abuelo.

Se comportó como si no sospechara nada, sin embargo, y cuando Paulina me trajo una Coca-Cola que yo no había pedido y se marchó, dejándonos solos en el salón, se limitó a clavar en los míos sus ojos saltones, y no quiso hacerme ninguna pregunta. Prolongué la espera durante algunos minutos, y descarté al menos media docena de prólogos antes de pronunciar suavemente su nombre.

—Tomás...

El sostenía una copa de coñac entre los dedos y esperaba, hermético y lejano como siempre. Nunca me había caído demasiado bien, pero su padre me había hecho prometer que no me fiaría de nadie, excepto de él, si algún día necesitaba vender aquella piedra que me salvaría la vida, y Magda lo quería, Mercedes había unido sus nombres al recitar la breve lista de los hijos de Rodrigo. Me esforcé un poco y recordé que una vez tuvo la oportunidad de traicionarme, y no quiso hacerlo. Me esforcé más, y comprendí que no me quedaban muchas alternativas, así que se lo conté todo, desde las primeras etapas de la enfermedad de Reina hasta el pánico que me ataba a la butaca donde estaba sentada en aquel instante, impidiéndome pensar siquiera en volver a casa.

Terminé de hablar, y él se echó hacia atrás, recostándose contra el respaldo del sillón, y me miró todavía un momento, tapándose la boca con una mano, para descubrir luego una sonrisa que me dejó pasmada, no tanto por su intensidad como por lo infrecuente de aquel gesto en aquel rostro.

—No te preocupes, puedes quedarte aquí todo el tiempo que quieras... Y no tengas miedo, porque tampoco va a pasar nada. Nunca pasa nada.

Cuando escuché estas palabras, sentí que la tensión hacía estallar por fin una misteriosa válvula alojada en mi interior, y casi pude escuchar el silbido del aire escapando a toda velocidad mientras mi cuerpo se desinflaba por dentro. Mi estómago recuperó la blandura, mi lengua perdió sabor, y mis palabras se desprendieron del acento rígido, solemne, en el que me había refugiado hasta entonces, como de un herrumbroso e inservible escudo.

—No, sólo que mi madre me va a matar.

—¡Qué va! Te apuesto lo que quieras a que en Navidad ya se le ha pasado.

—Que no, Tomás, en serio, seguro que no. Tú no la conoces.

—¿Eso crees? Pues sólo viví con ella... unos veinticinco años, más o menos.

—Pero tú nunca has pasado por algo así.

Entonces su sonrisa se ensanchó, para estallar en una breve serie de desconcertantes carcajadas, que debieron extinguirse por completo antes de que mi tío siguiera hablándome en un tono distinto, grave y risueño al mismo tiempo.

—Mírame, Malena, y escúchame. He vivido casi medio siglo, he pasado por tragos mucho peores, y he aprendido que sólo cuentan dos cosas. Una, y esto es lo más importante —se inclinó hacia delante y tomó mis manos para apretarlas entre las suyas—, que nadie te va a poder quitar en tu vida lo que has bailado ya. Y dos, que a pesar de las apariencias, no pasa nada. Nadie mata a nadie, nadie se suicida, nadie se muere de pena, y nadie llora más de tres días seguidos. A las dos semanas todos vuelven a engordar y a comer con apetito, te lo digo en serio. Si no fuera así, la vida se habría extinguido en este planeta hace varios milenios. Piénsalo y te darás cuenta de que tengo razón.

—Gracias, Tomás —sus manos, ahora flojas, seguían sosteniendo las mías. Las apreté con fuerza y posé mi frente sobre sus palmas—. Muchas gracias, no sabes...

—Yo lo sé todo, señorita —se apresuró a interrumpirme, como si mi gratitud le ofendiera y, para mi sorpresa, logró hacerme sonreír—. Y ahora, ve a avisar a Paulina de que te vas a quedar a cenar, pero no le cuentes nada, ya se lo contaré yo. Voy a llamar a tu casa. Hablaré con tu madre... —se detuvo un momento, como si la idea no le gustara demasiado—, o mejor con tu padre, y le diré que estás aquí, no te preocupes.

Paulina me regañó por no haberla avisado con más tiempo, porque la encantaba lucirse ante los invitados, por muy vulgares que fueran, pero la cena, sin embargo, fue estupenda. Tomás no quiso darme muchos detalles de su conversación con mi padre, pero me convenció de que todo estaba arreglado y mintió, estoy segura de que mintió, al asegurarme que papá le había comentado que Reina parecía muy preocupada por mí. Luego se lanzó a la conversación con un entusiasmo que yo no conocía, y habló casi en solitario durante toda la cena, como si aprovechara mi presencia para ejercitarse en un placer raro y difícil de obtener, aunque no podía evitar detenerse de vez en cuando para mirarme y sonreír.

—Te hace mucha gracia todo esto, ¿eh? —pregunté cuando llegamos al postre, animada por el regalo que me había otorgado la Providencia al conservar para mí, intacta en la nevera, una ración de natillas con roca flotante.

—Hija, el año que viene cumplo cincuenta años, ¿qué quieres, que me eche a llorar?

—¡Nooo! —conseguí pronunciar, con la boca llena de merengue.

—Pues eso. De todas formas, tienes algo de razón, sí que me hace gracia tenerte aquí exiliada. Debo de estar un poco pirado, porque la verdad es que todo esto me recuerda que estoy viejo, pero... qué quieres que te diga, por otro lado, me siento rejuvenecer, como decían en aquella película. Nos tomaremos una copa para celebrarlo.

Hasta que Paulina no apareció en el comedor, con un carrito lleno de botellas y una expresión tan agria como la nata cortada, evidencia de que mi madre ya la había llamado por teléfono, no creí en la autenticidad de aquel ofrecimiento, como jamás habría creído que mi tío fuera un bebedor tan constante si no lo hubiera visto con mis propios ojos.

—A ver... —insistió, después de servirse un coñac—. ¿Qué quieres tomar?

—¿Puedo tomarme una copa de verdad?

—Mujer, tú veras, si te atreves...

No empleé más de tres o cuatro segundos en examinar la oferta del carro, pero mi silencio resultó un hueco suficiente para que una nueva interlocutora se colara en la conversación.

—¿Esta? ¡A cosas peores se habrá atrevido ya!

—¡Deja en paz a la niña, Paulina! —la reacción de Tomás fue fulminante—. ¿No ves que lo está pasando mal? No la pongas más nerviosa, coño.

—¡Eso! Tú ponte de su parte, y a tu pobre hermana que la parta un rayo.

—Mi hermana no tiene nada que ver con esto.

—¡No poco!

—¡Ni poco ni mucho, nada en absoluto!

El tono de mi tío, que había subrayado su última intervención, casi un grito, soltando el puño sobre la mesa a la manera del abuelo, asustó a Paulina, que se tapó la cara con las manos.

—Desde luego —susurró después, con los ojos húmedos—, tal para cual...

—Ya conoces el refrán —dijo Tomás con voz suave, alargando un brazo para cogerla por la cintura como gesto de conciliación, y se las arregló para disfrazar de broma lo que, dicho de otra manera, habría sonado como la peor de las provocaciones—. Honra merece el que a los suyos se parece.

Ella se sentó con nosotros a tomarse una copita de anís y, en lo que interpreté como un rito diario, le pasó el periódico a Tomás para que le contara qué ponían aquella noche en la televisión, porque ni siquiera con gafas podía descifrar ya una letra tan pequeña.

—¡Hombre! —exclamó éste enseguida, con alborozo casi infantil—. ¡Mira lo que ponen hoy! *Brigadoon*, justo lo que necesitas, Malena. Una película muy bonita, Paulina, te va a gustar.

—No quiero estropearte la noche, Tomás —advertí—, si tienes algo que hacer...

—He quedado con unos amigos pero, total, siempre vamos al mismo sitio, así que saldré después de que termine la película. He debido de verla por lo menos veinte veces, pero no me la perdería por nada del mundo.

Disfrutó como un crío con la fantástica historia del pueblo escocés, y me contagió su entusiasmo hasta el punto de que cuando nos despedimos, él medio borracho, yo borracha del todo, casi había olvidado ya el motivo de mi presencia en aquella casa. Sin embargo, antes de entrar en el cuarto de Magda, donde Paulina había decidido alojarme, volví sobre mis pasos y me dirigí sin hacer ruido al despacho del abuelo. Mamá no me había dejado acompañarla en sus visitas casi diarias, y Tomás, que se había acercado varias veces a ver cómo estaba, tampoco me lo había consentido, amparándose en argumentos semejantes. No podrás reconocerle, me había dicho, está en los huesos, completamente demacrado y con la cabeza perdida, es mejor que le recuerdes como era antes. Hoy ha pasado un día muy malo, añadió al final, y sin embargo, yo abrí la puerta en silencio y me colé dentro, porque nunca podría irme de allí sin haberle visto.

Al principio me arrepentí de no haber seguido el consejo de mi tío, porque el cuerpo que reposaba en una cama de hospital cuya cabecera, tal vez por azar, o por la expresa voluntad del enfermo, se adosaba a la pared presidida por el retrato de Rodrigo el Carnicero, habría parecido un cadáver si los tubos de plástico verdoso que perforaban los orificios de su rostro no hubieran indicado que pertenecía a un hombre todavía vivo. El dolor que sentí al verle así, disolvió hasta la última gota del alcohol que navegaba en mi sangre, dando paso a un sufrimiento más hondo, y al imaginar la inconcebible tortura que para el arrogante jinete de antaño supondrían los breves momentos de conciencia en los que se reconocería tal y como yo le estaba viendo ahora, me pregunté si dentro de mí habría valor suficiente para arrancar de cuajo todos aquellos tubos, pero la sospecha de que tal vez no le regalaría así una muerte más dulce, sino algunos segundos de la peor agonía, me ayudó a imponer orden en mis pensamientos, devolviéndome a una serenidad aún más amarga.

Me acerqué despacio hasta la cama y sólo entonces vi a la enfermera, que estaba sentada en un sillón, junto a la ventana, leyendo un libro, al que volvió tras intercambiar conmigo un breve saludo. Hubiera preferido que saliera de la habitación, dejándome a solas con él, pero no me atreví a pedírselo, y me limité a colocar una silla de tal manera que me permitiera darle la espalda. Miré al abuelo mientras dormía, y cada una de sus inspiraciones, largas y trabajosas, me dolió en el pecho como una herida propia. Cuando su sueño me pareció más sosegado, acerqué mi mano para tocar la suya, sin sospechar que este leve movimiento podría bastar para despertarle, y aunque abrió los ojos un instante, los cerró tan deprisa que supuse que seguía estando dormido. Su voz, consumida por la enfermedad, sonó aguda y liviana como la de un niño.

—¿Magda?

Entonces escondí la cara en la cama, aferré la colcha con las dos manos hasta clavarme las uñas en las palmas a través de la tela, y rompí a llorar, y lloré como si nunca jamás lo hubiera hecho, como si estuviera aprendiendo a llorar en aquel mismo momento.

—Magda...

—Sí, papá.

—¿Has venido?

—Sí, papá. Estoy aquí.

Cuando levanté la cabeza de nuevo, me sentí mucho más viva, y más fuerte, como si hubiera invertido cada una de mis lágrimas, todas mis lágrimas, en absorber la energía de un cuerpo que ya no la necesitaba. El abuelo parecía tranquilo, tanto como si estuviera muerto, y si se dio cuenta de que me levantaba, y de que me alejaba de él para ganar la puerta con todo el sigilo del que eran capaces mis pasos, no lo demostró con el menor gesto. Por eso me asusté tanto cuando sentí la presión de unos dedos sobre mi hombro, y mientras me volvía, el corazón rebotó contra las cuatro esquinas de mi pecho como la pesada bola de acero golpea las paredes de un flipper, preparando a mis ojos para afrontar la espectral presencia de su fantasma.

—¿Por qué le has mentido?

Mi abuelo, vivo aún, seguía durmiendo en su cama, y quien hablaba era la enfermera, de cuya existencia me había olvidado por completo.

—¿Por qué le has mentido? —insistió, ante la ausencia de una respuesta—. Te has hecho pasar por su hija, y eres su nieta, ¿no? Tomás me ha dicho antes que andabas por aquí, y que seguramente vendrías a verle.

La miré un poco más despacio y vi una cara vulgar sobre un cuerpo vulgar, una mujer corriente, de las que hay decenas, miles, millones, una infancia feliz, una casa modesta pero alegre y llena de niños, una madre tierna y amantísima, un padre trabajador y responsable, toda una postal suiza asomando debajo del rimmel, las arrugas justas, y la lengua limpia. No contesté.

—No hay que mentir a los enfermos... —añadió al final, resignada a mi silencio.

Váyase a la mierda, pensé, váyase a la mierda, tendría que haberle dicho, pero no lo hice. Nunca consigo decir esas cosas. No he tenido la oportunidad de merecerme una vida de señorita, así que la educación que me dieron no me ha servido para nada, al fin y al cabo.

Resultó que Tomás tenía razón, y más de la que yo habría querido otorgarle, porque el restablecimiento de la normalidad culminó con la milagrosa recuperación de Reina, cuya enfermedad, invisible en los resultados de una docena larga de pruebas, fue archivada, bajo la etiqueta de dolencia psicosomática, en alguna carpeta de la que nunca volvería a salir, mientras mi hermana se libraba para siempre de aquella misteriosa tortura mensual. Mamá no llegó a estallar y, fiel a sí misma, prefirió vagar por la casa como un alma en pena, con un permanente rictus de dolor entre los labios, que apenas entreabría para dirigirse a mí, evocando un inmenso cansancio en las ocasiones imprescindibles, sin aludir directamente a mi traición y subrayándola sin embargo con el viejo lenguaje de los suspiros y los gestos, un código cuya aplicación me parecía, de pequeña, más brutal que cualquier castigo y que ahora, en cambio, me traía absolutamente sin cuidado. Mi padre sí se enfadó conmigo, y su reacción me pareció tanto más violenta por lo insospechado de su origen.

—Lo que me jode, hija mía —exclamó a gritos, apenas pisó el vestíbulo de Martínez Campos—, lo que más me jode, es que seas tan tonta, coño, que parece mentira que no se te caiga la baba de puro imbécil.

Paulina se largó a la cocina corriendo, como hacía siempre que asistía al prólogo de una bronca familiar de cualquier clase, y yo, que ya estaba casi tranquila, me quedé de pie, en la puerta del salón, intentando procesar las palabras que acababa de escuchar mientras mi calma se esfumaba.

—¿Qué? Ahora no dices nada, ¿no? Pues bien que me diste la lata el otro día con que Reina se estaba muriendo.

—Pero, papá —contesté por fin—, yo creía...

—¿Qué vas a creer tú? Que los burros vuelan, te creerías tú si te lo contara la otra, joder, Malena, que no sabes qué noche me ha dado tu madre, que entre todas no me dejáis vivir tranquilo, cojones... Estoy harto de mujeres, entérate de una vez. ¡Harto! —entonces se volvió hacia Tomás, que había contemplado la escena en silencio, con una copa en la mano, hasta que se decidió a celebrar la última afirmación de mi padre con una sonora carcajada—. Y tú no te rías, que cada vez que miro por la ventana del cuarto de baño, y veo dos calzoncillos desperdigados entre quinientas bragas tendidas una al lado de otra, me echo a temblar, te lo digo en serio.

La risa de su cuñado se hizo más sólida, y él por fin sonrió. Intenté aprovechar aquella tregua.

—Reina estaba mala.

—¡Reina es una ñoña, y una histérica, y tú eres gilipollas, y aquí no se hable más! —chillaba de nuevo, pero su voz se había ablandado. Luego se acercó a mí y me echó un brazo sobre el hombro para dirigirme—. Anda, vámonos.

—¿Ya? ¿Por qué no os quedáis a comer?

En la voz de Tomás había una cierta urgencia mal disimulada, y acepté con la cabeza aquella oferta, imaginando que nuestra compañía sería una pequeña fiesta para él, pero papá no quiso secundarme.

—No, mira, prefiero irme. Si tengo que volver a ver a tu hermana con la cara que tenía anoche, cuanto antes mejor...

No me dijo nada más, absolutamente nada, y entonces, por primera vez, mientras agradecía infinitamente su despreocupación, me pregunté si detrás de su actitud no habría algo más que la inmensa indiferencia que yo misma le había reprochado íntimamente otras veces, tal vez no respeto, pero sí un cierto pudor, y la mala conciencia de los buenos disolutos, que jamás incurren en la inmoralidad de condenar los pecados ajenos. En sus antípodas, Reina me deparó un recibimiento muy caluroso. Apenas entré por la puerta, se me colgó del cuello y se encerró conmigo en nuestra habitación. Durante más de una hora sostuvimos una conversación desigual, en la que ella habló en solitario casi todo el tiempo mientras yo me limitaba a asentir o a negar, sin hueco para mover siquiera los labios. Me regañó por no haberle puesto al corriente de mi situación cuando todavía estábamos a tiempo, y desplegó toda su elocuencia para convencerme de que carecía de cualquier responsabilidad en aquel asunto. Yo no dudaba exactamente de su inocencia, pero cuando miraba hacia atrás, podía ver las puntas, rotas, de los delgados cabos que se habían ido desprendiendo de la gruesa soga que antes nos unía, y casi pude escuchar, destacándose sobre el sonido de sus palabras, el chasquido de otra cuerda que abandonaba el mazo, incapaz de soportar la tensión que convertiría antes o después aquella sólida amarra en un frágil y delicado cordón. De todas formas no le hice demasiado caso, porque desde que me había levantado aquella mañana, una sola idea zumbaba en mi cerebro, ocupando el espacio que antes había destinado a las previsibles consecuencias de esa gran catástrofe que ahora ya no tenía importancia, e invadiendo después todas las áreas restantes, en una dirección que excluía radicalmente a mi hermana con todo lo que significaba.

Siempre había encontrado despreciable aquel refrán. Me parecía la expresión del egoísmo más brutal, y jamás me hubiera creído capaz de afirmar con mi propia actitud la verdad, mil veces repetida, que encerraba una sentencia tan cruel. Yo amaba a mi abuelo, y sabía que estaba muy enfermo, pero hasta que no le tuve delante, no sentí la salvaje bofetada de la realidad, y no quise saber que iba a morir, que moriría seguro, y muy pronto, hasta que mis ojos se hundieron en su ruina. Entonces, su muerte se transformó en un acontecimiento calculable, cierto, medible, una fecha fría, como la del viejo dictador que nos había regalado dos semanas de vacaciones un par de años antes, y yo no podía cortar los caminos por los que se perdía mi imaginación, no podía imponerme mi propia tristeza. Yo amaba a mi abuelo, y más allá del anciano elegante y misterioso de quien ya había heredado una piedra preciosa y una verdad atroz, amaba al hombre que fue una vez y a quien no había conocido, hombre para siempre entre los hombres. Yo le amaba, amaba sus silencios y sus gestos, y amaba sus amores, su extraña devoción por el bebé monstruoso, su fidelidad a la monja renegada, su pasión por una mujer vulgar, y él lo sabía, y lo sabían todos, por eso a mi madre no le extrañó mi interés por la suerte del enfermo, y cuando consintió en volver a hablarme, contestaba a todas mis preguntas con detalle, calculando ella también, conmigo y para mí, la distancia que nos separaba de una muerte que no parecía lamentar.

Yo, en cambio, la odiaba y la temía, porque no quería ver morir a mi abuelo, no quería que mi abuelo muriera. Cuando algunos de sus hijos, los que creían no deberle nada, renunciaron a visitarle ya para ahorrarse el penoso espectáculo de su decadencia, yo seguía yendo a verle dos tardes a la semana, a veces tres, y le miraba, y estaba con él, para mentirle todas las veces que él quisiera oírme, aunque nunca volvió a despertarse. Pero una noche de febrero sonó el teléfono a las diez y media, y vi la ansiedad pintada en el rostro de mi madre, y escuché el sonido entrecortado de una conversación ahogada, y esperé a que mis padres se marcharan. Entonces me encerré en su cuarto y marqué el número más largo de todos los que tenía apuntados en la agenda. Mientras esperaba a que alguien descolgara en la otra punta del continente, repetí para mí aquellas palabras, el muerto al hoyo y el vivo al bollo, y le pedí perdón al abuelo por celebrar su muerte desde el lugar más profundo de mi corazón. Luego, Fernando dijo *allô*.

—El abuelo se está muriendo —le dije—. El médico opina que no le quedan ni cuarenta y ocho horas.

—Lo sé. Acaban de llamar aquí. Mi padre tiene la maleta hecha.

—¿Vas a venir?

—Lo estoy intentando, india. Te juro que lo estoy intentando.

Fernando estuvo en Madrid solamente tres días, un plazo suficiente para devolver a cada hora la gravidez que el tiempo parecía haber perdido desde su partida, porque los minutos volvieron a pasar deprisa, pero pasaban enteros, sin la enfermiza inconstancia que los había congelado durante aquel invierno, concediéndoles apenas el impulso justo para resbalar despacio, emulando el angustioso ritmo del gota a gota de un enfermo. Su visita compensó de sobra la ausencia de Magda, a quien esperé hasta la misma mañana del entierro, aunque en el fondo, y al mismo tiempo, deseaba no verla jamás en cualquiera de las tristes ceremonias conmemorativas de una derrota que ambas, de alguna manera, compartíamos. Y sin embargo, nada ajeno a mí misma podría haberme inducido a pensar que toda la gente que en aquellos días me rodeaba se había congregado para llorar una muerte, porque nunca nadie contempló tanta concordia, tanta amabilidad, y tantos detalles de buen gusto como entonces, hasta el preciso instante en que se abrió el testamento del abuelo, cuando los ganadores se dieron cuenta de que no lo eran tanto, y los perdedores se supieron ganadores, aunque en realidad, todos ganaron, y todos creyeron perder. Allí empezaron los problemas, y la insólita armonía que tanto nos había beneficiado a Fernando y a mí durante aquellos tres días, cuando nos despistábamos por los pasillos de Martínez Campos sin que nadie se atreviera a crear el más mínimo conflicto acusando nuestra ausencia, los adultos, con la calculadora en la mano, demasiado ocupados por otra parte en insistir todos a la vez en hacer café, se deshizo como por ensalmo.

Quienes calculaban que la muerte de su padre les había liberado para siempre de la obligación de encontrarse, y de poner cara de perro cada vez que se encontraban, tuvieron que mirarse a los ojos como no lo habían hecho nunca, mientras Tomás se desgañitaba sin lograr el más mínimo avance en un arbitraje imposible. La raíz del conflicto era tan simple como que no había dinero para que todos se quedaran contentos. Los Alcántara de Madrid habían contado siempre con conservar las dos casas, compensando a los hijos de Teófila, a quienes no atribuían ni en sueños el mismo porcentaje de la herencia del que pensaban disfrutar ellos mismos, con una cantidad en metálico cuya cifra final resultó rebasar en varias magnitudes el estado de todas las cuentas bancarias del abuelo. Los Alcántara de Almansilla —con la excepción de Porfirio, que se alineó con Miguel, como siempre, en un bando estrictamente neutral— querían la Finca del Indio. Yo lo sabía desde el principio, porque Fernando me lo dijo mientras me apretaba contra él sobre el estrecho diván del despacho de la abuela, acariciándome la espalda muy despacio, como si necesitara mirarme también con las manos después de tanto tiempo. El abuelo todavía reposaba en su cama, y su padre y mi madre debían de estar allí, con los demás, estudiándose discretamente entre sí mientras se esforzaban por dejar caer alguna decorativa lágrima. Yo, que conocía aquella casa como la palma de mi mano, había arrastrado a mi primo al rincón que me parecía más seguro, una habitación que su propietaria nunca había usado para otro fin que colocar jarrones sobre pañitos de ganchillo en todos los rincones disponibles, y cuya situación, justo enfrente del descansillo del primer piso, nos permitiría escuchar cualquier llamada de quienes seguramente nos buscarían antes en los dormitorios de la segunda planta, pero nadie nos molestó, así que cuando ya nos habíamos vestido a toda prisa, tan deprisa como lo habíamos hecho todo hasta entonces, nos desnudamos otra vez, despacio, para resucitar el ritmo lento y pesado del secadero, y hasta creí recuperar por un instante el olor del tabaco mientras la sangre se agolpaba en mis venas, tensando gozosamente sus paredes.

—¿Sabes una cosa? —dijo Fernando después—. Tiene gracia. Me he pasado la vida esperando este momento, y ahora no me apetece que mi padre herede esa casa, porque entonces tú no vendrás a Almansilla, y no te veré tanto como el año pasado. Te he echado mucho de menos, india, me acordaba de ti todos los días.

Sus palabras, presagio de la guerra que se avecinaba, tendrían que haberme alarmado, pero no lo consiguieron, y no sólo por la tímida declaración de amor que mi primo se había atrevido a deslizar como conclusión, sino sobre todo porque yo, para bien o para mal, era una Alcántara de Madrid, y la figura de Teófila presidiendo la mesa de roble del comedor, desde la silla de mi abuela, rebasaba considerablemente las capacidades de mi imaginación para instalarse en el territorio de los delirios más dudosos. Llegué incluso a compadecerme levemente por la ambición que estiraba aún más aquellas espantosas jotas que amaba tanto, un sentimiento tan desagradable que, sin embargo, a medida que transcurría la primavera, mientras el rostro de mi madre viajaba entre la lividez del escándalo y el rojo de la cólera sin acabar de decidirse por un color definitivo, terminé alegrándome de que Fernando tuviera razón, porque cualquier negociación razonable pasaba necesariamente por aquel reparto, la casa de Martínez Campos para unos, la Finca del Indio para los otros, hasta que alguien, creo que fue mi tío Pedro, sacó a colación el tema de los gananciales, y se entabló un pleito que hizo las veces de una tregua.

Los abogados de Madrid advirtieron que el caso estaba perdido, y los abogados de Cáceres garantizaron que el caso estaba ganado, porque mi abuela, para poder legar a sus hijos todos sus bienes en vida, había firmado años atrás una especie de contrato privado con su marido. El clavo al que se agarraban ahora quienes impugnaron el testamento consistía en que aquel papel no constituía formalmente una separación de bienes, por lo que cada uno de ellos tendría derecho a dos partes de la herencia —una por su padre, y otra por el régimen matrimonial de su madre—, mientras que a los hijos de Teófila no les correspondería más que una sola parte por cabeza, pero aquella treta era tan sucia, que algunos de los Alcántara de Madrid, como Tomás, que actuó a su vez en representación de Magda, y Miguel, se comprometieron a declarar en favor de los demandados, y otros, como la tía Mariví y mi propia madre, que a pesar de la rabia inmensa que le producía la pérdida de la Finca del Indio, guardaba en su interior ecuanimidad suficiente como para no castigar a los hijos por los pecados de sus padres, se abstuvieron en el último momento de figurar como demandantes. Al final, cuando hicimos las maletas, todos sabíamos que aquel verano sería el último, pero ninguno pareció lamentarlo demasiado.

Yo me encontré, para mi propio asombro, razonando como una adulta, es decir, tomando exclusivamente en cuenta mis intereses personales, y como si mi destino se hubiera desgajado ya, y para siempre, de la suerte que pudiera correr el resto de mi familia, juzgué que el balance era positivo, porque la tristeza que podría llegar a inspirarme la pérdida de aquella casa nunca sería equiparable al espacio que conquistaba mis pulmones cuando calculaba las consecuencias de aquel cambio, que me traería a Fernando de vuelta cada verano. En agosto cumpliría los diecisiete, una edad sin retorno, al borde mismo del talismán de los dieciocho, y en octubre iría a la universidad. No se lo había dicho a nadie pero tenía previsto intentar hacer la especialidad en Alemania. Había trabajado mucho para pasar la selectividad con una nota muy alta, 8,8, e incluso si mis padres se negaban a costearme el viaje, podría optar a una beca. Los tres primeros años de la carrera eran prácticamente comunes, y si no quedaba más remedio, estaba hasta dispuesta a pasarme a germánicas en cuarto.

La hipótesis de que mi futuro eludiera a Fernando me parecía tan grotesca como un mal chiste, y durante el primer mes de aquel verano, ese imprecisable conjunto de pequeñas circunstancias, detalles y matices, mucho más significativos que los grandes hechos, al que se suele aludir cuando se dice «todo», pareció darme la razón. Luego, Mariana llamó una tarde para advertirme que las fotocopias del libro escolar que había incluido en mi sobre de inscripción no estaban completas, y que no la dejarían hacer mi matrícula hasta que presentara las que faltaban y el original de la papeleta de selectividad, del que sólo había adjuntado una fotocopia. El plazo se estaba agotando y no me quedaba otro remedio que irme a Madrid. No le di ninguna importancia a aquel viaje, que en principio habría tenido que durar solamente un día y una noche, y al final se prolongó una noche más, porque me cerraron la ventanilla de la facultad en las narices después de estar toda la mañana haciendo cola, y sin embargo, cuando el autobús de por las tardes me depositó en la misma parada donde lo había cogido exactamente cuarenta y ocho horas antes, todo había cambiado. Trece días después, se hundió el mundo.

No había sido capaz de adivinar qué le estaba pasando a Fernando, pero nunca llegué a imaginar un desenlace semejante. Barajé en solitario todas las hipótesis razonables y una docena larga de suposiciones descabelladas, pero antes o después, durante aquellas extrañas semanas preñadas de desazones y silencios que no supe interpretar, él mismo fue induciéndome a descartar todas las causas capaces de explicar su misteriosa metamorfosis. No volví a verle sonreír, y apenas llegué a escucharle pronunciar dos frases seguidas de más de diez palabras. Pasábamos las tardes sentados a una mesa de la terraza de la plaza, el multitudinario punto de reunión que con tanto cuidado habíamos evitado hasta entonces, bebiendo a palo seco, sin charlar, sin reírnos, sin rozarnos, hasta que cualquier conocido pasaba a nuestro lado y él le invitaba a acompañarnos, para enfrascarse inmediatamente en conversaciones interminables, sobre temas tan absurdos, y tan alejados de sus intereses como la media veda que se abriría el 15 de agosto, o la plaga de araña roja que estaba diezmando los huertos de toda la vega. El secadero de Rosario, donde terminábamos de madrugada, se convirtió en el único escenario de los buenos tiempos que logró sobrevivir a aquella muerte lenta, pero nuestra húmeda cama de hojas de tabaco se tornó dura y fría como una losa de granito, y los ojos de Fernando no reflejaron más aquel escalofrío asombrado, el breve espacio donde convivían la trampa del miedo y la astucia del deseo, como si, prematuramente envejecidos, se resignaran a la esperanza fugaz y apresurada de los ancianos amantes que se despiden del futuro cada noche.

Quise saber si se había cansado de mí, si se había enamorado de otra, si no se encontraba bien, si había tenido una bronca en su casa, si se había pegado con alguien y no me lo había dicho, si le estaban presionando para que vendiera la moto, si a algún amigo suyo le había ocurrido algo terrible, si estaba procesado por cualquier delito, si había suspendido muchas y no se atrevía a decírselo a su padre, si estaba pensando en dejar la carrera, si yo le había ofendido sin querer, si estaba enfadado por algo que le habían contado de mí, si su actitud tenía algo que ver con el dichoso pleito de la herencia, pero obtuve siempre la misma respuesta, no, no, no me pasa nada. No me atreví a preguntarle si se había dado cuenta de repente de que era homosexual, o si estaba militando en una banda terrorista, pero llegué a imaginar incluso cosas peores mientras me tragaba las lágrimas a duras penas y le rogaba que me hablara, que me tocara, que me mirara, que volviera a ser como había sido antes, como había sido siempre, risueño y melancólico a la vez, brusco y divertido, profundo. El fruncía las cejas como si yo hablara un idioma que no podía entender, y me pedía que no dijera tonterías, afirmando que no había cambiado, que no le pasaba nada, una mala racha, simplemente, como la que puede tener cualquiera. Jamás logré ir más allá, pero tampoco esperé nunca un desenlace semejante, no lo esperaba siquiera cuando se despidió de mí aquella noche, mientras captaba en su voz un temblor insólito que nunca habría querido apreciar.

—Adiós, Malena.

Apresuré un poco mis pasos, para alcanzar lo antes posible la verja, y allí me volví y le respondí como todas las noches.

—Hasta mañana.

Giré de nuevo, para descorrer el pasador de la puerta de hierro, y mientras movía los dedos a la mayor velocidad que podía imprimirles, contaba los segundos en silencio, porque ya presentía que aquella última conversación no había terminado, y cada instante de silencio se hinchaba en mis oídos como una garantía.

—No creo que nos veamos mañana.

Yo también reaccioné con lentitud, y antes de despegar los labios, me acerqué a él muy despacio, regalándome por dentro falsas predicciones, como si necesitara anclarme a la ilusión de que él iría de caza el día siguiente, antes de enfrentarme con la verdad.

—¿Por qué?

—No creo que volvamos a vernos.

—¿Por qué?

—Porque no.

—Eso no quiere decir nada.

Se encogió de hombros, y sólo entonces me di cuenta de que no me había mirado a los ojos una sola vez desde que había parado la moto en la puerta de casa.

—Mírame, Fernando —pero tampoco entonces quiso hacerlo—. Mírame, por favor, Fernando... ¡Mírame!

Por fin levantó la cabeza con un movimiento brusco, como si estuviera enfadado conmigo, y cuando chilló, llegué a festejar casi la violencia de aquel grito.

—¿Qué?

—¿Por qué no vamos a vernos más?

La siguiente pausa fue más larga. Se sacó un paquete de tabaco del bolsillo, eligió un cigarro y lo encendió. Había fumado más de la mitad cuando enterró de nuevo la vista para pronunciar una sentencia indescifrable.

—No me hables en alemán, Fernando. Sabes que no te entiendo.

—Verás, india —la voz le temblaba como si estuviera enfermo, aterrado, agonizando de hambre, o de miedo—. Todas las mujeres no son iguales. Hay tías para follar, y tías para enamorarse, y yo... Bueno, me he dado cuenta de que a mí ya no me interesa lo que tú me puedes dar, así que...

Si no hubiera sentido que me estaba ahogando, habría estallado en un llanto agotador y misericordioso, pero a los moribundos no les queda ni siquiera ese consuelo.

—Eso no suena muy alemán, ¿verdad? —acerté a decir al final, cuando él arrancó la moto, y levantó la palanca del suelo con el pie derecho, como había hecho miles de veces a la misma hora, en el mismo sitio.

—Seguramente no, pero es la verdad. Lo siento. Adiós, Malena.

Yo no le dije adiós. Me quedé absolutamente quieta, como si me hubieran clavado los dos pies en el suelo, y le miré mientras se alejaba, y ni siquiera entonces me atreví a admitir que se marchaba, que se estaba marchando.

Luego entré en casa, me cansé infinitamente subiendo las escaleras, pasé de largo por la puerta del baño, me metí en la cama sin lavarme los dientes, y me dormí enseguida, dormí de un tirón, toda la noche.

Por la mañana, al despertarme, no me acordaba de que Fernando me había dejado. Recuerdo que abrí los ojos y los dirigí hacia mi izquierda, para comprobar de un solo vistazo que eran las diez menos cuarto y que la cama de Reina estaba vacía. Entonces me levanté, abrí las contraventanas y comprobé que hacía muy buen día, un espléndido día de principios de agosto. Sólo entonces recordé, y me llevé las manos a la cintura para sujetarla con fuerza antes de doblarme completamente hacia delante. Estuve así, cabeza abajo, más de diez minutos. Luego, mientras notaba cómo la sangre descendía lentamente para crear la ilusión de que mi cara ardía, me senté en una esquina de la cama e intenté reconocer figuras de animales sobre la rugosa superficie del temple picado que recubría la pared, resucitando la técnica que empleaba para serenarme cuando, de pequeña, mi madre me castigaba encerrándome en mi habitación. La muchacha que entró a hacer las camas a las once y media, me encontró en la misma posición y haciendo exactamente lo mismo, pero lo que vio en mi cara le debió de impresionar tanto, que en lugar de llamarme zángana y mandarme abajo a desayunar con ejemplar indignación, como hacía siempre que me pillaba en la cama a esas horas, me pidió por favor que le dejara el cuarto libre.

Mientras me bebía un café con leche y me asombraba de su extraño sabor, decidí que lo que había pasado no podía ser verdad. Fernando nunca habría elegido espontáneamente esa horrible fórmula para abandonarme, porque era demasiado artificial, demasiado elaborada, demasiado siniestra, injusta y asquerosa. Yo no me la merecía, nunca había hecho nada para merecer palabras como aquéllas, y él no podía haberlas dicho en serio porque yo le amaba, y no podía haber derrochado tan tontamente mi amor. Nunca llegaría a renacer de un fracaso tan completo, no podía permitírmelo, mirarme en el espejo cada mañana y ver que la piel de mis mejillas era marrón y se teñía de gris alrededor de los ojos, como la había visto unos minutos antes. Tenía que haber algo más, una razón oculta, sensata, admisible, capaz de salvar al menos su recuerdo, de disolver la maloliente basura que le envolvía y devolvérmelo limpio. Tenía que haber algo más, eso era lo único que me importaba entonces, porque para llorar siempre habría tiempo, tenía toda una vida para llorar.

Cuando llamé al timbre estaba casi convencida de que todo aquello había sido una confusión, un malentendido, nada que no se pudiera discutir, que no se pudiera arreglar hablando, pero la tardanza con la que acudieron a abrir la puerta, sólo después de la tercera tanda de timbrazos, me hizo sospechar que ya nada sería fácil para mí.

La madre de Fernando asomó la cabeza tras la hoja, sin llegar a franquearme la entrada del todo.

—Buenos días, vengo a ver a su hijo.

Me contestó con una sonrisa exageradamente boba, que acompañó con un lánguido movimiento de la mano derecha, como si pretendiera pedirme disculpas antes de negar con el dedo índice.

—Me ha entendido perfectamente. Dígale a su hijo Fernando que baje, por favor. Tengo que hablar con él.

Representó la misma comedia, repitiendo sus gestos uno por uno. Volvería a hacerlo todavía una tercera vez, después que yo, aun a sabiendas de que estaba haciendo el ridículo, me dirigiera a ella en inglés. Luego cerró la puerta.

Mantuve el dedo firme en el timbre por lo menos tres minutos, hasta que dejó de sonar, seguramente porque alguien había desconectado el mecanismo desde el interior de la casa. Estaba tan furiosa que recuperé por unos instantes la capacidad de razonar, y con la parsimonia del espía que se sabe vigilado pero todavía conserva una carta en la manga, crucé despacio la calle y me senté, muy aparatosamente, en la acera de enfrente, justo delante de la puerta.

Dentro de mí ya no había nada que valiera siquiera el precio de la comida que comería aquel día, yo ya no tenía nada que perder. Miré disimuladamente hacia las ventanas del segundo piso, y cuando la proximidad de la luz deshizo las sombras que distinguía al principio para revelar siluetas inequívocamente humanas, empecé a chillar con toda la fuerza que podían desarrollar mis pulmones.

—¡Fernando, baja! ¡Tengo que hablar contigo!

Todas las contraventanas se cerraron de golpe y experimenté una leve punzada de placer, aunque sabía que, entre todos los habitantes de aquella casa, mi primo sería quien menos intensamente padeciera los efectos de mi rudimentaria venganza.

—¡Fernando, sal! ¡Te estoy esperando!

Dos mujeres, con sendas lecheras en la mano, se asomaron a la esquina de la calle para averiguar las causas del griterío, y su aparición me animó a introducir un nuevo elemento en el espectáculo. Cogí una piedra pequeña y la estrellé contra la fachada de la casa de Teófila, mientras chillaba sin parar, controlando siempre de reojo las ventanas por si Fernando, vencido por la tentación de asistir a la representación de mi ruina, se asomaba un momento a mirarme tras los cristales.

Pronto llegué a congregar una pequeña multitud de espectadores, les veía y oía sus voces, susurraban mi nombre, pero su presencia dejó pronto de consolarme, porque por mucho que se encendieran las mejillas de la madre de Fernando cuando no le quedara más remedio que salir otra vez a la calle, por mucho que estuviera sufriendo su hermana al ver chismorrear a sus amigas en la acera, por mucho que aquel episodio pudiera empañar el triunfal regreso al pueblo de un hombre tan orgulloso, y tan celoso de su reputación, como su padre, lo único cierto y perdurable era que yo antes le tenía, y ahora lo había perdido, y poco a poco empecé a comprender que nada ajeno a la nada, al indolente vacío que iba conquistando lentamente y sin alardes el interior de mi cuerpo, transformándolo en un falso simulacro de plástico y cartón piedra, tenía ya importancia alguna. Entonces perdí las fuerzas precisas para chillar y para tirar piedras, y si no me levanté de la acera, fue porque presentí que mis piernas no me sostendrían, y porque me daba lo mismo marcharme o quedarme, ir hacia adelante o volver atrás. No podría calcular el tiempo que estuve allí sentada, abrazándome las piernas con las manos, escondiendo la cara entre las rodillas para no permitir que nadie la contemplara, mientras mi auditorio, decepcionado, se disgregaba lentamente, hasta que el eco de una voz desconocida destruyó la blanda ilusión de insensibilidad en la que yo misma me acunaba.

—¡Qué pena que no esté aquí tu abuela para verte tirada en la acera, delante de mi casa, suplicando como una perra!

Levanté los párpados y mis ojos, empañados por la oscuridad de la que emergían, se dolieron de la luz antes de descifrar lentamente la figura de Teófila, una anciana todavía imponente que me miraba desde el centro de la calle, dos bolsas de nailon repletas de comestibles flanqueando sus tobillos.

—Yo no soy como mi abuela —contesté—. Yo soy de los otros, así que no se crea que va usted a levantarme de aquí a fuerza de decir burradas.

Mis palabras estallaron en su cara como una granada de mano, y la hostilidad que acentuaba sus arrugas, frunciendo su piel sarmentosa y morena como la corteza de una encina, cedió lentamente su rostro al estupor. Hasta que no me puse de pie, su boca no se cerró del todo, y ni siquiera cuando estuve frente a ella, recobró su mirada la dureza metálica que poseía antes.

—Yo no soy como ellos —le dije, sin atreverme a tocarla todavía—. Yo era la nieta favorita de mi abuelo, pregúnteselo a cualquiera, todos lo saben... El me dio la esmeralda de Rodrigo, esa piedra que están todos buscando como locos, la tengo yo, el abuelo me la dio, pero ya no es mía, se la regalé a Fernando el año pasado.

—Ya lo sé —y cabeceó lentamente, sin dejarme adivinar si en su gesto había más de compasión o de rabia—. El me lo contó. Lo que no te contaría él a ti, seguramente, fue la bofetada que se llevó cuando me enteré.

—¿Le pegó? —pregunté, y ella lo confirmó con un gesto—. Pero ¿por qué?

—¡Esto sí que tiene gracia! —exclamó, acentuando una ironía que no pude comprender—. ¿Por qué va a ser? ¡Pues por intentar chulear a la nieta de su abuelo! Qué barbaridad, criatura... ¿Pero qué pretendes tú, acabar como tu madre?

—Si me hubiera pedido las dos manos —proseguí, liberando las lágrimas que me dolían ya en el borde de los ojos—, me las habría cortado y se las hubiera dado.

No dijo nada, pero me tocó la cabeza con una mano y entornó los ojos para mirarme, como si mis palabras la estuvieran haciendo daño. Yo, sin embargo, me atreví a seguir.

—Entre en su casa y dígale que salga, por favor, sólo quiero hablar con él, no tardaré más que un momento, es que tengo que hablar con él, en serio, tiene que explicarme una cosa, dígale que salga y me iré de aquí, y no les molestaré más, pero necesito verle, de verdad, aunque sean sólo cinco minutos, con eso tendré bastante, se lo pido por favor, por favor, entre y dígale que salga.

—No va a salir, Malena —me contestó, después de un rato, mientras la compasión conquistaba ya netamente su rostro—, aunque yo se lo diga, no va a salir. ¿Y sabes por qué? Pues porque, por muy nieto mío que sea, no tiene cojones para mirarte a la cara. Ni más ni menos. Y es siempre así, todos son lo mismo, muchos cojones por aquí y muchos cojones por allí, y al final, ninguno vale para hacer puñetas.

La miré, y en la misteriosa armonía que encontré en su rostro, aprendí que me estaba regalando la única verdad que conservaba.

—Hazme caso, es una faena que tengas que aprenderlo tan pronto, siendo tan joven, pero no hay otra, en serio que no hay otra, y si no, mira a tu abuelo. Él sí que tenía más cojones que nadie, y ¿me quieres decir para qué le sirvieron? ¡Pues para jodernos la vida a la vez a tu abuela y a mí!, ¿me oyes?, ¡idos mejor que una, que ése luego lo arreglaba todo pagando carreras en Madrid! ¿Y tú estás aquí, lloriqueando, por uno igual? No, hija, no, así no, por ese camino no se va a ninguna parte, te lo digo yo. Tú no me mires a mí, mira a tu tía Mariví, que se casó a los veintiún años con un embajador de cincuenta que bien poca guerra iba a dar ya, o a mi hija Lala, que empezó a tener antojos el mismo día que dejó de tomar la píldora, que ésas sí que lo han entendido, de sobra lo han entendido, esas dos... —y entonces hizo una pausa, porque los ojos se le estaban poniendo vidriosos, y me miró por última vez, como si se estuviera mirando en un espejo—. Claro está que, para eso, hay que haber nacido valiendo.

Cogió las dos bolsas y giró sobre sus talones para recorrer el corto trecho que la separaba de su casa.

—Dígale a Fernando que salga, por favor.

Asintió con la cabeza a mi última súplica, y abrió la puerta con llave para cerrarla tras de sí, sin volverse nunca a mirarme.

Yo regresé a la acera y me senté allí, a esperar, y esperé mucho tiempo, mientras el sol cruzaba lentamente sobre mi cabeza, hirviendo en el asfalto de la calle, hasta que alguien de aquella casa se apiadó de mí, y llamó a la mía para que vinieran a recogerme.

Cuando me senté en el coche, al lado de mi padre, volví la cabeza por última vez, por si Fernando se asomaba para verme marchar, como en las películas, pero ni siquiera entonces se acercó a la ventana.

Mi abuela Soledad tenía entonces sesenta y ocho años, y estaba empezando a dejar de ser la mujer delgada, enérgica y tiesa como un director de orquesta, con la que, sólo diez años antes, Reina y yo echábamos carreras en el Paseo de Coches los domingos por la mañana. Sus huesos ya estaban cansados de estirarse, y su espíritu había sucumbido hacía tiempo a las reclamaciones de un paladar perpetuamente atormentado, de tal manera que encontré a quien siempre había proclamado que jamás se consentiría a sí misma el pecado de desembocar en una anciana previsible, torpe y rechoncha, un poco más gorda, y más encorvada, que cuando la había visto por última vez, aquella primavera.

Tenía muy buen aspecto, sin embargo, porque acababa de volver de la playa. Todos los años, a finales de junio, se marchaba a Nerja, donde mi tía Sol tenía una casa, y estaba allí, completamente sola, durante más de un mes, para volver a Madrid dos o tres días después de que su hija, tras desembarcar a un marido, un perro, y un par de adolescentes, echara el freno de mano del coche delante de la verja con la vana pretensión de pasar las vacaciones en su compañía. Siempre decía que le encantaba la ciudad en agosto, cuando estaba tan desierta como un anciano burgo sitiado por la peste negra, pero todos sabíamos que, más allá de aquella extravagante comparación, que era capaz de apoyar en un centenar de fosilizados topónimos centroeuropeos que sólo ella conocía, lo que le pasaba a la abuela era que asumía su nombre como una vocación, y nunca le había gustado vivir con nadie.

A pesar de eso, y de que no nos esperaba, nos recibió con un alborozo genuinamente sincero, tal vez porque desde que se había jubilado, tres años antes, adelantaba casi dos meses la fecha de su traslado a la costa y nos llegaba a echar de menos, o a lo mejor, simplemente, porque se daba cuenta de que el paso del tiempo la podía, y contra su voluntad, se estaba haciendo vieja. Pero la edad aún no había logrado alterar algunos de los rasgos primordiales de su carácter, nunca podría con ellos.

Cuando sus nietos éramos pequeños, no nos hacía mucho caso. Siempre la recordaré andando deprisa, atusándose los mechones de pelo fino, lacios como las hojas de una lechuga pasada, que se le escapaban constantemente del moño, con un cigarrillo a medio consumir colgando del labio inferior, y algo, cualquier cosa entre un tomo de *Los Toros,* de Cossío, que había empezado a leer cuando era una aficionada adolescente, prendada de Juan Belmonte, y aspiraba a terminar antes de morirse, y una colcha de ganchillo a medio tejer, entre las manos, en un lugar que raramente ocupaba el cuerpo de los más pequeños. Pero jamás olvidaba lo que nos gustaba comer a cada uno, y nunca nos regañaba por hacer las cosas que sacaban de quicio a los demás adultos. En casa de la abuela Soledad, los niños podíamos correr, chillar, llorar, pegarnos, romper un vaso o hablar solos, y no pasaba nada, excepto si alguno pretendía adherirse lacrimosamente a sus faldas, porque eso era lo único que no toleraba. Y si cualquiera de sus hijos, biológicos o políticos, o un amigo o invitado de la especie que fuera, se atrevía a meternos miedo con historias de brujas y fantasmas, o a tomarnos el pelo de otra manera, contándonos, por ejemplo, que nuestros padres no eran tales, sino unas buenas personas que nos habían recogido de un carromato de gitanos, se ponía como una auténtica fiera. Una tarde, llegó a echar de su casa a un amigo de su hijo Manuel que, a sabiendas de que había más en la nevera, me quitó un bombón helado de las manos y se lo zampó en dos bocados sólo para verme llorar un rato. Es posible que no me gusten mucho los niños, dijo entonces, el rostro coloreado de indignación y los puños crispados al borde de los brazos tiesos, pero si hay algo de lo que abomino en este mundo, es de los adultos que disfrutan haciéndolos sufrir injustamente. Y mientras yo me preguntaba en vano por el significado del verbo abominar, el amigo de mi tío explicó que se le estaba haciendo tarde, y cogió la puerta antes de que pudiéramos darnos cuenta.

El 12 de agosto de 1977, recluida en su minúsculo estudio, mientras escuchaba a través de la puerta algunos retazos de la difícil conversación que sostenía con mi padre, me di cuenta de que seguía siendo la misma. Detrás de la cortina, un cigarrillo mal apagado agonizaba entre otros muchos, en el borde de un enorme cenicero de esos que ya, decía ella, guardaba solamente para las visitas desde el día en que le diagnosticaron el principio de un maldito enfisema pulmonar. Sonreí por primera vez en muchas horas al comprobar que la abuela seguía fumando a escondidas, y esa expresión no se borró de mi rostro cuando escuché algunos gritos aislados, testimonio del escándalo que conmovió a aquella anciana al conocer que mis padres habían decidido poner prematuramente fin a mis vacaciones sólo porque había estado seis horas tirada en la calle, llorando, pegando gritos y lanzando piedras a la puerta de una casa, lo que, en su opinión, y al fin y al cabo, no era más que un contratiempo sin mayores consecuencias, un berrinche bien propio de mi edad.

Luego, cuando nos quedamos solas, la abuela Soledad mostró por mi dolor un respeto que yo aún no había recibido de nadie. Me acompañó hasta la única habitación de invitados de su casa, un pequeño piso antiguo, sin nada de especial pero con mucha luz, y me dejó allí para que deshiciera el equipaje. Me desplomé en la cama y no volví a salir hasta la mañana siguiente. Entonces, cuando la encontré en la cocina, sonrió y me preguntó qué quería tomar.

—Te conviene comer mucho —fue lo único que me dijo—. Mantequilla, pan con miga, chocolate, patatas fritas... Hazme caso, come. No hay otra cosa que consuele de verdad.

Seguí su consejo, engullí como lo habría hecho un condenado media hora antes de su ejecución, y me sentí mucho mejor. Ella, sentada frente a mí, me veía comer como si se sintiera satisfecha de la velocidad a la que yo hacía desaparecer del plato dos huevos fritos y media docena de lonchas de tocino ahumado, un desayuno que no me regalaba desde hacía años. Más tarde, cuando en contra de mis propias previsiones, mi estómago me demostró que aún guardaba espacio para un par de croissants empapados en café con leche, se sacó sin disimulo un paquete de tabaco negro del bolsillo y encendió un pitillo con las cerillas de la cocina.

—No me irás a pedir que no fume, ¿verdad?

—No —contesté—. Me daría mucha vergüenza.

—Eso está muy bien —aprobó ella, riendo—. Si prohibir el tabaco a los demás te da vergüenza, es señal de que la tienes, por mucho que diga tu madre.

Luego se sentó a la mesa camilla para leer la prensa, una costumbre que no perdonaba jamás. Estaba suscrita a todos los diarios de información general de Madrid, e invertía cerca de dos horas en revisarlos metódicamente, siguiendo siempre la misma pauta. Primero buscaba la noticia del día y, si la había, cotejaba la información que se desprendía de los titulares. Cuando presentía discrepancias serias, leía en primer lugar todos los artículos de fondo, pero si las primeras páginas valoraban en términos parecidos el tema en cuestión, colocaba los periódicos en orden cronológico, según la fecha de su fundación, y los iba leyendo de uno en uno, empezando por la sección de Nacional, a la que seguían Internacional, Madrid, Cultura y Sucesos, que en los diarios más modernos estaba englobada dentro de Sociedad. Lo demás, ni siquiera lo miraba y jamás, pero nunca jamás, leía las columnas de Opinión, que pasaba de largo murmurando entre dientes que, para opinar, ya se bastaba y se sobraba ella sola.

—¿Para qué creerán éstos, si no, que me gasto yo el dinero en tanto papel? —me dijo un día, justificando la rapidez con la que pasaba páginas—. Pues para poder opinar, naturalmente.

Aquellos días de agosto, mientras vivía con ella, mi abuela me enseñó a leer la prensa, afiliándome espontáneamente a su manía. Todas las mañanas me sentaba a su lado, y esperaba en silencio la primera entrega. Estaba en esa actitud todavía cuando, un par de días después de mi llegada, sonó el teléfono. Reina, desde Almansilla, me anunció que Fernando acababa de volver a Alemania.

—Ayer por la mañana se fue a Madrid, solo. Su vuelo salía a las seis de la tarde, por lo visto, pero el resto de su familia se ha quedado aquí. Me he enterado de todo en el pueblo, hace un rato...

Entonces me vine abajo. Dejé caer la espalda contra la pared, cerré los ojos, y me anuncié a mí misma que ya nada cambiaría, porque sería incapaz de mover el más pequeño de mis músculos durante el resto de mi vida. Unos minutos después, como si pretendiera demostrarme lo contrario, una mano me arrebató con delicadeza el auricular y colgó el teléfono. Aunque tenía los párpados soldados entre sí, presentí la cercanía de la abuela, que estaba de pie, a mi lado.

—Ya sé que tú no lo entiendes —murmuré, a modo de explicación—. Papá tampoco lo entendió, y me dijo que no fuera idiota, que ahorrara lágrimas porque ya me harían falta otras veces, que tengo vida por delante como para volver a enamorarme por lo menos de veinte tíos, pero sin embargo...

Ella puso fin a mi discurso abrazándome muy fuerte, y balanceándome contra su cuerpo mientras pegaba su cabeza con la mía, como nunca me había mecido cuando era una niña.

—No, hija, no —pronunció entre dientes, después de un rato—. Yo nunca te diré eso. Ojalá pudiera...

Durante la semana siguiente, estas palabras se fueron abriendo espacio en mi cabeza mientras me cansaba de escuchar *Sabor a mí*, en un viejo disco que la abuela, con sobrehumana indulgencia, me permitía poner una y otra vez en su rudimentario tocadiscos de plástico gris, para comprobar que mi padre tenía razón al menos en una cosa. Era cierto que llorar es aburrido, y ella, que hacía punto al lado del balcón procurando siempre no mirarme directamente a los ojos, debía de haberlo descubierto mucho tiempo antes que él, porque a medida que yo me hastiaba de compadecerme a mí misma, la preocupación se iba borrando de su rostro. Entonces, casi para distraerme, empecé a observarla, estudiándola de lejos, como hacía ella conmigo, pero no conseguí alcanzar grandes conclusiones porque me faltaban demasiados datos.

Nunca me había dado cuenta antes pero, hasta donde yo sabía, mi familia paterna carecía de historia. De la mujer que tenía delante, apenas recordaba que nació en Madrid, que su padre era juez, que tenía tres hijos y, hasta que se jubiló a los sesenta y cinco, una plaza de catedrática de Historia en un Instituto de Enseñanza Media del extrarradio. De quien había sido su marido sólo sabía que también nació en Madrid y que murió en la guerra, pero nunca llegué a saber si le mataron en el frente, o cayó durante un bombardeo, si estuvo en la cárcel o en un campo de prisioneros, si llegó a combatir o nunca lo hizo. El abuelo Jaime había muerto en la guerra así, a secas, y en virtud de algún comentario aislado, me atrevía a sospechar que sólo la muerte le había liberado de la derrota, pero ni siquiera eso, con qué bando luchaba y quién lo mató, sabía con certeza.

Mi padre nunca hablaba en casa de sus orígenes, y veía a sus propios hermanos con mucha menos frecuencia que a los hermanos de mi madre. Esta detestaba profundamente a su cuñada, que era sólo un par de años mayor que ella pero parecía vivir en otra galaxia. Mi tía Sol había intentado ser actriz antes de convertirse en el alma de una compañía de teatro independiente en la que trabajaba como gerente, productora, modista, adaptadora de textos, directora de escena, apuntadora, y cualquier otra cosa que pudiera hacer falta. Había vivido con tres hombres, y sus dos hijos sólo se llevaban tres años, pero eran de distintos padres. Mi madre siempre se refería a ella como a la más arrogante y engreída de las mujeres, pero yo apenas la conocía, como no conocía a mi tío Manuel, un hombre oscuro, a cuyo hijo, casi diez años mayor que yo, no podría identificar ya si me lo tropezara por la calle. Cuando éramos pequeñas, mi padre nos llevaba de vez en cuando a casa de la abuela, pero allí, todo lo contrario que en Martínez Campos, coincidíamos con nuestros primos muy pocas veces, tal vez porque nunca íbamos en Navidad. Luego, los contactos se fueron espaciando, y en lugar de ir a visitarla al piso de la calle Covarrubias, empezamos a quedar con ella en El Retiro, o a comer en algún restaurante donde no dejaba pagar a su hijo. Mi madre casi nunca venía con nosotros, y mi padre solía dirigir la conversación para que en ningún momento se apartara demasiado de las trivialidades —el colegio, las notas, los chistes de Mingote, el clima, el tráfico, el precio de los alquileres, el cambio del dólar, etc.—, en las que siempre se había encontrado especialmente a gusto. A veces, durante aquellas comidas, tenía la sensación de que la abuela era un engorro para papá, y de que, a su vez, ella se avergonzaba un poco de él, pero nunca, ni siquiera en aquellos instantes, dejé de notar cómo se querían, igual que quería mi padre a sus hermanos aunque sólo los viera de tarde en tarde, con un amor discreto, casi secreto, del que siempre había excluido, por su propia voluntad, a su mujer y a sus hijas, necesariamente ajenas a aquella alianza.

Cuando buscaba cualquier hilo del que tirar, cualquier clave que me ayudara a descifrar el sentido de aquellas extrañas palabras, *ojalá pudiera*, la abuela me pidió una noche que fuera a cerrar el balcón de su cuarto, porque el olor del aire había cambiado para anunciar que se estaba avecinando un vendaval, el clásico prólogo de las tormentas de verano, y entonces, mientras luchaba contra un visillo que no quería deslizarse por el riel, miré por primera vez con atención un cuadro que había visto ya cientos de veces, y por primera vez, el cuadro me devolvió la mirada.

Una mujer muy joven, vestida con una túnica blanca, estaba sentada en escorzo sobre una columna cuyo capitel corintio se adivinaba entre los pliegues del ropaje. Se cubría la cabeza, más allá de la frente, bordada de rizos castaños, con un gorro frigio de color rojo, y sonreía con los labios y con los ojos, iluminados con un brillo imposible, casi febril, que denotaba una cierta impericia técnica en el autor. Los dedos de su mano derecha rodeaban el mástil de una gran bandera republicana, roja, amarilla y morada, que se diría firmemente clavada en el suelo, porque la muchacha, más que enarbolarla, parecía apoyarse en ella. Su mano izquierda, extendida, sostenía un libro abierto del que emanaba una luz que proyectaba rayos en todas las direcciones, como el pecho de Jesús en los retratos del Sagrado Corazón. Miraba todo esto, fascinada, cuando la abuela se reunió conmigo, intrigada por mi tardanza.

—Eres tú, ¿verdad? —le dije, mientras reconocía en sus rasgos sin gran dificultad a la modelo de aquel cuadro.

—Más bien era yo —me contestó con una risita—. A los veinte años justos.

—¿Quién lo pintó?

—Un pintor muy amigo mío, de aquella época.

—¿Y por qué te retrató así?

—Porque no es un retrato. Es una alegoría, se llama *La República guía al Pueblo hacia la Luz de la Cultura*, está titulado y firmado por detrás. El autor me eligió como modelo porque estaba enamorado de mí, pero no lo pintó por su cuenta, fue un encargo del Ateneo... —entonces frunció el ceño y se me quedó mirando—. Claro, que tú no sabes lo que es el Ateneo.

—Creo que sí, me suena bastante.

—Ya, pero ahora no es lo mismo. Da igual, el caso es que nunca lo llegó a entregar, porque tu abuelo lo vio cuando estaba casi terminado, y le gustó tanto que mi amigo se lo cedió. Fue su regalo de bodas, como Jaime acababa de entrar en la Junta Directiva... No vale nada, pero a mí también me gusta.

—Es muy bonito, y se te parece mucho. Lo único que despista es el peinado. ¿Por qué te pintó esos rizos? ¿Llevabas permanente, o es que no le gustaba el pelo liso?

—No, nada de eso. Es que yo tenía el pelo así.

—¿Sí? ¿De verdad? —y comparé la espesa cabellera ondulada del cuadro con los dos mechones lacios que se desplomaban sin vida sobre las sienes de mi abuela desde que yo la conocía.

—Sí... Se me alisó de golpe, de la noche a la mañana, cuando acabó la guerra. Le pasaba a mucha gente, yo creo que fue el miedo, ¿sabes?

—Vosotros erais rojos, ¿verdad, abuela?

Levantó la vista de su plato de sopa y concentró en mis ojos una mirada congelada por el estupor.

—¿Nosotros? —dijo, después de un rato—. ¿Quiénes?

—Pues tú... y el abuelo, ¿no?

Ya estaba casi arrepentida de haber cedido a mi curiosidad, adentrándome en un terreno al que dudaba haber sido invitada pese a la naturalidad con la que ella me había contado, sólo unos minutos antes, por qué ya no había rizos sobre su frente, cuando mi abuela levantó la cabeza y me miró con una sonrisa ambigua, reservada y sagaz al mismo tiempo.

—¿Quién te ha contado eso? ¿Tu madre?

—No. Mamá nunca habla de política. Yo lo pensaba porque, como el abuelo murió en la guerra, pero nunca nos habéis contado nada de eso, pues, no sé... Si hubierais sido de Franco, estaríais todos muy orgullosos, ¿no? Quiero decir... —titubeaba y apretaba los puños con fuerza mientras intentaba encontrar las palabras adecuadas para no resbalar—, si hubiera muerto por Franco, el abuelo sería un héroe, y yo lo sabría, me lo habríais contado, tener un héroe en la familia es muy importante, y en cambio... Por eso creo que debió de ser al revés, que vosotros estabais contra Franco, y que tu marido fue un muerto del otro lado. Esos muertos no cuentan, ¿no?, y él parece no contar, es... como si a papá hasta le estorbara un poco, como si fuera mejor que nadie supiera nada, ni siquiera nosotras, ¿me entiendes?

—Sí, claro que te entiendo.

Mientras yo me levantaba para dejar en el fregadero los platos hondos, ella sirvió el segundo plato, filetes empanados de cinta de cerdo adobada que nadie comería, para apartar inmediatamente el suyo y disponerse a fumar.

—Luego, además —añadí, mientras aceptaba uno de sus cigarrillos antes de sentarme de nuevo—, está ese cuadro, la bandera republicana y ese gorro tan típico. Yo no sé mucho de política, pero hasta ahí llego.

—Y sin embargo —me interrumpió con dulzura—, nosotros nunca fuimos rojos.

—¿No?

—No. Éramos... vamos a ver, no sé si lo entenderás, porque por supuesto que no sabes nada de política, nadie de tu edad puede saber nada de política en este país, así que a ver cómo te lo explico... En primer lugar, éramos republicanos, desde luego, y tu abuelo se afilió al partido socialista siendo muy joven, pero lo dejó enseguida, le aburrieron pronto, mucho antes de que yo le conociera. En segundo lugar, éramos de izquierdas, en el sentido de que apoyábamos las reivindicaciones tradicionales de la izquierda, reforma agraria, abolición de los latifundios, enseñanza obligatoria y gratuita, ley de divorcio, Estado laico, nacionalización de los bienes de la Iglesia, derecho de huelga, y cosas así, pero siempre fuimos por libre, y nunca llegamos a ser marxistas, siempre nos faltó disciplina para eso. Nuestros amigos nos llamaban librepensadores, o radicales, hasta que Lerroux fundó su partido, que no tenía nada que ver con nosotros. Desde entonces éramos, a lo sumo, librepensadores radicales, aunque en realidad, si nos parecíamos a algo, es a eso que ahora llaman ácratas, pero con matices, con muchos matices, porque ya entonces ácrata era casi un sinónimo de tonto, de ambiguo, o de desorientado, y nosotros, aunque esté mal que yo lo diga, no teníamos ni un pelo de ninguna de esas tres cosas. De todas formas, éramos muy independientes, nunca nos casamos con ningún partido, estábamos de acuerdo con unos en algunas cosas y con otros en otras, yo al menos, porque Jaime era más radical todavía.

—Pero votabais a los rojos.

—Ni hablar. Tu abuelo, cuando se decidía, votaba por los anarquistas, sólo por joder, decía... Yo apenas pude votar unas pocas veces, cuando concedieron el derecho de sufragio a las mujeres, pero en el 36, es cierto, voté por el Frente Popular, y tu abuelo hasta se enfadó un poco conmigo.

—¿Qué hizo él?

—Abstenerse. No se fiaba un pelo de los comunistas. Jaime era un hombre muy especial, tan lúcido que muchas veces parecía incoherente, contradictorio. Cuando se lo reprochaban, solía preguntar dónde estaba la coherencia de la naturaleza, quién había visto, y cuándo, orden en la gente y en el mundo... y nadie era capaz de responderle. Entonces me reservo el defecto de Dios, concluía al final, y les dejaba a todos con dos palmos de narices —y mi abuela soltó una risita, como si estuviera a punto de colgarse del brazo de su marido y girar sobre sus talones, dando un taconazo que subrayara sonoramente su triunfo—. Aunque por lo general esas virtudes se excluyen, él era un hombre muy brillante, muy rápido y muy inteligente al mismo tiempo, por eso llegó a ser un abogado tan célebre. Fue el catedrático de derecho más joven de Europa, ¿sabes?, el mismo año en que a Franco le hicieron general, también el más joven de Europa. Pero entonces, algunos periódicos destacaron más el ascenso de tu abuelo que el del otro, ya ves, quién se podría imaginar entonces lo que se nos venía encima.

—¿Cómo os conocisteis?

—¡Oh! Pues... —entonces, un brillo imposible, casi febril, pero auténtico, encendió sus ojos, y la alegoría ateneísta de la Segunda República Española, con sólo veinte años de edad y el pelo lleno de rizos, apoyó la cara entre las manos para hacerme entre sonrisas una confidencia extraordinaria—, en una noche de juerga, en el Gijón... Yo bailaba el charlestón medio desnuda encima de una mesa, y él se acercó para mirarme.

—¿Queeé?

Sus carcajadas hicieron coro a las mías, pero sus pupilas, risueñas, se mantuvieron dentro de sus órbitas mientras yo sentía que mi rostro se desencajaba de asombro.

—No me lo creo —musité, mientras mi risa, que nacía también del júbilo de tener de repente a mi abuela tan cerca, se resistía a desvanecerse.

—Ya me lo figuro —asentía lentamente con la cabeza—, porque has vivido demasiado tiempo en un país secuestrado, y hace demasiados años que se rompieron de golpe todos los hilos. A veces pienso que, al cabo, el mayor delito del franquismo ha sido ése, secuestrar la memoria de un país entero, desgajarlo del tiempo, impedir que tú, que eres mi nieta, la hija de mi hijo, puedas creer como cierta mi propia historia, pero fue así, en serio...

Por un instante, sus mejillas se apagaron, y sus ojos dejaron de arder para tornarse graves y reflexivos, como yo los había conocido siempre, pero el combate fue breve, y casi pude leer bajo sus párpados la determinación de regresar a aquella lejana noche imposible, y adiviné que no lo hacía por mí, sino por ella misma.

—Entonces, y créeme aunque te parezca increíble, porque es la verdad, Madrid era un sitio bastante parecido a París o a Londres, más pequeño y más pueblerino, ése era su encanto, pero muy divertido de todas formas, los felices veinte, ya sabes. Yo no solía ir mucho al Gijón, porque aunque estaba muy de moda, era un sitio como el salón del Ritz, muy... muy de gente mayor, ¿sabes?, y prefería ir con mis amigos a salas de baile al aire libre, en La Guindalera, o por Ciudad Lineal, donde sabía que nunca me encontraría con mi padre, pero aquella noche, no sé por qué, acabamos allí y bastante bebidos, por cierto, al menos yo, que nunca he conseguido acordarme de dónde veníamos. En aquella época... Déjame calcular, yo tenía diecinueve años, así que tenía que ser el año 28, sí, bueno, pues en aquella época había una artista francesa de color que era muy famosa, se llamaba Josephine Baker, te tiene que sonar...

Dudé un instante, porque mi abuela pronunció aquel apellido como se leía en castellano, Báquer, y tuve que escribirlo mentalmente antes de conseguir identificar a su propietaria.

—Claro que me suena.

—Sí, por supuesto... Bien, pues esta chica bailaba el charlestón desnuda, sólo con una falda de plátanos, y vino a Madrid alguna vez y tuvo muchísimo éxito. Todo el mundo hablaba de ella, sobre todo los hombres, todo el rato, y por eso, aquella noche... El caso es que yo no me acuerdo bien, y tu abuelo nunca quiso contármelo, me hacía rabiar mucho con esa historia, ¿sabes? Cada vez que yo le preguntaba, pero, vamos a ver, ¿qué pasó exactamente?, él se tapaba la cara con las manos y me contestaba, es mejor que no lo sepas, en serio, Sol, no lo soportarías...
—entonces se interrumpió para reír de nuevo, y su expresión era tan dulce, y tan divertida, y tan profunda al mismo tiempo, que tuve ganas de acercarme y abrazarla—. ¿Por dónde iba? Ya me he perdido.

—El abuelo no te quería contar...

—Eso, nunca me quiso contar lo que pasó. Pero me acuerdo de que, hiciera lo que hiciera, lo que yo quería era impresionar a Chema Morales, un imbécil que era el amor de mi vida y no me hacía ni caso, ¿sabes? Tonteaba con todas mis amigas, y a mí ni me miraba, y me llamaba cuatro ojos, aunque todavía no necesitaba gafas, porque era la única chica del grupo que iba a la universidad y llevaba muy bien la carrera. Entonces no era corriente que las mujeres hicieran una carrera, pero mis padres siempre habían dado por sentado que yo tenía que estudiar, y para mí resultaba de lo más natural. Y como la verdad es que nunca he sido guapa de cara...

—Sí que lo eres.

—No, ni hablar. Yo soy tu abuela, Malena, pero guapa no soy, no digas tonterías.

—Papá siempre ha dicho que eras una mujer muy interesante, y yo creo que tiene razón, he visto fotos.

No intentaba adularla, decía la verdad. En las pocas fotografías que circulaban por los cajones de mi casa, había visto alguna vez a una mujer esbelta, de estatura mediana, cuya cabeza desnuda destacaba entre los sombreros de las mujeres que la acompañaban, alcanzando a duras penas los hombros del señor que estaba siempre a su lado, porque mi padre no había querido conservar ninguna imagen de su madre sola, después de la guerra. En aquellas fotos, ella nunca llevaba sombrero, pero sí tacones y, al margen de cómo fuera vestida, algo en sus gestos la convertía en la más elegante de todas las señoras. El pelo recogido, tirante, descubría una cara larga y afilada, donde destacaba sobre todo la nariz, recta y demasiado grande, desde luego, como la boca, muy ancha y sin embargo bonita, pero también eran enormes los ojos, del mismo tono verde oscuro que heredarían los de mi padre, tan grandes, y tan dulces, que casi llegaban a destruir la ilusión griega de aquel rostro de doncella arcaica, cuya belleza, abrupta pero innegable, ella seguía negándose a recordar.

—Eso ya es distinto, pero, a ver... ¿cuándo se dice que una mujer es interesante? Pues cuando no es guapa, y no me pongas esa cara porque tengo razón. Quizás ahora sería distinto, pero entonces... Cuando yo era joven se llevaban los labios muy pequeños, boca de piñón, decían, y la nariz pequeña, todo pequeño, eso era lo que se apreciaba en una mujer, y ahí yo tenía poco que hacer, la verdad, pero, eso sí, de barbilla para abajo, era otra cosa, una cosa muy distinta. Yo tenía un cuerpo estupendo, y lo sabía, sabía que estaba mucho más guapa desnuda que vestida, por eso debió de darme por ahí, aquella noche...

Una perplejidad purísima, fruto de un enigma mil veces planteado y nunca resuelto, se apoderó de su rostro para forzar una larga pausa. Luego, resignándose a ser por siempre incapaz de explicar lo que ocurrió, agitó las manos bruscamente, como si pretendiera desarmar al aire, y siguió hablando.

—Tuvo que ser para impresionar a Chema Morales, eso seguro, aunque ya no me acuerdo bien. Jamás había hecho nada por el estilo, y eso que entonces no era precisamente una chica modosa, yo, qué va, era muy moderna y bebía como un cosaco, pero atreverme a tanto, no sé, debía de estar tan borracha que ya no conocía, es que todavía no lo entiendo, seguramente fue el destino. El caso es que anuncié que me iba a subir en una mesa y que iba a bailar como la Baker, y ya te puedes figurar la que se organizó. El café estaba medio vacío, era muy tarde, y cuando empezamos a pedir plátanos, los camareros casi se nos echan a llorar, porque los pobres no veían ya la hora de irse a la cama. Entonces tu abuelo se hizo cargo de la situación. Yo sólo me enteré al final, porque estaba muy borracha y no tenía ojos más que para Chema Morales, pero Marisa Santiponce, que era muy amiga mía y nunca probaba una gota de alcohol, porque trabajaba de modelo en la Escuela de Bellas Artes y siempre le tocaba posar en la primera clase, lo vio todo y me lo contó al día siguiente, que un tipo de unos treinta años pero vestido de señor mayor, se levantó de una mesa en la que estaba con dos amigos, y después de convencer al camarero de la barra para que cerrara el local, fue acercándose a las mesas que todavía estaban ocupadas, excepto la suya y la nuestra, y consiguió que todos los clientes, hasta los que no podían andar, se levantaran y se fueran.

—¿Les conocía?

—Supongo que sí, a muchos por lo menos, porque él iba al Gijón todos los días, y siguió yendo, hasta el final.

—¿Sí? ¿Y conocía a los del 27?

—De vista seguro, pero no creo que hablara nunca con ellos, porque tu abuelo iba al Gijón para jugar al ajedrez y siempre se sentaba con otros ajedrecistas, todos amigos suyos, habían formado una especie de club, y organizaban torneos, partidas múltiples, exhibiciones y cosas así.

—Bueno, y ¿qué pasó?

—¿Cuándo?

—La noche del charlestón.

—¡Ah, claro! Que no he acabado... Pues nada. Resultó que tu abuelo sabía quién era yo, porque me había visto con mi padre en los Juzgados. Desde que murió mamá, que iba a buscarle casi todos los días, yo me acercaba cuando podía, para recogerle y volver juntos a casa, y por lo visto, me había presentado a Jaime una vez, en un pasillo. Yo no me acordaba de él, pero él sí se acordaba de mí, y por eso echó a todo el mundo, hasta a sus amigos, pero no se fue.

—Y te convenció para que no bailaras, ¿verdad?

—¡Qué va! Ni siquiera se acercó a saludarme. Tu abuelo era un jugador de ajedrez, ya te lo he dicho. Nunca daba un paso en falso, nunca se precipitaba, nunca jugaba sin haber analizado antes todos los movimientos posibles. Sólo se equivocó una vez, y ese error le costó la vida —hizo una pausa para mirarme. Luego sacudió la cabeza y encontró fuerzas para seguir sonriéndome—. No, no vino a hablar conmigo. Se quedó ahí, amagado, sentado en su mesa, a verlas venir... Entonces los camareros dijeron que de plátanos nada, que no quedaban plátanos, y según me han contado, yo dije que no me lo creía y me empeñé en ir a la cocina a buscarlos, pero no me dejaron pasar, y al final, cuando todo el mundo creía ya que iba de farol, me quité el vestido, y la combinación, y la camiseta, y me puse a bailar sobre el mantel sólo con los zapatos, las medias, las ligas y las bragas.

—¿Y el corsé?

—¿Qué corsé?

—Las mujeres de tu época llevaban corsé, ¿no?

—Muchas sí, pero yo no. No lo llevé nunca, porque mi madre opinaba que era un artefacto antihigiénico, peligroso para la salud e insultante para la dignidad de las mujeres.

—¿Qué?

—Lo que oyes. Mi madre era sufragista.

—Pero si en España no había de eso.

—¡Claro que había! Tres. Y tu bisabuela, la que más chillaba.

—Pues qué suerte tuviste, ¿no?

—Sí que la tuve, pero no porque mamá fuera sufragista, sino porque era una mujer inteligente, buena y respetuosa con todo el mundo. Eramos muy felices, ¿sabes?, cuando yo era pequeña. Mis padres se llevaban muy bien, estaban de acuerdo en casi todo, y hacíamos muchas cosas juntos, ellos, mi hermana y yo, y mamá era tan divertida... La imbécil de Elenita decía que le hubiera gustado más tener una madre corriente, que tocara el piano en vez de discutir a grito pelado con las visitas, y que no hiciera gimnasia sueca todas las mañanas, ni repartiera octavillas por la escalera, ni se bañara con los niños en las pozas de los ríos, pero a mí me gustaba mucho mi madre, y a papá también le gustaba, aunque más de una vez estuvo a punto de darle un disgusto.

—¿Por qué?

—Porque él era juez, y ella, la mujer menos indicada para ser la esposa de un juez, es decir, de un representante, le gustara a él o no, del poder establecido. Pero mi padre jamás renegó de mi madre, y sus colegas se fueron acostumbrando poco a poco a sus extravagancias, yo creo que, al final, hasta llegaban a leerse los folletos que ella repartía en todas las reuniones sociales, siempre a favor del voto femenino, naturalmente... Murió cuando yo tenía quince años, y fíjate, con todo lo que he pasado después, todavía recuerdo su muerte como un golpe terrible, uno de los peores momentos de mi vida. A su entierro vino tanta gente, que los últimos coches llegaron cuando ya estábamos recibiendo el pésame. Sólo faltaba mi padre, que se negó a venir, y estuvo encerrado en su cuarto casi una semana. Aquel mismo día, Elenita volvió a ponerse un corsé que tenía escondido y que llevaba siempre que mamá no la veía, porque decía que, sin él, se sentía indecente, pero yo no me lo puse nunca.

—Así que bailaste con las tetas al aire...

—De eso se trataba, ¿no?

Entonces cedió a una carcajada rotunda, el signo de una persona que sabe reírse, que se ha reído mucho, y aquel sonido fresco y estridente acabó por convencerme de que todo era verdad, de que aquella mujer había sido otra, en otro tiempo, no sólo joven, sino distinta, hasta incapaz de presentir probablemente a la profesora enérgica y frugal en la que le obligaría a desembocar la vida, y yo, como había hecho ella antes, varias veces, tampoco quise instalarme todavía en las tinieblas de un renacimiento tan odioso, y habría deseado quedarme para siempre en el relato de aquella prodigiosa noche de excesos.

—¿Y te dio buen resultado?

—Según se mire... Chema Morales no me hizo ni caso. Yo creo que ni me vio, fíjate, porque estaba todo el rato besuqueándose con otra chica, en un banco del final. Pero tu abuelo se levantó de su mesa y se acercó para mirarme, y estuvo allí todo el tiempo, de pie, sosteniendo un cigarro que se le consumió entero, porque no fumaba, ni se movía, sólo respiraba y me miraba con los ojos fijos, como si las fuerzas no le dieran para más. Lo sé porque me lo contó Marisa al día siguiente, porque yo, en aquel momento, no veía nada más que bultos, hasta que giré sobre mis talones sin ningún propósito especial, bailando, y le vi. Entonces di un traspiés, del susto más que otra cosa, porque me quedaba el seso suficiente como para darme cuenta de que no conocía de nada a aquel señor que me miraba de una manera tan, tan... salvaje, y me hubiera dado de bruces en el suelo si él no me hubiera sujetado por los brazos. Y no estuvimos así más que un minuto, yo con las rodillas clavadas en el borde de la mesa y el cuerpo echado hacia delante, y él de pie, frente a mí, sosteniéndome justo por encima de los codos, pero le dio tiempo... ¡bah! Nada.

Cuando la miré con atención, tuve que volver sobre su rostro una segunda vez antes de dar crédito a lo que veían mis ojos, porque mi abuela Soledad, renunciando a sus sesenta y ocho años de experiencia y a la autoridad que le otorgaban sobre mí, se había ruborizado como una niña pequeña.

—¿Qué pasó? —insistí, más divertida por el ardor que coloreaba sus pómulos que por la historia en sí.

—Nada, si es una tontería... —me contestó muy bajito, negando con la cabeza.

—Anda, abuela, cuéntamelo, por favor.

Mientras el sonrojo seguía creciendo, conquistando lentamente parcelas de su rostro, cercano ya al púrpura, me pregunté qué detalle nimio, seguramente insignificante, podría ser tan precioso como para que aquella mujer, que me había llevado de la mano a verla bailar desnuda encima de la mesa de un café, se negara tan tercamente a compartirlo conmigo, aun envolviendo limpiamente en una sonrisa cada negativa.

—Muy bien —dije al final, jugando mi última carta a la desesperada—. Si no me lo cuentas, me tendré que figurar que el abuelo te violó encima de una mesa, o algo peor...

El truco dio resultado. A pesar de que el tono en el que había pronunciado mis últimas palabras deberían de haber hecho evidente que no estaba hablando en serio, la reacción de mi abuela fue fulminante.

—No digas eso nunca, Malena, ni en broma, ¿me oyes? A tu abuelo jamás se le habría pasado por la cabeza una cosa así, él no habría sido capaz ni de pensarlo siquiera.

—Bueno, pues cuéntame lo que pasó.

—Pero si no es nada, una bobada.

—Las bobadas ya son algo.

—En eso tienes razón, pero no te lo voy a contar, ¿y sabes por qué?

—No.

—Pues porque no me da la gana.

—Por favor, abuela, por favor, por favor, por favor... Si no me lo cuentas, seguiré diciendo por favor sin parar hasta mañana por la mañana.

—Pero si... Pues... Bueno, nada, que... Hubo un momento, porque fue todo muy rápido, pero él... Bueno, me rozó... —y entonces, en el instante de la confesión suprema, su rostro conquistó por fin el escarlata—, él me rozó los pezones con la yema de los pulgares, fue sólo un segundo, y podría haber sido un roce casual, tal y como estábamos colocados, pero yo me di cuenta de que lo hacía aposta, y él se dio cuenta de que yo me daba cuenta, pero yo ni siquiera abrí los labios, y él se dio cuenta de que si no lo hice, fue porque no quise, y ya está... Ya sé que ahora creerás que te he mentido, pero no fue más que eso.

Antes de destruir sus sospechas, comprendí que mi respuesta debería de ser capaz de despejar cualquier duda, y me apoyé en una fórmula infantil para demostrar que yo tampoco mentía.

—Y yo me lo creo.

—¿Seguro?

—Sí, claro que me lo creo —y ella suspiró, mientras sus mejillas retornaban a la neutralidad—. Y me parece una historia preciosa, abuela.

—Sí que lo fue... —asentía con los ojos entornados y una sonrisa mansa, casi tonta, entre los labios, como si hubiera caído víctima de un invencible y benigno hechizo—. Un poco extraña, casi increíble, pero la mejor historia que he tenido nunca.

—¿Y qué pasó luego? ¿Te llevó a casa?

—No. Se ofreció a llevarme, pero yo no quise irme con él, y no porque tuviera miedo de que fuera a violarme, a ver qué te vas a pensar tú ahora, sino porque tenía que volver a casa con la misma gente con la que había salido, los Fernández Pérez, dos hermanos, chico y chica, hijos de un amigo de mi padre que les dejaba usar su coche. Si no, me arriesgaba a que papá me pillara y me castigara sin salir de noche un par de meses.

—Entonces, ¿cómo volviste a verlo?

—Tres días después, cuando volví de la facultad, a las dos de la tarde, me lo encontré sentado en la salita. Se las había arreglado para incorporarse de alguna manera a un grupo de amigos de mi padre, todos juristas, que solían comer en casa una vez a la semana. Mi padre me lo presentó muy formalmente, él extendió la mano y yo se la apreté. Todavía tenía mucho miedo de que la historia del charlestón se extendiera por ahí, de que alguien se la pudiera contar a papá, o a Elena... Mis amigos no eran peligrosos, porque casi todos eran alumnos de Bellas Artes, como Alfonso, el autor del cuadro que hay en mi cuarto, y aspirantes a poetas, y periodistas, y cosas por el estilo, gente bohemia, como decían entonces. Todos hacíamos mucho el burro, y casi todos vivíamos todavía con nuestras familias, así que nadie contaba nunca nada, por si acaso, ya sabes, hoy por ti y mañana por mí, pero al encontrarme con Jaime en casa, aquel día, delante de mi padre, me entró un ataque de pánico tan brutal que me tuve que sentar antes de haber terminado de saludar a todo el mundo.

—Pero él no te vendería, ¿verdad? —la abuela sonrió al detectar la angustia que flotaba en mi voz.

—No, él nunca vendió a nadie, nunca, todo lo contrario... Al principio se me quedó mirando con una sonrisa un tanto cínica, que acabó de ponerme nerviosa, pero luego, aprovechando uno de esos instantes en que se mueren todas las conversaciones a la vez y se hace el silencio de repente, cuando se suele decir eso de que ha pasado un ángel, ¿me entiendes?, entonces me dijo en voz alta, hasta demasiado alta, que se alegraba mucho de haberme encontrado aquel día, porque tenía muchas ganas de conocerme desde que mi padre le había hablado de mi pasión por la Edad Media, que siempre le había parecido el segmento más interesante de la historia de España, y dijo segmento, así, con la voz un poco engolada... Papá intervino para advertirle que ya nos había presentado una vez, en los Juzgados, pero él negó con la cabeza, y afirmó que no recordaba haberme visto nunca antes. Entonces le miré, y sonreí sola, sin darme cuenta de que estaba sonriendo, y me asombré de no compadecerme de él, porque siempre, no sé por qué, he sentido un poco de lástima por los hombres que se esfuerzan por comportarse como caballeros. Luego, después de comer, coincidimos un momento en el pasillo, y me habló al oído. Espero que no se ofenda usted si le confieso que la encuentro un poco desmejorada, me dijo, no sé por qué, pero me parece que me gustaba usted más la última vez que la vi, es como si hoy le sobrara algo... Me eché a reír, y le miré, y volví a sorprenderme de que sus palabras no me dieran vergüenza, porque siempre he sentido un poco de vergüenza ajena por los hombres que abordan directamente a las mujeres. Cuando se fue, me encerré en mi cuarto y me dije, ni lástima ni vergüenza, Solita, éste tiene que ser el hombre de tu vida.

Mi abuelo Jaime tampoco era un hombre guapo en el sentido más convencional de la palabra, y sin embargo, mientras le estudiaba atentamente en los viejos álbumes que la abuela había transportado hasta el salón desde un escondrijo al que no consintió que la acompañara, conseguí reconocer en su cara algunos de los rasgos más perfectos del rostro de mi padre, como si ese hijo póstumo hubiera conseguido perfeccionar misteriosamente a quien nunca le conoció, extrayendo de su única herencia una belleza que no había llegado a manifestarse por completo en el original. Muy alto, y muy ancho de hombros, propietario de un cuerpo llamativo, bien proporcionado pero excesivamente macizo para mi gusto —aunque no para el de mi abuela, a juzgar por el entusiasmo con el que comentó que siempre había rondado los cien kilos sin haber estado gordo jamás—, mi abuelo parecía cualquier cosa menos un intelectual aficionado a jugar al ajedrez en sus ratos libres. Con el pelo oscuro y casi rizado, la frente grande, y las mandíbulas decididamente cuadradas, tenía una de esas caras que parecen esculpidas sobre piedra dura, y el cuello largo, pero tan grueso como el de un animal de tiro. Era un hombre atractivo, sin embargo, gracias a esa contradicción que afloraba en su piel, una paradoja que se fue intensificando con el paso del tiempo, cuando una expresión escéptica, de desencanto controlado, se sumó a las canas que salpicaban su cabeza para equilibrar las fuerzas, y revelar por fin su rara condición de pensador atlético.

—Mejoró con los años, ¿eh?

—¿Tú crees? —su mujer no parecía muy de acuerdo conmigo—. Es posible, pero no sé qué decirte... Aquí —dijo, señalando una de las últimas fotos—, ya tenía demasiados problemas. Se había convertido en un hombre triste.

De nuevo, una tragedia cada vez más inminente planeó sobre nuestras cabezas, y de nuevo intenté alejarla, porque todavía no me había saciado de la risa de mi abuela.

—¿Antes no lo era?

—¿Qué? ¿Triste? —asentí con un gesto—. ¡Qué va! Jaime era el hombre más divertido que he conocido en mi vida, es que no te lo puedes ni imaginar. Me reía tanto con él que al principio estaba hasta un poco asustada, me preguntaba si me habría enamorado de verdad o si lo que me sucedía sería otra cosa, porque todo era, ¿cómo te diría yo?, como demasiado fácil. Mis amigas lo pasaban mal, lloraban y se desesperaban, no sabían de qué hablar, se aburrían con sus novios, pero yo... Yo me lo pasaba bomba con tu abuelo, en serio, nunca había conocido a un hombre así. Me llevaba a sitios donde yo no había estado nunca, verbenas, corralas, frontones, romerías, merenderos, capeas, partidos de fútbol, campeonatos de gua, bailes de barrio... Y a beber agua, simplemente, en una fuente, o en otra, siempre famosas porque el manantial del que brotaban era milagroso y curaba la impotencia, o la esterilidad, o el reúma, y nos reíamos mucho. Era muy castizo hablando, muy gracioso, decía muchísimos tacos, pero los decía bien, ¿sabes?, sólo cuando venían a cuento, y refranes rarísimos, muy brutos, pero divertidos, siempre de sexo, como... prometer hasta meter, y cosas así. Tenía muchísimos amigos, gente muy extraña para mí, banderilleros, coristas, obreros que habían cumplido ya los cincuenta y seguían de aprendices de algún oficio...

—¿Y de dónde los sacaba?

—De ninguna parte. A la mayoría los había conocido de pequeño, en la taberna.

—¿Qué taberna?

—La que tenía su padre.

—¡Ah! No lo sabía. Yo creía que era un niño bien.

—¿Quién? —y me miró como si acabara de cometer un sacrilegio—. ¿Tu abuelo?

—No —me disculpé—, si la verdad es que en las fotos no lo parece mucho, pero como estudió, y era abogado...

—Ya, pero no fue así. Mi suegro era el quinto hijo de una familia de agricultores aragoneses, bastante ricos, eso sí, porque tenían muchas tierras, pero en una zona donde todavía se respetaba la tradición del mayorazgo, así que el hermano mayor heredó todas las fincas, el segundo estudió, el tercero se hizo cura, y los dos pequeños se quedaron con la ropa que llevaban puesta y gracias. A éste, que se llamaba Ramón, lo mandaron a Madrid, a trabajar en una taberna que tenía una hermana de su madre, que se había quedado viuda todavía joven y sin hijos, en la calle Fuencarral. Ahí empezó a trabajar tu bisabuelo a los catorce años, con la esperanza de heredar el negocio algún día, y el pobre no se movió de detrás del mostrador en toda su vida, pero la taberna nunca fue suya. Su tía, que era muy beatona, se la dejó en propiedad a unas monjas que todavía tienen un convento muy cerca, en la esquina de Divino Pastor, y su sobrino se tuvo que conformar con el usufructo, pero repartiendo beneficios con las propietarias.

—Pues vaya asco de vida, ¿no? Desde que nació, no pararon de hacerle putadas.

—Pues no, no pararon, pero no hables así, que tú no eres tu abuelo... El caso es que Jaime empezó a ir, de pequeño, a una escuela parroquial, y como aprendió a leer y a escribir muy deprisa, el maestro le consiguió una plaza en un colegio gratuito de los que montaba el sindicato amarillo, la Obra Social de la Iglesia, no sé si tú sabrás lo que es eso... —negué con la cabeza—. Bueno, da igual. Allí sólo daban enseñanza primaria, pero tu abuelo era muy inteligente, ya te lo he dicho, destacaba mucho, y por eso le ofrecieron una especie de beca, que no era tal cosa, sino más bien una plaza gratuita a secas, para hacer el bachiller en un colegio que tenían los jesuitas cerca de la Puerta del Sol, y allá se fue, obligado por su padre, porque le habían dado a entender, más o menos, que si aceptaba, empalmaría con el seminario, y él, que se había criado entre la taberna y la acera, no tenía ninguna intención de terminar cura. Pero mi suegro lo tenía todo muy bien planeado. Jaime era su único hijo, porque su mujer había muerto de fiebres justo después del parto, y el pobre hombre, desde que le habían dicho en la escuela parroquial que el niño valía, había ido ahorrando un poco de dinero todos los meses para mandarle a la universidad algún día y vengarse en él de su hermano mayor. Sus hijos serán campesinos, solía decirle a tu abuelo por la noche, mientras fregaban los vasos juntos, pero tú serás abogado, que es mucho más importante...

—¿Y por qué abogado? Podía haber sido médico, o ingeniero, o arquitecto.

—Ya. Pero él quería que Jaime fuese abogado porque, de todos los clientes de la taberna, el único que tenía coche y cambiaba de modelo cada dos o tres años era, precisamente, un abogado, así que él ni siquiera se planteó estudiar otra cosa, e hizo bien. Por un lado, defraudar a su padre hubiera sido un crimen, y por otro, nada en este mundo le gustaba más que preparar un juicio. Total, que se despidió de los jesuitas a la francesa, nunca llegó a pisar el seminario y, en cambio, hizo la carrera con la gorra, sin dejar de trabajar en la taberna por las noches. Solía contar que tu bisabuelo le mandaba a su cuarto muchas tardes, diciendo que no necesitaba ayuda, para animarle a estudiar, porque estaba preocupado, le veía encima de los libros muy poco tiempo en comparación con lo que había calculado. Entonces, él se iba a su cuarto, y resolvía problemas de ajedrez, o escribía cartas, o leía, entonces se aficionó a leer, Baroja, *Orgullo y Prejuicio* y *La Cartuja de Parma* sobre todo, que eran sus libros favoritos, podía recitar capítulos enteros porque tenía una memoria de elefante, nunca he conocido a nadie con tanta memoria como tu abuelo, y retenía los textos para siempre con leérselos dos veces. Luego, la verdad es que tuvo suerte, por una vez en la vida, auténtica suerte.

—¿Por lo de la cátedra?

—No, eso fue después, el primer año de casados. El se había quedado en la facultad dando clases porque no tenía dinero para montar un bufete, pero la enseñanza no le apasionaba, quería ejercer, y por eso, aunque en teoría era un desprestigio para un profesor con un expediente tan brillante como el suyo, se apuntó al turno de oficio. Ganó media docena de casos oscuros, y perdió dos, que eran insalvables, pero el noveno, en apariencia tan vulgar como los otros, le lanzó a la fama. Su cliente era una criada a la que se acusaba de robar un collar de su ama, una más de las diez mil criadas ladronas de alhajas que acababan en la cárcel todos los años, pero con una particularidad muy interesante, porque la señora, en este caso, era la mujer de un estafador, un tipo muy bien situado y de muy buena familia, pero un estafador, al fin y al cabo, cuya víctima favorita era el Estado. La criada resultó inocente del robo, pero culpable de indiscreción. Resultó que había escuchado un par de cosas detrás de un par de puertas, y Jaime arriesgó. Tiró de la manta, y debajo encontró un montón de basura. Se montó un follón de mil demonios, el caso salió en todos los periódicos y tu abuelo consiguió la condena virtual de un individuo al que ni siquiera estaba acusando, además de la libertad de su defendida. Cuando terminó el juicio, pudo elegir bufete. Cuando yo le conocí, ya era socio.

—Y era rico.

—Bueno, ricos, lo que se dice ricos, como eran los ricos de aquella época, tu abuelo Pedro, por ejemplo, nunca fuimos. No teníamos fincas, ni casas, ni vacas, ni rentas. Vivíamos del trabajo, como habían vivido siempre mis padres, pero vivíamos bien, eso es cierto. Cuando nos casamos, alquilamos un piso precioso, en la calle General Alvarez de Castro, en Chamberí, un tercero bastante grande, con cuatro balcones y mucha luz, y contratamos a una criada, porque yo todavía no había acabado la carrera, me faltaba un año.

—¿Y después de casada seguiste estudiando?

—Sí, y durante muchos años, todo el tiempo que pude. Si en aquella época alguien me hubiera dicho que acabaría convirtiéndome en una ama de casa, me hubiera echado a reír. Nunca me ha gustado la casa, ¿sabes?, ni los niños, bueno, eso sí que lo sabrás, porque se me nota mucho, ¿no?, quiero decir que no tengo paciencia ni me gusta cogerlos, y hasta con los míos, cuando eran bebés, me moría de asco cada vez que me vomitaban encima, y eso... Antes, siendo más joven, me daba hasta un poco de vergüenza reconocerlo, pero ahora creo que, al fin y al cabo, el instinto maternal es como el instinto criminal, o como el instinto aventurero, si quieres, por poner un ejemplo más suave. El caso es que no se puede esperar que lo tenga todo el mundo.

—¿Y por qué tuviste hijos?

—Porque quise tenerlos, una cosa no tiene nada que ver con la otra. A Jaime le encantaban los niños, él sí que tenía cuerda para aguantarlos, y para leerles cuentos y llevarles a caballito por el pasillo. Además, si quieres que te diga la verdad, en aquella época tener hijos era muy fácil para mí, todo era fácil, porque teníamos dos muchachas, una costurera y una planchadora, así que yo me ocupaba solamente de las cosas que me apetecían. Desde luego, yo les compraba la ropa y decidía lo que tenían que comer cada día, a qué hora tenían que irse a la cama, y cosas así, pero si me iba de viaje, o si estaba muy ocupada, o muy harta, sencillamente, la casa andaba sola, ¿comprendes? Y me gustaban mis hijos, por supuesto, y les quería muchísimo, siempre les he querido mucho, soy su madre, ellos lo saben y, que yo sepa, nunca se han quejado, pero por ejemplo, cuando estaba trabajando, si me estorbaban, tocaba el timbre y desaparecían. Los días que estaba de humor les daba de comer, y les bañaba, y les llevaba de paseo, al parque, o a una verbena. Me daba mucha rabia notar que estaban aburridos, así que los sacaba bastante, a los dos mayores, claro, cuando nació tu padre, el pobre, ya era todo distinto y no tenía tiempo para nada. Total, que la verdad es que pasaba muchas horas con ellos, pero no estaba obligada a hacerlo, ¿entiendes?, eso era lo bueno. De vez en cuando, me tomaba un par de días libres y me sentaban estupendamente, para qué te voy a decir que no...

—Pero eso no tiene nada que ver con el instinto maternal.

—Ah, ¿no?

—No. Los niños pequeños son muy pesados, pesadísimos, es verdad, aunque algunos también son muy graciosos, pero estar embarazada y todo eso es maravilloso.

—¿Y tú cómo lo sabes?

—Pues... no sé. Todas las mujeres lo dicen.

—Yo no.

—¿A ti no te gustó?

—¿Estar embarazada? No. Quiero decir, ni me gustó ni me disgustó. A ratos me hacía ilusión, notar las pataditas del feto y esas cosas, pero en general me parecía algo bastante raro, y otras veces un estorbo. Y tenía miedo, siempre, me daba miedo estar así, porque sentía que no podía controlar nada, que mi propio cuerpo se me escapaba, que pasaban cosas allí dentro sin que yo lo supiera, a veces pienso que por eso mis embarazos fueron tan malos, no sé... Es un estado de ánimo bastante especial, ¿sabes?, es muy difícil contárselo a alguien que no lo ha pasado, pero yo no me sentía más guapa, ni más viva, ni más feliz, ni esas cosas que se dicen. Y nunca me han atraído los bebés. Ya sé que hay mujeres que se pegan a ellos como si fueran imanes, que cuando ven uno, no pueden resistir la tentación de cogerlo en brazos, y arrullarlo, e intentar dormirlo, pero a mí nunca me ha pasado eso, yo siempre me he dicho, que lo duerma su madre... Si voy a un parque, no río de lejos las gracias de los críos que hay a mi alrededor, ni toco la cabeza de cualquiera que se me cruce por la calle, no me sale, qué quieres que te diga. Ya sé que alguna gente cree que ser una buena persona y tener cariño a todos los niños del mundo es lo mismo, pero yo creo que una cosa no tiene nada que ver con la otra. Yo he sido la madre de mis hijos, y con eso tengo bastante, no aspiro a ser la madre de todos, ni falta que hace. Es más, si quieres mi opinión, pienso que de ésas ya hay bastantes más de las necesarias, hasta demasiadas, diría yo...

Aún recuerdo cuán profundamente me escandalizaron aquellas palabras de la abuela, cuánto me lamenté por haberlas escuchado, cómo las relacioné, sin llegar a analizarlas siquiera, con todas esas otras cosas desagradables, erróneas, injustas, que enturbiaban la memoria de aquellos a quienes siempre había amado por instinto, las figuras solas, arrogantes y rotas, de los únicos espejos que me reflejaban. Sin embargo, esa vergüenza se disipó pronto, porque mi padre era ajeno a la estirpe de Rodrigo, y mi abuela ignoraba su ley. Durante algunos años dedicaría todavía muchas horas a desmenuzar aquella desazonadora confesión, y me dolería de ella como de una infección peligrosa, concentrándome en aislar el virus y matarlo antes de llegar a exponerme a su contagio. Pensaba en Pacita, que me daba miedo y me daba asco cuando apenas era una niña mayor, y menor, que ella, pero si seguía asociando ese temor a la figura de mi abuela, ya no era por el carácter anormal de sus sentimientos, sino por la certeza de que yo jamás estaría a su altura.

Nunca pensé que Madrid llegara tan lejos. Ella escogió esa frase para comenzar un relato que perdió desde el principio la brillante calidad del primer día. Poco a poco, y sin que yo se lo pidiera, fue desentrañando para mí un epílogo largo y opaco, como un muro fabricado con bloques de piedra gris, severa y lisa, sin llanto y sin héroes, sólo el ritmo aplastante de los días que se suceden para disolverse en la profundidad de un hoyo infinito, eternamente hueco. Yo le había pedido que me enseñara a hacer punto y ella accedió. Salimos una tarde de compras y me ayudó a elegir dos clases de lana gorda, de pelo largo y muy suave, y mientras guiaba mis dedos torpes desde los cabos de las agujas, sus palabras se entrechocaban con el rítmico chasquido del metal nuevo. Entonces escogió aquella frase, nunca pensé que Madrid llegara tan lejos, para evocar el desconcierto que sucedió a la derrota, y yo pude ver sin dificultad la imagen de una mujer joven y sola, lastrada con un niño en cada mano, otro dentro de su cuerpo, mientras penetraba en un barrio tan lejano, tan distinto de la ciudad en la que había creído vivir hasta entonces, que nunca habría podido sospechar que aquello también fuera Madrid.

A partir de aquel momento, me dije que la abuela tenía todo el derecho del mundo a negar cualquier instinto. El primer día compró cuatro patatas y no supo qué hacer con ellas. Las echó en un cazo lleno de agua y no se le ocurrió pincharlas con un tenedor para comprobar el punto, así que se las comieron duras. Al día siguiente volvió a comprar cuatro patatas, y volvió a hervirlas, y no las sacó del cazo hasta que comprobó que la piel había reventado ya por varios sitios. Entonces las abrió por la mitad, y echó por encima sal, y un poquito de aceite. Estaban buenas, y eso fue peor, porque a medida que la pequeña desesperación de las cosas prácticas iba cediendo, la gran desesperación de una vida rota iba ocupando lentamente su espacio.

Esperaba a su marido todavía, porque jamás llegó a ver su cadáver. Sabía que había muerto y que lo habían enterrado en una fosa común, al pie del parque del Oeste o debajo de lo que ahora es una acera cualquiera, los vencedores habrían trabajado deprisa para esconder el hediondo trofeo de su cadáver, pero ella nunca lo había visto y esperaba, se acunaba cada noche en la infantil fantasía de una carambola a bandas infinitas, soñaba a un prisionero astuto, una identidad falsa, una condena larga, el regreso. Gastó mucho más dinero de lo que costaba una ración de patatas en un velo negro de encaje barato porque tenía miedo, mucho miedo. Todas las mañanas se cubría la cabeza, escondiendo ese pelo que se había vuelto tan feo, pobre y lacio, para ir a misa, porque tenía miedo y quería que la vieran, que todos en aquel barrio miserable, al otro lado del río, supieran que ella iba a misa todas las mañanas, y sin embargo no sabía rezar, porque nadie la había enseñado a rezar nunca. Por eso se sentaba en el borde del último banco, y dejaba caer la cabeza, escondiéndose tras el encaje para que nadie adivinara que movía los labios en vano, fingiendo trenzar una oración mientras repetía para sí una sola palabra, locomotora, locomotora, locomotora. Tenía miedo, muchísimo miedo, pero de vez en cuando volvía a su antiguo barrio, donde todos la conocían, donde todos sabían quién era su marido y con qué bando había luchado, para preguntar por él. Desafiaba al portero, al sereno, al panadero, a los cachorros de esa repulsiva camada de soplones que había florecido entre las cinco rosas, para preguntar por su marido, y nadie le dijo nunca nada, pero tampoco nadie la delató, porque aunque Jaime Montero, cuyo cadáver nadie llegó jamás a identificar, estaba oficialmente inscrito en las listas de busca y captura, todos sabían que mi abuelo estaba muerto. Todos creían que mi abuela estaba loca.

Ella también llegó a creerlo durante algún tiempo, pero aquello empezó como una broma íntima, un desafío privado, algo que contarle a él cuando volviera. Antes no sabía rezar y ahora había aprendido, antes nunca iba a misa y ahora no faltaba una sola mañana, el mundo bien podía retorcerse un poco más, a ella le daba lo mismo. Le costó trabajo decidirse a comprar las velas porque eran caras, todo era caro entonces, y eligió sólo dos, no demasiado largas, pero suficientes para arder durante todo un mes, quizás más, porque las encendía apenas media hora, por la noche, cuando los niños se dormían para devolverle un ápice de esa libertad que ella tan ingenuamente había sospechado eterna. Entonces terminaba una comedia, la diaria representación de la madre abnegada que era ella en realidad, y empezaba otra, la farsa de un amor que ya no tenía bastante espacio en el corazón, y le desgarraba las tripas, y le vaciaba los huesos, y le entumecía la voluntad, y el pensamiento. Mi abuela Soledad, el velo negro sujeto con dos horquillas sobre la cabeza, montaba un altar en la mesa del comedor con tres fotos de su marido, encendía una vela a cada lado y se separaba respetuosamente del tablero para arrodillarse en el suelo, sentarse luego sobre sus talones y, las manos cruzadas, hablar sola, como se habla con los muertos. ¿Cómo voy a salir de ésta, Jaime?, le decía, y le contaba lo que había pasado durante el día, que siempre le parecía muy poco, porque él se había ido y los días llenos se habían marchado con él. ¿Por qué me has dejado sola?, le preguntaba, y al final, él le dio una respuesta.

Tu abuelo hizo un milagro después de muerto, me dijo, igual que el Cid, y yo no quise corregirla, no quise recordarle que lo que hizo el Cid fue ganar una batalla, que los milagros, después de muertos, sólo los hacen los santos, porque ella no le quería santo y yo tampoco. Hizo un milagro, insistió, antes de rechazar cualquier mérito propio, antes incluso de mencionar la suerte que situó al otro lado del patio a una señora tan cotilla, tan piadosa y, sobre todo, tan compasiva. Mi abuela no la conocía, no sabía quién era aquella anciana velada que una tarde se atrevió a tocar un timbre que antes sólo habían pulsado sus propios hijos, pero ella se presentó enseguida, soy la vecina de enfrente, y entró en la casa antes de que la invitaran a pasar, cabeceando, como si pretendiera darse la razón a sí misma, al comprobar una pobreza que no podía esconderse a sus ojos, ni a los ojos de nadie.

Aquella mujer lo sabía casi todo. Lo había adivinado en el rostro de mi abuela, en sus gestos, en su manera de hablar y de arreglarse, en su esfuerzo por andar derecha, en sus desesperados intentos de mantener la dignidad, esa manía, de la que se burlaban todos los críos del barrio, de obligar a los niños a comer las sardinas con cubiertos de pescado y a lavarse los dientes dos veces al día, para que quedara algo en ellos de la vida que podría haber sido y no fue, para que eso, al menos, no se perdiera. Aquella mujer le dijo a mi abuela que la veía en misa todas las mañanas, pero no le había concedido gran importancia a ese detalle, porque bien conocía ella a algunos rojos que ahora se comían a los santos por la peana para escurrir el bulto. Sin embargo, añadió, la veo también rezar aquí, a solas, todas las noches, y llevo ya algún tiempo diciéndome que me gustaría ayudarla, que no hay derecho a que alguien como usted, con tres criaturas, y el pequeño todavía en el pecho, lo haya perdido todo.

Gracias a la vecina de enfrente, que la avaló personalmente, mi abuela consiguió su primer empleo como profesora de párvulos en una escuela gratuita financiada por la parroquia, un colegio igual al que acogiera a su marido cuando era un niño pequeño. Izaba diariamente en el patio la bandera, y la arriaba cada tarde, cantando el *Cara al sol* a pleno pulmón, y a cambio, además de comer al mediodía, empezó a cenar todas las noches, hasta que logró por fin reconquistar Chamberí. Pero yo ignoraba aquel detalle mientras escuchaba la primera parte de su historia, la que aún me consentía el desacuerdo y el escándalo, y supongo que una leve intención de censura afloró en mi voz cuando le pregunté cómo era posible que se hubiera dedicado a dar clases a niños ajenos, dejando en manos de otras mujeres a los suyos propios, si los críos en general no le gustaban.

—Pero yo entonces no daba clase —me dijo con dulzura, sin querer acusar mi tácito reproche.

—Entonces ¿qué hacías?

—Escribir mi tesis doctoral, *La Reconquista: la cuestión del repoblamiento*. Empecé justo después de terminar la carrera y no me dediqué a otra cosa hasta que estalló la guerra, algunos días pasaba más horas en la Biblioteca Nacional que en casa.

—¿Y la publicaste?

—No, pero por un pelo. En el 36 la tenía casi terminada, solamente me faltaba redactar el capítulo de las conclusiones y comprobar un par de datos, pero luego, con todo aquello, la abandoné y nunca llegué a leerla. Me la acabaron pisando, ¿sabes?, treinta años después, tiene gracia. Estaba esperando a jubilarme para volver a trabajar en ella, y era una ingenuidad, desde luego, porque a alguien se le tenía que ocurrir, antes o después, escribir un libro sobre lo mismo, pero como la Reconquista es un tema tan delicado, y durante el franquismo se enfocaba siempre desde una óptica tan... franquista, utilizándola más o menos para justificar la Guerra Civil, pues yo pensé que con un poco de suerte... Pero no. En el año 65 vi en el periódico el anuncio de un libro que se llamaba más o menos igual, *La cuestión de la repoblación en la Reconquista*. Era la tesis doctoral de dos muchachos con barba, muy listos, y simpáticos, que sin embargo carecían de datos que yo había consultado en algunos archivos parroquiales y en otras fuentes que ya se habían perdido, así que conseguí su teléfono en la universidad y les llamé, para poner a su disposición mi material, para que, por lo menos, no se perdiera del todo el trabajo de tantos años. Vinieron a verme enseguida, y se portaron muy bien conmigo, aunque les decepcionó mucho que yo nunca hubiera sido comunista, porque ellos lo eran y... en fin, un represaliado sin partido no es un represaliado rentable, eso ya se sabe. De todas formas, trabajamos juntos muchos meses, y en la segunda edición de su libro mi nombre ya aparecía en la portada, aunque no como autora, debo reconocer que eso me decepcionó un poco, sino en letra más pequeña, debajo de sus nombres, con la colaboración de la profesora Soledad Márquez. Me hizo mucha ilusión, de todas formas, porque ya me había hecho a la idea de perder el tren otra vez, al fin y al cabo, los he ido perdiendo todos.

—No has tenido mucha suerte tú tampoco, ¿verdad, abuela?

Frunció el ceño, como si necesitara meditar una respuesta tan simple, y sus labios dudaron varias veces antes de moverse en una dirección sorprendente para mí, que todavía, maravillada y aturdida al mismo tiempo por el torrente de datos que se vertía en mis oídos, no había comprendido la verdadera fuerza de mi abuela, la potencia inagotable de aquel cuerpo casi agotado que conservaba sin embargo, como una marca de casta, la juventud de un espíritu privilegiado y universal, el que alienta en quienes han nacido supervivientes.

—Pues... no sé qué decirte. Desde el punto de vista de los libros de historia, desde luego, no, no he tenido suerte, porque lo he perdido todo. Perdí a mi familia, perdí mi trabajo, perdí mi casa, a mis amigos, mis cosas. Las cosas son muy importantes, los objetos pequeños, los regalos, los vestidos preferidos, los recuerdos de un viaje, o de un día especial... Se echan muchísimo de menos, es increíble, pero cuando dejas de ver tus cosas encima de tu mesa, es como si se desvaneciera tu memoria, como si tu personalidad se desintegrara, como si dejaras de ser tú, para ser una persona cualquiera, de esas que te cruzas todos los días por la calle. Perdí una guerra y tú no sabes lo que es eso, nadie lo sabe hasta que le ocurre, parece una cosa tan impersonal, tan fría, perder una guerra, ganarla, dicho así, y sin embargo... Con la guerra perdí la ciudad en la que había nacido, el país en el que había vivido, la época de la que formaba parte, el mundo al que pertenecía, todo se derrumbó, todo, y cuando miré a mi alrededor, ya nada era mío, no podía reconocer ninguna cosa, al principio me sentía como un soldado extraviado, ¿sabes?, cuando se da cuenta de que no está entre los suyos, de que ha atravesado las líneas sin saberlo, y está en el centro del campo enemigo, durante muchos años viví en campo enemigo. Perdí a mi marido y hubiera preferido morir con él, y no es una frase hecha, te lo juro por su memoria, que es lo único sagrado para mí, y te lo juro a ti, que eres su nieta, que hubiera preferido morirme a sobrevivirle, tenía sólo treinta años, pero si él me hubiera dejado, me habría ido a morir con él, y en cambio me tocó vivir. He vivido sin ganas un montón de años, me he levantado de la cama miles de mañanas y he vuelto a ella miles de noches sin esperar nada, sabiendo que el presente estaba hueco, y el futuro igual de vacío, que sólo podría trabajar, comer, digerir y dormir, siempre lo mismo, hasta el día de mi muerte, y sin embargo... Ahora que me estoy haciendo vieja, me doy cuenta de que, si perdí a Jaime, fue porque lo tuve, y creo que no cambiaría mi vida por la de nadie. Creo que, si cambiara, volvería a perder.

Entonces, sus ojos, que durante algunos minutos habían paseado por el techo de la habitación sin decidirse por ningún lugar concreto, se detuvieron en el asombro que dilataba los míos, y la abuela, más lejos que nunca de la tristeza en la que debería haberla enterrado su discurso, me sonrió.

—No lo entiendes, ¿verdad?

—No —admití.

—Eres muy joven, Malena, demasiado joven, por muy gordo que sea el disgusto que te acabas de llevar, y aunque tú creas que ya lo sabes todo. Cuando tengas mi edad, lo comprenderás. Hay mucha gente que no es feliz nunca en su vida, ¿sabes?, a tu edad no lo podéis creer, habría suicidios masivos si cada uno pudiera mirar su futuro por un agujerito, pero hay mucha gente que no tiene suerte nunca, nunca, ni siquiera en las cosas más estúpidas, si les gusta el azúcar, resulta que son diabéticos, y desgracias por el estilo. Yo, a pesar de todo, no soy como esa gente, yo tuve suerte, mucha suerte, y si mi caída fue tan brutal, si me hice tanto daño, fue porque cuando me estrellé contra el suelo venía de muy arriba. De muy, muy arriba.

No me gustaron esas palabras, no esperaba tanta conformidad de una bailarina tan intrépida, de una estudiante tan tenaz, de una tan decidida corredora de obstáculos.

—Eso suena un poco a resignación cristiana, ¿no?

—No lo creo —y soltó una carcajada—. Eso suena más bien a abuela vieja habla con nieta joven.

Y entonces yo me reí con ella.

—Mira, Malena, no creo que haya habido nunca nadie en el mundo, nadie, que haya estado más enamorado que yo cuando me enamoré de tu abuelo. Igual sí, seguramente mucha gente, pero más no, y otra vez estoy hablando en serio. Eso ya fue un bien tremendo, sobre todo porque los dos sabíamos que lo nuestro, en el fondo, era un lujo, que la gente no se suele enamorar así, sin reservas, sin dudas, sin que haga falta echarle voluntad, retrasando cada noche el propio sueño para dar ventaja al sueño del otro, sólo para mirarle y verle dormir a nuestro lado. Y lo teníamos muy hablado, no creas, éramos muy modernos, ya te lo he dicho antes, a veces discutíamos qué pasaría si uno de los dos se enamoraba de un tercero, o si se desenamoraba del otro de repente, el amor no es eterno, y nosotros contábamos con ello, sabíamos que podía pasar, hicimos una especie de pacto y prometimos que, cambiara lo que cambiara, ninguno de los dos sería mezquino, ni ruin, ni desagradable con el otro, pero nunca cambió nada, durante once años seguidos, nada. Yo esperaba la catástrofe todos los días porque Jaime me parecía demasiado bueno para mí, eso ocurre siempre cuando uno se enamora, y si pasaban más de tres días sin que me aplastara por sorpresa contra una pared, aunque hubiera gente mirando, me echaba a temblar, y sin embargo, ese tercer día no llegaba nunca, y todo era fácil, fácil y delicioso, como si estuviéramos jugando a vivir, así, en serio. No es que tu abuelo nunca me diera un disgusto, tampoco era eso, porque algunas temporadas, y a pesar de que yo también trabajaba mucho, llegaba a echarle de menos. Estaba en el bufete demasiado tiempo, y cuando se enredaba en un torneo, era insoportable, iba por la calle con una libretita, y cada dos pasos se paraba a apuntar, caballo por alfil, sacrificio de dama, mate en dos y... gilipolleces por el estilo, la verdad, porque nunca entendí que un simple juego pudiera obsesionarle de aquella manera, pero, incluso en esas épocas, hacía cosas maravillosas, me daba sorpresas todo el tiempo. A veces aparecía en casa sin avisar, a las horas más inesperadas, a mediodía, o a las seis de la tarde, y me metía en la cama a empujones, aunque los niños fueran pequeños y estuvieran jugando en el pasillo, aunque las muchachas anduvieran limpiando la casa, aunque hubiera visitas, le daba lo mismo. Luego se vestía y se volvía a ir corriendo, y yo salía a la puerta a despedirle en bata, éramos la comidilla de toda la escalera, y hasta eso nos hacía gracia, porque nos reíamos por cualquier cosa.

—Te hacía un regalo todos los días, ¿verdad? —dije, rescatando repentinamente de una polvorienta esquina de mi memoria el único dato interesante que había recibido nunca sobre aquel hombre—. Creo que papá me lo contó una vez.

—Sí. Siempre volvía con algo para mí en los bolsillos, pero muchas veces no eran regalos, sino tonterías, yo qué sé, veinte céntimos de castañas asadas en otoño, por ejemplo, o una rama de almendro en primavera, y a veces ni eso, cosas todavía más pequeñas, dos cacahuetes que se había guardado en el bolsillo cuando tomaba el aperitivo, o una octavilla publicitaria con un dibujo que le había gustado por lo que fuera.

—¿Y lo tienes guardado todavía?

—Esas cosas sí. Las que tenían valor no, las vendí todas después de la guerra, todas menos un broche de oro y esmaltes que me trajo de Londres una vez, la única joya que he apreciado nunca. Se lo regalé a Sol cuando cumplió cuarenta años, a lo mejor se lo has visto puesto, porque lo lleva siempre, representa a una niña con alas, vestida con una túnica blanca, delante de una vidriera... Campanilla, la amiga de Peter Pan. Intenté guardar un objeto valioso para cada hijo, pero no lo conseguí. Acabé vendiendo una Montblanc que me había regalado porque después de la guerra, con el bloqueo, esas cosas llegaron a pagarse muy bien, y un mechero de oro que le regaló a él el decano de su facultad, por lo mismo. También tuve que vender un ajedrez muy bonito, pequeño, de piezas Staunton hechas con caoba y marfil, que me costó prácticamente todo el dinero que heredé de mi padre, fue el regalo más caro que le hice nunca. Me pagaron una miseria en relación con lo que me había costado, pero comimos de él un par de meses, nos arreglábamos con poca cosa, entonces, y cada día, al servir las patatas, porque casi siempre comíamos patatas, yo pensaba, nos estamos comiendo la dama negra, o el peón blanco de rey, porque ése era el tipo de comentarios que habría hecho tu abuelo. Así que, al final, Manuel se quedó con *Orgullo y Prejuicio*, y tu padre con *La Cartuja de Parma*, no tenía otra cosa. Pero Baroja sigue conmigo, porque son nueve tomos y me da pena separarlos, y todavía conservo los cacahuetes, eso sí, nunca quise comérmelos.

—¿Y siempre fue igual? ¿Nunca tuvisteis una bronca?

—Más o menos, Jaime... Bueno, él era muy inteligente, y muy honesto, era sensible, y justo, pero era un hombre español nacido en el 1900 así que, en fin, a veces cojeaba del mismo pie que todos los demás, supongo que no lo podía evitar.

—¿Era machista?

—A ratos, pero no en relación conmigo. Quiero decir que a mí nunca me prohibió nada, ni se metió en mis cosas, ni intentó modificar mis opiniones, todo lo contrario. Yo llegué a ser famosa en los Juzgados, casi una atracción turística, porque, entre todas las mujeres de los jueces, fis-

273

cales y abogados de Madrid, era la única que no me perdía un juicio, y los seguía como se sigue un partido de fútbol, aplaudía, pateaba, silbaba, me levantaba... Cuando ganábamos, si había un momento en que el juez no le veía, Jaime me saludaba con los brazos estirados, las palmas hacia dentro, así... —y esbozó el clásico saludo de los toreros en sus tardes de triunfo—, como si me brindara las dos orejas. Le amonestaron un par de veces y en una ocasión su cliente se enfadó, porque aquel gesto le pareció una falta de respeto, pero también hubo un juez que, al levantarse, después de dictar una sentencia absolutoria que había llegado a ponerse muy difícil, me miró, me sonrió, y me dijo en voz alta, enhorabuena, señora, y la mitad del público, que eran colegas y amigos de mi marido, se puso a aplaudir, y Jaime me obligó a levantarme y saludar. Me sabía sus casos de memoria, él me los contaba desde el principio, y muchas veces seguía mis sugerencias, estábamos muy unidos, mucho, pero de vez en cuando... —marcó una pausa casi dramática. Dejó de hablar, me miró con una atención especial, como si pretendiera ganarse todavía más al auditorio más entregado que nadie ha tenido nunca, y sonrió antes de proseguir—. De vez en cuando me ponía los cuernos, para qué te voy a decir que no.

Aquella revelación me dejó helada, no tanto por su contenido como por la tranquilidad inaudita que flotaba en la voz de mi abuela cuando imprimió a su plácido relato una dirección tan inesperada.

—Pues no parece importarte mucho —musité, desconcertada, y ella se echó a reír.

—¿Y qué quieres, que me ponga a romper jarrones ahora, después de tantos años? La verdad es que, entonces, muchas veces tampoco me importaba, eso dependía de la mujer en cuestión.

—¿Tuvo muchas amantes?

—No, ninguna en realidad, porque nunca fueron exactamente amantes. Eran líos, casi siempre muy cortos, muchas veces de un solo día, aunque esos días solos, aislados, se repitieran de vez en cuando. Al principio me lo contaba, porque para él no tenían importancia, eran fogonazos instantáneos, arrebatos que se agotaban en sí mismos, deseos repentinos que sólo habrían cobrado importancia si se hubieran visto frustrados, eso decía él, por lo menos, y yo me lo creía, porque si me hubiera dicho que la luna era cuadrada, también me lo hubiera creído. En teoría, yo era libre de hacer lo mismo, ¿sabes?, para conservar mi propia identidad. El repetía todo el tiempo que una pareja son dos personas enteras, no una sola cosa hecha con dos mitades. No te puedes imaginar cómo llegaba a darme la lata con todo eso y luego, si pillaba a alguien mirándome al escote en alguna fiesta, se ponía de una mala leche que no había quien le aguantara, y si se me ocurría bailar con cualquiera, porque él no bailaba nunca, no digamos ya, pero aunque se pusiera morado, aunque le llegaran a temblar los labios, se tragaba los celos, porque sabía que eran injustos. Yo nunca me acosté con otro y fue, sencillamente, porque nunca tuve ganas de otro, él lo sabía. Luego le dije que, si tenía líos, prefería no enterarme, pero seguí dándome cuenta, me daba cuenta siempre, y lo pasé muy mal un par de veces, aunque al final él tuvo razón, y ninguna de esas mujeres afectó a nuestra vida en lo más mínimo... Nunca te he sido infiel, me dijo al final, cuando ya era un muerto que andaba, y yo entendí lo que quería decir, y le contesté que siempre lo había sabido, y era verdad. Yo le adoraba, le adoraba, le adoraba y le perdí, pero antes, le tuve del todo.

Entonces se detuvo, como si ya no tuviera nada más que decir. Se miró los dedos, y empezó a levantarse las cutículas de las uñas de la mano izquierda con las uñas de la mano derecha, un gesto instintivo que yo había visto muchas veces, una técnica de distracción a la que recurría siempre que se encontraba incómoda por algo, o por alguien, o en alguna parte. Habíamos llegado al final del trayecto, ya no había escapatoria, y ella lo sabía y yo también.

Mientras buscaba la mejor fórmula para envolver aquella pregunta, me di cuenta de que solamente el azar, y un azar doloroso, terrible, cuyas consecuencias en mi propia vida no era todavía capaz de calibrar, me había permitido tomar posesión de un legado que me correspondía y que, de otra manera, nunca me habría sido transmitido, un bien cuya existencia ni siquiera imaginaba, la memoria de quien siempre había sido el oscuro, el dudoso, el otro abuelo. Pero antes de atreverme a reprochar a mi padre aquel robo injusto y deliberado, sentí un instante de pánico y la tentación de volver atrás, vencida por un temor absurdo, miedo de escuchar y de saber, de terminar comprendiendo ese silencio, de perder, en la ficción aún serena que la voz de mi abuela creaba sólo para mí, al hombre adorable que sus palabras habían pintado de luz, de risa y de carne. Y pasarían muchos años antes de que por fin comprendiera que, mientras el verano agonizaba en los brazos de una noche tormentosa, era mi abuela quien tenía razón, tardé años enteros en descubrir que, entonces, yo era demasiado joven para saber, demasiado joven para entender que hasta la más turbia de las deshonras habría sido más fácil de aceptar que el camino que mi abuelo eligió para morir entre dos enormes montañas de hombres muertos. Solo y para nada, como mueren los héroes.

—¿Quién le mató, abuela?

—Todos —me contestó, y jamás he vuelto a contemplar una cara más sombría—. Le matamos entre todos. Yo, tu padre, el gabinete de Guerra, el ministro de Justicia, la Segunda República Española, este maldito país, mi hermana Elena, mi cuñado Paco, y un soldado de Franco, o dos, o tres, o un regimiento entero que disparó a la vez, porque eso nunca lo he sabido...

No me atreví a preguntar nada más. Ella calló durante un par de minutos, y luego siguió hablando, vomitando más bien una pena agria y compacta, que poco a poco se fue reblandeciendo, hinchándose de rabia, volviéndose húmeda y fresca, más negra y más pesada, y agotándose al fin, muriendo de cansancio, para mostrarme entonces la cara del vacío, la desolación pura, esa que ya no cobija ninguna esperanza, ninguna tentación de violencia inútil, ningún fin, ningún sentido más allá de la arbitraria condena de quienes padecen su existencia. Yo aprendí de lejos, al principio, atendí y retuve, como una alumna aplicada, preguntándome si todo aquello habría servido de algo, intentando averiguar por qué, de repente, aquella extraña muerte me era tan necesaria, por qué me rellenaba un hueco, por qué aumentaba el caudal de mis venas, por qué me endurecía y me completaba, pero sólo cuando pude verle, cuando distinguí la silueta de un hombre que andaba solo por la calle, llorando el llanto de una primavera muerta, y le vi llegar a la esquina de Feijoo, y torcer a la derecha, y perderse para siempre, sólo entonces me di cuenta de que ese caminante era el padre de mi padre, y la cuarta parte de mi sangre, y era yo, y con esa respuesta tuve bastante.

—No quiso hacerme caso, aquella vez no quiso. Solía escucharme, ya te lo he dicho, siempre tenía en cuenta mis opiniones, y yo se lo advertí, no sé por qué, pero aquella vez lo vi clarísimo, vi que aquel camino sólo nos llevaba a la ruina, y se lo rogué, se lo supliqué, se lo pedí por favor, mil veces, no aceptes ese puesto, Jaime... El no me contestaba, y yo seguía hablando sola, estrellando mis palabras contra sus oídos como se estrella una pelota contra una pared, y recuperándolas después, intactas, una vez, y otra, y otra, y otra. Pero ¿es que no ves que no lo quiere nadie?, le decía, tú no les debes nada, que nombren a uno de los suyos, uno de esos que han medrado a su sombra, pero a ti no... No debería haber aceptado, y él lo sabía, nunca tendría que haber aceptado, tenía miles de excusas para negarse, ni siquiera era fiscal, ¿sabes?, y yo hubiera hecho cualquier cosa para impedirlo, cualquier cosa, se lo pedí de rodillas, un montón de veces... Pero nada, él ni me miraba, y no me decía nada, nada, hasta que se puso de pie y me gritó, me gritó con auténtica violencia, como no me había gritado nunca. ¿Es que no te das cuenta?, me dijo, ¿o es que te crees que estamos jugando a la gallina ciega? Esto es una guerra y no están matando a la República precisamente, olvídate de eso y deja de llorar por la República, porque a quien están matando es a la gente, matan a la gente... Sus palabras me avergonzaron, y me callé. El me pidió perdón, me abrazó y me besó, y entonces adiviné que iba a aceptar, aunque sabía de sobra dónde se metía. Tres o cuatro meses antes, una noche cualquiera, cuando nos fuimos a la cama, me dijo en voz muy baja, casi susurrándolo, que la guerra estaba perdida, que sólo quedaba esperar un milagro porque ya no había nada que hacer. Yo no quise creerle, porque las noticias no eran muy buenas, pero tampoco malas del todo, estábamos en el año 38, y yo creía, y lo creía sinceramente, que íbamos a ganar la guerra, todo el mundo estaba seguro, y todavía no era como después, cuando me levantaba por la mañana y me obligaba a tener fe, para no tener que pensar en lo que significaría la derrota, sobre todo desde que tu abuelo aceptó ese maldito puesto.

—¿Pero qué puesto era, abuela?

—Fiscal especial de Tribunales de Guerra. Con derecho a tratamiento de excelentísimo señor, eso sí, eso estaba muy bien especificado en el nombramiento, ya ves, si serían cínicos esos cabrones, y una panda de cobardes de mierda, que se lo tuvieron que pedir a él, a él, que se enfadó conmigo cuando los voté en el 36. Porque era independiente, le dijeron, porque conservaba íntegro su prestigio, porque nunca se había pringado en nada, porque era el mejor, maldita sea su estampa... El era el único capaz de llevar a cabo una misión tan delicada, sólo él podía moderar los excesos de la justicia militar, mantener el honor de la justicia civil, velar por la legalidad hasta su restablecimiento, eso le dijeron, y él no se lo creyó, pero aceptó, aceptó y sabía que todo estaba perdido, pero aceptó... Y se convirtió en el único civil vinculado a procesos de guerra, a los más sucios. Supervisaba los juicios contra civiles por delitos de rango militar, espionaje sobre todo, pero también extraperlo, contrabando y cosas así, y ni siquiera tenía que acusarles, sólo estaba allí en nombre del Ministerio, era el representante de la justicia civil, él no llegó a hacer nada porque no tenía que hacer nada, sólo mirar, escuchar e informar, y sin embargo... Tendrías que haber leído lo que esos hijos de puta escribieron sobre él después, cuando ganaron por fin este país de mierda, que es exactamente lo que se merecían, ni más ni menos que un montón de mierda. Verdugo le llamaron entonces, y criminal, y asesino de los héroes de la quinta columna, asesino... —entonces se levantó. Se levantaría muchas veces, durante aquella noche, para dejarse caer sólo unos segundos después, desplomándose sin fuerzas sobre el sofá, con el gesto de quien arroja al agua un peso muerto—. ¡A pocos mataron!, ¿me oyes?, ¡a pocos! A más habría matado yo, con estas manos, y habría dormido de un tirón el resto de mi vida, te lo juro, igual de tranquila. Asesino... ¡Asesinos ellos, hijos de la gran puta, malditos sean! Y estaba muerto, desde principios del 39 estaba muerto, era un muerto que andaba, que comía, que se levantaba y que se acostaba, pero estaba muerto, muerto, muerto... Ahí, como solía decir él, se jodió el invento.

Todavía le quedaban lágrimas, y dos, gordas y torpes, se desprendieron lentamente de sus pestañas y rodaron hacia abajo, recorriendo sus mejillas con pereza para impresionarme mucho más que las palabras, más que los gestos, más que la rabia, y que esos juramentos asesinos en cuya autenticidad ni siquiera ella creía, porque podía concebir el rencor, después de tanto tiempo, podía imaginar el dolor, y el afán de venganza, y el valor de las deudas que no se cobran nunca, pero no el desamparo de aquel llanto lento y silencioso, la aterradora mansedumbre de ese llanto infantil que debería de haberse agotado ya antes de que yo naciera, mudándose en la fuerza, en la voluntad que ahora escapaba de su rostro para abandonarla al gesto inconexo y frágil de una niña sola, que no sabe por qué ha sido su pelota, entre los miles de millones de pelotas que hay en el mundo, la que se ha caído al río, la que se ha pinchado y se ha perdido, ese llanto tremendo de los inocentes lloraba mi abuela, todavía.

—Lo que no entiendo —me atreví a decir mucho tiempo después, cuando pareció calmarse—, es por qué no os fuisteis, por qué no os marchasteis a Francia, o a América...

—Eso también se lo dije —me contestó, moviendo la cabeza muy despacio—. Miles de veces se lo dije. Que se fuera, mientras estaba a tiempo, que se marchara con los dos mayores y me esperara en alguna parte, que yo me iría después, cuando naciera el niño, que tendrían que dejarme salir, más tarde o más temprano, porque no tenían nada contra mí, pero él no quiso hacerme caso, porque se fiaba de Paco, yo no, yo no me fié de él jamás, pero él confiaba en Paco...

—¿Quién era Paco, abuela?

—El marido de mi hermana. Era diputado, socialista. En la última fase de la guerra le nombraron director, o gerente, yo qué sé, lo máximo, mandamás del Canal de Isabel II. El se quedó en Madrid cuando se marchó el gobierno, tenía que quedarse, para garantizar el suministro de agua hasta el final, y Jaime le esperó. Esperó cuando sus propios jefes le aconsejaron que se marchara, esperó mientras nuestros amigos nos ofrecían sitio en sus coches para cruzar la frontera, esperó a Paco, nos iremos cuando se vaya Paco, decía.

—Y Paco no se marchó.

—¡Claro que se marchó! Pero se fue sin tu abuelo.

—Y tú...

—Yo estaba embarazada.

—De papá.

—Sí... La verdad es que no lo queríamos, pobre hijo, porque dos eran bastantes, y cuando nació Sol, yo estuve a punto de morirme, pero en aquellos tiempos, cualquiera se acordaba de poner cuidado en eso... Fue mala suerte, eso sí, muy mala suerte, porque si llegamos a hacerlo veinte veces en seis meses, ya lo hicimos mucho. Era todo tan triste, tan negro, que no teníamos ganas de nada, y cuando pasaba, y salía bien, no nos andábamos con pamplinas, se había vuelto tan raro, aquello, como todo, todo se había enrarecido tanto, que para una cosa que nos recordaba los buenos tiempos... En fin, que me quedé embarazada, y yo siempre lo había pasado muy mal. Con Manuel me tiré tres meses en la cama, perdiendo sangre, y con Sol fue peor, mucho peor, el parto se complicó, la niña venía atravesada, y casi me quedo en una hemorragia. Cuando me dijeron que estaba embarazada otra vez, en plena guerra, me eché a llorar, estuve llorando en la consulta del médico, y por la calle, mucho tiempo, y no le dije nada a tu abuelo, porque estábamos casi en Navidad. Nosotros nunca habíamos celebrado la Nochebuena, pero sí celebrábamos mucho la Nochevieja, antes, cuando éramos jóvenes, y les poníamos reyes a los niños, que ya ves tú, qué absurdo, en el fondo era estúpido, porque no éramos creyentes y los críos no entendían nada, pero la noche de Reyes nos parecía bonita, y antes de la guerra la solíamos celebrar, así que no dije nada. Además, un ordenanza de los Juzgados le había prometido a tu abuelo que conseguiría un pollo, un pollo entero, ahora no parece mucho, y en casa cenábamos seis personas porque las muchachas no tenían adónde ir, pero entonces era una locura, un pollo entero para Nochevieja, y yo me dije, bueno, primero nos lo comemos, y luego veremos... Pero no hubo pollo, cenamos arroz con azafrán, me acuerdo muy bien, y peras, y tampoco entonces se lo dije a tu abuelo.

Hizo una pausa para encender el enésimo cigarrillo, pero la alargó mucho más de lo necesario, y cuando continuó, tuve la sensación de que le dolía cada palabra que pronunciaba.

—Ahí me equivoqué yo, y lo reconozco, metí la pata hasta el fondo, porque tendría que habérselo dicho, todo habría salido mejor, quizás así nos habríamos podido ir, pero yo... Yo pensé que tu abuelo ya tenía demasiados problemas, así que volví al médico por mi cuenta y le dije que quería abortar, y él me contestó que era imposible, que, desde luego, él no podía hacérmelo, que todos los hospitales estaban bloqueados, toda la anestesia estaba intervenida por el Estado, que sólo había camas, y medicamentos, y sangre, y antisépticos, para los heridos de guerra, y que con otra mujer a lo mejor se atrevería a intentarlo, pero que conmigo, con la historia que yo tenía, y con lo que había pasado en mi último parto, sinceramente, nunca lo haría. Además, ya estaba casi de tres meses, el asunto no era tan fácil, había esperado demasiado tiempo, estaba tan segura de que era imposible, de que, fuera lo que fuera, no era otro niño... El médico, que me conocía desde hacía diez años, me dijo que sería mejor que me resignara a tenerlo, que me metiera en la cama y esperara, y tenía razón, y él me lo advirtió, no lo intentes por otra vía, Solita, tú no, porque tú te quedas. Pero no le hice caso, y lo intenté.

—¿Cómo?

—A través de una vecina, que había sido actriz de revista antes de casarse, muy divertida. No éramos exactamente amigas, pero nos llevábamos muy bien, tomábamos café de vez en cuando, ella había abortado un par de veces, me lo había contado una vez, años atrás, y fui a verla. Ella me dijo que no me preocupara, que conocía a una partera estupenda, una mujer de su pueblo que llevaba toda la vida haciendo abortos, que trataría de localizarla y no habría ningún problema, excepto que querría cobrar. Yo le dije que cobraría, que no se preocupara, que vendería lo que fuera y la pagaría... Nos pusimos de acuerdo, y las cité una mañana, a las nueve, para que Jaime no se enterara de nada. Mandé a una muchacha con los niños a casa de mi hermana, y me quedé con la otra, que era de confianza, y ella me salvó la vida. Aquella mañana hubo bombardeo, me acuerdo perfectamente, las sirenas empezaron a sonar antes de lo corriente, a mediodía, más o menos, y a las tres de la tarde, cuando pararon, la pobre se fue corriendo a buscar a tu abuelo, y tardó una hora en encontrarlo, porque no sabía leer, y tenía que preguntarlo todo. Cuando Jaime llegó a casa, a las cinco y cuarto más o menos, yo estaba inconsciente, en la cama, con las sábanas empapadas, desangrándome. Aquella mujer se había esfumado, salió corriendo en pleno bombardeo al ver el estropicio que había organizado, cuando la muchacha, que estaba nerviosísima, la amenazó, advirtiéndole que mi marido era abogado. Ni siquiera sé lo que me hizo, no quise mirar, pero a veces, en sueños, todavía escucho su voz, tranquila, bonita, tranquila, me decía, aguanta un poco más, muy bien, preciosa, muy bien, ahora te va a doler un poco... Por el acento era andaluza, eso es lo único que sé. Jaime la buscó por todo Madrid durante tres meses largos, los que le quedaban de vida, para meterla en la cárcel, pero no la encontró.

—Por eso no os fuisteis.

—Por eso, sí, entre otras cosas. Yo me quedé muy débil después de aquello, y el médico dijo que no convenía moverme, no por el niño, que estaba bien, parecía imposible pero estaba bien, sino por mí... Ya te lo advertí, me dijo en voz baja, aprovechando un momento en que nos quedamos solos, porque tu abuelo estaba como para oír eso, tendrías que haberle visto, se puso hecho una furia, yo no le conocía. Cuando me desperté, en vez de tranquilizarme, me dio dos bofetadas, ésa fue la única vez que me puso la mano encima. El también estaba muy nervioso, se había llevado un susto de muerte, tenía mucho miedo, por eso no quiso marcharse. Nos iremos todos juntos cuando se vaya Paco, decía, tú ya estarás mejor, no pasará nada, ya verás... Yo le pedí que se fuera solo, y que lo hiciera por mí, porque si algo no salía bien, entonces la culpa sería mía, y nunca podría perdonármelo, pero él me contestó que comprendía perfectamente lo que había pasado, que si hubiera estado en mi lugar, él hubiera hecho lo mismo, y que no quería volver a oír hablar jamás de ese tema. No volví a mencionarlo, pero todavía no me lo he perdonado.

No vi su rostro mientras pronunciaba esa última frase, y apenas llegué a escuchar sus palabras con claridad, porque se había doblado por la cintura hasta descansar la frente en sus rodillas, y se abrazaba las piernas con las manos.

—Pero tú no tuviste la culpa, abuela.

No me contestó al principio, y siguió encogida, ovillada alrededor de sí misma, moviendo solamente las puntas de los pies. Luego se estiró muy despacio, como un niño que se despereza, hasta recuperar la postura de siempre, la espalda muy erguida contra el asiento, y me miró por fin.

—Sí que la tuve.

—No. No fue culpa tuya. Tú hiciste lo que creías que tenías que hacer, igual que él, cuando le nombraron. Fuiste valiente, abuela, y él lo sabía, sabía que tú no tenías culpa de nada, seguro. La culpa fue del Paco ese, que se marchó sin decirlo.

—Todos tuvimos la culpa, todos. Yo, desde luego, por mucho que digas, y él mismo también, que se lo buscó aceptando aquel puesto. Porque si no lo hubiera hecho, no habría pasado nada. Habríamos perdido la guerra igual, eso sí, nos habríamos empobrecido, y nos hubiéramos tenido que exiliar, o quizás no, pero no habrían tenido nada contra él, no habrían podido hacerle nada, y a lo mejor, estaría vivo todavía, vete a saber... Pero en el fondo tienes razón, porque si mi cuñado no nos hubiera vendido como lo hizo, a lo mejor todavía estaríamos todos juntos, y vivos, en otra parte, o habríamos vuelto aquí, como han vuelto ellos ahora, entre aplausos y bendiciones, y con una pensión del Estado. El otro día, hace cuatro, o cinco meses, Elena me llamó, tuvo los santos cojones de descolgar y llamarme por teléfono. Ha pasado mucho tiempo, me dijo, desde la última vez, eres la única familia que tengo, y me ha hecho tanta ilusión volver a Madrid... Yo al principio estaba tranquila, ¿sabes?, me lo estaba esperando, desde que lo leí en el periódico, que

Paco volvía, y estaba tranquila, pero de repente me subió a la boca un sabor muy viejo, un sabor a podrido que ya se me había olvidado, fue sólo un momento, como una náusea, pero me di cuenta de que la lengua me sabía a lentejas, lentejas, lo has tenido que leer, o verlo en el cine alguna vez, lo último que se acabó en Madrid fueron las lentejas, comimos lentejas todos los días, durante meses enteros... Entonces perdí los nervios. Y eso que siempre supe que ella quería llamar, que no fue la mayor culpable, que el peor fue su marido. La muchacha que tenían, que no se quiso ir, me lo contó después, que mi hermana ya había cogido el teléfono, que iba a llamarnos, pero su marido le quitó el auricular de las manos. No, Elena, le dijo, no les llames. Jaime es muy famoso, su cara ha salido muchas veces en la prensa, puede reconocerle alguien, cualquiera. Es peligroso, si pasara cualquier cosa, sería demasiado peligroso, correríamos un riesgo mortal. Y mi hermana colgó. Y se fueron a Francia. Y detrás del último coche que salió con el suyo, nuestros soldados se retiraron, abandonando la única carretera que seguía abierta para nosotros. Y Madrid se convirtió en una ratonera, mientras tu abuelo y yo estábamos durmiendo.

—¿Y qué le dijiste tú a Elena, abuela?

—¡Uf! Nada. Burradas. Barbaridades, yo qué sé, me puse histérica, lo reconozco, histérica perdida, la asistenta, que me estaba escuchando, no se lo podía creer... ¿Es que no puedes perdonarnos?, me preguntó al final, y contesté que no, nunca, jamás, ni aunque viviera un centenar de siglos. Me moriré maldiciéndoos a los dos, dije, y te maldigo ahora, escúchame bien, maldita seas, Elena Márquez, por haber sido indigna de tu padre y de tu madre, de los apellidos que te dieron cuando naciste, y del muerto que llevas sobre tu conciencia... Ella se echó a llorar, y la mandé a la mierda —hizo un puchero, como los niños pequeños, pero consiguió contenerse antes de estallar—. Siempre se le dio muy bien llorar, a Elenita, era de lágrima fácil, ¿sabes?, tierna, blandita, y luego, por detrás, ¡zas!, hachazo, siempre lo mismo.

—¿Y por qué no lo cuentas?

—¿Qué?

—Lo que pasó. Tú eres historiadora, conoces a muchos profesores, ¿no?, los que escribieron el libro contigo, si eran comunistas en el 65, ahora tienen que ser importantes, conocerán gente, políticos, periodistas, tíos por el estilo. Cuéntalo, abuela, delátalos, la guerra se ha puesto de moda, hay historias de aquella época por todas partes. Manda una carta a los periódicos y todos la publicarán, seguro, y acabarán escribiendo artículos sobre ellos, saldrán en las revistas, les harán fotos, y nadie les volverá a aplaudir, y el Estado les quitará la pensión. Se tendrán que volver a Francia, abuela, volverse a Francia o irse al infierno, la gente les escupirá a la cara, nadie les saludará, ni siquiera los franquistas, porque no son más que unos cobardes de mierda, unos cobardes y unos traidores, y ellos mataron a tu marido. Cuéntalo y que todo el mundo lo sepa, que se enteren de la verdad. Jódelos vivos, abuela, vivos, machácalos para siempre, ahora que puedes...

Me miró con extrañeza, como si le costara trabajo reconocerme, admitir el imprevisto cambio de papeles que alteraba de repente una escena tan larga y tan estable, porque ahora era yo la que estaba inclinada hacia delante, elevando la voz, pegando puñetazos sobre una mesa, el rostro enrojecido por la rabia, las venas tiesas, mientras ella me miraba, extrayendo sólo serenidad del desafuero de mis palabras.

—¿Y para qué iba a hacer eso? Y ahora, precisamente, después de tanto tiempo...

—¿Pues para qué va a ser? —y entonces, por un momento, mi indignación se volvió contra ella—. ¡Para vengar a mi abuelo!

Cabeceó lentamente, de un lado a otro, como si estuviera mucho más cansada que antes, a punto de morirse de cansancio, y cuando volvió a hablar, lo hizo en un tono nuevo, frío, mecánico, como si alguien la hubiera puesto en marcha metiendo una moneda en la imaginaria ranura de su memoria.

—No te va a servir de nada, Malena, porque no hay remedio, este país está podrido, Jaime lo decía, que está condenado desde que lo hicieron, así que no te va a servir de nada, pero de todas formas, te lo voy a contar, te voy a contar de una vez cómo murió tu abuelo... Franco ya estaba aquí, estaba aquí, todos lo sabíamos. Mi hermana se había marchado hacía semanas, el invierno se estaba acabando, y la guerra también. Una mañana, cuando me desperté, tu abuelo no estaba en la cama. Todos los juzgados, por supuesto, estaban cerrados, ya no trabajaba nadie, y me asusté mucho, no sé por qué, fue como si presintiera lo que había pasado. Me levanté y me vestí a toda prisa, y me encontré con Margarita, aquella muchacha que estuvo conmigo cuando lo del aborto, llorando, sentada en una butaca del salón. Tu abuelo había llamado por teléfono a un amigo suyo cuando amanecía, y la despertó sin querer. Había escuchado la conversación a trozos, y al principio no quería decir nada, pero terminó contándomelo todo, tenía demasiado miedo, pobrecilla, puedo oírla todavía... Jaime había dicho que ningún hijo de puta le iba a poner contra una pared, enfrente de un pelotón de hijos de puta. Que él estaría muerto, y lo sabía, pero que moriría embistiendo, como los toros bravos. Eso era lo que tenía pensado hacer, y eso fue lo que hizo. Se fue al Clínico, ¿me oyes?, al frente. Cuando todos se marchaban corriendo, en desbandada, él llegó hasta las trincheras, pidió una metralleta y empezó a disparar. Supongo que disparó durante cuatro o cinco minutos, quizás ni eso, hasta que lo mataron. Así murió tu abuelo. Un mártir de la razón y de la libertad. Todo un héroe de guerra. Ya puedes estar orgullosa.

—Y lo estoy. Porque era un hombre de una pieza. Y porque es mejor morir de pie...

Nunca llegué a terminar esa frase. Mi abuela se levantó del sillón con una agilidad que jamás hubiera sospechado, y cruzó el salón en dos zancadas para llegar a darme una bofetada a tiempo.

Luego, de espaldas a mí, empezó a recoger sus cosas. Mulló el sillón, vació el cenicero, reunió su mechero con el tabaco, desapareció un minuto en dirección a la cocina y volvió con un vaso de agua. Era su manera de castigarme, de anunciar que nos íbamos a la cama. Me levanté yo también, fui hacia ella y la abracé, mientras pronunciaba unas disculpas que no tenían ningún sentido para mí, arrepintiéndome en falso de una falta que no había creído cometer.

—Lo siento, abuela, lo siento —y entonces mentí—. No sé por qué he dicho eso.

—No importa. Eres demasiado joven para darte cuenta. Perdóname tú a mí, más bien. No tendría que haberte pegado, pero es que nunca he podido soportar esa frase, nunca, no puedo escucharla con serenidad, me pone los nervios de punta... Tu abuelo y yo solíamos hacer una broma parecida, nos reíamos de las consignas de los legionarios, nadie que grite ¡Viva la muerte! se merece ganar una guerra, decíamos, y ya ves tú, ya ves, lo listos que fuimos.

Cogidas por la cintura, nos dirigimos hacia la puerta del salón.

—Lo peor fue que no se despidiera de ti, ¿no? —dije casi para mí, pensando en voz alta.

—Sí que lo hizo. Yo no me di cuenta, pero sí lo hizo. Cuando Margarita me contó lo que había pasado, salí a la calle y fui a buscarle, pero a mí ya no me dejaron llegar al frente. Había una confusión inmensa, todo el mundo gritaba a la vez, se oían muchas órdenes, e inmediatamente después, contraórdenes que las anulaban, y órdenes nuevas, contradictorias, nadie sabía ya qué hacer, cómo salvarse, todavía no comprendo cómo pudo él colarse dentro... Quería verle, aunque fuera muerto, verle, pero no lo conseguí. Fui andando y volví a casa igual, una caminata larguísima, aunque no me cansé, eso sí que lo recuerdo, lo he pensado luego, muchas veces, cómo pude haber andado tanto, embarazada de seis meses, sin cansarme, y no lo sé, no lo entiendo. Las calles estaban vacías, pero me crucé con dos o tres personas que me miraron como si estuviera loca, porque había empezado a sangrar sin darme cuenta, tenía la falda empapada de sangre, iba dejando un charco a cada paso, y no sentía nada, nada, casi era agradable andar mientras todos corrían a sus refugios. Las sirenas sonaban en falso, ya ni siquiera había bombardeos, no hacían falta, pero yo no lo sabía, ahora me tirarán una bomba, pensé un par de veces, ahora me estallará una bomba encima, y caeré al suelo, y estaré muerta... Pero ninguna bomba me alcanzó, y llegué a casa. Margarita me metió en la cama vestida y todo, porque yo no tenía fuerzas ni para desnudarme siquiera. Lloré mucho tiempo, y luego me dormí, y dormí casi tres días enteros. Creí que me habían dado algo, cualquier calmante, para adormecerme, y obedecía, porque eso era lo más fácil, dormir. Me despertaba de vez en cuando pero, como todo estaba cerrado, no podía saber si al otro lado del balcón hacía sol o era de noche, y estaba agotada, muy cansada, tenía sueño, y me dormía otra vez... Hasta que me despertó un alboroto tremendo, que parecía no acabarse nunca. Se oían gritos, y canciones, y los coches circulaban otra vez, podía escuchar el ruido de algún motor, y el eco de las ruedas sobre el asfalto, y carreras, risas, como si la gente hubiera vuelto a salir a la calle... Franco había entrado en Madrid, se había terminado la guerra. Me levanté, abrí el balcón y miré fuera, y quise volver a dormir, pero ya no pude. Entonces vi un papel en el suelo, y antes de leerlo, supe que era la despedida de Jaime, porque las letras estaban desfiguradas, como si las hubiera escrito mientras le temblaba el pulso. Era un mensaje muy corto, sin firma. Adiós, Sol, amor mío. Eres el único Dios que he conocido nunca.

Al final, una insuficiencia respiratoria, hija de aquel enfisema pulmonar cuya existencia ella jamás quiso tener en cuenta, se llevó a mi abuela Soledad con un cigarrillo entre los labios y setenta y un años a cuestas, en la ignorancia de que, igual que había perdido todos los trenes, perdía también la última guerra, rindiéndose sólo un par de semanas antes de que su cuñado Paco muriera repentinamente de un infarto. La noticia nos pilló por sorpresa mientras tomábamos café, y la televisión, encendida, se llenó de banderas rojas, gestos de dolor, sinceros o teatrales, y los semblantes graves, profundos, de los políticos profesionales. Elenita, a quien yo jamás había visto en persona, lloraba copiosamente, cubriéndose la cara con las manos, en un interminable primer plano. «La Almudena se ha llenado de gente», comentaba una voz en off, rezumando esa cursilería barata a la que los medios de comunicación de la época recurrían siempre que les parecía rentable añadir una corona de laurel al coche fúnebre, «que ha acudido a dar su último adiós al amigo y al compañero, al trabajador incansable y al luchador tenaz, a uno de los más destacados defensores de la justicia y la libertad...» Entonces mi padre tiró del mantel, y el estrépito de las tazas de porcelana al estrellarse contra el suelo acalló por un instante el monótono eco del homenaje oficial. Reina, que no entendía nada, se levantó y se fue, reaccionando como lo hacía siempre frente a los estallidos de violencia de mi padre, pero mi madre, que se levantó enseguida con el mudo pretexto de salvar un azucarero de plata que se había abollado aparatosamente mientras se paseaba por el salón, dando tumbos, no dijo nada. Cuando se sentó, la voz en off aún no había terminado. Tras restar cortésmente importancia a una brillante carrera política en el Comité Ejecutivo de su partido en el exilio, concluyó afirmando, a modo de resumen, que «quien ha recibido sepultura esta mañana, en la ciudad que tanto amó era, sobre todo, un hombre bueno...».

El entierro de mi abuela no fue noticia en ninguna parte. Una hermosa mañana de invierno, fría y con sol, una pequeña caravana de cinco coches siguió su último rastro hasta el cementerio civil, donde la enterramos entre árboles viejos y tumbas florecidas, sin cruces y sin ángeles, sólo lápidas desnudas, como un jardín de mármol. No hubo ceremonia, más allá de los gestos rituales, puñados de tierra y flores frescas sobre la caja, y al margen de sus hijos y sus nietos, sólo asistieron dos historiadores barbudos de mediana edad, el director del instituto donde había dado clases, tres o cuatro antiguos alumnos de distintas épocas, uno de los dos hombres que habían convivido con mi tía Sol antes de que se casara con el tercero, y una mujer muy anciana, que había venido en autobús. Era la única que vestía de negro y se santiguaba todo el tiempo. Mi padre la reconoció enseguida, y me dijo que era Margarita, una antigua doncella de su madre.

Elena no vino. Tampoco llamó por teléfono, ni mandó una nota, aunque seguramente se tropezaría alguna vez antes de morir, casi diez años después, con la tumba de su hermana, contigua a la parcela donde reposaban sus propios padres. Si lo hizo, pudo leer un sencillo epitafio, «Aquí descansan Jaime Montero (1900-1939) y Soledad Márquez (1909-1980)». La mentira fue idea de mi padre. Sol añadió, debajo, el último verso de un soneto de amor de Quevedo.

III

Negro y blanco, sin ninguna mancha de color, el dormitorio de mi madre, negra y blanca la ventana: la nieve y los brotes de aquellos arbolillos, negro y blanco el cuadro —*El duelo*—, donde sobre la blancura de la nieve se cumple un hecho oscuro: el eterno hecho oscuro de la muerte de un poeta a manos de la plebe.

Pushkin fue mi primer poeta, y a mi primer poeta lo mataron.

[...] y todos ellos prepararon perfectamente a aquella niña para la espantosa vida que le estaba destinada.

Marina Tsvietáieva, *Mi Pushkin*

En las fotos estoy guapa, realmente guapa, lo cual no deja de parecerme asombroso cada vez que las miro, porque al margen de lo escasamente fotogénica que me he encontrado siempre, pocas veces me he sentido peor que aquella tarde. El rostro no debe de ser, al cabo, el espejo del alma, porque salí muy bien en todas las fotos y, sin embargo, sé qué idea insolente, única, obsesiva, zumbaba entre las sienes bordadas de flores falsas de esa mujer joven y risueña, a la que los fotógrafos de ocasión sólo quisieron acercarse por el lado bueno. Lo recuerdo perfectamente. Salí de la iglesia y la luz me deslumbró. Escuché algunos gritos aislados, histéricos, y una tormenta de gotas de arroz tiñó de blanco el cielo sobre mi cabeza. Entonces me lo dije, la has cagado, tía, ahora sí que la has cagado.

La noche anterior todavía fue para Fernando. Una semana antes, todavía, había mandado un anuncio en castellano a la redacción del *Hamburguer Rundschau*. Me caso, Fernando, y no quiero. Llámame. Tengo el mismo teléfono. Malena. Sabía que no iba a llamar, sabía que no iba a venir, sabía que nunca le volvería a ver, pero me dije que no pasaría nada por intentarlo. El riesgo no era mínimo, era nulo. Lo había intentado ya miles de veces, llevaba siete años intentándolo, y nunca había pasado nada.

Santiago, casi siempre a mi lado, está espléndido en todas las tomas, de frente, de un perfil, del otro, posando o pillado por sorpresa, pero no hay nada extraño en eso, porque mi marido era, entonces, un hombre impresionante, tan guapo o más guapo que mi padre, aunque el paso del tiempo le ha tratado con una crueldad aún más intensa que la misericordia de la que, entrado en los cincuenta, todavía goza este último. Lo que presenté como mi conquista definitiva cuando Macu se casó por fin, y no con mi primo Pedro, por cierto, sino con el hijo único de un ganadero de Salamanca, fue celebrado con grandes muestras de entusiasmo por el elemento femenino de la familia. Reina, que desde el principio me pareció especialmente impresionada, aprovechó la pequeña confusión que se produjo mientras los invitados buscaban afanosamente sus nombres en cada mesa, entre las tarjetas colocadas delante de las copas, para llevarme a un rincón y felicitarme con ironía por haber sido tan mala hermana.

—Si te hubieras portado como Dios manda, y me lo hubieras presentado cuando todavía estaba a tiempo, me lo hubiera llevado puesto, te lo juro, no habría tenido piedad.

Porfirio, las cejas demasiado espesas, la nariz demasiado larga, cabeza grande y boca de indio, cada día más parecido a su padre, no valoró mucho, en cambio, la rara perfección del rostro de mi novio. Después de la cena, mientras yo hacía cola delante de la barra para pedir una copa, se me acercó de improviso y me destrozó en voz baja.

—Dime una cosa, Malena. Ese tío que has traído... ¿te vas a casar con él de verdad, o es que, por alguna razón que se me escapa, te apetece merendártelo alguna tarde?

Le miré a los ojos y me sentí atrapada. Hacía mucho tiempo que evitaba a Porfirio, y a Miguel con él, apenas les veía, eran ya como un recuerdo fósil de mi infancia, un irritante recordatorio de tiempos mejores, y sin embargo, aquellas palabras me dolieron como si mi viejo amor por ambos no hubiera muerto aún.

—Eso no tiene ninguna gracia.

—Ya lo sé. Pero dentro de diez años tendrá todavía menos, por eso te lo digo.

—Bueno —dije, apretando los dientes—. Tampoco sería el primer caso, ¿no? Tú, por ejemplo, hombre admirable que se ha hecho a sí mismo, te has casado con una tía buena que, en toda su vida, no ha hecho más que dos docenas de malas fotos.

El buscó a Susana con los ojos, y yo seguí su mirada hasta encontrarla, arrepintiéndome de cada una de las palabras que acababa de pronunciar. La mujer de mi tío, que había terminado por colocarse detrás de la cámara tras intentar infructuosamente, durante años, posar con gracia ante el objetivo, no era una buena fotógrafa, ni una interlocutora ingeniosa, ni una conversadora brillante ni, en apariencia, un ser interesante por ningún concepto situado más allá del radiante esplendor de su cuerpo, pero era bienintencionada, dulce y amable. Miguel, antes de encariñarse con ella, solía decir que si no tenía ni una gota de mala leche, era porque el seso no le daba para tanto, pero a mí, excepto en aquel preciso instante, siempre me había caído bien.

—Es posible —me dijo lentamente mi tío, sus ojos abandonando casi con pereza las lujosas piernas que se prolongaban en dos tacones altos y finísimos, para clavarse en los míos—. Pero a mí, por lo menos, me encanta acostarme con ella.

Podría haber mentido, habría sido muy fácil decir, pues ya ves, te pasa lo mismo que a mí, pero en el último momento no me atreví porque no quería escucharme. Levanté una mano y la dejé caer inmediatamente, dibujando en el aire el torpe signo de una violencia frustrada, que contagió a mi acento.

—No te necesito, Porfirio, ¿sabes? Me las arreglo estupendamente sin tu opinión.

—Ya lo sé —aferró la misma mano que le había amenazado y la apretó con fuerza—. Pero yo te la doy, porque te quiero.

Me solté violentamente y elevé la voz sin darme cuenta, para llamar la atención de los invitados que nos rodeaban.

—¡Vete a la mierda, imbécil!

El, sin perder los nervios, me contestó en un susurro.

—No tan deprisa como tú, india.

No volví a verle hasta el día de mi propia boda, seis meses después, pero entonces todo había cambiado. Lo adiviné cuando me tropecé con su regalo, que era también el de Miguel, y el más espectacular de cuantos recibiríamos. Mis tíos, explotando todas las ventajas y descuentos a los que su trabajo les daba acceso, habían elegido, distribuido y pagado la cocina de mi casa, electrodomésticos incluidos. Me pareció mal, casi un abuso, aceptar un regalo semejante, e intenté convencer a Santiago de que deberíamos pagar los muebles como mínimo, pero él, con un sentido práctico que en aquella época yo todavía encontraba admirable, se negó en redondo, y mi madre, encantada con la generosidad de sus hermanos, que habían despachado a Macu con un simple sofá, compartió su opinión. Cuando les llamé para darles las gracias, hablé con Miguel, porque Porfirio estaba fuera de Madrid. Regresó para mi boda, y enmarcando mi cara con las manos, me habló en un tono muy distinto del que había empleado la última vez.

—Estás muy guapa, Malena, guapísima. Eso significa que seguramente era yo quien estaba equivocado. Perdóname.

Le sonreí, y paseé la vista por el salón en lugar de contestarle. Mi marido celebraba con grandes carcajadas los comentarios de mi hermana, que estaba a su lado. Reina, embutida en un vestido de encaje negro que dejaba sus hombros al aire, tenía un aspecto muy raro. Era bonito, sin embargo a mí me habría sentado mejor. A cambio, me dije, Santiago le sentaría mejor a mi hermana. No hubo transición entre ambos pensamientos.

Los chillidos de la cerda cabalgaban en el aire helado para arruinar con un matiz discordante, casi grotesco, el idílico paisaje que se ancló en mis ojos apenas dejé atrás la última casa del pueblo. La nieve rebosaba la ingenua frontera de las tapias de piedra, y se extendía a ambos lados de la carretera para tomar tardía venganza de los cerezos desnudos, cuyas ramas se doblaban por fin bajo el peso de la nieve auténtica, la triste y fría nieve de verdad. Ellos, sin embargo, no dudaban de la primavera.

No habría andado más de diez pasos cuando un coche se detuvo a mi lado. Eugenio, uno de los hijos de Antonio, el del bar, se ofreció a llevarme, y me costó trabajo convencerle de que prefería llegar hasta el molino caminando. Las orejas me ardían de frío y apenas sentía los dedos de los pies, pero mientras avanzaba, intentando desechar el presagio escondido en los chillidos de la cerda, a cada paso más estridentes, más agudos, más trágicos y absurdos a la vez, el tiempo todavía corría a mi favor. Pero el molino de Rosario llevaba dos siglos en el mismo sitio, estaba cerca. Cuando me desvié por el sendero de tierra que conducía al río, sentí la tentación de volver sobre mis pasos y regresar al pueblo para esperar allí, y llegué a pararme en medio del camino como si estuviera desorientada, perdida en aquellos campos que conocía palmo a palmo, loma tras loma, árbol por árbol, pero deseché pronto esa idea, porque sabía muy bien cuántas horas podía durar aquella fiesta.

Apresuré la marcha cuando distinguí la silueta del secadero, y pasé a su lado deprisa, casi corriendo, sin mirarlo. No había previsto que esa fecha escogida con tanto cuidado, repasando el calendario una y otra vez para calcular las ventajas y los inconvenientes de cada uno de los últimos días de diciembre, pudiera coincidir con la elegida por Teófila para matar al cerdo, ni siquiera lo sospeché cuando el coche de línea me desembarcó en la plaza, delante de la carnicería, cerrada a cal y canto por fiesta familiar, tal y como anunciaba sobre la puerta un rudimentario letrero escrito a mano. Entonces quise interpretar aquella ausencia como el mejor presagio. Nunca se me hubiera ocurrido que Teófila incluyera la matanza entre las fiestas familiares.

Fernando vivía aún en la retina de mis ojos, su rostro acudiendo a mi memoria sin esfuerzo, cuando terminé de tejer los dos jerséis de lana gorda, el pelo largo y suave, que la abuela Soledad empezó por mí. Reina, que, presa de un arrebato de solidaridad atrasada, había querido reunirse con nosotras en Madrid unos pocos días antes de que volvieran mis padres, creyó que aquellos jerséis eran para mí misma, y se puso furiosa al contemplar cómo los envolvía en papel de estraza, cómo precintaba los bordes con cuidado y aseguraba el paquete con una cuerda. ¿Dónde está tu dignidad?, me preguntó, y no quise contestar. Dentro, entre la lana roja y la lana azul marino, había metido una nota muy breve, Fernando, me estoy muriendo.

Nunca volví a ver ese paquete. En la oficina de Correos me garantizaron que el destinatario lo había recogido, y esperé una respuesta durante muchos meses, pero no recibí ninguna. Luego conocí la existencia de aquel periódico, un diario local que se vendía exclusivamente en aquella ciudad, donde lo leía todo el mundo. Mi informador, un alumno de germánicas con quien coincidía en el bar de la facultad de vez en cuando, tardó mucho más tiempo de lo prometido en conseguirme un ejemplar, pero me lo entregó al fin, y entonces empecé a poner anuncios.

Escribía siempre en castellano, mensajes muy breves, de dos o tres frases a lo sumo, y los firmaba sólo con mi nombre. Su contenido, sin dejar nunca de ser el mismo, varió ligeramente con el tiempo. Al principio, cuando aún disponía de la fuerza precisa para sentirme agraviada, redactaba reproches enérgicos, que algunas veces llegaban a asomarse a la frontera del insulto sin ocultar nunca mi mansa desesperación. Luego, mientras los meses pasaban en balde, el hueco fue creciendo, devorando los indolentes restos de la ofensa, lavando mi memoria, y entonces, mientras yo misma me asustaba de los secretos límites de mi degradación, la insospechada hondura de mis tragaderas, empecé a arrastrarme por correspondencia, a ofrecerlo todo a cambio de nada, a rebajarme hasta la infrahumana condición de una babosa diminuta, sin pies y sin cabeza, y aprendí a extraer un cierto placer, una satisfacción malsana de mi propia ruina, pero también llegó un momento en el que conseguí escribir «si sólo te sirvo para follar, llámame. Iré a follar contigo y no haré preguntas», con la misma grisácea apatía que meses antes me había obligado a abandonar los «tú sabes que lo que me dijiste no es verdad». Ya había atravesado ese y otros puntos de no retorno, cuando la Finca del Indio, que por primera vez había permanecido cerrada durante todo un verano, fue definitivamente adjudicada a los hijos de Teófila. Cuando recibí la noticia, elaboré un plan muy ingenuo, cuyas posibilidades de éxito residían en su propia simpleza, y después de permanecer en silencio durante tres semanas, publiqué un anuncio radicalmente distinto a los anteriores, una despedida definitiva, «me he enamorado, Fernando, y me he hecho mayor. No volveré a molestarte. Ahora sé que eres un cerdo».

La cerda chillaba, y sus chillidos ya eran pura rabia, sin forma, sin fuerza, porque acababa de darse cuenta de que la estaban matando y no podía hacer nada para salvarse. Cuando la proximidad de otras voces quebró al fin su monótono lamento, sólo entonces, me pregunté qué estaba haciendo yo allí. Repasé por última vez la magnífica cadena de deducciones a la que todavía habría querido poder aferrarme como a un dogma de fe —la Finca del Indio es para los hijos de Teófila; lógicamente su hijo mayor querrá tomar posesión de su parte de la herencia; lógicamente, su familia vendrá con él; lógicamente, no podrán viajar antes de Navidad porque sólo entonces tendrán vacaciones; lógicamente, Fernando, tanto si lee el *Hamburguer Rundschau* como si no, pensará que ha pasado casi un año y medio desde la última vez que nos vimos y sabrá que el verano pasado ni yo, ni mis padres, ni nadie de mi familia, fue a Almansilla en verano; lógicamente, deducirá de ello que no hay peligro; lógicamente, si me voy una buena mañana al pueblo sin avisar a nadie, le pillaré por sorpresa—, y no fui capaz de hallar en ella sentido alguno. Di un paso, luego otro, y otro más, y mi silueta se hizo visible para cuantos rodeaban la gran artesa de madera donde la cerda, su sangre desmintiendo todavía la nieve inmaculada, por fin había dejado de chillar.

No vi a Fernando, ni a su hermano, ni a su hermana, ni a su padre, ni a su madre. A cambio, todos me vieron, y me reconocieron enseguida. Rosario, el primo de Teófila, se me quedó mirando sin comprender, esgrimiendo blandamente en el aire un cuchillo ensangrentado, pero ella, que repartía entre los suyos platitos de barro repletos de patatas guisadas con torreznos, no tanto para agasajarles como para ayudarles a combatir el frío, entendió enseguida, y dejando la bandeja sobre el banco de piedra que corría a lo largo de la fachada, echó a andar muy despacio, haciendo ademán de llegar hasta mí. Porfirio se le adelantó, corriendo para alcanzarme, y su gesto despertó en mí una gratitud automática, infinita, desmedida, porque en aquel lugar, en aquel momento, no tenía a nadie más que a él, porque allí, entre tanta gente, solamente él era de los míos.

—¿Qué haces tú aquí, india?

Porfirio y Miguel habían empezado a llamarme así cuando yo todavía escuchaba esa palabra a todas horas de los labios de Fernando, y entonces no me había importado. Ahora me dolía pero no protesté, no dije nada, mientras me asombraba de la imprevista impasibilidad con la que soportaba aquella escena, como si la estuviera contemplando desde algún cerro vecino, como si nada de lo que allí ocurría tuviera que ver conmigo, sintiéndome por completo ajena al suelo que pisaba, y al aire que respiraba, y a esa mano caliente que me tocaba la cara, dejándome sentir, en la huella de las yemas ausentes, el rugoso contacto de dos dedos amputados.

—Estás helada...

No esperó una respuesta por más tiempo. Me cogió de la mano y me arrastró con él hasta el molino, guiándome sin pedir mi opinión entre las abombadas paredes del pasillo que se retorcía en el interior de la casa. La gigantesca campana de la chimenea, más alta que yo, amparaba la mayor parte del espacio de la cocina, permitiendo que tres bancos de madera dibujaran una U alrededor del hogar. Me senté en la esquina más próxima al fuego y, muda todavía, ni siquiera agradecí la manta que mi tío me echó por encima depués de tirar del cuello de mi abrigo para desprender mis brazos de las mangas. Luego cogió un tazón y lo rellenó con un líquido transparente, amarillo de azafrán, que reposaba en una cazuela suspendida sobre la lumbre, su asa enganchada en una delgada varilla de hierro.

—Bébetelo. Es caldo. Está bueno.

Era cierto, estaba bueno, tanto que mientras lo bebía a sorbitos, como los niños pequeños, intentando apurar su calor sin quemarme la lengua, apretando los dedos contra las paredes de loza como si intentara fundirlos en ellas, disolver allí algo más que el frío, recuperé el control de mi cuerpo, la conciencia que creía haber perdido.

—Está buenísimo —dije por fin—. ¿Quién lo ha hecho? ¿Tu madre?

Asintió con la cabeza y se acercó a mí. Acuclillado en el suelo, sus codos reposando suavemente sobre mis rodillas, me miró con una expresión extraña, y tuve la sensación de que estaba preocupado.

—¿Por qué has venido, Malena? Dímelo de una vez.

—He venido a ver a Fernando.

—Fernando no está aquí.

—Ya lo sé, pero yo creí que vendría... Por Navidad, la gente... Bueno, da igual, he venido a verle y no está, así que me vuelvo a Madrid y en paz.

—En paz... —repitió él muy despacio, como si le costara trabajo encontrarle un sentido a lo que decía. Luego se levantó y recorrió un par de veces la habitación, fingiendo que hacía algo mientras cambiaba de sitio unos pocos cacharros escogidos al azar—. ¿Cómo has venido?

—En autobús.

—¿Lo sabe tu madre?

—No, ni falta que hace. Mira, Porfirio, soy muy mayor, ¿sabes? Tengo dieciocho años, en Alemania ya sería mayor de edad...

Entonces noté que había empezado a llorar, sin sollozar, sin abrir la boca, sin sorberme los mocos, ningún sofoco, ningún ruido, mientras las lágrimas se desprendían de mis pestañas como si ellas mismas hubieran tomado la decisión de caer, como si no fuera yo quien llorara, llorando solamente mis ojos. Mi tío me miró y por un momento, mientras presentía que me había convertido en alguien completamente extraño para él, él también fue alguien completamente extraño para mí.

—¿Y qué piensas hacer? —me preguntó, imponiéndose por los dos a aquella espantosa sensación de desahucio.

—Volverme a Madrid, ya te lo he dicho.

—¿En autobús?

—Sí, supongo que sí.

—Entonces tendrás que dormir aquí.

—No.

—Sí. No hay autobuses de vuelta hasta mañana por la mañana.

—Pues me iré en tren.

—¿Cómo?

—Desde Plasencia, ya encontraré a alguien que me lleve a la estación.

—Espérame aquí un momento —se levantó y desapareció de mi vista, pero escuché su voz, que resonaba desde el pasillo—. No te muevas.

Conté hasta diez, y yo también salí de la casa. Había empezado a nevar sin insistencia, los copos blancos, raquíticos, parecían milanos enloquecidos por el viento. Me apoyé en el quicio de la puerta, procurando no estorbar los movimientos de quienes giraban alrededor de la artesa, derramando cubos de agua hirviendo en el interior de la cerda, a la que antes habían abierto en canal. El agua, que ellos mismos extendían frotando las vísceras y los huesos del animal con paños limpios, lavaba la sangre, desvelando una carne blanca, inocente, que ya era sólo asunto de los hombres.

Contemplé mi primera matanza de la mano de mi abuelo, cuando tenía solamente diez años, y aguanté aquella pagana ceremonia hasta el final. El me dijo que iba a ver algo que no me iba a gustar, y que lo sabía, pero que algún día, cuando fuera mayor, comprendería por qué había decidido llevarme consigo, y yo le creí. Aquella vez la víctima era un macho, y cuando empezó a chillar, mi abuelo me apretó fuerte una mano y se inclinó para hablarme al oído. Quienes matan son hombres como nosotros, me dijo, pero el cerdo no es más que un animal, ¿lo entiendes?, y lo matamos porque nos lo vamos a comer, así de simple. Asentí con la cabeza aunque no entendía nada, los chillidos agujereando mis oídos, resecándome la boca, desgarrándome el cerebro. Abre un puerco y verás tu cuerpo, murmuró luego, y me obligó a acercarme a la artesa, y me señaló mi corazón en el corazón del cerdo, y allí mi hígado y mis riñones, mis pulmones y mis intestinos. No lo mires con asco, me advirtió, porque así eres tú por dentro. Recuerda siempre lo fácil que es matar, y lo fácil que es morir, y no vivas con miedo a la muerte, pero tenla siempre en cuenta. Así serás más feliz.

Aquella mañana helada, mientras me enseñaba en qué bando debía estar, mi abuelo me había sugerido lo complicado que me resultaría aprender a comportarme como una persona, pero yo no le entendí. Por eso busqué a Reina con la mirada, y me asusté al no encontrarla cerca. El me contó que había salido corriendo, los ojos bañados en lágrimas, apenas se enfrentó al primer acto de la masacre. Cuando volvimos a casa todavía tenía la angustia pintada en la cara, mamá la consolaba porque acababa de vomitar, y yo me avergoncé tanto de mi crueldad, del salvaje instinto que había sostenido mi ánimo ante aquella bárbara representación, que subí las escaleras a toda prisa para encerrarme en mi cuarto, a solas con mi arrepentimiento. El abuelo sólo intentaba darme pistas que me colocaran en el camino de la verdad, pero entonces no le entendí, y sin embargo, cuando Teófila se me acercó para ofrecerme un vaso de vino, al final de otra mañana de nieve y sacrificio, ya había descubierto por mi cuenta hasta qué punto es duro el destino del animal humano. Porfirio sonrió al verme beber junto a la puerta.

—Te llevo a Madrid —me dijo—. Pensaba irme esta tarde, pero me da igual salir ahora. Aquí ya no hago nada, este año todo ha salido muy bien.

En aquel instante creí que estaba salvada. Hubiera dado cualquier cosa por marcharme enseguida de aquel paisaje traidor, que había pagado mi fe con una moneda falsa, y sin embargo, cuando me monté en el coche y anticipé el inevitable escenario de los días que quedaban, los días que serían todos iguales, de casa a la facultad y de la facultad a casa, condenados para siempre al desamparo del tibio delirio que se me acababa de escurrir entre los dedos, la más vieja de las perversas sirenas cantó para mí.

—No me lleves a casa, Porfirio, por favor, no quiero ir a casa.

El me miró con extrañeza, pero no dijo nada, como si mi turno no se hubiera agotado todavía.

—No quiero volver a Madrid —insistí—. Si vuelvo, me tiraré en la cama y estaré llorando tres días, y no quiero. Prefiero irme antes a algún sitio, volver desde otra parte, cualquier sitio que no sea éste... Déjame en Plasencia, o en Avila, que te pilla de paso. Cogeré un tren.

Giró la llave de contacto y el motor arrancó, pero no llegamos a recorrer mucho más de cien metros. Cuando dejamos de ser visibles para quienes todavía cantaban y bebían en el patio del molino, se desvió ligeramente a la derecha y el coche se detuvo. Sin consultarme, sacó de la guantera una guía de carreteras y la estuvo mirando un buen rato. Luego se volvió hacia mí.

—Sevilla. ¿Te parece bien?

—Sevilla o el infierno, lo mismo me da.

—Entonces, mejor Sevilla.

La nieve nos escoltó durante un buen trecho, derramándose en campos que la desconocían, y casi pude verla planear sobre los muros blancos de la ciudad aterida, encogida de frío. Sevilla estaba helada y era absurda, como el acento del recepcionista del hotel, aquel canto antiguo y melodioso, tibio de un calor que me faltaba y brillante de un sol que estaba muerto. No debería haber aceptado Sevilla, me dije, apenas me quedé sola en mi habitación, nunca Sevilla.

—Deberíamos haber ido a Lisboa —le dije a mi tío cuando me reuní con él en el vestíbulo—. A esta ciudad no le sienta bien el frío.

El sacudió la cabeza y me cogió del brazo. Paseamos durante un par de horas por las calles desiertas, evacuadas por un viento que cortaba la piel para sorber despacio el tuétano de los huesos, sin hablar de nada importante. Porfirio comentaba con un detalle exhaustivo, moldura por moldura, los edificios que contemplábamos, usando a menudo términos técnicos, herméticos, cuyo significado ni siquiera me preocupé por averiguar, aunque agradecía el eco de cada sílaba. Durante el viaje no habríamos cruzado más de media docena de frases, pero la música conseguía disfrazar el silencio de un acogedor efecto de normalidad. Más tarde, cuando paramos para comer, intenté disuadirle de que me acompañara, o al menos convencerle de que me dejara sola en Sevilla, no tanto por no molestarle como porque su compañía me parecía un bien dudoso, pero él insistió en lo contrario varias veces, obligándome a aceptar poco antes de la llegada del segundo plato. A partir de entonces nos dedicamos exclusivamente a comentar las virtudes y defectos de la comida. Me temía que la cena no fuera muy distinta, y estuve casi segura de ello cuando Porfirio me precedió al interior de una taberna a una hora ridícula, porque aún faltaban cinco minutos para las nueve. Pero allí dentro hacía calor.

El camarero puso dos copas y una botella de manzanilla encima de la mesa antes aun de darnos la carta. El vino estaba fresco, y la primera dosis, lejos de ayudarme a entrar en calor, me provocó un ligero escalofrío, pero el comedor estaba abarrotado de gente que hablaba y se reía, apretujada en los estrechos bancos de madera. En una esquina, un hombre cantaba con los ojos cerrados, y la melodía era tan hermosa, y su voz rota la entonaba tan dulcemente, que los ocupantes de las mesas de alrededor empezaron a pedir silencio, y un camarero salió corriendo para apagar la música ambiental, una monótona sucesión de sevillanas comerciales. Aquel hombre cantó sólo dos canciones, con el único acompañamiento de unos nudillos prodigiosos, que arrancaban música auténtica de la madera al estrellarse contra el tablero de la mesa, y cuando terminó la última se cayó al suelo, más borracho de vino que de la emoción de un público que le aplaudía con frenesí. Entonces me di cuenta de que la botella que había sobre la mesa estaba vacía. El camarero que nos atendía, y que hasta entonces había permanecido inmóvil, escuchando, la espalda contra la pared y una expresión de fervor casi religioso iluminando su rostro, volvió de repente a la vida y reemplazó la botella vacía por otra llena, antes de llenar nuestra mesa de tapas, y mientras comíamos cayó esa botella, y luego otra, y otra más cuando apenas unos dorados granos de harina diseminados en la loza blanca revelaban que aquellos platos habían desbordado una vez de pescado frito. El primer tercio de la quinta botella resbaló por mi garganta como si fuera agua, pero no fui capaz de hacerla bajar de la mitad. Porfirio bebió en solitario mientras yo le miraba, riéndome a solas de nada en concreto, atontada y contenta como no me había sentido en mucho tiempo. El parecía más sobrio que yo, pero al ir a pagar se equivocó, y por un momento, ante la comprensiva sonrisa de su interlocutor, se quedó mirando el billete de mil pesetas que había dado de más como si no fuera capaz de distinguirlo del billete de cinco mil que reposaba en la mano del camarero. Luego me miró y se echó a reír, y no dejó de hacerlo hasta que salimos a la calle, le empujé contra una pared, y le besé.

La idea se me había ocurrido cenando, o más bien, bebiendo, cuando me di cuenta de que Porfirio y yo no habíamos dejado de hablar desde que vaciamos la primera botella. Entonces, casi jugando, empecé a coquetear abiertamente, y él me siguió, mirándome de un modo especial mientras me contaba un montón de historias de Almansilla con las que me retorcí de risa. A partir de aquel momento, todas las referencias a la familia se esfumaron de la conversación, y nos comportamos como si acabáramos de conocernos. El sólo tenía diez años más que yo, y el fantástico ser que integraba a medias con Miguel había sido el primer hombre que me había atraído en toda mi vida, pero sabía que no me dejaría llegar hasta el final, y esa certeza, mucho más molesta que confortable, impregnaba de inocencia todos mis gestos. Cuando nos levantamos de la mesa, ya era capaz de admitir sin rubor que me encantaría acostarme con él, y que estaba dispuesta a intentarlo. Sabía que me diría que no, que no me convenía, que estaba demasiado borracha para saber lo que hacía, que era la decepción de no haber visto a Fernando lo que me empujaba hacia él, que no me gustaría despertarme en su cama a la mañana siguiente, que había vivido mucho más que yo y lo sabía, que yo era su sobrina, que me había visto nacer, que jamás podría tratarme como a una mujer normal, sabía que me diría todo eso, y me preparé para rebatir todos sus argumentos, pero ni siquiera llegué a abrir la boca.

Porfirio se dejó estupendamente.

Tumbada de espaldas sobre la cama, recuperando poco a poco la conciencia pero seguramente inconsciente de la abierta sonrisa que dibujaban mis labios, atrapé la mano izquierda de mi tío, y sujetando su brazo en el aire, la miré durante largo tiempo. El dedo anular había sido cortado a la altura del nudillo, y el meñique sólo ligeramente más arriba. El índice y el corazón eran largos y delgados, perfectos. Los doblé sobre la palma para enfrentarme a solas con los pequeños muñones, y luego escondí éstos, para imaginar cómo habría sido esa mano antes del accidente. Porfirio me dejaba hacer, en silencio. Por fin, tomé su dedo anular entre los míos, apoyé su extremo, una callosa yema de perfil horizontal, sobre uno de mis pezones y, dirigiéndolo siempre como si fuera un objeto inerte, lo hundí un poco en mi carne.

—¿Qué sientes?

—Nada.

Rodeé con su dedo mis dos pechos y lo deslicé entre ellos, guiándolo después a lo largo de mi cuerpo hasta el ombligo, donde me detuve.

—¿Y ahora?

—Nada.

Aferré un poco más fuerte ese dedo maltrecho, aplicado y dócil como un voluntarioso alumno retrasado, y lo contemplé mientras se deslizaba despacio, siguiendo el rastro de la tenue línea castaña que desembocaba en una oscuridad rizada donde no le consentí la menor pausa. Cuando lo introduje por fin en mi sexo, bloqueando su muñeca con la que hasta entonces había sido mi mano libre, le miré a los ojos y volví a preguntar.

—¿No sientes nada? ¿Seguro?

—Seguro.

—Debes de estar pensando que soy una tarada... —murmuré, sin permitirle escapar todavía.

—No, no creas. Casi todas hacen lo mismo.

Le solté mientras me reía a carcajadas, y él me hizo coro. Luego, tendida de costado hacia su lado, mi nariz casi rozando la suya, comprendí que el impulso de acariciarme con su dedo roto aportaba un epílogo definitivo a aquel extraño episodio de sexo accidental, y en aquel instante no lo lamenté. Porfirio, sonriendo, me besó en la frente para reencarnarse en el delicioso hermano pequeño de mi madre, la exacta mitad de mi primer novio platónico. Sentí una débil punzada en el interior del pecho, como si hasta mi dolor se hubiera desanimado, y me esforcé por devolverle la sonrisa.

—Dime una cosa, Porfirio. ¿Por qué me dejó Fernando?

—No lo sé, india —parecía sincero—. Te juro que no lo sé.

Cuando me desperté, a la mañana siguiente, me percibí a mí misma como un gigantesco espacio en blanco. Sentí, con una nitidez desconocida, rayana en la alucinación, que mis dedos estaban huecos, y hueca mi cabeza, y mis huesos, hueco mi cerebro, la arrugada y resbaladiza membrana que no escondía nada, apenas un hueco más. Me levanté de la cama, me lavé la cara y los dientes, me vestí, y salí de la habitación como si alguien me hubiera dado cuerda, y con la misma ilusión de una existencia mecánica, comí y bebí, preguntándome en qué remoto y familiar vacío se acumularían las tazas de café con leche, las tostadas y los churros que habían desaparecido entre mis labios. Porfirio, frente a mí, no levantaba los ojos del periódico que leía en silencio, y tuve que apurar el último resquicio de interés por el mundo que aún conservaba para darme cuenta de que no se sentía bien, de que estaba avergonzado, probablemente arrepentido, de lo que había sucedido aquella noche. Le envidié de lejos, con una sonrisa helada. Yo no podía sentirme mal, porque ni siquiera me sentía.

Durante mucho tiempo viví en tierra de nadie, una delgada línea fronteriza entre la existencia y nada. Todo a mi alrededor se movía y se expresaba, las personas, los objetos, los acontecimientos, el sol y la luna, todo partía de un punto y llegaba a otro, todo respiraba, todo existía, excepto yo, que no dudaba de nada salvo de mí. Los demás parecían andar de verdad, hablar de verdad, reírse o gritar o correr de verdad, pero eran ellos, los otros, quienes soportaban por completo el peso, la responsabilidad de la realidad. Yo había perdido la facultad de ser igual que ellos para convertirme en un elemento más de los miles de millones de elementos que manejaban, uno de sus pretextos, de sus materiales, un ingrediente más de sus recetas, como el vinagre en una ensalada. Cuando no me quedaba más remedio que contestar, contestaba, cuando no me quedaba más remedio que saludar, saludaba, pero no me sentía capaz de identificar esas acciones automáticas con el ejercicio de una voluntad que me desconocía. Y aunque procuraba no pensar en él, para ahorrarme la agudeza de una herida concreta, siempre abierta, ni siquiera estaba segura de que Fernando fuera exactamente el responsable de mi misteriosa incapacidad para comprender que estaba viva.

Apenas recuerdo el viaje que me devolvió a Madrid, apenas recuerdo nada de aquella época. Cuando paramos delante del portal de mi casa, Porfirio bajó conmigo del coche y subió arriba, a saludar. Besó a mi madre, aceptó una cerveza, sonrió y parloteó con decisión, ningún titubeo mientras sus labios engarzaban comentarios triviales con la fácil fluidez que habría teñido las propuestas de un viejo tramposo, el estafador que ya se sabe impune, victorioso de antemano. Entonces, aquel breve accidente se agigantó en mi conciencia para encarnarse en un presagio cruel, y aunque el desprecio que me inspiró mi tío en aquel momento fue el más intenso de los pálidos sentimientos que sería capaz de generar en mucho tiempo, no fui capaz de situar mi propia imagen fuera de una reacción que llegaría a empeorar con el tiempo antes de disolverse completamente en él, porque desde aquel día, y durante algunos meses, no solamente los ojos de Porfirio, sino también los de Miguel, me buscaron de una manera distinta, para que yo me creyera mucho menos una mujer deseable que uno de esos pequeños trapos que se guardan en un cajón para las emergencias domésticas.

Nadie llegó a descubrir cómo me sentía. Todos los habitantes de mi casa se dejaron embaucar por mi apetito, por mi tranquilidad, por la aparentemente plácida regularidad de unas acciones que apenas indujeron a sospechar un remansamiento natural, la temprana aplicación de la ley adulta, a las frágiles mujeres que me rodeaban. Porque yo ponía el despertador todas las noches, y me levantaba todas las mañanas, me duchaba y me vestía, desayunaba y cogía el autobús, entraba en clase y me sentaba en una silla. Cuando Reina tenía una mala racha, no se movía de la cama en todo el día, pero yo sí lo hacía. Yo vivía lo justo para sentarme en una silla. A partir de ahí, todo lo que dijera, lo que pensara, lo que opinara y lo que me sucediera, no era más que un puro azar. La silla en la que estaba sentada era el único objeto real, valioso e importante entre todas las cosas que me rodeaban.

No leía, no estudiaba, no paseaba, no iba al cine, ya ni siquiera iba al cine, no tenía ganas de engordar con mentiras ajenas ahora que me había quedado sin fuerzas para alimentarme de mentiras propias. Reina estaba a mi lado. Veía cómo movía los labios cuando me hablaba, cuando comía, cuando se reía, la veía estudiar, y bailar, y arreglarse para salir por las noches, y la escuchaba, registraba con indiferencia el relato de todas esas vulgares acciones que se habían vuelto tan extrañas para mí, tan remotas. Un día me dijo que se alegraba mucho de que hubiera cambiado para volver a ser la de antes, y no reaccioné. Me besaba y me abrazaba con frecuencia, y al llegar a casa, de madrugada, se metía en mi cama para hacer balance de la noche que se agotaba, como cuando éramos pequeñas. Así fui conociendo a todos sus amigos, todos sus bares, todos sus ritos, todos sus novios. Cuando creyó haber reunido las garantías precisas para prescindir de su himen, me informó generosamente de las consecuencias y no entendí nada, pero sus palabras, ese desazonador relato a caballo entre el dolor y el desconcierto, una decepción en la que me resultó imposible reconocerme, no resonaron con los ecos de un triunfo en mis oídos. Todo me importaba lo mismo. Nada.

Ahora sé que Fernando era el origen y el fin de aquel derrumbamiento, y ya no me avergüenza reconocerlo, no me siento débil, ni blanda, ni tonta por ello. Tardé años en comprender que con él había perdido mucho más que su cuerpo, más que su voz y que su nombre, más que sus palabras, más que su amor. Con Fernando se había disuelto una de mis vidas posibles, la única posible vida que yo había sido capaz de elegir libremente hasta entonces, y por ella, por esa vida mía que ya nunca sería, guardaba yo aquel luto sombrío y manso, el patético destierro en una isla con respaldo y cuatro patas, tan confortable como un minúsculo calabozo de muros mohosos, húmedos y fríos, sobre cuya ventana un compasivo carcelero me hubiera consentido colocar unas alegres cortinas de cretona floreada. Vivía para sentarme en una silla, hasta que una de las raras noches en las que me dejaba arrastrar por mis amigos, sin excusas ya que oponer, el novio de Mariana se sacó del bolsillo una cajita metálica y me ofreció su contenido con una sonrisa ambigua entre los labios.

—Coge dos —me dijo—. De las amarillas. Son cojonudas.

Lo primero que me llamó la atención de él, antes aún de asombrarme por haber escogido precisamente ese término para clasificar aquel rostro, fue su belleza. Creo que nunca antes había sentido la tentación de asociar ese concepto con la cabeza de un hombre, pero todavía hoy, cuando evoco aquel instante, me resulta difícil encontrar otro término capaz de describir con precisión lo que vi, y lo que sentí entonces. Santiago encarnaba la perfección, pero lejos de la grotesca parálisis que suele atenazar los rostros muy hermosos, esclavizando a perpetuidad cada uno de sus rasgos a las sobrehumanas exigencias de una armonía esencialmente estática, la suya parecía una perfección capaz de expresarse.

Le miré durante largo tiempo, emboscada en la pequeña multitud de autómatas sociales que se movían en círculo, con una copa en la mano, ejecutando periódicamente los ritos de un gozo programado, y sucumbí de lejos a la imprevista línea de sus cejas negras, y a los ojos redondos y rasgados a un tiempo, inmensos, que lo escrutaban todo con un fondo miedoso, tras ávidos destellos de curiosidad. Su nariz era perfecta, y sus labios, casi tan gruesos como los míos, dibujaban una boca tan consciente de sí misma que en aquel momento logró parecerme obscena. Estudié lentamente su cuerpo, apurando la impunidad que a partes iguales me otorgaban bullicio y anonimato, y mientras apreciaba su rara calidad, esperé el veredicto de mi propio cuerpo, que sin embargo se mostró esta vez tercamente distante, negándose a pronunciarse. Mis ojos le deseaban, sin embargo, y por eso me dirigí a él, que, solo y aislado, desentonando en aquella fiesta absurda como un violín de una sola cuerda en una orquesta de cámara, debía de haber llegado hasta allí únicamente para que yo le encontrara.

Llevaba cerca de siete horas en aquella casa, y ya me sobraban unas seis horas y media. El chalet, una vulgar construcción de ladrillo visto —dos pisos y sótano con garaje y leñera en una parcela de mil metros, vallada y arbolada con coníferas, una gran terraza rectangular con barandilla metálica, doble carpintería de aluminio y gran salón comedor con chimenea francesa, armarios empotrados, y puertas de estilo castellano—, era propiedad del novio de la amiga de un amigo mío, un médico bastante siniestro, que negaba meterse caballo por la nariz con un desdén sospechosamente vehemente. La idea de los fines de semana con todo incluido —sexo, drogas y pop decadente, porque el rock and roll se había visto reducido a la categoría de un argumento proletario rebosante de energía ordinaria, más despreciable por energía que por ordinaria— era la última de las grandes ideas que explotábamos por aquel entonces hasta su agotamiento. El único problema consistía en que a mí ya no me parecía ni grande, ni idea.

Al principio todo había sido distinto, excitante, divertido, emocionante y, sobre todo, nuevo. Al principio, mucho antes de que la esmeralda de Rodrigo probara su eficacia, las anfetaminas me habían salvado la vida. Y si es cierto que, cuando aquella primera noche ya agonizaba en los brazos del día siguiente, me sentí extraña al desplomarme sobre la cama, como si mi propio cuerpo no hubiera sido más que un objeto necesariamente ajeno a la acción a la que se había visto asociado, una bolsa o un paquete, que mis amigos se hubieran visto obligados a llevar consigo, arrastrándolo por las aceras de bar en bar, también lo es que muy pronto aprendí a pertenecer a aquellas madrugadas, y que ellas consintieron en hacerse mías. Entonces, tomaba aquellas pastillitas de colores —amarillas, rojas, blancas, anaranjadas, circulares, limpias, potentes, perfectas— como se toma una medicina, y cuando apenas habían descendido unos pocos centímetros en el interior de mi esófago, antes aún de alcanzar las fronteras de mi aparato digestivo, me precipitaba sobre la barra de cualquier bar y me tomaba dos copas seguidas, como se bebe agua después de ingerir un analgésico, para ponerme bien. Esa era la expresión que utilizábamos, ponerse bien, y ésa era la verdad, que nos poníamos bien, porque a partir de aquel instante la realidad trepidaba, los objetos y las personas, las paredes y la música temblaban, se apelotonaban, se unían y se separaban a la misma velocidad que la sangre desarrollaba en las rápidas pistas de mis venas. Mis ojos se ablandaban, mis poros se abrían, mi cuerpo se rendía de antemano al más mínimo asalto que llegara desde el exterior, la vida valía doble, la risa era fácil, y yo ligerísima. Rechazaba las drogas contemplativas y las que incrementan la lucidez, y aunque el alcohol, más acá de sus efectos, siempre me había procurado un placer apreciable por sí mismo, dejé de beber por beber, limitándome a las dosis necesarias para optimizar los resultados de aquellas sustancias que me quitaban importancia, en lugar de concedérmela. No quería resucitar a la luz de la ebriedad, contemplarme en su reflejo deslumbrante y doloroso, cuando podía ser ágil, veloz e inconsistente, un cristal opaco, impenetrable hasta para mi propia mirada. Trepé muy deprisa por aquella cuesta, y descubrí una ciudad nueva, patética y gloriosa, en el corazón de la ciudad donde había vivido siempre, pero cuando llegué arriba, miré a mi alrededor y todo lo que vi me pareció viejo, cansado, enfermo, tal vez herido de muerte por la viciosa rutina del ritual. Cuando conocí a Santiago, todavía no había cumplido los veintidós, pero ya no me divertía.

Un par de años antes todo había sido distinto. Perdí un curso entero en la planta baja de Saldos Arias, en el sótano de Sepu, me pateaba las secciones de Oportunidades de todos los grandes almacenes de Madrid, una semana tras otra, y me cruzaba la ciudad de punta a punta sólo para encontrar rimmel de tono verde billar, o laca de uñas negra, o cualquier clase de gomina para el pelo mezclada con purpurina plateada, dorada o de colores, porque todo valía, todo me daba lo mismo si prometía probar su eficacia en el instante estelar de la noche, garantizarme el destello mágico de una gloria efímera, la que obtendría al traspasar el profano umbral del templo de turno y comprobar, con un violento escalofrío de placer, que todo el mundo me miraba, que todos, siquiera en aquel preciso instante, me estaban mirando a la vez. No me esforzaba por estar guapa, por resultar atractiva o deseable, y sin embargo jamás he invertido tanto tiempo en mí misma, jamás me he cuidado con un esmero tan obsesivo como entonces, cuando aspiraba a convertirme, cada noche, en el más completo de los espectáculos vivientes que pudieran contemplarse en la ciudad. Cualquier extravagancia me parecía demasiado discreta, cualquier exageración, indeseablemente convencional. Me lavaba la cabeza todos los días, y tardaba horas enteras en peinarme, marcándome ondas exageradamente rígidas con unas tenacillas de vapor, o cardándome el pelo para fabricar sobre mi cráneo moños verticales de varios pisos. Durante una temporada me dio por salir a la calle con el pelo enroscado en grandes rulos de plástico de colores, como un ama de casa pueblerina y descuidada, y aunque no me favorecía nada, conseguí dar el golpe un par de veces. Empezaba a vestirme a media tarde, vaciaba el armario encima de la cama para probar todas las combinaciones posibles antes de decidirme, tenía cientos de prendas, de todos los colores, de todos los mañas, de todos los estilos, de una calidad pésima, baratas pero vistosas, les de medias, negras, rojas, verdes, amarillas, azules, marrones, na- estampadas, de malla, con costuras, con lunares, con palabras, con con música, con manchas de sangre, con huellas de labios, s de sexos masculinos bordadas en relieve. A veces me asustaba nidad, y entonces me pintaba. También tardaba horas en o, me miraba en el espejo y me gustaba.

e duró mucho tiempo, y tardó mucho más en apagarse.

Cuando se extinguió por completo, permitiéndome caer en una ilusión más consistente, la de haber recuperado plenamente el control de mi vida, sentí sobre mis hombros el peso de aquellas horas perdidas como un lastre insoportable, y me arrepentí de haberlas dilapidado, invirtiéndolas en pura diversión. Luego alcancé a comprender que el tiempo nunca se gana, y que nunca se pierde, que la vida se gasta, simplemente, y algunas veces, ya responsable y madura, todo lo dueña que se puede llegar a ser de mis propios actos, todavía echo terriblemente de menos aquellos días provisionales, estricto preámbulo de unas noches eternas de las que apenas sabía cómo, cuándo y dónde empezaban, ignorando siempre, sagrado precepto, las circunstancias de su final. Ahora creo que aquellos excesos me fueron necesarios, y sé que existen infiernos peores que los brillantes túneles que recorren, ciegos y sordos, perpetuamente encadenados a su carrera, quienes en vano pretenden escapar del aburrimiento, que tal vez sea el vestido más vulgar, y el más astuto, del destino humano, pero fue duro de todas formas, porque nunca llegué a desterrar del todo la conciencia, nunca aprendí a desconectar, y no quise ceder a la sospecha de que a todo el mundo le sucedía lo mismo que a mí, prefería creer que los otros jugaban con ventaja.

Aquella densa tarde de sábado, en aquel horrible chalet de Cercedilla, su ventaja me abrumaba todavía, y si algunos gestos aislados, como la impaciencia con la que echaba ojeadas a su alrededor, buscando a alguien de quien despedirse, no me hubiera advertido de que aquel desconocido, el único actor prometedor de un reparto tan extenso, tenía la intención de abandonarnos de un momento a otro, quizás no habría reaccionado con tanta rapidez.

—Oye, perdona, espera un minuto... —posé dos dedos en su hombro cuando ya encaraba la puerta, de espaldas a mí—. ¿Te vuelves a Madrid?

Asintió con la cabeza lentamente mientras me miraba y por un instante me sentí ridícula, a pesar de que era consciente de ofrecer un aspecto bastante comedido, casi sobrio, en relación con el que había sido habitual un par de años antes, o quizás, precisamente por eso.

—¿Tienes coche?

Volvió a contestar afirmativamente sin mover los labios, pero sonrió, y me dije que no era para tanto. Yo llevaba el pelo suelto, sin rastro de laca, las uñas cortas, y los labios pintados de un rojo corriente. Lo demás podría haber sido un disfraz de Robin Hood, botines planos de ante color caramelo, a juego con la falda, muy corta, y con una especie de esclavina de reminiscencias medievales, sujeta a un lado del cuello con dos corchetes, sobre una camiseta amplia de malla negra, como las medias, superpuesta a una especie de corpiño de lycra, también negro, todo muy *new romantic.*

—¿Te importaría llevarme?

—No —sonrió de nuevo.

Y le seguí hasta un Opel Kadett gris metalizado, nuevo, impecable, que no era suyo, sino de la empresa, según me aclaró inmediatamente, con cierta pudorosa premura.

—¿A qué te dedicas? —pregunté por decir algo, mientras me armaba de valor para soportar el trayecto en la compañía de los Roxy Music, reconociendo su relamida exquisitez, esa indolencia presuntamente elegante, inequívocamente hortera, en los primeros acordes de una grabación que se dejó escuchar antes aún que el eco del motor de arranque.

—Soy economista. Trabajo en una compañía de seguros pero me dedico a hacer estudios de mercado.

—¡Ah! Igual que mi hermana.

—¿Hace estudios de mercado?

—No, pero es economista. Ahora está terminando un curso para postgraduados en el Instituto... ¿de Empresa, puede ser? Bueno, no me acuerdo nunca del nombre, pero es algún instituto de algo.

—¿Y tú?

—Yo estudio filología inglesa. Termino este año.

—¿Das clases de inglés?

—No, no puedo, hasta que no tenga el título no...

—Quiero decir particulares.

—¿Clases particulares? —hice una pausa, porque me había mirado a los ojos por primera vez desde que desembocamos en la carretera, y su belleza, por fin tan cercana, me había estallado en la cara—. Pues no, no he dado nunca todavía, pero supongo que antes o después tendré que darlas, y podría hacerlo ya, por supuesto. ¿Por qué quieres saberlo?

—Estoy buscando un profesor particular de inglés. En teoría, me defiendo, porque empecé a estudiarlo en el colegio, y seguí luego, haciendo ¹a carrera, pero aunque lo leo con facilidad, no lo hablo bien, y necesito ˙ltarme. No es que ahora lo necesite, pero si algún día cambio de tra-
˙... En mi profesión es importante.

ˀero para practicar conversación te convendría más un nativo —ob-
˙tes de terminar la frase ya me hubiera abofeteado a mí misma

˙... Es que no les entiendo —me reí con ganas, y él me hizo
˙o oído.

˙. Cuando era pequeña, mi madre se empeñó en que

estudiara piano, como mi hermana, y fui incapaz de aprobar primero de solfeo. Ella, en cambio, ha acabado ya la carrera.

—¿Por qué hablas tanto de tu hermana?

—¿Yo? —le miré con una sorpresa menos fingida de lo que me habría gustado.

—Sí. No llevaremos hablando más de un cuarto de hora y ya la has citado dos veces. Primero me has dicho que es economista, y ahora que toca el piano.

—Ya, sí, tienes razón, pero no sé por qué... Ha sido casualidad, supongo, aunque la verdad es que Reina es muy importante para mí porque somos mellizas, y no tenemos más hermanos, ha debido de ser por eso.

—¿Sois iguales?

—No, no nos parecemos —esbozó un pequeño gesto de decepción, y sonreí—. Lo siento.

—¡Oh, no, no! Es una tontería —se había puesto rojo como un tomate, y me sorprendió, porque no me esperaba que fuera tan tímido—. Siempre me han gustado mucho los gemelos, no sé por qué, me... me atraen mucho, pero no es por nada especial.

Anoté aquel dato en mi memoria, pero no quise insistir, porque parecía estar pasándolo mal y porque, a aquellas alturas, me habían confesado ya tantas fantasías sexuales con mellizas, que la previsible fijación de mi interlocutor carecía de un gran interés para mí.

—¿Tienes muchos hermanos? —pregunté a cambio.

—Tres, dos chicas y un chico, pero el que me sigue en edad me saca doce años, así que soy prácticamente un hijo único.

—¿Ellos van seguidos?

—Sí, yo... Bueno, digamos que nací cuando no debía. Mi madre ya había cumplido cuarenta y tres años.

—Un niño mimado.

—No tanto.

Un bonito niño mimado, repetí para mí, segura de mi juicio, y divertida, antes de atreverme a despejar la única incógnita que me interesaba realmente.

—¿Y qué estabas haciendo allí?

—¿Dónde? ¿En Cercedilla? —asentí con la cabeza y él frunció los labios en un gesto de indecisión—. Pues... la verdad es que no lo sé todavía. Aburrirme, supongo. La verdad es que cuando Andrés me invitó, ya me imaginaba algo parecido, pero como insistió tanto, y este fin de semana no tenía nada mejor que hacer.

—¿Tú eres amigo de Andrés? —intenté vincular a mi acompañante con el dueño del chalet donde nos habíamos conocido y no conseguí hallar ni un solo punto en común entre ambos.

—Sí y no. Ahora ya sólo nos vemos de tarde en tarde, pero en el colegio éramos íntimos, inseparables, como hermanos. Lo típico, ya sabes...

—¿Pero cuántos años tienes tú?

—Treinta y uno.

—¡Treinta y uno, qué barbaridad!

Sonrió a mi perplejidad, profunda y sincera, mientras yo concentraba mi voluntad en creer que aquel muchacho moreno, delgado, flexible, hubiera aprendido realmente a multiplicar en la compañía del hombre agotado, blando y ventrudo, viejo, a cuya hospitalidad acabábamos de renunciar al unísono.

—Pues no los aparentas —le miré con detenimiento y tropecé con una liviana red de pequeñas arrugas en la desembocadura de sus párpados, y ni siquiera ese detalle modificó mi primera impresión—. Pero vamos, es que ni de coña, tío.

—Muchas gracias —sonrió.

—No hay de qué. Y ahora, favor por favor. ¿Te importaría cambiar de cinta? No aguanto al Bryan Ferry, no puedo con él, en serio, con todos esos aires de grandeza intelectual, y esa transcendencia que no es más que una cursilada, pura mariconería barata...

Me complació entre carcajadas, juzgándome en un murmullo.

—Eres una clásica chica de letras.

—¿Yo? ¿Por qué dices eso?

—Porque es verdad —y la forma en que me miró en aquel instante me indujo a pensar por primera vez que yo le gustaba—. Porque eres una clásica chica de letras.

Cuando llegamos a Madrid, ya habíamos hablado de un montón de cosas. Me estaba divirtiendo, y aunque ese breve período de tiempo me había consentido detectar algunos aspectos del carácter de Santiago que resultaban ciertamente irritantes, como la manía de aferrarse a la literalidad de mis palabras, que parecían perpetua, universalmente incapaces de sostener cualquier intención metafórica apenas penetraban en sus oídos, un defecto, no sé si suyo o mío, que con el tiempo llegaría a sacarme de quicio, apunté otros detalles que maniobraban a su favor, porque me pareció un individuo sobrio, seguro de sí mismo, y sobre todo, y cada vez más, tremendamente guapo. Su comportamiento durante la primera mitad de aquella noche no hizo más que reforzar esta impresión.

Me llevó al centro por una ruta clásica, y en la Plaza de Oriente torció a la izquierda para avanzar, con una habilidad sorprendente, a través de la intrincada maraña de callejuelas que, no tanto por su vetusto trazado como por la vesania con la que las autoridades municipales se obstinan en sembrar sus aceras de señales de tráfico, obstaculizan el acceso a la Plaza Mayor con una eficacia que tal vez no alcanzaría un laberinto antiguo, cuidadosamente previsto y diseñado. Al poco rato de embocar una de las calles principales, ligeramente más ancha que las demás, aminoró la velocidad para deslizarse hacia la derecha, y cuando la puerta junto a la que yo iba sentada parecía a punto de rozar la pared de una casa, paró el motor.

—Vas a tener que salir por la mía —dijo sin mirarme, mientras se palpaba los bolsillos de la chaqueta, como si necesitara comprobar su contenido—. ¿Puedes saltar?

—Claro.

Levanté la pierna izquierda para atravesarla entre la palanca de cambios y el freno de mano, y la falda trepó sobre mis medias para detenerse, tensa y arrugada, en la articulación de los muslos con las caderas. Pude entrever la costura central de mis medias y, consciente de lo poco airosa de mi postura, me impulsé inmediatamente sobre la punta del pie para trasladar, primero mi cuerpo, luego mi pierna derecha, al asiento contiguo, pero un instante antes de moverme, le miré. Con un brazo apoyado en el borde de la puerta abierta y otro reposando sobre el techo del coche, la mirada de Santiago parecía atrapada en 'la red de hilo negro que desnudaba mi piel antes que cubrirla, y sus labios dibujaban una sonrisa parecida a la que ilumina el rostro de un niño cuando entra en el salón de su casa, una mañana de Reyes, para regalarse con una realidad que supera todas sus expectativas. El, que se dedicaba a estudiar grandes mercados, había calculado bien, y se felicitaba íntimamente por ello. Yo me dejaba apresar, una vez más, en la trampa del deseo ajeno, que a menudo se ha comportado como el más rabioso, pero traidor, acicate de mi propio deseo.

Seguí sus pasos sobre la acera y esperé junto a la fachada de un restaurante mientras él depositaba las llaves de su coche en la mano de un portero uniformado. Luego sostuvo la puerta para franquearme el paso y sólo cuando pasé a su lado pronunció con naturalidad la frase que yo esperaba desde el instante en el que su coche había traspasado las fronteras de la ciudad.

—Vamos, te invito a cenar.

Mientras se adelantaba para buscar al maître, eché un vistazo al local, una especie de mesón con pretensiones instalado en una inmensa sala abovedada que, en origen, había albergado seguramente las cuadras de una mansión señorial. Me pareció una elección extraña, no exactamente genial pero tampoco desacertada. Me habría divertido más cenar en cualquiera de los originales, las auténticas, antiquísimas bodegas repartidas por aquel barrio y cuyo estilo, forjado a lo largo de un par de siglos de funcionamiento ininterrumpido, imitaba éste con artificiosa meticulosidad, sin lograr un resultado muy distinto del que suelen obtener los decoradores de Hollywood cuando afirman haber recreado un interior medieval europeo, pero, por otra parte, aquel lugar prometía desarrollar ciertas ventajas sobre los restaurantes que yo solía frecuentar en aquella época, aunque sólo fuera porque, de entrada, allí cabía esperar que te dieran de comer.

Cuando me senté a la mesa, la total ausencia de encajes, puntillas y mantelitos de papel calado terminó de reconfortarme, pero sólo cuando tuve la carta entre las manos, elevé los ojos hacia el rostro de Santiago con verdadero entusiasmo.

—¡Tienen mollejas! ¡Qué bien! Me encantan las mollejas, y es tan difícil encontrarlas...

Me pareció descubrir un ligero gesto de desagrado en la repentina tirantez de las comisuras de sus labios, pero replicó a mi comentario cambiando radicalmente de tema, y olvidé sin esfuerzo ese detalle. La expresión que asomó a su rostro cuando tuve delante un plato lleno de deliciosas mollejas de ternera recién hechas, tiernas y doradas, exquisitas, no podía ya, sin embargo, pasarme inadvertida.

—¿Qué te pasa? ¿Te dan asco?

—Sí —y su voz vaciló—, la verdad es que me dan un asco espantoso, no sólo las mollejas, todas las vísceras, yo no... No puedo con ellas, la verdad.

Una voz muy profunda, desconocida pero furiosamente leal, resonó de repente en mi interior, y escuché sus palabras con la misma transparente claridad que las habría distinguido si alguien acabara de susurrarlas de verdad en mis oídos.

—Pero si no son más que carne —no te acuestes con él, decía aquella voz, sería un desastre—, como todo lo demás. Si las probaras, te darías cuenta.

—No, no es lo mismo. Para mí no es lo mismo, nunca lo ha sido. De pequeño, mi madre se empeñaba en obligarme a comer filetes de hígado y solamente el olor me daba arcadas, vomitaba antes de masticar ni un solo pedazo, te lo juro. Por eso no puedo verlas siquiera, no lo soporto.

—Lo siento. Si lo llego a saber, pido otra cosa.

—No —se obligó a sonreírme—, cómetelas. Está bien.

No te acuestes con él, Malena, porque se estremece de asco ante las mollejas sin comprender que así está hecho él por dentro, la voz se agigantaba, retumbaba entre mis sienes, gritaba, pero yo no la quería escuchar y no escuchaba, ella lo repetía una vez y otra, no lo hagas, Malena, porque él no quiere reconocer que es un animal, y por eso nunca será capaz de portarse como un hombre, no funcionará, ya lo verás, tú también le darás asco, tus vísceras blandas y rosadas le dan asco ya, se retorcería de asco si se parara a pensarlo...

—¿Quieres tomar una copa en mi casa? —me dijo en cambio, mientras yo intentaba ahogar esa voz sincera y odiosa en la divina dulzura de un tocinillo de cielo hecho a mano—. Es que detesto ir de bares los sábados por la noche, todos los sitios están llenos, tardas un siglo en llegar hasta la barra y hay tanto ruido que no se puede hablar. Aunque, si prefieres, podemos ir a alguna parte...

—No —sonreí—. Vamos a tu casa, está bien.

Vivía muy cerca de allí, en la calle León, al lado de Antón Martín, en un edificio de apartamentos muy moderno, cuya estrecha fachada de funcional vulgaridad destacaba como un grano purulento en las aceras flanqueadas por grandes casas de vecinos de siglos pasados, como feroces tiburones dispuestos a devorar a tan mezquina intrusa con las hondas y oscuras fauces emboscadas en sus portales. Cuando activó un pequeño dispositivo de mando a distancia para abrir la puerta del garaje desde el coche, pensé que aquel lugar no me gustaba —me habría hecho más gracia que viviera en la casa contigua—, pero tampoco me disgustaba especialmente —un apartamento en la calle Orense habría sido mucho peor—, y me dije que tal ambigüedad amenazaba con erigirse en la única norma vigente aquella noche. No fue así, sin embargo.

Los acontecimientos se desencadenaron de acuerdo con una pauta tan previsible, que tuve la sensación de haber leído todo aquello alguna vez, en alguna revista femenina de esas que hojeaba en la peluquería, cuando iba con mamá a cortarme las puntas. Aparcamos el coche en una plaza especialmente reservada para él, la matrícula pintada en la pared con grandes caracteres de molde, y montamos en un ascensor que conducía directamente a las viviendas. Pulsó el botón del séptimo y me estremecí, siempre me estremezco cuando estoy sola con un hombre que me gusta en un ascensor, incluso cuando es un vecino y le veo todos los días. Desde entonces, él dispuso de ocho pisos para abalanzarse encima de mí sin darme explicaciones, ocho pisos para besarme, para abrazarme, para sobarme, para subirme la falda hasta la cintura y aplastarme contra la pared, ocho pisos, ocho, y los desperdició todos. Yo, el cuerpo tenso, erguido, casi desafiante, pegado al espejo, podría haber dado el primer paso, como otras veces, pero no lo hice, porque no sentía la necesidad de hacerlo y porque, aunque en aquella época me habría dejado degollar para desangrarme lentamente antes que admitirlo, ya sabía que, por una razón sumamente irritante, aquello no me hacía ni la cuarta parte de gracia cuando era yo la que empezaba.

—¿Te apetece bailar?

Eso fue todo lo que se le ocurrió decir cuando, tras introducirme en su apartamento, una miniatura muy bien distribuida en relación con su superficie, que no debía de sobrepasar los cuarenta metros cuadrados, y después de haber cumplido con los inevitables trámites previos —colgar su abrigo en el perchero, encender luces indirectas, apagar las directas, y poner música—, comprendió que ya, inevitablemente, tenía que decir algo.

—No —contesté, y me quedé con ganas de añadir, te vas a tener que exprimir un poco más el coco, ricura.

—¿Y una copa? —sonreía a pesar de que sus mejillas se habían puesto coloradas, pero hablaba muy bajo, casi en un susurro—. ¿Quieres...?

—Claro —yo también sonreí. Estaba dispuesta a facilitar las cosas—. A eso hemos venido, a tomar una copa, ¿no?

No había mala intención en mi ironía, si acaso una sugerencia blanda, amable, una invitación para cualquier signo de complicidad, pero él se sonrojó todavía más, y entonces me pregunté si no estaría pidiéndole peras al olmo. Cuando volvió con las copas se sentó a mi lado, en el sofá, y bebimos en silencio. Estaba a punto de confesarle que me encantaría bailar cuando, en un rasgo de inusitada audacia, se agachó para cogerme de los tobillos y, sin considerar que me estaba desequilibrando, atravesó mis piernas sobre las suyas.

—¿Te dejan marcas? —me preguntó, enganchando un dedo en uno de los agujeros de la malla y tirando del tejido hacia sí, como si pretendiera mirar a su través.

—Sí. ¿Te gustaría verlas?

El asintió, y yo me quité las medias sin permitir que me ayudara. Recordé una situación semejante, un polvo accidental, imprevisto, no me acuerdo del nombre de aquel sujeto y ni siquiera estoy segura de haberlo sabido entonces, cuando salí con él a la calle, una hora después de haberle conocido, tres cuartos de hora después de haber percibido hasta qué punto se adensaba el aire, cómo se convertía en una especie de fluido gaseoso, irrespirable de puro espeso, cuando mi cara se acercaba a la suya, un cuarto de hora después de haber respondido a su provocación, la complacida insolencia con la que parecía estar esperándome, los codos apoyados en la barra, el cuerpo arqueado hacia delante, el tacón de una horrorosa —deliciosa— bota campera de cuero repujado golpeando rítmicamente el suelo de linóleo hasta que me abalancé sobre él para besarle, era músico, sólo recuerdo eso, y que cuando llegamos a su casa me preguntó si la costura de las medias me dejaba marcas, y le contesté que sí, y me dijo que le gustaría verlas, y me las quité sin su ayuda, igual que ahora, pero él se arrodilló delante de mí, que estaba sentada en un sillón sin saber muy bien qué otra cosa hacer, y levantó mi pie derecho del suelo, estirando luego completamente mi pierna para reseguir la marca de la costura con la punta de la lengua, desde el muslo hasta el talón, y yo me derretí, me derretía. Pero Santiago no prestó, al cabo, demasiada atención a la geométrica colmena que la red de hilos de algodón había estampado sobre mi piel, y conservé la temperatura sin dificultad mientras él abordaba la conquista de mi cuerpo con espíritu de opositor, arriesgando lo justo, midiendo sus fuerzas, conservando en definitiva la compostura, hasta el punto de que cuando me descabalgó, con la misma educación con la que me había montado, no entendí bien qué estaba pasando. Hasta entonces había sido capaz de destripar punto por punto el trillado código que regulaba todos sus gestos, sus milimetrados y calculados avances, de cintura para arriba de pie en el salón comedor, de cintura para abajo en la cama, sin hablar, sin reírse, sin perder el tiempo, pero ahora ni siquiera podía adivinar en qué punto de la lección se había parado.

—¿Qué pasa? —pregunté, y él se volvió lentamente para sonreírme.

—Nada. ¿Qué va a pasar?

—¿No te vas a correr?

—¿Yo? Ya me he corrido.

—¿Queeé...?

Nunca me había pasado nada parecido, y tuve ganas de decirlo, de gritarlo, de tirárselo a la cara como un guante, pero mi rabia debió de materializarse, porque él se me quedó mirando con una expresión tan desamparada, tan equilibrada en angustia e ignorancia, un desvalimiento tal asomándose a sus ojos, que provocó en mí la que no sería más que la primera de una larguísima serie de derrotas.

—¿Qué te pasa? —tuve la sensación de que su voz llegaba hasta mis oídos por un milagroso azar, tan débil era su acento.

—Que no me he enterado.

—Bueno, yo tampoco me he enterado cuando tú te has corrido.

—Es que yo no me he corrido —si yo me hubiera corrido, pedazo de gilipollas, os habríais enterado a la vez tú, el vecino de al lado, el panadero de la esquina y un camión de bomberos que pasara por la calle tocando la sirena... Eso pensé, pero no dije nada.

—¡Oh, vaya! Lo siento, pero no creo que importe mucho, ¿no?, eso pasa muchas veces, al principio.

—Ya.

—¿Estás enfadada conmigo?

—Mira, tío —me senté sobre la cama y empecé a gesticular violentamente con las manos, como si pudiera expulsar así, en un momento, los sapos que se paseaban por mis tripas—, a estas alturas, una ya está resignada a no tener entre las piernas la cueva de Alí Babá, ¿sabes?, pero es bastante desagradable... Ahora me siento igual que una máquina tragaperras de las de los bares, es como si... —le miré, y desistí—. ¡Bah, déjalo, seguro que no lo entiendes!

—¿Habrías preferido que chillara? —y lo dijo como si jamás lo hubiera creído.

—¡Sí! Habría preferido que chillaras, que gimieras, que lloraras, que rezaras, que llamaras a tu mamá, que me pegaras una patada, que gritaras ¡hala, Madrid!, lo que fuera, tío, pero ¿es que no lo entiendes?

—No —confesó, y cambió de posición, tumbándose sobre un costado al principio para ovillarse después alrededor de mi cuerpo, su cabeza reposando contra mi vientre, sus brazos estrechando mi cintura—. Y además no creo que importe. Me gustas mucho, Malena, me gusta estar aquí contigo...

A veces, cuando rompía con un tío, o cuando por fin volvía a casa después de una noche como aquélla, rasgaba con mucho cuidado el papel de un cigarrillo fabricado en Canarias con tabaco cultivado en La Vera de Cáceres, vertía su contenido en la palma de mi mano, y lo aspiraba, y me preguntaba por qué se había vuelto todo tan difícil. Eso es lo que debería de haber hecho aquella noche, mientras Santiago se apretaba contra mí con el aire de un huérfano repentinamente recobrado, pero su silencio me devolvió las palabras del Fernando más heroico, el más adorable, el más duro y el más dulce, y cerré los ojos, apreté los párpados con todas mis fuerzas hasta que la comezón de mis pupilas me obligó a abrirlos de nuevo, repitiendo por instinto el mismo gesto en el que busqué valor durante una remota madrugada de verano, antes aún de saltar de la cama para hacer lo que debía hacer, lo que sentía que tenía que hacer, en una hora calurosa y calma, como era yo en aquel tiempo.

Me desplacé con sigilo, sobre las puntas de los pies, para no despertar a Reina, y moví el picaporte tan despacio que casi sentí cómo se me dormían los dedos que empuñaban la manilla. Dejé la puerta abierta, para no correr riesgos, y tardé una eternidad en recorrer la escalera, evitando con cuidado los peldaños que crujían, aunque me equivoqué un par de veces porque tenía que contar al revés, en sentido rigurosamente inverso al que guiaba mis pasos todas las noches. Cuando llegué al recibidor me miré en el pequeño espejo cuadrado del perchero de hierro pintado de verde. Llevaba un camisón blanco sin mangas, largo hasta los pies, y tenía el pelo revuelto, de dar vueltas en la cama durante horas, fingiéndome dormida. Encajé una zapatilla en el quicio de la puerta para evitar que se cerrara y lamenté su ausencia por anticipado, pero salí al porche, y bajé cinco escalones, y anduve sobre la grava, sin notar siquiera el filo de un guijarro, como si caminara encima de una nube.

Fernando me estaba esperando en la puerta de atrás. Al distinguir su silueta tras la verja, me dije por última vez que todo aquello era una locura. No había ningún motivo para correr tantos riesgos, no era sensato adoptar un plan tan descabellado en pos de un beneficio tan trivial. Cuando, a cambio de la piedra de Rodrigo, que sin embargo ya era suya, prometí solemnemente que le metería en la Finca del Indio como fuera, yo pensaba más bien en un acto público, tal vez hasta anunciado con la debida anticipación, una comida sorpresa, como aquella que Miguel organizó para Porfirio, o una vulgar mañana de piscina, todo un pretexto, tan inocente que no consintiera oposición alguna, pero él se negó, rechazó todas mis propuestas, y se mantuvo firme en su propósito de robar esa visita en nuestra última luna llena, para hacerlo con premeditación, nocturnidad y alevosía. Desde que había fijado la fecha, cuarenta y ocho horas antes, yo vivía agarrotada de miedo, y aunque evitaba deliberadamente calcular lo que ocurriría si surgiera cualquier contratiempo, un imprevisto tan vulgar como que alguien se despertara con dolor de cabeza en medio de la noche y decidiera ir a buscar una aspirina, estaba aterrorizada, paralizada, enloquecida de miedo. Sin embargo, cuando abrí la puerta y le dejé entrar, ese pánico cesó de repente, y una emoción inmensa ocupó su lugar, y todos los huecos libres que aún quedaban dentro de mi cuerpo.

Fernando rozó mi frente con sus labios y se adelantó en dirección a la casa, pero cuando yo todavía no me había movido, sorprendida por la liviandad de aquel saludo, una recompensa tan mezquina para mi arrojo, volvió sobre sus pasos, me miró, y me besó en la boca. Entonces me di cuenta de que estaba nervioso, y sospeché incluso que quizás, aunque por motivos bien distintos, tenía tanto miedo como yo. No dijimos nada al ponernos en marcha, y cuando empujé la puerta, poniendo la vida en no hacer ruido, crucé con él una mirada tan profunda que tampoco fue preciso decir nada. Le invité a pasar con un gesto de la mano y él atravesó el umbral delante de mí y siguió andando, deteniéndose a cada paso para reconocer una esquina, una grieta, una moldura, todos los detalles, los objetos que su padre le había descrito de niño, cuando le llevaba de excursión al monte para enseñarle de lejos aquella casa a la que estaba condenado a no entrar nunca. Yo le seguía en silencio, inclinando la cabeza de vez en cuando para contemplar su rostro a la luz de la luna, y no lograba descifrar su expresión, pero si él hubiera querido mirarme, quizás habría interpretado sin esfuerzo el temblor que agitaba mis labios de india, porque estaba a punto de echarme a llorar sin saber por qué.

Recordaré siempre aquel llanto íntimo, tibio y oscuro, antagónico del aplomo de Fernando, la decisión con la que abría puertas, la seguridad con la que se orientaba a ciegas en los pasillos interiores, la arrogancia que envolvía todos sus gestos, como si aquélla fuera su casa y no la mía. Le seguí hasta la cocina, entré tras él en la despensa, rodeé con pasos lentos, de turista perplejo, la gran mesa de mármol en la que desayunaba todas las mañanas, me asomé al porche trasero como si jamás lo hubiera visto, y siempre detrás de él, desanduve el camino que había andado hasta que, al hallarnos delante del salón, me cedió el paso, como si no se atreviera a tocar esa puerta, la única que podía esconder algún objeto personal de los habitantes de la casa, porque habíamos convenido de forma tácita en que aquella excursión se limitaría forzosamente a la planta baja, la única donde nunca dormía nadie.

Al franquear su entrada a las tres grandes, imponentes estancias, que cimentaban la fama de gran mansión de la que la Finca del Indio gozaba en toda la comarca, me dije que su aspecto no debía de haber cambiado mucho desde 1940, cuando su padre jugaba con soldados de juguete entre las patas de las sillas, porque los muebles, que en su mayor parte parecían al menos tan viejos como nuestro abuelo, no habían sido cambiados de sitio ni una sola vez desde que yo era capaz de recordarlos, y las aportaciones modernas eran mínimas. Tal vez ese detalle, al que se podría achacar la irrespirable atmósfera de aquella zona, era incluso más culpable de la paulatina metamorfosis de la gran sala de juegos de la primera planta en el auténtico cuarto de estar de la casa, que la tajante negativa de mi abuela a instalar una televisión en el salón, entre las macizas sillerías de caoba y los ligeros veladores de madera taraceada que Fernando recorrió con una mirada desdeñosa, como si su belleza defraudara la nostalgia de un niño expulsado del Paraíso, o como si, tal vez, en contra de cualquier expectativa, fuera capaz de superarla brutalmente. La luz se filtraba tras los ventanales que, cada pocos metros, reemplazaban por completo un tramo de pared, desvelando para mí un escenario magnífico que nunca hasta entonces había contemplado en aquella penumbra lunar. Me senté en el respaldo de un sofá y seguí sólo con la mirada la figura de mi primo, mientras me daba cuenta de que nunca, tampoco, hasta aquella noche, había sido tan consciente de que Fernando fuera de verdad mi primo. El avanzaba muy despacio, registrando cada detalle, por nimio que pareciera, con más atención de la que había mostrado antes, y a pesar de que la doble puerta que separaba el salón de la biblioteca estaba completamente abierta, se detuvo un instante y paseó sus ojos por el dintel, como si necesitara asegurarse de que existía antes de seguir. Luego, después de examinar el contenido de algunos estantes, giró a la izquierda y le perdí de vista durante algún tiempo. La disposición del espacio convertía la biblioteca en el vértice de una inmensa L, en cuyos brazos estaban respectivamente situados el salón y el comedor. Deduje, por el mortecino eco de las suelas de goma de sus zapatillas, que mi invitado se había dirigido a esta última habitación, y esperé serenamente su regreso. No había registrado todavía ningún indicio de que alguien más pudiera estar despierto en aquel momento dentro de la casa, y me había abandonado al apacible vértigo de una pirueta con red, desprovista de peligro, como si sus riesgos se hubieran disuelto para siempre en el silencio que nosotros habíamos invocado con silencio.

Fernando reapareció por el mismo ángulo que había elegido para desaparecer, se detuvo en el eje de mi campo visual para apoyarse en la tabla que proyectaba hacia delante un sólido bargueño de origen peruano, cruzó los brazos, y me miró. Esperé unos segundos y cuando estuve segura de que no tenía intención de moverse, me levanté y fui hacia él, traicionando el firme propósito que me había forjado en su ausencia, unos minutos antes, cuando decidí poner fin a la aventura en el preciso instante en que regresara de aquel lugar que era ya el único rincón de los pactados que aún no conocía. Sin embargo, al adivinar que no vendría hacia mí, me levanté y crucé lentamente el salón, y cuando llegué a su lado, apreté mi cuerpo contra el suyo e incliné la cabeza hasta acusar la presión de su cara contra la mía, porque no quería tocarle de otro modo, no quería sentirle en las yemas de mis dedos, recurrir al burdo procedimiento del que me servía para conocer una realidad a la que, en aquel momento, Fernando ya había dejado de pertenecer. Sin embargo, él tomó mi mano con la suya, y me obligó a acariciar mi propio rostro antes de guiarla a lo largo de su cuerpo, y la cerró por fin sobre la aguda dureza de su sexo, y entonces adiviné que jamás en mi vida volvería a experimentar una emoción tan intensa.

Me dejé caer en el suelo y apenas advertí dolor cuando mis rodillas chocaron contra la tarima de madera. Cuando mi frente se posó en el lugar que mi mano acababa de abandonar, noté sobre todo calor. No era exactamente consciente de lo que hacía, y sin embargo sabía que todos mis sentidos estaban despiertos, podía percibir casi su urgencia de sentir.

Nunca después, nunca, he estado tan drogada como en aquel instante. Nunca he sido tan incapaz de gobernar sobre mí misma.

El lo había mencionado muchas veces, normalmente al respecto de aquella mujer de Lübeck que había sustituido durante un par de semanas al psicólogo titular del colegio donde cursaba el último curso de bachiller. Estaba casada, ¿sabes?, aclaraba siempre, como si yo no hubiera tenido la oportunidad de aprenderme de memoria aquella gloriosa hazaña, tenía veintiocho años y estaba casada, repetía, un poco vieja ya, ¿no?, solía replicar yo, y él fingía asombrarse, ¿quién, Anneliese?, y me miraba con la misma estupefacción que habría congelado su rostro si yo acabara de confesarle que venía de cotillear un ratito con la Virgen, ¡qué va!, decía luego, Anneliese tenía un cuerpo cojonudo... Y veintiocho años, y estaba casada, y empezó ella, no me fuera yo a creer que él se tomó el trabajo de seducirla, ni hablar, fue ella quien empezó a deslizarse por aquella rampa, a dejar caer insinuaciones ambiguas, ella quien le provocó al centrar la conversación en aquel tema, que si Fernando estaba en una edad muy peligrosa, que si tal vez habría que buscar el origen de sus dificultades con las asignaturas de letras en una excesiva preocupación por el sexo... En ese punto, mi conciencia de clase me obligaba a interrumpirle, ¡sí, hombre!, ¡como si estar salido no afectara a las ecuaciones de tercer grado, no te jode!, pero él se limitaba a lanzarme una mirada de desprecio y seguía hablando, que si la dichosa Anneliese le había confesado que hasta cierto punto le parecería lógico que así fuera, dado que vivíamos en una sociedad que penalizaba la actividad sexual en la fase más álgida de la libido humana, etc., etc. ¿Sí, eh? ¡Pues a ella ya le está durando bastante!, objetaba yo a veces, y pensaba para mí, la muy puta... Pero entonces Fernando adoptaba un odioso tono de galán maduro para decir que yo no era más que una cría y él un imbécil, por empeñarse en contarme cosas que no podía entender, y entonces era peor, porque yo me ponía como una fiera, y él lo sabía, y por eso me daba donde más me dolía como si la cosa no fuera conmigo, como si reflexionara para sí mismo en voz alta, tú no lo puedes entender, claro, decía, a veces ni siquiera yo lo entiendo, y se ponía melancólico, ¡desde luego, qué raras son las tías!, a tu edad todavía hacen cosas normales, pero luego, cuando se convierten en mujeres de verdad... Luego ¿qué?, a ver, picaba yo, entrando al trapo con la docilidad de una vaca domesticada, y Fernando volvía a contármelo todo, desde el principio hasta el final, desde el asombro que había sentido cuando ella, en el mismísimo despacho del psicólogo, sin levantarse siquiera de la silla giratoria, le había atraído hacia sí enganchando el dedo índice en la cinturilla de su pantalón, hasta el agotamiento que le había llevado a dormirse en plena clase a la mañana siguiente, mientras ella, que también había estado toda la noche despierta, follando en una cama de hotel, trotaba alegremente por los pasillos como si nada, sin omitir nunca el alarido de dolor que ella, veintiocho años, casada, un cuerpo cojonudo, no había podido reprimir cuando la penetró por primera vez, porque, como él mismo concluía implacablemente de tales premisas, su marido, sin duda, la tenía mucho más pequeña. Menos mal, terminaba Fernando, que en el colegio, por la tarde, me lo hizo solamente con la boca, porque si no, nos habrían descubierto, seguro, no sabes cómo chillaba, y fíjate, tuve la sensación, no estoy seguro, claro, pero me dio la sensación de que aquello la excitaba más que follar, que casi la gustaba más, tendrías que haber visto la cara que puso cuando me corrí, se lo tragó todo, y tenía los ojos cerrados, como si le encantara el sabor, por eso digo que las tías sois muy raras, porque la verdad es que parece increíble, yo no lo entiendo. Dicen que es buenísimo para la piel, tragárselo, quiero decir, pero de todas formas es imposible entenderlo, ella... ¡Y un cuerno!, gritaba yo, ¿me oyes, Fernando? ¡Y un cuerno, tío! No me creo ni una palabra, así que ya puedes seguir hablando hasta el día del Juicio, que desde luego, lo que es a mí, no me vas a convencer. ¿Yo?, decía él entonces, en su rostro el candor de un ángel de azúcar, ¿estoy intentando yo convencerte de algo?, y cabeceaba despacio, como si algo en mi rostro, en mi acento, le apenara profundamente, yo sólo te estoy contando una cosa que es muy importante para mí, estoy intentando compartir esa cosa contigo, y nunca te he pedido eso, india, ya lo sabes, nunca lo intentaría con una tía de tu edad... A menudo pensaba que Anneliese, polvo de prestigio, ni siquiera existía, que su nombre, y su edad, y su estado civil, y su cuerpo cojonudo, opulento pero firme, adulto pero elástico, experto pero capaz de sucumbir al mismo tiempo a las inocentes embestidas de un niño enajenado, nunca habían vivido en Lübeck, ni en Hamburgo, ni en cualquier lugar distinto del febril territorio demarcado por la imaginación de mi primo, pero otras veces temblaba de verdad, porque a Fernando nunca se le habría ocurrido escoger términos como «penalizar», o «álgida», o «libido», para trabar un relato semejante, y yo ya no sabía qué pensar, excepto que me encantaría sacarle los ojos a esa zorra con mis propios dedos incluso si solamente se tratara de un fantasma. La pálida Helga, pobre buena chica católica, jamás me había inquietado, y sin embargo, la simple evocación de aquella única, incierta hada madrina, comprometía hasta tal punto la solidez de mis convicciones, que más de una vez tomé una decisión irrevocable que, al cabo, mi sentido común logró revocar sin gran esfuerzo. ¿Y qué gano yo con eso?, exclamaba entonces, elevando involuntariamente la voz para destruir la potencia retórica de aquella pregunta cuya única respuesta ambos conocíamos de sobra, ¿qué gano yo, eh, quieres decírmelo?, y él se tapaba la cara con las manos, como si acabara de darse cuenta de que no eran molinos, no, sino gigantes, pero yo continuaba arrollando, sin dejarme impresionar por la pequeña farsa de su amargura, pues yo te lo diré, no gano nada, absolutamente nada, ¿me oyes?, nada de nada. ¡Qué bruta eres, Malena!, me contestaba al fin, como si mi sentido común fuera el más excepcional de los sentidos, ¿pero qué te has creído, que estas cosas se hacen para ganar, o para perder algo? ¡Anda y que te zurzan!, concluía yo en silencio, que desde luego, todo lo que tienen las alemanas de tontas lo tenéis los alemanes de listos, y le sostenía la mirada sin hablar mientras aprobaba por dentro mis conclusiones, ¿que no?, lo que yo te diga, guapo...

Pero cuando, arrodillada en el suelo de la biblioteca, escuché el tenue chirrido de una bisagra mal engrasada, tan hiriente como el ensordecedor eco de los clarines que anunciaran la inminente entrada en escena de un tercer personaje, ya intuía que alguna ganancia me esperaba en el fondo de aquel barroco laberinto que nunca me había repelido tanto como me atrajera de repente unos minutos antes, porque el destino engulló de un bocado mi sentido común y todavía se mostró hambriento. Cuando alguien se despertó apenas unos metros por encima de mi cabeza, y dudó acerca de si debería o no levantarse, y optó finalmente por abandonar las sábanas calientes, húmedas de su propio sudor e ir en busca de algo, y decidió que tenía que salir de su habitación para encontrarlo, Fernando ya había crecido entre mis labios, germinando una semilla tan primaria, tan importante para mí, que me asombré de no haber sospechado siquiera que existía. La identifiqué al principio con una cierta vanidad, luego creí que más bien se trataba de seguridad, el signo de una creciente confianza en mí misma, antes de cometer el más disparatado y reconfortante de los errores, atribuyéndole la equívoca naturaleza de la alegría altruista, la buena acción que otorga más placer que esfuerzo exige, una simple prueba de amor y generosidad. La certeza de que me sentía bien chocaba estruendosamente con la convicción de que debería estar sintiéndome muy mal, y de todas formas, aquello era difícil, así que me concentré en el desafío que yo misma había elegido, despreocupándome de mis propias reacciones mientras intentaba gestionar con la mayor eficacia posible el sexo de Fernando y, de forma mucho más vaga, destinaba las sobras de mi atención a los pasos que resonaban sobre la tarima del primer piso, sin querer reparar en que tardaban demasiado en recorrer la distancia que separaba cualquier dormitorio del correspondiente cuarto de baño.

El fiel crujido del vigesimoprimer escalón me devolvió a una realidad brutal. Alguien estaba bajando por la escalera. Cerré los ojos, intenté pensar, comprendí que no podía hacerlo, volví a abrir los ojos y, sin decidirme del todo a soltar la presa, el escurridizo reborde de carne húmeda, como soldado a mi boca, reposando todavía sobre mi labio inferior, elevé la cabeza y miré a Fernando. La escalera crujió otra vez porque nuestro acompañante, quienquiera que fuese, había llegado ya al decimoséptimo peldaño. No pude resistir la tentación de recorrer con la punta de la lengua el dorso de la espada que estaba a punto de degollarme, pero mi primo no dio señales de registrar este detalle mientras paseaba los ojos por toda la habitación, buscando una solución que no existía. Un instante después me miró, y su mano derecha se posó sobre mi cabeza y ejerció la presión justa para obligarme a bajarla, consintiéndome apenas contemplar cómo sus párpados se cerraban lentamente. Luego, ciega yo misma, sentí como una caricia el contacto de sus dedos, que aferraron mis cabellos para guiarme, estableciendo un ritmo regular, acompasado casi al eco de aquellas pisadas cada vez más cercanas, más tremendamente peligrosas.

No me resultó difícil reconstruir el proceso mental que daba consistencia a la inconcebible audacia de Fernando. Por una parte, hasta aquel momento no habíamos cruzado ni una sola palabra, no habíamos encendido ninguna luz, no habíamos dejado siquiera una puerta abierta, ningún detalle que nos delatara. Por otra, desde el momento en que aquel odioso entrometido había comenzado a descender por la escalera, cualquier huida era imposible, porque la puerta que daba acceso al recibidor se contemplaba perfectamente desde el descansillo del primer piso. Recobrar la compostura habría comportado hacer algún ruido —el chasquido de una cremallera que se cierra como mínimo—, un abrumador porcentaje estadístico permitía asumir que el destino de aquellos pasos era sin duda la cocina, porque a las cinco de la mañana nadie se acuerda de que se ha dejado en el salón el libro que está leyendo, y además, no existía una vacuna más eficaz para contrarrestar mis presumibles tentaciones de decir algo, todo eso lo sabía, podía comprenderlo, y que Fernando no estaba dispuesto a renunciar a un bien absoluto, tan costoso, y tan intensamente deseado, por obra de una amenaza tan relativa, su arrogancia envolvía esa clase de coraje, yo lo sabía, y sin embargo, si actué como lo hice, acatando la voluntad de aquella mano con la más rigurosa de las disciplinas, fue por un motivo tan esencialmente ajeno a la lógica como a la tradición, en el que ni siquiera mi amor por el aparente, equívoco beneficiario de aquella acción, desempeñaba papel alguno. Porque no hice aquello por Fernando. Lo hice exclusivamente por mí.

El eco de los pies desnudos resonaba ya sobre las baldosas del pasillo, colándose por debajo de la puerta del salón, cuando aprendí qué obtienen las psicólogas lascivas de sus ilusos alumnos desprevenidos, tan bien dispuestos a cimentar su orgullo de amantes precoces en los movedizos territorios donde se asienta una trampa con cepo, porque sé qué extraje yo, más valioso, más raro que el placer, de la desmayada languidez de mi primo, y sé por qué mis movimientos cambiaron de signo, volviéndose más bruscos, más ávidos, más tenaces. Estaba convencida de que Reina entraría en la biblioteca de un momento a otro, de que era ella quien se había despertado y, al acusar mi ausencia, andaba buscándome por toda la casa, pero no me daba miedo, porque ya no recordaba cuándo había perdido la razón, y con ella la medida de todas las cosas, por eso casi deseaba que mis predicciones se cumplieran, que mi hermana apareciera, que la puerta se estrellara contra la pared haciendo visible su ambigua figura, temerosa y temible al mismo tiempo, en el instante en el que yo alcanzara la cumbre de mi poder. Porque era poder lo que sentía, una ventaja que jamás había alcanzado cuando mi propia carne estaba en juego, cuando el placer del otro era apenas el precio de mi propio placer. Poder, arrodillada en el suelo, poder, complaciéndome viciosamente en mi renuncia, poder, el de un perro que prueba el sabor de la sangre humana lamiendo un cadáver tirado sobre una acera, poder, poder, poder, nunca me había sentido tan poderosa.

El visitante nocturno regresó de la cocina, donde se había apagado la huella de sus pasos y, perdiéndose para siempre en el anonimato, emprendió pesadamente la ascensión de la escalera que le había conducido hasta nosotros. El cuerpo de Fernando se aflojó entre mis manos, que le sostenían por las caderas, un instante antes de que sus muslos temblaran en mis brazos. Conocí un sabor áspero pero no me moví, mi cabeza firme contra su vientre, todas mis vísceras abiertas para él, hasta que todo hubo terminado. Luego le miré, contemplé su rostro empapado en sudor, los párpados cerrados, la boca abierta en una mueca dolorosa, casi mística, como dolida de la ronca calidad que había subrayado la clandestinidad de sus gemidos, cada uno de esos hondos alaridos, abortos de gritos, que habían arrancado una hebra distinta de su garganta antes de morir en mis oídos. Le adoraba, habría matado por él, me habría dejado matar mientras escuchaba, de sus labios cansados y felices, las únicas palabras que serían pronunciadas durante aquella noche repleta de luces.

—¡Guau, nena, no sabes cómo es esto!

Y entonces dudé de todo.

Fernando me acompañó en el camino de ida, pero el camino de vuelta, mucho más duro, tuve que recorrerlo yo sola.

Cuando me creía una niña distinta de las demás, un niño equivocado, un ensayo fallido, un pobre proyecto de mujer destinado a no florecer jamás por puro defecto, nunca habría podido imaginar que lo que algún día me apartaría del modelo ideal al que con tanta vehemencia aspiraba entonces sería precisamente el exceso, y sin embargo no fue otra la verdad que me reveló aquel tipo en un intranscendente segundo de una mañana como otra cualquiera, la mesa habitual, el bar de la facultad, entre un café con leche y una copa de coñac, mientras mis amigas escuchaban atentamente el relato de una ninfa pálida, delicada y sufriente, los pezones puntiagudos, relevantes, como una agresión perpetua a su pecho plano, de muchacho, las caderas escurridas, de contornos difusos, la mirada febril, como yo jamás sería. Ella se había incorporado a nuestro grupo para hacer la especialidad desde algún oscuro colegio universitario de provincias. El rondaría los cuarenta años. De estatura y complexión medianas, no había nada extraordinario en su rostro ni en su cuerpo, pero sí en su aspecto, porque cultivaba un encanto muy particular que se manifestaba sobre todo en su personal concepto de la elegancia, sobriedad británica siempre deliberadamente arruinada por algún furibundo toque meridional, guantes amarillos, gafas de pasta roja, un gran anillo dorado en el que relucía una falsísima piedra oval, una corbata que reproducía, paso a paso, un descarado strip-tease de Mickey Mouse. Era profesor de literatura francesa, nunca me había dado clase y nunca me la daría, pero de algún modo nos conocíamos, y él ya sabía de mí, y yo de él, cuando aquella mañana decidió sentarse a desayunar con nosotras, porque un día del curso anterior habíamos coincidido en el mismo autobús. El había hecho el trayecto sentado entre dos alumnos muy jóvenes, de la atildada y bella especie que tanto escaseaba en aquel edificio por entonces, las aulas repletas de todas las posibles variantes del peludo espécimen de extrema izquierda, y yo había tenido que quedarme de pie, agarrada a la barra, tan cerca de ellos que habría escuchado su conversación incluso si no hubiera deseado hacerlo.

—Pues sí, claro que me resultó difícil —estaba diciendo él—, la situación era muy distinta entonces. ¡Imaginaos que yo todavía llegué a tener un profesor que cada curso, nada más presentarse, nos contaba que él había tenido que comer muchas berzas antes de llegar a ser lo que era! Ya se le nota, lo de las berzas, decíamos nosotros en voz baja, desde la última fila...

Todos se rieron y yo no pude evitar acompañarles. Como única respuesta a mi impertinente carcajada, él me miró, y desde entonces tuve la sensación de que hablaba también para mí, porque cada una de sus palabras se impuso a la asfixiante atmósfera del autobús abarrotado para resonar como un pequeño pero completo desafío.

—Así que no era nada fácil acostarse con chicos, y yo tampoco lo tenía tan claro, supongo que ni siquiera quería pensar demasiado en el tema, en fin, que un par de veces, o dos, o tres pares de veces, no importa, me fui a la cama con tías, y la verdad es que no me gustó, aquello era como beberse un vaso de agua —sostuve su mirada, sonriendo, pero él se negó a sí mismo la tentación de responder a mi sonrisa y siguió hablando—. Entonces yo era muy progresista, claro, feminista y todo eso, militante del orgasmo democrático, y ellas lo sabían, por supuesto, eran amigas mías, y no se andaban por las ramas. Total, que nos desnudábamos por separado, nos tumbábamos en la cama, nos besábamos, nos sobábamos y eso, y luego ellas decían, con el dedo, con el dedo, tú sigue con el dedo... Y así me pasaba yo el rato, sentado en la cama, moviendo el dedo y tratando de averiguar qué gracia le encontraría Baudelaire a aquella gilipollez para engancharse como se enganchaba...

La risa de sus discípulos acalló el eco de sus últimas palabras. Yo también me reía, pero no dejaba de mirarle. Intentaba hablarle con los ojos, y de alguna manera, él me escuchó, porque el último fragmento de su discurso, cuando ya se vislumbraba a lo lejos el Arco del Triunfo, me reveló que había acusado el golpe.

—Quizás no estoy siendo justo. A lo mejor no tuve suerte o, simplemente, no me la merecía. Lo que quiero decir es que a Baudelaire seguro que no le enganchaban por el dedo.

Meses después, acodado en la mesa del bar, indiferente al contenido de una taza que había dejado de humear sin que se hubiera decidido aún a llevársela a los labios, era él quien me miraba, él quien sonreía, él quien comprendía y hablaba con los ojos, mientras yo escuchaba, con una inefable infección de hastío, la enésima aventura malograda de aquella soplapollas literal y metafórica, que aquella misma madrugada, después de invertir horas enteras en hablar, discutir, tocar, tantear, abrazar y sufrir, sobre todo sufrir, había decidido que todavía no estaba preparada para afrontar lo que ella llamaba la culminación física de la penetración. Mariana la escuchaba con una paciencia infinita, aprobando suavemente con la cabeza, como si la comprendiera, y quizás la comprendía de verdad porque todas mis amigas entendían esa clase de cosas. Yo me sentía extrañamente incómoda, culpable de aburrirme, y de ser incapaz de comprender la esencia de aquellas violentas convulsiones cuya descripción también estaba, en cierta medida, dirigida a mí, hasta que mi ánimo debió de traicionar la deliberada neutralidad de mi expresión, porque él se dio cuenta, y cuando nuestras miradas se cruzaron casualmente, como sin querer, me dijo aquello.

—Es que tú eres mucha mujer.

El corazón me saltó dentro del pecho, y forcé la vista para captar un destello de inteligencia en aquellos ojos que me estudiaban con atención, una cierta dosis de envidia y, sobre todo, bajo el maquillaje de una solidaridad sólo aparente, la inmensa compasión que se reserva a quienes aún no han descubierto que son víctimas.

—Mucha mujer —dije para mí, bajando la vista—. Mucha mujer, maldita sea...

Aquella vez no me lo tomé en serio. Qué sabrá éste, dije para mí, y sin embargo, sabía más que yo. No pasó mucho tiempo antes de que me viera obligada a sucumbir ante una evidencia tan pasmosa. Mucha mujer, sí, y más que mucha. Demasiada.

El llevaba una gabardina blanca, cinematográfica, con las solapas muy anchas y el cinturón anudado con patente desprecio de la hebilla, que colgaba a su aire, como un desecho de plástico marrón e inútil. Fuera no llovía, era una noche clara, pero unas gafas de sol con cristales ahumados protegían sus ojos mezquinos, pequeños y achinados, de mi morbosa curiosidad. Yo no le miraba sólo porque fuera el hombre más feo con el que recordaba haberme tropezado en mucho tiempo, aquella piel torturada, plagada de cicatrices, los labios sarcásticamente fruncidos en sus extremos, el pelo ralo, pobre, coronando una cabeza de considerables dimensiones, no le miraba siquiera para averiguar si estaba ciego, como había sospechado al principio. Hacía ya un rato que me había dado cuenta de que veía perfectamente, y sin embargo, seguía mirándole, como se mira a las llamas, o a las olas del mar, sin saber exactamente qué se busca en ellas, y su fealdad me parecía cada vez más misteriosa, casi diría que más dudosa. El se ocupó de mí muy vagamente, al principio. Luego, me sostuvo la mirada con tanta firmeza que consiguió avergonzarme, y fui yo quien huyó con los ojos, hasta que entreví con el borde de las pestañas que algo se estaba moviendo. Me hacía señas con el dedo índice de la mano derecha, indicándome que me acercara. Por puro reflejo, apoyé mi propio índice en el pecho y arqueé las cejas para improvisar una pregunta. Él sonrió, moviendo la cabeza de arriba abajo. Sí, claro que se refería a mí.

Mientras recorría los pocos metros que nos separaban, me pregunté a qué tribu pertenecería. En aquella época, la población heterosexual, más o menos masculina, asidua de los locales que yo frecuentaba, se dividía básicamente en tres tipos: descerebrados, enfermizos y divinos. Los segundos eran humanos solamente en apariencia. Por lo demás, suplían con ventaja los efectos de las plantas de interior que suelen decorar bares y discotecas con más pretensiones que aquellos en los que los veía todas las noches, porque no había que regarlos, ni ocuparse de su temperatura. Crecían solos, y siempre, en invierno y en verano, llevaban grandes abrigos de lana oscura, grises o negros, con las solapas levantadas, y una afectada bufanda de mohair arropando sus frágiles gargantas. Atravesaban la puerta en grupitos de tres o cuatro, a veces acompañados por alguna mujer, casi siempre mayor que ellos pero ataviada con idéntica severidad, pese a lo cual, algunas ni siquiera parecían lesbianas, y se paraban a estudiar el ambiente con cara de muchísima pena, hasta que encontraban una mesa aislada hacia la que emprendían una larga marcha de pasitos cansados. Bebían poco, en silencio, balanceándose lánguidamente sobre las sillas, y alternaban las copas con aspirinas americanas —en las que depositaban una confianza que nunca les merecerían las españolas, ni siquiera en el caso de que su composición fuera idéntica a la de los analgésicos transoceánicos—, que algún amigo sensible y compasivo había traído para ellos desde Nueva York, nunca desde Arkansas. Todos eran artistas y, más difícil todavía, todos eran dadá, a pesar de que Warhol ejercía sobre ellos una despótica cuota de fascinación. Cuando estaban solos, pasaban bastante desapercibidos, pero esto ocurría raras veces, porque cada grupo disponía de su propio líder de opinión, un individuo canoso, abrumado por su responsabilidad, que era el único que hablaba, mientras sus acólitos le escuchaban con un fervor tal, que cualquier espectador desinformado podría confundir con un pensador genial a quien, a lo sumo, era un poeta eternamente maldito por lo inédito, o un mediocre licenciado en sociología, o un voluntarioso cantautor aficionado, y a veces ni eso, por mucho que hubiera tomado café una vez en el bar del Algonquin y se esforzara hasta la sangre por masturbarse mirando fotos de Alicia Lidell.

Pero él, a pesar de su aspecto, no aparentaba la pequeñez imprescindible para estar afiliado a cualquiera de esos penosos Bloomsburys catetos, y tampoco parecía emparentado con los miembros de las otras dos familias, quizás tan intrínsecamente despreciables como aquélla, aunque en ambas militaban algunos tíos encantadores, descerebrados con sentido del humor que, entre ácido y ácido, pensaban, y divinos que, de vez en cuando, condescendían a recordar que, al fin y al cabo, también ellos habían nacido de mujer, y hasta te confesaban, en un arrebato de irrefrenable humanidad, que su madre se llamaba Raimunda y era de un pueblo de Cuenca. Entre los primeros, algunos habían irrumpido en mi vida de forma episódica. Los segundos me gustaban, porque eran deslumbradoramente hermosos, pero siempre me había apartado de ellos la sospecha de que su propia belleza alimentaba tan intensamente su deseo de los otros, que apenas podrían nunca llegar a desearlos. Ese jamás parecería el caso de quien eligió para saludarme la fórmula más imprevista, y la más rentable, de todas cuantas estaban a su alcance.

—Comprendo que no te tropieces todas las noches con tíos tan atractivos como yo pero, de todas formas, no deberías mirarme así, no te conviene. Soy muy peligroso.

Aquella presentación me fascinó tanto como el tamaño del grano rojizo que se elevaba cerca de su oreja izquierda, tan desafiante y pletórico como un volcán a punto de entrar en erupción, y no reaccioné.

—¿Qué te pasa? ¿Eres muda?

—No —y aún le hice esperar un poco más—. ¿Cómo te llamas?

—¿Cómo te llamas tú?

Cuando estaba a punto de pronunciar mi verdadero nombre, un demonio travieso colgó otro de mis labios.

—India.

—No es verdad.

La firmeza con la que rechazó aquella mentira tonta, no tan tonta, generó en mi interior una rabia absurda de puro desaforada, pero a pesar de que me esforcé por endurecer mi acento, mis pies no se movieron ni un milímetro de su sitio.

—Mira, tío, no sé quién te crees que eres...

—Tú no te llamas India.

—No, yo...

—No me digas cómo te llamas. No hace falta. Vámonos.

—¿Adónde? —acerté a decir, cuando de nuevo el estupor había desterrado ya cualquier tentación de interpretar lo que estaba sucediendo dentro y fuera de mí.

—¿Qué más te da? —y esperó durante unos segundos una objeción que no fui capaz de oponer, porque no acababa de identificar la película en la que había escuchado un diálogo semejante—. Vámonos de aquí.

—Espera un momento. Voy a despedirme, a coger el bolso, ahora vengo.

Me alejé unos pasos señalando con la mano el rincón donde estaban mis amigos, cogí mis cosas y dije adiós. Confiaba en poder largarme sin dar más explicaciones, pero Teresa me agarró del brazo cuando ya me había vuelto de espaldas, y estaba tan nerviosa que arrancó a hablarme en catalán.

—¿Te vas a ir con eso? —me preguntó, los ojos como platos, cuando acertó a reaccionar de una vez.

—Sí.

—¿Pero tú le has visto bien?

—Sí.

—¿Y te vas a ir con él?

—Sí.

—Pero ¿por qué?

—No lo sé —y en aquel momento creí que estaba siendo sincera.

—¿Qué pasa... —Mariana, que había asistido en silencio al interrogatorio, intervino en un susurro—, que tiene coca?

—No.

—Pues entonces, ¿qué es lo que tiene?

—Nada —liberé mi brazo y seguí andando—. Mañana os llamo y os lo cuento.

Cuando regresé a la barra, estaba pagando sus copas. No me dijo nada, pero dejó una propina descomunal, una cantidad astronómica en relación con lo que era habitual dejar —el platillo rigurosamente limpio— en aquel bar, a aquellas horas, y ahora sé que eso fue una manera de hablarme, como el gesto de pararse delante de la máquina del tabaco, cerca ya de la puerta.

—Dame el abrigo —me dijo—. Ve tú delante, yo te cojo.

Deposité mi abrigo en sus manos sin relacionar entre sí las dos frases, y me adelanté unos pasos. Estaba ya tan extrañada de que él fuera el tipo de tío que se empeña en ponerte el abrigo a toda costa como de no haber escuchado ningún ruido delator del funcionamiento de la máquina, cuando comprendí lo que pasaba, y me volví bruscamente para contemplarle, las manos en los bolsillos, absolutamente indiferente a las luces que parpadeaban a su lado mientras me miraba.

—¿Qué es lo que pasa contigo? —le dije cuando salimos a la calle, después de ponerme yo misma el abrigo que él me tendió con una mano absolutamente desprovista de ulteriores intenciones galantes—. ¿O es que montas siempre el mismo numerito?

—No sé a qué te refieres —me contestó sonriendo.

—Pues al bonito truco de fingir que compras tabaco después de mandar a una tía por delante sólo para poder mirarla bien el culo.

—Eres lista —dijo entre carcajadas.

—Y tú, un salido, y un imbécil.

Entonces me cogió del brazo, como si tuviera miedo de que me escapara, aunque no parecía enfadado.

—Ahora te merecerías que yo te dijera que, nada más verte, adiviné que eras la clase de chica que se iría de aquel bar a las dos de la mañana con el primer tío que se lo propusiera.

Hasta aquel momento, todos mis forcejeos habían sido puro teatro, pero aquellas palabras me hicieron daño, y me sentí ofendida, herida de verdad. No me costó mucho trabajo desasirme de su brazo, dar la vuelta, y echar a andar sin volver la cabeza. Supuse que allí se había terminado todo, pero él corrió para alcanzarme, y me inmovilizó contra una pared sujetándome con las dos manos.

—¡Oh, no! Pero si tú no eres así... ¿Eres así?

Me miraba con una expresión desconcertada, sincera, pero incapaz de conmoverme lo suficiente como para inducirme a contestar.

—Está bien, lo siento mucho, perdóname, soy una bestia. ¿Ya?

Estuve a punto de decir que no, pero en el último momento decidí seguir callada, porque me di cuenta de que mi silencio tenía la virtud de impacientarle más concienzudamente que cualquier negativa.

—No me hagas esto, tía... —el tipo duro se resquebrajaba, casi podía oír sus crujidos, presentir el eco tremendo de su derrumbamiento, escuchaba ya los primeros acordes de una salmodia mágica a cuyos feroces efectos jamás he logrado escapar—, no te rajes ahora, por favor. Por favor... —su mano derecha se coló dentro de mi abrigo, y su pulgar recorrió mi pecho izquierdo con el gesto de un alfarero que elimina la arcilla sobrante de la superficie de una vasija recién hecha, de arriba abajo, y luego en sentido inverso, moviéndose despacio, el pulso tranquilo—, no te vayas, ahora que ya has hecho lo más difícil...

Se llamaba Agustín, era periodista, se dedicaba a escribir guiones de radio y, bien a su pesar, sólo me sacaba ocho años, aunque se empeñaba en comportarse como si su edad doblara la mía. Era un individuo excepcionalmente brillante y lo sabía, y actuaba en consecuencia, extrayendo ventajas insospechadas de sus defectos, y creando con habilidad las situaciones en las que más intensamente destacaban sus virtudes, una elocuencia pasmosa, una lucidez demoledora, una corrosiva aptitud para el sarcasmo, contravalores de aquel físico cruel que pronto dejó de parecérmelo. Solamente tenía un punto débil, y ése era el punto que más le favorecía, porque nunca he conocido un misógino defensivo más radical, un hombre que se protegiera con más ardor de la pasión —a su juicio, absolutamente intolerable por lo excesiva— que le inspiraban esos seres a quienes se obligaba a despreciar en estricta defensa propia, aun sabiendo que tenía la guerra perdida desde antes de empezar a luchar. Si se decidía a sucumbir a tiempo a esa certeza, se convertía en un amante irresistiblemente dulce, y siempre, incluso cuando se proponía permanecer entero e impasible durante toda la función, se venía abajo en algún momento, y por muy breves que fueran las señales de su derrota, yo me daba cuenta de que se había roto, y de que ya estaría roto hasta el final, y eso era lo más grande que podía hacer por los dos. Y sin embargo, no me enamoré de él.

Si las cosas hubieran marchado de otra manera, el amor, coartada suprema, habría bastado para encubrir la verdad, pero, aunque llegué a quererle mucho, aunque me encantaba acostarme con él y, de alguna forma, sentía que me era necesario, sabía que no estaba enamorada de Agustín y no le mentí, ni intenté mentirme, porque ni él ni yo nos lo merecimos nunca. Nos veíamos de vez en cuando, un par de veces a la semana, a veces más, pero siempre para ir a alguna parte, que casi siempre se encontraba en las listas que los dominicales de los periódicos recomendaban bajo el rótulo de «sitios de moda», y aquello también me gustaba, porque no experimentaba la necesidad de encerrarme con él en un lugar escondido, pequeño, secreto, como el secadero de Rosario. No estaba enamorada de él, pero había algo más, aunque tardé algún tiempo en descubrirlo.

—¿Tienes previsto algo mejor que yo para el jueves por la noche?

La antelación de aquella oferta no me sorprendió tanto como la hora en que me lo encontré al otro lado del teléfono.

—No. ¿Por qué, vas a casarte?

—¿Yo?

—No sé, como todavía es lunes, y son las diez y cuarto de la mañana... Normalmente llamas media hora antes de quedar, a las ocho y media como muy pronto.

—¿Sí?

—Sí.

—Pues no me había dado cuenta —mentía tan descaradamente que terminó echándose a reír—. Bueno, acabo de llegar a la radio. El jueves por la noche hay una fiesta a todo meter, después del estreno de una película que patrocina la cadena... No sé por qué, el amo debe de estar liado con la protagonista, una ternera joven, con alguno de esos nombres patéticos, Jazmín, o Escarlata, no me acuerdo.

—¿Está buena?

—Más o menos, pero alcanza a decir cómo se llama con cierta dificultad —entonces me reí yo, y no sólo por la sofisticada esencia de aquella maldad, sino por pura satisfacción, porque Agustín era el único tío que había conocido hasta entonces, y no sé si he vuelto a conocer a otro igual, que se confesaba incapaz de desear a una mujer tonta—. El caso es que van a pasar lista, lo que significa que yo tengo que ir, y quiero que vengas conmigo.

—¿Me pongo elegante?

—Tremenda... Te pones tremenda.

Entendí perfectamente lo que quería decir, porque aquél había sido el tema de nuestra primera conversación apacible, en una cama revuelta, rodeada de pilas de libros, periódicos atrasados y estuches de cintas magnetofónicas sin clasificar, todo un currículum esparcido sobre la moqueta verdosa en origen, ahora estampada con cientos de quemaduras de cigarrillos olvidados.

—Tienes mala suerte, tía —estaba tumbada boca arriba, tan floja que ni siquiera me sentía capaz de levantar la cabeza para seguir los movimientos de una mano que me revelaba, en cada caricia, que su propietario, tumbado sobre un costado, mirándome, había recobrado ya completamente su dominio—. Vestida, no aparentas estar ni la mitad de buena de lo que estás en realidad, porque desnuda, la verdad... —sentí que movía los dedos como si pretendiera amasar la carne de mi vientre—, la verdad es que estás francamente buena.

El estupor me prestó la entereza precisa para enderezarme, y apoyada en los codos le miré, no tan gratificada por lo que interpreté como un cumplido como perpleja por la valoración que lo había precedido.

—Pero eso será tener buena suerte, ¿no?

—¿Tú crees? —y la sorpresa que reflejaban sus ojos no hizo más que incrementar mi propia sorpresa—. Me imagino que a lo largo de tu vida te habrá visto más gente vestida que desnuda.

—Ya, pero... —y ahí me detuve, porque no sabía exactamente qué decir.

—Pero nada. Lo importante es la apariencia, y si no, mírame a mí, yo también estoy mucho mejor desnudo.

—¿Sí? —por un instante temí que mi escepticismo llegara a ofenderle, pero se echó a reír antes de contestarme.

—Claro. El cuerpo lo tengo normal, ¿no? —se cogió un pliegue de piel del estómago con una pinza formada por dos dedos mientras yo estallaba en carcajadas—. Un poco fofo quizás, pero normal, y la polla dignamente situada en los parámetros estadísticos de la mayoría...

Sin dejar de reírme, me abracé con fuerza a su cuerpo normal, y besé su boca anormal hasta que en la mía se agotó la saliva.

—Eres un tío muy interesante —le dije, y desde aquel momento no he dejado de creerlo.

—Ya lo sé. No eres la primera que me lo dice. De todas formas, prefiero no tenerlo mucho en cuenta, para no envanecerme, ya sabes. Pero lo tuyo es distinto. Si, para empezar, dejaras de ponerte esos harapos...

—¿Qué harapos?

Recogió del suelo la ropa que me había quitado antes y la agitó con el puño cerrado, como si fuera un estandarte guerrero.

—Pero si eso no son harapos —protesté, de nuevo más perpleja que ofendida, contemplando unos leotardos de lana con hilos dorados que había conseguido en un puesto callejero, debajo de un cartel de «todo a cien», la minifalda morada de tela de camiseta de algodón 100 % que me había comprado en Solana y que me gustaba tanto porque terminaba haciendo picos irregulares, como la capa de Cruella de Ville, y una blusa corta de gasa negra con brillo que había encontrado en la liquidación de La India en El Corte Inglés, y cuyos botones de pasta, redondos y discretos, como de viuda, había cambiado yo misma por otros mucho más bonitos, enormes y hexagonales, de plástico transparente de diversos colores ácidos.

—¿Y esto? —preguntó luego, después de dejar caer mi ropa al suelo sin ninguna consideración.

—Pues eso son dos botas —dije, reconociendo inmediatamente los botines planos, de punta cuadrada y gruesos cordones delanteros (un ligero toque punkie nunca viene mal, pensé cuando me las compré), que yo misma había mejorado con un par de chapas metálicas y sendas cadenas plateadas.

—Claro que sí. De las que usaban los zapadores de Napoleón en la campaña de Rusia... Pero, vamos a ver, ¿es que hay algo malo en vestirse de tía?

—¿Quieres decir como mi madre?

—Quiero decir de tía.

Sí hombre, no faltaba más que eso, me dije entonces. Tenía veinte años, y la ropa era muy importante para mí, porque me permitía afirmarme no sólo frente al mundo, sino también frente a mi madre, y sobre todo, frente a Reina. Ella llevaba una vida absolutamente distinta a la mía, y para advertir la diferencia bastaba con echarnos un vistazo. Por aquel entonces, mi hermana había abandonado los ambientes básicamente pijos en los que se había movido durante su adolescencia para convertirse en la mascota de una secta de enfermizos decadentes, significativos de la especie humana a la que yo despreciaba desde la curva más honda de mis intestinos, cantautores de verdad, cuyas machaconas versiones de Leonard Cohen —eso sí que es un hombre— sonaban en la radio aunque fuera sólo de madrugada, directores de teatro que aspiraban a rehabilitar definitivamente a Arrabal estrenándole en la Sala Olimpia, críticos literarios de oscuras revistas provincianas impresas a dos colores, y desechos culturales por el estilo. Se pasaba las noches sentada a una mesa del Gijón, no se metía drogas de ninguna clase, y sólo bebía Cutty Sark, y ningún otro whisky, con hielo y agua. Siempre estaba enamorada de alguno que ya no cumpliría los cuarenta y se acababa de mudar a un chalet adosado de las afueras con su pareja de toda la vida, una mujer convencional que no le comprendía, pero a la que jamás podría dejar porque el pequeño de sus tres hijos tenía problemas. Ella sí les comprendía, tenía bastante con saber que era la única que apreciaba sus teorías sobre Pollock, y con que la echaran un polvo triste de vez en cuando en una habitación del Mónaco, o en el picadero de algún amigo que había triunfado injustamente, y que por eso se podía permitir una buhardilla bohemia en La Latina y, tal vez, no comprar tan barato el aprecio hacia sí mismo.

A pesar de todo, ella seguía sintiéndose segura y confiada, satisfecha de su trayectoria, y quizás por eso no se preocupaba por adquirir un gusto definido para vestir. De vez en cuando todavía se ponía para salir de noche la ropa que mamá, inasequible al desaliento, seguía comprando para las dos, melindrosos conjuntos Rodier y genuinas faldas escocesas recién importadas del Reino Unido, a las que yo ni siquiera me tomaba el trabajo de quitarles la etiqueta antes de colgarlas en una percha y olvidarlas para siempre, pero frecuentaba de forma igualmente esporádica otros estilos, como las faldas largas y las toquillas de lana calada que habían sustentado la más popular versión femenina del uniforme de la progresía de los sesenta —la mayoría de sus amantes seguían encasquillados en la masculina—, o los ataques de look existencialista que subrayaba con unas espesas medias de espuma negra, compactas y fúnebres, que se parecían demasiado, en mi opinión, a las que había usado siempre la tata Juana. Cuando yo conocí a Agustín, ella atravesaba por el primer, furibundo acceso, de una nueva fiebre mimética, y a imagen y semejanza de una tal Jimena, que había sido la musa indispensable de la cuadra de pigmaliones del Gijón cuando todavía estaban haciendo la carrera, y que poseía la edad justa, por tanto, para ser nuestra madre, iba vestida de mujer que se viste de hombre, con ligeras americanas cruzadas de algodón y pantalones con pinzas a juego, cuyas líneas se quedaban en ambiguas, sin llegar a resultar inquietantes.

Si Reina no hubiera elegido precisamente aquella época para cultivar precisamente aquel estilo, quizás yo no hubiera dado nunca el salto que me condujo a la orilla precisamente opuesta, o quizás lo habría hecho igual, obedeciendo a un instinto que afloró sin mi permiso mientras cenaba con Agustín por segunda o tercera vez, en un pequeño restaurante francés cuyo aspecto no permitía prever grandes sobresaltos. Sin embargo, cuando ella entró en el comedor, empujando con innecesaria violencia una puerta que sólo estaba entreabierta, hasta las moléculas del aire que respirábamos parecieron ponerse de punta.

Tendría unos treinta y cinco años y cuando se bajara de los tacones, si es que prescindía de ellos para dormir, no debía de ser mucho más alta que yo. Iba pintada como una puerta, y acababa de salir de una peluquería donde debían de tenerla manía, porque la habían teñido de un rubio tan claro que los reflejos que proyectaban sus sienes bajo la luz parecían canas, y a pesar de todo, la encontré guapa, muy, muy guapa, grandes ojos verdes, melancólicos, y una boca cruel, perfilada con una delgada línea de lápiz de un tono marrón nada sutil. Se había embutido a presión en un vestido azul eléctrico de cuero blando y flexible, caro, al que habría asignado un origen Loewe a no ser por la escasa longitud de la falda y la desmedida amplitud del escote, que dejaba ver un buen tramo del surco que separaba sus pechos, un detalle que me pareció de particular mal gusto, sobre todo porque, aunque yo nunca llevaba sujetador, cuando iba de compras con mi madre y ella se empeñaba en comprarme alguno, buscaba con ardor el efecto contrario, y por lo general, elegía el modelo que demostraba mayor eficacia en el propósito de anular el dichoso canalillo. Por lo demás, considerando por separado los volúmenes de su cuerpo, decidí que estaba bastante gorda y, sin embargo, si por alguna razón me hubiera visto obligada a emitir un juicio global, y a ser ecuánime, no habría podido dejar de atribuirle cierta calidad muelle, esponjosa, reluciente, que sugería mucho antes una aterciopelada opulencia que el abotargamiento que resulta de la obesidad pura. Era, en suma, una mujer muy atractiva aun en la más estricta oposición a mis criterios al respecto, y supongo que por eso me molestó tanto que Agustín se quedara colgado de ella de aquella manera.

—¿Te importaría mirarme? —interrumpí la distraída crítica de una película que había visto un par de días antes cuando sentí que mi paciencia se agotaba—. No es por nada, pero te estoy hablando.

—Perdona —Agustín me miró, sonrió, y volvió a torcer la cabeza para rectificar su posición un segundo después—. Sigue.

—Pero ¿se puede saber por qué la miras tanto?

—Sí, claro. La miro porque me gusta.

—¿Eso? ¡Pues tiene una pinta de puta!

—Por eso me gusta.

En ese instante, mis ojos se posaron por azar en mis uñas, muy cortas y lacadas de negro, y su aspecto me desagradó tanto que las escondí bajo mis axilas, cruzando los brazos por encima del pecho. Cuando había recogido a Agustín en la puerta de su casa, aquella tarde, me había dicho sonriendo que parecía un duende, y había archivado su comentario como un elogio sin pensar mucho, pero ahora, consciente de su exactitud —yo llevaba un jersey de cuello alto de lana negra, una minifalda de fieltro verde, con ventanitas en el bajo y dos tirantes paralelos, muy anchos, de forma trapezoidal, medias negras de espuma opaca con flores de terciopelo en relieve, y unos zapatos planos de piel verde y corte infantil, con una trabilla sobre el empeine que se abrochaba a un lado—, me encontré ridícula, y abocada a reprimir la furia que me estallaba por dentro, me mantuve inmóvil, erguida sobre el respaldo, sin hacer ningún comentario mientras contemplaba un forzado perfil de mi interlocutor, básicamente el cogote. Entonces, el camarero puso los cafés sobre la mesa y no le quedó más remedio que enderezarse por un instante, que yo aproveché para protestar en un susurro y sentirme todavía peor.

—Tienes gustos extraños. Yo soy mucho más joven.

—Desde luego —me contestó, mirándome con una expresión significativa de que no compartía en absoluto mi opinión—, y por eso cometes errores manifiestamente juveniles, como confundir la edad con la calidad. Pero te lo perdono porque, aunque no te hayas dado cuenta todavía, tú estás, además, mucho más buena. Por eso estoy cenando aquí contigo, y no con ella.

—¡Sí hombre, como si la conocieras!

—Claro que la conozco.

—Eso me gustaría verlo.

—¿En serio?

Se levantó sin más, arrojando la servilleta sobre la silla con un gesto tan preciso que parecía ensayado, y mientras yo intentaba imponerme a mí misma la disciplina precisa para no salir corriendo, se acercó a su mesa. Si hubiera estado más tranquila, habría emitido una risita displicente al comprobar que no era a ella, sino al señor sentado a su lado, a quien Agustín saludaba en primer lugar, pero los dos pares de besos que intercambiaron, él sujetándola por la cintura, como si estuviera en peligro de desplomarse entre sus brazos, me pusieron tan nerviosa que sentí que mi cerebro pitaba antes de comenzar a hervir.

—¿Has visto? —dijo cuando estuvo de nuevo frente a mí.

—Sí, claro.

—Esa es la única ventaja de mi oficio, que se termina por conocer a todo el mundo... —y entonces estiró el dedo índice, señalando en mi dirección—. ¿Te pido otro café?

—No, gracias.

—Pues no sé lo que te vas a beber.

Miré hacia abajo, y encontré mi taza prácticamente vacía, y mi mano derecha impulsando una cucharilla que giraba en vacío, con una fuerza centrífuga tal que la mayor parte del líquido temblaba sobre el plato. El resto se había derramado sobre el mantel.

—¡Qué horror! —dije.

—Sí —me contestó él, alargándome su propia taza—. Tómate éste.

Removí el contenido con sumo cuidado, mientras él pedía otro café y la cuenta, y esperé a que dejara de humear antes de llevármelo a los labios, pero cuando aún no había completado este movimiento, y sintiéndose sin duda provocado por mis precauciones, Agustín se me quedó mirando con cierta sorna.

—¿Te pasa algo?

—¿A mí? —mis dedos comenzaron a temblar, y la taza repiqueteó ruidosamente sobre su soporte—. No. ¿Qué me va a pasar a mí?

El líquido estaba tan caliente que atravesó sin dificultad el grueso tejido de la falda para empapar las medias y arder sobre mis muslos, pero a pesar del agudo grito de dolor que brotó de mi garganta, lo que más lamenté fue el descontrol que había hecho posible que me tirara el café encima. Agustín, sin embargo, lo encontraba todo muy divertido.

—¿Te pido otro? —dijo entre carcajadas.

—¡Vete a la mierda! —me levanté, tan furiosa que, de nuevo, fui incapaz de prever que la inmediata consecuencia de mi gesto consistiría en el estallido de la loza sobre el suelo, donde se hizo añicos.

—Ahora pareces Peter Pan después de un aterrizaje defectuoso.

Las salpicaduras, de uniforme color marrón pero de todas las formas y tamaños posibles, que estampaban el delantero de mi falda, parecían efectivamente manchas de barro, y tuve que esforzarme por impedir que las lágrimas que ya asomaban a mis ojos no rebasaran la última frontera. Sin embargo, cuando salimos a la calle y escogió un tono apacible para contarme no sé cuál historieta de un amigo suyo del colegio que vivía por allí cuando ambos eran niños, y luego, mientras conducía camino del centro, tuve que admitir que él había tenido muy poco que ver en el origen y el desarrollo de aquella escena, aunque no quise indagar acerca de lo que me había ocurrido a mí, mucho más allá de la vulgar trampa de los celos ocasionales, y tampoco me pregunté por qué estaba cambiando de opinión sobre la marcha, y en lugar de dejarle en su casa y marcharme a la mía para no verle nunca jamás, como me había prometido a mí misma en el restaurante, aproveché un hueco providencial para aparcar y subí con él, utilizando el ruinoso estado de mi falda como pretexto, y no sé ni por qué, ni a quién, pretendía yo demostrar nada comportándome a continuación como lo hice.

—¿Te estoy haciendo daño?

Al principio pensé que estaba hablando en broma, pero la preocupación que reflejaba su cara era demasiado cercana a la angustia como para ser fingida.

—No.

—¿Estás bien?

—Sí —mentí, porque no me sentía bien, nada bien, aunque él no me estuviera haciendo daño—. ¿Por qué me lo preguntas?

—No sé, estás poniendo unas caras muy raras.

—¡Es que me gusta tanto...! —alargué deliberadamente la última letra para poner morritos, fingiendo que soplaba, una mueca que, desde que empezamos, había prodigado tan generosamente al menos como los frívolos alaridos guturales y las desmayadas caídas de pestaña, para mentir de nuevo, porque al obligarme a mí misma a actuar como suponía que lo habría hecho en mi lugar la mujer de cuero azul, me había obligado a la vez a estar consciente, pendiente de lo que sucedía en cada segundo, y para lograrlo, había tenido que desterrar mi propio cuero al purgatorio de los asuntos poco urgentes.

—Pues no lo parece.

Reduje el volumen de la banda sonora, pero no renuncié a ciertos gestos de repertorio, y cuando él se incorporó, los brazos rígidos, para mirarme, me pellizqué los pezones con dedos aparatosos, y le miré a los ojos mientras me lamía estúpidamente el labio superior, sin hallar allí sabor alguno. Luego eché la cabeza para atrás, y entonces dejé de notar su peso.

—Lo siento —escuché desde mi izquierda, y me incorporé para hallarle tendido a mi lado—. Me he quedado sin polla. No sé lo que te pasa, no lo entiendo, pero no me gusta —hizo una pausa y me miró—. No tengo nada en contra de la pornografía, de hecho consumo bastante, pero si te empeñas en montar un espectáculo en directo, como mínimo me gustaría cobrar.

Si me moví tan deprisa fue para ocultar las huellas de mi vergüenza, el sonrojo que me conquistaba como un virus contagioso, imparable. Sentada en el borde de la cama, de espaldas a él, me embutí rápidamente en las medias y me calcé los zapatos sin perder el tiempo en abrocharlos, luego me puse el jersey y, completamente vestida, me sentí algo mejor. Crucé por delante de la cama para ir al baño, recogí mi falda, que todavía estaba empapada, del radiador donde la había puesto a secar, la escurrí sobre el lavabo, y echando terriblemente de menos a Fernando, me pregunté por primera vez si amar a mi primo me habría resultado ahora igual de fácil que entonces, cuando lo único que me preocupaba era dejar de ser una niña. Encontré una bolsa de plástico en el armario que hacía las veces de cocina, y me asomé a la puerta del dormitorio para despedirme, las mejillas color púrpura, ardiendo todavía.

—Adiós.

Agustín me contestó cuando ya estaba guardando la falda en mi bolso.

—Ven aquí.

Me puse el abrigo despacio, respetando el ritmo que me imponía la desazón, pero cuando escuché el ruido de unos pies descalzos junto a la cama, aceleré todos mis gestos y no tardé más de un par de segundos en salir al descansillo y llamar al ascensor, después de salir de su casa dando un portazo.

Esperaba con impaciencia que la flecha roja, ascendente, cambiara de color cuando volvió a abrirse con la misma brusquedad, y su cabeza asomó tras la hoja, reflejándose nítidamente en los espejos que forraban las paredes. Mientras miraba a su izquierda, y luego a su derecha, para asegurarse de que estábamos solos, taconeé ruidosamente para animar al ascensor y lo único que conseguí fue que se parara en otro piso, activando el piloto de apertura de puertas. Entonces, él salió de su casa completamente desnudo y vino hacia mí. Seguí sus movimientos a través del espejo, y pude contemplar cómo me abrazaba por detrás mientras me hacía notar sin gran esfuerzo el relieve de su sexo resucitado contra la nalga izquierda, y sentí que tiraba de mí, y aún podía resistirme, mantener los ojos abiertos, pero entonces utilizó un arma con la que yo no contaba.

—Ven aquí, zorra.

Aquella palabra acabó conmigo. Cerré los ojos y me dejé hacer, mis pies desanduvieron sin querer el camino que habían recorrido antes, mi cuerpo viajó entre sus brazos como un peso muerto, ligero para él pero aplastante para mi voluntad, y mi espalda no fue consciente de estar cerrando la puerta cuando me apoyó contra ella. Resbalamos juntos para conquistar el suelo y no abrí los ojos, no despegué los labios, no dije nada, y apenas hice más movimientos que los imprescindibles, hasta que mis labios empezaron a temblar, y se contrajeron solos un par de veces.

—Ahora sí —escuché como en sueños.

Y entonces chillé, chillé mucho y muy alto, durante mucho tiempo.

Al principio no tenía ni idea de lo que estaba pasando, no sabía cuán hondo era el abismo en el que me precipitaba tan gozosamente, ni intuía hasta qué punto eran escarpadas esas paredes que me llenarían el alma de arañazos. Al principio, todavía cometía la locura de obedecer a mi cuerpo, y no me sentía culpable de nada.

A caballo de aquella palabra tan aparentemente trivial —una simple combinación de fonemas que yo había dicho y escuchado miles de veces, siempre aplicada a un idéntico campo semántico que, de repente, ya no me parecía el mismo—, empecé a sospechar que tal vez mi naturaleza no fuera un reflejo, sino el único y genuino origen de todas las buenas, y de las malas artes, y entonces, apenas veinticuatro horas después de escucharla, me sometí a una inocente prueba que resultó definitiva. Había pensado en ello durante todo el día, y aún no me había atrevido a decidir si aquel descubrimiento sería para bien o para mal, aunque no podía ignorar el escalofrío de placer que se helaba en mi espalda cada vez que recuperaba en la memoria la voz de Agustín, consumiéndose como una vela exhausta mientras me llamaba, ven aquí, zorra, cuando Reina salió a dar una vuelta y me quedé sola en la habitación. Entonces, sin pararme a pensar mucho en lo que hacía, me puse, de espaldas al espejo, uno de los trajes que ella había barajado sin decidirse a escogerlo y que había tirado antes sobre la cama. Los pantalones, grises con rayitas blancas, como de gánster, eran de franela y picaban un poco, pero se ciñeron a mi cintura mucho mejor que la americana, que me abroché sobre una de mis propias camisetas, porque sólo habría logrado entrar en una de las blusas de Reina en una película de ciencia-ficción. Estaba a punto de darme la vuelta para descubrir el resultado, cuando me di cuenta de que estaba descalza, y decidí jugar limpio. Cerré los ojos para acercarme al armario e introduje mis pies en dos mocasines negros, volviendo al punto de partida mientras me mentalizaba para la experiencia y me prometía a mí misma juzgar con imparcialidad, eludiendo todas las trampas, pantalones necesariamente cortos y chaqueta, además, necesariamente estrecha, pero no sé si lo conseguí porque apenas pude mantener los ojos abiertos un par de segundos.

Mientras me desnudaba a toda prisa, intenté recordar si alguna vez en mi vida me había visto igual de horrenda y no lo conseguí. Sabía que si el traje hubiera sido de mi talla, los resultados habrían mejorado mucho, pero sentencié de todas formas que aquel estilo no había sido creado para mí, y entonces regresé al armario. En la última percha, más lejos incluso que las faldas escocesas que me habían correspondido en los sucesivos repartos, reposaba, desde la noche de los tiempos, un viejo vestido de fiesta de Magda, que por su color y su tejido —raso rojo— mi madre había juzgado especialmente apropiado para confeccionar la túnica de monaguillo que Reina debería haber llevado en una función de Navidad del colegio, y que al final no hizo falta destrozar, porque en el último reparto de papeles, mi hermana se alzó con el papel de angelito, como siempre, y a mí, por tener estos labios que tengo, me tocó hacer de Rey Baltasar, también como siempre. Lo saqué del armario con cierta aprensión, como si tocarlo fuera un acto impúdico, y cuando ya tenía los pies dentro, estuve a punto de no seguir, pero lo hice, de espaldas al espejo, igual que antes. Al encajarme las hombreras en su sitio, miré hacia abajo y vi que la tela flotaba, fofa, alrededor de mi cintura, pero a medida que conseguía ir subiendo la cremallera, pese a la forzada posición de mis brazos, el vestido se fue ajustando a mi cuerpo como una funda hecha a medida. Cuando terminé, me di cuenta de que todavía iba calzada con los mocasines negros que había sacado antes del armario pero, aunque me los quité, no fui a buscar otros zapatos, porque ya intuía que no los necesitaba.

El espejo me devolvió una imagen tan esplendorosa —pechos redondos, cintura estrecha, caderas curvas, vientre plano, piernas largas: yo—, que verme me dio vergüenza, pero a pesar de la presión que torturaba mis sienes, no era capaz de dejar de mirarme. El escote, un pentágono invertido, como los que le gustaban tanto a Eva Perón, descubría una grieta que parecía haber sido sombreada entre la piel oscura con un lápiz graso y la perversa intención de proclamar que mis pezones eran de color violeta, y la falda se arrugaba a ambos lados en dos engañosos drapeados que no pretendían subsanar, y no subsanaban, la tensión de la tela sobre mis muslos, y sin embargo, todo estaba bien.

—Bueno —me dije en voz alta, mientras me miraba de perfil—, no es más que ropa, todo es ropa... —me puse de cara a la pared e incliné la cabeza sobre mi hombro izquierdo para intentar mirarme por detrás—, nada más que unos cachitos de tela cosidos con hilo para que la gente no vaya desnuda por la calle... —repetí la operación para contemplar mi otro perfil—. Total, todo esto es mío igual, no me lo voy a amputar, y además... —volví a mirarme de frente—, ir de postmoderna o de antigua, qué más da, si es todo lo mismo, nada más que ropa, todo ropa...

Acerqué una silla y me senté, y luego me levanté, y me puse de rodillas, y me incliné hacia delante, me acuclillé, y me erguí de nuevo, y di un par de vueltas, y abrí la boca exageradamente, para fingir que rugía como si fuera un tigre, sin dejar de mirarme, y al final, con las manos en la cintura, anticipé proféticamente, sílaba a sílaba, el juicio que un Agustín atontado, anonadado, asustado casi, dejó escapar entre dientes cuando me decidí a salir por fin a la calle dentro del vestido de Magda, un par de días después.

—Estás cojonuda, tía.

El maletero de mi madre superó todas mis expectativas, revelándose como un laboratorio dotado de posibilidades infinitas al que, por una vez, pude acceder sin el más mínimo obstáculo. Hice a mamá —que vivía en la permanente angustia de que, cualquier día, una llamada de la policía le confirmara que yo llevaba años dedicada al tráfico de drogas— sencillamente feliz cuando le pedí permiso para reutilizar los viejos vestidos de los cincuenta que tenía guardados en grandes cajas de cartón desde antes de que yo naciera, porque sólo regalaba a las muchachas las faldas y blusas informales que ella llamaba «ropa de mañana», y los camiseros y trajes de chaqueta correspondientemente denominados «ropa de tarde», pero nunca se había desprendido de los trajes de noche y los vestidos de cóctel que con tanta frecuencia usaba entonces, para no ofenderlas y porque, al fin y al cabo, a ver para qué los querían ellas. Tan personal concepto de la caridad fue una auténtica bendición para mí, sobre todo porque, aunque tendía a quedarme ligeramente estrecha de cintura para arriba, y ligeramente ancha de cintura para abajo, la ropa que había usado mi madre a los veinte años me sentaba tan bien como si me la hubiera hecho a medida, y cuando no era así, la tata Juana derrochaba una paciencia infinita ante la máquina de coser.

—Hay que ver, lo que pueden llegar a gustarle los trapos a esta niña —decía mi madre—. ¡Desde luego, hija mía, con lo chicazo que eras de pequeña, quién lo iba a decir! Y en cambio, tu hermana, ya ves...

Pero no todo era ropa.

Obedeciendo a un misterioso presentimiento, me compré un vestido nuevo, caro, especial, para ir con Agustín a aquella fiesta que me había anunciado con tanto tiempo. Renuncié de antemano a fabricarme un nuevo refrito de los que tan buenos resultados me habían dado en el último año, y escudriñé, uno por uno, los escaparates más audaces de Madrid, buscando algo que estuviera específicamente hecho para mí. Lo encontré aquella misma tarde en la calle Claudio Coello, dentro de una de las tiendas más locas que he pisado en mi vida, una especie de templo de la modernidad para niñas de buena familia, en cuyos percheros convivían barrocos trajes de novia bordados con pedrería y cristal, y monos de perneras acampanadas que parecían directamente robados del camerino de algún cantante *glam*, igualmente bordados con pedrería y cristal. Mi descubrimiento era mucho más discreto. Negro, de piqué grueso con mucho relieve, excepto en las solapas y las vueltas de los puños, que eran de seda sintética, parecía un chaqué para llevar solo, sin camisa ni pantalones. Tremendo.

Cuando empecé a bajar por las escaleras del teatro reconvertido en discoteca que estaba más de moda en aquel trimestre, se repitió una situación a la que ya debería de haberme acostumbrado pero que, sin embargo, en cada nueva edición me procuraba la misma extraña mezcla de sorpresa y satisfacción. Agustín, con una actitud digna de quien se sabe el hombre más atractivo del mundo, caminaba a mi lado, a un nivel inferior al mío en, aproximadamente, una cabeza de altura. Una vez le había preguntado si no le molestaba ser más bajo que yo, un desequilibrio que a mí me hacía sentirme incómoda, y para el que existía una solución muy simple, porque aunque me había aficionado muy deprisa a los tacones, sin ellos apenas le sacaba dos centímetros. El me lanzó una mirada de desaliento y me preguntó, con aire ofendido, que por quién le tomaba. Ahora, cuando conozco a un tipo maduro, sólo me fío de dos detalles —que lleve la calvicie con serenidad, sin hacerse la raya encima de la oreja, y que sea capaz de andar airosamente por la calle con una mujer más alta que él— para discernir si es un hombre de verdad, pero entonces no le comprendí, y tuve que preguntarle qué significaba esa respuesta. Me contestó que tendría que adivinarlo yo sola y, por instinto, seguí llevando tacones, y me acostumbré muy pronto a inclinar la cabeza en su dirección cuando era necesario.

La diferencia de altura no me hacía sentirme superior, sino que revertía misteriosamente en él, y ése era el ingrediente más fascinante del impacto que causaba nuestra aparición en cualquier sitio. Cuando iba con Agustín y notaba cómo me miraban los otros hombres, especialmente los guapos, leía en todos los labios la misma pregunta, y sonreía hacia adentro para contestarme a mí misma, estoy con él y no con vosotros porque él sólo necesita hablarme y vosotros ni siquiera sabríais qué decir, y porque me da la gana, ¿qué pasa? Los ojos de las mujeres oscilaban periódicamente entre mi cuerpo y el suyo, entre mi cara y esa cara que se iluminaba antes o después con una sonrisa que quería decir, claro que sí, yo también me doy cuenta y a mí también me gusta, y entonces, aunque no estaba enamorada de Agustín y dudaba de que él estuviera enamorado de mí, reconocía cuán fuerte era el vínculo que nos unía, y me preguntaba si no podría vivir así muchos años, recuperando la parte razonable de todo lo que había perdido cuando perdí a Fernando, y aquello ya no era ropa, pero tampoco podía ser malo porque era bueno para mí, porque yo lo sentía, y era sincera.

Sin embargo, la suerte no quiso regalarme el virus de la gripe aquella noche, no me hizo rodar por las escaleras para romperme un tobillo, ni rellenó con alcohol de quemar las botellas de ginebra, ni siquiera conspiró conmigo para convertir aquello en una fiesta aburrida, como suelen ser la mayoría de las fiestas. Cuando cruzamos la sala por enésima vez en dirección a la cuarta barra, la única que no habíamos estrenado todavía, nos estábamos divirtiendo de verdad, tanto que me molestó muchísimo que aquel tipo levantara el brazo en nuestra dirección, para que Agustín me enganchara por la cintura y me obligara a seguirle hasta allí con una inequívoca expresión de lo siento mucho, pero no me queda más remedio.

—Hola, Germán.

—Hola.

Levanté la barbilla para devolver todavía desde más arriba la mirada de uno de los seres más desagradables que he conocido. Aparentaba rondar los cincuenta años, y aunque no se había tomado el trabajo de levantarse, parecía muy alto. Su cuerpo proyectaba hacia delante una barriga deforme, que sin llegar a sobresalir demasiado, sugería sin embargo haber llegado al límite de la explosión. Había visto hombres mucho más gordos, pero ninguno con aquella pinta de cerdo, y había visto hombres mayores, pero ninguno que estuviera tan podrido de puro viejo por dentro, y nunca un hombre convencionalmente guapo, porque Germán lo era, y mucho, me había causado una impresión semejante a la que recibí de aquella cara mustia, los párpados caídos, la boca aburrida, la papada descontrolada, una ceja levantada y la otra no, una expresión asqueada, asquerosa, como su manera de mirarme, derrochando el mismo tipo de atención que prestaría un granjero a una vaca en una feria de ganado.

—Podrías presentarme a tu amiga, ¿no? Al fin y al cabo, sigo siendo tu jefe de programas.

Mientras Agustín pronunciaba mi nombre, me aposté la vida conmigo misma a que la mano que estaba a punto de estrechar resbalaría sin responder a mi gesto, blanda y sudorosa entre mis dedos como la de un obispo afeminado, y gané.

—Hola —dije a pesar de todo—. ¿Qué tal?

—¡Malena!

Al acercarme, había advertido que no estaba solo, pero no presté atención a las dos mujeres sentadas a su lado y que, hasta ese momento, habían permanecido absolutamente al margen de nuestra conversación, una peinando a la otra y ésta dormitando en apariencia sobre la mesa, su cabeza aletargada sobre la improvisada almohada de sus brazos hasta que se levantó bruscamente, como un mecanismo automático que sólo mi voz fuera capaz de programar.

—Hola, Reina.

—¡Pero Malena! ¿Qué haces tú aquí? —mi hermana me miraba como si mi presencia en una fiesta a la que solamente se habría invitado a unas setecientas u ochocientas personas delatara una coincidencia milagrosa.

—Pues ya ves, lo mismo que tú... —contesté, levantando el vaso que llevaba en la mano—. Tomar copas.

—¿Os conocéis? —por razones incomprensibles para mí, Germán abrigaba una expresión de asombro todavía más intensa que la de Reina.

—Claro —dije—, somos hermanas.

—Gemelas... —matizó la única voz que hasta entonces no había dicho nada, y antes de que nadie me la presentara, me di cuenta de que ella, unos cuarenta años, rubia natural con un mechón canoso sobre la frente, la cara lavada, los rasgos duros a excepción de los ojos, azules y redondos, era Jimena. Llevaba una americana color salmón y unos pantalones a juego, un conjunto que yo le había visto puesto a Reina más de una vez.

—Mellizas —le corregí—. Nada más que mellizas... Y ya tenemos bastante.

Solamente la urgencia con la que su marido me cogió por la muñeca para obligarme a mirarle, me impidió anotar en su cuenta una sonrisa peculiar, casi familiar, que no dispuse del tiempo necesario para identificar con la que solían exhibir los tíos que confesaban fantasías sexuales con mellizas, pero todo sucedía muy deprisa, y yo no tenía atención bastante para ponerla en ambos a la vez.

—¿Tú eres la hermana de Reinita? —afirmé con la cabeza, pero él seguía pareciendo perplejo—. ¿En serio? —volví a afirmar—. Pero si no os parecéis en nada.

—No —confirmó Reina, con una risita cuyo sentido se me escapó—, desde luego.

—Desde luego que no —repitió él, elevando la voz como si estuviera enfadado por algo—. Esta es un pedazo de tía, no hay más que verla.

—Germán, por favor, no seas vulgar —la voz de su mujer chirriaba como el filo de un serrucho.

—Soy como me sale de los cojones —contestó él despacio, como si triturara cada sílaba entre los dientes antes de dejarla escapar.

—Germán, deja tus cojones en paz, anda, que ya deben de estar mareados, los pobres, de tanto entrar y salir de tu boca.

—No sólo de la mía, cariño, ya lo sabes...

Cogí a Agustín del brazo con mi mano libre y apreté fuerte mis dedos alrededor de su manga, mientras lamentaba haberme tomado la última copa, cuyos efectos acentuaban la virulencia de las náuseas que me inspiraba aquel equipo de carroñeros veteranos. Entonces él, que quizás también había bebido demasiado, se decidió a intervenir.

—Esto me recuerda a una película que vi hace muchos años, en un cine-fórum al que iba cuando estudiaba COU, poco más o menos. No me acuerdo de si era escandinava... —en ese momento, me sobrevino un aparatoso acceso de risa—, pero como mínimo debía de ser alemana, porque eran todos rubísimos —volví a reírme, incapaz de contenerme, y le arrastré conmigo—. Se decían todo el rato cosas así, pero nadie llegaba a enseñar los cojones en ningún momento... Total, que no era muy divertida.

Agustín y yo nos apoyábamos el uno en el otro, incapaz de dejar de reírnos, cuando mi hermana me fulminó con la mirada.

—No tiene ninguna gracia —dijo.

—Reina... —repliqué—. Tú no conocías a Agustín, ¿verdad? Tenía muchas ganas de presentártelo.

El tuvo que rehacerse para saludar y yo imité su ejemplo. Estaba deseando volver a hacerlo, siguiendo sus pasos hasta un grupito de conocidos que, a nuestra derecha, le había facilitado una retirada sumamente honrosa, cuando Germán, que no me había soltado la muñeca, me retuvo frente a él.

—¡Vaya, vaya! —y me mostró su lado amable, que quizás era el más repulsivo de todos—. Así que tú eres hermana de Reina y estás liada con Quasimodo, nada menos... Y dime una cosa, ¿te metes en la cama con él?

—¿Y a ti qué coño...? —te importa, iba a decir, pero me di cuenta a tiempo de que podría pensar que aquella frase encubría una negativa, y en cualquier caso, la verdad sería siempre más dolorosa para él—. Sí, claro que me meto en la cama con él. Muy a menudo. ¿Por qué me lo preguntas? ¿No se nota?

—Desde luego, el Agustín y tú, es que hay que joderse.

—Pues ya sabes... —y forcejeé para liberar mi muñeca de sus dedos.

—¿Qué? —preguntó él con una sonrisa luminosa, incapaz de presentir la segunda parte de la frase que yo había dejado colgando deliberadamente.

—¡Jódete! —y estallé en una carcajada violenta, cruel, exquisita, sublime, mientras el desconcierto desencajaba la grisácea piel de su rostro.

Salí corriendo en busca de Agustín mientras me sentía tan rebosante de energía que habría podido encender una bombilla con la boca. Cuando lo encontré, le lamí el cuello despacio antes de hablarle al oído.

—Vámonos.

Mis mejillas despedían calor, mis ojos brillaban y un frenético hormigueo recorría los huesos de mis piernas, que me molestaban terriblemente, como si protestaran por tener que sostener mi peso. El se dio cuenta, y tras despedirse de sus amigos, enfilando la salida, se echó a reír.

—Cuéntamelo.

Seguía riéndose cuando recogimos los abrigos y salimos a la calle. Buscaba afanosamente en mi bolso la tarjeta del parking, cuando reparé en algo que me había pasado desapercibido hasta entonces.

—Espero que todo esto no te perjudique —dije en el ascensor que nos conducía al tercer sótano, repentinamente seria.

—¿Qué?

—Pues lo de mi hermana, lo que le he dicho a ese tío, en la radio y todo eso... El es tu jefe, ¿no?

—¡Oh, bueno, sólo en teoría! —me tranquilizó con una sonrisa mientras esperaba a que yo entrara en el coche de mi madre, que había pedido prestado para la ocasión porque el mío estaba en el taller—. Eso es lo que le gustaría, pero en realidad... —le abrí la puerta por dentro y se sentó a mi lado—, los guionistas vivimos emboscados, siempre son los locutores quienes se llevan el palo.

—Menos mal —oprimí hacia abajo el botón que regulaba la posición del asiento contiguo al del conductor, un pequeño lujo del que no disponía de costumbre, hasta que el reposacabezas tropezó con el borde del asiento trasero.

—Además —continuó Agustín, que había descendido dócilmente con el respaldo hasta quedar tendido a mi lado, mientras yo me daba la vuelta para atravesar una pierna entre las suyas—, es un gran fajador... Ya has visto con lo que traga.

—Mejor —dije, abalanzándome sobre él—, no te imaginas cuánto me alegro...

Le besé y el hormigueo que atormentaba mis piernas se repartió por el resto de mi cuerpo. Reina, Jimena y Germán danzaban todavía en mi cabeza al ritmo de aquella misteriosa clave, ¡jódete!, procurándome un placer abstracto que me exigía una contrapartida física inmediata, y empecé a moverme de arriba abajo, muy despacio, sobre el cuerpo de Agustín, contra él, mi cintura describía círculos lentos, codiciosos, y la tela se fundía al contacto con mi piel hasta deshacerse, porque advertí todas las etapas del proceso, un montoncito de gelatina rugosa apenas perceptible, inane al principio, una forma alargada que se destacaba, imponiendo su tensión al resto, un abultamiento regular que aún no parecía estabilizado del todo, y un hierro rojo, brutal, que presionaba contra mi vientre como si pretendiera quemarlo, erosionarlo para siempre, abrir un hueco a la medida y encajarse allí, desplazando mi propia carne. Sólo entonces conquisté cierta serenidad. Mientras sentía cómo trepaban sus manos a lo largo de mis muslos, levantando mi falda, arrugándola alrededor de mi cintura, le miré y vi que me sonreía.

—Anda, zorra, que eres una zorra...

Yo también le miré, y sonreí antes de contestar.

—No lo sabes tú bien.

A la mañana siguiente me levanté de un humor excelente, muerta de hambre y sin atisbos de resaca. Deduje, del fondo del tazón de loza blanca en el que apenas navegaban tres o cuatro granos del repugnante polen de abeja que le había dado por desayunar últimamente, que Reina se habría marchado ya de casa, y me preparé un desayuno magnífico, café como para rellenar tres tazas, seis tostadas de pan de pueblo con aceite de oliva virgen y sal y un croissant a la plancha con mucha mantequilla, pura toxina que fue absorbida por mi organismo con tal gratitud que estuve a punto de volverme a la cama a dormir un ratito. Sin embargo, me duché, me lavé la cabeza y me fui a la facultad. No vi a Reina en todo el día. Ya era de noche cuando bajé a la calle a comprar tabaco en el bar más cercano y me la encontré en la barra, delante de un café con leche, sola. Tenía los ojos hinchados, como si hubiera estado llorando.

—¡Menuda sorpresa! —me dijo, intentando enmascarar su desolación en la frivolidad de un acento mundano—. ¿Qué haces tú aquí? Deberías llevar una hora en el baño, sacándote el máximo partido para exhibirte por ahí con Quasimodo...

—Quasimodo —contesté sin inmutarme— se ha ido esta mañana a Zaragoza, a preparar un programa especial sobre un homenaje que le hacen a Buñuel no sé dónde.

—¿Y va a estar todo el fin de semana viendo películas?

—Exactamente.

—¡Qué divertido! ¿Y por qué no te has ido con él? Con lo peliculera que tú eres.

—Sí, pero el marido de tu amiga Jimena no paga gastos de acompañante —era mentira. Agustín no me había invitado a ir con él, y a mí tampoco se me había pasado por la cabeza proponérselo. El verano anterior nos habíamos ido juntos de vacaciones hasta Suiza, porque se nos había ocurrido a los dos al mismo tiempo, pero la posibilidad de que yo fuera a Zaragoza no se nos había ocurrido a tiempo a ninguno de los dos, no había otra explicación aparte de ésa.

—No es tan caro, trescientos kilómetros en coche. El hotel seguro que se lo pagan igual.

—Agustín no tiene coche.

—Y nunca lo tendrá. Mientras te tenga a ti, para que le lleves y le traigas... Ese es el tipo de cosas que le gustan, ¿no?

La miré despacio, intentando vincular sus ojeras con el acerado filo de su lengua, sin lograr ningún resultado.

—No te entiendo, Reina.

—Pues está clarísimo.

—Que no te gusta Agustín sí. Lo que no entiendo es por qué. No has hablado con él más que tres minutos. No le conoces.

—¡Desde luego, Malena, parece mentira! He conocido a cientos de tíos como él, hay uno, como mínimo, en cada superproducción americana. Suelen ser más guapos, eso sí, porque lamento decirte que tu gusto decae con los años. Fernando, por lo menos, estaba bueno.

Un sexto sentido me advirtió de que debería situarme inmediatamente a la defensiva, pero no lo atendí, porque fui incapaz de prever el peligro.

—Fernando no tiene nada que ver con esto.

—Claro que sí. Porque Quasimodo es lo mismo que él —hizo una pausa dramática, prolongada, experta—. Un chulo.

—¡Oh, venga ya, Reina! —intenté echarme a reír, y casi lo consigo—. Cada vez que me enrollo con un tío me vienes con la misma historia. Ya está bien, ¿no?

Ella escondió los ojos en el borde de sus uñas, hurtándolos de los míos, y espació las palabras como si nunca hubiera querido pronunciarlas.

—Eso digo yo, porque no hay más que ver las pintas que llevas. Como sigas así, no sé dónde vas a ir a parar...

—¿Qué quieres decir?

—No, nada.

Entonces se giró bruscamente hacia mí y me besó en la mejilla, abrazándome luego.

—Perdóname, Malena, últimamente estoy muy difícil, ya lo sé. Tengo muchos problemas, yo... no lo estoy pasando bien, la verdad. No sé qué hacer...

—¿Pero qué pasa? —pregunté, sintiéndome fatal por no haber descubierto hasta aquel instante ninguna señal previa del sufrimiento de mi hermana—. ¿Estás enferma?

—No, no es eso... No te lo puedo contar —me miró y sonrió como si se estuviera obligando a hacerlo—. No te preocupes, no es nada malo. Le pasa a todo el mundo, antes o después. Pero, de todas formas, y aunque te moleste escucharlo, lo que hemos hablado antes no tiene nada que ver con esto. Si yo te digo que Agustín es un chulo, es porque lo es. Piénsalo. Hazme caso, por tu propio bien.

Aquella noche, mi propio bien me impidió dormir.

Intenté en vano acunarme en las huellas de otro hombre que me gustaba pero tampoco me convenía, recuerdos cálidos y acogedores como una bañera rebosante de agua hirviendo que me recompensara de una larguísima caminata bajo una tempestad de nieve, retazos de conversaciones sorprendentemente largas, apuestas estimulantes, destellos relucientes, provocaciones, complicidad, afecto, dependencia, más allá de los signos convencionales, más allá de las leyes del noviazgo, de la fidelidad obligada, de los regalos de cumpleaños y de las felicitaciones de Navidad. Le conocía poco todavía aquella noche de perros mientras helaba sobre Madrid, como había helado la madrugada anterior, y la anterior a aquélla, pero él se vistió para salir conmigo, y cuando le pregunté si iba a alguna parte, me contestó que íbamos los dos a la Casa de Campo, y conduje hasta allí, seguí sus indicaciones sin preguntar porque siempre me han excitado mucho las sorpresas, aunque nunca me hubiera atrevido a esperar tanto. Cuando pasamos junto a una de las farolas que iluminan el estanque, me pidió que parara, y aparqué allí, y salí del coche con él, hacía un frío espantoso y la temperatura parecía descender aún más bajo los reflejos de aquel lechoso haz de luz halógena, pero él me dijo sonriendo, míralos, están ahí fuera, hace años que lo descubrí, cuando hiela salen del agua, ninguno se queda dentro, y entonces le entendí, y miré con atención, y los vi, y los reconocí, todos los patos estaban fuera del agua, y sentí calor, y una emoción enorme, y mi piel se erizó, todos los pelos de punta, como las plumas de aquellos pobres bichos mojados y ateridos, y me eché a llorar, con la misma intensidad con la que había llorado todas las lágrimas de Holden Caulfield, aunque él no era como yo porque había tenido la suerte de nacer niño.

Ese libro que te obsesionaba tanto hace unos años, ¿te acuerdas?, ese del que decías que a lo mejor lo habría escrito una tía porque el autor no se había dejado hacer nunca una foto, me había dicho Reina unos días antes, pues Jimena me ha contado que el título no significa nada, no hay nadie vigilando ningún campo de centeno, es sólo el nombre que le dan al jugador de béisbol que ocupa una posición determinada, ¿sabes? Ahora que lo sé, me alegro mucho de no haberlo leído. Jimena dice que no se puede creer que te gustara tanto, y mucho menos que te reconocieras en el protagonista, porque está escrito por un tío, claro, ella dice que es evidente, que no hay más que leer un par de líneas para darse cuenta... Reina no leía novelas, ya no, sólo cosas más serias, libros de antropología, de sociología, de filosofía, de psicoanálisis, libros escritos por mujeres y editados por mujeres para ser leídos por mujeres. Si Holden se hubiera llamado Margaret tal vez lo habría intentado, pero se llamaba Holden, y se preguntaba qué hacen los patos de Central Park durante las peores noches del invierno, cuando la superficie del agua se hace tan espesa como una pista de patinaje, resbaladiza como una trampa mortal, y Agustín quiso ampararme en su secreto, me enseñó que los patos salen fuera del agua cuando hiela, y entonces contraje con él una deuda de gratitud que durará lo que dure mi vida, pero ni siquiera eso bastó para salvarle.

Si él hubiera descubierto que los patos agonizan bajo las garras de un hielo implacable entre mudos graznidos de terror, si hubiera capturado un par de cadáveres congelados y los hubiera depositado sobre mis palmas entre feroces carcajadas, entonces todo habría sido más fácil, y yo no habría dudado, pero no tenía más que veinte años, no estaba enamorada de él, y no podía envolverme en ninguna coartada, porque yo no había elegido a un hombre joven que despreciaba el coche para galopar por el campo sin camisa, y que era mi abuelo, ni a otro hombre joven que eligió morir embistiendo contra sus asesinos como un toro bravo, y que era mi otro abuelo, pero le había elegido a él, y de su mano había descubierto algo más que el feliz instinto que permite a los patos urbanos conservar la vida en los peores inviernos, había descubierto un insospechado valor en las palabras, había sucumbido a ese misterio, y ahora ya no podía echarme atrás.

Que mamá soliera rechazar a Fernando escupiendo siempre aquel mismo término, chulo, no me ayudaba mucho, porque estaba segura de que ella no tenía nada que ver en esto. Aquél había sido el camino de ida, todos los vientos soplaban a mi favor, y había sido fácil rechazar el modelo caduco, defectuoso, inconcebible, el sendero que había recorrido una mujer que no era tonta pero parecía medio idiota, toda la vida tragando, de casa a la peluquería y de la peluquería a casa, tomándose cada tarde el trabajo de pintarse y de ponerse elegante sólo para gustar a su marido cuando él volviera de trabajar, consultando con mi padre hasta el gasto más pequeño aunque era más rica que él, viviendo sólo para nosotras, alrededor de nosotras, por nosotras, en nosotras, para poder chantajearnos con su constante sacrificio cada dos días, todo eso me parecía miserable, ridículo, indigno. Yo había adoptado un código muy distinto y obedecerlo me había resultado muy cómodo hasta aquella noche, mientras daba vueltas y vueltas en la cama sin conseguir dormirme, cuando el implacable insomnio alumbró un punto oscuro al que nunca antes había prestado atención.

No pude relacionar a mi madre con Reina, porque todavía no disponía de vida suficiente para hacerlo. Tampoco se me ocurrió que si hubiera nacido quince años antes, quizás habría podido resolver la cuestión entre bostezos. No sospeché que si hubiera nacido en el Norte, donde las guerras nunca son civiles, como las autoras de casi todos los libros de la biblioteca de mi hermana, quizás ni siquiera existiría cuestión alguna. Ni me atreví a suponer que si yo no hubiera nacido en Madrid, quizás no habría llegado nunca a escuchar esa palabra, que en los demás lugares de España donde se habla castellano no forma parte del lenguaje coloquial de las personas bien educadas, ni tiene los ambiguos matices, más admirativos que despectivos, que ha desarrollado en la jerga local en la que yo me expreso y pienso. Para chulo yo, decía mi padre a veces, al volver del trabajo, victorioso tras una negociación en la que sus oponentes habían pretendido ponerle contra las cuerdas. Para chula yo, decía mi madre, cuando despedía a una muchacha que la contestaba con insolencia. Yo había aprendido, de mi padre y mi madre, que chulo define a una persona arrogante, orgullosa, soberbia en exceso, y hasta a veces, y tal vez por eso, segura de sí misma, firme en sus convicciones, coherente. Pero sabía también que chulo es además, incluso en Madrid, un hombre que explota a las mujeres, que las prostituye en las aceras y se enriquece a su costa, y sabía qué nombre reciben ellas. Si mi hermana y yo no hubiéramos empezado a hablar en Madrid, quizás a Reina jamás se le habría ocurrido usar esa palabra, pero yo no podía pensar así, porque había nacido precisamente ahí, en el Sur, en 1960, plena dictadura, la época y el lugar donde era necesario esforzarse más, y más duramente, para llegar a ser una buena chica, y en esas circunstancias no podía ignorar las engañosas cualidades de la propiedad conmutativa, que no se debe aplicar a la ligera y a la que jamás hay que someter ciertos modernos axiomas para no obtener resultados indeseables, porque, si bien es imprescindible reivindicar que todas las putas son mujeres, es absolutamente incorrecto sospechar que exista siquiera una sola razón, al margen de ciertos falsos intereses concebidos bajo la presión del agobiante chantaje masculino, que conduzca a una mujer a comportarse espontáneamente como una puta. ¿Y entonces qué soy yo?, me pregunté, y no hallé respuesta, y por última vez en mi vida deseé con todas mis fuerzas no ser nada más que un hombre.

En el camino de ida ningún obstáculo se me resistió. No estaba dispuesta a venderme cara, no estaba dispuesta a sacar ventaja del deseo de mis iguales, no estaba dispuesta a admitir que a mí no me aprovecharan los tíos en la misma medida en que ellos se aprovechaban de mí. Era una cuestión de principios, y era cómoda, mi cuerpo era mío y hacía con él lo que me daba la gana, entonces sí, pero ahora todo parecía distinto, ahora, afirmar la posesión de mi cuerpo parecía arrastrar, inevitablemente, la condición de abdicar de él. Y eso no se hace.

Daba vueltas y vueltas en la cama, intentando ordenar lo que pensaba sin querer y ni siquiera así entendía, y esa frase resonaba entre mis sienes como una condena perpetua. La había escuchado miles de veces, durante mi infancia, cada vez que incumplía una norma, cada vez que el enemigo me pillaba por sorpresa, cada vez que cedía a la llamada de los placeres prohibidos, cuando saltaba en la cama, o atacaba la despensa entre horas, o me pintarrajeaba la cara con una barra de labios, entonces mamá, o papá, o la tata, me daban un golpecito en la mano, o un azote en el culo, y luego, cuando era mayor, ni siquiera eso, pero decían siempre lo mismo, eso no se hace, y a mí me traía al fresco, igual que sucedió después, cuando mi madre me la repetía a cada paso, eso no se hace, maquillada de la transcendencia de los argumentos adultos, pero era lo mismo, date a valer, respétate a ti misma y los chicos te respetarán, ellos sólo se divierten con cierta clase de mujeres, Reina decía cosas parecidas en un lenguaje distinto, no te dejes meter mano, no creo que convenga dejarles hasta que pasen por lo menos dos o tres meses, pero era siempre lo mismo, eso no se hace, y a mí me daba igual, yo fingía concentrarme en lo que escuchaba y las contestaba con los labios cerrados, protegiéndome tras un argumento mudo, pero tan sólido, o tan endeble, como aquéllos a los que se oponía, eres una petarda, una petarda, un pedazo de petarda, y tú te lo pierdes... Entonces era fácil, ahora no.

Agustín me enseñó que los patos salen del agua en las noches de helada, y eso estaba bien, pero también me había enseñado que hallaba placer en que me llamaran zorra, y eso no se hace. Hallaba placer en exhibirme públicamente con él como un trofeo sexual, y eso no se hace. Hallaba placer en embutirme en vestidos traidores que, lejos de cubrirme, prometían mi desnudez, y eso no se hace. Hallaba placer en provocarle fingiendo que no me daba cuenta, inclinarme hacia delante cuando expresaba serenamente mis reservas hacia Althusser, mientras mis brazos, los codos clavados en la mesa de cualquier restaurante, oprimían mis pechos entre sí, o rascarme distraídamente un muslo en la inauguración de una exposición de pintura, comentando una más que incierta influencia de Klimt mientras me levantaba ligeramente la falda para mostrar el primer tramo de una delgada liga negra, y eso no se hace, no se hace, no se hace. Buscaba su sexo a ciegas en cualquier sitio, en los bares, en los cines, en las fiestas, andando por la calle, mi mano se perdía disimuladamente debajo de su ropa, y cuando lo aferraba, y notaba que por fin respondía a mi presión, lo llamaba polla en voz alta, y mi boca se llenaba de la fuerza de aquella elle, y eso no se hace. Abdicaba de mi cuerpo, simulaba despreocuparme de él, lo ponía a su servicio para recuperarlo luego, mucho más patente, más mío de lo que era antes, y eso no se hace. Interrumpía bruscamente aquel prolongado rito inspirado a medias por la ideología y la buena educación, los pesados malabarismos que debería

354

de haber considerado imprescindibles y siempre demasiado breves, esos juegos tan divertidos que nunca lograban divertirme del todo, y terminaba suplicando en voz alta, métemela, por favor, métemela de una vez, métemela, y eso no se hace, no se hace, no se hace. Codiciaba su semen, lo valoraba, lo consideraba imprescindible para mi equilibrio. Y eso no se hace.

Aquella noche, mi propio bien me impidió dormir.

El amanecer pintaba estrechas rayas de luz a través del cristal, penetrando entre las rendijas de una persiana mal cerrada, cuando Reina entró en la habitación y se tiró vestida sobre la cama. Un instante después pronunció mi nombre en voz baja, como si no estuviera segura de que yo pudiera escucharla.

—Hola —contesté.

—¿Estás despierta?

—Claro.

—Me lo ha parecido al entrar... Dime una cosa, ¿qué tal está mamá?

—Bien, que yo sepa.

—Quiero decir de humor.

—Pues... bien también, creo.

—Ya, eso espero. Quiero irme a París. Tres meses.

—¿A qué?

—Bueno... A Jimena le han ofrecido un trabajo que la interesa, en una especie de oficina central de todas las galerías de arte, ¿sabes? Ella montó una aquí, hace un par de años, y no le fue nada bien, pero quiere volver a intentarlo y necesita prepararse. Esto parece una buena oportunidad.

—¿Y tú?

—¿Yo qué?

—¿Qué vas a hacer tú en París?

—¿Yo? Pues... no sé. De momento, me voy con ella. Luego puedo estudiar francés, por ejemplo, o cualquier otra cosa, ya encontraré algo.

Y si no, puedes limpiar la casa, pensé, comprar flores frescas, hacer comiditas, cuidarla cuando tenga un par de décimas, sacar a pasear al perro, hacer su vida, en suma, mucho más agradable, todo eso pensé, pero no me atreví a decirlo, porque igual que hay cosas que no se hacen, hay otras que no se dicen y que jamás se deberían pensar.

—Te estarás preguntando... —mi hermana rompió un silencio tenso como la cuerda de un arco, que pareció prolongarse, antes que morir, en la vacilación que hería cada una de sus sílabas.

—Déjalo, Reina —la interrumpí—, no hace falta que te justifiques. Al fin y al cabo, para gustos se hicieron los colores.

—No entiendes nada, Malena —protestó, con un acento pastoso, que presagiaba la inminencia del llanto.

—Claro que no —admití—. Yo nunca entiendo nada. Parece mentira que todavía no te hayas dado cuenta.

—Estoy enamorada, ¿no lo comprendes? Enamorada, es la primera vez que me pasa desde que soy adulta, y es una cuestión de personas, no de sexos, el sexo no tiene nada que ver en esto. Lo que me pasa es algo distinto. Pero creo que Jimena tiene razón, ¿sabes?, ella dice que..., que no se puede... Que nunca se puede negar el cuerpo.

Reina se fue a París y yo la encubrí, confirmé punto por punto una coartada inverosímil, una extraña beca que cubría solamente viaje y alojamiento, porque ella no quería romper los lazos, contaba con volver a casa antes o después, y estuve a punto de preguntarle más de una vez qué clase de enamoramiento era el suyo cuando hacía preciso tomar tantas precauciones, pero nunca llegué a indagar sobre aquel punto porque lo poco que sabía de aquella cuestión ya me hacía sentirme demasiado mal.

Una vez, mi abuela me había contado una historia que me había resultado imposible creer, a pesar de que yo era su nieta. Si alguna vez tengo una nieta y le cuento esta historia, ojalá nunca pueda creerme, ojalá nunca pueda aceptar que en aquel momento yo seguía sintiéndome anormal, descubriendo en cada esquina un dedo índice que me señalaba, que me distinguía, que me segregaba del resto de las mujeres. Mi hermana lo había comentado sin darle importancia, no es nada, le pasa a todo el mundo antes o después, y entonces me parecía cierto, porque todos los periódicos que miraba, todas las revistas que hojeaba, todos las novelas que leía, todas las películas que veía, confirmaban sus palabras, y en esto Holden ya no podía ayudarme, porque ni siquiera él había llegado a conocer a una mujer como yo. Cuando me esforcé por justificar mis propios sentimientos, asimilándolos a los de cualquier modelo conocido, sólo pude reconocerme en las huellas de un puñado de apolilladas figurantes, elementos secundarios del paisaje creado para cantar la gloria del gran protagonista sin sexo y sin pasiones. Lo que le pasaba a mi hermana había sido descrito por los primeros padres de la modernidad. Lo que me pasaba a mí no. Lo que me pasaba a mí sólo aparecía en un libro. Y era la Biblia.

Reina podría contar su historia en cualquier cena de universitarios urbanos de clase media y todo el mundo la escucharía con interés, todo el mundo la entendería, porque la suya era una convulsión contemporánea, hija de su época, coherente con su manera de pensar y de enfocar su propia vida. Yo jamás me habría atrevido a contar mi historia en ninguna parte porque ni siquiera habría podido pronunciar en voz alta los nombres de las cosas que más me gustaban. Me habría muerto de vergüenza, y nadie lo habría entendido. ¿Quién podría entender a una mujer que desmentía a cada paso su propio sentido común, invirtiendo horas enteras en procesos que no la deparaban ningún beneficio? No me atreví a contárselo a nadie, pero hice consultas, hablé con mis amigas y con otras compañeras de la facultad, a todas las había atraído alguna mujer, alguna vez, a mí nunca me había pasado eso, a mí ni siquiera me atraían los hombres, este hombre, aquél, así, a secas, yo iba más allá, lo que me atraía a mí eran las palabras que sabían decirme ciertos hombres, y sus pollas, y sus manos, y su voz, y su sudor, y eso era terrible, pero ni siquiera era lo peor. Lo peor nunca supe quién lo dijo, fue una frase perdida pero estalló en mis oídos como una bomba, me puse tan colorada que no me atreví a identificar a su autora, no levanté la cabeza, no enseñé la cara, esas cosas sólo les gustan a los maricones, dijo alguien, no se quién, pero eso fue lo peor. Soy un maricón, me dije, y me entraron unas enormes ganas de llorar, me sentí tan mal que ni siquiera pude reunir las fuerzas precisas para pensar.

No hacía falta. Mi hermana y las demás pensaban por mí, con tanta vocación, con tanta seguridad, con una conciencia de infalibilidad tan pura como jamás la había percibido antes en mi madre, o en las monjas del colegio, en todas las mujeres, y todos los hombres, que alguna vez me habían dicho antes que me estaba equivocando. Entonces me convencí de que algo dentro de mí marchaba mal, me sentí otra vez como la minúscula tuerca defectuosa que chirría y se desgasta para nada, condenada a girar en el sentido contrario al que le ha sido asignado, entorpeciendo el correcto funcionamiento de una máquina perfecta, perfectamente engrasada.

Las mujeres del Norte habían hablado. Sujeto u objeto, había que elegir, y yo durante algún tiempo intenté resistir, instalarme en la contradicción, convertirla en un hogar confortable, vivir allí, con la cabeza en el Norte, el sexo en el Sur y el corazón en algún país de la zona templada, pero no pudo ser, con Agustín no, porque él ya conocía mi vértigo, y sabía provocarlo, y no estaba dispuesto a renunciar a un temblor que apreciaba más que su propio temblor. Reina había sembrado la semilla, la planta germinó sola, yo no tenía más que veinte años, empecé a estudiarle con atención, y terminé convenciéndome a mí misma de que tenía la obligación de acusar como un insulto cada una de las palabras, de las miradas, de los gestos que antes me gustaban. ¿Qué te pasa?, empezó a preguntarme, y yo no despegaba los labios, no contestaba, pero a veces me dejaba ir, porque es imposible luchar contra la propia naturaleza, por muy errónea y miserable que ésta sea. Una de aquellas noches, cuando le estaba pidiendo más, y más fuerte, él se me quedó mirando con una sonrisa peculiar, retorcida y divertida a la vez, y mientras me complacía murmuró entre dientes, eres un pedazo de puta, y yo sonreí, porque me gustaba escucharlo, y entonces me di cuenta de que estaba sonriendo, tomé conciencia de mi sonrisa y me puse seria, liberé el brazo derecho y le di una hostia con todas mis fuerzas, no vuelvas a llamarme puta nunca más. El me devolvió una bofetada floja, sin dejar de moverse dentro de mi cuerpo, yo volví a pegarle sin dejar de responder a sus acometidas, y él respondió más en serio, rodamos encima de la cama, pegándonos sin dejar de follar, entonces le ordené que me dejara, que me la sacara inmediatamente, le dije que no quería seguir y él no me obedeció, venció mi fraudulenta resistencia mientras me llamaba puta a gritos, una vez, y otra, y otra. Te has corrido igual que una vaca, es increíble, dijo al final, besándome en la sien, y era verdad, pero yo me incorporé para pegarle por última vez. ¿Qué coño te pasa, eh, quieres decírmelo de una vez?, me preguntó entonces, zarandeándome con una violencia mucho más auténtica que la contenida en cualquiera de sus golpes previos. Me has violado, Agustín, protesté despacio. No me jodas, tía, me contestó, más ofendido que yo, no me digas eso. Te he pedido que me dejaras, continué, bajando los ojos, y no me has hecho caso, me has violado, reconócelo por lo menos... ¡Vete a la mierda!, dijo en cambio, ¡si no has parado de moverte ni un segundo! Parecía furioso, pero se me quedó mirando y se impuso una cierta serenidad para cambiar de tono, ¿qué pasa, Malena? Es la maldición del año, ¿no? Llevamos un año juntos y tienes la sensación de estar perdiendo el tiempo, ¿es eso? Negué con la cabeza, pero él no me creyó. ¿Quieres venirte a vivir aquí?, preguntó, pero yo le contesté con otra pregunta, ¿es que no podemos follar como amigos? Se me quedó mirando como si fuera incapaz de creer que había escuchado lo que yo había dicho realmente, y tardó mucho tiempo en contestar, no, no podemos. ¿Por qué? Mis labios temblaban, quise que mis oídos encogieran hasta cerrarse del todo, estaba segura de que escucharía una nueva versión del axioma conocido, mujeres para follar, mujeres para enamorarse, y estaba convencida de que me lo merecía, mujeres para follar como amigas, mujeres para follar como putas, siempre dos clases de mujeres y yo de la peor. Sin embargo, él no dijo nada parecido, y sonrió antes de explicármelo, porque no somos amigos, ¿es que no lo entiendes? Lo entendía de sobra, pero no podía permitirme admitirlo en voz alta. ¿Quieres venirte a vivir conmigo?, insistió, y tuve unas ganas horribles de contestar que sí, pero dije que no, y me despedí de él, y le dije que era para siempre. No me creyó, pero fue para siempre.

Yo había elegido ser una mujer nueva, y para conseguirlo negué mi cuerpo muchas más que tres veces, me desollé a mí misma, trabajosa, dolorosamente, me arranqué la piel a tiras para no sentir, porque creí que aquél era el precio que tenía que pagar, pero cuando volví a casa, aquella noche horrible, no estaba orgullosa de mí misma, no me sentía más libre, ni más digna, ni más contenta, y me metí en la cama llorando, y como si presintiera lo que descubriría años después, atreviéndome casi a pensar que no me había desprendido de un chulo, sino de un hombre, y que tal vez sería el último, me dormí aferrada a una frase vieja y sonora, se acabó lo que se daba.

Excepcionalmente, induje bien. Se había acabado lo que se daba. Y sería por mucho tiempo.

El último lastre que arrojé por la borda fueron las palabras.

Santiago daba por sentado que me quedaría a dormir con él. Yo no lo tenía tan claro, pero mi pereza jugó a su favor tanto o más que su propia belleza. Todavía no había tomado una decisión cuando él, que se había vuelto de espaldas después de darme las buenas noches, rectificó su postura y se quedó tendido de costado, su rostro rozando casi el mío. Arrebujado bajo las sábanas, me miraba con una sonrisa adormecida y tibia, y era tan guapo, y me gustaba tanto, que no me resigné a conocer la verdad. Tiene que esconder algo, me dije, no puede ser cierto que se termine tan pronto, y le devolví la sonrisa, y le besé, para intentar empezar otra vez, desde cero.

—¿Qué haces?

La alarma, un ingrediente nuevo, matizó su expresión mientras mis uñas arañaban suavemente la cara interior de sus muslos.

—¿Tú qué crees? —pregunté, empuñando finalmente su sexo con mi mano izquierda.

—Pero ¿qué te pasa?

—Nada... —sonreí—. Que estoy como una perra.

—Malena, por favor, no hables así.

Su acento fue la primera señal. Mi cuerpo se paralizó por completo, y el cuello me dolió mientras lo levantaba, los ojos me dolieron al comprobar que sus mejillas se teñían de color púrpura, todo su rostro ardiendo de un calor inexplicable.

—No digas eso —insistió, atreviéndose a mirarme—. No me gusta.

—Pero ¿por qué? —no quiso contestarme y yo insistí—. ¿Qué pasa? No es más que una manera de hablar, una broma.

—Ya, pero apenas nos conocemos, no...

—Santiago, por favor, pero si me la acabas de meter.

—¡Que no hables así, hostia!

Me senté en el borde de la cama y cerré los ojos, y sin ánimo para recordar qué era lo que se debía sentir, y qué cosas no deberían sentirse nunca, sentí que nunca en mi vida ningún hombre me había humillado tanto.

—Eso es una blasfemia —dije, murmurándolo casi.

—Lo siento, Malena —escuché a mi espalda—. Perdóname, no he querido molestarte, pero es que...

—¿Qué quieres? —repliqué, sin volverme a mirarle—. ¿Que use el verbo penetrar? ¿Penétrame otra vez, anda, por fa? ¿Eso no te da vergüenza? Pues a mí sí, a mí me da mucha vergüenza, jamás podré decir algo así.

—No, yo... Pero hay otras formas de decirlo. Tengo ganas o... estoy contenta, por ejemplo, eso suena bien, lo leí en una novela, ¿sabes? Pero yo creo que es mejor no hablar.

—No decir nada.

—Sí, creo que es lo mejor.

No hablar, pensé, pero no hablar es no vivir, es morirse de asco. Y sin embargo no fue asco lo que sentí cuando él me tendió con suavidad sobre las sábanas, ni cuando se encaramó sobre mí con el cuidado que habría desplegado para manipular un objeto muy frágil, ni cuando le molestó la luz y estiró el brazo para apagarla, ni cuando extrajo de mí una dosis de placer razonable, la justa para irse sin despegar los labios. No sentí asco, ni ninguna otra cosa.

—¿Podríamos empezar el lunes? —me dijo antes de dormirse, entre dos bostezos.

—¿Qué? —contesté.

—Las clases de inglés.

—Bueno.

Durante un par de meses fui a su casa los lunes, los miércoles y los viernes. Entonces me parecía, sobre todo, un buen negocio. Santiago era un alumno excepcionalmente aplicado y mal dotado para aprender idiomas, y a la vez un cliente generoso, pero ni siquiera eso me habría reconciliado con él si no se hubiera comportado como lo hizo. Estaba dispuesta a coger la puerta para no volver ante la menor alusión, pero no la escuché el primer día, ni el día siguiente, ni el otro, creo que él presentía que sería mal recibido, y me dejó descubrir poco a poco, sin más insistencia que alguna que otra mirada turbia de intensidad sospechosamente teatral, las cejas fruncidas en un ángulo ensayado cientos de veces ante el espejo, lo mejor de lo que llevaba dentro.

Siempre se mostraba amable, y era fácil. No manifestaba grandes desacuerdos con la realidad que le rodeaba, era optimista y se conformaba de buen grado a los contratiempos. Tenía un concepto muy elevado de sí mismo, y no consideraba la eventualidad de que en cualquier circunstancia, desde la discusión más nimia hasta la más importante de las decisiones, la postura que defendía no fuera la correcta, nunca dudaba. Sus intereses eran radicalmente distintos a los míos, y se centraban en campos que, como el profesional, para mí aún ni siquiera existían. Desarrollaba un sentido práctico muy agudo frente a los problemas de cualquier índole, y se resistía a las pasiones con una entereza envidiable, tanta, y tan completa, que a veces me daba por pensar que quizás no tuviera pasiones. Adolecía de un parco sentido del humor, no era ingenioso, apenas divertido, ignoraba los recursos del sarcasmo, despreciaba los atajos metafóricos, no amaba las palabras y no jugaba con ellas, el pan, pan, y el vino, vino, pero tal vez precisamente por todo eso, entonces me sentía segura a su lado.

Al terminar nuestra séptima clase, extrajo de alguna parte el valor necesario para besarme por sorpresa. No me invitó a tomar una copa, no me pidió que me quedara, no recurrió a ningún pretexto para retenerme, yo ya había cogido el bolso y me había vuelto para decir adiós, entonces vino hasta mí y me besó. Cuando volví a verle desnudo, su belleza me sobrecogió tan intensamente como la primera noche, pero si las cosas marcharon mejor no fue gracias a ella. Aprecié la calidad de sus huesos, las líneas que se insinuaban levemente bajo dos hombros perfectos, sugiriendo un triángulo agudo y tenue sobre su pecho, donde los músculos apenas sobresalían lo justo para ensanchar el tórax y tensar el estómago, difuminadas al fin las últimas costillas en los contornos de una cintura ancha y maciza, una deliciosa cintura de hombre. Aprecié la calidad de su piel, y el vello negro, escaso, que la cubría, descendiendo como un cordón oscuro hasta rozar el ombligo para crecer después entre dos caderas cuadradas y duras como dos rocas, igual que los muslos, compactos pero flexibles a la sombra de la ligera tensión longitudinal que los recorría. Aprecié la calidad de su carne, su espalda inmensa, lisa, un trapecio perfecto, y las huellas circulares de los riñones como dos hoyos casi colmados, sobre un culo perfecto, el mejor, el más hermoso de todos los culos que he visto nunca, redondo y rotundo y carnoso y plano y duro y firme y elástico y claro y suave y amasable y mordible y engullible y deglutible como ningún otro culo haya existido jamás. Aprecié la calidad de su cuerpo, lo toqué, lo acaricié, lo arañé, lo besé, lo mordí, lo recubrí de saliva de arriba abajo, sin atender a las protestas de su amo, como si nada latiera bajo mi lengua, sólo la extensión de un animal inerte, y disfruté cada centímetro, cada milímetro de aquel festín templado y tímido, pero no llegué a temblar. Mi propia piel había dejado de ser un arma peligrosa para convertirse en el órgano dócil, domesticable y desmemoriado, que nunca debería dejar de haber sido, y mi voluntad la gobernó tan fácilmente que llegó casi a convencerme de que no se había esforzado en aquel trance. Y sin embargo era mentira.

Lo he intentado, me iba diciendo mientras volvía a casa, lo otro ya lo he intentado, el amor verdadero, la pasión pura, el deseo desatado, iba enlazando nombres, episodios, abandonos, y no hallaba ni un solo resquicio para la duda, y volvía a consolarme, a justificarme de antemano, yo ya lo he intentado y no se me da bien, ésa es la verdad, que no me sale. Ante mí se extendía de repente una vida muy distinta a la que había conocido antes, un reto diferente a todos los desafíos a los que había escogido sucumbir antes de ahora, y casi podía contemplar los resultados, un paisaje opuesto al que ofrecía mi propia conciencia tantas veces recosida, tantos parches de formas y colores diferentes amontonados sobre su superficie, solapándose los bordes entre sí con inflexible avaricia, que ya no podía albergar ni un solo parche más, como no admite más harina una masa bien ligada. Nunca me había sentido tan cansada, tan abrumada de derrotas, como mientras vislumbraba aquella sábana blanca, muy blanca, recién planchada, quizás tibia todavía, ni un zurcido, ni una arruga sobre una extensión inofensiva, familiar y acogedora como un mapa mudo, virgen, que aguarda sin temor la inminente impureza de las letras. Y no presentí nada temible en aquel suave mundo de tela blanca, sin reparar en que aquel resplandor no podía ser ajeno a la acción de la lejía.

Me casé con él, pero nunca amé a Santiago en Santiago, nunca lo hice. Amaba otras cosas, me amaba a mí misma sobre todo, y me amaba mal. Amaba la ausencia de problemas, esa calma infinita, como una llanura exacta de confines equívocos, una pista lenta y lisa como un espejo de asfalto donde mis entumecidas piernas pedalearan sin esfuerzo para impulsar una bicicleta vieja pero recién engrasada, la herrumbre asfixiada, incólume, bajo infinitas manos de pintura metalizada, brillantes, pero incapaces siempre de tapar los groseros poros de la superficie, tan tercamente abiertos. Yo amaba esa calma, la necesitaba, seguramente por eso la confundí con la paz. Lo demás no tenía mucha importancia, no quise dársela mientras vivía fácilmente, sin broncas, sin disgustos, sin lágrimas, sin angustia. Se acabó la tortura del teléfono, porque él siempre llamaba un par de horas antes del límite, y la tortura de los celos, porque él nunca miraba a otras mujeres cuando estaba conmigo, y la tortura de creer siempre que se está perdiendo al otro, porque nunca entró en sus cálculos que me pudiera perder, y la tortura de la seducción, porque él estaba demasiado bien educado como para intentar seducirme, y la tortura de los peores instintos, cuya virulencia nunca descubrió, pero que ni siquiera habría sido capaz de entender si yo me hubiera tomado la molestia de describirla con detalle para él. Y pasó el tiempo, tan deprisa, tan tontamente como si no pasara nada, hasta que un día, arrebatándome sin previo aviso el monopolio de las iniciativas, él empezó a hablar de boda, y yo le seguí la corriente, y empezamos a ver pisos, y muebles, y oficinas bancarias que ofrecían créditos hipotecarios a un interés inferior en un cuarto de punto al que ofertaba la sucursal de al lado, y todas las noches, antes de dormirme, me preguntaba si lo que iba a hacer estaba bien, y todas las mañanas, al levantarme, me contestaba que sí, porque yo estaba bien, estaba en calma y, todavía, mientras estaba despierta, no sentía ninguna añoranza de los errores pasados.

A cambio, me convertí por fin en una mujer previsible, es decir, alguien sumamente eficaz. Decidí que no teníamos dinero para comprar una casa, me negué a mudarme a un chalet adosado de cualquier urbanización de las afueras, y me pateé todos los pisos en alquiler de Madrid hasta encontrar ochenta metros de verdad, y otros diez de pasillo, en Díaz Porlier casi esquina con Lista, exterior, mucha luz, calefacción central y un ascensor peligroso, siempre a punto de desencuadernarse, para hacer nuevo pero baratísimo, 34.000 pesetas al mes en el año 83, y sin comunidad, un auténtico chollo, lo dijo todo el mundo. Yo tranquilicé al casero, contraté la reforma, elegí la cuadrilla, negocié con ellos, convencí a Santiago para que me dibujara media docena de planos, les expliqué exactamente lo que quería, compré los materiales, escogí hasta el modelo de la bañera, viví durante meses en un frenesí de precios, fechas, entregas, reclamaciones, plazos y pagos a cuenta, resistí con desdeñoso estoicismo las burdas proposiciones del escayolista, un chico de Parla que me gustaba tanto, y tan inexplicablemente, como si el destino hubiera decidido colocarme delante un semáforo estropeado que destellara pertinazmente en ámbar, y cuando terminé de hacer todo esto, me sentí muy bien, correcta, satisfecha y orgullosa de mí misma.

Luego, cuando ya no me quedaban más tareas pendientes que probarme el traje de novia, me asaltó una nostalgia terrible. Las dos últimas semanas me precipitaron en el peor de los infiernos que recuerdo. Entonces empecé a hacer idioteces. Llamé a Agustín y me cogió el teléfono una chica. Colgué aunque ni siquiera sabía si aquél seguiría siendo su número, ni siquiera estaba segura de que aquella que yo conocí siguiera siendo su casa, porque habían pasado tres años desde la última vez que nos vimos. Llamé al *Hamburguer Rundschau*, cuyo viejo número desde luego no había cambiado, y puse aquel anuncio, el último, porque Fernando, que durante tanto tiempo había aparentado languidecer apaciblemente en mi memoria, se me clavaba en la cintura con cada alfiler que la modista prendía para rectificar el vuelo de la cola.

Ni siquiera me divertí la noche de mi despedida de soltera, aunque mis amigas transigieron por una vez con un restaurante japonés, y una cantidad de copas que sólo el trasnochador más resistente se habría atrevido a prever. Al salir del tugurio donde nos habíamos tomado la penúltima, intenté convencerlas de que aún nos faltaba la última, pero ninguna quiso seguir. Entonces me metí en el coche y emprendí el camino de casa, pero al llegar a Colón di la vuelta, y enfilé Goya mientras luchaba a brazo partido contra mí misma, porque tenía unas ganas tremendas de salir a buscar un hombre, uno cualquiera, lo mismo me daba, un hombre que me gustara, que me llamara desde la primera barra del primer bar con el que me tropezara, un hombre grande o pequeño, guapo o feo, listo o tonto, me daba igual, pero un hombre, alguien que pudiera nombrar sin sonrojarse lo que le estaba creciendo contra el vientre y que encontrara palabras para contármelo, eso quería, y sin embargo conduje muy deprisa hasta Díaz Porlier casi esquina a Lista, aparqué de milagro, abrí el portal con llave por primera vez, porque hasta entonces sólo había visitado mi nueva casa de día, en horario de portero, y subí en ascensor hasta el quinto. El piso estaba frío, olía a pintura, y a barniz, los muebles estaban apilados unos sobre otros, algunos abrigados todavía por una funda de plástico rellena de burbujas de aire. Contra un inmaculado muro, en el salón, reposaban ellos, de cara a la pared, privados de la luz por dos viejas mantas de viaje, ciegos y aburridos, como si yo misma les hubiera castigado a mirar para siempre el monótono paisaje de aquel temple picado, húmedo, blanco, demasiado limpio para mi gusto, y seguramente también para el suyo.

Mientras desenvolvía el más pequeño, recordé la última vez que lo había mirado con emoción, aquella mañana en que me encerré con él a solas y apenas pude hablarle, porque ella entró enseguida a interrumpirnos.

—¿Qué haces aquí, Malena?

—Nada. Sólo te miro, abuela.

—Esa ya no soy yo.

—Sí que lo eres. Para mí siempre tendrás el pelo rizado.

Entonces me rodeó con los brazos, y me apretó tan fuerte que me hizo daño, pero sólo en aquel dolor engañoso y caliente encontré las fuerzas justas para seguir hablando.

—Tu marido fue un tío cojonudo, abuela, vivo y muerto —le confié entonces, sin mirarla a la cara—. Estoy muy orgullosa de ser su nieta. Y estoy todavía más orgullosa de ser la tuya, quiero que lo sepas.

Creía que iba a volver a enfadarse, pero no me regañó mientras me estrechaba todavía un poco más.

—Tu padre nunca te ha contado nada de esto, ¿verdad? —dijo al final, y yo me revolví entre sus brazos para negar con la cabeza—. Pues entonces no le digas a nadie lo que sabes, no se lo cuentes a nadie, ni siquiera a tu hermana, ¿de acuerdo? —hizo una pausa y me miró—. No es que importe mucho, y menos ahora, es una historia muy vieja, pero de todas formas...

Entonces me atreví a pedirle aquel cuadro, le dije que me encantaría tenerlo, y ella asintió suavemente con la cabeza. Cuando papá vino a buscarnos, le dijo delante de mí, y delante de Reina, que si ella moría antes de que yo me fuera de casa, quería que él guardara aquel retrato para mí, y que me lo entregara cuando yo tuviera paredes propias donde colgarlo, y después, al despedirse, hizo algo mucho más grande, me cogió una mano con disimulo, depositó algo en ella y me la estrechó con sus propios dedos. Era una cajita pequeña, de cartón gris claro, como el estuche de una joya barata, y no la quise abrir hasta que estuve sola. Dentro había dos cacahuetes enteros, su corteza dura, fosilizada y polvorienta, tan vieja como el mundo, como el más viejo y precioso de los tesoros.

Ahora, la República guiaba al Pueblo hacia la Luz de la Cultura como si aquél se encontrara más allá de la puerta de la terraza, con esos ojos febriles, tan toscamente intensos e inflamados de pasión, en los que apenas me detuve mientras me apresuraba a liberar el bulto más grande y lo levantaba con cuidado para darle la vuelta, corrigiendo el ángulo que formaba contra la pared hasta que un rollizo brazo masculino ceñido por terciopelo granate rozó por fin el vuelo de la bandera de tres colores. Entonces crucé el salón, me senté en el suelo y los miré.

Rodrigo me devolvía la mirada con una sonrisa burlona bajo los mostachos negros, espesos, coquetamente engominados y retorcidos sobre sí mismos. Siempre me había parecido un tipo feliz, satisfecho de sus lorzas, satisfecho de sus joyas, de lo caro de su traje y lo elegante de su aspecto, ese mechón enrollado con cuidadoso descuido sobre su frente, los dientes tan blancos, los labios del color de la carne de las fresas, y sin embargo, aquella noche capté un matiz distinto en el rostro que conocía de memoria, en los resquicios de aquella sonrisa amplia que de repente quiso convertirse en mueca, en los pliegues de aquel rictus que no nacía ya de la edad, sino de una patética voluntad de indiferencia, y recuperé sin querer la voz de mi abuelo, su eco retumbó en el aire, rebotando como un pájaro enloquecido entre las cuatro esquinas de paredes desnudas, tú eres de los míos, Malena, de los míos, de la sangre de Rodrigo, mientras la aburrida salmodia de Mercedes le hacía eco, es la mala vena y no hay caso, el que la hereda la tiene, no se puede luchar contra una mala vena, entonces mi abuela despertó y se unió a ellos de repente, sus palabras, aquel cascado acento de fumadora enfisemática, reventando en mis oídos para precipitarse vertiginosamente en mi interior, quemando mi garganta, arrasando mi estómago, conquistando por fin los atormentados meandros de mis tripas, un destino mucho más profundo del que habían alcanzado cuando las escuché por primera vez, ni lástima ni vergüenza, Solita, se decía a sí misma y me gritaba a mí, casi con rabia, ni lástima ni vergüenza, éste tiene que ser el hombre de tu vida, mientras seguía buscando al Pueblo en algún punto situado más allá de la terraza, y el silencio era absoluto, pero yo los escuchaba, y me aguantaba las ganas de ponerlos otra vez de cara a la pared porque nunca nadie había estado tanto de mi parte, y me aguantaba las ganas de llorar porque ya sabía que no me quedaba margen para eso, y me advertía a mí misma cuánto mejor habría sido salir aquella noche a buscar un hombre.

Tres días después asistí con cierta curiosidad a mi propia boda. Entre toda la gente que me importaba de verdad, la única que me felicitó fue Reina.

Cuando me casé con Santiago ya sabía que no comía vísceras, ni siquiera callos, aunque hubiera nacido en Madrid. Luego, poco a poco, fui descubriendo que tampoco comía percebes, ni ostras, ni almejas, ni bígaros, ni erizos de mar, ni caracoles, ni angulas, ni chanquetes, ni pulpo, ni las frituras variadas de los bares. Tampoco probaba la cecina, ni el codillo, ni la oreja, ni el morro, ni las manos de cerdo, ni el cochinillo asado, ni el rabo de buey, ni la caza, con la única excepción de las codornices de granja, porque de todo lo demás —patos, liebres, perdices, faisanes, jabalíes, corzos o ciervos— no sabía nada, ni cómo, ni dónde, ni quién, ni con qué manos, limpias o sucias, los habría abatido y recogido del suelo. Por razones similares, rechazaba los productos de matanza casera, y mientras yo, porque lo que no mata engorda, devoraba los chorizos y el lomo y las morcillas y el jamón ibérico que le mandaba a mi madre la hermana de Marciano desde Almansilla, él se hacía bocadillos de un chorizo de Pamplona mecánico y grasiento, que a pesar de todas las inspecciones de Sanidad que hubiera podido pasar con éxito, teñía de rojo las yemas de los dedos. No se atrevía con algunas verduras frescas, ni espárragos, ni acelgas, ni remolachas, y naturalmente, tampoco con las setas, con la única excepción de los champiñones de lata, los únicos que le ofrecían garantías suficientes de haber sido bien lavados, y descuajeringaba lechugas, lombardas, repollos y escarolas con una precisión neurótica, poniendo cada hoja debajo del chorro del agua fría y frotando las manchas de tierra con el cepillo cilíndrico que yo usaba para fregar los vasos, hasta que encontraba una lombriz, y entonces, tiraba la planta entera a la basura, así que muchos días nos quedábamos sin primer plato de buenas a primeras.

Aborrecía los picantes, incluso los más suaves, entre los que contaba la mostaza, la cebolla y el ajo, y era capaz de distinguir en cualquier guiso el rastro de un fragmento de guindilla no más grande que la tercera parte de una uña. No consentía que guardara la mayonesa en la nevera ni siquiera unas horas, ni siquiera en un envase de tapa hermética, porque la única forma de prevenir la salmonela era deshacerse inmediatamente de toda la salsa sobrante. Me obligaba a tirar cualquier sartén, cacerola, molde o recipiente metálico, en el preciso instante en que un tenedor, o el simple canto de la espumadera, arañara su revestimiento antiadherente, incluso cuando se trataba de un rasguño breve, del grosor de una línea dibujada a lápiz, para evitar que la comida se impregnara de las sustancias cancerígenas que el estaño, ahora a la vista, emanaría sin duda a través de aquella herida. Solamente bebía agua mineral porque no soportaba el sabor a cloro de la que brotaba directamente del grifo, y se compraba un cepillo de dientes nuevo todos los meses. Si cuando estaba a punto de tomar el postre, sonaba el teléfono, al regresar a la mesa vaciaba el vaso de zumo en el fregadero y volvía a exprimir tres naranjas que consumía instantáneamente, consciente de la efímera vigencia de las vitaminas. Fregaba a conciencia, con jabón y estropajo, incluso un cazo que se hubiera utilizado exclusivamente para hervir agua, y lavaba las manzanas, las naranjas y las peras, para pelarlas a continuación y comérselas sin cáscara. Pero su control no se limitaba a sus acciones y a las mías, a lo que sucedía dentro de casa, sino que se extendía en todas las direcciones, con la secreta ambición de abarcar los extremos del universo.

El primer día que me levanté en mi nueva casa, entré a media mañana en la cocina con la intención de terminar de colocar sartenes y cacerolas, y me encontré con una nota escrita a mano sobre la puerta de la nevera. Cuando retiré el imán que la fijaba, ya había reconocido la letra de mi marido, las versales de trazo regular, generosamente espaciadas, a las que recurría cuando quería dejar constancia de la importancia de cualquier asunto. Se trataba de una lista de todos los colorantes, conservantes, edulcorantes y gasificantes que, a pesar de cumplir con la normativa legal al respecto, no parecían merecerle suficiente confianza. Al final se me rogaba, a modo de postdata, que me asegurara de que ninguno de ellos formara parte de la composición de ningún alimento que pudiéramos consumir bajo cualquier especie. Cuando llegué al punto final, solté una carcajada franca y divertida, porque la verdad es que todo aquello me hacía gracia, entonces sí, aunque cada vez que iba al mercado y pasaba de largo por la mitad de los puestos, acababa poniéndome de mala leche, antes incluso de empezar a desgranar el consabido rosario de agrias discusiones con la mayor parte de los tenderos.

—¿Qué es eso, babilla? —el carnicero asentía con una sonrisa—. No lo quiero.

—¿Pero cómo que no, mujer? ¡Si de aquí le van a salir unos filetes buenísimos!

—Sí, pero con nervios.

—¿Qué nervios? Si esto de aquí arriba es grasa. Y esto otro, pues sí, es nervio, pero sin él, ni la carne está tierna, ni tiene sabor. Hágame caso, ande. Llévese usted babilla.

—¡Que no! —insistía yo, a pesar de que sabía de sobra que todo lo que me había dicho era verdad—. Que mi marido no se lo come, en serio. Déme mejor filetes de cadera.

—¿De cadera? Pero si le va a salir durísima, y cuesta casi lo mismo. La cadera, muy fina, para empanar, sí va bien, no le digo que no, pero la babilla sale muchísimo mejor, vamos, ni punto de comparación.

Las señoras que hacían cola a mi lado me miraban como si fuera imbécil, y antes o después, alguna, casi siempre la más mayor, se decidía a intervenir con acento compasivo.

—No te lleves eso, hija, hazle caso. Limpios sí que salen, desde luego, y bonitos de ver, pero lo que es para comer...

Si es que mi marido no come, me entraban ganas de contestar. Luego me peleaba con el charcutero porque le pedía jamón sin tocino —¡entonces no querrá usted que sea de cerdo, porque, vamos, ya me contará!—, y con la pollera a cuenta de las dichosas hormonas del pollo —y yo qué sé... ¡pues tire a la basura el cuello!—, y con el pescadero porque me colaba en el paquete alguna que otra gamba con la cabeza oscura —pero si es que ahora han prohibido el colorante que les echaban antes, por eso se ponen así, aunque frescas están, desde luego... ¡si ni siquiera se les quita bien la cáscara!—, y con la panadera porque la pobre mujer intentaba venderme las mantecadas caseras que le traía cada semana el mielero de un pueblo de Guadalajara —es que son buenísimas, de verdad, se le deshacen a una en la boca, es lo mejor que tengo en la tienda—, y yo me empeñaba en llevarme una bolsa de magdalenas cuadradas y absolutamente insípidas, pero elaboradas sin una sola gota de grasa animal.

Mi marido no comía, pero esa faceta de su personalidad podía entrar dentro del paquete de las extravagancias legítimas, incluso tolerables, sobre todo a partir del día, posterior en unos seis meses a la fecha de mi boda, en que me resigné a hacer dos compras distintas, dos comidas y dos cenas, dos diferentes clases de bollos para desayunar. Pero mi vida se fue convirtiendo poco a poco en un campo minado, tranquilo en apariencia, fácil de pisar, aceptablemente fértil, hasta que cualquier día, por sorpresa, siempre en contra de mi voluntad, tropezaba sin querer con el resorte preciso para activar una carga explosiva enterrada bajo mis pies, y la bomba estallaba sin remedio, arrancándome un nuevo pedazo, reventándome una víscera nueva, desfigurándome siempre un poco más, y más sañudamente, que la bomba anterior. Me costó mucho trabajo aceptar que Santiago no estaba enamorado de mí, y más trabajo aún reconocer que, a pesar de ello, dependía de mí en tantas cosas, y tan estrechamente, como un niño pequeño. Me costó todavía más esfuerzo comprender que a alguien tan débil, tan sensible, tan inclinado a sentir compasión de sí mismo, nunca se le pasara por la imaginación que yo también necesitara mimos, y que nunca me mimara, como me habían mimado hombres mucho más duros, mucho más secos, mucho más implacables conmigo, y consigo mismos, de lo que él jamás llegaría a ser. No le acababa de gustar la ropa que me compraba, el corte de pelo que llevaba, los pendientes que me ponía. Tú estás por encima de esas cosas, decía a veces, y yo me sentía infinitamente por debajo, porque nadie me daba un azote en el culo, ni me decía que estaba buena, ni me miraba con fiebre mientras luchaba con sus dedos, retorcidos por la espontánea artrosis del deseo y de la prisa, para desnudarme cuando salía del baño impecablemente vestida, peinada, maquillada y arreglada, para quedar bien en una cena de negocios con señoras. Estás bien, un poco exagerada, solía decir. Siempre le parecí un poco exagerada en casi todo.

Una tarde soleada de primavera fuimos de compras y al salir por la puerta de una tienda, cargados de paquetes, el cielo se tiñó de negro en dos minutos y desató una tormenta estúpida, de esas que te empapan hasta los huesos para cesar bruscamente antes de que te hayas enterado. Llegamos a casa con la ropa chorreando y la insoportable sensación de estar criando moho en todos los pliegues del cuerpo, y entonces le pedí que me bañara. Agustín me bañaba a veces, y a mí me encantaba que lo hiciera, pero él me miró, estupefacto, y me preguntó, ¿para qué?, y ya nunca volví a pedirle nada. A mí no me tocaba pedir, yo hacía las cosas, hacía muchas y, por lo general, las hacía bien, pero él nunca reparó en la posibilidad de que mi forma natural de comportarme pudiera no ser precisamente ésa, así que de costumbre no me lo agradecía, y cuando algo fallaba, cuando tenía el día perezoso, o los alumnos me agotaban tanto que dejaba para el día siguiente una visita al banco, o al mercado, o al tinte, él reaccionaba como si sencillamente no pudiera entender qué había ocurrido. A lo mejor es que se me habían agotado las ganas de hacer cosas, o que, después de haber conseguido montar una casa, amueblarla, decorarla, aprender a cocinar, y empezar a ganar dinero dando clases de inglés en una academia tres días a la semana, ser alguien sumamente eficaz ya no me distraía.

A menudo tenía la sensación de ser injusta con él, porque en realidad, Santiago no hacía nada, casi nada, que fuera específicamente reprochable, y al margen de sus irritantes manías, carecía de todos los teóricos y prácticos defectos de los malos maridos, con la única excepción de su ambición profesional, que le impulsaba a trabajar muchas más horas de las estipuladas en su contrato laboral. Creo que sólo por eso logramos vivir juntos tanto tiempo. Por lo demás, no bebía, no jugaba, no se drogaba, no se gastaba el sueldo por su cuenta, no me ponía los cuernos, no ejercía ninguna violencia sobre mí, no protestaba nunca cuando le informaba de que una u otra noche determinada, a veces las dos, tenía intención de salir sin su compañía, no opinaba sobre mis amigos aunque yo sabía positivamente que no le gustaban, no intentó imponerme a los suyos, no tenía madre, y sus hermanas mayores, que eran encantadoras, se acabaron llevando mucho mejor conmigo de lo que nunca se habían llevado con él, tal vez porque yo acabé siendo igual que ellas, una hermana mayor más, la más cercana. Por eso no podía estar lejos de mí, creo que no podría arreglárselas sin estar cerca de alguna mujer, que no podrá nunca, y durante algunos años me compensó saberme tan imprescindible. Cuando llegaba a casa, casi siempre de noche cerrada, se quitaba la corbata, se desplomaba en un sillón, y me hablaba, me lo contaba todo, cómo le había ido el día en el trabajo, qué decisión había tomado o había dejado de tomar, dónde, con quién, y qué había comido, cómo le había sentado, qué vino habían elegido, cuándo, en qué exacto momento de la jornada se había tropezado con un escaparate donde había unos guantes que le llamaban, cuánto había dudado, cómo, al final, había entrado y se los había comprado. Yo le escuchaba, y apenas le contaba casi nada a cambio, porque rara vez me parecía que las cosas que pasan durante un día corriente fueran dignas de ser contadas. Mi trabajo me gustaba en la medida en que no me molestaba. Me pillaba cerca y no encerraba sorpresas. Había pedido turno de mañana y había obtenido a cambio un grupito de amas de casa ociosas que aún llevaban calcetines cuando tocaron un libro de texto por última vez, pero cualquier cosa era preferible a reingresar en mi colegio en calidad de profesora de idiomas, como mi madre me había propuesto tantas veces con entusiasmo, así que, de lunes a viernes, muchos días me tenía que inventar la anécdota que aportaría después al coloquio nocturno. Lo malo era que siempre, después de cinco días de apacible soledad y dos horas de charla, llegaba el fin de semana.

Un sábado clásico de aquella época, Santiago atornillado frente al televisor, el vídeo en marcha, coronado por tres estuches de plástico con sus correspondientes películas de espías dentro, me sorprendí preguntándome si no habría preferido tener un marido como mi abuelo Pedro, incluso si su posesión implicara compartirlo inevitablemente, antes o después, con cualquier Teófila. Jugaba con la idea de que, a pesar de todo, habría preferido la vida de Teófila a la de mi abuela, cuando mi marido me miró, y me animó con una sonrisa inocente a concentrarme en la película, me temo que ésta es de ésas en las que hay que fijarse bien al principio, me dijo, si no, luego no te vas a enterar de nada..., y entonces no sólo me sentí despreciable, sino que me desprecié a mí misma, e intenté desterrar para siempre aquella fantasía cruel y absurda. Debería de haber crecido lo suficiente como para entender, sin renunciar a amarle, que mi abuelo no habría sido un marido bueno para nadie, pero a veces, todo se me ponía en contra.

Cuando sucedió, Santiago no se dio cuenta de que aquélla era la gota que colmaba el vaso. Nunca se lo mencioné, ya no tenía sentido comentar esa clase de cosas, pero estoy segura de que jamás se le habría ocurrido suponer que aquel detalle pudiera llegar a cobrar tanta importancia. No nos había pasado antes, en casi dos años de matrimonio y otros tantos de noviazgo, porque él siempre había ejercido un control inconcebiblemente escrupuloso sobre mi organismo, del que yo, por cierto, no me preocupaba en exceso, quizás porque, desde hacía mucho tiempo, para mí todos los días eran igual de puros. Sabía que a él no le gustaba, sospechaba que bajo el solidario argumento que solía aliñar sus periódicas incursiones al cajón de mi mesilla —esto es tan asunto mío como tuyo—, latía esa razón y no otra, me había dado cuenta de que lo evitaba antes incluso de provocar su violenta confesión, declarando en público, tranquilamente, y sin ninguna intención especial, ni buena ni mala, que a mí me apetecía mucho más follar cuando tenía la regla, que me gustaba más, y que se lo había contado a mi ginecólogo, y que él me había dicho que era natural, porque la regla incrementaba la producción de no sé cuál hormona. Estábamos en casa, recién casados, habíamos invitado a cenar por primera vez a dos amigos de Santiago, ambos economistas e insustanciales, y a sus mujeres, una seis años mayor que yo, otra solamente tres, ambas por igual asesoras de empresas —una fiscal, otra legal— y por igual insustanciales, y siguiendo una extraña norma que aquel grupo de amigos, y ningún otro que yo conozca, aplicaba invariablemente en tales ocasiones, nos habíamos colocado por sexos, Santiago en una cabecera, flanqueado por varones, y yo en la opuesta, flanqueada por mujeres, con las que, se daba por sentado, tendría muchísimos más temas interesantes de los que hablar, así que habíamos llegado sin remedio a los anticonceptivos, anovulatorios sí, anovulatorios no, y que si a mi hermana la dio por engordar y se ha puesto como una vaca, y que sí de acuerdo pero quita quita, que una amiga mía usaba una esponjita francesa que era buenísima y sale de cuentas la semana que viene. Yo no los noto, comenté, más por quedar bien como anfitriona que por opinar acerca de una cuestión que no me preocupaba desde hacía tanto tiempo que ni siquiera recordaba la fecha exacta, quiero decir que no me entero, no engordo, ni adelgazo, ni me deprimo, ni nada, lo único es que, claro, las reglas no son de verdad. Mujer, pero si eso da lo mismo, protestó la que estaba a mi derecha, y entonces lo dije, lo dije de pasada, sin darle importancia, no la tenía, pero todos, también los hombres, me miraron como si estuviera loca, como si me hubiera vuelto loca de repente, y el tema de los anticonceptivos se dio automáticamente por zanjado. Mis interlocutoras se abonaron a la conversación de la otra punta de la mesa, la ley Boyer, creo, y yo me callé, estuve callada el resto de la noche, preguntándome por qué Santiago me miraba con aquellos ojos furiosos.

Cuando nos quedamos solos, me preguntó qué ganaba escandalizando de aquella manera a sus amigos, y no le entendí. Luego, cuando después de mil rodeos y varios cambios bruscos de color, encontró la manera de explicarme que para las mujeres normales hacerlo con la regla es una guarrada, me tocó preguntar a mí, y me contestó que no, que jamás se le habría ocurrido que yo hubiera hablado en serio, que lo que había dicho en la cena fuera verdad. Pero lo es, dije al final, yo no tengo la culpa, y además, a otros tíos no les importa. Tu primo, ¿no?, sugirió, con un fondo de ironía. Por ejemplo, contesté, a mi primo se la sudaba. Pues a mí me sigue pareciendo una guarrada, concluyó, y entonces advertí por primera vez de qué extraña manera coinciden ciertas normas de las mujeres normales con ciertas normas de los hombres normales, pero de todas formas, nunca volvimos a hablar del tema.

Desde entonces sabía que no le gustaba, pero aquella vez fui inocente, porque antes de empezar me preguntó si me había venido la regla, y si le contesté que no, fue porque no me había venido. Todavía puedo contemplar su cara, podré verla hasta en el instante justo de mi muerte, las aletas de la nariz tensas, los labios prietos, fruncidos en una mueca grotesca, los ojos, dilatados de asco y de terror, oscilando histéricamente entre su polla manchada de sangre y mis ojos limpios. Le habría escupido en la cara, pero ni siquiera tuve tiempo para convocar una flema adecuadamente gruesa a las resecas cavernas de mi boca. El volvió a introducirse en mi cuerpo, alargó un brazo hasta la mesilla, se hizo con la caja de pañuelos de papel que había dentro del cajón, extrajo por lo menos una docena que amontonó previsoramente sobre la palma de su mano izquierda, y con esa misma mano se ayudó a salir nuevamente de mí. Luego, casi de un salto, abandonó la cama y se fue corriendo, sin invertir mucho más de medio minuto en toda la operación, mientras yo seguía quieta, tumbada, mirándole.

—Eso —dije en voz alta, aunque nadie podía escucharme—, vete corriendo al baño, pedazo de maricón.

Entonces descubrí que mis viejos terrores habían caducado, como se descubre qué le ha ocurrido a un yogur escondido en el fondo de la nevera, o a una vieja medicina olvidada en una repisa, y cuando intenté recordar qué larga y accidentada sucesión de circunstancias me habían conducido hasta aquella cama, logré reconstruir mis sentimientos sin esfuerzo, pero no encontré en ellos ningún sentido. A los veintiséis años y medio, ya no podía concebir el futuro como un inmenso y apetecible paquete que abriría en algún momento, cuando estuviera aburrida, cuando tuviera ganas, cuando me viniera bien. Mi futuro había empezado ya, sin pedirme permiso, como una de esas películas de espías en las que es imposible enterarse del argumento si una no se ha fijado muy bien en el principio. El tiempo, sin dejar de pasar, ya no pasaba. Desde ahora, se me descontaba. Aquel descubrimiento me sumergió de golpe en un terror nuevo, tan potente que desterró a todos los demás sin menguar un ápice, pero me juré a mí misma que, desde aquel preciso minuto, jamás volvería a dudar acerca de qué tipo de hombre me convenía.

Así empezó 1986, año de grandísimos acontecimientos.

—¿No me notas nada?

Reina giró un par de veces sobre sus talones antes de dedicarme una sonrisa radiante.

—No —contesté—. ¿Quieres un café?

—Sí, gracias... —murmuró con un acento apagado, casi decepcionado por la vulgaridad de mi respuesta.

No me apetecía nada tomarme un café a aquellas horas, la una y media de la tarde, pero de repente decidí que me vendría bien estar un rato a solas, aunque sólo fuera para serenarme. Estaba muy enfadada con Reina, pero me habían fallado las fuerzas antes de demostrárselo, como me ocurría siempre, y su actitud, la alegre naturalidad con la que se había dirigido a mí —¡pero Malena, tía, que estoy aquí!— cuando me disponía a abrir el portal de mi casa sin haber dedicado siquiera una ojeada al bulto que, apoyado contra el muro situado a mi izquierda, sugería la imagen de una mujer que estaba esperando a alguien que no podía ser yo, me había desconcertado todavía más. Mi hermana se comportaba como si hiciera apenas un par de días que hubiéramos comido juntas. Y eso, hasta para mí, era tener mucho morro.

Se agotaba el mes de abril del año negro que había perdido la fragante frescura de las novedades apenas unas horas después de comenzar, cuando, el 3 de enero, mi padre, que arrastraba cuarenta y ocho años de vida y veintisiete de matrimonio, abandonó a mi madre por la eterna novia de sus dos hermanos pequeños, la que nunca llegó a ser célebre vocalista pop Kitty Baloo, que a los treinta y siete había logrado por fin adquirir la apariencia de una abogada respetable, y con la que había mantenido una tremenda relación pasional —ella decía que todo el tiempo que no había pasado follando se lo había pasado llorando— durante los dos últimos años. Para mi madre fue un golpe terrible, a pesar de que pocas cosas debería de haber visto venir desde tan lejos durante toda su vida. Se derrumbó hasta tal punto que dejó pasar tres días enteros antes de descolgar el teléfono para llamarme, y cuando fui corriendo a su casa,

Reina, que todavía vivía allí, me cuchicheó en el recibidor que ella también acababa de enterarse. Yo creo que estaba esperando a que él volviera, igual que había vuelto siempre de aquellas furiosas expediciones de castigo, a las cuarenta y ocho, a las setenta y dos horas, agotado y silencioso, con ojeras y marcas por todo el cuerpo, culpable pero finalmente leal, dispuesto a dejarse cuidar y consolar, compasivo y digno de compasión a la vez, como un eterno hijo pródigo. Pero aquella vez no volvió, porque ya no tenía edad para volver.

No me atreví a decírselo a mi madre, no me atreví a explicarle que probablemente él había sentido que aquélla era su penúltima oportunidad, y que sin ella, tal vez, ni siquiera dispondría de una última. Ella me miró, y sentí que me estaba leyendo el pensamiento.

—¿Y yo? ¿Qué hago yo ahora? ¿Adónde voy yo, con cincuenta años?

Yo sabía que acababa de cumplir cincuenta y dos, y que con un poco de mala suerte, no iría ya a ninguna parte.

—Es una putada —contesté—. Una gigantesca y asquerosa putada. No hay derecho.

—No, no lo hay —confirmó ella—. Pero ése es mi destino y será el tuyo, es el destino de todas las mujeres.

Entonces recobré un sonido muy distinto, el discurso de una mujer que no había consentido en plegarse a su destino, y tras la opaca cortina de sollozos de mamá, escuché otra vez las palabras de mi abuela, en la única ocasión en la que se atrevió a confiarme un secreto que no era solamente suyo, la primera, la última vez que me habló de mi padre, y por fin sentí su vergüenza, la indigna pasión que hasta entonces aún no había llegado a brotar entre sus labios, como un insulto propio.

—Jaime me llevaba a ver a Dios.

Repitió varias veces esta frase, siempre las mismas palabras ordenadas en la misma secuencia, con un acento dulce, desvaído, una sonrisa inmóvil que me impedía presentir la dirección en la que se precipitaba su memoria.

—La primera vez no encontré otra manera de explicar lo que me había pasado, invité a dos amigas a merendar a casa y yo sentía que tenía que contárselo, me hubiera gustado repetirlo todo el tiempo, escribirlo en las paredes, decirlo sin parar, hasta que lo supiera todo el mundo, pero no encontraba el camino, no sabía cómo empezar, y entonces, dejé la mente en blanco y me salió aquello, ayer me acosté con un hombre y vi a Dios...

Luego se callaba, y amagaba con continuar, pero no lo hacía, como si su aliento se helara al contacto con el aire, su voz aflojándose como el cabo de una vela consumida, hasta apagarse del todo antes de dejarse escuchar, pero a mí no me importaba, porque no necesitaba que dijera nada más, yo conocía lo que echaba de menos y no me sobraba ni un minuto de su silencio.

—Pero Jaime no volvía —dijo al fin—. No podía volver, claro, porque estaba muerto. Yo tenía treinta años, treinta y uno, treinta y dos... Él estaba muerto. Los treinta y cinco me pesaron como si fueran un siglo.

No resistió la tentación, no habría servido de nada resistir. Amaneció un día cualquiera del año 41, una mañana cualquiera de principios de mayo, y al mediodía, cuando salió de la escuela, sintió que le sobraba la chaqueta y se la quitó con un gesto mecánico, incapaz de anticipar su importancia. El sol empapó sus brazos desnudos y una brisa caliente erizó de golpe el vello de sus piernas, desbaratando el espeso escudo de sus medias negras, sus gruesas medias de viuda. Solita se estremeció de asombro, y sonrió, porque después de tanto tiempo, su cuerpo volvía a ser capaz de acusar sin razón un placer físico, se encontraba bien dentro de su cuerpo otra vez, y solamente porque era primavera.

—Si al menos hubiera podido ver su cadáver, si lo hubiera tocado y lo hubiera enterrado en un lugar tranquilo, podría haber ido a limpiar su tumba de hierbajos, y a cubrirla de flores, y a lo mejor todo habría sido distinto. Tiene gracia, ¿sabes?, lo que cambian las cosas, pasarse la juventud abominando de la superstición, y el resto de la vida añorando una lápida contra la que apoyar la frente para llorar. Porque cada vez que leía su nombre en cualquier parte, en el Libro de Familia, en una tarjeta de visita metida en cualquier libro, o en alguna carta que se hubiera caído por azar dentro de algún cajón, cada vez que encontraba algo así y leía su nombre sin esperármelo, sentía como si alguien me hundiera las uñas en la barbilla y tirara de mi piel hacia abajo con todas sus fuerzas, desollándome entera, de cuajo, la garganta, y el pecho, y el vientre, y los muslos, y me tocaba la cara con las manos y las mejillas me ardían, como si tuviera fiebre. Entonces me dio por pensar que si me hubieran dejado llegar hasta él, si hubiera podido llevarme su cuerpo, y enterrarlo, y mandar que grabaran su nombre en la piedra más dura que pudiera encontrarse, entonces, eso, al menos, habría podido soportarlo.

La primavera terminó, y mi abuela se dejó acunar en la sofocante indolencia que hace menos brutal el calor de agosto en una ciudad en ruinas, cuando los pobres se parecen más a los ricos, porque la sombra es gratis, y el agua fría sale hirviendo del grifo en cualquier barrio, y la rabia del sol agota incluso al hambre, y se duerme igual de mal en todas partes. Entonces mi padre tenía dos años, y hablaba con lengua de trapo, y no se portaba bien pero era muy gracioso. Sus hermanos le gastaban bromas absurdas, casi crueles, le preguntaban si quería un plátano, si quería mantequilla, si quería chocolate, y él decía a todo que sí, aunque jamás había probado ninguna de aquellas cosas, pero ponía tanto empeño en aceptar la oferta, afirmando que sí, que sí quería, que hasta su madre terminaba por reírse con ellos. Y sin embargo, aún no pasó nada, y no pasaría en mucho tiempo. Jaime ya no era un muñeco blando y adorable, sino un muchacho prematuro, que había aprendido a dividir antes de cumplir seis años y contestaba siempre lo mismo —rico— si alguien le preguntaba qué quería ser de mayor, cuando la profesora Márquez aceptó la oferta triste de un hombre triste, viudo como ella, y comprendió que Dios le había vuelto la espalda para siempre.

—Hasta cuando tu padre se hizo mayor, siguió pasándome lo mismo, y eso que yo había querido que llevara ese nombre, para que siguiera existiendo un hombre en el mundo que se llamara igual que tu abuelo. Al principio daba igual, claro, porque los niños pequeños no reciben cartas, pero luego... El día que le llamaron a la mili, cuando saqué aquel sobre del buzón, se me saltaron las lágrimas, casi me echo a llorar en el portal, pero él me arrancó el papel de las manos y me dijo, ya está bien de teatro, mamá, debería darte vergüenza...

Porque ella se acostaba con otros hombres.

—El nunca me lo perdonó, no intentó comprenderlo siquiera. Con los otros fue distinto, porque eran más mayores, qué sé yo, más responsables, o menos maliciosos, y entendían mejor las cosas, lo habíamos pasado muy mal todos juntos cuando Jaime era un bebé que sólo sabía comer y dormir, o a lo mejor, lo único que pasó es que los mayores habían conocido a su padre, no lo sé...

El recuerdo de aquel viudo le amargaba la boca todavía. No se sentía desleal, ni infiel, ni tramposa. Se sentía hueca, y condenada para siempre a ser un hueco. No volvió a intentarlo, pero casi un año más tarde, otro hombre lo intentó con ella. Era taxista, y había vivido siempre en Lavapiés, su forma de hablar le recordaba la jerga que solía usar antes su marido, la divertía, y supo engatusarla bien y despacio. No tenía prisa. Estaba casado. Se llamaba Mauricio.

—Era muy... agradable.

Como un helado de vainilla, o una película entretenida, o una novela rosa que acaba bien, agradable como un vals de Strauss, así era Mauricio, y así fueron los que vinieron detrás de él. Ella temía que lo que pasó una vez sucediera de nuevo, lo temía y lo deseaba al mismo tiempo, pero nunca volvieron a faltarle palabras para explicarle a nadie lo que sentía, siempre, hasta el final, tuvo a mano un montón de adjetivos, todos los sinónimos de agradable, desde simpático hasta encantador.

—Por eso no podía casarme con ninguno de ellos, ¿lo entiendes? Tu padre me lo decía todo el tiempo, llegaba a levantar la voz como si se creyera con derecho a exigírmelo, cásate, mamá, me decía, ¿por qué no te casas? Cásate o déjalo. Y eso que hasta él debía de imaginarse que, ni aunque hubiera querido, que nunca quise, podría haberlo hecho, porque casi todos estaban casados ya.

Ella no supo situar la intransigencia de su hijo pequeño, dudaba de su color, y de sus orígenes, desde los clásicos celos filiales hasta la presión torturante del ambiente, el aire que todos respiraban en aquel país poblado por hombres tan distintos de aquel desconocido que le había engendrado, y del que jamás se habría atrevido a sospechar que pudiera no apreciar esa clase de homenajes, porque ella, temerosa por el hijo que no había llegado a tener miedo, no le contó gran cosa de su padre, apenas una colección de anécdotas sin importancia que nunca sentiría la tentación de repetir donde no le convenía, y sin embargo, casi siempre acababa por descartar cualquier hipótesis para sentenciar que nadie sino ella era culpable, por no ser una buena madre, una versión más de la inmaculada criatura —su pecho redondo, puro espíritu— que debían ser las buenas madres de aquellos tiempos, la inconmovible esfinge maternal que todas las madres del mundo han tenido que ser alguna vez, en cualquier sitio, en cualquier época.

—No me importa lo que él haya pensado de mí. Yo sé que seguí siendo fiel a su padre, que lo he sido todos estos años, que lo seré siempre. Una vez, cuando ya era mayor, hablamos de todo esto, y tuve la sensación de que por fin quería creerme, pero no lo entendió, no puede entenderlo, porque a él nunca le ha pasado una cosa así. Esas cosas sólo os pasan a las mujeres, mamá, y no es enamorarse, es volverse loco, eso me dijo. Y yo le contesté que no era verdad, porque Jaime me amaba así, yo lo sé, y él también lo sabía, que le pasaba lo mismo que a mí. Pero a tu padre no, él no ha tenido suerte, y seguramente no la tendrá nunca. A veces me da rabia que después de ser tan duro conmigo haya ido a salir tan mujeriego, precisamente él, pero de todas formas no le guardo rencor, más bien le compadezco.

Yo también estaba dispuesta a compadecerle cuando por fin se atrevió a llamar, casi quince días después de la espantada, para invitarme a comer en uno de esos restaurantes buenos y caros, de toda la vida, donde se refugiaba cuando necesitaba sentirse seguro. Nadie entendió aquella comida. Para mi madre fue un sabotaje colaboracionista, mi hermana, más radical, la consideró una traición, y hasta Santiago me preguntó por qué aceptaba. Es mi padre, les contesté a todos, pero me dio la sensación de que nadie lo entendía.

—Mamá está hecha polvo —dije todavía antes de sentarme, cuando presentí que la abuela se había equivocado, porque estaba tan guapo que daba náuseas, parecía tan feliz que daba grima, tan ligero que se diría que, en vez de pesar, flotaba—. Podrías haberlo hecho antes, habría sido mejor, ahora... Ella se siente como un trasto viejo. A veces creo que eso la duele más que haberte perdido. Esa es la gran putada.

—Sí —fijó la atención en sus uñas antes de curvar los labios, intentando sonreír sin desmentir una calculada expresión de amargura—, pero yo no tengo la culpa.

—Es posible que no —tuve que contenerme para no chillar, porque aquella sonrisa me estaba sacando de quicio—, pero podrías reconocerlo, por lo menos.

—Está bien —me miró, anticipándome que sería sincero—. Es una gran putada, enorme, monstruosa, gigantesca, pero yo no tengo la culpa, y ni a ti ni a tu madre os sirve de nada que lo reconozca. Yo también me estoy haciendo viejo, Malena, yo también. Y no quería enamorarme de otra tía, nunca lo he buscado, de eso puedes estar segura. Sé que te voy a parecer un cabrón por decir esto, pero objetivamente yo estaba mucho mejor antes, viviendo con una mujer que se desvivía por mí, que nunca me habría abandonado, que me lo consentía todo, yo...

—Eres un cabrón, papá.

—Lo seré, pero eso era mejor para mí, mucho mejor, no lo dudes. Ahora es distinto... Kitty es mucho más joven que yo. No estoy seguro, ¿sabes?, nunca estoy seguro. Me muero de celos, y me acojona no poder... Algún día dejará de levantárseme, y ella seguirá teniendo once años menos que yo, casi doce. Tengo miedo, el otro día me quedé frito viendo la televisión y luego no pude dormir, me sentía viejo, agotado... Sé que me abandonará, como yo he abandonado a tu madre. Corro mis propios riesgos.

—Siempre se corren riesgos —murmuré. Estaba muerta de envidia.

Sus palabras me dejaron mal sabor de boca, pero conseguimos hablar de muchas cosas durante la comida. Yo estaría al lado de mi madre, porque ella me necesitaba y él no, y se lo dije, pero le dije también que siempre, pasara lo que pasara, podría contar conmigo, y me contestó que eso lo sabía, que lo había sabido siempre.

Después del café, me fui derecha a buscar a mamá y nos fuimos al cine, y luego a merendar tortitas con nata. Invertiría muchas más horas en diseñar, desarrollar y ejecutar planes parecidos, intentando auparla, encaramarla en la cumbre de un trampolín por el que algún día se decidiera a lanzarse por su cuenta, pero no sólo no tuve éxito, sino que mi compañía terminó convirtiéndose en un ingrediente imprescindible de su vida. De repente, aquella mujer que nunca había hecho nada, que nunca había ido a ninguna parte, que se había pasado todas las tardes de mi infancia cosiendo sin ninguna necesidad de hacerlo, sentada en una butaca del salón, ante la televisión encendida, no podía soportar más de doce horas sin pisar la calle. Entonces cogía el teléfono y me llamaba.

—¿Qué vamos a hacer hoy?

Fuimos a ver todas las películas, todas las obras de teatro, todas las exposiciones. Asistimos a todas las demostraciones domésticas de las que tuvimos noticia, Tupperware, vaporetas, ollas para guisar sin grasa, ambientadores perpetuos, hornos revolucionarios, edredones de pluma nórdica, máquinas de coser sin aguja, cosméticos japoneses. Nos pateamos todas las rebajas de enero, las liquidaciones de febrero, y los remates de marzo, en todos los grandes almacenes, hipermercados, centros comerciales, y cadenas de tiendas de barrio que se anunciaban en todas las radios. Le propuse cursos de cerámica, de decoración, de ikebana, de jardinería, de macramé, de yoga, de cocina, de psicología, de maquillaje, de encuadernación, de escritura, de pintura, de música, de tarot, de ciencias ocultas, de *papier maché,* lo que fuera, me daba lo mismo. Fuimos juntas a ver dos docenas de gimnasios, la animé a matricularse en la universidad, a poner una tienda, a mudarse de casa, a escribir un libro, lo que ella quisiera, recorrimos todas las academias para adultos ociosos de Madrid, y aunque la primera visita la divertía, siempre había algo que nunca terminaba de convencerla del todo, al cabo todo era en vano. Si no se me ocurría nada especial, se venía a merendar a mi casa, y eso era peor, porque a pesar de mis buenos propósitos, toda esa solidaridad y esa comprensión de la que me recubría como de una invulnerable coraza, la verdad era que no la soportaba, nunca había podido soportarla y ahora mucho menos. Cuando la situación no le permitía comprar nada, y ninguna otra persona reclamaba su atención, a mi madre sólo le interesaba hablar de dos cosas: el infarto que ojalá acabara con mi padre mientras andaba revolcándose por ahí con ese pedazo de puta que podría ser su hija, y la misteriosa vida de mi hermana.

En este último punto no me quedaba más remedio que darle la razón, porque yo tampoco sabía mucho de Reina desde que volvió de París, casi un año y medio después de que volviera Jimena. Entonces me había dado a entender que aquel experimento —estaba experimentando, eso era todo, dijo— no había salido demasiado bien, pero no me dio detalles, ni me explicó de qué, ni cómo, había vivido durante el tiempo en que estuvo oficialmente sola, y yo tampoco insistí mucho, aunque a veces las preguntas me quemaban la punta de la lengua, porque su manera de moverse y de accionar con las manos, su forma de hablar, y las cosas que decía, delataban todavía una extraña influencia de Jimena, como si hubiera roto los lazos con ella pero, de alguna forma, siguiera ligada por algún precario puente a su memoria. Luego, apenas seguimos compartiendo cuarto durante seis meses, hasta que me casé, y la verdad es que cuando me metía en la cama con Santiago, todas las noches, su compañía era la única que no echaba de menos. A ella, sin embargo, parecía divertirle mucho que yo me hubiera casado, se llevaba muy bien con mi marido y nos visitaba con cierta frecuencia, una excusa adecuada para cada ocasión. Colaboró con energía en la decoración del piso, me regaló cientos de artefactos tan nimios como útiles —un cubierto especial para servir los espaguetis, un cacharro para cortar los huevos duros en rodajas, otro para separar las claras de las yemas, un disco de cristal grueso que se colocaba en el fondo de la cacerola para que la leche no se desbordara al hervir, una redecilla para cocer los garbanzos sin que se desollaran, y otras muchas chorradas de la misma clase, el tipo de cosas en las que sólo ella habría sido capaz de fijarse—, me ayudó a organizar el espacio, me llenó la terraza de plantas, y suplió una por una, a base de puro instinto, las más graves de mis innumerables incapacidades domésticas, hasta que, de repente, sin previo aviso, desapareció una temporada y apenas la vi algún domingo al mediodía, cuando iba a comer a casa de mis padres. Cuatro o cinco meses después, reapareció por la puerta con un ficus en brazos, y el ciclo se reprodujo desde el principio. Lo mismo sucedió otras veces, Reina venía y se marchaba, a veces de Madrid, otras solamente del paisaje familiar, pero ahora, precisamente ahora, cuando yo ya no tenía secretos que ocultarle, mi vida lisa y aburrida como la de cualquier otra mujer honesta, ella empezó a callar su propia vida, y mi curiosidad se disolvió fácilmente en la sospecha de que sólo así, mientras no supiera nada, su compañía seguiría siendo compatible con el inconstante afecto que aún, a ratos, me inspiraba.

Lo que nunca me habría atrevido a esperar, sin embargo, fue que ella, que al fin y al cabo siempre había sido la hija favorita de mamá, siguiera los pasos de mi padre con unas pocas semanas de diferencia. No se me ocurrió imaginarlo siquiera cuando una noche acompañé a mi madre a su casa y me la encontré haciendo la maleta.

—¿Adónde te vas?

—A las Alpujarras. Voy a pasar unos días en casa de un amigo.

—¿Ahora? Debe de hacer un frío espantoso.

—Sí, pero la casa tiene calefacción y eso... Me apetece mucho, no conozco esa zona.

Entonces, mientras buscaba la manera de decirle que quizás habría llegado el momento de que me echara una mano con el dolor de su madre, porque el de la mía era demasiado dolor ya para mí sola, se me quedó mirando con una sonrisa espectacular y se interrogó en voz alta.

—¿Te lo digo o no te lo digo?

—¿Qué? —me obligó a preguntar.

—¿A que no sabes adónde fui a parar hace un par de días? —negué con la cabeza, pero no tuvo bastante.

—No, Reina, no lo sé.

—Estuve en una boda —deduje por su expresión que la noticia era una auténtica bomba, pero aún no pude determinar en qué dirección estallaría—. Fue pura casualidad, porque por supuesto no estaba invitada, pero había quedado con un amigo para comer, ¿sabes?, y cuando apareció me salió con lo de siempre, que si tenía un compromiso, que si estaba obligado a ir porque era un asunto de trabajo, que si cuando habíamos quedado se le había olvidado porque es muy despistado... Eso es verdad, es muy despistado, total, que lo de siempre, me pidió que fuera con él y resultó que era un banquete de boda. ¿Y a que no sabes quién era el novio?

—Pues no, claro.

—¡Es que no te lo puedes imaginar, tía, no podrías adivinarlo ni en un millón de años! Fue increíble —dejó escapar una risita nerviosa, y yo le respondí con una sonrisa que por fin nacía más de la expectación que de la impaciencia—. Yo me quedé de piedra, vamos, lo que es la vida...

—¿Quién era, Reina? Dímelo de una vez.

—¡Agustín, tía! —su carcajada resonó dentro de mi cabeza como si mi cráneo hubiera estado siempre forrado de corcho—. ¿A que es para morirse?

—¿Qué Agustín? —le pregunté en un susurro, mientras me preguntaba a mí misma que qué Agustín iba a ser.

—¡Pues Quasimodo, claro! —me miró sorprendida—. ¿Qué Agustín iba a ser? Aquel tío con el que saliste hace años, ¿no te acuerdas?

—Sí, me acuerdo.

—Yo me quedé helada, en serio, y luego me eché a reír. Es que era lo último que me esperaba. Y lo encontré bastante bien, tengo que reconocerlo, ha mejorado, o a lo mejor es que antes me parecía tan imbécil que lo recordaba todavía más horrible de lo que es, porque feo sigue siendo, desde luego, feísimo más bien... —hizo una pausa, seguramente a la espera de que yo valorara sus palabras, pero ante mi silencio siguió hablando sin prestarme demasiada atención, trajinando con la ropa sobre la maleta abierta—. Muy guapa la novia, por cierto, las tetas exageradamente grandes para mi gusto, casi se le salían del escote, y metida en carnes, pero con buen tipo. Mi amigo me contó que a Agustín le gustan esa clase de mujeres. Siempre se las ha apañado para levantarse unas tías tremendas, me dijo, y yo le dije que a ésta, en concreto, no la vendría mal ponerse a régimen, porque estaba bastante gorda, pero él se me quedó mirando con los ojos como platos y me salió con que para nada, que lo que estaba era buenísima... En fin, ya sabes cómo son los tíos.

No todos, tuve ganas de decir, pero renuncié por pura pereza. Mi hermana me miró como si estuviera desconcertada por mi actitud, mis labios apretados, pero al final continuó en un tono distinto, confidencial.

—Yo creí que no se acordaría de mí, pero me reconoció, ¿sabes? Me preguntó por ti, estuvo muy simpático. Le conté que te iban muy bien las cosas, que te habías casado con un tío cojonudo, guapísimo... Ahí me dije que había metido la pata, pero se lo tomó bien, quiero decir que no se dio por aludido. Me dio muchos besos para ti y me pidió tu teléfono, y luego me dijo que no se lo diera, que daba lo mismo, y al final volvió y me lo pidió otra vez. Le dije que te acababas de mudar y que todavía no te habían dado el número nuevo, porque no sabía si tú... Pero le dije que me diera el suyo.

—No lo quiero.

—De todas formas —sentenció ella al final, mientras cerraba la maleta—, es verdad eso de que el mundo es un pañuelo.

—Y está lleno de mocos —contesté, antes de aducir el primer pretexto que se me ocurrió para marcharme.

Aquel golpe me llegó tan bajo que nunca llegué a proponerle a Reina que nos repartiéramos las tardes de mamá, como era mi propósito. De todas formas, no habría servido de mucho, porque su breve excursión a las Alpujarras se prolongó durante el resto del invierno y la mayor parte del mes de abril. Durante todo este tiempo, mi madre se torturó metódicamente día tras día, imaginando las claves más excéntricas, si no las fantasías más atroces, para justificar la ausencia de aquella hija que, en mi opinión, no hacía otra cosa que escurrir el bulto, por muchos silencios significativos que dejara escapar cuando, más o menos cada tres semanas, condescendía a llamar por teléfono para decir que estaba bien y que la comunicación se iba a cortar porque no le quedaban más monedas. Ya te contaré, me dijo, la única vez que estuve al otro lado del hilo, me están pasando muchas cosas... A mí también, empecé a decir. Se me había ocurrido advertirla de que, si no volvía de una vez, enviaría a mamá a Granada una temporada para que las dos se hicieran compañía mutuamente, pero antes de que tuviera tiempo para formular el ultimátum, un pitido agudo, monocorde, me sugirió que podía ahorrarme aquel trabajo.

Era verdad que me estaban pasando cosas, aparte de la crisis nerviosa en la que amenazaba con precipitarme la frenética batalla que había emprendido contra el aburrimiento de mi madre, para cuyo infinito tiempo libre, por cierto, encontré un hueco a mediados de marzo en el club de bridge que dirigía una de mis alumnas, una modesta victoria que me devolvió, de entrada, las tardes de los martes y los jueves. Más o menos en aquellos días, hicieron fijo en la academia a un nuevo profesor de alemán que llevaba ya meses haciendo suplencias. Se llamaba Ernesto, tenía cuarenta años y no estaba casado, pero llevaba dieciocho viviendo con la misma mujer. Era alto y delgado, casi huesudo, y aunque no llegaba a aparentar menos edad de la que en realidad tenía, conservaba un cierto aire juvenil cuya razón me resultaba difícil expresar. Quizás era el pelo, largo como el de un poeta romántico y cuidadosamente despeinado para enmascarar una calvicie más que incipiente, o la frecuencia con la que el asombro se asomaba a su rostro, como si todo le sorprendiera, igual que a un niño pequeño. Quizás era más que eso, la naturaleza bífida de un ser que se adivinaba delicado e inconmovible a la vez, como suelen ser los adolescentes. Tenía la nariz afilada, los labios finísimos y los ojos pardos, muy hermosos, sobre todo hasta que identifiqué las inequívocas pupilas de un alcohólico en lo que había querido confundir al principio con la más inocente de las miopías. Pero incluso después de aquel descubrimiento, siguió pareciéndome un hombre guapo, a la manera en que podría haberlo sido el modelo favorito del más delicado de los pintores prerrafaelitas. No se parecía nada a Fernando, y sin embargo me gustaba. En aquella época, la diferencia aún me parecía una garantía.

A cambio, nunca llegué a estar segura de lo que él pretendía de mí, buscándome afanosamente por los pasillos para hacerse el loco cada vez que me encontraba, empeñándose en que fuéramos al cine para desconvocar por teléfono dos horas antes de que empezara la película, queriendo para no querer al mismo tiempo, pero moviéndose siempre con la misma intensidad en ambas direcciones, mientras yo seguía sus pasos con una mirada de escepticismo divertido. Todas las mañanas, cuando nuestros horarios coincidían, íbamos a desayunar juntos, o nos tomábamos una caña después de clase. Él era un gran conversador, aunque le costara trabajo salir de su tema favorito, que era básicamente él mismo, las cosas que pensaba, las que hacía, las que le pasaban o las que recordaba. También me hablaba mucho de su mujer, repitiendo a cada paso que la adoraba con una insistencia de intenciones indescifrables para mí, aunque a veces, sobre todo al principio, en el fragmento más inflamado del discurso, apoyaba una de sus piernas contra la mía, o se inclinaba hacia delante como si, más que intentar rozarme, pretendiera desplomarse sin previo aviso sobre mi cuerpo. Entonces, cuando nos separábamos, me preguntaba a mí misma qué haría yo si algún día la situación evolucionaba en el sentido que parecía previsible y, para mi propia sorpresa, la idea de liarme con Ernesto me inspiraba una pereza enorme, un sentimiento cuya vigencia apenas alcanzaba a unas pocas horas, porque al día siguiente de haberse dejado llevar por el entusiasmo hasta el límite de producir cualquiera de aquellos mínimos gestos, optaba por hacerse invisible durante el resto de la semana. Su actitud me desconcertaba, pero no conseguía molestarme del todo, porque en realidad, nunca llegué a tomármelo en serio. Sabía que no era peligroso para mí, se parecía demasiado a Santiago para serlo, pero la verdad es que me entretenía.

La indignación que me sacudió cuando vi a mi hermana, apenas sobrevivió al par de minutos que invertí en trasladarme del salón a la cocina. La sorpresa, sin embargo, persistía, porque ya no creía que Reina fuera a volver, y mucho menos que, si lo hacía, me buscara a mí antes que a mi madre. Mientras encendía un cigarro para dar tiempo a la cafetera, me pregunté qué sería tan llamativamente nuevo en el aspecto de mi hermana como para que yo hubiera debido notarlo de un simple vistazo, y lo mejor que se me ocurrió fue un descabellado recurso a la cirugía estética. Cuando volví al salón, eché una ojeada a sus zonas estratégicas y comprobé que su pecho parecía menos plano que antes. Recordé sus comentarios sobre la boda de Agustín y disparé.

—Te has operado las tetas.

—¡No! —gritó ella riendo—. Estoy embarazada.

—¡Venga ya!

—Que sí, que estoy embarazada, en serio.

Me miraba con una sonrisa tan ancha que dejaba casi las encías al descubierto, y tuve la sensación de que su rostro se había convertido en un anuncio, de esos en los que la señora Pérez confía a su cuñada el secreto de la cegadora blancura que exhibe su colada. Mi cara estaba congelada, en cambio.

—No me lo creo —dije, y era verdad.

—¡Hija! —replicó ella, casi ofendida por el palpable retraso de mi entusiasmo—. Pues tampoco es tan difícil.

—Ya, pero... —me senté en una butaca, y ella siguió mi ejemplo, situándose frente a mí—. ¿Y de quién es?

—De un tío.

—Sí, eso suele ocurrir. No supongo que te vayan los caballos.

No contestó y yo serví un café que ahora ya me apetecía terriblemente, para intentar ganar tiempo, sorprendida yo misma por mi reacción, los misteriosos efectos de aquella buena noticia que, lejos de alegrarme, me angustiaba tanto.

—¿Y lo vas a tener?

No había hecho esa pregunta con mala intención, las palabras me habían brotado de los labios por obra de un mecanismo puramente instintivo. Muchos años antes, cuando todavía estaba con Agustín, yo también había creído quedarme embarazada y eso fue lo primero que me preguntaron mis amigas, y no me ofendí, me pareció una cuestión de lo más lógica, pero Reina me miraba ahora con una sonrisa condescendiente, cabeceando con suavidad, como si me compadeciera por mi estupidez.

—Claro que lo voy a tener.

—O sea, que has ido a por él.

—¡No! Pero ¿qué te has creído? —hasta ese momento no detecté lo nerviosa que estaba—. Le conozco desde hace muchos años, es...

—No hablo del padre —corregí, sin decidirme a clasificar el error de mi hermana entre las equivocaciones vulgares, o asimilarlo a las burdas traiciones del subconsciente—. Hablo del niño.

—¿Que si quería quedarme, dices? —asentí con la cabeza—. Bueno, no exactamente, pero tampoco lo evitaba. Es difícil de explicar. A mí también me sorprendió la noticia, pero enseguida comprendí que lo necesitaba, que necesitaba un hijo, ¿comprendes?, era como si todo el cuerpo me lo estuviera pidiendo, como si acabara de darme cuenta de que estaba vacía por dentro, y entonces sucedió, simplemente había sucedido.

A Reina siempre le habían gustado mucho los niños, eso era cierto. En Almansilla, donde solían abundar los bebés, la había visto muchas veces dando a alguno de comer o de merendar, acunándolos y cogiéndolos en brazos, y cuando ella misma no era más que una niña, siempre prefería jugar a las mamás que a cualquier otra cosa. Entonces, a finales de los años sesenta, empezaban a dominar el mercado las muñecas que hacían cosas, bebés que berreaban, peponas parlantes, monstruosas niñas andadoras de tamaño casi natural, ositos que contaban cuentos, y gordos tragones con la boca perforada, en forma de O mayúscula, que venían provistos de un biberón mágico cuyo blancuzco contenido desaparecía misteriosamente al inclinar el recipiente, encajándolo entre los labios de plástico. Eran probablemente horribles, y los mecanismos que los animaban ya entonces me parecían burdos, rudimentarios, a años luz de los sofisticados dispositivos electrónicos donde se esconde el alma de las muñecas de ahora, aquellos altavoces enmascarados en la tripa del muñeco, que en lugar de ombligo tenía un redondel de agujeritos, como un mensaje en Braille, en medio del cuerpo, y el minúsculo tocadiscos embutido en la espalda, tras una trampilla que siempre se rompía, o se daba de sí hasta que resultaba imposible cerrarla, su perfil transparentándose bajo los vestiditos para prestar al hijo de turno la apariencia de un diminuto engendro tullido, pero a mí me encantaban. A mi madre le daba mucha rabia que escogiera siempre alguno, casi siempre el de aspecto más mutante, cuando escribía la carta a los Reyes, pero nunca logró disuadirme, porque a mí me interesaban los muñecos con los que se podía jugar, y no los bebés de Reina.

A mi hermana sólo le gustaban las criaturas de Sánchez Ruiz, una gran juguetería de la Gran Vía que vendía exclusivamente su propia producción de muñecos, en una gama que abarcaba todos los tamaños, desde pequeñas figuras que cabían en un bolsillo hasta inmensos osos blancos de peluche que sólo un adulto podría levantar del suelo, pero siempre con un estilo característico, inconfundible, eso que las personas mayores llamaban buena calidad. A lo largo de lo que a mí me parecía un inmenso escaparate escalonado, tan alto al menos como dos pisos de una casa normal, se alineaban muñecas de verdad, de las antiguas, la misma cara, el mismo cuerpo, las mismas ropas que podría haber visto nuestra madre en el mismo lugar cuando era niña. El plástico había sustituido al celuloide y a la porcelana, el hilo de nailon reemplazaba a las viejas melenas de fibra, los vestidos ya no estaban cosidos a mano, pero cada detalle, por muy pequeño que fuera, proclamaba discretamente su perfección. Reina se pasaba horas en plena calle, la nariz pegada al cristal, mirándolas, eligiendo la que pediría en cuanto se presentara la ocasión, y nunca se cansaba de ellas. Como eran muy caras, a veces recibía alguna como regalo conjunto de varios miembros de la familia, pero tampoco se sintió jamás decepcionada por eso. Tenía muchas, una chinita, vestida con un kimono de seda auténtica bordado de verdad y un aparatoso moño con tres varillas atravesadas sobre la cabeza, otra rubia, un poco más grande, que parecía una niña normal, con un sombrero de paja y un vestido estampado de flores, con muchas enaguas tiesas debajo, una pareja morena, niño y niña, ataviados de ceremonia con unos trajes preciosos de terciopelo azul marino rematados con encajes y puntillas, y los mismos calcetines blancos de algodón calado que nos ponía a nosotras mamá para ir a misa los domingos, y una auténtica señorita, una muñeca de pelo castaño y ojos color caramelo, un poco más grande que las demás, que viajaba con un baúl lleno de ropa para todas las ocasiones. Pero la estrella era el bebé, un muñeco muy grande, del tamaño de un niño de seis meses, la cabeza enorme, calva, cubierta por una delicada capota de batista que se anudaba debajo de la barbilla, en el rostro la expresión de un recién nacido, y el cuerpo blando, mullido, esponjoso, bajo un faldón auténtico, un babero bordado y una chaquetita de lana azul cielo, con botones redondos y pulidos, como los de verdad. Prendido en el pecho, un diminuto imperdible sujetaba una cinta de raso de la que colgaba el chupete. Cuando Reina se cansó de estrujarle, besarle y abrazarle, se lo pedí e intenté meterle el chupete en la boca, pero no lo logré porque aquel enano no abría los labios, como mis muñecos, así que se lo devolví a su madre no sin experimentar cierta envidia, sobre todo de los patucos de lana que llevaba en los pies. Mis muñecos eran mucho más feos, pero hacían cosas, y además los Reyes de aquel año me habían traído el que se convertiría sin competencia alguna en el juguete favorito que he tenido jamás, un carrito de verdulera de plástico rojo con ruedas de verdad, y un toldillo a rayas con un cartel que proclamaba su contenido. En el mostrador tenía una balanza, y una registradora dorada con monedas y billetes que hacía ruido cuando se abría. Debajo, un montón de cestillos blancos acogían lo que yo interpretaba como una gran variedad de frutas y verduras, pepinos, pimientos, tomates, plátanos, fresas y manzanas de plástico, además de una bolsa de malla roja y amarilla, llena de naranjas, que se colgaba de un ganchito. Era precioso, pero cuando me aburrí de jugar con él, Reina seguía jugando con su bebé, al que había convertido en una niña por el sencillo procedimiento de vestirle de rosa, y le compraba ropa, le tejía gorritos y jerséis, le bañaba y dormía con él por las noches. Ahora, quince años después, a juzgar por la radiante expresión con la que me miraba, estaba pensando en volver a hacer lo mismo.

—¿No es maravilloso?

Debía de serlo, pero a mí, las mujeres que declamaban esas mismas palabras en las películas me ponían siempre de mala leche, y hasta me daban un poco de miedo.

—Mujer, si tú lo dices...

Mi hermana se sentó a mi lado, me cogió la mano y me habló con dulzura.

—¿Qué pasa, Malena?

—No, nada. Que no lo entiendo.

—¿El qué no entiendes?

—Pues no entiendo nada, Reina —y chillé un poco, como si estuviera enfadada—. ¡Nada! No entiendo cómo puedes quedarte embarazada por sorpresa a estas alturas, no entiendo cómo puedes no pretenderlo sin evitarlo al mismo tiempo, no entiendo cómo puedes comprender que un niño es lo único que necesitas sólo porque lo vas a tener, no entiendo nada de eso. A mí el útero no me grita, qué quieres que te diga, el estómago, como mucho, si llevo más de doce horas en ayunas... Y tener un crío me parece algo muy serio, incluso muy grave, si quieres, como para no pensárselo mucho.

—Es una situación natural.

—No. Lo natural es menstruar. El embarazo es un estado excepcional.

—Muy bien, como quieras. Pero yo no necesito pensarlo. Yo llevo toda la vida preparándome para esto.

—Mira qué bien —murmuré—, igual que Lady Di.

El desconcierto cedió sin esfuerzo ante la evidencia. Reina estaba embarazada y le parecía maravilloso tener el hijo que siempre había deseado tener para que prestara a su vida el auténtico sentido y la completara en la dimensión más transcendental en la que puede realizarse una mujer como ser humano.

Eso, poco más o menos, fue lo que repitió varias veces, recurriendo a distintas palabras, sintaxis y expresiones, sin impedir en ningún momento que su discurso desarrollara en mis oídos la irritante esencia de las frases hechas, dime de lo que presumes y te diré de lo que careces. No creí ni por un momento que Reina estuviera siendo sincera del todo, porque en ningún momento mencionó el miedo, ni la extrañeza, no se mostró abrumada, ni insegura, sólo impaciente. Estuve a punto de preguntarle por cuestiones concretas, pero no llegué a hacerlo, porque eso habría implicado confesar mis propios sentimientos, e intuí que no le parecerían correctos, ni siquiera sensatos. Yo contaba con tener hijos algún día, cuando me apeteciera fervientemente tenerlos, pero cada vez que pensaba en ellos, en mis futuros hijos hipotéticos, sucumbía a una larga serie de terrores imaginarios que ahora, y al escuchar a Reina lo comprendí, no debían de ser otra cosa que una más de mis rarezas. Porque ella ni siquiera consideraba que algo pudiera ir mal, no calculaba la posibilidad de parir una criatura defectuosa, enferma, incapaz, agonizante, y por eso entendería menos otras cuestiones. Yo comprendía que tener un hijo es mucho más importante que tener buen tipo, pero no me hacía ninguna gracia ponerme como una vaca, o quedarme fofa, con los pechos descolgados y la piel llena de estrías, aunque eso formaba parte de la categoría de las verdades que jamás me atrevería a revelar a mi hermana. Convertirme en madre me parecía dar un paso de gigante hacia la madurez, volverme mucho más vieja de repente, y aquella metamorfosis me inquietaba, porque desde entonces y para siempre, en la misma casa donde yo viviera, habría alguien mucho más joven que yo, con mucho más futuro por delante. Tener un hijo significaba renunciar a la irresponsabilidad que todavía cultivaba de vez en cuando como un vicio secreto, gozoso e íntimo. Adiós al alcohol, adiós a las drogas, a los amantes ocasionales, al sexo accidental, a las largas noches de palabras cálidas y vacías con gente tan irresponsable como yo. Un camión con remolque, eso sería durante algunos años, y un punto de referencia inevitable durante el resto de la vida de mi hijo, más madre que mujer ya para siempre, mi cuerpo un templo de generosidad y amor infinitos, un recinto sagrado que a nadie le interesaría profanar nunca más. El cambio no me gustaba, pero todo eso contaba mucho menos que la posibilidad de parir a un desdichado.

Cada vez que veía a una niña gorda, a un niño bajito y con gafas, a un enano tímido que jugaba solo en un rincón de cualquier parque, cada vez que escuchaba esos demoledores insultos infantiles, o comprobaba que, sin razón aparente, al crío del jersey verde, o rojo, o azul, nadie lo admitía en ningún equipo, cuando notaba que alguno se ponía colorado y le escuchaba tartamudear, peleando desaforadamente con las palabras que se negaban a salir enteras de sus labios mientras los que hacían corro a su alrededor empezaban a partirse de risa, entonces, la idea de tener un hijo me daba pánico, como si presintiera que un niño nacido de mí estaría condenado a pertenecer siempre a la banda de los torpes, de los solitarios, de los infelices. Pero Reina parecía sentirse al margen de esa posibilidad, como había estado al margen de todas las tormentas que a mí, antes o después, me habían ido estallando entre las manos.

—¿Y qué vas a hacer? —pregunté por fin, para cortar al menos, en seco, aquel torrente de felicidad sonora.

—¿Qué voy a hacer con qué? —su asombro parecía genuino.

—Pues con todo... ¿Vas a casarte, vas a irte a vivir con el padre, vas a pasar de todo? No es por nada, pero a mí me parece que parir, lo que se dice parir, es lo más fácil.

—Voy a tenerlo yo sola. Su padre está de acuerdo.

En ese instante, adiviné de golpe la situación de mi hermana, aquellas dos frases encadenadas disolvieron un misterio que no pude resolver un par de años antes, menos tiempo quizás, una noche que Reina eligió para aparecer por mi casa a la hora de cenar, sin otro propósito aparente que una muda intención de hacerse invitar que yo no defraudé. Entonces, sin preámbulo alguno, mientras esperábamos a que llegara Santiago con la televisión encendida y un Martini en la mano, me hizo una extraña pregunta.

—¿Qué opinarías tú de un hombre guapo, guapo y con buena pinta, que llevara muchos años casado con una tía lesbiana, y a pesar de todo, y de no acostarse con ella, la quisiera, y la protegiera, y no la abandonara?

—¿Así, a secas?

—No te entiendo.

—Quiero decir que si no me das más datos.

—No, no hace falta.

Medité durante un par de segundos. Mi hermana me miraba con una expresión divertida que mi primera pregunta transformó instantáneamente en una mueca de desagrado.

—¿El es maricón?

—No.

—¿Ella es millonaria?

—Tampoco.

—Pues entonces opinaría que es un gilipollas.

—Bueno... También puede ser que esté enamorado, ¿no?

—Claro —asentí—. Entonces es un gilipollas enamorado.

Ella movió la cabeza de una forma vaga y no dijo nada más. Yo advertí que el misterioso objeto del interrogatorio se ajustaba a la figura de Germán, pero el aspecto de aquella conversación, y la serenidad con la que Reina la condujo, me animaron a enterrarla casi instantáneamente en la memoria de los asuntos triviales. Santiago abrió la puerta, yo me fui a la cocina a calentar la cena y no se volvió a hablar del asunto. Reina no había vuelto a mencionarlo desde entonces, aunque intuí que sólo él podría haber sido el misterioso amigo que la llevó consigo a la boda de Agustín, pero cuando confesó que había planeado ser una madre sola con el consentimiento del padre de su hijo, comprendí que la naturaleza accidental de su embarazo descartaba la posibilidad de un pacto previo, y me pregunté qué clase de hombre que no contara con tener un hijo lo aceptaría de una historia así, y concluí con desánimo que sólo podía ser un gilipollas.

—El niño... —aventuré, casi con miedo—, ¿no será del marido de Jimena, verdad?

—Sí —mi hermana me miraba, estupefacta—. ¿Cómo lo has adivinado?

—¡Vale, Reina, tía! —exclamé, sin molestarme en contestar—. No la habrías liado más gorda ni si te lo hubieras jugado a los dados.

—No sé por qué dices eso —me miraba con los ojos brillantes, los labios temblones, como si estuviera a punto de echarse a llorar—. Llevo muchos años con Germán, no es una relación convencional pero es... perfecta en muchas cosas. El hace su vida y yo la mía, pero tenemos un territorio común, un lugar donde hablar, donde contarnos las cosas que pensamos, que sentimos. Estoy enamorada de él, Malena, es la primera vez que me pasa desde que soy adulta. Nos entendemos tan bien que cuando hacemos el amor ni siquiera necesitamos las palabras...

—Deja de decir cursiladas, Reina, por favor.

—¡No son cursiladas! —chillaba más fuerte de lo que yo había llegado a hacerlo antes, y ya no lloraba, porque mi comentario la había puesto furiosa—. ¡Es la verdad! Lo que pasa es que tú no lo entiendes porque nunca has tenido un rollo con un tío así.

—Sensible —dije, con una sonrisa de circunstancias, como si presintiera que ella nunca querría captar mi ironía.

—¡Sí! —gritó ella—. Exactamente eso. ¡Sensible!

—No... —asentí, haciendo los cuernos con la mano derecha y buscando desesperadamente algo de madera que no tuviera patas—. Nunca me he liado con un tío sensible, ni falta que me hace...

Tuve que levantarme sin extender la mano hasta alcanzar una mesa auxiliar sobre la que reposaba la caja de madera de olivo donde guardaba mis pendientes, y sólo después de haber sentido que las yemas de los dedos empezaban a desgastárseme de tanto frotarla, terminé de explicarme.

—Bastante tengo con haberme casado con uno.

Santiago había escogido esa misma palabra, sensible, para definirse a sí mismo al final del más tortuoso y doliente de los monólogos que jamás me dedicara, cuando una noche se negó a esperar el final del último acto, y apagó la luz, y me dio la espalda.

—Malena, yo... No sé cómo explicártelo pero me molesta mucho... No, no quería decir eso, no me molesta sino que me preocupa, me preocupa mucho esta costumbre tuya de no... terminar al mismo tiempo que yo. Ya me imagino que no lo haces aposta, pero creo que todo saldría mejor si pusieras algo... algo más de tu parte, no sé, quiero decir que esto, verte así, es muy descorazonador para mí, no me siento bien, y ya sé que no es culpa mía, ni tuya, todo eso, pero... Al principio era distinto, ¿no?, llegábamos a la vez, muchas veces, yo... Yo soy un hombre, Malena, una persona sensible pero también un hombre, y todo esto es muy doloroso para mí.

Cuando terminó, mi cuerpo pesaba tanto como si mis venas estuvieran rellenas de plomo fundido, un metal mate, sin brillo, que hubiera disuelto mi sangre al principio, mientras aún era un torrente de fuego fangoso y grisáceo, para enfriarse luego, muy despacio, en mi interior. Sentí que estaba horadando el colchón, hundiéndome en su detestable blandura, los muelles aplastados, comprimidos, triturados por mi peso, pero me levanté sin dificultad, y caminé con naturalidad hasta el baño, abrí la puerta, me senté sobre la tapa del retrete, apoyé los codos en las rodillas y me asombré de no experimentar ninguna vergüenza, como si hasta el plazo para la vergüenza hubiera expirado ya. Entonces calculé que Fernando habría cumplido treinta años, e intenté imaginármelo, imaginar su vida, cómo iría vestido, dónde trabajaría, qué moto conduciría, cómo follaría con su mujer ahora, en Berlín, sabía que vivía allí, que por fin hacía aviones, que estaba casado y que tenía una hija, pensaba en él muchas veces, para convencerme de que él también pensaba en mí, de que tenía que pensar en mí de vez en cuando, y me sentaba bien aquella fantasía, pero aquella noche, encerrada en el baño, intenté convencerme de que seguramente Fernando no sería ahora muy distinto de Santiago, o de Ernesto, de la mayoría de los tíos que yo conocía, los hombres con los que me relacionaba en el trabajo, mis alumnos, los amigos de mi marido y los maridos de mis amigas, mucho manso, como le había oído anunciar a sus acompañantes a una cuarentona lustrosa, guapa de cara, con la que me había tropezado un par de meses antes en la puerta de un bar, si queréis entramos, pero no hay nada que hacer, miradlos, todos mansos.

Me di cuenta de que había empezado a llorar porque los ojos me picaban. Por mucho que me esforzara en imaginarlo, sabía que Fernando nunca sería un manso, y por eso las lágrimas resbalaban obedientes, acariciando con un gesto tibio mi barbilla. En aquel instante sospeché que tal vez era una privilegiada, que llorar por un hombre como Fernando era un privilegio, y me sentí orgullosa de mi dolor, contemplé con soberbia mis heridas, toda la sangre que había derramado para seguir teniendo el cuerpo lleno de sangre, y ya no compadecí más a mi madre, ni volví a compadecerme de mí misma. A cambio, mientras Reina me hablaba de la calidad de los hombres sensibles, me compadecí profundamente de ella, como no lo había hecho desde que ambas habíamos dejado de ser niñas.

Recuerdo sólo vagamente el resto de nuestra conversación, mi hermana hacía planes en voz alta y su historia me parecía más descabellada a cada paso, hasta que en algún momento dejó de interesarme, y la miré desde una distancia que todavía no había llegado a cobrar nunca para mí. Entonces me di cuenta de que si no fuera ella, sino un personaje neutral, alguien del todo ajeno a mi vida, sólo habría podido definirla como una neurótica, me pareció una neurótica, una loca enferma y fría, aunque podía detectar que su discurso estaba trabado con claves tan comunes, tan vulgares, tan fáciles de entender, como habrían resultado para la mayor parte de la gente los desaforados gritos maternales de su triste útero vacío. No tiene nada en común conmigo, sólo su sexo, concluí, y no reparé al principio en la aterradora verdad que involucraba un razonamiento tan sencillo.

Cuando se marchó, su relato permaneció durante horas en mis oídos, y me propuse desmontarlo con la misma paciencia, la misma minuciosa meticulosidad, con la que se abre un juguete de cuerda que se planea reconstruir después porque nunca ha dejado de funcionar perfectamente.

394

Desmenucé sus palabras sílaba por sílaba, esforzándome incluso por recrear su acento, reconstruyendo su sonrisa en mi memoria, e intenté penetrar en su interior como si mi mirada fuera el extremo de una sonda provista de una diminuta cámara de vídeo, para atisbar en los pliegues escondidos, escalar las paredes más abruptas, colarme en los más remotos resquicios de sus huecos, reconocer su relieve. Empleé horas, y luego días, semanas, en recuperar los matices de su voz como si no la hubiera escuchado nunca antes, y cuando lo logré, me convertí en el miembro imparcial de un jurado escogido al azar, los ujieres jugándose a los dados los nombres enunciados en la guía telefónica.

Entonces la escuché de nuevo, y comprendí por fin que el sexo no es más que la patria, la belleza o la estatura. Puro accidente.

—No hay más que un mundo, Malena...

Magda solía contestarme con esa frase cuando yo ponía más énfasis en mi intuición de no ser más que un niño equivocado, y yo nunca la entendía. Ella no quería seguir, abandonaba aquel camino antes de llegar a las etapas que sólo pueden expresarse con palabras sencillas, no hay más que un pensamiento, no hay más que un sentimiento, un concepto del bien, un concepto del mal, una idea del placer, del dolor, del miedo, del amor, de la nostalgia, del infortunio, del destino, una sola idea de Dios y del infierno.

Magda, que era igual que yo, me lo insinuó cuando yo carecía de edad para entenderlo. Reina, que es tan diferente a mí, estaba segura de que yo la comprendería mejor que nadie porque soy igual que ella, y sólo entonces descubrí que ser una mujer es tener piel de mujer, dos cromosomas X y la capacidad de concebir y alimentar a las crías que engendra el macho de la especie. Y nada más, porque todo lo demás es cultura.

Me liberé del insoportable cerco del código universal que me amparaba a mi pesar desde que tenía memoria, y no lamenté todo cuanto había sacrificado en vano al ídolo tramposo de la feminidad esencial. Disfrutaba de una paz tan profunda que tardé semanas en darme cuenta de que, en flagrante contradicción con las leyes de la gravedad, no me bajaba la regla.

Durante mucho tiempo me negué a aceptar la responsabilidad del azar en lo que sucedió después, como si solamente mi indecisión, mis dudas, la culpable apatía que me invadió al principio, el fastidio con el que tomé un camino del que ignoraba si sería o no el correcto, latieran bajo la corteza de un desastre que yo ya había previsto por mucho que todo el mundo intentara convencerme de su imprevisible naturaleza, y a ratos me parecía justo que aquello hubiera ocurrido, porque todo conspiraba para obligarme a olvidar que ser mujer es ser apenas nada, y para convencerme de que, por ser tan poco mujer, mi propio cuerpo me había castigado.

Al principio, sencillamente, no me lo creía. Porque era imposible. Porque todo cuanto existe en este planeta se rige por las leyes de un fenómeno cuyo mecanismo los humanos no han desentrañado aún, pero que padecen sin experimentar siquiera la necesidad de conocerlo desde que el primer mono evolucionado le arreó en la cabeza al vecino con una quijada que encontró casualmente debajo de un árbol. Porque sólo los pájaros rehúyen la atracción del suelo. Porque a Newton le cayó una manzana en la cabeza. Porque todo lo que sube tiene que bajar.

Desde que Santiago me había devuelto a la penosa tarea de fingir el orgasmo, careciendo ya de cualquiera de las rentables expectativas futuras que me habían inducido de forma espontánea a adoptar aquella técnica de márqueting en los primeros tiempos de nuestra relación, follábamos cada vez menos, una expresión que bordeaba peligrosamente la cruda inconsistencia de la nada cuando se le ocurrió que quizás podríamos hablarlo. A aquellas alturas, mi marido ya se había convertido para mí en un conflicto exclusivamente unilateral, alguien que me pertenecía como si me hubiera tocado en una rifa, una persona a la que cuidar y consolar, y también a la que querer, porque yo quería a Santiago, y le quería mucho, como habría querido a un hermano varón si lo hubiera tenido. Seguía siendo amable, fácil y optimista, un buen marido en el sentido tradicional de la palabra, y si algo había cambiado entre nosotros, la culpa era solamente mía. Por tanto, yo podía hablar de todo con él, menos de eso, no podía contarle la verdad, que el entusiasmo del que yo misma me había esforzado por revestirme, como si fuera un abrigo de pieles que una amiga te presta para una boda, se había agotado ya, que ya no tenía ganas de darme palmaditas en la espalda y susurrar en mis propios oídos que todo iba a ir bien, que nunca había habido más que eso, una férrea predisposición que no había resistido el tirón de la inevitable normalidad que la edad va depositando en las orillas de la vida como un río plano y tranquilo. Porque él era tan inocente como un conejo de Indias cuyo organismo reacciona en la dirección equivocada al entrar en contacto con una nueva vacuna, y a mí todavía me sobraba lucidez como para atreverme a suponer que tuviera algún derecho a responsabilizarle de algo.

Santiago sabía muy poco de mi vida anterior, y de Fernando, apenas lo que contaba Reina, que solía lanzarse con ímpetu en las sobremesas sobre lo que ella misma describía como una típica historia de primos adolescentes, descartando de antemano cualquier complicación que escapara del esquema clásico, la fascinación de la señorita por el bastardo prohibido, y la calculada, vengativa y cruel maniobra de seducción emprendida por éste. Yo no tenía ganas de contarle nada más, así que decidí que no hablaríamos, que lanzarme sobre mi hermoso marido de vez en cuando para dejar escapar un par de suspiros huecos me dolería menos que hablar, y me saldría más barato. A partir de aquel momento, la perspectiva del embarazo empezó a parecerme más descabellada que nunca, y por eso puse más cuidado que nunca en evitarla, pero aquella vez consideré que era innecesario esforzarse, porque, acatando la unánime opinión de todos los manuales, todos los especialistas y todas las madres de familia numerosa, creí que la ley de la gravedad me protegía. Estaba descansando de la píldora y no tenía ganas de que Santiago me repitiera por enésima vez que prefería no hacerlo a ponerse una goma, otra cuestión de principios que yo no interpretaba como un alarde egoísta o un gesto insolidario, sino como una pura mariconada, una más. Y dudé un momento antes de empezar, pero no tenía el cuerpo para puñetas. Afortunadamente, ya no recordaba a la insolente jovencita que solía reventar las tiernas confidencias matutinas del bar de la facultad afirmando con pasión, los puños cerrados golpeando la mesa, que la penetración era lo más grandioso que se le había ocurrido inventar a Dios después de colocarle al hombre una polla. La situación de la mujer que se puso encima para no tener que hablarlo, era prácticamente la opuesta, porque llegaba a asombrarme de que me gustara hacerlo a pesar de no haberlo deseado en absoluto. En ese momento, más o menos, solía terminar, pero tampoco lo lamentaba.

El mes de abril de 1986 follé dos veces, y las dos veces me puse encima. A principios de junio no me quedó más remedio que aceptar que estaba embarazada. No volveré a creer en la física nunca más.

Los lunes por la mañana estaba decidida a abortar y a abandonar a Santiago para corregir de golpe todos los errores que había acumulado durante los últimos tiempos. Los lunes por la noche me preguntaba si sería sensato contradecir la voluntad del destino. Los martes, al levantarme, me decía que si siempre había pensado en tener hijos alguna vez, por qué no éste, por qué no ahora. Los martes, al acostarme, me daba cuenta de que abandonar a mi marido sería como dejar caer a un bebé de dos meses en el carril central de la Castellana un viernes a las diez de la noche. Los miércoles por la mañana parecía darme cuenta de que dentro de mi cuerpo había un ser vivo, otro cerebro, otro corazón, mi hijo. Los miércoles por la noche dejaba de fumar. Los jueves, antes de levantarme, no era capaz de sentir otra cosa que un bulto amenazante y peligroso, un quiste o un tumor que debería hacerme extirpar a tiempo. Los jueves, antes de acostarme, encendía un cigarro con otro y apuraba los dos hasta el filtro. Los viernes por la mañana me preguntaba por qué había tenido tan mala suerte. Los viernes por la noche estaba decidida a abortar y a abandonar a Santiago para corregir de golpe todos los errores que había acumulado durante los últimos tiempos.

Cuando mi hijo nació, y los dos sufrimos tanto, me prometí a mí misma que jamás le revelaría la verdad, que nunca sabría que no fue un hijo deseado. Ahora creo que algún día haré todo lo contrario y le contaré que nació sólo porque no pude decidir a tiempo que no naciera, porque me pareció lo más fácil, porque me convencí de que tenerlo diez años después sería mucho más incómodo, porque estaba casada y tenía un marido y dos sueldos y una casa, porque tal vez no tendría otra oportunidad, porque sucedió, porque había sucedido aunque yo no quería que sucediese. Si lo sabe, jamás podrá dudar de cuánto le he querido, aunque algunas veces se me olvide el bocadillo sobre la encimera de la cocina y no tenga nada que comer en el recreo, porque cuando lo vi por primera vez, tres días después del parto, tan solo, y tan pequeño, y tan delgado, y tan inerme en aquella caja transparente de paredes lisas, como un prematuro ataúd de cristal, cuando comprendí que sólo tenía amor para alimentarle y que él no necesitaba otra cosa para sobrevivir, leí en sus labios la diminuta marca de la casta de los Alcántara y le juré en silencio, detrás de una ventana blanca y aséptica como la frontera que separa del mundo a los padres infelices, que todo iría bien, que pagaría cualquier precio, por alto que fuera, para que algún día nos riéramos los dos juntos de todo aquello, y establecí con él un lazo que mi madre jamás ató conmigo, un vínculo cuya fortaleza ni siquiera sospechan las mamás de esos bebés rollizos y felices a las que he envidiado tanto, durante tantos años.

Como si la Historia obrara con la perversa intención de repetirse, mi embarazo resultó tan apacible, tan sereno y tan confortable como fuera una vez el embarazo de mi madre, y durante meses, nada hizo prever un desenlace semejante, hasta el punto de que, cada vez que veía a mi hermana, tenía la sensación de que si lo que ella iba a tener era un hijo, lo mío seguramente sería otra cosa. Reina parecía sacarme varios años, en lugar de dos meses de ventaja, y la diferencia, en lugar de disminuir, parecía agrandarse con el paso del tiempo. Nunca la había visto con tan mal aspecto. Vomitaba casi todas las mañanas, perdió el apetito, sentía náuseas y ascos en las situaciones más inverosímiles, se mareaba y tenía jaquecas, pero al mismo tiempo, se puso inmensa, engordó tan deprisa que a los tres meses ya había renunciado a su ropa normal e iba disfrazada de globo aerostático. Yo intenté retrasar aquel momento mientras pude, y hasta el quinto mes seguí usando algunos de los pantalones que ya tenía. Dos o tres días, al levantarme, renuncié al desayuno porque noté que me sentaría mal tomarlo, pero nunca llegué a vomitar y, por lo demás, no me enteré de que estaba embarazada. Tenía el mismo color que siempre, comía con apetito y dormía estupendamente. Engordaba despacio, algo menos de un kilo al mes, porque me había impuesto a mí misma un régimen muy sano y completo pero rigurosamente limitado a mil quinientas calorías diarias. No comía dulces, ni fritos, ni salsas, sólo carnes y pescados a la plancha, legumbres, ensaladas y fruta, pero no me saltaba ninguna comida, ni siquiera cuando no tenía hambre. Durante la primera mitad del embarazo no fumé en absoluto, y a partir del quinto mes encendía tres cigarrillos al día —después del desayuno, de la comida y de la cena—, y los tiraba cuando estaban por la mitad. Hacía todas las mañanas un ejercicio muy sencillo, mover los pies hacia delante, hacia atrás, y en círculo, para estimular la circulación de las piernas y ahorrarme las varices que lucía mi madre, y cuando todavía no había cumplido los tres meses, entré en una farmacia muerta de vergüenza, y le conté a la dependienta que iba a tener un hijo y que eso me hacía muy feliz, ella nunca podría imaginarse cuánto, pero me preguntaba si no habría alguna posibilidad de que mi piel saliera indemne de aquel trance. En lugar de fulminarme con la mirada y azuzarme con la ígnea espada que arroja a las desvergonzadas coquetas del paraíso que habitan las dulces madres universales, sonrió y empezó a poner botes encima del mostrador.

—Estas son todas parecidas —me dijo—, y son buenas, pero si te interesa mi opinión, lo mejor es que te compres una buena crema con colágeno para la cara y que te la des en el cuerpo, todos los días sin excepción. No es que salga barato, por cierto, pero a mí me fue estupendamente...

Seguí su consejo, y terminé eligiendo la misma que había usado ella. Cuando me devolvió el cambio, bajó la voz para que el resto de las clientas no la oyeran y sonrió.

—Duerme con sujetador. Quítatelo solamente para ducharte, y no lo hagas con el agua muy caliente. Dentro de un par de meses, empieza a hacer abdominales flojitos. Te tumbas en el suelo y levantas primero una pierna y luego la otra, hasta que hagan ángulo recto con el cuerpo. Sólo diez veces al día. Todos los días.

El simple hecho de que existieran tantas posibilidades de hacer cosas me entusiasmó antes de que transcurriera un plazo razonable para apreciar los resultados. Sin embargo, nunca llegué a sentir una felicidad específicamente física a consecuencia de mi estado y tuve que darle la razón a mi abuela, porque en ningún momento me encontré más guapa, ni más sana, ni más fuerte que antes, y tampoco me sucedió lo contrario. Estaba igual que siempre, con un poco menos de cintura cada día. Reina, que a veces tenía la cara francamente verdosa, y casi siempre ojeras, porque no dormía bien por las noches, afirmaba en cambio que jamás se había sentido mejor, y cuando por un impulso de solidaridad elemental la puse al corriente de mis descubrimientos, me lo agradeció con una estridente carcajada.

—¡Pero, Malena! Desde luego, tía, tienes unas cosas... ¿Cómo puedes preocuparte por algo así en estos momentos?

—Bueno, tampoco es que haga daño, ¿no? Lo único que quiero es quedarme estupenda, algún día dejaré de estar embarazada.

—Por supuesto, pero entonces todo será distinto.

—No veo por qué.

—¡Pues porque tendrás un hijo! ¿No te das cuenta?

—No, no me doy cuenta. ¿O es que tú no piensas volver a... —follar, iba a decir, pero la etérea expresión de mi hermana me decantó por el eufemismo— salir de casa nunca más después del parto?

—Sí, claro que volveré a salir, pero después de algo tan importante, mi relación con mi cuerpo habrá cambiado para siempre.

—Me alegro por ti —dije entonces—, sufrirás menos.

—¡Pero, tía, por favor, si tú estás de puta madre! Otra cosa no te digo...

—No. Mejor no me la digas.

—Desde luego, Malena, parece mentira que hables así, con la suerte que tienes.

En eso, llegué a estar casi de acuerdo con ella, porque mi bienestar físico no era más que la pequeña parte de un todo por el que me sentía muy afortunada. A Santiago le hizo tanta ilusión enterarse de que iba a ser padre, que durante algún tiempo hasta se convirtió en una persona expresiva, y llegó a contagiarme su entusiasmo. Entonces empecé a ser consciente de que la situación se podía analizar desde muchos puntos de vista tan correctos como el mío, pero mucho menos crueles. El mundo estaba lleno de mujeres solas, de mujeres abandonadas, o maltratadas por maridos repulsivos, de mujeres estériles, o autoras de niños monstruosos, existían miles de desgracias que yo no había padecido en grado alguno, tragedias que ni siquiera podía imaginarme. Yo vivía en calma con un hombre amable, por el que sentía cariño, e iba a tener un hijo en las mejores condiciones posibles, al menos en comparación con la novela gótica en la que antes o después le tocaría intervenir a mi sobrino.

Reina se había instalado en la habitación de invitados de la casa de Germán, un pequeño chalet con jardín en una vieja colonia que bordea la M-30, y éste, a su vez, había convertido el ático en una especie de improvisado apartamento de soltero. Lo divertido era que su mujer seguía ocupando el dormitorio principal, y no tenía intención de moverse de allí en ningún futuro cercano o remoto. Cuando mi hermana me preguntó por qué había puesto esa cara, le pregunté si era eso lo que entendía por ser una madre soltera, y me contestó que sí, puesto que ella lo era. Entonces me enteré de que Germán tenía una especie de novia, una infeliz que no tenía ni idea de lo que se cocía en aquel pintoresco burdel sentimental. A ella le parecía una situación de lo más normal en los tiempos que corrían, y no pude dejar de estar de acuerdo, pero le pregunté cómo podía apañárselas para estar enamorada de un tío que se acostaba con otra encima de su cabeza sin morirse de ganas de sacarle los ojos a la otra en cuestión, y me dijo que ella, y su amor, estaban por encima de un conflicto tan vulgar como los celos comunes. Luego quise saber qué opinaba Jimena de todo aquello, y resultó que estaba encantada, que le hacía muchísima ilusión que hubiera un bebé en la casa. Reina me miró con ojos de alucinada cuando le confié que, de todas formas, su conducta me parecía desleal para con aquella mujer de la que, no hacía tanto tiempo, había estado enamorada de verdad por primera vez en su vida desde que era adulta, y después de jurarme que jamás había dicho tal cosa, me obligó a prometer silencio antes de confiarme que, después de todo, para Jimena aquélla era una derrota bastante honrosa, porque ella nunca se había acostado con lesbianas, a ella sólo le gustaban las mujeres. Le tuve que pedir que me lo explicara, y me repitió que Jimena no frecuentaba los circuitos gays, que ella sólo se acostaba con mujeres. Tuve que preguntarme en voz alta si una lesbiana era menos mujer que Mae West para que mi hermana se decidiera a hablar claro de una vez, y me dijera que para irse a la cama con un marimacho, es mejor hacerlo con un hombre, que al fin y al cabo siempre estará mejor acabado. Suspiré. Eso, por lo menos, lo había entendido.

Con todo, Germán me parecía el personaje más pintoresco de aquella historia. Desde que Reina hizo pública su situación, e incluso cuando aún ignoraba la mía, empezó a comportarse como si mi casa fuera el único sitio del mundo donde le apeteciera pasar el rato, y él la acompañaba casi siempre, así que le vi con mucha más frecuencia de la que me hubiera gustado, sin lograr determinar nunca qué sentía, qué pensaba en realidad de aquella especie de familia postiza que le había caído en suerte. En presencia de extraños, puesto que Santiago y yo no dejábamos de serlo, se comportaba con mi hermana como un marido solícito, empachoso casi, y no sólo por lo dispuesto que parecía a acompañarla en todos sus compromisos familiares, sino porque estaba mucho más pendiente de ella de lo que Santiago, en un gesto muy de agradecer, estuvo nunca de mí, y la trataba como si estuviera enferma, más que otra cosa, controlando lo que comía, lo que bebía, la velocidad a la que subía las escaleras y los minutos que caminaba diariamente, aunque había algo en su actitud, quizás lo desagradable que llegaba a ponerse cuando la regañaba por no haber dejado de fumar, que me inducía a pensar que no era la madre, sino el niño, su hijo, lo que le preocupaba. Reina me había contado que cuando le comunicó la noticia, él le había salido con que no quería saber nada de ese crío, pero tampoco podría consentir nunca que ella abortara porque, después de todo, era la primera vez que se le presentaba la oportunidad de tener un hijo, y la mitad de aquel garbancito ya era suyo, porque transportaba su material genético escrito en su semen almacenado en sus huevos hasta que había manado de su polla que era lo más suyo de su propio ser. Le pregunté a mi hermana si no le había dado dos hostias y su rostro se iluminó con el más inocente de los asombros para inquirir por qué habría debido hacerlo. Entonces me di cuenta de que representar el papel de incubadora ambulante no le molestaba, y aunque estuve a punto de precisar que, para mí, los polvos transcendentes eran otra cosa, desde entonces me abstuve de hacer comentarios. Al fin y al cabo, la feminista siempre había sido ella.

El seguía siendo un individuo particularmente desagradable, porque no había cambiado en absoluto desde la última vez que le vi. Cuando intenté buscar en él algún signo positivo, lo único que me llamó la atención fue lo lentamente que parecía envejecer. Se conserva muy bien, le dije a Reina en un aparte, ¿tú crees?, me contestó, no sé, tiene cuarenta y seis años... Eso significaba que yo le había conocido al borde de los cuarenta y le había calculado unos diez más, pero aparte de la dudosa virtud de empezar a poseer la edad que ya aparentaba entonces, no encontré en él ninguna otra, y sorprendentemente, porque casi nunca estábamos de acuerdo en estas coyunturas, Santiago me hizo saber desde el principio que opinaba lo mismo que yo, e incluso llegó a sostener su posición con más virulencia. Agradecí ese infrecuente arrebato de decisión porque la manera en que Germán solía dirigirse a mi marido llegó a convertirse en el aspecto más detestable de su presencia.

Engreído, narcisista, indolente, obsceno, descortés, cotilla, maleducado y pedante hasta la cursilería, había tenido cientos de ocasiones para darse cuenta de que no era bien recibido, pero le daba lo mismo. Solía entrar en mi casa como si fuera la suya, irse derecho a la nevera a coger una cerveza y sentarse en un lugar que dependía siempre del asiento que yo hubiera elegido previamente. Entonces se dedicaba a mirarme con una prefabricada expresión de deseo vidrioso, los labios ligeramente entreabiertos y fruncidos hacia un lado, antes de empezar a criticarlo todo, la casa, los muebles, un libro abierto y tirado sobre una mesa, mi manera de peinarme, los zapatos que llevaba, mi trabajo, mi estrecha mentalidad de señorita pequeñoburguesa, la silueta del sujetador que se adivinaba debajo de mi blusa, las flores frescas que acababa de colocar en un jarrón, o la más trivial de las opiniones que yo hubiera podido emitir casi sin darme cuenta, y Reina, a su lado, asentía sin parar, moviendo la cabeza como si estuviera de acuerdo con él en todo, como si ella también hubiera pensado siempre que los lirios son una planta mediocre. Santiago era el gran ausente de aquellas sesiones, porque Germán apenas se dirigía a él para pedirle algo, como si fuera el mayordomo, pero procurando siempre que yo advirtiera lo intenso del desprecio que le inspiraba mi marido. Me daba miedo, porque tenía la sensación de que lo sabía todo, de que él y yo éramos los únicos que controlábamos todos los elementos que intervenían en aquella situación, y cuando me esforzaba por ponerme del lado de los buenos, besando a Santiago en la boca con el pretexto más tonto o hasta sin él, o acariciándole la espalda con un gesto descuidado mientras charlábamos, sus labios se curvaban en un ángulo específicamente sarcástico en el que leía sin esfuerzo que mi iniciativa, cualquiera que hubiera sido, no había hecho más que empeorar las cosas. Hasta que dio un paso en falso y resbaló.

Estaba especialmente pastoso y bastante más que medio borracho cuando llamó al timbre por sorpresa, hacia las nueve y media de la noche.

Nadie le esperaba. Aquella tarde había sido una de las raras ocasiones en las que había salido con Reina, porque aunque desde su regreso ella aterrizaba en mi casa muy a menudo, casi siempre a horas a las que no hacía falta avisar, no solíamos salir juntas. Cuando yo tenía ganas de ir de copas o de reírme un rato, quedaba con mis amigos de antes, con gente de la facultad, con Mariana, o con Ernesto. Sin embargo, aquel día había quedado con mi hermana para ir al cine porque me habría agarrado a cualquier clavo para marcharme de casa, y como a la salida no conseguí arrancarle más de dos frases seguidas sobre la película, sospeché que ella tampoco estaba bien, por eso la invité a cenar. Estaba dándole vueltas al mismo tiempo a un pollo casi en su punto, y a la rayita azul «nítidamente marcada», como decía el prospecto, que colonizaba tiránicamente mi pensamiento desde hacía un par de semanas, cuando levanté la cabeza por casualidad y me lo encontré en el umbral de la puerta de la cocina. Le saludé y él me contestó moviendo la mano derecha un par de veces, con el mismo gesto blando, afectado, al que habría recurrido un presidente norteamericano para celebrar su enésima reelección. Cuando pasé a su lado, por fin condescendió a decirme hola, y me cogió por los hombros para besarme. Lo hizo primero en la mejilla izquierda y cuando moví automáticamente la cara para ofrecerle la derecha, corrió la cabeza de repente para besarme en un lugar extraño, a medio camino entre la comisura de los labios y la mandíbula, y creí que nunca haría nada que me sacara más de quicio, pero antes de llegar al segundo plato había rebasado ya generosamente ese límite.

Estaba tan harta de jueguecitos de pies descalzos que cuando me levanté para ir en busca del pollo, acaricié por un instante la idea de delatarle en voz alta, aunque no sé si Reina y Santiago, absortos en una de esas concentradas conversaciones que empezaron a prodigar por aquel entonces, me habrían hecho caso siquiera. Decidí proponerle a mi hermana que cambiáramos de puesto a mi vuelta, y no me fijé en que él venía detrás de mí, transportando dócilmente los platos sucios.

—Déjalos encima del lavaplatos, por favor —dije sin volverme, mientras encendía un hornillo para calentar la salsa preparada en un cazo.

Entonces escuché el ruido de la puerta al cerrarse. Le miré y comprobé que venía hacia mí, avanzando despacio, con una sonrisa más amplia de lo habitual. Cuando estuvo a mi lado, acercó su cabeza a la mía hasta que sentí casi el roce de su mejilla y olí su olor, un clásico olor de hombre, agrio y dulzón, que sin embargo no me gustaba. Un instante después noté su mano, que había apresado una parcela de carne fronteriza entre mi muslo y mi nalga izquierda, y me zafé lo más rápidamente que pude, pero no contaba con que la pared estuviera tan cerca, a menos de un palmo de mi espalda.

—Germán, te estás pasando mucho —dije, repitiéndome que era ridículo sentirme acorralada en la cocina de mi propia casa como una técnica para conservar la serenidad.

—¿Sí? —me contestó él, con una risita—. ¿Por qué? ¿Te gusta más arriba?

Sus dedos subían lentamente, siguiendo la curva de mi culo, cuando desarbolé sus expectativas de un manotazo.

—Mira, tío —empecé a hablar muy despacio, extendiendo los brazos para separar su cuerpo del mío—, no quiero montar una escena, ¿sabes? Ahora no, aquí no, con Reina en el salón no, ¿comprendes? No quiero nada contigo, absolutamente nada, ¿me oyes? Así que haz el favor de dejarme en paz. Coge la puerta, vuelve a la mesa y haremos como que no ha pasado nada, ¿vale?

—Malena... —se reía sordamente, estaba muy borracho—, Malena, pero ¿por quién me tomas? No te hagas la estrecha conmigo, anda...

—Lárgate, Germán —no me daba miedo, pero se estaba dejando caer hacia delante y no estaba segura de poder soportar su peso mucho más tiempo. Lo que más me preocupaba sin embargo era que Reina pudiera aparecer en cualquier momento, sufría más por ella, por su inevitable decepción, que por la integridad física que me sabía más que capaz de asegurarme a mí misma—. Por favor, lárgate.

Rectificó su postura para cogerme de la cabeza con las dos manos.

—¡Pero si a ti te va la marcha, tía! —me miraba fijamente al centro de los ojos, pero seguía sin darme miedo, ni siquiera asco. Era un pedazo de gilipollas, simplemente—. Te va un montón... Y se te nota, ¿sabes?

—Claro que me va la marcha —dije, y sonreí mientras alargaba el brazo hacia la cocina, considerando que ya se lo había trabajado bastante—. No sabes cuánto...

—Eso está mejor —aprobó y sus manos descendieron por mi garganta, resbalaron sobre mi clavícula y se posaron encima de mis pechos—. Siempre supe que tú y yo nos entenderíamos. Y no sabes las ganas que te tengo. Desde la primera vez que te vi...

Llevaba un rato vigilando la salsa con el rabillo del ojo. Todavía no había roto a hervir, aunque ya humeaba, pero me dije que un tipo tan duro aguantaría de sobra una prueba de amor semejante. Cogí el cazo por el mango y vertí lentamente su contenido sobre el brazo izquierdo de mi acompañante.

Entonces, a consecuencia de un gesto tan breve, tan sencillo, tan limpio, la situación cambió radicalmente. Él se retorcía en el suelo, sus alaridos de dolor debían de oírse cuatro pisos más abajo, en plena acera, y yo estaba de pie, mirándole. Pasé por encima de su cuerpo murmurando alguna frase apropiada que ya no recuerdo exactamente, algo así como que te den por el culo, imbécil, y no resistí la tentación de rematar la jugada con una patadita en sus mullidos riñones. Cuando iba a abrir la puerta me encontré con mi hermana, que entraba en la cocina con una intensa expresión de alarma, y mientras la veía correr hacia él, dije en voz alta lo primero que se me ocurrió.

—Un accidente. Intentaba ayudarme y al final se ha echado la salsa encima. Ha sido sin querer, pero deberías decirle que beba un poco menos. Yo creo que le conviene.

Nadie echó de menos el desperdicio de la salsa, porque el único que probó el pollo fue Santiago, que lo comía siempre a palo seco. Reina cogió a Germán, le embadurnó el brazo con pasta de dientes y se lo llevó corriendo a casa. Cuando salieron por la puerta, mi marido me miró y se echó a reír. Estaba encantado.

—Pues todavía no sabes lo mejor —dije, y él me interrogó con los ojos—. No se ha echado la salsa encima. Se la he tirado yo.

—¿Sí? —asentí con la cabeza, mientras sus carcajadas agonizaban, cediendo su rostro al estupor—. Pero ¿por qué?

—Porque me estaba metiendo mano.

Si hubiera hablado en latín clásico, mis palabras no le habrían sorprendido tanto. Se frotó los ojos con los dedos, como si estuviera saliendo de un mal sueño, y opté por repetir mi última frase muy despacio, con el acento de un hipnotizador que pretende despertar con suavidad a su paciente.

—¿Por qué no me has llamado? —dijo por fin.

—Porque no hacía falta —mentí—. Sabía que podía arreglármelas bien sola, y además... Tú también podías haberte dado cuenta de que él había cerrado la puerta. Hemos estado casi diez minutos ahí dentro, demasiado tiempo para...

—Ya lo sé, ya —me interrumpió—. Pero nunca pensé que estuviera pasando algo así.

¿Y qué habrías hecho tú, alma de cántaro?, me pregunté a mí misma mientras él se sentaba a la mesa y empezaba a comer. Entonces, sin mirarme, se mostró de acuerdo conmigo.

—La verdad es que casi ha sido mejor, porque no habría sabido qué hacer, te lo digo en serio. Eres fantástica, Malena, increíble.

—Gracias —le dije, sonriendo.

—¿Te imaginas que me hubiera pegado con él? —y soltó una risita aguda, divertida, casi infantil—. Si me roza con uno de esos brazos, me rompe algo, seguro...

Yo me reí con él, en esos momentos era cuando más le quería, ésos eran los momentos que más me dolían cuando me quedaba sola, y le veía exactamente como entonces, un muchacho guapo, sano, listo, incapaz e indefenso, una especie de niño agrandado y contento, satisfecho de su vida y orgulloso de mí, que siempre me acordaba de comprar galletas desprovistas de colorantes dudosos y protegía su entorno de peligros indeseables, la madre ideal, incestuosa, decidida, cariñosa y solícita. Imprescindible.

—De todas formas —añadió luego, estrechándome por el hombro, cuando ya estábamos sentados en el sofá—, lo de ese tío es alucinante.

—Es un gilipollas —asentí.

—No, es un cerdo.

—Y un memo.

—Y además, un cabrón, tu pobre hermana...

—No —dije de repente, sin pensar en el sentido de mis palabras, como si aquel juicio me saliera del alma—, lo que es Germán es un chulo.

Cuando me di cuenta de lo que había dicho, miré a mi marido a la cara. El movía la cabeza afirmativamente, dándome la razón, y por un momento creí que iba a chillar.

—Desde luego —dijo por fin—. Sobre todo eso. Un chulo.

Aquello tenía maldita la gracia, pero sucumbí a un repentino ataque de risa que Santiago no supo interpretar. Cuando se inclinó sobre mí, le devolví un beso que no era para él, y le abracé, y le acaricié como lo habría hecho con cualquiera de los hombres que el destino me había robado. Me dejé arrastrar hasta la cama y follé con pasión auténtica, un veneno que apenas recordaba, sin despegar los párpados ni un solo momento. Al terminar, él me apartó el pelo de la cara y lo reemplazó con una mano tierna y fría.

—Siempre debería ser así —dijo en un susurro—. Hoy he sentido que era distinto. Creo que hoy... hemos hecho el amor de verdad.

Abrí los ojos y encontré su rostro ahí, sobre la almohada, a un par de centímetros del mío. Era él, y no otro, sudaba y sonreía, parecía feliz. Nunca ha nacido nadie tan malvado como para atreverse a arrebatarle el globo de colores que llevaba en la mano.

—Claro —asentí, y le besé otra vez en la boca. Creo que fue entonces cuando decidí que mi hijo nacería.

Estuve a punto de quedarme en casa, porque en realidad no me apetecía nada salir de copas en mi situación de abstemia forzosa, pero Santiago llamó desde la oficina para avisarme de que no podría venir a cenar, y Ernesto insistió tanto, y ponían unas películas tan malas en la tele, y hacía una noche tan deliciosa, una brisa fresca, insólita a mediados de julio, apagando el recuerdo del calor que nos había ahogado durante el día, que al final me puse un traje de chaqueta muy ligero, de lino blanco, que me había comprado en las rebajas esa misma tarde, la americana, cruzada, lo bastante amplia como para disimular de sobra el incipiente abultamiento de mi vientre, y me eché a la calle como si me tirara a una irresistible piscina de agua fría. Cuando salí del portal, tuve la impresión de que el aire estaba cargado de electricidad, pero siempre he sentido algo parecido cuando me zambullo por sorpresa en una noche de verano. Fui andando hasta el lugar de la cita, aunque aquella terraza estaba bastante lejos de mi casa, y cuando vi que Ernesto no estaba solo, tuve nuevamente el presentimiento de que aquella noche iba a pasar algo, y de que, bueno o malo, sería algo extraño, único.

Cuando él se levantó para saludarme, pude distinguir la silueta de su mujer, sentada a su lado. No era la primera vez que la veía. Ultimamente, le había dado por aparecer con ella de vez en cuando, siempre cuando habíamos quedado con más gente, otros profesores de la academia, o un grupo de alumnos suyos, o míos, y entonces jugaba a un juego que me parecía ridículo, coqueteando tímidamente conmigo, nada que fuera escandaloso, mientras ella se cabreaba poco a poco, y cuando llegaba hasta el tope, le daba la espalda para concentrarse en intentar seducir a cualquier jovencito. Diez minutos después, decía que era tardísimo y que al día siguiente tenía que madrugar, y él le daba la razón y se iba con ella, siempre igual, como dos actores condenados a ensayar eternamente el mismo guión. Sin embargo, aquella noche me pareció percibir que su presencia le molestaba, como si al quedar conmigo no hubiera contado para nada con ella, y cuando me presentó a los demás, me lo dio a entender.

—Ya ves, Lucía ha decidido traernos a toda su familia.

Ella me saludó con el cariño típicamente farisaico del que hacía alarde en aquellas ocasiones. Era una mujer bastante atractiva, y quizás podría haber llegado a serlo mucho si no se empeñara en vestirse, y hablar, y maquillarse, y gesticular, como si tuviera veinte años menos. Castaña con mechas rubias, una cara expresiva, los ojos claros como rasgo dominante, estaba muy delgada pero nadie la habría llamado escuálida. Chistosa siempre, ingeniosa sólo de tarde en tarde, la encantaba hacer como que daba la nota, y debía de tener un concepto muy elevado de sí misma, pero yo siempre la había encontrado básicamente anodina.

Completaban el círculo cinco personas, dos parejas y una mujer sola. Esta, me dijo Lucía, era su mejor amiga de la infancia, y estaba en Madrid pasando unos días con ella porque se acababa de separar y todavía no lo llevaba muy bien, de lo que deduje que la habrían abandonado. No llegué a averiguarlo porque en toda la noche no despegó los labios para pronunciar una frase que no fuera yo quiero otro whisky, por favor... Adiviné que otra de las mujeres era su hermana antes de que me la presentara, porque se parecían mucho. El hombre que había a su lado era su marido, y la otra pareja estaba a su vez integrada por un hermano de éste y su mujer. Ellos no se parecían nada, en cambio. En el cuñado de Lucía, que era el mayor, ni me fijé. El pequeño, que tendría bastantes años más que yo, me gustaba. Mucho. Muchísimo, me di cuenta antes incluso de saber cómo se llamaba. Cuando Ernesto me preguntó qué quería tomar, pedí una Coca-Cola. Me miró con extrañeza, y aunque tenía planeado anunciarle que estaba embarazada, me encontré afirmando que había empezado a tomar antibióticos esa misma mañana, y terminé de hablar sin haber llegado a darme cuenta de que le había mentido.

Mi vaso conservaba aún más de la mitad de su contenido inicial cuando él, que se llamaba Javier, se levantó y sin dejar de mirarme nunca, las manos en los bolsillos, dijo que no le apetecía seguir en aquel bar.

—Te hemos estado esperando mucho tiempo —dijo en un tono ambiguo, entre el reproche paternal y la broma—, has llegado muuuy tarde.

Llevaba unos mocasines de piel castaña cosidos a mano y unos vaqueros rojos, casi granates, que dejaban a la vista sus tobillos, huesudos y sólidos al mismo tiempo, morenos. Una camisa blanca de un tejido favorecedor por lo tieso, sin cuello, sólo un botón abierto por debajo del límite que se supone infranqueable para los hombres elegantes, enmarcaba un bronceado muy intenso, casi espectacular para una época en la que los veraneantes del primer turno de vacaciones no habían regresado a la ciudad todavía. Era más alto que bajo, delgado, el pelo negro entreverado de canas, una nariz enorme, las manos a juego, y un culo probablemente estupendo, a juzgar por la curva que marcaba en el perfil del pantalón. Además, me dije para tranquilizarme, cuando me di cuenta de que había empezado a sudar hasta por el borde de las uñas, está casado con una tía muy mona, que le acompaña, y yo estoy embarazada de un hombre más guapo que él. Era verdad, no era tan guapo como Santiago. Pero me gustaba más.

Cuando echamos a andar por el bulevar, se retrasó deliberadamente para emparejarse conmigo, que caminaba sola, con una sonrisa en los labios, pero cuando estaba a punto de conseguirlo, Ernesto le adelantó por la izquierda, me cogió del brazo, y aceleró el paso hasta que nos colocamos en la vanguardia del grupo.

—Lo siento, Malena, yo no contaba con esto —me pregunté de qué me estaría hablando aquel imbécil—. Yo pensaba que hoy... En fin, que no habría nadie más.

Comprendí que él había previsto seducirme aquella noche, precisamente aquélla, y ninguna otra de las que se habían sucedido a lo largo de aquel año pletórico de tiras y aflojas, cualquiera de las interminables noches estériles, aburridas e idiotas, las estereotipadas y previsibles noches que habíamos pasado juntos, y me dije que, al fin y al cabo, la vida era un sitio cojonudo para vivir.

—¿Quién es ese tío? —le pregunté como toda respuesta, señalando a Javier con el dedo.

—¡Ah! Pues no sé gran cosa, conozco más a su hermano... Son de aquí, pero él vive en Denia todo el año, es dibujante. Ilustra cuentos para niños, artículos de revistas, carteles de películas y cosas así.

—¿Lleva mucho tiempo casado?

—No está casado —aquella puntualización, típica de Ernesto, que era el hombre más casado que había conocido nunca, me pareció tan patética que no me molesté en disimular una mueca de impaciencia—. Viven juntos desde hace quince años, él acababa de volver de la mili, era un crío... Ella también, claro.

—Aunque es mayor que él, ¿no?

—Sí, pero no mucho, un par de años, o tres. Es pintora. Tienen dos críos. La adora.

—Ya.

Cuando estaba a punto de preguntarle qué estaban haciendo en Madrid, llegamos a la puerta del bar de destino, y apenas traspasamos el umbral, un tipo se me echó encima, me dio un par de besos y me saludó como si fuéramos amigos de toda la vida. No le conocía de nada, estaba segura, y cuando comprobé las risitas y los codazos que su efusión provocaba entre los ocupantes de una mesa vecina a la puerta, adiviné que él estaba todavía más seguro que yo. Nos sentamos cerca, en el único espacio libre, y durante un buen rato no pasó nada interesante. Ernesto, sentado enfrente de mí, me miraba con una fijeza obsesiva. Javier, rodeado de mujeres, a mi derecha, sostenía una conversación en la que no me animé a entrar del todo. Me levanté para ir al baño sin otro propósito que llamar su atención, y antes de volver la espalda comprobé con el rabillo del ojo que me estaba mirando sin dejar de hablar con las demás. Me preguntaba si se decidiría a seguirme cuando el tío que me había abordado antes tuvo la misma idea, y echó a andar detrás de mí. Aceleré el paso y alcancé el cuarto de baño. Cerré la puerta, me miré en el espejo, eliminé con el dorso de los dedos la indeseable sombra oscura que proyectaba el lápiz negro, muy graso, con el que me había trazado una línea en el borde inferior de cada ojo, me pinté ligeramente los labios, abrí el grifo del agua fría y empecé a contar. Cuando llegué a veinte, lo cerré, y me dije que ya podía salir.

Aquel imbécil me estaba esperando apoyado en la pared, cerrando a medias el estrecho hueco que comunicaba aquel pasillo con el resto del bar. Me quedé parada, frente a él, sin saber muy bien qué hacer, cuando sentí que, desde atrás, un brazo me rodeaba la cintura, y noté la presencia de alguien más grande que yo, y una bocanada cálida, el roce intermitente de unos labios contra el borde de mi oreja izquierda.

—¿Lo mato?

No podía mirarme en ningún espejo, pero sabía que en mi rostro se había dibujado una expresión de placer tan pura que me felicité por la estrategia que él había elegido sin poder prever que le impediría verme la cara. Me di la vuelta muy despacio, mientras mi ebrio acosador se escabullía discretamente. Cuando me tuvo delante, Javier le señaló con un gesto de la barbilla, y me habló con el mismo tono risueño, y a la vez cargado de intenciones, que había empleado antes.

—¿Quieres que lo mate?

En ese instante, Ernesto nos chistó desde la otra punta del pasillo. Habíamos decidido cambiar de bar, aquél se estaba llenando demasiado. Sucedería lo mismo otra vez, y otra, la una, las dos, las tres de la mañana, el grupo menos compacto, más estirado en cada acera, gestos de cansancio, ojeras, bostezos, párpados mustios, rendidos, abocados al sueño, excepto en mi rostro, terso y colorado como una manzana recién cogida, y en el de los dos hombres que competían tontamente por rozarme un brazo o sonreírme de frente, como si mi cuerpo irradiara una misteriosa energía, creando a mi alrededor un irresistible campo magnético. En el último bar, el mismo último bar de siempre, ya no entramos todos. El hermano de Javier y su mujer nos acompañaron hasta la puerta, y allí se despidieron. Lucía soltó su habitual parrafada, es tardísimo, vámonos, mañana tengo que madrugar, pero Ernesto, sin hacer el más mínimo ademán de secundarla, eligió un acento neutro, indiferente y cortés al mismo tiempo, para sugerirle que aprovechara la oportunidad y se marchara con su hermana. Entonces ella le respondió con una mirada furiosa y empujó la puerta con decisión.

Paco, desde el fondo de la barra, nos recibió con grandes aspavientos de felicidad. Siempre se alegraba mucho de vernos, y su afecto, al menos en mi caso, era generosamente correspondido. El local, una especie de sótano de apariencia tan casposa que parecía increíble que se viniera sosteniendo con tanta donosura en la nómina de los bares de éxito desde hacía casi veinte años, estaba prácticamente desierto, pero aunque los escasos parroquianos que se alineaban en la barra se marcharan pronto, y aunque no entrara nadie más en lo que quedaba de noche, el propietario no bajaría el cierre hasta que nosotros decidiéramos irnos, incluso si en ese momento el sol hubiera comenzado a calentar ya las aceras. Solamente eso bastaría para recompensar nuestra fidelidad, pero en ciertas noches tibias y melancólicas, además, Paco cantaba coplas antiguas, las viejas canciones que había aprendido de pequeño, y cuya letra recordaba sólo a medias, escuchando a su padre, cantaor.

Aquélla no sería una de esas noches, y él se dio cuenta con un simple vistazo. Mientras las tres mujeres que nos acompañaban se sentaban a una mesa, Ernesto, Javier y yo nos quedamos de pie junto a la barra, pero no permanecimos quietos ni un instante. Cambiábamos constantemente de posición, como si estuviéramos ensayando un extraño baile, una vieja danza galante cuyos ejecutores se dieran ordenadamente la espalda para enfrentarse un segundo después y dar a continuación un cuarto de vuelta, sin hablar de nada en concreto, sonrisas mudas y gestos mil veces ensayados, precisos, calculados, dedos que apartaban el pelo de la frente, cejas fruncidas para encender un cigarrillo, manos entrando y saliendo con un ritmo exacto de los bolsillos, la ligereza de un codo desmayado al descansar un instante sobre el filo de la barra, los dientes fingiendo morder el labio inferior de su propia boca, la canción de los cubos de hielo al entrechocarse entre las paredes del vaso de cristal, los tres haciendo lo mismo, todo el tiempo, al mismo tiempo. Lo demás pasó muy deprisa.

Pedí por fin una copa, tal vez con la oblicua intención de buscar un punto de apoyo concreto para la espontánea pedalina que había convertido el interior de mi cuerpo en un inocente vaso de agua donde alguien estuviera dejando caer, una tras otra, todas las pastillas de un tubo grande de Redoxon efervescente, y entonces la mujer de Javier se levantó entre bostezos y, tras anunciar que se acababa de quedar dormida encima de la mesa sin darse ni cuenta, proclamó que se marchaba porque ya no podía más. La mujer abandonada se incorporó y echó a andar tras ella hacia la puerta sin dirigirnos una sola palabra. Lucía cogió a Ernesto y se lo llevó al final de la barra, empezaron a discutir en voz muy baja, yo giré la cabeza y Javier me miró enarcando las cejas. En ese instante se cerró la puerta. Ernesto se mantuvo alerta, frente a ella, hasta que dejamos de escuchar ruido de tacones en la calzada. Luego, salvó la distancia que nos separaba en tres zancadas, se inclinó sobre mí y me besó, su boca titubeante contra la mía el único contacto entre nosotros. La sorpresa me permitió mantener los ojos abiertos tanto como la blandura de aquellos labios casi puros, como aislados del resto del mundo, hasta que Javier entró en mi campo visual para mirarme y, sonriendo, levantó la copa que sostenía con la mano derecha, como si quisiera proponerme un brindis. Mis párpados se cerraron solos, pero no quise abandonarme en una situación tan absurda como aquélla, así que me separé bruscamente de Ernesto y corrí, casi se podría decir que huí, al cuarto de baño sin dar explicaciones.

Cuando me miré en el espejo, después de empaparme el cuello y la nuca con agua fría, increpé con el pensamiento a la mujer que me miraba desde el otro lado sin que ella diera señales de conmoverse en ningún momento.

—Estás embarazada... —proclamé por fin, en voz alta—. Y ya has hecho bastantes barbaridades —me miré con atención, y aunque me concentré en sentirme embarazada, no registré nada especial en mi interior, y tampoco en mi aspecto—. Eres peor que tu hermana —me dije al final, pero tampoco pasó nada.

Durante un par de minutos estuve de pie, inmovilizada delante del espejo, sin moverme siquiera, incapaz de pensar. Luego, apretando con fuerza el picaporte, decidí que cogería el bolso, que diría adiós, y que me marcharía por fin a casa, definitivamente sola, pero abrí la puerta y no llegué a salir, porque Javier me estaba esperando al otro lado. Mirándome directamente a los ojos, sin mostrar nerviosismo, ni ninguna otra emoción en especial, me enlazó primero por la cintura con el brazo derecho, un gesto lento, tranquilo, y sujetó después mi cabeza con la otra mano, antes de introducir en mi boca una lengua enfurecida y avariciosa que traicionó en un instante cualquier ilusión de serenidad. Sólo entonces dio un paso hacia delante, empujándome con él al interior de la habitación, y tras cerrar la puerta de un taconazo, siguió avanzando ciego, a trompicones, las manos firmes contra mis muslos, apretando mi vientre contra el suyo, dejándome sentir el relieve de su polla como una generosa advertencia, mientras me llevaba con él, casi en volandas, para apoyarme en la pared del fondo y desplomarse al fin, aturdido y confuso como un niño pequeño, sobre la insoportable tensión de mi piel, que recibió su peso como un regalo.

Luego, en la mejor postura que acertamos a encontrar, yo sentada a horcajadas sobre él, él sentado a su vez sobre la tapa del retrete, recobraba la memoria en la brusca avidez de las puntas de sus dedos cuando sus manos se escurrieron de debajo de mis muslos para aferrar con un gesto ambiguo, casi violento, las solapas de mi chaqueta. Los botones, nuevos y apenas asegurados con un par de vueltas de hilo, entonaron un agudo tintineo al rebotar sobre el suelo de linóleo. Su eco no se había apagado aún cuando un sonido más grave, distinto, me obligó a prestar atención a la batalla que se desarrollaba sobre mi cuerpo. Javier no había reconocido la estructura de mi macizo sujetador pre-mamá, e incapaz de hallar un broche en la parte posterior, intentaba desgarrar la tela tirando hacia fuera con las dos manos y todas sus fuerzas. Desenganché los dos corchetes disimulados en el centro de la zona delantera, y mis pechos, grandes y llenos, tensos y redondos, rozaron sus mejillas. Vi cómo se apartaba para mirarlos, cómo se quitaba el pelo de la cara con un gesto mecánico, cómo se lanzaba contra mí, cómo abría la boca en el aire, cómo apretaba los labios sobre mi pezón izquierdo, noté el filo de sus dientes, el esponjoso contacto de su lengua, el espeso rastro de su saliva, sentí cómo chupaba, y ni siquiera entonces cambió nada, y si le confesé la verdad no fue por temor a que él pudiera llegar a descubrirla antes, ni para intentar volver en mí al escuchar aquellas palabras en voz alta, ni siquiera obedeciendo al perverso impulso de saberme definitivamente envilecida, arrastrada y culpable para siempre. Si le confesé la verdad, fue solamente para escuchar aquella respuesta.

—Estoy embarazada —dije, y él no pareció reaccionar en absoluto—. De tres meses.

Un par de segundos después, cuando sus dientes consintieron en desprenderse por fin de mi pezón, él echó la cabeza hacia atrás, me miró, me sonrió.

—Me da lo mismo —dijo, y entonces se volcó sobre mi pecho derecho.

Cuando salimos de allí, casi una hora después, no hallamos ni rastro de Ernesto. Paco estaba dormido sobre una mesa, y hasta que no le sacudí por los hombros, no se desperezó lo justo para abrirnos la puerta. Javier se empeñó en coger el mismo taxi que yo, a pesar de que la casa de sus padres debería de haberle llevado en la dirección opuesta, y temí que el trayecto resultaría clásicamente incómodo, la típica trivial conversación de circunstancias, o un silencio compacto, aún más temible, pero apenas tuve tiempo de mirar por la ventanilla. Antes de que el coche hubiera arrancado, él ya se había inclinado sobre mí para besarme, y no dejó de hacerlo ni un instante, desplegando en cada gesto una dulzura que no había sido capaz de atisbar siquiera antes, hasta que el taxi se detuvo delante del portal de mi casa. Entonces ninguno de los dos dijo nada. Esperó mientras yo rebuscaba en el interior de mi bolso hasta que acerté con el llavero, y todavía seguía allí cuando miré por última vez hacia la calle, al otro lado ya de la puerta de cristal. Mientras subía las escaleras, borracha de una euforia antigua, me pregunté si volvería a verle alguna vez, pese al sólido presentimiento que se había instalado sin permiso en mi interior desde que había descendido por aquellos mismos peldaños tantas horas antes.

Años después intenté buscarle. Le escribí dos veces, dejé docenas de mensajes en su contestador, y él jamás descolgó el teléfono, nunca me devolvió una llamada, no volví a escuchar ni una sola palabra de sus labios, pero cuando me deslicé entre las sábanas aquella noche aún no podía saberlo, y lo único que me preocupaba era la pesadilla que estallaría a la mañana siguiente, el insomnio que me atenazaría en noches sucesivas, la tormenta que estrujaría mi conciencia durante semanas enteras, meses quizás, tal vez toda mi vida.

Al día siguiente, me levanté de la cama al primer intento, de buen humor, y con mucha hambre. Contra todos los pronósticos, me encontraba de puta madre.

A través de la ventana, alcanzaba sólo a ver la copa de dos chopos grises, viejos, ateridos de frío, sus ramas maltratadas por el viento doblándose hacia atrás como un grito doloroso, contra el repulsivo telón de un cielo imposible, marrón, exactamente ese color que jamás debería tener el cielo. Parecen árboles domésticos, me dije, si existen los árboles domésticos, deberían ser siempre como estos dos pobres chopos, desnudos, pobres, débiles. Entonces empezó a llover, las primeras gotas gordas, cargadas de mala leche, se estrellaron sobre el cristal e hicieron ruido, alguien abrió la puerta y esa mínima corriente de aire hizo oscilar la guirnalda de espumillón plateado fijada al marco de la ventana, y con ella, las pequeñas bolas de cristal de colores suspendidas entre sus flecos a intervalos regulares. La puerta se cerró de nuevo y el ruido se hizo insoportable. Giré la cabeza para enfrentarme de una vez con la verdad, y el ecografista, sin dejar de mover bruscamente el mando que gobernaba con la mano derecha mientras aporreaba el teclado con la izquierda, me dedicó una mirada cargada de desánimo.

—No sé... —dijo en voz baja—. Voy a medir otra vez, desde el principio.

Era la tercera vez que repetía aquellas palabras, la tercera vez que me limpiaba la tripa con un pañuelo de papel, la tercera vez que su auxiliar se inclinaba sobre mí y me embadurnaba con aquel gel transparente, helado, la tercera vez que sentía la presión del sensor sobre mi vientre aterrorizado, la tercera vez que nada parecía dar resultado, y de nuevo volví los ojos hacia la ventana, intentando elegir el dolor de los chopos, pero dos lágrimas, más gordas que las primeras gotas de lluvia, y más amargas, afloraron a mis ojos sin permiso.

—No lo entiendo —admitió al fin—. Desde luego, no ha crecido, pero puede ser que te hayas equivocado en los cálculos, y no estés del tiempo que crees estar en realidad. Si has estado muchos años tomando anovulatorios, es posible que hayas ovulado a lo loco. No sería la primera vez.

Pero él sabía que eso no era cierto, y yo lo sabía también, porque seis semanas antes, él mismo me había hecho otra ecografía, y entonces una sola medida había bastado, todo iba bien, era todo perfecto para el sexto mes. Es uno solo, me dijo, y aquélla fue la primera alegría, porque me daba pánico tener mellizos, un varón, añadió luego, y yo volví a alegrarme infinitamente por él, estaba tan contenta de que no fuera una niña... Ahora, mientras me ponía el abrigo tan despacio como si pesara más que una armadura de hierro, lo compadecía sin conocerlo aún, y le pedía perdón por llevarle dentro.

Mi madre estaba esperando arriba, en el cuarto de Reina, pero no quise subir, no quería ver a mi hermana, radiante, con uno de aquellos camisones blancos con cintas rosa pálido que mamá había comprado para las dos y que ya presentía que yo no llegaría a usar nunca, como si pudiera verme con aquella bata verde de quirófano con la que me subirían en su momento a una habitación idéntica a la que ella ocupaba ahora, pero sola. No quería ver a Reina, no quería inclinarme sobre la cuna de plástico transparente que estaba a su lado y contemplar el sueño sereno de aquella niña perfecta que se llamaba Reina, igual que ella, no sentí mis piernas mientras andaba, no sentí mi mano cuando empujó la puerta, salí a la calle y eché a andar debajo de la lluvia, desamparada bajo aquel cielo marrón, esos truenos furiosos, sin registrar siquiera el peso de la lluvia, como si no lloviera, o como si la lluvia, un contratiempo pasajero, exterior, controlable, se desintegrara al contacto con la ruina íntima e irrevocable de mi sangre podrida, roja, definitiva y estable como el destino.

Andaba despacio, pero llegué enseguida a un barrio que no conocía, calles sin asfaltar flanqueadas de casas blancas, bajas, las calzadas de tierra apisonada deshechas por la lluvia, un lodazal sin límites exactos, torrentes de agua oscura desembocando en una plaza honda como un mar falso y sucio. La bordeé y seguí andando, anestesiada por la angustia, no sentía nada, y la sensación de haber vivido ya esa mañana lo hacía todo más duro. Reina había ingresado en la clínica dos días antes, con contracciones perfectamente normales y regulares cada tres minutos, andando con torpeza, las piernas arqueadas bajo el peso de un vientre dilatado y palpitante como la redonda circunferencia de un planeta recién nacido, los hombros hacia atrás, las manos en los riñones, flanqueada por Germán y por mi madre. Yo les seguía, llevando la maleta, y ya sabía que conmigo no sería así, ya sabía que aquella escena no se repetiría, que algo iba mal, porque yo estaba demasiado bien, mi cuerpo conservaba demasiado bien la memoria de su antigua forma para estar gestando un bebé de siete meses, mi vientre proyectaba hacia delante una curva tímida, controlada, como una rácana parodia del bombo que ya anunciaba con sobrada antelación la aparición del resto de mi hermana un par de meses antes. Reina subió en ascensor a la habitación, se desnudó en el baño, se puso aquel camisón de Barbie mamá, una réplica exacta del que yo no llegaría a estrenar nunca, y se metió en la cama, la pusieron suero, chillaba, sudaba, se quejaba, y lloraba, lloraba mucho, lloraba sin parar, como si la estuvieran torturando, como si la partieran por la mitad, lívida y desmayada, histérica de dolor, clavando las uñas en los brazos de mamá, en las manos de Germán, que volcados sobre ella, acariciándole la frente, diciendo palabras dulces, compartían sinceramente su sufrimiento y no se quejaban de nada. Una enfermera la increpó un par de veces, pidiendo calma, y mi hermana la insultó, usted no sabe lo que es esto, dijo, y ella respondió con una carcajada, no, qué va, yo sólo he tenido tres.

El parto de Reina había sido tardío, largo y doloroso, como deben ser los partos de todas las primerizas. El bebé de Reina resultó una niña frágil y sonrosada, como deberían ser todos los bebés. La habitación de Reina parecía una fiesta, ramos de flores, gente sonriente, lágrimas de emoción, gritos alborozados, como deben ser todas las habitaciones donde hay una cuna. La cara de Reina después del esfuerzo estaba tersa y húmeda, enrojecida y satisfecha, como deben ser las caras de todas las nuevas madres. Yo asistí a aquel espectáculo con el mismo ánimo que debe sentir un condenado a muerte al que obligan a cavar su propia fosa. Vivía aterrada desde hacía semanas. El ginecólogo aún no estaba preocupado, porque yo seguía engordando bien, aumentaba regularmente de peso, pero él no sabía que hacía trampa. A mediados del sexto mes, yo misma me había cambiado el régimen, cuatro mil, cinco mil calorías diarias, en lugar de mil quinientas. Me atiborraba de chocolate, de churros, de pan, de pasteles, de patatas fritas, y el diámetro de mis brazos aumentaba, y el de mis muslos también, mi cara se redondeó, obediente, y el tamaño de mis pechos amenazaba con adentrarse en lo salvaje, pero mi hijo no crecía, porque mi vientre no se desparramaba, mi perfil no se deformaba, la tripa no me pesaba, y hubiera dado cualquier cosa por conquistar el estado del que tanto había abominado en los primeros meses, cualquier cosa con tal de convertirme en una de esas vacas torpes y sobrealimentadas a las que con tanto desprecio había mirado antes en la consulta del médico, cualquier cosa, y ya no me importaba mi futuro, no me importaba mi piel, no me importaba mi cuerpo, sólo quería ser una embarazada normal, gigantesca, inmensa, repugnante, un globo aerostático grotesco y doliente, sólo quería eso, habría dado cualquier cosa por ser simplemente eso, una mujer como las demás, y comía, comía muchísimo, me inflaba de comida hasta la náusea, y lo hacía por los dos, pero me daba cuenta de que a él no le alimentaba nada.

—Y tú qué... ¿de cinco meses? ¿Seis? —me dijo una enfermera mientras esperábamos en la habitación a que Reina subiera del paritorio.

—No —contesté—. Estoy casi de siete y medio.

Ella me dirigió una mirada mixta de miedo y extrañeza, pero un instante después corrigió su expresión para sonreírme.

—¡Qué bien! ¿No? Tan delgadita...

—Sí —dije, y miré a mi madre, y ella sólo quiso sostenerme la mirada un par de segundos, pero luego, mientras caminábamos por el pasillo, haciendo tiempo, me cogió por el hombro y se atrevió a decirme que ella también se temía lo peor.

—Somos muy malas gestantes, Malena, las Alcántara, y eso se hereda, de madres a hijas, ¿sabes? Mi abuela sólo tuvo dos hijos, papá y la tía Magdalena, de seis intentos, y mi madre perdió dos niños, y luego nació Pacita, que era un caso rarísimo, ya lo sabes, se da sólo en uno de cada cien mil embarazos y normalmente el feto muere antes del parto, pero mi hermana nació, tú la conociste. A mí, que sólo me quedé embarazada una vez, me pasó lo de Reina, así que...

—Pero lo de Reina fue culpa mía —dije, y un asombro de insospechada intensidad congeló su rostro.

—No. ¿Cómo va a ser culpa tuya? Si hubo alguna culpable fui yo, desde luego, por no desarrollar dos placentas suficientes para alimentaros a las dos.

—Pero tus placentas estaban bien, mamá, lo que pasa es que yo me lo chupaba todo y no dejaba nada para ella, los médicos lo dijeron.

—No, hija, no. Nadie dijo nunca una cosa así...

Sí, mamá, sí, pude replicar, eso era lo que decíais todos, pero no quise recordárselo porque aquella deuda estaba a punto de ser saldada. Entonces sonó el teléfono, y ella corrió a la habitación, era Germán, desde abajo, mi sobrina acababa de nacer, tres kilos cien gramos, cuarenta y ocho centímetros de longitud, grande y pesada para ser una niña, estaba estupendamente, Reina no tanto, se sentía muy débil, yo seguí andando por el pasillo, una Alcántara de los pies a la cabeza, rizos negros, labios de india, gestante incapaz, la ecografía no iba a descubrirme nada que yo no supiera ya, y casi pude verme caminando por un barrio desconocido, casas bajas de paredes blancas que se teñían de gris bajo la lluvia, repasando una secuencia lógica, la impecable cadena de acontecimientos que me habían llevado hasta allí, aquella mañana, mala sangre, mala suerte, mala mujer, mala madre, por no haber deseado el hijo que iba a tener, por haber deseado tantas veces no tenerlo, por haberle ocultado su existencia a su padre durante más de un mes, por no haber experimentado placer al cubrirme con cualquiera de aquellos horrendos sacos de cuello marinero, por haberme mirado desnuda en el espejo y haber sentido asco, y un poco de miedo, por no haber comprado todavía ni un puñetero babero, por haberme preguntado tantas veces qué coño iba a hacer yo con un crío en brazos todo el santo día, por no haber curvado los labios en una sonrisa idiota cada vez que me cruzaba por la calle con un bebé que paseaba en su cochecito, por haber intentado eliminar cualquier huella de su estancia en la superficie de mi cuerpo, por haber follado como una perra callejera con un extraño cuando él ya navegaba plácidamente en mi interior, por no haberme encontrado aún el dichoso instinto en ninguna parte, por haber adivinado que ser una mujer es casi nada, por todo eso, ahora tenía que pagar. Podría haber analizado la otra columna de cifras, porque Reina había fumado durante todo el embarazo y yo no, Reina había seguido bebiendo vino y yo no, Reina se hacía un canuto de vez en cuando y yo no, Reina se había negado a pasear porque se cansaba mucho y yo no, Reina había sustituido un montón de comidas por las correspondientes cajas de bombones y yo no, a Reina no le había dado la gana de asistir a un curso de parto sin dolor, y yo no me había perdido ni una sola clase, me había tragado hasta las lecciones teóricas, que son incluso peores que las que te largan cuando aprendes a conducir, y lo había hecho todo sola, pero no me fijé en aquellos números, porque ya sabía que las cifras de esa columna carecían de importancia.

Lo importante debe ser comprar un faldón el primer día que se te retrasa la regla, me dije, e intenté sonreír, y sólo entonces me eché a llorar. Miré a mi alrededor y ya no había casas, sólo un descampado civilizado a medias, como si fueran a construirle de un momento a otro un polígono industrial encima. Me di la vuelta y volví sobre mis pasos. No era justo. Pero era exactamente así.

Me levanté a las seis de la mañana, medio atontada por el efecto de tantas horas de sueño caprichoso, tantas veces interrumpido por un dolor agudo, pero insuficiente en mi opinión para tratarse del mítico dolor definitivo, y entonces, antes de entrar en el baño, noté un contacto extraño, pegajoso, entre los muslos, y envié hasta allí mi mano con infinita aprensión. Un instante después, mis dedos estaban impregnados de una especie de moco transparente, espeso y sucio. Me faltaban más de tres semanas para salir de cuentas, pero ya no sabía de qué cuentas tenía que fiarme. El ginecólogo, un tipo optimista, se había mostrado de acuerdo con el ecografista en que no convenía preocuparse antes de tiempo. Seguramente no estás de siete meses, sino de seis, me dijo, te repetiremos la ecografía dentro de unos días, y si no nos gusta el resultado, te provocaremos el parto, pero todo está bien, no te preocupes... Santiago, sus hermanas, mis padres, todo el mundo, optaron por creer en su palabra. Yo no. Yo sabía que el niño no crecía, pero me guardaba la angustia para mí sola porque quería creer lo contrario, necesitaba creer lo contrario, y decir la verdad habría sido como desafiar a la suerte. Sentí que aquella cosa, lo que fuese, comenzaba a desprenderse de mi cuerpo, resbalando entre mis piernas. Era como un moco inmenso, pero parecía encogido, pobre, reseco. Me apoyé en la pared. Ahora, si había expulsado el tapón, tendría que romper aguas. Esperé, pero nada más salió de mi cuerpo, como si nunca hubiera habido nada más allí dentro. El dolor crecía, pero yo no podía permitirme acusarlo, porque tendría que estar rompiendo aguas, y no lo hacía, a mí no me pasaba nada, todo mi cuerpo parecía tan pobre y tan encogido como aquel miserable moco seco.

Desperté a Santiago y le dije que me había puesto de parto, que teníamos que irnos a la clínica inmediatamente, y él me respondió con una mirada incrédula. Imposible, dijo, falta muchísimo tiempo, tendrás contracciones de ésas del principio, el niño se estará colocando, eso es todo. Cuando vi que se daba la vuelta y se disponía a seguir durmiendo, empecé a golpearle en el hombro con el puño cerrado y grité, seguí gritando mientras él se ponía de pie, y se vestía, y me miraba con aquella cara de terror, grité que el niño ya estaba colocado, que no iba a ser un parto normal, que dejara de mirar el reloj porque daba lo mismo la frecuencia de las contracciones, que algo iba mal, que había expulsado el tapón pero no había roto aguas, que se olvidara de la respiración, que teníamos que irnos de prisa, irnos de una vez, enseguida, ya.

Era domingo, las calles estaban desiertas. No me acuerdo del dolor, no podría decir si sufrí mucho o no sufrí en absoluto, no sería capaz de reconstruir el ritmo de aquellos martillazos que me estallaban periódicamente contra los riñones, el niño está vivo, sólo pensaba en eso, tiene que estar vivo, si estuviera muerto no se movería, no me haría daño. Llegamos muy pronto a la clínica. La recepcionista se alarmó al vernos entrar corriendo, me miró a la cara y yo me expliqué como pude, sabía que estaba de parto y conseguí contagiarle mi convicción, ven conmigo, dijo, y me condujo a una especie de consulta vacía donde sólo había una camilla cubierta con una sábana verde, desnúdate y espera un momento, ahora vengo. Entonces me di cuenta de que no había nadie más, Santiago no había entrado conmigo. Me desnudé y me tumbé encima de la camilla, y me sentí sola, sucia y helada. La enfermera volvió con una mujer gorda y malencarada, baja y fuerte, como tallada con muchas prisas en un cubo de piedra dura. Mientras ella me cubría con una sábana verde, la recién llegada metió la cabeza entre mis piernas y un simple vistazo pareció bastarle. Se puso de pie, me miró con ojos de medusa, y se volvió hacia la recepcionista.

—¿Ha venido sola?

—No —contestó ella—. Su marido está ahí fuera.

Entonces, la comadrona giró sobre sus talones y se dirigió hacia la puerta, sin mirarme.

—¿Ha llamado alguien al doctor?

—Sí —volvió a contestar la recepcionista—. Su marido acaba de llamar, y ha dicho que viene para acá, pero tardará. Ya sabes que vive en Getafe.

La puerta se cerró y volví a quedarme sola. Conservaba cierta capacidad para sentir que el dolor crecía simultáneamente en varias direcciones, que se hacía más intenso y más frecuente, pero sólo era consciente de mantener los ojos abiertos. Miraba una pared blanca. No hacía nada más.

—Venga... —escuché la voz de la comadrona antes de que la puerta se abriera de nuevo—. Es conveniente que usted lo vea.

Santiago entró tras ella, encogido, pálido, enfermo, avanzando tan despacio como si no pudiera soportar el peso de sus propias piernas. Me miró con los ojos llenos de lágrimas y supongo que quiso sonreírme, pero yo no fui capaz de identificar el sentido de aquella mueca, sólo me di cuenta de que tenía mucho miedo y una inmensa oleada de compasión me sacudió al comprenderlo. La comadrona levantó la sábana con la mano derecha, y habló con el tono experto de un agente inmobiliario que está enseñando un piso.

—Eso son los testículos del niño... ¿lo ve? Y esto los muslos. Viene muy mal.

—Sí —yo apenas pude escucharle, pero ella juzgó suficiente el volumen de su voz.

—Quería que lo viera.

—Sí —volvió a decir Santiago, y entonces ella me destapó completamente, y me incorporó a pulso para introducir mis brazos en las mangas de un camisón verde que estaba frío y olía a lejía, igual que las baldosas del colegio.

—¿Está muerto? —pregunté, pero no me contestó.

Rodeó la camilla hasta colocarse detrás de mí y nos pusimos en marcha. Salimos de la habitación y cruzamos el vestíbulo de la clínica. Ibamos muy deprisa, Santiago me había cogido de la mano y tenía que correr para mantenerse a nuestro paso, de eso me daba cuenta, y me parecía una situación casi cómica, ridícula, pero no recuerdo más excepto que no podía razonar, no podía sentir nada, ni siquiera dolor, vivía aquella escena desde fuera, como si yo no tuviera nada que ver con ella, como si todo aquello no me estuviera pasando a mí, contemplaba las carreras de aquellas mujeres vestidas de verde, y el pánico que desencajaba el rostro de mi marido, y el perfil de aquella temblorosa montaña casualmente instalada entre mis piernas, como si todos nosotros fuéramos figurantes en una película mala, barata, sensiblera, y no los protagonistas de una parte concreta de mi vida, porque ni siquiera comprendía que yo estuviera viva, que estuviera allí, sobre aquella camilla, lo único que fui capaz de pensar es que era como comerse dos ácidos al mismo tiempo, y cuando hablé, no pude reconocer mis propias palabras.

—Me llevan a la habitación, ¿verdad?

—No —me contestó la comadrona, desde atrás—. Vamos directamente al paritorio.

—¡Ah! —dije, Santiago me miró, estaba llorando, y yo le sonreí, sonreí de verdad, una sonrisa amplia, auténtica, no sabía por qué sonreía, pero era absolutamente consciente de estar sonriendo—. El niño está muerto, ¿verdad?

Nadie me contestó, y me dije que había llegado el momento de practicar las respiraciones que había aprendido en el cursillo, y tampoco sé por qué lo hice, pero empecé por el principio y ejecuté, paso a paso, todas las etapas del proceso, inspirando profundamente, jadeando después, y tampoco notaba que estaba respirando, y me pregunté si aquella técnica era efectiva, y no pude responderme, porque no acusaba el dolor físico, sólo una presión insoportable en el estómago, y por lo tanto no podía sentir ningún alivio. La parte delantera de la camilla chocó contra una puerta blanda, dos pesadas hojas de plástico flexible con una ventanita redonda en la zona superior, y la mano de Santiago abandonó la mía.

—Usted se queda fuera —era la voz de aquella mujer.

—No —protestó él—. Yo quiero entrar.

—No. Imposible. Tiene que quedarse fuera.

Había un montón de lámparas encima de mí, muchos focos redondos sujetos a una especie de plafón circular de plástico oscuro, y mucha gente que se movía a mi alrededor mientras yo respiraba, inspirando profundamente primero, jadeando después, todas eran mujeres, y hacían cosas conmigo, yo jadeaba, y luego inspiraba profundamente, y no me daba cuenta de nada, hasta que la comadrona, escondida entre mis piernas, como antes, quiso hablarme por fin.

—Voy a darte un pinchazo. Es anestesia...

—Muy bien —contesté, y sentí el pinchazo—. El niño está muerto, ¿no?

—Ahora te voy a hacer un corte con un bisturí, no te va a doler.

No me dolió. Entonces llegó aquella otra mujer, una médico joven a la que yo no conocía, llevaba una bata blanca y también parecía asustada, y comenzó la función.

—¿Cómo te llamas? —me preguntó una enfermera situada a mi izquierda.

—Malena —contesté.

—Muy bien, Malena —me dijo ella—. Ahora... ¡empuja!

Y yo empujé.

—¡Empuja! —decían, y yo empujaba—. Muy bien, Malena, lo estás haciendo muy bien. Ahora, otra vez...

Ellas me decían que empujara, y yo empujaba, así estuvimos mucho tiempo, no recuerdo más que eso, aquellos gritos, y mi respuesta, empuja Malena, y yo empujaba, y ellas me felicitaban porque yo había empujado, y eso era hacerlo muy bien, yo preguntaba si el niño estaba muerto y nadie me contestaba porque a mí no me tocaba preguntar, sólo empujar, y yo empujaba, y luego me he preguntado muchas veces por qué no lloré, por qué no me quejé, por qué no me dolí de aquel momento, ahora que estoy segura de que nunca en mi vida conoceré otro tan horrible, y ni siquiera ahora puedo comprenderlo, porque yo no sentía nada, no podía pensar, no podía mirar, no podía escuchar, ni entender nada, yo sólo quería saber si el niño estaba muerto, quería que alguien me contestara de una vez, enterarme de si el niño estaba muerto, y nadie me decía nada, sólo decían, ahora, empuja Malena, y yo empujaba, y todas decían, muy bien, muy bien, lo estás haciendo muy bien, hasta que la voz de aquella mujer rompió el ritmo.

—El niño está vivo, Malena, está vivo pero es muy pequeño, viene muy mal, y está sufriendo. Esto tiene que ser lo más rápido posible, por su bien, ¿comprendes?

Yo no comprendía pero dije que sí.

—Ahora te voy a hacer una extracción. Voy a meter el brazo para coger al niño por la cabeza y empujar de él hacia fuera, ¿comprendes?

No comprendía pero volví a decir que sí, y ella se inclinó sobre mí, y desde muy lejos, desde un cuerpo que no era del todo mío, tuve la sensación de que me estaban desgarrando por dentro, una tortura atroz, las enfermeras se habían callado, yo miraba hacia las lámparas y no decía nada, y casi echaba de menos las voces de antes, porque ahora ya ni siquiera podía empujar, ya no podía hacer nada, y no me fiaba de aquella tía, y entonces pregunté por última vez si el niño estaba muerto, y todo cesó.

No vi a mi hijo. No me dejaron verlo, pero le oí llorar. Entonces yo también tuve ganas de llorar, y me preparé para abrazarlo, porque ahora tendrían que traerlo, tendrían que ponérmelo encima, y yo lo tocaría, eso era lo que tenía que pasar, lo que pasaba en los anuncios, y en las películas, estaba vivo, así que ahora tendrían que traérmelo, pero oí voces lejanas, cuchicheos apagados, y un llanto que se alejaba.

—¿Hay una ambulancia preparada?

—Sí. ¿Lo has pesado?

—Sí, un kilo setecientos ochenta gramos.

Entonces comprendí que no lo traerían, y ya no tuve ganas de llorar siquiera. La comadrona estaba terminando de coserme cuando mi ginecólogo apareció por fin, limpio, bien vestido, impecable. Me pregunté si habría desayunado, y me respondí que sí, que por qué habría debido dejar de hacerlo. Me saludó, me dijo que no me preocupara, que el niño parecía estar bien, dadas las circunstancias, que se lo acababan de llevar en una incubadora, que Santiago se había ido con él, que en aquel hospital estaba la mejor unidad neo-natal de Madrid, que deberíamos esperar pero no perder la esperanza, y que él también se iba para allí a enterarse de todo, que luego vendría y me lo contaría. En ese instante tuve una sensación nueva, no dolorosa, pero sí amarga, aunque ni siquiera ahora la podría clasificar con precisión. Acababa de expulsar la placenta.

—¿Quieres que la guarde para que la analicen? —reconocí la voz de la comadrona.

—No, da igual —dijo él—. Fíjate, está completamente calcificada.

A mí no me explicaron nada más. Me sacaron del quirófano, me montaron en un ascensor, me llevaron a una habitación, me depositaron sobre una cama y me dejaron sola. A través de la ventana se veía la copa de algunos chopos, grises, viejos, ateridos de frío, tan infelices como aquellos otros que ya conocía. Árboles domésticos, me dije al reconocerlos.

Estuve sola más de una hora, tumbada en la cama, mirando por la ventana, con las piernas cruzadas, sin mover un músculo. Cada veinte minutos, llegaba una enfermera, me descruzaba las piernas, me daba un masaje brutal en la tripa, me quitaba una especie de enorme compresa empapada de sangre, y me ponía otra limpia. Ellas no hablaban, yo tampoco. A ellas les daba igual todo aquello, a mí también. Mientras tanto, pensaba en los árboles.

Mi marido llamó por teléfono. Me preguntó que qué tal estaba, y le dije que bien, con el mismo tono que había empleado miles de veces para decir lo mismo. Me sentía tranquila, insensible, ausente, y sin embargo, no me atreví a preguntar por el niño, se hizo una pausa larga, densa, y yo sabía que tendría que preguntar por él, pero no me atrevía. Santiago rompió entonces a hablar y él me lo contó todo. En el hospital le habían pesado otra vez, un kilo novecientos veinte gramos, aquel peso era el definitivo, y parecía estar bien, le habían explorado minuciosamente, le habían hecho radiografías y análisis de urgencia y era un niño completo, había desarrollado todos los órganos, y respiraba solo, los pediatras habían dicho que eso era lo más importante, que no necesitaba respiración asistida, pero estaba muy débil, claro, era muy pequeño, y muy delgado, al parecer había perdido peso dentro de mi cuerpo, había pasado mucha hambre antes de nacer porque, al final, mi placenta se había convertido en un retal inservible, nadie sabe por qué pasa lo que a mí me había pasado, no se ha descubierto todavía por qué el calcio se fija en la placenta, la endurece y la hace inútil, pero todos estaban de acuerdo en que hacía semanas ya que no le alimentaba, por eso el parto se había adelantado tanto, se podría decir que él mismo lo había provocado para sobrevivir, había sufrido mucho y todo podía complicarse, lo más previsible era una lesión renal, pero de momento no habían detectado nada que indicara su existencia, y era perfectamente posible que saliera adelante sin problemas, lo único que tenía que hacer ahora era comer y ganar peso.

—Una cosa más, Malena —dijo Santiago, al final—. ¿Cómo quieres que se llame?

Estábamos casi de acuerdo en que si era niño se llamaría Gerardo, pero en aquel momento adiviné que mi hijo solamente podría llevar un nombre, uno solo, y lo pronuncié con decisión.

—Jaime.

—¿Jaime? —preguntó él, sorprendido—. Pero yo pensaba...

—Es un nombre de héroe —dije—. Lo necesita. No sé cómo explicarlo, pero yo sé que tiene que llamarse así.

—Muy bien, Jaime —aceptó, y nunca sabrá cuánto se lo agradecí—. Tengo que esperar un rato para hablar por última vez con el médico. Luego voy para allá.

Colgué, y me dije que tendría que estar contenta, muy contenta, pero no logré sentirme así. Entonces se abrió la puerta y entró mi padre. Venía solo. No dijo nada. Me miró, acercó una silla a la cama y se sentó a mi lado. Yo le toqué la cabeza.

—El niño está bien —le dije.

El me miró otra vez y se echó a llorar, dejando caer la cabeza contra mi pecho. En ese momento adiviné dónde estaban todos los demás. Reina y mamá habían ido antes a ver al niño, estaba segura, pero él no. El había venido primero a verme a mí. Entonces se me erizó la piel de todo el cuerpo. Era emoción, y rompí a llorar por fin, y lloré durante mucho tiempo, mi cabeza descansando sobre la cabeza de mi padre.

Mi habitación nunca pareció una fiesta.

No quería ver a nadie, como si necesitara preservar el íntimo pudor de mi fracaso, pero todos fueron llegando escalonadamente, el ginecólogo primero, luego Santiago, después mi madre, mis cuñadas, la tata, y mucha gente más, personas simpáticas y educadas que hablaban y se besaban, y se comían los bombones que ellos mismos me habían traído y que yo me negué a probar siquiera, en un mudo gesto de impotencia que seguramente nadie registró. Reina, que después de ver a mi hijo se había marchado corriendo a casa de mi madre porque a su hija le tocaba comer, no llegó hasta las cinco, con Germán, y con la niña en brazos.

Cuando la vi aparecer por la puerta, la fría alucinación en la que se habían ido integrando todos los acontecimientos que había vivido durante aquel día, se deshizo bruscamente para permitirme al fin comprender la realidad. Yo había parido a una criatura débil y enfermiza, que estaba sufriendo aún, amenazada de muerte, dentro de una incubadora controlada por extraños, en otro edificio, muy lejos de mí. Ella era la madre de aquella cría rubia y blanda, que desgastaba el chupete entre sus brazos, vestida con un pelele de terciopelo blanco, «Baby Dior» bordado en el delantero con hilo brillante de color fucsia. Y la había traído consigo. Para que yo la viera. Porque yo la estaba viendo.

Miré a mi madre, y ella torció la cabeza hacia la ventana. La tata, en un impulso irrefrenable, supongo, cogió a la niña en brazos y empezó a sonreírle y a hacerle carantoñas, y en un instante congregó a su alrededor un pequeño corro de aspirantes a tener a la pequeña Reina en brazos. Santiago estaba a mi lado, sentado en el borde de la cama, apenas se había movido de ahí un par de veces desde que había vuelto del hospital. Tranquilo y optimista, responsable y maduro, pendiente de la más trivial de mis necesidades, parecía haber extraído una sorprendente entereza del infortunio, o quizás solamente había logrado conservar la que siempre había tenido, mientras la mía se diluía hasta disolverse en el puro centro de la debilidad. Al llegar, le había pedido al médico que nos dejara solos un momento y que no permitiera la entrada a nadie más, se había sentado frente a mí, me había mirado a los ojos, y me había dicho que el niño no moriría porque era hijo mío, y a la fuerza tenía que haber recibido de mí la semilla de los supervivientes y un montón de mala hostia. Aquellas palabras me hicieron sonreír y llorar al mismo tiempo, y él sonrió y lloró conmigo, y me sostuvo en sus brazos, consintiendo que me apoyara en él como nunca había podido hacerlo antes. Nunca habíamos estado tan cerca el uno del otro, por eso no quise callarme, e incliné mi cabeza hacia la suya para hablarle al oído.

—Santiago, por favor, dile a mamá que saque a mi sobrina de aquí, que alguien se la lleve al pasillo, por favor, no quiero verla.

Entonces echó el cuerpo para atrás, como si quisiera cobrar distancia antes de mirarme, y me contestó en un susurro.

—Pero, Malena, por Dios, ¿cómo quieres que haga una cosa así? Yo no puedo coger a tu hermana y decirle...

—No quiero ver a esa niña, Santiago —insistí—. No puedo verla. Haz algo, por favor. Por favor.

—¡Déjalo ya, Malena, anda! Parece mentira, lo bien que te has portado todo el tiempo, y ahora vas, y te pones ñoña.

Me callé porque me resultaba imposible continuar, procesar las pa-labras que acababa de escuchar, como si hubiera podido oírlas, pero no capturarlas, descifrarlas, entenderlas. La hora mágica había pasado, se había consumido para siempre. Entonces, Germán, que se esta-ba dando cuenta de todo, me miró, cogió a su hija en brazos, y salió con ella de mi habitación. Aquella tarde no volví a ver a ninguno de los dos.

Reina siguió haciéndome la visita durante más de media hora, pero no crucé ni una sola frase con ella hasta que, antes de despedirse, se detuvo un momento a los pies de mi cama.

—Por cierto... ¿Cómo se va a llamar el niño?

—Jaime —contesté.

—¿Como papá? —preguntó, perpleja.

—No —respondí con voz firme—. Como el abuelo.

—¡Ah...! —dijo ella, y empezó a recoger sus cosas, pero antes de mo-verse hacia la puerta, me miró otra vez, en su rostro las huellas del des-concierto más absoluto—. ¿Qué abuelo?

El flotador era de goma amarilla con dibujos de colores, una estrella de mar azul, un árbol verde y marrón, una pelota roja, y la silueta de un perro de piel naranja. Hubiera preferido que fuera liso, y de cualquier otro color, pero Santiago, que antes había recorrido todas las jugueterías del barrio sin resultados, me dijo que sólo había dos, exactamente iguales, en la cacharrería donde por fin lo encontró. No es fácil encontrar flota-dores en enero, y tampoco taxis en las mañanas de lluvia. No tendría que haber salido de casa hasta que hubieran transcurrido veinticuatro horas más, pero me encontraba muy bien, o quizás demasiado mal como para acusar el cansancio del parto, las huellas de ese dolor equívoco que ni siquiera ahora sé si llegué a sentir realmente, los puntos que no llegaban a molestarme, incapaces de competir con la agonía de mi pecho, que se dolía atrozmente de la ausencia del hijo desconocido, con el vacío de mi memoria, que proclamaba que estaría hueca hasta que no pudiera verlo, tocarlo, mirarlo y recordarlo, así que no dije nada cuando mi marido se fue a trabajar y media hora después salí a la calle con aquel aspecto de bañista invernal, demente y desnortada. Aquella mañana diluviaba, y estuve más de un cuarto de hora en una esquina, sosteniendo el paraguas con la mano izquierda, el flotador en la derecha, hasta que me tropecé con un taxi libre.

Su conductor me miró con curiosidad, pero no dijo nada. La recepcionista del hospital, en cambio, levantó apenas un segundo la vista de la hoja en la que escribía, antes de señalarme el camino con un dedo. Esperé un largo rato ante las puertas del ascensor mientras la cabina se movía monótonamente entre los pisos superiores, y al final me arriesgué a subir por las escaleras, muy despacio, juntando los dos pies en cada peldaño. La cicatriz resistió los tres pisos sin quejarse apenas. Empujé una pesada puerta de vaivén, y penetré en un mundo blanco.

Durante el siguiente mes, repetiría ese itinerario cinco veces cada día, sin alteración alguna, a las diez de la mañana, a la una, a las cuatro y a las siete de la tarde, y a las diez de la noche, y me acostumbré pronto a deambular por esos inmaculados corredores que olían a plástico, y al áspero tacto de las batas verdes dos mil veces lavadas y esterilizadas, y al rostro de los plácidos bebés que ilustraban los calendarios de vacunaciones que decoraban las paredes, y sin embargo jamás he conocido un lugar tan desolado. En una sala de espera de aspecto austero, casi monástico, un grupo de mujeres de todas las edades y aspectos posibles charlaban animadamente, generando el inconfundible rumor que suele percibirse al pasar ante la puerta de cualquier cafetería de unos grandes almacenes. Supuse que eran las madres de los recién nacidos que acompañaban a mi hijo, y me asombré de la serena frivolidad de su conversación, sin sospechar siquiera que tres o cuatro días después yo sería una más entre ellas. Avancé lentamente por el pasillo hasta tropezarme con el ventanal que separaba las incubadoras del frío implacable de la realidad, y me concentré en las cajas de cristal mientras una angustia imprecisa trepaba a gran velocidad por mi garganta. La mayoría de los pequeños pacientes estaban dormidos, tendidos boca abajo, y no hallé ningún recurso para distinguir su sexo. Un sabor caliente y ácido explotó en mi boca sin embargo cuando descubrí una boca familiar y diminuta, el ocupante de la incubadora central de la segunda fila, un niño moreno, muy pequeño, muy delgado, y completamente despierto, sus ojos negros y redondos abiertos, mirando al techo, los brazos extendidos a ambos lados del cuerpo, las muñecas sujetas a dos enganches fijados en los extremos, como un precoz criminal crucificado.

Entonces se abrió una puerta situada a mi derecha y en el umbral apareció una mujer vestida de verde, bata, calzas, y una mascarilla desechable al cuello.

—¿Qué desea?

—Soy la madre de Jaime —contesté—, pero no le conozco. No le he visto nunca.

Vino hacia mí sonriendo y se colocó a mi lado, frente al cristal.

—Es aquél... ¿Lo ve? El de la segunda fila, en el centro. Está siempre despierto.

—¿Por qué está atado? —pregunté, y escuché con sorpresa mi propia voz, neutra y serena, mientras mis ojos se llenaban de lágrimas.

—Por precaución, para que no se arranque el tubo de la nariz.

Quise decir que no habría querido conocerle así, pero ella me cogió del brazo y me condujo hacia la puerta que acababa de atravesar.

—Venga conmigo y lo cogerá en brazos. Le toca mamar, ya le habrán informado del horario, ¿no?

Mientras me desnudaba, no era capaz de precisar la naturaleza de lo que sentía. La culpa, la emoción, el miedo, y una extraña impresión de impropiedad, la desazón que no dejó de hormiguear ni una sola vez en las yemas de mis dedos cada vez que toqué a mi hijo en aquel lugar, como si aquel niño no fuera mío, sino propiedad del hospital, de los médicos y las enfermeras que lo rodeaban, y ellos hubieran acordado concederme el gracioso privilegio de estar con él cinco medias horas al día, el tiempo justo para alimentarle y apenas besarle, tocarle, hablarle, luchaban en mi interior mientras penetraba en el cálido recinto de los nacidos sin suerte. Me acerqué a la incubadora e incliné la cabeza para mirarle. Entonces la enfermera levantó la tapa, deshizo las ligaduras de sus muñecas, desprendió el tubo de su nariz, y me miró.

—Cójalo —me dijo.

—No me atrevo.

Sonriendo, ella lo levantó y lo depositó en mis brazos, pero yo no quise verle todavía.

Moviéndome con infinito cuidado, procurando sostenerle sin estrujarle, un bulto caliente, pequeño, pero de una asombrosa consistencia, caminé despacio hacia una esquina mientras me sentía la madre más torpe del mundo. Le di la vuelta a una silla abandonada junto a la ventana y me senté en ella mirando a la pared, de espaldas a la sala, sin acordarme siquiera del flotador que había traído para evitar que se me abrieran los puntos. No quería que nadie me viera en aquel momento, que nadie asistiera a mi aplazado encuentro con aquel niño al que no habían consentido reposar encima de mí cuatro días antes, y que por eso no había dejado aún de ser un simple niño más. Cuando me aseguré de que los dos estábamos definitivamente solos, a salvo en aquel rincón, aparté la sábana en la que estaba envuelto y le miré a los ojos. Antes de que las lágrimas enturbiaran los míos, me pareció que él también me miraba, justo un instante antes de romper a llorar con una brusquedad que me asustó. Supuse que tenía hambre, pero tardé milenios en descubrir mi pecho izquierdo y apoyar su cabeza contra él, las manos, el corazón y los ojos temblando a la vez, el mismo ritmo. El aferró mi pezón entre los labios y empezó a chupar, tan fuerte que me hizo daño. Entonces sonreí, y le prometí que no moriría.

Llegué a casa al borde de la medianoche, porque era jueves, y encontré apagadas todas las luces. Me asomé un instante al cuarto de Jaime, que respiraba pesadamente, durmiendo de cara a la pared, como de costumbre, y me quedé parada en el pasillo, junto a su puerta, sin saber muy bien qué hacer. No pasa nada, me dije, no ha pasado nada, y me obligué a pensar en otra cosa. Estaba cansada, pero no tenía sueño, y la pila de exámenes sin corregir que me aguardaba desde hacía días en una esquina de mi escritorio creció hasta rozar el techo apenas recordé su existencia. Al final, cogí un montón de hojas al azar y me fui con ellas a la cocina. Mientras mantenía abierta la puerta de la nevera, preguntándome qué sería razonable beber en mis circunstancias, me reproché por enésima vez no haber podido acostumbrarme a trabajar de noche.

Aquel espantoso horario era ya la única secuela vigente de los frenéticos años que sucedieron al nacimiento de Jaime, el niño que no había traído un pan bajo el brazo. De la primera etapa, apenas conservo el recuerdo del miedo, el terror sordo, pequeño pero constante, que mi organismo aprendió a procesar, día a día, con la misma mecánica naturalidad con la que absorbía los nutrientes de la comida que me alimentaba. Entonces, cuando agoté la baja por maternidad, empecé a trabajar por las tardes, pero no consigo identificar el número de alumnos de mis clases de aquella época, ni sus caras, ni sus nombres, nada, ningún libro de los que leí, ninguna película de las que vi, ninguna persona a la que conocí, ninguna cosa de las que tuve que hacer, de las que seguramente hice, en los ratos que Jaime me dejaba libre, a solas con mi miedo y con mi culpa. Recuerdo en cambio, con una apabullante precisión, el olor de los pasillos del hospital, la forma de los bancos, los apellidos de los jefes de servicio, el número, el rostro y el nombre de los niños enfermos a los que veía con tanta frecuencia entonces, y el número, el rostro y el nombre de sus padres.

—Soy la madre de Jaime.

—¡Ah! Jaime... —el informador de turno revisaba sus papeles y me dedicaba una sonrisa cortés y vacía—. Está muy bien, ayer engordó cuarenta gramos.

—¿Y qué más?

—Nada más.

Algunos días me quedaba sentada todavía un rato, gritando en silencio, ¿cómo que nada más?, cabrón, ¿cómo que nada más?, cerdo, maricón, hijo de puta, nada más... ¿qué coño te crees que significa eso? A veces sentía la tentación de gritar de verdad, es mi hijo, ¿me oyes?, me ha costado mucho trabajo aceptar que existía, lo he llevado dentro de la tripa nueve meses, le he preparado una habitación en mi casa, lo he parido, lo he llorado, lo he querido a destiempo, me he imaginado miles de veces cómo sería y nunca creí que lo vería vestido de blanco en una de vuestras estériles cunas transparentes, y quiero llevármelo, enseñarle el mundo, mirarle dormir y olerle, acostumbrarle a mis brazos y mimarle, y sacarlo de aquí, y ponerle pijamas de colores, y llevarle a tomar el sol, y comprarle cajas de música, ositos y perritos de plástico de Taiwan que muevan a la vez los ojos y las orejas, y convertirle en un bebé como todos los demás, eso es lo único que quiero, así que no me digas que no hay nada más, dime que me lo voy a llevar, que me lo vais a dar muy pronto, dime eso todas las mañanas, aunque sea mentira... Un par de días estuve a punto de chillar, pero al final yo también sonreía, y daba las gracias como una señora bien educada, y me levantaba, y me iba, y me sentaba tranquilamente en la sala de espera, porque sabía que no había nada más, y que a la mañana siguiente tampoco habría nada nuevo, que mi hijo estaba en observación, que esperaban a que ganara peso para hacerle un par de pruebas, que sólo habían pasado dos días, o tres, o cuatro, desde que saliera de la incubadora, y que para ellos no era más que una cifra porque no podía ser otra cosa.

A veces tenía la sensación de que todos me miraban mal, sentía un reproche tácito en sus palabras, en sus sonrisas, creía adivinar lo que se estaban preguntando, lo que me preguntaban a mí sin hablar, cómo era posible que una mujer como yo, una niña bien, cultivada y viajada, con lecturas, e idiomas, y estudios universitarios, pudiera reaccionar como yo reaccionaba, exactamente igual que la madre de Victoria, la de la cuna 16, que despachaba en una panadería, o como el padre de José Luis, que era camionero, pero yo no me molestaba en disimular el pánico, ni la rabia, ni ese impreciso rencor universal que ni siquiera dejaba un hueco para la autocompasión, y no aspiraba a su comprensión, no la quería, me sobraba la comprensión de todo el mundo, porque nadie podrá nunca descifrar el espesor de ese compacto grumo gris que yo poseí entonces en lugar de cuerpo, ni adivinar la fría exactitud de una desolación irremediable, el gesto helado del destino que atenazaba mi garganta en todos y en cada uno de los minutos que permanecía despierta, y la tortura del miedo puro, una pasión absoluta, desprovista de cualquier matiz, que me partía por la mitad cada vez que encontraba la cuna vacía, antes de que alguna enfermera se acercara para decirme que se habían llevado a Jaime para hacerle un análisis de rutina, nadie podrá llegar a conocer la atroz brutalidad de aquella muerte, nadie excepto la madre de Victoria, o el padre de José Luis, el corazón pesado y los hombros ligeros de una cultura esencialmente inservible en la derrota, y un hijo allí dentro, un niño solo que engorda entre extraños, cuarenta gramos al día, y al que se puede tocar media hora de cada tres, a las diez de la mañana, a la una, a las cuatro y a las siete de la tarde, y a las diez de la noche. Cuando llegó la mañana en que por fin me dijeron que todos los resultados eran buenos, ninguna lesión, ninguna infección, y que me podía llevar a Jaime a casa, comprendí que en realidad no habían transcurrido más que veintidós días desde el parto, y sentí una gratitud infinita hacia todos aquellos médicos y enfermeras que me devolvían ahora, delgado y pequeño pero sano, a la criatura moribunda, morada y hambrienta a la que habían acogido sólo tres semanas antes, y aquel sentimiento era mucho más sincero, pero no más intenso, que el que todavía alentaba en mí cuando había entrado en el hospital, apenas diez minutos antes, odiándoles como no sería capaz de volver a odiar a nadie en mi vida.

Fueron días extraños, largos y confusos, como las jornadas del protagonista de una vieja película de terror pasada a cámara lenta. Nunca he descubierto tantas cosas desagradables de mí misma en tan poco tiempo, nunca me he sentido tan egoísta, tan ruin, tan mezquina, tan débil, tan culpable, tan loca como entonces, cuando recibía de la madre de cualquier niño amarillo, esos bebés nacidos con ictericia que abandonarían el nido en tres o cuatro días a lo sumo, la misma mirada de compasión autocomplaciente que yo dedicaba a la madre de Jesús, que había nacido con el esófago y la traquea comunicados, y que ésta a su vez dedicaba a la madre de Victoria, cuyos intestinos estaban obstruidos por una especie de madejas de fibra que se reproducían tras las operaciones y cuyo origen los médicos ignoraban, y que miraba exactamente así a la madre de Vanessa, que había nacido con múltiples malformaciones en varios órganos, y que ésta concentraba por fin en el padre de José Luis, el niño hidrocefálico a quien su madre no se había atrevido a visitar todavía, la gran atracción de aquella improvisada galería de los horrores, el pobre padre de aquel monstruo espontáneo que ni siquiera conquistaría el favor de la muerte hasta que pasaran doce o trece años, y que no tenía a nadie, más allá de sí mismo, a quien mirar con compasión, aunque guardaba las formas exactamente igual que los demás.

Todos estábamos en el mismo barco, pero navegábamos tan cerca de la frontera de la desesperación que la presunta solidaridad que nos unía no era más que una cínica apariencia, y algunas veces, cuando estaba sentada con los otros padres, esperando el informe del día, miraba a mi alrededor y reconocía la tensión de las fieras enjauladas, dispuestas a saltar al primer aviso para despedazar al domador, en los rostros que me rodeaban. Yo sabía que ellos sabían que mi hijo integraba, junto con un par de críos más, el equipo de las caprichosas víctimas del calcio, los niños completos, normales, que sólo tenían que engordar un poco más para marcharse a casa, y que por la noche, a la hora de los biberones, la enfermera jefe se los cedía graciosamente a las alumnas de prácticas recién llegadas, las que aún se conmovían con facilidad, para que no se asustaran, y sabía que me detestaban por eso, pero yo no podía reprochárselo, porque detestaba a mi vez a las madres de los niños amarillos, y a todas las mujeres que paseaban bebés gordos y sonrosados por las aceras, y también me quejaba en voz alta de mi mala suerte. Nunca me he sentido tan miserable, nunca he conocido a tanta gente miserable como entonces. Habría dado todo cuanto poseía por no volver a verlos nunca más, estoy segura de que ellos habrían entregado todas sus posesiones a cambio de no volver a verme en lo que durara su vida, y sin embargo seguí encontrándomelos —¿qué tal?, muy bien, ¡qué grande está Jaime!, sí, y tu hija también, tiene mucho mejor aspecto, sí, gracias a Dios, bueno, me voy, que tengo un poco de prisa, claro, hasta otra, adiós, adiós— por los pasillos, durante dos años que se hicieron eternos, siempre en compañía de nuestros hijos, aquellos niños que seguían siendo escuálidos cuando no conservaban un terrible aspecto.

En aquella época nada parecía moverse, equilibrarse o cambiar, como si el tiempo se divirtiera jugando a imitarse perversamente a sí mismo. Lo que yo quise interpretar como una victoria definitiva al atravesar el umbral de mi casa con Jaime en los brazos, resultó ser apenas una efímera tregua, la etapa prólogo de un larguísimo peregrinaje que, de corredor en corredor, de consulta en consulta, de especialista en especialista, nos condujo hasta los últimos rincones de aquel inmenso edificio que yo creía haber abandonado para siempre. Mi hijo crecía demasiado despacio, y nunca engordaba lo que debía, pero estaba muy bien, y sin embargo, como ya ocurriera una vez con mi hermana, ese estado parecía intrínsecamente incompatible con su historia clínica, y por eso decidieron volverle del revés, examinarle con las lupas más potentes, argumentos de una sofisticada tecnología a la que mi madre jamás tuvo que enfrentarse, y descartaban hasta las hipótesis más remotas, y buscaban, y rebuscaban, y buscaban otra vez, aquellas baterías de pruebas que no terminaban nunca, y lo pesaban, y lo medían, y lo veían, y lo reconocían, una vez a la semana al principio, luego cada dos semanas, al final una vez al mes, y Jaime ya caminaba, y estaba empezando a hablar, pero ellos seguían encargando pruebas, y pruebas, y más pruebas, y volvíamos al hospital, una mañana, y otra, y otra, mientras yo aprendía a transformarme poco a poco en una esfinge.

Cuando uno de los pediatras más jóvenes y optimistas entre todos cuantos se ocuparon de mi hijo —no te agobies, porque éste, de mayor, nos dará a todos cortes de manga desde las alturas, igual termina midiendo un metro noventa, vete tú a saber, solía decirme siempre al despedirse— le dio definitivamente de alta con más de dos años y medio, los músculos de mi rostro habían alcanzado ya un altísimo grado de destreza en la tarea de congelarse según mi voluntad, para ocultar mis sentimientos con una eficacia indescifrable para quienes me rodeaban. Había descubierto muy pronto que aquel camino debería recorrerlo yo sola, porque Santiago había decidido no preocuparse, comportarse como si todo fuera perfecto, reprochándome incluso, con cierta frecuencia, la mansedumbre con la que me sometía a las indicaciones de los médicos, una actitud que en su opinión rayaba con la hipocondría. Estás todo el santo día ahí metida, decía, con el niño a cuestas, y debe de ser que el hospital te gusta, porque desde luego él está perfectamente, vamos, no hay más que verle... Eso era cierto, Jaime estaba muy bien, era despierto, simpático, rápido y sociable, hasta guapo, al menos todo lo guapo que puede ser un bebé tan flaco, pero crecía muy despacio, y no engordaba lo que debía, y yo seguía teniendo miedo aunque no pudiera compartirlo con nadie, por eso finalmente opté por no expresarlo, por no expresarme, y cuando una señora se quedaba mirando a mi hijo por la calle, en el mercado, o en el parque, yo miraba hacia otro lado, y si me preguntaba su edad, le contestaba con una sonrisa rigurosamente ensayada, el radiante entusiasmo que cortaba de raíz cualquier ulterior comentario, y si todavía tenía valor para aconsejarme que insistiera con las comidas, porque ya se veía que no me comía nada bien, o para asombrarse de que una madre tan grande como yo hubiera tenido un niño tan pequeño como él, entonces, sin dejar de sonreír, me despedía deprisa y me llevaba al niño a cualquier otro lugar, la acera, el puesto o el banco donde no hubiera nadie con ganas de hacer preguntas, de calcular qué vida habría llevado yo durante el embarazo para pasearme con aquel niño tan raquítico, qué enfermedad gravísima lo había dejado en ese estado, o qué clase de malos tratos le infligiríamos sus padres para que ofreciera aquella famélica imagen. Nadie sabe por qué el calcio se fija en la placenta de algunas mujeres, por qué la endurece y la hace inútil, pero no me quedó más remedio que admitir que tampoco a nadie le interesa saberlo, y que aquella placenta inservible, rígida, mineral, que había sido mía, me había convertido, de algún modo y para siempre, en la suprema responsable del azar.

A veces, sin embargo, miraba a mi alrededor, a mi hijo, mi casa, mi trabajo y mi marido, y me preguntaba sinceramente de dónde, cuándo, cómo y por qué me había caído encima todo aquello.

Algún tiempo después comencé a trabajar por la noche, y dejé de tener tiempo hasta para mirar a mi alrededor y asombrarme de lo que veía. Jaime había cumplido tres años, y aparte de ascender un poco más deprisa —del percentil 3, en el que permanecía desde su nacimiento, al percentil 8,5 en seis meses— por la franja más baja de las tablas de crecimiento, parecía ya definitivamente libre de cualquiera de las sospechas de enanismo, microcefalia y raquitismo que me habían atormentado en los últimos tiempos, cuando a Santiago dejaron de irle bien las cosas.

La verdad es que no seguía muy de cerca su trayectoria profesional, en la que, tras el nacimiento de nuestro hijo, pareció volcarse aún más intensamente, víctima de un frenesí que yo encontraba muy razonable y que llegué a envidiar más de una vez, aunque sólo fuera porque diversificaba eficazmente sus problemas, y por eso le alenté sin pensarlo mucho cuando quiso consultarme sus proyectos para ese futuro que le angustiaba tanto. El, que nunca había dejado de pensar en sí mismo, que no se había sentido nunca poseído, anulado por un miedo que a veces creo que jamás llegó a experimentar realmente, calculó, tras ascender un par de escalones en la empresa donde trabajaba desde que le conocí, que allí ya había tocado techo y que había llegado la hora de empezar a hacer estudios de mercado por su cuenta. Me dijo que en aquel momento las perspectivas eran muy buenas y yo le creí, porque nunca se había equivocado antes, y hasta entonces habíamos vivido bien, incluso muy bien, hasta el punto de que si yo no hubiera interpretado siempre mi matrimonio como un destino casi accidental, una estancia en una casa tan pequeña que nunca, por muchos años que pasen, podrá dejar de ser un hogar provisional, no habría tenido ninguna necesidad de trabajar. De hecho, tras el nacimiento de Jaime, barajé la posibilidad de dejar la academia, y si no lo hice, optando al final por un turno que me dejara las mañanas libres para el hospital, fue solamente porque el trabajo me obligaba a salir de casa, a saludar a mucha gente, a charlar sobre temas triviales, a olvidarme en suma, durante unas horas, de gramos y de centímetros para concentrarme a la fuerza en cuestiones radicalmente distintas, conversación y gramática, peculiaridades fonéticas, genitivo sajón, verbos irregulares.

Cuando Santiago montó su propia empresa, pensé que, si las cosas cambiaban, lo harían para bien, y sin embargo, apenas un año más tarde, mientras devolvía a la nevera la Coca-Cola Light por la que había optado al principio y me preparaba una copa más que medianamente cargada para compensar la tortura de las correcciones de madrugada, pensé que sólo difícilmente las cosas podrían haber marchado peor. Las dificultades de financiación de todas las sociedades que mi marido se había lanzado a crear alegremente para encoger los impuestos habían resultado mucho menos ficticias de lo que estaba previsto. No era un problema de trabajo, insistía Santiago, sino de escasez de liquidez transitoria. Los proveedores apretaban, los colaboradores tenían que cobrar, los clientes no pagaban cuando debían, las fichas de dominó se desplomaban despacio, arrastrando cada una a la siguiente en su caída, y al final, cuando llegaba el día treinta, nunca quedaba dinero suficiente para asignarlo a su propio sueldo. Entonces, cuando Jaime estaba empezando a dejarme respirar y ya contaba con recuperar el control de mi vida, algún tiempo al menos para mí sola, el mundo volvió a convertirse en un lugar sumamente complicado. Todas las mañanas depositaba a mi hijo en la única guardería agradable e higiénicamente vulgar —sin psicólogo, sin logopeda, sin clases de psicomotricidad, sin enseñanza precoz del lenguaje musical, sólo un montón de niños y dos horas al aire libre, en el parque más cercano, tomando el sol— que había encontrado entre las baratas, y que, naturalmente, estaba muy lejos de casa. Luego daba clases particulares hasta la hora de comer, iba a buscar a Jaime, lo traía de vuelta, hacía la comida, dedicaba las tardes, y la mayor parte de los fines de semana, a hacer todas las traducciones que podía encontrar mientras el crío zumbaba a mi alrededor, y a las siete y media me marchaba a la academia, porque el horario nocturno estaba mejor pagado que los diurnos. A medianoche, sin fuerzas para quedarme a tomar una copa con el grupo de alumnos y profesores que se iban de marcha después de clase, llegaba a casa machacada, me desnudaba, me metía en la cama, y me quedaba dormida cuando Santiago consentía en dejar de sollozar sobre mi hombro, describiendo lo mal que le había salido todo, lo desgraciado que se sentía, lo cansado que estaba y lo tremendamente injusto de su suerte, un aspecto en el que debía considerarse en posesión del monopolio mundial.

Mi hijo seguía preocupándome tanto que al principio ni siquiera me paré a lamentar mi nueva situación, como un burro ciego, sordo y mudo que no ha visto más mundo que la noria a la que le engancharon el día que nació, pero a medida que los meses pasaban, la conciencia de haberme convertido en la única fuente de ingresos real de la que disponíamos y la insoportable presión de una vida hipotecada, en la que cada hora estaba asignada de antemano a una tarea concreta e impostergable, me hacían cada vez un poco más difícil levantarme por las mañanas, y si Reina no se hubiera apresurado a acudir en mi ayuda, en algún momento habría tenido que rendirme, declarándome incapaz de gestionar, aun ineficazmente, tantas cosas al mismo tiempo. Sin embargo, cuando se ofreció a venir a casa todas las tardes que fueran necesarias, para cuidar de Jaime durante el tiempo que transcurriera entre mi partida y la vuelta de Santiago, que algunos días se quedaba trabajando hasta muy tarde, intenté negarme, consciente de que ella ya tenía bastantes problemas propios como para cargar encima con uno ajeno, pero no quiso dejarme terminar.

—No digas tonterías, Malena. ¿Qué clase de molestia va a ser para mí venir un rato por las tardes? Además, Reina se aburre sola en casa, está mucho mejor aquí jugando con su primo, y... bueno, hoy por ti, mañana por mí, tú también me ayudaste mucho cuando pasó lo de Germán.

Eso no era del todo exacto, porque en aquella época yo no pude prestarle otra ayuda que escucharla, ayudarla a hacer la mudanza y alojarla un par de semanas, las que tardó en decidir que se volvía a casa de mamá, una decisión que yo jamás comprendí, pero que culminó el proceso de la recuperación emocional de mi madre, que por fin pudo volver a quejarse de estar agotada, exhausta y cansadísima, que era exactamente lo que le gustaba.

—Se acabó —me había dicho un buen día, antes incluso de atravesar el umbral, cuando fui a abrir la puerta y me la encontré por sorpresa al otro lado, embutida en un vestido muy arrugado, despeinada y sin pintar, la piel cenicienta.

—Pasa —contesté—, me has pillado de milagro, iba a irme con Jaime al parque. ¿Has venido sin la niña?

—La he dejado en casa de mamá.

—¡Ah, qué pena! Porque podríamos... —ir juntas, iba a decir, pero cuando volví a mirarla terminé de convencerme de que su aspecto era demasiado penoso como para adjudicárselo a un repentino arrebato de pereza—. ¿Qué pasa, Reina?

—Se acabó.

—¿Qué es lo que se ha acabado?

Ella hizo un gesto impreciso con las manos, y yo fui a su encuentro. Se desplomó entre mis brazos, y en aquel instante olvidé, como siempre había olvidado antes en instantes parecidos, las etapas que en los últimos tiempos habían jalonado el implacable ejercicio de una perfección que ya, más que distanciarme de ella, me la hacía genuinamente repelente.

Reina había alcanzado como madre una calidad abrumadoramente superior a la que llegara nunca a desarrollar como hija, pero la deliciosa estampa que componía no hubiera llegado a molestarme si la universal proyección de sus instintos no hubiera situado a mi propio hijo en su radio de acción. Mi hermana declaraba a cada paso que vivía única y exclusivamente para su hija, y sin embargo, nunca parecía tener bastante, porque necesitaba preguntarme a mí, en voz alta, si no sentía lo mismo que ella, y me miraba con una repulsiva expresión de altiva misericordia cuando yo me atrevía a disentir con timidez, consciente de que en aquel tema, su opinión —porque jamás fui capaz de asignar a aquella machacona representación de la virtud el rango de los verdaderos sentimientos— encarnaba la voluntad del poder, de la razón y de la cordura. Cada vez que mi hermana veía a Jaime lo cogía en brazos, lo acunaba, lo besuqueaba, le cantaba y lo estrujaba, pero sin dejar jamás de tratarle con una delicadeza específica que no desplegaba frente a su propia hija, como si mi hijo estuviera enfermo, como si le pareciera débil, digno de lástima, marcado para siempre por el estigma de una semana de incubadora. Pues está ya muy alto, decía, y era mentira, es que las niñas siempre crecen más deprisa, comentaba, y colocaba a Reina junto a Jaime para que todos vieran que aquella cabeza rubia sobrepasaba en casi un palmo el nivel que alcanzaban los negros cabellos de mi hijo, ¿y qué talla usa ya?, preguntaba, y cuando yo contestaba que la 12, aunque ya tuviera año y medio, o la 18, aunque fuera a cumplir dos años, improvisaba un mohín antes de confesar que la ropa que llevaba le había parecido mucho más grande.

En aquella época procuraba evitarla, no verla nunca a solas, limitar nuestros encuentros a las inevitables reuniones familiares del fin de semana, porque mi propia susceptibilidad me preocupaba, sospechaba juzgarla con una vara injusta, estar enfermando de unos celos malignos, dementes, peligrosos, y por otro lado, nadie parecía echarnos mucho de menos. A mí nunca me quitaron al bebé de las manos en las reuniones sociales, nadie quería cogerlo para salir en las fotos, ninguna insufrible adolescente repipi se me ofreció jamás para dormirlo, todos le sonreían, y le miraban, y le hacían carantoñas, pero de lejos, como si tuvieran miedo de que fuera a deshacerse entre sus brazos. El no se daba cuenta, pero yo sabía cuánto amor había perdido, y echaba de menos a Soledad, que lo habría mimado sin dejar nunca de alternar un beso con un juramento si no estuviera muerta, y a Magda, que lo habría acunado con la boquilla colgando de los labios si no estuviera lejos, e intentaba querer también por ellas al patito feo que nunca tuvo más abuela que la auténtica, esa mujer que le quería bien, estoy segura, pero siempre prefirió sentar en sus rodillas a la otra nieta. Y sólo la madre de aquella radiante criatura le hacía caso, pero yo no podía cabalgar esa paradoja, desterrar la sensación de que Reina pretendía solamente subrayar su calidad, ennoblecer su virtud, adornar su corona con una joya más, la más rara, la más difícil, la de más mérito. Pronto comprendí sin embargo que nadie, excepto yo, interpretaba así las cosas.

—No sé, Malena —me decía Santiago en el coche cuando salía de casa de mamá echando humo por la nariz—, pero me parece que te estás pasando de borde últimamente. ¿Por qué te molesta tanto todo lo que hace tu hermana?

—No me molesta —mentía, buscando desesperadamente cualquier otro tema de conversación.

—Sí que te molesta —insistía él, sin darme tiempo a encontrarlo—. Cada vez que toca a Jaime, botas como si te hubieran puesto un cohete debajo del culo. Y ella sólo quiere lo mejor para ti, y lo mejor para el niño, estoy seguro.

Quizás por eso, cada vez que le rascaba la espalda a Jaime le preguntaba en voz alta si yo también se la rascaba. Quizás por eso le perdonaba graciosamente el segundo plato sin consultarme siquiera con la mirada cuando comíamos todos juntos. Quizás por eso se apresuraba a regalarme camisetas y pantalones que todavía le estaban bien a su hija afirmando que la niña ya no se los podía poner de lo cortos y estrechos que le quedaban. Quizás por eso se las arreglaba para esconder una porción de tortilla de patatas en todas las fiestas y aparecía por sorpresa con ella, como el hada buena de los cuentos, cuando ya se había terminado y los críos lloraban amargamente por su ausencia, y entonces su hija seguía comiendo tortilla, pero el mío no, por ser hijo de una virgen necia. Quizás por eso corría a abrazar a Jaime, y lo levantaba en el aire, y lo dejaba caer al suelo, y se rebozaba con él sobre la alfombra, cada vez que yo llegaba a casa de mamá diciendo que no podía aguantarle, que ya no podía más, que estaba harta de niño. Quizás haría todo eso sólo porque pretendía mi bien, y el bien de mi hijo, pero fue entonces, precisamente entonces, cuando me decidí a obedecer a un remoto y enloquecido instinto, la voz de Rodrigo susurrando en mi oído con una firmeza que tenía olvidada, y adquirí la costumbre de decirle a Jaime a todas horas que le quería, sin ningún pretexto, sin ningún motivo, hasta sin venir a cuento, te quiero, Jaime, te quiero, Jaime, te quiero, Jaime, y la repetición restaba importancia a mis palabras, pero eso no me importaba, y mis besos, tantos besos locos y sin causa, tal vez perdieran valor antes de llegar a su destino, pero me daba igual, yo seguía diciéndolo todo el tiempo, te quiero, Jaime, para que él, más que aprenderlo, lo absorbiera con el aire que respiraba, para que siempre, hasta cuando estaba demasiado cansada para rascarle la espalda, para hacer tortilla de patatas, para rebozarme con él sobre la alfombra, mi hijo supiera que le quería, y que mi amor era lo más valioso que yo tenía, lo mejor que podría esperar nunca de una madre que tan a menudo no le aguantaba, que ya no podía más, que estaba harta de niño. Pero aquella mañana, cuando Reina apareció en mi casa por sorpresa con los ojos húmedos y los labios temblorosos, todo eso se me olvidó de repente, como todo se me ha olvidado siempre en momentos parecidos, y me pareció tan frágil, tan triste, tan tibiamente desesperada, tan pobre y tan sola, que por un instante tuve la sensación de que no había dejado de ser una niña enfermiza, y yo la hermana grande y fuerte que tenía la obligación de protegerla.

—Germán me ha dicho que está enamorado —murmuró.

—Ah —dije, y me mordí la lengua.

—De una chica de veintiún años.

—Claro —susurré, y me la volví a morder.

—¿Por qué dices eso?

—No, por nada.

—Van a casarse. Y él me ha dicho que puedo seguir viviendo en casa si quiero, ¿no te parece el colmo? —asentí en silencio, y mi lengua se dolió—. Yo me imaginaba algo, no creas, porque hace meses que no follamos, pero creía que era una mala racha, ya sabes, por eso insistí, anoche tuvimos una bronca. Le pedí que me follara, la verdad, y como no hacía nada, le dije que deberíamos hablarlo —no moví los labios, aunque mi lengua era ya un amasijo de estropajos llameantes—, y entonces me salió con que a él ya no le interesaba follar, sino sólo hacer el amor, ¿comprendes?

En aquel punto exploté, porque ya, de puro martirizada, mi lengua protestaba no dejándose sentir.

—¿Qué pasa, que ahora, en lugar de polla, tiene entre las piernas una prueba irrebatible de la existencia de Dios?

Pero ella no sonrió siquiera.

—Debe ser —dijo, y se echó a llorar.

Entonces la abracé, la besé, la animé, la consolé, y le dije que podía quedarse en casa todo el tiempo que quisiera. Nunca registré aquel ofrecimiento como un favor, y por eso nunca conté con cobrarlo, y sin embargo, ninguna jugada estudiada y planeada me habría resultado tan rentable. Durante más de un año, desde la primavera del 90 hasta el verano del 91, Reina se comportó como la canguro ideal mientras yo estaba demasiado ocupada haciendo de padre de familia como para registrar siquiera tantos y tan continuos alardes de perfeccionismo exhibicionista, y la certeza de que nuestra situación económica sería todavía mucho más precaria si hubiéramos, es decir, si yo hubiera tenido que pagar a una chica para que cuidara a Jaime por las tardes, me ayudaba a pasar por alto ciertos detalles que en otras circunstancias habrían podido llegar a provocarme una ligera crisis nerviosa. Cada vez que me daba cuenta de que alguien, que no podía ser más que Reina, había ordenado por su cuenta los armarios de la cocina, me obligaba a sonreír, cada vez que encontraba en los cajones de Jaime una camiseta nueva, o un jersey sin estrenar que yo no conocía, me decía que aquello no iba a durar siempre, cada vez que llegaba a casa hecha polvo a la una de la mañana, y me encontraba la mesa del comedor puesta con un mantel blanco, dos botellas de vino vacías, y a Reina y a Santiago apurando la tercera en la terraza, y anunciaba que tenía hambre porque no había tenido tiempo de tomar nada, y los dos me miraban con una expresión de absoluta inocencia, un instante antes de anunciar a coro que tendría que freírme un huevo porque no habían contado con que llegara tan pronto y con que quisiera cenar, me felicitaba por la excelente compenetración que demostraban mi hermana y mi marido, porque a la inversa, las cosas habrían sido todavía más difíciles.

Aquella madrugada de jueves, cuando ya era viernes y saboreaba despacio una copa, sentada a la mesa de la cocina, escogí con parsimonia un boli rojo, le quité cuidadosamente el caparazón, tomé el primer examen, y me obligué a pensar en el calor, una temperatura excesiva para una noche de junio, como otra técnica para serenarme, porque no necesitaba recorrer la casa para estar segura de estar sola, es decir, de haber encontrado a Jaime solo, por muy pesado que fuera su sueño, a las doce de la noche. Conseguí controlar un mínimo acceso de rabia, me repetí que no había pasado nada, y me puse a trabajar. Cuando calculé de un vistazo que la pila de hojas situada a mi izquierda había alcanzado ya la altura de la pila originaria, que permanecía a mi derecha, me levanté para ponerme otra copa. Entonces se abrió la puerta de la calle. Miré el reloj. Eran las dos y cuarto.

—¿Malena?

—Estoy aquí —contesté, renunciando a sentarme.

Santiago apareció en la cocina un instante después, con el aspecto de quien se dispone a librar una batalla que no está en absoluto seguro de ganar.

No había nada diferente en su rostro, ni en sus ropas, nada extraño en su aspecto, pero intuí que ocurriría algo especial, algo distinto del beso difuso de todas las noches, y renuncié a los reproches que había preparado, y él renunció a sus excusas, no anunció que había ido a llevar a Reina a casa en coche, no le pregunté si le parecía sensato dejar solo en casa a un niño de cuatro años, no me contestó que había dejado a Jaime dormido y que tampoco había estado fuera tanto tiempo, no tuve que convencerme de que era inútil seguir, no tuvo que pedirme perdón y prometerme que no volvería a ocurrir, le miré y me di cuenta de que por fin había dejado de parecer un muchacho, me miró y me reflejé en unos ojos lejanos y sombríos, me senté muy despacio y él se sentó frente a mí, recordé que llevaba ya dos meses cobrando y que, a ese paso, su empresa ya daría hasta beneficios en diciembre, y me dije que tendría gracia que fuera a ocurrir algo precisamente ahora.

—¿Qué haces?

—Estoy corrigiendo exámenes.

—¿Podemos hablar?

—Claro.

Un par de semanas antes, Reina me había convocado a comer diciendo casi lo mismo, tenemos que hablar, y aunque intenté zafarme con una pobre excusa, ando fatal de dinero, de tiempo y de apetito, le dije, ella insistió, precisando que estaría encantada de invitarme, que ya había avisado a mamá de que el día que me viniera bien dejaríamos a Jaime en su casa, y que conocía un restaurante japonés asombrosamente bueno, además de nuevo, bonito, y hasta barato. Me encanta la comida japonesa, y le debía demasiados favores como para darle largas indefinidamente. Sucumbí al tercer intento.

Lo que me hacía tan poco apetecible aquella comida era la pomposa informalidad de su convocatoria. Tratándose de Reina, ese «tenemos que hablar» presagiaba aproximadamente lo peor, porque, si cuando todavía éramos adolescentes nuestros respectivos códigos de conducta divergían ya en un ángulo llamativo como mínimo, y pese a que la teoría afirmaba que el tiempo debería haberse ocupado de acortar esa distancia, en la práctica había sucedido todo lo contrario, y ahora me resultaba difícil convenir con ella en cualquier tema más complejo que el grado de acierto de las predicciones meteorológicas de cada periódico. La maternidad, como una droga mágica que todo lo cura, había convertido a mi hermana en una mujer tan sumamente conservadora que su rostro había alcanzado el carácter de una rareza excepcional, sólo comparable a la que un día hizo célebre el mapa neuronal de Pacita, porque últimamente, y dando el más valioso testimonio de una improbable victoria de la ideología sobre la genética, había conseguido parecerse físicamente a nuestra madre más que yo, y debo confesar, aunque me duela, que cada vez que la escuchaba quejarse de «esas horribles aceras llenas de mendigos y de putas, y de negros que venden quincalla y de yonquis que se pinchan encima de los bancos y de quioscos rebosantes de pornografía junto a los que pasan los niños todas las mañanas para ir al colegio, y qué coño hace el Gobierno, y qué coño el Ayuntamiento, y qué coño pasa con los ciudadanos decentes que pagamos impuestos para que los jueces dejen salir por una puerta a los criminales que entran por la otra, y que la libertad no es esto digo yo, y que en qué clase de estercolero van a crecer nuestros hijos, y que conste que yo soy socialdemócrata y progresista», llegaba a echar de menos la influencia que Germán había dejado de ejercer sobre ella, porque aquel gilipollas, al fin y al cabo, no dejaba de ser un gilipollas familiar, cercano, inofensivo, un gilipollas de los míos, en definitiva.

No se cómo puedes vivir así, me decía Reina a menudo, no sé cómo te las arreglas para no cabrearte cuando andas por la calle, y yo le contestaba que ya se cabreaba Santiago de sobra por los dos, y que también me representaba airosamente en otros disgustos, como la angustia por el futuro, el precio del suelo, la crítica constructiva del sistema educativo, la corrupción inherente al sistema de partidos, la influencia de los oscuros poderes fácticos en los medios de comunicación, el destino de la peseta en el sistema monetario europeo, y otras catorce o quince chorradas más que ella parecía de acuerdo en juzgar de una importancia esencial para la vida diaria. Lo que me inquietaba verdaderamente a mí, si Jaime sería un hombre feliz —o, al menos, de una estatura aceptable— veinte años más tarde, la rauda velocidad con la que estaba viendo expirar mi juventud, o la indespejable incógnita de si conseguiríamos llegar a fin de mes sin pedir dinero prestado otra vez, les traía sin cuidado a cualquiera de los dos, en cambio. Reina no había trabajado nunca hasta ahora, y la puntual generosidad de Germán hacía más que improbable la hipótesis de que se decidiera a hacerlo algún día antes de la fecha de su muerte. Mi marido, por su parte, trabajaba tanto que, aunque no ganara un duro, se consideraba exento de esa clase de preocupaciones. Nunca habría supuesto que tuviera otras, hasta que Reina, la espalda erguida, la mirada severa, los dedos entrecruzados sobre el mantel, una solemnidad casi cómica en cada ademán, se anticipó al *shushi* para soltarme a bocajarro aquella prodigiosa sentencia.

—Malena, creo que ha llegado el momento de que decidas si aún puedes hacer algo para salvar tu matrimonio.

Me atraganté con un sorbo de vino tinto y tosí aparatosamente durante un par de minutos antes de echarme a reír.

—¿Qué matrimonio? —pregunté.

—Estoy hablando en serio —dijo ella.

—Yo también —contesté—. Si quieres que te diga la verdad me siento como una viuda de guerra con dos hijos, uno de cuarenta años y otro de cuatro. De vez en cuando, por pura inercia, me acuesto con el mayor.

—¿Y qué más?

—Nada más.

—¿Seguro?

—Seguro.

Entonces fue ella quien rompió a hablar, y habló durante mucho tiempo, sobre Santiago, sobre Jaime, sobre mí, sobre mi vida, sobre todo lo que veía ahora que estaba en mi casa tantas horas, sobre lo que le parecía bien, sobre lo que no tenía remedio, y sobre lo que todavía podía arreglarse, y llegó a ponerme tan nerviosa que a partir de cierto punto dejé de prestarle atención, y le contestaba exclusivamente con monosílabos, ah, eh, sí, no, porque ella no parecía aceptar que todo me diera igual, y a mí no me apetecía fabricar otra verdad que confesarle.

—¿Y si tu marido tuviera una amante? —me preguntó al final.

—Me extrañaría mucho.

—¿Pero no te dolería?

—No.

—¿Ni te daría rabia?

—No, creo que no. Yo haría lo mismo si tuviera tiempo. Creo que, de hecho, en estos momentos nada me sentaría tan bien, pero no tengo ni un solo minuto para ligar, necesito todas las horas de las que dispongo para llevar dinero a casa como un buen hombrecito responsable, ya lo sabes.

—No seas cínica, Malena.

—No lo soy —la miré y tuve la impresión de que mis palabras la asustaban—. Estoy hablando en serio, Reina. No es sólo que no me guste mi vida, que no me gusta nada, sino que, además, creo sinceramente que no me la merezco. Y me encantaría enamorarme locamente de un tío, pero de un tío mayor, un adulto, un hombre, ¿comprendes?, y tirarme dos meses flotando, pasar de Santiago y hasta convertirme en una mantenida de lujo durante una temporadita, que me mimaran, y me exhibieran, y me dieran pasta para gastar, que me bañaran... ¿A ti te han bañado alguna vez? —negó con la cabeza, y yo me quedé quieta, muda, presa en una sonrisa boba que deshice con energía—. A mí sí, y era estupendo. Te juro que me encantaría, daría cualquier cosa por flotar otra vez, pero no me pasa, y no tengo tiempo para buscarlo. La última vez que me tropecé con un tío con el que me apetecía follar, estaba embarazada, así que ya puedes ir haciéndote a la idea.

—¿Y por qué no le dejas?

—¿A quién? —pregunté—. ¿A Santiago? —Ella asintió con la cabeza—.

Pues porque depende de mí económica, afectiva, emocional y absolutamente. Dejarle sería como tirar a un bebé de dos meses en el carril central de la Castellana un viernes a las diez de la noche. No tengo valor para hacer una cosa así sin un motivo concreto, y como nací en 1960, en Madrid, capital de la culpa universal y los valores eternos, no soy capaz de considerar que mi propio hastío sea un motivo concreto, qué quieres que te diga. Si hubiera nacido en California quizás todo sería distinto.

—Yo no lo veo igual.

—¿El qué?

—Todo. A mí, desde fuera, tu marido me parece un tío de lo más apetecible. Hay muchas mujeres que se matarían por él.

—Pues no sé a qué están esperando.

—Eso es lo que pasa —susurró entonces, dibujando con el dedo sobre el mantel—, que me temo que alguna ha dejado de esperar.

Cuando nos separamos, volví a echarme a reír, y seguí riéndome sola un buen rato mientras andaba por la calle, aunque en realidad no había nada específicamente divertido en mi situación. La hipótesis de Reina sí que me parecía graciosa, en cambio. Aquella noche, mientras me deslizaba entre las sábanas, me pregunté si existiría alguna mujer en sus cabales dispuesta a robarme un chollo como mi marido, y volví a sonreírme sola. Luego me olvidé del asunto, hasta que Santiago, en la cocina, se decidió a abrir el fuego en campo abierto.

—Estoy con otra tía —me dijo, mirándome a los ojos, un coraje que jamás me habría atrevido a sospechar en él.

—¡Ah! —murmuré, y no se me ocurrió nada más que decir.

—Llevamos bastante tiempo juntos, y... —en ese punto dejó caer la cabeza— ella no soporta esta situación por más tiempo.

—Me parece muy lógico —intenté concentrarme en descubrir cómo me sentía y ni siquiera advertí que mi corazón latiera más deprisa que de ordinario.

—Yo... Yo creo que todo esto... podríamos hablarlo.

—No hay nada que hablar, Santiago —murmuré, sintiéndome su madre por última vez—. Si me lo has contado es porque ella te importa más que yo. Si no fuera así, nunca me habrías dicho nada. Tú lo sabes y yo también.

—Bueno, pues... Es que no sé. Estás tan tranquila que no se me ocurre nada más que decir.

—No digas nada más. Vete a la cama y déjame sola. Tengo que pensar. Mañana hablaremos.

Al llegar a la puerta se volvió para mirarme.

—Espero... Espero que logremos llevar todo esto como personas civilizadas.

Al darme cuenta de que estaba decepcionado, casi ofendido por mi impasibilidad, no pude reprimir una sonrisa.

—Tú siempre has sido una persona civilizada —dije, para compensarla—. Y, sobre todo, un hombre sensible.

—Lo siento, Malena —musitó, y le perdí de vista.

Recogí los exámenes, lavé el vaso y vacié el cenicero, anestesiada por la sorpresa y por mi incapacidad para reaccionar frente a la escena que acababa de vivir. Me senté de nuevo en la mesa de la cocina, encendí un cigarrillo, y tuve ganas de echarme a reír al recordar los amargos reproches que me había dedicado a mí misma tantos años antes, cuando ni siquiera me atrevía a confesar en voz baja que habría preferido la tortura de un marido como mi abuelo Pedro a los parabienes de la vida conyugal con aquel pedazo de mosquita muerta. Reviviendo aquella torpe angustia, tuve ganas de echarme a reír, pero no lo conseguí, porque además de haber renunciado de antemano a la posesión de un hombre como mi abuelo, aquella mosquita muerta acababa de abandonarme a mí, y aparte de perpleja, estaba llorando.

Desde la carretera apenas se adivinaba una mancha blanca, emboscada en una muralla de palmeras y eucaliptus, como la frontera entre el mundo de casas blancas desperdigadas por el llano —cortinas de cuentas de plástico en todas las puertas, gallinas picoteando nada en improvisados patios de tierra, macizos de adelfa bien cuidados, con intensas, venenosas flores rojas, alguna minúscula bicicleta con ruedines apoyada contra la hoja de una verja entreabierta— y el horizonte abrumador de una montaña pelada, dura y gris, que caía a pico sobre un mar también desnudo.

Desde abajo, calculé que el sendero, una estrecha cinta de arena, no permitiría el paso de un coche. Aparqué el mío en la puerta de un bar alrededor del cual parecía haberse aglutinado el caserío más cercano al cortijo, y eché a andar sin preguntar siquiera, como si desde siempre hubiera conocido aquel camino. Eran las cinco y media de la tarde, hacía mucho calor, y no había recorrido la mitad todavía cuando la cuesta empezó a empinarse, y yo a sudar. Un poco más allá, dos hileras de árboles viejos amagaban con proyectar una pobre sombra sobre mis pasos. Dejé atrás un par de construcciones toscas, de techo muy bajo, seguramente almacenes, o cochiqueras en desuso, y atravesé una línea imaginaria entre el campo y un terreno casi idéntico, igualmente salpicado de pitas y chumberas, que sin embargo era ya un jardín. No había valla, ni verja, ni puerta alguna. El sendero desembocaba en una placita redonda, grandes tinajas de barro, sus paredes encaladas reventando en largas varas de geranios trepadores, marcando el círculo de tierra recién regada.

En el centro, un hombre de unos cincuenta años, sentado en un desvencijado taburete de madera, miraba un lienzo blanco, sujetándolo con la mano izquierda sobre sus rodillas. Entre los dedos de su mano derecha, inmóviles, descansaba un carboncillo. Le miré con atención mientras me preguntaba quién sería, y qué haría allí exactamente. Poseía ese académico aspecto de artista bohemio que ya sólo distingue a los viejos hippies que venden pulseras de cuero por la calle, en los pueblos de la costa. Con el pelo largo y desgreñado, entreverado de canas lánguidas y sucias, como sin vida, y una corta barba gris, llevaba una camisa marrón con las mangas enrolladas por encima de los codos, y unos vaqueros desteñidos, arrugados, que le estaban muy grandes. Tal vez fuera de verdad pintor. Tal vez se esforzaba solamente en parecerlo.

Cuando ya llevaba casi diez minutos observándole en silencio, volvió lentamente la cabeza en mi dirección y dio un respingo. No sólo me había visto, sino que algo en su actitud, una cierta expresión de asombro muy cercana a la alarma, me hizo sospechar que creía haberme reconocido. Se levantó e hizo un gesto con la mano, extendiendo hacia mí la palma abierta.

—Atender aquí uno momenta, por favor.

No me sorprendió que fuera extranjero, probablemente alemán, a juzgar por esa peculiar forma de arrastrar las erres y cerrar las úes que yo todavía recordaba tan bien. Se levantó y apenas llegó a dar un par de pasos en dirección a la puerta antes de detenerse, porque allí, apoyada en el quicio, estaba ella, y era yo misma, veinticinco años después. Mientras la miraba, sentí que mi corazón empezaba a latir más deprisa, y los ojos me escocían, el vello de mis brazos se erizaba. No había cambiado mucho, su pelo seguía siendo negro, una diadema tirante alrededor de la frente, y su cuerpo conservaba aproximadamente el mismo volumen, aunque ya no sugería la ambigüedad de esa peligrosa línea que serpentea entre la esbeltez y la opulencia, sino más bien, como el mejor signo de su edad, una acogedora y sostenida blandura. Llevaba una camiseta blanca, de manga corta, y unos pantalones muy ligeros del mismo color, con una goma en la cintura. Se sacó la mano derecha del bolsillo y la carne del brazo bailoteó un instante alrededor del codo, suave y cansada. Estaba muy morena, y su rostro, alrededor de los ojos y de la boca, lucía arrugas nuevas, profundas como heridas superficiales y mal curadas, pero sin embargo, a los cincuenta y cinco años, seguía siendo una mujer muy guapa. Extendió los brazos, vino lentamente hacia mí, y entonces sonrió. Me lancé contra ella con los ojos cerrados, y ella me recibió con los suyos abiertos.

—Has tardado mucho en llegar, Malena...

No sé cuánto tiempo estuvimos abrazadas en aquel lugar, pero cuando nos separamos, el pintor ya no estaba con nosotras. Ella me cogió por el hombro y echamos a andar entre las pitas, tomando un camino que yo no había visto antes, una trocha que bordeaba la montaña para ensancharse en una especie de plataforma natural donde apenas cabían un banco de madera y una mesa. Desde allí, solamente se veía el mar, una inmensa mancha de agua verde, o quizás azul, porque yo, que siempre he vivido tan lejos de él, nunca he acertado a conocer su color.

—Esto es precioso, Magda —le dije, entusiasmada—. ¿Sabes?, he tratado de imaginármelo muchas veces, pero nunca supuse que fuera tan bonito.

—Sí que es bonito —asintió, dejándose caer en el banco—. Como una postal, ¿no?, o esas marinas baratas que la gente cuelga encima del sofá del cuarto de estar, para darles la espalda y fijarse en la televisión que tienen enfrente... —me miró, respondiendo con una sonrisa limpia a mi desconcierto—. No sé, al principio a mí también me encantaba, pero luego empecé a echar de menos la tierra adentro, el campo de Almansilla sobre todo, los cerezos, las encinas, hasta la nieve en invierno. Y Madrid, aunque por allí sí que iba algunas veces, cuando me hartaba de mar.

—¿Has vuelto a Madrid? —movió la cabeza afirmativamente, muy despacio, y yo por un instante me quedé muda, como si no pudiera aceptar lo que me estaba diciendo—. Pero nunca llamaste...

—No, no avisaba a nadie, ni siquiera a Tomás, que siempre ha sabido dónde vivo. Me alojaba en un hotel de la Gran Vía, cerca de la Red de San Luis, al que se entra por un portal corriente, y me dedicaba a andar, y a respirar humo, y a escuchar hablar a la gente, porque me daba mucha rabia no entenderos, a la gente de tu edad, quiero decir. Cuando era joven, yo también hablaba en una jerga extraña, me gustaba mucho, y además sacaba a mi madre de quicio, pero el código ha cambiado muy deprisa... Y no es sólo eso. La verdad es que he terminado por darle la razón a Vicente, un viejo amigo mío, bailarín de flamenco, muy malo pero muy gracioso, que era maricón perdido y siempre me decía lo mismo, mira, Magdalena, hija, los novios de secano, ¿sabes? Huesca, Jaén, León, Palencia, Albacete, Badajoz, como mucho Orense, en serio. Tú hazme caso a mí, que la costa amaricona una barbaridad.

—Y él lo sabía porque era de un sitio con mar.

—¡Qué va! —soltó una carcajada—. El era de Leganés, aunque le decía a todo el mundo que había nacido en Chipiona, por lo del pedigrí, ya sabes, eso era lo mejor de todo, y sin embargo, ahora sé que en cierto modo tenía razón, y no porque aquí haya más homosexuales que en cualquier otro sitio, sino porque se siente todo de una manera distinta, más suave, más húmeda. He llegado a sentir nostalgia hasta de la nostalgia que yo misma sentía cuando vivía en Madrid, y he llegado a convencerme de que allí era mucho más brusca, quizás más cruel, pero también más enérgica, y por eso siempre duraba menos, aunque, a lo mejor, en una gran ciudad con mar, todo sería distinto, porque también echo de menos eso, el tamaño de las calles que nunca se acaban. Llevo veinte años viviendo aquí. Es mucho tiempo, y sin embargo no he llegado a acostumbrarme del todo.

La miré con atención y me sorprendió no haberla visto envejecer, porque me resistía a rechazar la ilusión de que ella había querido crecer conmigo.

—Yo te he echado mucho de menos a ti —murmuré.

No dijo nada porque no hacía falta. Veinte años después, hablar con ella seguía siendo tan fácil para mí como hablar conmigo lo había sido antes para ella, cuando yo era la única persona a la que se atrevía a dirigir palabras sinceras en aquel siniestro corral de suelo embaldosado que apestaba a limpieza, y a esa sana alegría que emana de Dios.

—Pero tendrías que haberme llamado, Magda —insistí—, yo sé guardar secretos, ya lo sabes, y podríamos haber hablado, te habría contado muchas cosas. Yo ahora estoy casada, ¿sabes?, bueno ya no, pero todavía sí, esto es largo de explicar, y tengo un hijo, y...

Me interrumpí porque ella cabeceaba lentamente todo el tiempo, dándome a entender que no la estaba informando de nada que no supiera.

—Ya lo sé —dijo—, Jaime. ¿Ha venido contigo?

—Sí, se ha quedado en el hotel, durmiendo la siesta, con las dos Reinas.

—¿Has venido con tu hermana? —preguntó, parecía sorprendida, yo asentí.

—Sí. La verdad es que no me apetecía venir con nadie, pero se empeñó en acompañarme, porque mi marido me dejó por otra hace sólo una semana, y ella está convencida de que estoy hecha polvo, y en fin, lo de siempre, ya sabes, se siente obligada a hacerme compañía, a prestarme un hombro en el que llorar, etcétera.

—A ella no me apetece verla, pero me encantaría conocer a tu hijo. ¿Cómo está?

—¡Oh, ya está bien! —detecté en su expresión una sombra de desconfianza y sonreí—. En serio, Magda... Bueno, no es que sea muy alto, la verdad. Reina, mi sobrina, parece su madre y tienen la misma edad, pero ha engordado mucho, ya tiene un peso normal, y va muy retrasado con la dentadura. El pediatra está seguro de que eso es una señal estupenda, porque quiere decir que el resto de sus huesos crecerá con retraso, igual que sus dientes, pero que crecerá, seguro, aunque terminen de estirarse cuando él tenga más de veinte años. Eso ya ha dejado de preocuparme.

—¿Romper con tu marido te preocupa más? Es muy atractivo, creo.

—Yo no —sonreí—. Es muy guapo, eso sí, pero empecé a pensar en dejarle antes de quedarme embarazada, ¿sabes?, porque ya sabía que lo nuestro no iba bien, por mucho que me hubiera empeñado en casarme con él, siempre supe que no iría bien... Debería de haberle dejado hace mucho tiempo, pero nunca me atreví, porque desde el principio él se convirtió en algo parecido a un hijo grande, durante años he tenido la sensación de tener dos hijos, uno mayor y otro pequeño, y las madres no abandonan a sus criaturas, ¿no?, eso no está bien, y ahora, que sea él quien me deje a mí, y que me deje por otra, me parece tan raro... No sé, estoy desconcertada, confundida, no entiendo bien lo que pasa. Es extraño.

Magda se sacó una boquilla de marfil del bolsillo del pantalón, y encajó en ella el filtro de un cigarrillo rubio, de la misma marca que la había visto fumar siempre. Lo encendió con un gesto lento, cuidadoso, y aspiró, y tuve la sensación de que no había pasado el tiempo.

—Yo sin embargo te encuentro muy bien, Malena. A nosotros, las ojeras nunca nos han sentado mal, nos hacen los ojos todavía más negros —rió, y yo reí con ella—. Los Alcántara felices, al fin y al cabo, siempre han sido los más feos de la familia. A propósito... —calló un momento, y su risa se deshizo en una sonrisa incierta, que se desvaneció casi instantáneamente—, ¿cómo está tu madre?

—¡Uy! Pues aparte de muy gorda, ahora estupendamente, por lo menos en comparación con cómo llegó a estar hace cinco años.

—Cuando se fue tu padre.

—Sí. Yo comprendo que lo pasó fatal, pero la verdad es que estaba insoportable. No me dejaba vivir, en serio, se me pegó como una lapa, todo el santo día llorándome encima, hasta que conseguí que se apuntara a un club de bridge, y allí fue, y se echó novio. Ahora, entre eso y la hija de Reina, que ha vuelto a vivir con ella, por lo menos tiene algo que hacer.

—¿Tu madre? —parecía perpleja—. ¿Tiene novio?

—Más o menos. Un viudo de sesenta años... —marqué una pausa para crear una expectación adecuada a lo que todavía tenía que decir—, coronel del Ejército de Tierra. Artillería, creo.

—¡Vaya! —exclamó Magda entre carcajadas—. Podría haber sido peor.

—Sí —admití, sucumbiendo a su risa, y seguimos riéndonos a coro, como dos niñas pequeñas, o como dos mujeres tontas, hasta que ella se secó una lágrima con el dorso del dedo para seguir hablando.

—Y tu padre bien, ¿no?

—Sí, muy bien. Y él sí que está guapísimo.

—Eso siempre.

—Pero ha cambiado mucho, ¿sabes? Tiene una mujer bastante más joven que él, y le lleva así —estiré el dedo índice de la mano derecha y ella asintió con la cabeza, sonriendo—, pero así, en serio, es que no te lo puedes ni imaginar. Ahora bebe la mitad, y ya no sale solo por las noches. Van juntos a todas partes, y la trata como si fuera una muñeca de porcelana, es increíble.

—Ya, me lo imaginaba.

—¿Sí? —le pregunté, sorprendida—. ¿De papá? —volvió a asentir—. Pues no lo entiendo.

—Siempre pasa lo mismo, Malena, los hombres como tu padre siempre terminan igual. Antes o después encuentran una mujer que les hace andar derechos como una vela, y además... —me miró de una forma distinta, casi traviesa, y sonrió—, la verdad es que me lo imaginaba porque hace, a ver, déjame calcular... ¿siete años? No, ocho. Hace ya ocho años que no viene a verme.

Después de pronunciar estas palabras, Magda forzó una pausa estratégica. Miró hacia el mar, se arregló una arruga del pantalón, sacó un cigarrillo, lo encendió, empezó a fumar. Antes de que la mitad se hubiera consumido, le di un codazo blando, y ella no quiso acusarlo.

—Siempre lo he sabido —le dije—. O, bueno, a lo mejor sólo me lo imaginaba, pero me lo imaginaba mucho, no sé si me entiendes...

Pretendía frivolizar la situación, hacerla reír, soltarle la lengua, pero ella se puso seria, y cuando se decidió a seguir hablando, lo hizo sin mirarme.

—Yo no lo busqué, ¿sabes? En realidad, me lo encontré. Y de la manera más tonta, la verdad. Tú ya habías nacido, tendrías cuatro o cinco años, fue una noche absurda, una de esas noches estúpidas que gastábamos en ir de bar en bar sin pararnos nunca. Creo que no logré apurar ni una sola copa. Llegábamos a un sitio, pedíamos, bebíamos el primer sorbo, pagábamos y nos íbamos...

—¿Quiénes eran los demás? —me miró con extrañeza, y me expliqué mejor—. Hablas todo el rato en plural.

—¡Ah! Pues no sé si me acordaré de los nombres. Uno era Vicente, desde luego, que iba con un novio que tenía entonces, un chico de Zaragoza que estaba haciendo la mili en Alcalá, con los paracas, no le consentía quitarse el uniforme ni un solo momento al pobre. De su nombre sí que me acuerdo, porque se llamaba Magín, nada menos. Luego había un cantante... ¿era cantante?, sí, o ilusionista, no sé, algo así, un francés que trabajaba en el mismo cabaret que Vicente. Y mi novio de turno, claro, un existencialista imbécil que me fascinaba, porque me parecía listísimo y estaba empeñado en que nos fuéramos a vivir a Islandia, por lo de los volcanes, tú fíjate, a Islandia, como si no hubiera nada más cerca, en fin... Ahora es director general de algo, no me acuerdo, pero sale de vez en cuando por la tele, y parece todavía más tonto que antes, aunque no sé, porque, sinceramente, es difícil. Total, que el cantante amigo de Vicente, que de ése sí que no me acuerdo ni de cómo se llamaba, era cocainómano, o a lo mejor no tanto, pero estaba empeñado en conseguir cocaína a toda costa, y aquello no resultaba muy fácil entonces, ¿sabes?, para nada, el pobre Magín ni siquiera sabía lo que era, nos costó Dios y ayuda enseñarle a pronunciar el nombre, así que... Es que era muy bruto, ésa es la verdad, que estaba muy bueno pero era muy bruto.

—Me estás hablando del 64 —interrumpí, perpleja.

—Sí, el 64 o el 65, no me acuerdo bien. Da lo mismo, ¿no? Pero ¿por qué pones esa cara? ¿No te imaginarás que la cocaína os la habéis inventado ahora?

—No, ya...

—Pues eso. Así que nos tiramos horas y horas de bar en bar, siguiendo una pista que llevaba a otra pista que llevaba a otra pista, detrás de la dichosa cocaína, y cada vez nos alejábamos más del centro, porque en Chicote no hubo suerte aquella noche. Yo estaba ya medio borracha y cansada del todo, cuando alguien nos dio una dirección a la que sólo se podía ir en coche. Cogimos el de Vicente, un Dauphine azul celeste, aunque él se negó a conducir. Se metió en el asiento de atrás, con Magín y conmigo, y estuvieron dándose el lote todo el tiempo, era mi novio el que conducía, y el cantante iba a su lado. Acabé hasta las narices de besuqueos y de rechupeteos, aparte de que Magín me clavaba el codo en el centro del estómago cada vez que Vicente se abalanzaba encima de él, aunque creo que si no llega a ser por eso, me habría dormido, porque aquel viaje no terminaba nunca. Yo miraba por la ventanilla y veía calles extrañas, mal iluminadas, que no conocía de nada, y si me hubieran dicho que aquello era Stuttgart, o Buenos Aires, yo qué sé, me lo habría creído, te lo juro, nunca había estado en aquella parte de Madrid. Pasamos al lado de una estación de metro, pero no pude leer el nombre, y un buen rato después embocamos una calle muy larga, eterna, que de la mitad hasta el final parecía un pueblo, porque ya no había bloques, ni siquiera edificios de dos pisos, sólo casas bajas, encaladas, y en las ventanas, algunas latas de cinco kilos de aceitunas rellenas en vez de macetas, sembradas de geranios de colores. Cuando aparcamos pregunté dónde estábamos, y mi novio me contestó, al final de Usera, y yo me dije, estupendo, porque ni siquiera sabía dónde estaba el principio... ¿Sabes tú dónde está Usera?

Tuve la sensación de que me preguntaba aquello sólo para ganar tiempo, como si necesitara meditar, decidir qué haría luego, qué camino tomaría. De todas formas, negué con la cabeza, sonriendo, hasta que recordé algo que había dicho una vez mi abuela Soledad.

—Más allá del río, supongo.

—Sí —confirmó Magda—, pero mucho, muchísimo más allá.

—Y allí estaba papá...

—Bueno —y dejó deliberadamente de mirarme—, más o menos.

—¿Dónde?

Pero no me contestó. Se quedó callada, y después de un rato, se dirigió a mí en el mismo tono que empleaba cuando yo era niña.

—Estoy pensando... ¿No tienes sed? ¿Quieres que bajemos a casa a tomar algo?

—¡Oh, vamos, Magda! —exclamé, sinceramente escandalizada de su escándalo—. Tengo treinta y un años. Soy una mujer emancipada, casada, abandonada, y sin embargo infiel. Cuéntamelo, anda.

—No sé... —hizo un gesto negativo—, aunque ahora creas lo contrario, no estoy segura de que luego te parezca bien.

—Pero ¿qué dices? ¡Si tú no tienes ni idea de cuánto he podido hacer yo el becerro!

—No hablaba por mí —me interrumpió—. Lo que pienses de mí me da lo mismo. Lo decía por Jaime. Al fin y al cabo, es tu padre.

—Yo siempre adoré al tuyo, Magda, a tu padre, ya lo sabes —ella asintió lentamente—. No creo que el mío pueda haber hecho cosas mucho peores.

—No... —empezó a decir, y se detuvo bruscamente—, o sí, no sé qué decirte. Pero las hizo mejor, eso desde luego.

—Pues entonces, cuéntamelo.

—Muy bien, te lo voy a contar, pero no me interrumpas porque me pondrás nerviosa, y luego no me vengas con preguntas. No me vas a sacar nada que yo no quiera que me saques, te lo advierto, y he sido monja, no lo olvides, así que tengo mucha más experiencia en estas cosas de la que te puedas imaginar. Soy una experta en secretos.

—¿Es tu última oferta?

—Exacto.

—Vale.

Encendió otro cigarrillo, se arregló por enésima vez la raya del pantalón, y rompió a hablar sin mirarme. Sólo lo haría de reojo, brevemente, mientras arrancaba a recordar su historia y yo escuchaba en silencio, fiel a nuestro eterno compromiso.

—Desde fuera parecía una casa como otra cualquiera, de una sola planta, baja y miserable, como todas. No había ningún letrero en la fachada, ni siquiera un anuncio luminoso de ésos de propaganda de Coca-

Cola, nada, y la puerta era corriente, una sola hoja de aluminio, con un cristal esmerilado en la parte de arriba, y detrás una cortina. Las ventanas tenían las persianas bajadas, y no había timbre. Vicente llamó con los nudillos muchas veces, y nadie contestó, entonces empezó a chillar pero no pasó nada, yo ya estaba esperando a que saliera un viejo en pijama y nos apuntara con una escopeta, cuando la puerta se entreabrió de golpe, y asomó la cabeza de un tío con pinta de paleto, y no sé que le dijeron, pero el caso es que nos dejó entrar. Lo de dentro parecía un bar, pero estaba vacío, vi tres o cuatro mesas de formica con las sillas puestas encima y al final una barra, pero no había nadie, y todo estaba a oscuras. Me dije que allí no había nada que rascar, pero de repente los demás echaron a andar detrás de aquel tío que nos había abierto, y yo les seguí por un arco que había al lado de la barra. Primero atravesamos un pasillo pequeño, con una sola puerta, a la izquierda, que debía de ser el baño porque olía horriblemente a meados, y luego entramos en un cuartito que parecía un almacén, porque había cajas de cerveza llenas de cascos vacíos y cosas así, y al fondo, una puerta de madera pintada de marrón. Aquel tío la abrió con llave y nos guió por una escalera que bajaba al sótano y terminaba en una especie de descansillo, también repleto de cajas vacías y llenas, de cerveza y de vino, y daba a un arco cerrado por una cortina tras la que se veía luz, y se oían gritos, música, y risas. A mí me parecía que estaba soñando, porque eran las cuatro de la mañana, o las cuatro y media, yo qué sé, y todo aquello me parecía increíble, que Usera tuviera un final, la hora, la cocaína, y aquella casa que no parecía un bar, pero lo era, y además tenía un tugurio disimulado en el sótano. Cuando pasé por debajo de la cortina, entré en uno de los sitios más extraños que he pisado en mi vida, una especie de gruta con estalactitas de yeso en el techo, y mesitas redondas, con sillas de madera pintadas de colores, alrededor de una especie de tablao central. La barra estaba al fondo, y era moderna, de madera oscura, con un pasamanos de latón y una gran luna ahumada detrás, pero en el suelo, a cada lado, había dos grandes tiestos de barro pintados de rojo con lunares blancos, y la gente que había allí no era mucho más corriente, no creas. Había un grupo de gitanos con ropa de espectáculo, pantalones ceñidos de espuma negra y camisas de raso brillante anudadas encima del ombligo, uno de ellos llevaba las patillas más brutales que he visto en mi vida, muy anchas, triangulares, como en forma de hacha, pero los clientes, en cambio, parecían más bien delincuentes de todas las ramas. Algunos hablaban con mujeres gordas, que aparentaban más años de los que seguramente tenían, vestidas con ropa vulgar, pero cara, y pintadas, o mejor dicho empastadas, con auténtica avaricia, como si el mundo fuera a acabarse esa misma noche y tuvieran miedo de no encontrar a tiempo un embalsamador. Apestaban a varios metros de distancia a perfume francés de marca, concentrado, parecía que se hubieran lavado la cabeza con él. Me acuerdo de una que se había pegado mal las pestañas postizas, y parpadeaba todo el tiempo, hasta que, al final, la del ojo derecho se le cayó al suelo y por más que la buscó no consiguió encontrarla, pero tampoco se le ocurrió quitarse la otra, era penosa, la pobre... Había otras chicas, más jóvenes, que parecían ir por libre. Me fijé sobre todo en dos, que estaban en la barra con un tío, una tenía el pelo como una escarola chamuscada, teñida a medias de rubio platino, y la otra, una melena larguísima, que le llegaba hasta el culo, teñida en uno de esos tonos que se llaman caoba pero no se parecen ni al color de la madera de caoba ni al de ninguna otra cosa que exista de verdad en este mundo. Las dos tenían la piel muy fea, rugosa y salpicada de granitos, se notaba a través del maquillaje, y eran atractivas sólo en una parte. La rubia tenía unas piernas estupendas, un buen culo, alto, compacto, y las caderas a juego, bien proporcionadas, pero se le marcaba una tripa muy gorda, como hinchada, debajo de una minifalda de lentejuelas, y el pecho, en cambio, era casi completamente plano. Ella no era guapa de cara, pero la del pelo caoba sí, mucho, tenía los ojos grandes y los labios muy bonitos, gruesos, como los nuestros, y unas tetas cojonudas, redondas y duras, pero de cintura para abajo, embutida en un vestido muy corto de terciopelo granate, parecía una tanqueta, ancha y maciza, unos muslos descomunales que temblaban como un flan al menor movimiento, y las rodillas torcidas, sobre unos tacones altísimos, grotescos en relación con su estatura. Se habría hecho un pedazo de mujer utilizando a las dos, pensé, y a lo mejor por eso están con el mismo tío... A él no le vi la cara al principio, porque ellas estaban todo el rato encima, morreándole y metiéndole mano al mismo tiempo, y me fijé sólo en los zapatos, unos mocasines ingleses cosidos a mano, carísimos, incompatibles con el suelo que pisaban, y en las mangas de una camisa cruda de seda natural, con unos gemelos de oro en los puños que tenían forma de botón, muy discretos, no se me olvidarán nunca. En sus manos, que aparecían brevemente de vez en cuando, para desaparecer otra vez, enseguida, en la frontera de aquellos cuerpos sudados, no se veían joyas, sin embargo. Ni esclavas, ni anillos, ni piedras engastadas, sólo una delgada alianza en el dedo anular de la derecha, y las uñas cortas, sin rastro de manicura. Todo un caballero, me dije, mira tú por dónde, y entonces dejé de mirar un momento, y cuando giré otra vez la cabeza, ahí estaba, con los codos apoyados en la barra, dos botones de la camisa abiertos y el nudo de la corbata flojo, el cuello empapado de sudor y de saliva, el pelo revuelto, sonriente y borracho. Tu padre.

—Partiendo el bacalao... —murmuré. Podía imaginarme aquella escena como si yo misma la hubiera vivido.

—¿Qué? —Magda me miró, sorprendida—. ¿Qué has dicho?

—Que papá sería el que estaba partiendo el bacalao —hablé más alto, pero ella pareció no entenderme todavía—. El que dirigía el cotarro, vamos.

—Exacto. Ahí estaba, el triunfador de Usera, con una oreja en cada mano, saludando al tendido... Él sí me vio enseguida, y me reconoció nada más verme, me di cuenta de todo, pero no quiso saludarme, no quiso decir nada, ni siquiera se separó de la barra, como si fuera yo quien debiera acercarme a él, yo, que había invadido su territorio sin permiso, y no al revés. Le miré, y sonreí sin querer, eché otro vistazo a mi alrededor y entonces empecé a entenderlo todo. Aquel tío era un hombre completamente distinto al que yo conocía, porque hasta entonces yo lo había visto solamente en casa de mis padres, con tu madre, o antes todavía, con mi hermano Tomás, y en aquel ambiente parecía pequeño, perdido, inseguro de todo. Cada movimiento que hacía, cada palabra que decía, iban precedidos por una mirada cauta, pero no astuta, se comportaba como si se sintiera obligado a pedir perdón de antemano por lo que iba a hacer mal, y nunca hacía nada mal, pero tampoco lograba nunca convencerse a sí mismo de que estaba haciendo las cosas bien, eso era lo extraño, que no ganaba aplomo con cada acierto. Yo creo que no lo ganó hasta que se lió conmigo, porque yo era la única que sabía la verdad, y conocía sus dos mitades.

—Aquella noche.

—Sí, aquella noche. Hasta entonces nunca me había fijado demasiado en él, ésa es la verdad, y es más, me caía bastante gordo, muy gordo incluso, y en realidad no sé por qué, porque no tenía motivos personales para odiarle, pero el caso es que le odiaba, me parecía un pelota y un pesado, el clásico trepador de fotonovela, no sé si me entiendes, y eso que no se le podía reprochar mucho en ese sentido, porque Reina había corrido detrás de él todo lo que se puede correr detrás de un tío y un poco más, no llevarían ni un mes saliendo juntos cuando empezaron a irse a la cama, así que... Al enterarme, me quedé de piedra, ya te lo puedes imaginar, en aquellos tiempos, y con lo que era tu madre, ¡uf!, yo no me lo podía creer... Claro, ni yo ni nadie, porque era increíble, sencillamente, en la vida me he llevado otra sorpresa como aquélla, y con lo que yo había tenido que aguantar, encima... Creo que mi primer impulso fue matarla, y te lo digo en serio, que si se llega a poner a tiro la mato, o la dejo malherida como poco.

No reparé en la violencia que vibraba en aquellas palabras, tensas como la cuerda de una ballesta, porque el desconcierto ocupó todo el espacio disponible dentro de mí, y en su interior se abrió a su vez el desconcierto, porque no lograba pensar en mi madre, no conseguía recuperar su imagen, sino la de Reina, y recordaba a mi hermana, la veía moverse, la escuchaba hablar, en cada detalle que Magda me describía.

—¿Y tú cómo te enteraste?

—Pues como todo el mundo. Porque se quedó embarazada.

—¡¿Mi madre?!

—¡Pero, bueno...! —y por un instante el asombro de Magda convirtió mi perplejidad en un sentimiento pálido—. ¡No me digas que no lo sabes!

—Pues no —admití, atónita—. Nunca me lo ha contado nadie.

—¿No? Claro... —se detuvo un instante a reflexionar—, en las fotos no se nota. Pero tu madre se casó embarazada, vosotras nacisteis seis meses después de la boda. En aquel momento hubo mucha gente que tampoco se enteró, no creas, porque la ceremonia fue en Guadalupe y no hubo casi invitados, y luego, como erais mellizas, y a Reina le pasó aquello, mi madre le dijo a todo el mundo...

—O sea —anticipé—, que en realidad no fuimos prematuras.

—No —me confirmó Magda—, nacisteis a término, más o menos a término, igual que tu hijo.

Guardé silencio durante un buen rato, mientras ella esperaba una reacción sin prisa, sentada a mi lado, sonriendo.

—Desde luego, es que es la hostia, vamos —admití, y sólo entonces me respondió con una carcajada.

—¿A que sí?

—Y en aquella época no se podía tomar nada, claro...

—¡Oh, ella sí! —la miré, y comprobé que aún no había dejado de reírse—. Fertilizantes, supongo. Para acabar antes. Estaba radiante, desde luego, y tu padre también, no creas. Los dos se habían salido con la suya. Ella lo había cazado a él, que era de lo que se trataba, y él había cazado al Futuro, así, con mayúscula. Tal para cual, pensé entonces, y a lo mejor por eso le cogí tanta manía, fíjate... Tiene gracia, nunca lo había pensado, pero tal vez fue por eso, porque, en definitiva, me parecían dos caras de la misma moneda, y yo ya conocía de sobra su valor. Y sin embargo, me equivoqué, porque no lo eran, o para mí, por lo menos, nunca lo fueron.

Estuve a punto de preguntarle si ella también se había enamorado de mi padre, pero en el último momento me faltó valor, y la decisión con la que se deshizo de la sonrisa que reinó por un instante sobre sus labios de india, tan parecidos a los míos que a veces me amagaba un escalofrío cuando los veía moverse, me indujo a suponer que ella nunca terminaría de contarme aquella historia. Pero lo hizo, hablando más despacio, removiéndose con naturalidad sobre el asiento, mirándome a la cara ya, de vez en cuando, y apenas empezó, comprendí que nunca había estado enamorada de papá, y me alegré por ella.

—En fin, que si no me lo llego a encontrar por casualidad, aquella noche, en aquel antro, nunca habría logrado descubrir a tu padre, porque el rey del mundo que despegó el codo de la barra solamente para señalarnos con un dedo y mover luego la mano en círculo, dando a entender al camarero que todos nosotros estábamos invitados, era la mitad de él que me faltaba, y cuando me di cuenta, miré a mi alrededor y empecé a entender las cosas. Aquellas malas copias de mafiosos de película, achulados pero miserables, fatuos pero mal vestidos, tan artificiales que habrían resultado casi cómicos si no fuera porque, a pesar de todo, algunos daban miedo de verdad, eran sus amigos, se habían criado juntos, ¿comprendes? Él podría haber sido uno más, otro como ellos, o como los que estaban a punto de levantarse para fichar en la fábrica a las seis con el desayuno atravesado en la garganta, los buenos chicos de la pandilla, que quizás habían tenido la suerte, o la desgracia, de echarse una novia formal antes de ir a la mili, una buena chica ella también que les había obligado a ahorrar para dar la entrada de un piso de papel en el Arroyo Abroñigal, o en cualquier otro barrio con un nombre parecido, los cerros y las vaguadas de las afueras donde un día había solamente ovejas y matojos, el paisaje de toda la vida, y al otro, dos docenas de torres de viviendas de protección oficial que habían salido de la tierra como los conejos de la chistera de un mago, yo qué sé... Él era hijo de una maestra, eso es cierto, y era abogado, había ido a la universidad, podía aspirar a algo mejor que una cadena de montaje, desde luego, pero no mucho más, no creas. Habría cambiado de barrio, habría ganado unas oposiciones, habría podido comprarse un coche, y a lo mejor hasta un piso, en veinticinco años de facilidades, y siempre habría encontrado algún conserje que le tratara de don porque para eso tenía estudios, pero esto no daba para mucho más, en serio. Aquí, le habían dado a la mierda una mano de pintura de colores, y le habían dicho a la gente, ¿qué pasa, es que no coméis todos los días?, pues ya está, coño, ¿qué más queréis?, si ya sois ricos... Y la gente se lo creía, eso era lo increíble, que se lo creían, y si se te ocurría contarle a alguien cómo se vivía en Alemania, te contestaban que sí, pero que ellos no tenían ni la mitad de cojones que nosotros, ni este sol, gloria bendita, y además, llegado el caso, Portugal siempre estaba a mano, aquí al lado, y mucho peor que esto, te decían, pero que mucho peor... Y así tiraba la gente, a fuerza de sol, y de cojones, y los oficinistas pluriempleados llevaban los domingos a los niños en el seiscientos a la piscina del Parque Sindical, pero todos eran ricos, eso sí, porque aquí nadie era pobre, es que no había pobres aquí. Todos tragaban, pero tu padre no, él no tragó, todo lo contrario. A él se le presentó una oportunidad de escupirle en la boca a la España del Plan de Desarrollo, y la aprovechó, y llegó hasta la cocina, para ser rico, pero rico de verdad, un Mercedes de importación, un piso de doscientos metros en la calle Génova y una finca de cientos de hectáreas en la provincia de Cáceres, como los que... ¿qué has dicho antes?

—Como los que parten el bacalao.

—Eso. Y aquella noche, cuando le vi allí, en aquel tugurio, con aquella gente, intenté imaginarme qué sentiría él cada vez que volviera a su barrio, a hablar con sus amigos, a beber con ellos, a ligarse a cualquiera de aquellas chicas de piel tan fea que parecían seguir tirándole tanto, a él, que podía elegir entre las ex alumnas del Sagrado Corazón, esas mujeres impecables, lujosas, bien vestidas y recién peinadas, que consagran su vida al dios de los masajes y fulminan los martillos hidráulicos cuando pasan taconeando al lado de una obra... No sé, yo le miraba e intentaba imaginarme cómo se sentiría, e imaginar cómo habría sido antes, a los catorce, a los dieciséis, a los dieciocho años, qué habría comido, cómo habría ido vestido, qué idea se habría formado de su propio futuro, y comparaba todo eso con mi infancia, la abundancia y el derroche, el hastío de estrenar y de poseer cosas, el aburrimiento y las buenas maneras, y entonces, por un instante, me sentí muy cerca de tu madre, y llegué a envidiarla, porque era ella quien le había compensado por los juguetes escasos, y la ropa heredada, y las sopas de ajo, y la desesperanza, y los celos, y el rencor, por tantas ausencias acumuladas. En ella se concentraban todas las niñas bien a las que él ni siquiera se habría atrevido a acercarse durante años, cuando las miraba con ganas en el metro, o en un parque, o andando por la calle. Eso me daba envidia, y que ella hubiera sido más que una novia, más que una esposa, mucho más que eso, toda una bandera, una posesión vital, un trébol de cuatro hojas, ¿comprendes?, que cada vez que la besara, cada vez que la tocara, cada vez que se la follara, él hiciera mucho más que eso, porque se follaba al mundo entero entre sus piernas, se follaba a las leyes de la lógica, y a las de la crianza, y a las del destino, ella era a la vez su arma y su triunfo, ¿lo entiendes?, y a mí, en aquel momento, todo eso me pareció emocionante, y brutal, y hermoso...

—Sí que lo entiendo —admití en un susurro—, porque yo sentí algo muy parecido una vez, pero estoy segura de que mamá no lo entendería nunca, a ella ni siquiera se le ocurriría interpretar así las cosas, más bien al contrario.

—Lo sé, pero yo ya había dejado de pensar en tu madre, pensaba solamente en mí, en que me habría encantado llegar hasta allí con él, y sonreír con educación mientras él me paseaba entre sus amigos, luciéndome como la esposa rica, encoñada y consentidora que él había sabido levantarse y los otros no, y desafiar después a aquellas torpes putas pueblerinas, dejar que adivinaran que yo era mucho peor que cualquiera de ellas, y que él me tenía mucho más contenta de lo que ni siquiera podían llegar a figurarse... —me miró desde muy lejos, y descendió poco a poco de una nube encarnada y furiosa, hasta quedar a mi altura—. Ya sé que esto no es lo que se entiende por tener buenos sentimientos.

Solté una carcajada y la expresión de su rostro se relajó.

—Eso es lo de menos —conseguí decir, imponiéndome a la risa—. Además, en esas circunstancias, las únicas buenas personas que hay son las que no se divierten.

—Es posible —asintió, riendo conmigo—, sí, seguramente tienes razón. El caso es que tu padre tiraba de mí como si sostuviera entre las manos una brida invisible, pero yo no me movía, estaba tan absorta en su imagen, y en mis propios pensamientos, que cuando Vicente me habló al oído, me llevé un susto de muerte, porque ni siquiera reconocí su voz. ¿Lo conoces?, me preguntó, y yo asentí con la cabeza, pero no dije nada y él se calló, estuvo un momento callado, y luego me preguntó lo de siempre, ¿sabes si entiende?, y yo le dije que no, que no entendía, y él insistió, ¿estás segura?, y volví a contestarle que sí, que estaba completamente segura, pues qué pena, dijo al final, después de un rato, ¡con esa boca de vicioso que tiene...! Aquel comentario me molestó, como si nadie más que yo tuviera derecho a fantasear con él en aquel momento, y me decidí por fin a acercarme a la barra. Tu padre me sonrió, y cuando llegué a su lado me dijo solamente, hola, cuñada, y yo le contesté, hola, y entonces el camarero gritó, policía, manos arriba, y miré hacia la puerta y vi entrar a tres tipos vestidos de gris, el primero gordo y sudoroso, bastante calvo, y los dos que le seguían más jóvenes, con algo más de pelo y el traje un poco más raído. Si no son de la pasma, me dije, desde luego lo parecen, y si lo parecen, es que lo serán, y si lo son, vamos a ir todos palante, pero luego me di cuenta de que la única que estaba nerviosa allí era yo, y miré a tu padre y vi que sonreía a los recién llegados, aunque venían directamente hacia nosotros. El gordo nos dio la mano con mucha educación, y se apartó un poco, pero el más joven de todos abrió los brazos, dejándonos ver la pistolera de cuero que llevaba encajada en el sobaco izquierdo, y la pistola que estaba dentro, claro, y se abalanzó encima de tu padre para darle un abrazo, joder, Picha de Oro, le dijo, menos mal que todavía te acuerdas de los amigos...

—¿Picha de Oro? —pregunté, divertida—. ¿Llamaban Picha de Oro a papá?

—Sí, siempre le habían llamado así, desde antes de casarse con tu madre, no creas, porque a los catorce, o a los quince años, no me acuerdo, le había echado un polvo a la dependienta de la farmacia y después ella no había querido cobrarle lo que él había ido a comprar, y además le había regalado dos cajas de condones y no sé qué más, después de decirle que volviera cuando quisiera... Por lo menos, ésa era la leyenda, vete tú a saber lo que pasaría en realidad, la mitad de la mitad, seguramente.

—Así que no os detuvieron.

—No, para nada. Y además nos vendieron cuatro gramos, aunque a mí eso ya me daba lo mismo, porque tu padre me había presentado a su amigo el poli, y éste, después de echarme un vistazo y decirme que tenía mucho gusto en conocerme, le comentó que no se merecía una mujer tan guapa, pero lo dijo con mucho respeto, como si fuera un cumplido, y él me cogió por la cintura, me apretó fuerte, justo debajo del pecho, y aclaró, pronunciando cuidadosamente cada palabra, que yo no era su mujer, sino la hermana melliza de su mujer. El poli no dijo nada, pero sonrió y levantó una ceja, mucho gusto de todas formas, repitió, sin colocar una coma en ninguna parte, más todavía, ¿no?, replicó Jaime, y lo dijo sin mirarme, como si yo no le oyera, como si no fuera a entender nada, como si hubiera nacido tonta. Entonces me revolví sin avisar, le eché los brazos al cuello y le besé, porque ya no podía más, porque sentía que si no le besaba me iba a morir de ansiedad, y me gustó, me gustaba tanto que seguí besándole mucho tiempo. Cuando nos separamos, él me miró con los ojos brillantes, como si estuviera asombrado, porque seguramente lo estaba, claro, y luego sonrió, y me habló al oído, hay que ver, qué poco te pareces a tu hermana, Magdalena, porque cuando estábamos solos él siempre me llamaba así, con todas las letras, y yo le pedí que me llevara a cualquier sitio, adonde él quisiera, a mí me daba igual, pero quería irme de allí, y quería irme con él. Cuando salíamos, mi novio el existencialista vino a pedirme explicaciones y lo mandé a la mierda antes de que tuviera tiempo para abrir la boca. Me costó romper, por supuesto, pero no me arrepentí, no me he arrepentido nunca, al fin y al cabo, en Islandia debe de hacer un frío espantoso.

No me contó nada más, y yo tampoco lo necesitaba, porque hacía ya tiempo que había dejado de pensar en Reina, de repasar su vida, y era la mía, mi propia vida, la que encajaba poco a poco en mi memoria siguiendo el ritmo de sus palabras, dando sentido a cada una de las sílabas que ella pronunciaba, pero Magda todavía no podía saberlo, y tal vez por eso no renunció a rematar su discurso con un colofón tan gratuito.

—No me gustaría que esta historia cambiara la opinión que puedas tener sobre tu padre, Malena, si fuera así, no podría perdonármelo nunca. A lo mejor, no tendría que haberte contado todo esto, porque no sé si lo entenderás bien, las cosas han cambiado tanto... Casarse por dinero siempre ha sido feo, desde luego, pero él tenía veinte años, y era pobre. Y la pobreza es injusta por naturaleza, pero en su caso todavía era peor, porque a su familia le había caído encima por la espalda, a traición, no estaban acostumbrados a esa vida, y tu padre se crió en la miseria, pero su madre no le pudo enseñar a torearla porque a ella nunca se lo había enseñado nadie. Además, no podíamos elegir, ¿sabes?, nosotros no pudimos elegir. Mis padres sí, y los suyos, y vosotros también, tú has podido decidir qué quieres ser, cómo quieres vivir, qué quieres hacer, pero nosotros... Cuando yo era joven, el mundo era de un solo color, bastante oscuro, y las cosas de una sola manera, sólo había una vida, que era la única buena, y había que tomarla o tomarla, porque no se podía dejar, ¿lo entiendes?, ya te podías afiliar al Partido Comunista, o hacerte puta, o comprarte una pistola, que te iba a dar lo mismo. Los ricos nos íbamos a vivir al extranjero, pero lo único que podían hacer los pobres era emigrar a Alemania, y eso no era exactamente lo mismo, ya me entiendes... Si no comprendes esto, y no tienes por qué comprenderlo porque no lo has conocido, nunca comprenderás a tu padre, porque era un trepador, y si quieres hasta un tramposo, pero para él, esto seguía siendo la guerra. Además, nosotros estábamos acostumbrados a hacer siempre las cosas en secreto, bajo cuerda, desde pequeños, no le digáis a los otros niños que en casa comemos jamón, nos decía Paulina, cuando nos llevaba al parque en plena posguerra, y luego siguió pasando lo mismo, todos teníamos amigos escondidos, todos mentíamos en casa, todos comprábamos algo prohibido, antes o después, en algún mercado ilegal, librerías, tiendas de discos, farmacias donde hacían la vista gorda con las recetas, todos burlábamos mejor o peor a la policía, los amigos de la pandilla, los compañeros de la universidad, la gente que ibas conociendo por ahí, todo se hacía así, eso era lo normal para nosotros, así que liarme con tu padre tampoco me parecía tan grave, ni tan arriesgado, ni tan excepcional como pueda parecer a simple vista, y estoy segura de que a él le pasaba lo mismo que a mí. Era un secreto más, solamente, un secreto entre doscientos o trescientos, y ni siquiera corríamos el riesgo de terminar en la cárcel. Y ahora, como me estoy haciendo vieja, no te digo que nuestra vida haya sido peor que la de cualquier otra gente, en cualquier otro sitio, ha podido ser hasta mejor, ni siquiera niego eso, pero nunca nos dieron la oportunidad de equivocarnos, eso fue lo que pasó, que no pudimos equivocarnos siquiera. Para mí, tu padre siempre ha sido bueno, Malena, leal, generoso, valiente y sincero, el mejor amigo que he tenido nunca.

—Pero no te enamoraste de él.

—No, ni él de mí —hizo una pausa e intentó sonreír, pero sus labios apenas dieron de sí para esbozar una mueca amarga—. A lo mejor, en otras circunstancias, las cosas habrían sido distintas, pero entonces no pudimos enamorarnos, no nos quedaba sitio para eso. Los dos odiábamos demasiado.

—A los niños hay que enseñarles a querer a sus padres, ¿no? Eso dicen...

El eco de su voz me sobresaltó tanto como lo habría hecho un sonido nuevo, extraño, que nunca hubiera escuchado hasta entonces, porque no contaba con que siguiera hablando aquella tarde, no me imaginaba que quisiera seguir. Llevábamos más de un cuarto de hora en silencio, ella mirándose las manos, yo mirándola a ella, ella callada y yo intentando encontrar las palabras justas para decirla que la quería, y que por eso lo entendería todo, y lo aprobaría todo, y lo justificaría todo, cualquier defecto, cualquier pecado, cualquier error que pudiera haber trazado la arruga más profunda y escondida sobre la superficie de aquella cara en la que yo siempre había podido mirarme como en un espejo limpio y liso. Entonces, estudiando sus manos todavía, dijo aquello, y luego se removió sobre el asiento, encendió un cigarro, se volvió hacia mí, y siguió hablando.

—A los niños hay que enseñarles a querer a sus padres —repitió, muy despacio—, pero a mí no me enseñaron eso. Y no puedo recordar exactamente cuándo escuché aquella letanía por primera vez, pero debía de ser muy pequeña, tal vez él estaba en la finca con Teófila, todavía. Paulina, la tata, las doncellas, apenas se referían a él de otra manera, por lo menos cuando no había adultos delante, en la cocina, en el pasillo, mientras hacían las camas, y procuraban bajar la voz, pero yo las oía, el cabrón del señor, el cabrón del señor, el cabrón del señor, siempre igual, y me ponía colorada, me daba vergüenza escucharlas, luego venía siempre el segundo misterio del mismo rosario, la señora es una santa, la señora es una santa, la señora es una santa... Es complicado, ser hija al mismo tiempo de un cabrón y de una santa, bueno, eso ya lo sabes tú, porque, claro, hay que elegir, no se les puede querer a los dos igual, y si eres una niña es peor, porque después te toca aprenderte el resumen, todos los hombres son iguales, todos cerdos, y nosotras tontas, por tragar con lo que tragamos, y santas, sobre todo santas, todas santas, en fin, siempre lo mismo. Mis hermanos podían apreciar alguna cualidad de papá, aspirar a tener éxito en los negocios, ser del mismo equipo de fútbol, ir a cazar con él, y hasta decir que de mayores querían tener un montón de mujeres, eso nunca acababa del todo de dejar de estar bien, pero las niñas no. Nosotras teníamos que ser como mamá, unas santas, porque era eso lo que tocaba, y el cabrón presente, sólo un aviso del cabrón futuro, o sea, el enemigo. Como si no tuviéramos padre, como si mi padre fuera sólo, como mucho, el padre de los niños, así me crié yo, eso fue lo que me enseñaron.

Entonces la interrumpí, dispuesta a forzarla a cerrar un círculo que todavía no estaba completo del todo.

—Paulina me contó una vez que cuando volvió a casa, tú fuiste por la noche a la cama de la abuela, y al encontrártelo, te llevaste un susto de muerte. Y que al día siguiente no querías ni verlo.

—No —sonrió—, ni verlo quería, eso es verdad, me pasó lo mismo que con tu padre, siempre me pasa lo mismo con la gente que luego termina siendo importante para mí, contigo también me pasó, no creas.

—¿Yo te caía gorda?

—Pues sí, bastante. Porque me recordabas a mí misma cuando era niña, y sin embargo no me querías.

—No, no te quería —admití—, porque parecías igual que mamá, pero eras tan distinta que quererte me parecía desleal.

—Esa es la palabra clave, lealtad, deslealtad, en eso se resume todo, pero yo no podía saberlo aún cuando conocí a mi padre, porque era demasiado pequeña. La primera vez que lo vi despierto fue en el desayuno de la mañana siguiente, y tenía sólo cinco años, pero no se me ha olvidado, no se me olvidará jamás, si cierro los ojos todavía puedo verlo, supongo que no he vuelto a vivir otra situación que me impresionara tanto. Mamá nos cogió de la mano, Reina a la derecha, yo a la izquierda, y entró con nosotras en el comedor. El estaba sentado en la cabecera, un hombre muy alto, muy imponente, con el pelo oscuro, las cejas terribles, anchas y pobladas, y mis propios labios en la boca. No nos vio entrar, porque tenía la cabeza baja, las manos cruzadas, y caídas sobre los muslos, pero cuando ella le dijo, éstas son tus hijas, Reina y Magdalena, se enderezó sobre el respaldo, irguió la cabeza y nos miró desde muy arriba. Reina se adelantó a darle un beso y yo creí que me moría de miedo al pensar que luego me tocaría a mí, pero él me dijo, hola, y yo también le besé, y por lo visto le cogí de la mano, de eso no me acuerdo, ya ves, pero papá lo contaba siempre, que yo no le había dicho nada, pero le había apretado la mano mientras le besaba, no sé... De todas formas, le cogiera o no yo de la mano, lo cierto es que no quería ni verle, porque era un extraño, y me daba pánico mirarle, y sobre todo, que él me mirara, entonces sí que no sabía dónde meterme. Una vez, tres o cuatro años después, salió por sorpresa de su despacho mientras yo andaba por el pasillo, y casi nos chocamos. No sé por qué, me dio por pensar que iba a decirme algo, creí que me iba a hablar, y me puse tan nerviosa que me hice pis encima...

—¿Y qué te dijo?

—Nada.

—Porque no hablaba nunca, ¿verdad?

—No, no hablaba, excepto para decir lo imprescindible, yo qué sé, pedir el pan en la mesa, preguntar dónde estaba su paraguas, y cosas así, pero jamás intervenía en las conversaciones de los demás, y hacía todo lo posible para que nos diéramos cuenta de que ni siquiera nos escuchaba. Si parecía de buen humor, mi madre intentaba animarle, pero no le sacaba más que gruñidos, murmullos afirmativos o negativos, y algún que otro monosílabo, como mucho. Cuando ella fue a buscarle a Almansilla, después de la guerra, él le juró que si le obligaba a volver, no volvería entero, y desde luego, cumplió su palabra. Al principio, apenas le veíamos. Estaba todo el día encerrado en su despacho y siempre salía a la calle solo, y nunca decía adónde iba, ni con quién, ni cuándo pensaba volver, pero si se retrasaba diez minutos, si llegaba tarde a comer o no aparecía a cenar, la casa entera se venía abajo, porque todos calculaban que había vuelto al pueblo con Teófila, todos se comportaban como si supieran que era inevitable, que antes o después volvería, porque para eso era un cabrón, porque aquella palabra lo explicaba todo, pero luego, en cuanto que se escuchaba el chirrido de una llave en la cerradura, el vestíbulo se quedaba desierto, los grupitos se disolvían, las muchachas, mis hermanos mayores, mamá, todos se ponían en movimiento echando leches, porque él manejaba la pasta, ¿sabes?, y la pasta de mi familia era mucha pasta.

—Pero yo creía que tu madre era muy rica —objeté, sorprendida.

—Y lo era, casi tanto como él, pero no se ocupaba del dinero y además, la versión oficial era muy distinta. Mamá siempre se comportó como si dependiera económicamente de su marido, porque para triunfar como santa, más vale ser pobre, ¿comprendes? —asentí con la cabeza, sonriendo, pero Magda no sólo no me imitó, sino que endureció su expresión poco a poco—. Yo al principio también me lo creía, pensaba como los demás, que ella era una santa, y tal vez lo fuera de verdad, no te digo que no, porque lo había pasado muy mal, desde luego, y vivía sólo para sus hijos, eso es cierto, y te lo recordaba tantas veces que no se te podía olvidar... En toda mi vida he conocido a nadie que se riera menos que mi madre.

Cuando Miguel estaba empezando a andar y se caía de culo, cuando mi hermano Carlos, que era muy divertido, contaba chistes al volver de clase, cuando Conchita rompía con su novio y la tomábamos el pelo hasta que se echaba a llorar, yo qué sé, siempre que los demás nos poníamos enfermos de risa, ella apenas sonreía, tensando los labios como si le dolieran, porque todo le dolía, ¿sabes?, todo. Andaba muy despacio, arrastrando los pies, atusándose el pelo constantemente aunque acabara de peinarse, y de vez en cuando hablaba en voz baja, para sí misma, pero ¿qué he hecho yo, Dios mío?, o ¡qué cruz tengo yo con este hombre! Entonces, Paulina, o la tata, que parecían olfatear su desconsuelo a kilómetros de distancia, aparecían de repente y le cogían una mano, o le ponían la suya en el hombro, y ahí se quedaban, cabeceando a su lado, con cara de tristeza ellas también. Tenéis que querer mucho a vuestro padre, niños, nos decía a todas horas, y lo decía en el mismo tono con el que nos pedía buenas notas, como si nos exigiera un terrible sacrificio, como si ya supiera ella de sobra que deberíamos esforzarnos duramente para conseguirlo, pero nunca añadía que tuviéramos que quererla mucho a ella también, porque nuestro amor, en ese caso, se daba por descontado, y yo a veces le miraba, y me parecía que estaba mucho más triste que ella, y mucho más solo, y me preguntaba qué clase de crímenes habría cometido para que todo el mundo le llamara cabrón, y para que no le quisiera nadie, nadie, en aquella casa llena de gente donde hasta los perros adoraban a mi madre.

Magda dobló los labios hacia dentro, hasta esconderlos dentro de la boca, y toda su cara tembló durante un instante. Tenía los ojos brillantes, y los escondió también bajo los párpados, y permaneció así, quieta, como muerta, tan lejos de mí que me arrepentí de estar hablando antes de haber terminado.

—Hasta que le quisiste tú, ¿no? —dije—. Y Pacita, claro. Y también Tomás.

—Es que yo no era una santa, Malena —me contestó, moviendo lentamente la cabeza—, yo no era santa, no valía para eso, ni siquiera lo entendía bien, ¿sabes?, lo del espíritu de sacrificio, y eso de la alegría de darse a los demás, todo lo que nos contaban las monjas en el colegio, yo no lo entendía, ni que la vida de mi madre fuera ejemplar, qué quieres que te diga, a mí me parecía más bien una putada, y desde luego no aspiraba a una vida como la suya, a mí me gustaba demasiado reírme... Al principio lo pasé muy mal, me sentía muy culpable, pero luego me fui enterando poco a poco de la verdad, siempre por boca de extraños, por supuesto, porque ella jamás reconoció otra versión que la suya. Cuando enfermó Paz, las cosas cambiaron muy deprisa. A papá no le había hecho mucha ilusión tener otra hija, aunque en casa estábamos todos locos con el bebé, porque Reina y yo, que éramos las pequeñas, teníamos ya nueve años, pero una noche se puso mala, con mucha fiebre, y la llevaron al hospital, estuvieron allí varios días, y al volver, mi padre parecía un hombre distinto. Mamá se metió en la cama, a oscuras, y anunció que estaba destrozada, que no quería ver a nadie, y entonces él se hizo cargo de todo, hablaba, se reía, organizaba la casa y cuidaba de la niña, pero ni siquiera eso le sirvió de mucho, porque aunque mis hermanos le contestaban, claro, y tenían que dirigirse a él todo el tiempo, para pedirle dinero, o permiso para salir, y cosas por el estilo, ninguno de ellos quiso acercarse a su padre, y a mí me daba demasiado miedo todavía. Luego, cuando volvimos a Almansilla y se lió otra vez con Teófila, las cosas volvieron a estar como antes, con la única diferencia de que él se largaba de casa de vez en cuando, y nadie nos decía adónde iba, pero tampoco nadie parecía asustarse ya, incluso, fíjate, mi madre parecía mucho más contenta, estaba más tranquila cuando él se iba, todos estábamos mejor sin él, eso era lo más extraño y lo más terrible de todo.

—Habían pactado.

—Sí, claro, habían terminado por pactar, aunque él no consiguió lo que quería. Cuando me enteré de que existía Teófila, de que mi padre tenía otra casa, otra mujer, otros hijos, le pregunté a mi madre por qué le había dejado volver, porque yo creía que él había vuelto por su cuenta, claro, era lo lógico, y no lo entendía, cómo había podido ella tragar tanto, por qué había aceptado semejante humillación. Lo hice por vosotros, me dijo, sólo por vosotros, y yo sonreí, y le di un beso, pero aquello me sonó más falso que un duro de palo, la verdad... Luego, cuando tenía catorce años, les escuché discutir en Almansilla, bueno, les escuchamos todos, se les debía de oír hasta en el pueblo, porque hablaban a grito pelado, él quería vivir a caballo entre Cáceres y Madrid, tener la casa de Almansilla abierta todo el año y repartirse equitativamente, guardando las apariencias, pero ella se negó, jamás, ¿te enteras?, jamás, le dijo, y yo eso tampoco lo entendí. Mamá, le dije un día, cuando ya habíamos vuelto a Madrid, si sufres tanto cuando él está en casa, si lo pasas tan mal, si eres tan desgraciada... ¿por qué no dejas que se vaya? Iba a decir que creía que sería lo mejor para todos, pero no me dejó terminar, se puso a chillar como una furia, has hablado con él, ¿no?, eso es lo que pasa, que has hablado con él, me decía, y yo lo negué, avergonzada, como si hablar con mi padre fuera pecado, porque era verdad, él no me había dicho nada, se me había ocurrido a mí sola, al fin y al cabo llevaba toda la vida viéndola llorar, y exhibiendo sus cruces, y pidiéndole a Dios que se la llevara de una vez porque esta vida era un martirio para ella, así que... ¿Pero es que a ti te gusta sufrir, mamá?, le pregunté, y ni siquiera me contestó. Es mi marido, dijo, mi marido, ¿me oyes?, mi marido. Si me hubiera dicho la verdad, si me hubiera confesado que a pesar de todo estaba enamorada de él, o que le necesitaba, o que le odiaba tanto que quería joderle vivo para el resto de su vida, entonces lo habría entendido, pero sólo me dijo que mi padre era su marido y que tenía que vivir con ella. ¿Aunque no quiera?, pregunté, aunque no quiera, contestó, y entonces se me quitaron las ganas de seguir allí, pero antes de salir de la habitación, me volví y le dije, mamá, ¿qué pasa, es que no puedo hablar con papá? Me miró como si estuviera a punto de estallar de rabia, y luego me contestó, no, no puedes, por lo menos si quieres seguir hablando conmigo —se detuvo a encender un cigarrillo, pero antes dejó escapar una breve carcajada—. Ella se acostaba con él, ¿comprendes?, se había quedado embarazada de Pacita, y luego se quedaría embarazada de Miguel, eso sí podía hacerlo, ella podía hacerlo, pero yo no podía hablar con mi padre, yo tenía que retorcerme de asco y de repugnancia, rechazar de plano a aquel monstruo en nombre de su matrimonio, del matrimonio de mi madre, naturalmente, era yo quien tenía que renunciar a tener padre para preservar el vínculo matrimonial de mamá, pero ella, la pobre, no sólo no renunciaba a tener marido, sino que lo defendía con garras y dientes, y seguía durmiendo con él todas las noches, y follaba con él sin retorcerse de asco ni de repugnancia, y todavía intentaba venderme que aquello no era más que su obligación. Bonito, ¿no? Y sin embargo la obedecí, seguí sus instrucciones al pie de la letra durante algunos años, porque estaba muy confundida, y ella me seguía pareciendo la más débil, la indiscutible y única víctima de aquella situación.

—Porque era santa —dije, sonriendo.

—Claro, y porque daba pena, igual que tu madre. Yo no sé cómo se las arreglan, pero hay mujeres que siempre le dan pena a todo el mundo.

—Sí, desde luego. Mi hermana, por ejemplo, y a mamá también le pasa, eso es verdad. Yo me apuntaría encantada, te lo advierto —y solté una carcajada—, pero no me sale, nunca le doy pena a nadie, es como las raíces cuadradas.

—¿Sabes cuál es la única diferencia entre una mujer débil y una mujer fuerte, Malena? —me preguntó Magda, y yo negué con la cabeza—. Que las débiles siempre se pueden montar en la chepa de la fuerte que tengan más a mano para chuparle la sangre, pero las fuertes no tenemos ninguna chepa en la que montarnos, porque los hombres no valen para eso, y cuando no queda más remedio, tenemos que bebernos la nuestra, nuestra propia sangre, y así nos va.

—Esa es la historia de mi vida... —murmuré, aunque aún no sabía hasta qué punto era cierto lo que acababa de decir.

Magda acogió entre risas mi comentario, y me dio una palmada en el muslo antes de levantarse.

—Vamos a casa —dijo—. Todavía quiero contarte una cosa, y no me vendría mal tomarme una copa antes.

Pero primero me enseñó el cortijo, reconstruyó para mí la historia del edificio, habitación por habitación, mostrándome las ampliaciones y las reformas, recordando qué cuadro había en cada pared, qué mueble en cada esquina, qué estera en cada suelo, cuando ella atravesó el umbral por primera vez. Luego paseamos por el jardín de atrás, un rectángulo de baldosas rojas de barro cocido, rotas de vez en cuando por el estallido de una planta grasa, ramas de un verde furioso aferrándose al suelo como los brazos de un pulpo, centenares de flores minúsculas, rosas, amarillas y violetas, salpicándolo todo, y fuimos hasta el huerto a recoger flores de calabacín para la cena.

El sol ya estaba cansado cuando salimos al patio por fin, con dos viejas hamacas de madera y lona blanca. Magda sirvió con gestos ceremoniosos una segunda copa, y sólo continuó su historia después de apurar la suya.

—Lo más extraño de todo era la obsesión de mi padre por Pacita. Eso no lo entendía nadie, que un hombre al que no parecían gustarle los niños, porque nunca había terminado de interesarse por sus hijos sanos, tuviera tanta paciencia, y tantas ganas de perder el tiempo, como para estar todo el día pendiente de aquel monstruito del que no se podía esperar nada, ninguna mejora, absolutamente ningún progreso. Y sin embargo, así estaban las cosas. Papá daba de comer a Paz, la llevaba de paseo, la tenía en brazos horas enteras, la metía en la cama por las noches, y era el único que la entendía, el único capaz de calmarla y de conseguir que dejara de llorar. Mamá contrató desde el principio a una chica para que se ocupara exclusivamente de la niña, pero cuando mi padre estaba en casa, apenas dejaba trabajo para ella. A cambio, cada vez que se marchaba, la niñera de Paz no daba abasto, porque mi hermana se ponía insoportable, chillando y llorando todo el tiempo, de día y de noche, negándose a comer, y a dormir, hasta que él volvía. Sabía reconocer el sonido de sus pasos, y se tranquilizaba instantáneamente cuando los oía. Nosotros lo sabíamos, e intentamos engañarla muchas veces, pero nunca hubo manera. Paz solamente quería a papá, era como si para ella todo lo demás no existiera, como si no hubiera llegado a existir nunca, y se pasaban los días los dos solos, en el jardín, o en el despacho, sin ver a nadie más. Mi madre se ponía enferma. Solía decir que lo hacía exclusivamente para mortificarla.

—¿Y era verdad?

—No. La verdad era mucho más atroz que todo eso. Yo la descubrí una tarde de primavera, no sé si alguno más lo descubriría también, pero desde luego no lo demostró... Estábamos prácticamente solos en casa, Pacita, él y yo. Era jueves, las muchachas tenían la tarde libre, y mamá había ido al teatro con mis hermanas, quizás también con algún niño, los otros no sé dónde estarían. Yo me había quedado en casa castigada por contestar, me parece, siempre me castigaban por contestar, aunque ya ni siquiera me acuerdo de qué había dicho, y además me daba igual, porque el teatro me aburría muchísimo, sobre todo las obras que solía escoger mi madre, que adoraba a Casona. Salí al pasillo para ir a alguna parte, tampoco me acuerdo de eso, y escuché un murmullo lejanísimo, un sonido que jamás habría podido captar si la casa estuviera llena de gente, como estaba todos los días, todos menos aquél. Recorrí el pasillo muy despacio y me pareció que el ruido venía del piso de abajo. Al principio me asusté, pero la voz seguía hablando, y parecía tranquila, así que me quité los zapatos y bajé muy despacio las escaleras, y en el descansillo del primer piso, me pareció reconocer a mi padre, aunque en toda mi vida no le había oído decir ni la mitad de las palabras que debía de haber pronunciado ya aquella tarde. Caminando de puntillas, sin hacer ruido, llegué hasta el despacho y pegué la oreja a la puerta para intentar distinguir con quién hablaba, pero no escuché ninguna otra voz, sólo los alaridos de Pacita, entonces me arriesgué a empujar la hoja y pude verles, estaban los dos solos, él con un plato sobre las rodillas y una cuchara en la mano derecha, ella encogida en esa especie de silla de ruedas con correas que siguió usando hasta que murió, un bebé de ocho años que no quería merendar, y el aire apestando a papilla de frutas...

—Pero no lo entiendo —dije, sin entender tampoco las lágrimas lentas que aún tardaban mucho más tiempo de lo razonable en recorrer la cara de Magda—. ¿Con quién hablaba el abuelo?

—¡Con Paz, Malena! Hablaba con ella, ¿no lo entiendes?, porque no podía hablar con nadie más, por eso. Y por eso pasaban tanto tiempo juntos, en aquel momento lo comprendí todo, por eso le gustaba cuidarla, y estar con ella, y no la dejaba sola ni un momento, porque con aquella hija sí podía hablar, y ella sabía escucharle a su manera, reconocía su voz, callaba mientras la oía, y él le contaba cosas que no podía contarle a nadie más, porque para Pacita no significaban nada, porque jamás aprendería a hablar, y nunca podría repetirlas... Hoy he vuelto a soñar con los adoquines, ¿sabes, hija?, le decía, y Pacita abría la boca, él metía la cuchara dentro y seguía hablando, últimamente tengo ese sueño casi todas las noches pero tú nunca estás, eres la única que no está, están todos los demás, los de aquí y los de allí, tu madre y Teófila, cada una rodeada de sus hijos, en un balcón, pero tú no estás, Paz, gracias a Dios...

Magda hizo una pausa, y se secó las lágrimas con las dos manos. Intentaba serenarse pero no lo consiguió, su voz se cascaba un poco más en cada palabra, y ella parecía desmembrarse entera al pronunciarla, como si estuviera a punto de romperse, hasta que me di cuenta de que estaba rota ya, rota quizás desde aquella tarde en la que decidió salir, ella también, de los sueños de mi abuelo.

—¿Sabes lo que soñaba mi padre, Malena? ¿Sabes lo que soñaba? Estaba en la plaza de Almansilla, arrodillado en el suelo, y arrancaba un adoquín del pavimento para golpearse en la cabeza con él, nada más, y nosotros estábamos en un balcón, mirándole, sin hacer nada por impedir que se hiciera daño, todos sus hijos y sus dos mujeres, todos menos Paz estábamos allí, y él se golpeaba con el adoquín en la cabeza, se rompía el cráneo, y seguía golpeándose, y llegaba un momento en que ya no le dolía, el dolor era tan intenso que no parecía dolor, sino una sensación agradable, consoladora dijo él, casi placentera, pero se mareaba, y eso le preocupaba porque no quería morir así, no podía perder el conocimiento porque en el centro de la plaza había una horca, y él tenía previsto ahorcarse pero sólo cuando él quisiera, él decidiría el momento en que tenía que matarse y entonces se levantaría, y caminaría unos pasos, se subiría en la banqueta, se pondría la soga alrededor del cuello y daría una patada, y entonces se mataría, pero antes no, antes lo único que quería hacer era golpearse en la cabeza con el adoquín, hundírselo en los sesos una vez, y otra, y otra, hasta el límite de la inconsciencia, y yo estaba en la puerta del despacho escuchando aquello y quise morirme, te lo juro, Malena, quise no haber nacido nunca, para nunca haber podido escuchar aquella historia, tenía la piel de gallina, y tanta angustia dentro que no podía respirar, porque hasta el aire que tragaba me dolía, y entonces corrí hacia él, el plato se le cayó al suelo, se llevó un susto de muerte, Pacita nos miraba con aquellos ojos de tonta, y yo quería decirle que hablara conmigo, conmigo, que también era su hija, pero podía comprenderle y contestarle, conmigo, aunque sólo fuera porque yo tampoco tenía a nadie con quien hablar en aquella casa donde nadie más se sentía culpable de nada, eso quería decirle, y tendría que haberle dicho eso, pero no pude, porque cuando me tiré encima de él, y le abracé, lo único que se me ocurrió fue decir, cuéntamelo a mí, papá, a mí, que he salido mala, igual que tú...

Levantó la cabeza para mirarme, y sonrió.

—A él le habría gustado saber que tú también habrías llorado aquella tarde.

—El sabía que yo era de los suyos —dije, secándome las lágrimas con el borde de la manga—. Me lo dijo una vez.

—Sí, él conocía a sus hijos... No le sorprendió que me quedara con él, aquella noche cenamos juntos en el despacho, cuando se lo dije a Paulina, se santiguó, y yo me eché a reír. Salí de allí muy tarde y no quise ver a nadie, mi madre ya estaba acostada, pero cuando entré en mi cuarto me encontré con la tuya arrodillada en el suelo, con los brazos a la altura del pecho, los dedos entrecruzados, toda una estampita. ¿Qué haces?, le pregunté, y ella me miró con cara de pena y me dijo, estoy rezando por ti, Magda, y yo le contesté, vete a tomar por el culo, Reina. Se lo contó a mamá, por supuesto, y ella me castigó sin salir indefinidamente por haber dicho eso, pero al día siguiente, a media tarde, cogí la puerta y me largué, y no pasó nada. Mi padre cuidaba de mí. Siguió haciéndolo siempre, hasta cuando discutíamos, cuando nos enfadábamos, cuando yo tomaba decisiones con las que él no podía estar de acuerdo, siempre cuidó de mí, a cambio, simplemente, de que yo fuera su hija, de que le contara cada tarde cómo me habían ido las cosas, de que viera una película en la televisión con él, o le acompañara al banco una mañana de sábado. Todo a cambio de nada, ése era el trato, y todavía le preocupaba que dijeran que yo había nacido maldita.

—La sangre de Rodrigo —dije, y ella asintió—. Yo también la tengo.

—¡No digas tonterías, Malena! —me contestó, como si yo hubiera hablado en broma.

—¡Que sí, Magda! —apreté su brazo y me puse seria—. Yo la tengo y él lo sabía.

—¿Pero qué dices? —me miraba con los ojos dilatados por el asombro, pero estaba mucho más furiosa que perpleja—. ¿Cómo puedes creer en esa bobada a estas alturas, por el amor de Dios?

—Porque es lo único que puede explicar ciertas cosas.

—¡Vamos, Malena! O acabarás igual que tu abuelo, soñando los mismos sueños... Lo que pasa es que él estaba obsesionado con ese cuento de viejas desde que era muy pequeño, porque cuando su tío Porfirio se suicidó, él lo vio todo, estaba en el jardín, y le vio tirarse por el balcón, y pudo mirar el cadáver, y hasta tocarlo, y luego, Teófila, que lo sabía todo porque vivía en Almansilla desde pequeña, se lo repitió hasta la desesperación, que nunca podría dejarla, que por mucho que se lo propusiera no podría olvidarse de ella, que acabaría volviendo, porque era su destino, y estaba escrito en su sangre, y así un día, y otro, y otro...

Hasta que él también se convenció, o mejor dicho, se convenció de haberse convencido, por la misma razón que alegas tú, porque la maldición le servía para explicarse a sí mismo, para justificar sobre todo por qué Teófila había terminado teniendo razón, por qué no se la pudo sacar de la cabeza... Nunca se le ocurrió pensar que lo que le pasaba a él le estaba pasando al mismo tiempo a millones de personas en todo el planeta. Mi padre no se había enamorado de Teófila por su sensibilidad, ni por su inteligencia, ni por su ingenio, ni por su delicadeza, ni por los intereses comunes que les unían, ni, menos que por nada, porque le viniera bien. El le había ido detrás única y exclusivamente porque quería llevársela a la cama, y fue allí donde se enamoró de ella, así, sin pensar, sin hablar, casi a traición, antes de tener tiempo para darse cuenta de lo que le estaba pasando. No sé cómo lo contaría él, pero yo creo que fue eso, tuvo que ser eso, y en esas circunstancias, importa poco acarrear media docena de maldiciones o no haber escuchado ni un triste juramento en toda tu vida, porque no hay nada que hacer. Si pasa, siempre pasa cuando no conviene, como no conviene, donde no conviene, y con quien no conviene, es como esos garajes en los que hay que pagar antes de recoger el coche.

—O como una maldición —murmuré, y ella me miró y se echó a reír.

—Está bien —aceptó—, reconozco que, bien pensado, a veces dan ganas de creer en las maldiciones, pero nosotros no tenemos la sangre podrida, Malena, la sangre de Rodrigo era como la de todo el mundo, líquida y roja.

—¿Y qué más?

—Nada más. Si acaso, rosa.

Al principio no entendí lo que quería decir. Me quedé quieta, pensando, mientras ella se recostaba en la hamaca y se echaba a reír.

—¿Rodrigo? —exclamé por fin, y mi perplejidad no hizo otra cosa que acrecentar su risa—. ¿Era homosexual Rodrigo?

Ella asintió lentamente con la cabeza, sonriendo.

—¿No lo sabías? Mi padre no te lo contó, claro, yo creo que le daba rabia contarlo, pero Rodrigo era maricón, desde luego, y yo aún diría más... La loca sobre la que no se ponía el sol.

—El intentó hacerlo bien, como lo intentó mi padre, como yo misma lo intenté, pero no tuvo suerte, claro, no se tiene nunca... ¿Qué te pasa? Estás como atontada.

Cuando la escuché, me di cuenta de que tenía la boca abierta y apreté los dientes en seco, una hilera contra la otra, hasta escuchar su chasquido. Luego junté los labios y sonreí.

—Era lo último que me esperaba —dije—. Hace mucho tiempo que suponía que el origen de la maldición tenía que ver con el sexo, porque era lo único que encajaba, pero me imaginaba que Rodrigo habría sido adúltero, como Porfirio, o bígamo, como el abuelo, no sé, algo parecido. Quizás un incesto, que parece que es lo único que nos falta.

Magda soltó una carcajada antes de seguir.

—Sí, tienes razón, incesto no hubo. Pero sí que fue adúltero, y bígamo también, según se mire.

—Porque estaba casado.

—Claro. Con una mestiza, hija legítima de un hidalgo vizcaíno y de una india de familia noble, Ramona se llamaba, un bicho. Oficialmente vivían en Lima, pero él pasaba la mayor parte del tiempo fuera, en el campo. Tenía un montón de casas, con un montón de tierras de cultivo, con un montón de esclavos negros de dos metros por dos palmos, que era lo que más le chiflaba en este mundo, a saber de dónde los sacaría... Mientras estaba en la ciudad se comportaba como un caballero, y según todos los indicios, además lo era, pasando por alto un par de detalles, claro, como que se empeñara en lavarse y perfumarse todos los días. Pero era un administrador muy hábil, y ganó mucho dinero, pese a lo cual tenía fama de hombre honesto. Su matrimonio también parecía feliz, y él debía de cumplir sin grandes problemas, porque su mujer parió dos hijos en pocos años, y aunque pasaban poco tiempo juntos, siempre fue considerado con ella, o por lo menos eso es lo que se cuenta, que Ramona hacía y deshacía con plena libertad, que siempre se movió a su antojo. Le podía haber dado por los negros a ella también, y entonces no habría pasado nada, pero mira tú por dónde, era una mujer honrada, honradísima, y muy piadosa, entregada a su familia, todo eso, y claro, con los años, acabó mosqueándose, y al final le pilló, no sé cómo, ni dónde, eso nunca me lo han contado, pero le pilló con un negro, las dos manos hundidas en la masa hasta el mismísimo codo, y armó la de Dios es Cristo... Fue entonces cuando le maldijo, a él y a sus hijos, y a los hijos de sus hijos, y profetizó que la sangre se le pudriría en las venas, y que así ocurriría con todos los de su casta, y que ninguno de nosotros hallaría jamás la paz mientras sirviera, o cediera..., no sé, no me acuerdo de lo que decía exactamente mi padre, a las exigencias de la carne, o a sus servidumbres, bueno, algo así, por lo menos así me lo contó él, vete tú a saber lo que diría aquella bruja en realidad porque, al parecer, hablaba medio en indio, invocando a los dioses de su madre, y soltando cada dos por tres sortilegios incomprensibles, para poner a Rodrigo todavía más nervioso, me imagino. Al final anunció que se volvía a Lima, pero le prohibió seguirle los pasos, y él encantado, claro, toda la vida que le quedaba allí, pendoneando con sus negros, vestido de gitana, imagínate, la ilusión de su vida. Se las prometía muy felices, pero tuvo mala suerte, y ahí fue cuando tuvimos mala suerte todos, porque si Rodrigo llega a enfermar de una pulmonía, o si aguanta vivo diez años más, ni maldición ni leches, no habría pasado nada, pero murió antes de un año, once meses después de la visita de Ramona, el tiempo que tardó en incubar una especie de horrible infección.

—¿Una venérea? —pregunté bajito, sin ninguna gana de acertar.

—Sí, una venérea, pero no me mires con esa cara, porque con la vida que llevaba, en aquella latitud, y en aquella época, era lo mínimo que se podía coger, y ya tardó bastante, la mitad de los españoles de América se murieron de lo mismo, así que, ya ves...

—¿Qué fue? ¿Sífilis?

—No, peor. Si hubiera sido sífilis tampoco habría pasado nada, porque aquello era como coger ahora la gripe. No, mi padre intentó averiguar qué había sido exactamente y no lo consiguió, porque por lo visto la mayoría de aquellas infecciones desaparecieron antes de que fueran investigadas en serio, y los estudios de la época no son muy de fiar. Un epidemiólogo con el que se escribió bastante tiempo opinaba que seguramente se trataba de una larva que se mete debajo de la piel, pero no es más que una opinión, nada es seguro. El caso es que sufrió mucho, se quejaba de dolores muy intensos, de día y de noche, y tenía fiebres altísimas, el vientre muy hinchado, y la polla llena de bultos extraños, amarillentos, que terminaron reventando una noche en un millón de hilillos blancos, blandos y pestilentes. Inmediatamente después de que brotaran, murió, y los indios dijeron que eran gusanos, pero seguramente serían focos de pus, no lo sé. Debió de ser una muerte espantosa, de todas formas, tanto que ahí empezó a rodar la historia, el poder de Ramona, la sangre podrida y todo lo demás. La mujer de Rodrigo se hizo famosa en todo el Perú, cobró fama de hechicera y la gente intentaba esquivarla, llegaban a santiguarse si se cruzaban con ella por la calle. Su hija, una pobre cría, terminó teniendo tanto miedo del poder de su propia madre, que a los quince años abandonó el mundo para entrar en un convento, y cuando se hizo monja, tomó el nombre de Magdalena, para mostrar simbólicamente que pretendía expiar los pecados de su padre. De ahí viene mi nombre, y el tuyo, claro, pero nada más, porque aunque hizo carrera en la Iglesia, me parece que hasta llegó a abadesa, no tuvo ocasión, por lo menos que se sepa, de experimentar los efectos de la maldición en su propia carne. Así que todo lo demás viene de su hermano mayor, que fue un golfo de aquí te espero, nada que ver con su padre, pero nada, y no sólo por lo mujeriego, sino porque también era jugador, tramposo, borracho, de todo, un auténtico cabrón... Mató a varios hombres, el marido de una de sus amantes entre ellos, y además prestaba dinero a usura, pero no solamente no fue nunca a la cárcel, sino que se murió en la cama sin haberse pillado en toda su vida ni unas tristes purgaciones, para que veas, de puro viejo, con más de ochenta años, sembrado de escapularios y con el cielo comprado por adelantado media docena de veces, pasándose la fama de su madre por donde se había pasado la fama de las madres de su docena larga de hijos, así que, ya ves, ni Ramona era una bruja ni hay maldición que valga. Es todo un puro cuento.

Antes de terminar de hablar, Magda ya examinaba mi rostro con una ansiedad muy cercana al temor, y reconocí en sus ojos la escéptica fe con la que me había mirado tantas veces cuando yo era una niña asustada pero al mismo tiempo capaz de asustar, siempre que me exigía una confianza que no consideraba preciso pedir, como si el mundo entero pendiera de un delgado hilo anclado en sus labios, y yo, una mujer anciana y sabia, ya lo hubiera adivinado. Mientras asentía lentamente con la cabeza, mi sonrisa como una garantía, sospeché que aquél era otro signo de su edad, el sello de una generación que sólo había querido negar, nunca creer, y que por eso no creía, pero al mismo tiempo comprendí que ella necesitaba la maldición tanto como la había respetado mi abuelo, o como la había cultivado yo misma, aunque fuera solamente para reírse de ella, para negarla, y explicarse desde allí su propia vida.

—¿Dónde está el retrato de Ramona, Magda? —pregunté después de un rato, en el tono más ingenuo que fui capaz de improvisar—. Creo que no lo he visto nunca.

—Sí que lo verías, cuando eras pequeña tuviste que verlo, estaba en la casa de Martínez Campos, en la escalera, creo, una tabla cuadrada, no muy grande, ella aparecía vestida de negro, con un velo transparente sobre la frente... ¿No te acuerdas? —negué con la cabeza—. Entonces no la conocerás nunca. Mi padre destrozó el retrato una tarde, lo atravesó con el pie para desprender la pintura del marco y lo hizo astillas. Lo quemó en la chimenea del salón, la casa se impregnó de un olor asqueroso, como a muerto, duró más de una semana.

—¿Y por qué lo hizo?

Entonces sus ojos rehuyeron los míos. Los escondió bajo los párpados, y luego escondió éstos hundiendo la cabeza entre los hombros. Habló tan bajo que casi no pude distinguir lo que decía.

—Aquella mañana le había anunciado que quería meterme monja.

—¿Y por qué lo hiciste tú, Magda?

No le concedí a aquella pregunta una importancia específica, hacía años que había dejado de sospechar que la tuviera, y más que nunca durante aquella tarde abrumada de respuestas, y sin embargo, ella la acusó como un golpe imprevisto, y encogió el cuerpo para protegerse, dobló las piernas y adelantó los brazos, los puños cerrados como si pretendiera cubrirse de un enemigo invisible, antes de negar despacio con la cabeza.

—Eso no me gustaría contártelo —dijo al final—. De todas las barbaridades que he hecho hasta ahora, ésa es la única de la que he llegado a arrepentirme de verdad, la única, en toda mi vida.

—Pues no sé por qué —protesté, más sorprendida que decepcionada por la intensidad de su negativa—, si ellos te obligaron, tú no...

—¿Ellos? —me interrumpió, y había algo salvaje en su manera de mirarme—. ¿Quiénes son ellos?

—Tu familia, ¿no? Tu madre, la mía, no sé, yo siempre he creído que te obligaron.

—¿A mí? —el sarcasmo distorsionó sus labios, convirtiendo un boceto de sonrisa en una mueca grotesca—. Piensa un poco, Malena. En esa casa nunca ha habido nadie con huevos bastantes para obligarme a mí a hacer nada desde que cumplí diez años —hizo una pausa, destensando los labios poco a poco, y su expresión se hizo más dolorosa, pero más dulce a la vez—. No, a mí no me obligó nadie. Lo hice por mi cuenta, y es de eso de lo que me arrepiento ahora.

—Pero ¿por qué, Magda? No lo entiendo.

—Estaba acorralada, acorralada, y necesitaba una salida, un camino que me trajera hasta aquí, hasta el olvido. Podría haber elegido otra solución, pero la tentación era demasiado fuerte, y cedí a ella. La venganza es como un amor platónico, ¿sabes? La acaricias en sueños, noche tras noche, durante años, te excitas planeándola, pensándola, deseándola, te levantas pensando en ella todas las mañanas, te ríes sola por la calle anticipando el gran día, y luego... Luego, en el momento justo, se te presenta la ocasión, la aprovechas, te vengas, y el momento estelar de tu vida va y se te queda en nada, en un polvo corriente, vulgar, igual que los demás, o hasta más soso.

En ese momento, reconocí el sonido de una moto que circulaba sin tubo de escape en lo que hasta entonces no había percibido sino como un zumbido sordo y lejano, y cuando ya pude oler el polvo, giré la cabeza hacia el sendero para distinguir en el aire una inequívoca nube marrón.

—¡Mira qué bien! —dijo entonces Magda, levantándose para ir al encuentro del visitante—. Curro llega en el momento justo para salvarme, como siempre.

Curro era alto, moreno, divertido, y algo más joven que yo. Su cuerpo era delgado, pero fibroso, y su piel, uniformemente coloreada en el tono oscuro, mate, casi opaco, de quienes parecen bronceados hasta en los atardeceres lluviosos de invierno, tenía esa calidad elástica que sólo se adquiere haciendo ejercicio sin querer, como una parte inseparable del trabajo de todos los días. Me imaginé que sería pescador y no acerté, aunque le anduve cerca. Había trabajado en la lonja durante muchos años, pero ahora tenía un bar en el puerto deportivo del pueblo, un local pequeño con una terraza grande que se abarrotaba de gente en verano, y en invierno daba lo justo para ir tirando. Magda me lo presentó como su socio, y al principio no me atreví a imaginar que fuera algo más, pero tampoco acerté. Mientras lo deducía de su forma de acariciarle la espalda con la mano abierta, el pintor reapareció de nuevo, llevando bajo el brazo el mismo lienzo inmaculado, el carboncillo intacto entre los dedos de la mano derecha.

—No ha habido suerte, ¿eh? —le dijo Magda, y él sacudió la cabeza y se echó a reír—. Vamos a hacer la cena, ¿no? Yo creo que todos debemos de tener hambre. Ven, Malena, ayúdame, deja que ellos pongan la mesa.

Mientras picaba una lechuga y la ponía en remojo, Magda frió las flores y me habló en voz baja de los dos hombres. El mayor se llamaba Egon, era austriaco y había sido su novio durante varios años, en la primera época de Almería. Él quería casarse con ella, pero ella no quiso casarse con él, y cuando rompieron, se volvió a Graz, una ciudad muy bonita, dijo ella, pero aburridísima, fui bastantes veces y no me gustó nada. Había estado mucho tiempo sin saber nada de él, pero desde hacía un par de años venía a verla de vez en cuando, y se quedaba largas temporadas a vivir en el cortijo. No era pintor, sino empresario, dirigía un laboratorio farmacéutico de propiedad familiar a medias con una hermana suya.

—Pero siempre nos hemos llevado muy bien —me dijo al final—. Antes y ahora, somos muy buenos amigos.

—¿Y Curro? —pregunté, sin molestarme en disimular una sonrisa.

—¿Curro...? —repitió ella, y se detuvo ahí, justo después de pronunciar su nombre—. Bueno, Curro... Curro es otra cosa.

Salimos al patio riéndonos, y no dejamos de hacerlo durante la cena. Magda acusó de golpe todas las copas que había bebido a lo largo de la tarde, y se dedicó a recordar en voz alta las gracias en las que yo me había especializado de pequeña. Comimos poco, bebimos mucho, y terminamos cantando rumbas a pelo. El tiempo pasó tan deprisa que cuando miré el reloj, después de la última, memorable versión del *Volando voy*, que Egon consiguió ejecutar hasta el final sin haber acertado ni una sola vez con el género correcto de ninguna palabra, me encontré con que las agujas del reloj marcaban un adelanto de más de dos horas respecto a mis previsiones.

—Tengo que irme ya, Magda. Reina está sola en el hotel, con los dos niños, y no quiero llegar demasiado tarde. Volveré mañana, con Jaime.

Me abrazó con una intensidad sorprendente, como si no creyera en la sinceridad de mis últimas palabras, pero un instante después aflojó la presión, y me besó suavemente en la mejilla.

—A lo mejor Curro se vuelve ya al pueblo —dijo en voz alta, mirándole—, y puede dejarte en el hotel.

—Claro —contestó él, y se levantó de un brinco—. Yo te llevo encantado, pero... —su voz bajó de volumen, y perdió seguridad, aunque detecté algo artificial, casi aprendido, en aquel acento—, la verdad es que pensaba quedarme aquí.

—¡Ah, bueno! —exclamó Magda, intentando enmascarar un evidente acceso de satisfacción en una expresión de sorpresa que me pareció menos fingida de lo que habría resultado apropiado—. Puedes quedarte, claro.

—He venido en coche —aclaré—. Lo he aparcado abajo, al lado del bar. No hace falta que me acompañéis, bajo andando, son diez minutos.

—Espera un momento —me pidió Magda, y se volvió hacia Curro nuevamente—. ¿Puedes venir a buscarme al bar en la moto dentro de... digamos media hora? —él asintió con la cabeza, y ella se colgó de mi brazo—. Entonces voy yo contigo, Malena, me vendrá bien andar un poco, así bajo antes las chuletas.

Caminamos en silencio algunos metros, pero apenas dejamos de ser visibles para los ocupantes del patio, me apretó el brazo y dejó escapar una carcajada de puro placer.

—Es un cabrón, no creas... No me trata nada bien, pero en fin, no puedo reprochárselo, tiene veintinueve años, está claro que no voy a ser yo la mujer de su vida.

—Eso no importa —ella me interrogó con los ojos y me expliqué mejor—. Que se lo merezca o no, da lo mismo, que se porte como un hijo de puta o como todo un caballero es lo de menos. Lo importante es lo que te pase a ti. Y a ti te gusta, ¿no?

Entonces se detuvo en seco y me obligó a pararme con ella, y me cogió la cabeza con las dos manos, riendo como si yo hubiera dicho algo muy divertido, pero por primera vez desde que nos habíamos encontrado, parecía contenta, y yo sonreí con ella.

—¿Sabes lo más alucinante de todo esto? Que te hayas hecho tan mayor, Malena, que me digas estas cosas, tú, que esta mañana todavía tenías once años, por más que Tomás me hubiera dado tantas noticias de ti, y por más que me las diera tu padre, para mí, en el fondo, seguías teniendo once años, como la última vez que te vi. Siempre supuse que si volvíamos a encontrarnos, seguiríamos entendiéndonos, nos queríamos demasiado para que sucediera lo contrario, pero ahora te escucho hablar y no me lo creo, en serio.

Seguimos andando, más despacio, frenando acompasadamente nuestra marcha mientras la inclinación del sendero se asemejaba cada vez más al perfil de un tobogán. Era agradable caminar cuesta abajo, sintiendo en la espalda la delgadez del viento de verano, mientras se olía el mar y apenas se veía nada.

—¿Por qué no te casaste nunca, Magda?

—¿Yo? —dijo, de carcajada en carcajada—. ¿Y con quién? Los que querían casarse conmigo siempre me parecieron unos gilipollas, y los que partían el bacalao no iban buscando precisamente una mujer como yo para casarse. Luego me casé con Dios. ¿Dónde iba a encontrar un partido mejor? Además, no me gustan los niños. Pude tener uno, una vez, y desde hace algunos años, a veces me da por pensar que renunciar a él fue un error, pero ni siquiera ahora, cuando ya no hay remedio, estoy segura de eso. Yo no hubiera sido una buena madre.

—Sí que lo hubieras sido —protesté—. Para mí lo fuiste.

—No, Malena, no es lo mismo. ¿Tú has abortado alguna vez?

—No, pero cuando me quedé embarazada estuve a punto. Lo pensé muchas veces, llegué a pedir el teléfono de un par de clínicas. Yo tampoco soy una buena madre, Magda, lo sabía desde antes de empezar.

—Seguramente tu hijo no opina lo mismo.

—¿Por qué dices eso?

—Porque lo tuviste, Malena, tú lo elegiste, como yo te elegí a ti, y cuando sea mayor dirá lo mismo que me has dicho tú hace un momento. Pero yo no lo tuve, por eso no hubiera sido una buena madre. Parece una tontería, pero es la verdad, y todo es mejor así.

—Bueno —dije, y seguí hablando sin detenerme a analizar lo que decía—. Puedes ser la abuela de mi hijo.

Ella se echó a reír y me arrepentí de haber lanzado una oferta tan torpe.

—Lo siento, Magda, no quería decir eso.

—¿Por qué? —me interrumpió—. Tengo una amiga en el pueblo, una tía muy graciosa, te gustará, está como una chota, bueno, no mucho peor que yo, la verdad... Se llama Maribel y es de Valencia, pero ya vivía aquí cuando yo llegué, fue una de las primeras personas que conocí, y nos caímos bien desde el principio. Hace tres años su hija murió de sida, era yonqui, y ella se trajo a su nieta, una niña de siete años que se llamaba Zoé, con mucho acento en la é, hasta que su abuela le cambió el nombre.

Ahora todos la llamamos María y ella está mucho más contenta, porque los otros niños no se ríen de ella en el colegio. Salimos mucho juntas, vamos a la playa, a comer al campo, a Almería, y casi siempre llevamos a María con nosotras, y si quieres que te diga la verdad, Maribel me da un poco de envidia, y si no te lo crees, pregúntaselo a ella. Me apetece mucho más ser abuela que madre, y tengo edad de sobra para eso. Mimar a un niño, malcriarle, dejarle trasnochar y ver películas no toleradas, animarle a comer salmón ahumado, llenarle la cabeza de ideas raras y subversivas, y ponerle de vez en cuando a sus padres a parir, me parece mucho más divertido que educarlo, te lo digo en serio. ¿Qué tal se lleva con tu madre?

—Bien, aunque la ve mucho menos que su prima, claro, que vive con ella. Y luego, la verdad... —sonreí—, mi madre tiene un concepto muy diferente del tuyo en lo de ser abuela, en realidad es mucho más rígida que yo, se pasa la vida regañándome porque no sé imponerle una disciplina. A mí me da igual que un día no se bañe, ¿sabes?, o que cene cada noche a una hora, y aunque le meto pronto en la cama para que me deje tranquila, si protesta porque no tiene sueño, le dejo estar con la luz encendida, leyendo, y nunca le digo nada cuando habla solo. Ella no entiende esas cosas, y mi hermana tampoco, pero si a mí no me gustan las acelgas, él también tiene derecho a que no le gusten, ¿no?, no le voy a obligar a comérselas para que las vomite diez minutos después, no sé, ese tipo de cosas...

—Yo las odiaba, Malena.

Se detuvo en medio del camino, y me miró, y yo la miré a ella renunciando a mis ojos, la miré con la memoria, y con el corazón, y con las tripas, hasta que un engrudo de emoción taponó mi garganta, porque me gustaba, y la quería, y la necesitaba, y habría necesitado tenerla a mi lado todos aquellos años para aceptar la desolación como un leve contratiempo, pero alguien me había robado su imagen, alguien había roto mi único espejo, y sus pedazos me habían traído muchos más que siete años de desgracias.

—Yo te quiero, Magda —dije a cambio. Ella se sentó en una piedra y siguió hablando.

—Las odiaba, por eso hice aquello, lo de meterme a monja, y porque estaba acorralada, claro, necesitaba largarme, tenía que largarme como fuera, y me habían acorralado, pero las odiaba, las odiaba por encima de todas las cosas.

Me senté a su lado y la escuché en silencio, sin interrumpirla ni una sola vez, porque escupir aquella historia parecía costarle demasiado. Hablaba a trompicones, atropellándose, comiéndose las pausas al principio, luego algunas sílabas, al final ya palabras enteras, mientras yo la escuchaba y le apretaba la mano de vez en cuando, para que comprendiera que nada de lo que hubiera podido hacer en el pasado, antes o después del convento, podría jamás cambiar nada de lo que ella misma había sembrado dentro de mí.

—Fue tu madre, y yo se lo dije, se lo pedí por favor, mira, Reina, nada de lo que hagas va a cambiar las cosas, así que no hagas nada, será lo mejor, eso le dije, pero no necesité más que mirarla para comprender que por mucho que hablara no lograría convencerla, porque había vuelto a ser una estampita, igual que aquella noche, una estampita idéntica pero mucho más peligrosa porque ahora ya ni siquiera necesitaba rezar para que yo la reconociera, ¿y mi conciencia?, me dijo, retorciéndose las manos, los ojos cubiertos con un velo gris, es una cuestión de conciencia, igual que aquel otro hijo de puta, a él también le pedí que no dijera nada, ése fue mi error, seguramente, no tendría que haberle pedido nada porque le conocía de sobra, todos los esbirros de mi madre eran iguales, no tendría que haber ido, podría haber elegido a cualquier otro médico, había millones, ¿sabe para lo que sirve lo que lleva implantado en el útero?, me preguntó, el muy gilipollas, claro que lo sé, le dije, ¿o es que tengo cara de imbécil?, pues no le ha servido de nada, me dijo, como si se alegrara, está partido por la mitad pero ésa no es la causa de sus molestias, y me miraba todo el rato con una sonrisa de oreja a oreja, como diciéndome, ya sabes, guapa, el crimen siempre se paga, me cago en sus muertos, Pereira se llamaba, no se me olvidará en la vida, todavía puedo verle, ya sé que su situación es un tanto delicada, me dijo, porque, que yo sepa, usted no está casada, entonces le pedí que no dijera nada, mencioné el código hipocrático, el secreto profesional, todas esas cosas, hablé y hablé con él, como una mema, y al final me topé con lo mismo, ¿y mi conciencia?, me preguntó, usted no debe olvidar que los médicos también tenemos conciencia, qué hijo de puta, qué coño le importaría a él todo aquello, eso es lo que me gustaría saber a mí, y sin embargo él no fue el peor, él no, porque podría haber llamado a mi madre, pero se limitó a mencionarlo delante de la tuya, que estaba esperándome en la salita, y fue tu madre, Malena, fue tu madre la que... ¿De quién es?, me preguntó, eso era lo único que le importaba, de quién era, eso da lo mismo, le contesté, pero ella siguió machacando, una vez y otra, tienes que decirme de quién es, de quién es, de quién es, y pude haberle dicho otra cosa, fíjate, es que estuve a punto, pude haber sonreído, haber parpadeado un par de veces, y haberle dicho con cara de modestia, con voz tierna y susurrante, es de tu marido, querida, ¿sabes?, casi como si fuera tuyo, pero no lo hice, claro, porque creí que ella jamás se merecería una cosa así, y ahora, con todo lo que ha pasado, volvería a estar a punto y volvería a callarme, porque tu madre volvería a darme pena por adelantado, que eso es lo que pasa con las estampas, maldita sea, y además, el niño podía ser de Jaime o no, podía tener tres padres distintos, cómo iba yo a adivinar cuándo cojones se había roto el cacharro ese, vete tú a saber, y no tenía ninguna gana de calcularlo... Eso es lo que le dije a papá, que yo no podía tener un niño que había concebido por puro azar, sin saber ni siquiera quién era su padre, pero él no me lo perdonó, podríamos haberlo criado en Almansilla, decía todo el rato, tendrías que habérmelo contado antes, eso fue lo que más le dolió, que no se lo hubiera contado, que mi madre lo hubiera sabido antes que él, que me hubiera marchado a Londres sin decirle nada, eso fue lo que más le dolió, porque les había dado un arma que utilizar contra él y mi madre la usó hasta la exasperación, ni siquiera la puta de tu padre ha hecho jamás una cosa así, me dijo a gritos cuando volví, ni siquiera ella, ¿me oyes?, y él también lo oyó, tuvo que oírlo, y no podía comprenderlo, porque eso era verdad, Teófila había tenido todos sus hijos, y los había criado en condiciones mucho peores que las mías, pero es que Teófila también era una santa, una santa a su manera, y yo no... Mi padre jamás pudo comprenderlo, se fue a Cáceres y allí se quedó seis meses seguidos, pero consintió que mi madre me cortara las alas, ni un duro, me dijo, ni un duro, ¿me oyes?, ni un duro, y me quedé sin un duro, así, sin más, de la noche a la mañana, me bloqueó la cuenta corriente, me suspendió la asignación, y borró mi nombre de todo lo que poseía en aquel momento, que era suyo, suyo y de mi padre, claro, que no hizo nada por impedirlo, y no me echó de casa porque habría disfrutado menos, prefería tenerme allí, encerrada en mi cuarto, sin saber qué hacer para matar el tiempo, porque yo ya había cumplido treinta y cuatro años y no sabía vivir sin dinero, sin el dinero que me había llovido del cielo toda la vida, dinero para viajar, para irme de juerga, para comprarme ropa, para divertirme en definitiva, lo único que tenía que hacer era estirar la mano y caía solo, un montón de dinero, hasta que ella cortó el grifo, y yo no sabía qué hacer... Hasta aquí, la historia va bien, puedes comprenderla, puedes ir conmigo, ponerte de mi parte, pero a partir de ahora te será más difícil, te lo advierto, y no te va a quedar más remedio que tomarlo tal y como es, porque yo podría haber tomado una decisión digna, podría haberme puesto a trabajar, haberme ido de casa, haberme buscado la vida como se la busca todo el mundo, eso es lo que debería haber hecho en lugar de seguir allí, tragando, contemplando cómo se santiguaba mi madre cada vez que se cruzaba conmigo en el pasillo, asistiendo a su triunfo sobre mí y sobre mi padre, que entre todos sus hijos, sólo había conseguido seducir a una criminal congénita como yo, tendría que haberme ido pero no lo hice, porque no me apetecía nada hacerlo, no me apetecía trabajar, ni ganarme la vida, ni convertirme en una mujer normal, darle la vuelta al abrigo cada dos años y pedir prestado para llegar a fin de mes, no es que me pareciera deshonroso, es que, sencillamente, esa vida no era para mí, yo no habría sabido ser pobre, porque nunca fui mejor, sino peor que tu padre... Cásate por interés, me aconsejó él, que fue casi el único amigo que logré conservar en los pésimos tiempos, yo lo hice y me ha ido bien, y no me pareció una mala idea, pero no fui capaz de encontrar un candidato, y entonces Tomás me dio la gran noticia, él se había enterado por nuestro cuñado, el marido de María, que trabajaba en el Ayuntamiento de Almansilla, mi madre estaba arreglando papeles para venderlo todo, tierras, fincas, casas, todas sus posesiones, y legarnos el dinero en vida, porque quería evitar a toda costa que ni una sola peseta de su patrimonio pudiera ir a parar a manos de cualquiera de los hijos de Teófila, y no se fiaba del testamento de mi padre... Entonces fue cuando empecé a verlo claro, mi madre, mira tú por dónde, iba a arreglarme a mí la vida, su dinero iba a sacarme a mí, precisamente a mí, las castañas del fuego, y tuve la gran crisis de conciencia, estuve una semana encerrada en mi cuarto, metida en la cama, haciendo que lloraba todo el tiempo, sin querer comer, suspirando de día y de noche, y cuando salí, le pedí dinero para ir al peluquero, y me corté el pelo, me lo rapé como un quinto, y al volver, me tiré a sus pies y le supliqué que me perdonara, le dije que los remordimientos no me dejaban vivir, que me estaba muriendo de pena y de arrepentimiento, que mi vida se estaba convirtiendo en una pesadilla, que levantarme por las mañanas carecía de sentido para mí, que tenía que encontrar una salida para mi vida y que tenía que ayudarme, porque ella era la única que podía ayudarme, liberarme de la infrahumana carga de mi culpa... No me costó ningún trabajo convencerla, tiene gracia, y yo ya pensaba en el convento, la verdad es que pensaba en eso desde el principio, pero la que lo dijo en voz alta fue ella, ella, manda cojones, y entonces sí que volvió mi padre, y volvió corriendo porque él no se creía nada, nunca se lo creyó, ¿qué estás haciendo, Magda?, me dijo, ¿te has vuelto loca o qué?, y si en ese momento yo hubiera recurrido a él, si le hubiera contado la verdad, él me habría ayudado, lo sé, estoy segura de que se habría puesto de mi parte, pero no lo hice porque no me apetecía arreglar las cosas por las buenas, todo lo contrario, yo quería vengarme, terminar con ellas para siempre, borrar de mi futuro hasta el recuerdo de la sombra de su nombre, y por las buenas nunca lo habría conseguido, porque más tarde o más temprano, las cosas habrían vuelto a estar como antes, por eso no le conté la verdad a mi padre, y él no me creyó, no se lo creyó nunca, ni por un momento, y no me lo perdonaré en la vida, él no se merecía que yo le mintiera, y le mentí, no se merecía que le traicionara, y le traicioné... Tu padre también me dijo que era una locura, desde el principio, es sólo un año, Jaime, le decía yo, quizás menos de un año, y él me contestaba que un año era mucho, demasiado tiempo, que no lo aguantaría, que no valía la pena, que acabarían conmigo, pero yo estaba decidida a hacerlo, y lo hice, aunque casi no lo cuento, te lo juro, porque a los cuatro días ya estaba que me subía por las paredes, que no podía más de asco, y de rabia, y de aburrimiento, y me moría de ganas de coger la puerta y largarme, desheredada y todo, sin un duro nunca más, pero respirando... Yo creía que el odio era una pasión más fuerte, creía que era tan profunda como el amor, ¿no?, eso es lo que se dice siempre, y sin embargo no es cierto, o al menos yo no lo sentí así, quizás he amado demasiado, o quizás no las odiaba lo bastante, pero no podía extraer energía alguna de mi propia destrucción, como me pasó una vez, la única vez que he estado enamorada, y no sabía esperar, no podía verme a mí misma como la herramienta precisa e insensible de mi propio odio, no podía contemplar mi vida como un instrumento exclusivamente abocado a un fin, el amor hizo todo esto conmigo, pero el odio no, tal vez no odié·lo bastante, el caso es que, de todas formas, me libré por un pelo... Mamá me anunció en Semana Santa que iba a heredarla en vida, y me sentí obligada a montar una pequeña función, a rechazar su dinero, a afirmarme en mi voto de pobreza, y cuando ella dijo que le parecía bien, yo creí que me daba algo, que me quedaba tiesa allí mismo creí, pero mi padre se negó en redondo, y eso que él no sabía nada, no tenía ni idea de mis planes, pero incluso entonces se las arregló para cuidar de mí, y no lo consintió, una cosa es que sea monja y otra cosa es que esté muerta, dijo, y al final heredé y aquí estoy... El día que me largué del convento, me sentí igual que si llevara una semana fumando opio sin parar, estaba a la vez excitada y atontada, despierta y dormida, nerviosa y tranquila, todo al mismo tiempo, tu padre se dio cuenta nada más verme y se echó a reír, hoy sí que pareces una novia, me dijo, él fue la última persona de la familia a la que vi en Madrid, me había ayudado mucho, desde el principio, había corrido muchos riesgos, él encontró esta casa, vino a verla y firmó en tu nombre para que pudiera comprarla, y cuando sentía que ya no podía más, le llamaba con cualquier excusa y él me hacía reír por teléfono durante horas enteras, por eso me dije que debería recompensarle, y además me apetecía hacerlo... Aquella mañana me fui derecha a verle, vistiendo el hábito todavía, y él adivinó mis intenciones al primer vistazo, así que ni siquiera tuve que proponérselo, él ya sabía que aquel día era el día, y que aquella hora era la hora, y sabía también que su otro... digamos proyecto, nunca se realizaría, que jamás podría hacerlo con su mujer y conmigo a la vez, por muchas veces que me lo propusiera, por muy pesado que se pusiera, por todas las trampas que me tendiera, él sabía que aquello no saldría nunca, y sabía de sobra por qué, y que tu madre, llegado el caso, acogotada contra la pared, y fíjate bien en lo que te estoy diciendo, Malena, él contaba con que tu madre, bajo amenazas y en último extremo, habría aceptado, pero yo no, a mí no habría logrado convencerme nunca, jamás, y si lo hubiera intentado en serio alguna vez, que no llegó a hacerlo ni en broma, aquella vez habría sido la última por los siglos de los siglos amén, y lo sabía, pero lo del hábito, que a él le hacía tanta ilusión, a mí me daba lo mismo, así que le concedí aquel capricho, el último, y lo último que hice en Madrid fue acostarme con tu padre vestida de monja, siendo monja todavía, y luego desaparecí... Al principio me sentía de puta madre, satisfecha y contenta, creía que todo había ido bien, hice amigos muy deprisa, tuve un par de novios de ocasión, me divertía, tenía dinero y me lo gastaba, eso era lo que había querido tener y eso tenía, aunque la venganza dejó muy pronto de alimentarme, porque nunca pude ver la cara de mi madre mientras leía la carta que le escribí, ni la cara de la tuya, e imaginar su vergüenza, el irreparable daño que mi último pecado había infligido en su reputación, nunca llegó a compensarme por todo lo que había pasado... Después, volví a mi padre, claro, a él también le escribí, una carta muy larga, se lo conté todo, todo lo que le podía contar sin estropear más las cosas, y él se quedó horrorizado, ¿qué hemos hecho contigo, hija mía?, me dijo por teléfono, y no quiso seguir, pero yo me di cuenta, aunque nunca quisiera decir más, y la primera vez que nos vimos, cuando pasamos juntos una semana, en Mojácar, me dijo que no quería hablar de aquello, pero se empeñó en describirme una por una todas las cosas que había hecho mal durante toda su vida, y aquélla fue su manera de reprocharme mis propios errores... El me sugirió la verdad, pero yo tardé todavía algún tiempo en comprender que en realidad no poseía nada, nada aparte de dinero, y no es que lo que había dejado atrás fuera gran cosa, era más bien que ya no había cosas, ni grandes ni pequeñas, delante de mí, sólo el mar, eso fue al menos lo que creí durante algún tiempo, hasta que me faltó valor para acudir a la última cita y comencé a soñar yo también sueños extraños, y desde entonces vivo en esa compañía, sueño cada noche los sueños de mi padre, y lo veo en Madrid, absolutamente solo, sin Pacita y sin mí, solo del todo, abriéndose la cabeza con un adoquín mientras sonríe, sentado en su despacho, rodeado de cadáveres, los de sus mujeres muertas y los de todos sus hijos, muertos también, menos Pacita y yo, que faltamos siempre, pero él vive aún, y llora, y se duele aunque no deja nunca de sonreír, y de vez en cuando me llama, Magda, ven, Magda, ven, dice, pero yo nunca aparezco, yo le veo, y me digo que tengo que ir pero no puedo moverme, ni siquiera sé dónde estoy, sólo sé que le veo y que tendría que ir hacia él, pero no voy, y él sigue llamándome, me llama todas las noches, casi todas.

—No, Magda —protesté, chillando de rabia—, él no te llama, no puede llamarte.

Se revolvió con violencia sobre la piedra, y me cogió de las muñecas, apretando fuerte, clavándome las uñas, y gritó tan cerca de mi cara que pude reconocer el olor del alcohol y el de la culpa entremezclándose en su aliento.

—¡Sí me llama, Malena! Me llama todas las noches, y yo no voy, no voy...

—Tú sí fuiste, Magda —le expliqué, intentando conservar la calma—, una noche, en Martínez Campos, cuando se estaba muriendo, tú estuviste allí. Tomás me había prohibido acercarme a él, pero fui a verle, y se despertó un instante. Me preguntó si yo era tú, y le contesté que sí.

Cuando abrí la puerta de la habitación, mi corazón latía aún más deprisa de lo acostumbrado, y estaba muy cansada, pero no tenía sueño. Me sentía triste y contenta a la vez, como si todas las lágrimas y todas las risas que mis oídos habían recorrido en la voz de Magda durante horas, se hubieran fundido por fin dentro de mí, como si desde siempre me hubieran codiciado como un hogar estable, definitivo, y allí estuvieran empezando a acomodarse, y sin embargo no pensaba en nada concreto, no estaba pensando en nada mientras abría la puerta que separaba el cuarto de Reina del mío, ni pensaba cuando cogí a Jaime en brazos y lo transporté a trompicones hasta mi cama, ni pensé al lavarme los dientes, ni al desmaquillarme, ni al ponerme crema, no pensaba en nada, pero cuando me miré, y me vi en el espejo del baño, la cara limpia, entonces, sin pensarlo, lo supe.

Mi hermana tardó mucho tiempo en despertarse, aunque la zarandeé con todas mis fuerzas mientras pronunciaba su nombre en voz alta, el foco de la mesilla encendido, iluminándole directamente la cara, hasta que abrió los ojos para dirigirme una mirada aterrada.

—¿Quién es? ¿Qué pasa? —hablaba entrecortadamente, jadeando, y guiñaba los ojos para defenderse de la luz, nunca me había parecido tan indefensa—. ¡Ah, Malena, qué susto me has dado!

—Eres tú, ¿verdad, Reina?

—¿Quién? No sé, pero ¿qué dices?, deben de ser las seis de la mañana, tía...

—Sólo son las dos y cuarto, y ella eres tú, la novia de Santiago, eres tú, ¿verdad que sí?

No me contestó. Cerró los ojos como si le sangraran de dolor, desvió el foco hasta que la luz se concentró en la pared, arregló las almohadas y se incorporó en la cama.

—No es lo que te imaginas —me dijo—. Yo estoy enamorada de él, enamorada, Malena, ¿sabes?, y esta vez va en serio, hasta te diría... Creo que es la primera vez que me pasa desde que soy adulta.

A la mañana siguiente, Reina volvió con su hija a Madrid. Yo me quedé en casa de Magda, con Jaime, hasta principios de septiembre.

Cada mañana, al levantarme, me costaba un poco más de esfuerzo decidir la fecha del regreso. Estábamos bien allí, sin hacer nada especial y haciendo cosas distintas a la vez todos los días. Jaime se llevaba muy bien con María, y pronto se hizo amigo de los nietos del dueño del bar del llano, que subían muchas tardes al cortijo a jugar con él. En contra de mis tácitas previsiones y por una vez a favor de mis deseos, su primer contacto con Magda desencadenó un enamoramiento fulminante, tal vez porque ella no estaba dispuesta a renunciar al amor de aquel nieto tardío e imprevisto y lo cultivó con todo tipo de trampas, en las que mi hijo se zambulló de todas formas sin dudar, metiendo con decisión la cabeza en cada trapo. Yo me mantenía al margen de sus secretos, de sus pequeños pactos, y a veces fingía enfadarme ante tanto mimo sólo para ver cómo se reía Jaime de mis protestas. Me sentía bien cuando les veía hacer cosas juntos, dibujar, comentar los dibujos animados de la televisión, o leer un cuento haciendo las voces del ogro y de la princesa. Una mañana, mientras tomaba el sol en la playa, con Maribel, Egon y otros amigos suyos, vi a Magda desnuda, sentada en la arena, y a Jaime con ella, frotando cada uno las palmas de sus manos entre sí, en un gesto cuyo sentido no conseguí descubrir de lejos. Me levanté, me acerqué a ellos, y vi que escurrían la arena húmeda entre los dedos para dejarla caer luego desde cierta altura sobre la playa, levantando así, aparentemente al azar, los muros de un fantasmagórico castillo de película de miedo. Ellos no se dieron cuenta de que yo estaba tan cerca, y me senté a su lado sin hacer ruido, y les estuve mirando mucho tiempo sin hablar, sólo escuchando, y en aquel momento experimenté una extraña paz que no podría describir con precisión. Miré el cuerpo de Magda, blando y derrumbado, recorrí una por una las arrugas de su rostro, reconocí su sonrisa en la sonrisa de mi hijo, en sus ojos, fascinados por el repentino poder de sus propias manos, y dejé de tener miedo a hacerme vieja.

Aquella noche, antes de acostarnos, le dije que había pensado en quedarme a vivir allí el resto del año.

—Puedo matricular a Jaime en el colegio al que va María, en El Cabo, Maribel me ha dicho que quedan plazas, y yo seguramente encontraré...

—No —me interrumpió ella.

—... trabajo en alguna parte —proseguí, sin querer acusar que la había escuchado—, seguro, con la cantidad de extranjeros que viven aquí.

Me cortó de nuevo, pero esta vez no dijo nada, se limitó a levantar la mano derecha, como exigiendo su turno, y yo la dejé hablar.

—No sigas, Malena, tú no te vas a quedar aquí.

—¿Por qué?

—Porque yo no te lo consentiré. Sé que te echaré muchísimo de menos cuando te vayas y te lleves a ese niño, pero aunque supiera que nunca volvería a veros a ninguno de los dos en lo que me queda de vida, no te lo consentiría. Tienes que volver a Madrid enseguida, cuanto antes, ya, llevo pensándolo muchos días, no creas, y si no te lo he dicho antes es porque no me apetece nada que te vayas, pero eso no significa que no sepa de sobra que te tienes que ir. Tú no tienes ningún motivo para quedarte aquí, ¿o es que no lo ves? Aquí sólo vivimos los que no tenemos ningún sitio al que volver, y ése no es tu caso, así que tú, ahora, te jodes y te vuelves a Madrid, y te juro que no me das ninguna pena. Mira a tu alrededor, Malena. Esto es una ratonera. Cómoda, soleada y con vistas al mar, eso sí, pero una puta ratonera, quizás la mejor, y precisamente por eso, una de las peores. Además, si os quedáis, Jaime terminará cogiéndome manía —soltó una carcajada—, porque me está matando, y no voy a aguantar mucho más tiempo jugando al escondite catorce horas al día.

—Eso es verdad —dije, sonriendo—. Parecéis novios.

—Por eso, por eso es mejor que os vayáis. El ya me ha prometido que vendrá a vivir conmigo todos los veranos, y así, nuestro idilio durará eternamente. Además hay otra cosa, Malena... No me gustaría que me malinterpretaras, ya sé que te llevas bien con tu hermana, y con tu marido también, ¿no?, y, bueno, yo vivo apartada del mundo, pero no tanto como para no estar enterada de ciertas cosas. Y si no he entendido mal, tú has abandonado el hogar conyugal, y el hecho de que ahora sea tu hermana melliza la que anda por allí no me parece el mejor augurio, qué quieres que te diga, no sé cómo explicarlo...

No se atrevió a decir nada más, pero yo leí en su frente, y en la irónica tensión de su boca, lo que latía detrás de esa última frase inacabada, y por primera vez no me sentí ofendida por su suspicacia, porque ya no había nada que me hiciera dudar entre Reina y ella.

La noche anterior a nuestra partida dimos una fiesta multitudinaria, no nos falló nadie. Jaime obtuvo permiso para estar levantado hasta que él mismo decidiera que se caía de sueño, y hasta Curro se portó bien, vino un par de horas antes con bebidas del bar, nos ayudó a hacer las tortillas, y se comportó casi como un anfitrión consorte, hasta el punto de que ni siquiera consideró necesario anunciar que había pensado quedarse. Por la mañana, creí ser la primera en levantarme, pero Magda y Jaime ya habían terminado de desayunar, y me esperaban sentados en el patio, al sol, cogidos de la mano. La despedida fue muy breve, sin grandes gestos, ni palabras sonoras, una tristeza sobria y pudorosa. Cuando nos metimos en el coche, Jaime se tumbó en el asiento de atrás, boca abajo, y se hizo el dormido durante una veintena de kilómetros para incorporarse luego de repente y romper a hablar, consintiéndome deducir de la pastosa entonación de sus palabras que había estado llorando.

—¿Y si se muere, mamá? —me preguntó—. Tú imagínate que Magda va y se muere. Es muy viejecita, si se muere ahora, no la veremos más.

—No se va a morir, Jaime, porque no es vieja, es mayor pero no es vieja, y está sana y fuerte, ¿no? ¿Tú crees que la abuela Reina tiene pinta de ir a morirse pronto? —él negó con la cabeza, y yo me dije que no encontraría una ocasión mejor que aquella para afrontar lo que me parecía el gran riesgo del retorno—. Pues Magda y ella tienen la misma edad, son hermanas mellizas, aunque... Verás, a ver cómo te lo explico, Magda y la abuela no se llevan muy bien, ¿sabes?, hace muchos años...

—No tengo que contarle a nadie que la conozco —me interrumpió—, nunca la he visto y no sé dónde vive, hemos pasado las vacaciones en casa de unos amigos tuyos... Eso es lo que quieres decir, ¿no?

—Sí, pero lo que no sé es cómo...

—Ella me lo contó todo, y yo le prometí que nunca le contaría a nadie dónde está nuestro escondite. No te preocupes mamá —me puso una mano en el hombro y me miró a los ojos desde el retrovisor—. Yo sé guardar secretos.

Aquellas palabras me estremecieron tan profundamente que no logré concentrarme en mi futuro inmediato. Conduje con placer durante más de seiscientos kilómetros por una carretera casi desierta, mirando a mi hijo de vez en cuando para asombrarme de la eterna vigencia de algunas alianzas, y mientras me preguntaba por qué no era capaz de lamentar que Jaime también llevara en las venas la sangre de Rodrigo, aquel cartel —BIENVENIDOS, COMUNIDAD DE MADRID— me sorprendió como si no esperara encontrármelo nunca. Estaba segura de estar volviendo, pero no sabía exactamente adónde volvía, y me di cuenta de que hasta aquel momento no lo había comprendido todavía porque no había querido comprenderlo. Santiago y yo habíamos hablado por teléfono un par de veces, conversaciones breves y corteses, insulsas y cariñosas, estamos bien, yo también, nos vamos a quedar aquí hasta finales de mes, yo me voy quince días a Ibiza, estupendo, sí, tu hijo te manda un beso, dale otro de mi parte, adiós, adiós. El no había mencionado a Reina, yo tampoco, pero supuse que de todas formas debería volver a casa, a la casa de la que había salido, aunque sólo fuera porque, al fin y al cabo, nadie me había dicho que no siguiera siendo la mía, y si bien era cierto que yo la había abandonado, no lo era menos que mi marido me había abandonado antes a mí.

Mientras barajaba la improbable hipótesis de que Santiago se hubiera marchado de allí, y la más probable de que la permanencia en el domicilio conyugal, un simple piso de alquiler después de todo, formara parte de los asuntos a discutir, vi su coche aparcado a un par de manzanas del portal. Jaime dejó escapar un grito de alegría, es el coche de papá, mamá, mira, mira, es el coche de papá, y entonces, el mundo se me desplomó encima. Las calles, las casas, todas las cosas, pesaron un instante sobre mis hombros, y empecé a sudar aunque no tenía calor, el volante me resbaló entre las manos, la blusa se me pegó al cuerpo y el corazón empezó a latirme entre las dos sienes. El pánico duró sólo un minuto, pero fue intensísimo. Cuando abrí la puerta del coche y salí a la calle, comprobé con sorpresa que las manos todavía me temblaban, pese a que estaba segura de haber reconquistado ya la serenidad.

Jaime desplegó todo su catálogo de gestos de alborozo mientras subíamos la escalera y esperábamos el ascensor, y su entusiasmo me hizo más daño del que había previsto, aunque sabía que no tenía derecho a reprochárselo. Recordé haber leído miles de veces en ningún lugar en concreto que los niños suelen ser mucho más conservadores que sus padres mientras le veía correr por el pasillo para ganar antes la puerta de casa y pegar un dedo al timbre, aporreando la madera con impaciencia hasta que la hoja se abrió. Al otro lado estaba Reina. Jaime se le colgó al cuello y ella le cogió en brazos, y le cubrió de besos hasta que llegué a su lado, caminando lentamente. Entonces le animó a ir dentro, a jugar con su prima, e intentó hacer lo mismo conmigo, pero la esquivé, colándome limpiamente por el hueco que se abría entre la jamba y su cuerpo, para entrar en una casa que ya, y me di cuenta al primer vistazo, no era la mía.

—Lo encontrarás todo un poco cambiado, ¿no?

Cuando se atrevió a decir esto, yo ya estaba en el centro de un salón desconocido, y vagamente familiar a la vez, algo así como Los Angeles, California, donde estoy segura de no haber vivido nunca pero soy capaz de reconocer instantáneamente en cualquier película. La empresa de Santiago debía de haber empezado a dar beneficios en junio, porque ante mis ojos se extendía una imitación barata de cualquier página central de *Nuevo Estilo*, pintura lisa de color ocre en las paredes, zócalos y techos pintados de blanco, estores plisados en las ventanas, y un multicolor kilim turco en el ángulo formado por dos sofás de diseño vanguardista y aspecto incomodísimo, tapizados, respectivamente, en anaranjado claro y rosa pálido, dos tonos que, pese a repelerse teóricamente entre sí, creaban un conjunto decididamente armonioso. Mientras me decía que yo jamás habría sido capaz de combinar dos colores semejantes, localicé el toque específicamente femenino cuyo chirrido me molestaba tanto desde que había puesto allí los pies, en la colección de jarrones tubulares de vidrio inflado que reposaban en casi todas las superficies, conteniendo todos por igual una sola esterlicia, lánguida y raquítica, cara y elegantísima. Entonces me di cuenta de que Rodrigo me sonreía desde la pared del fondo, en el mismo lugar que había ocupado siempre, sobre una falsa chimenea francesa de piedra pulida que, en cambio, jamás había estado allí.

—¡Qué barbaridad! —dije, mientras iba a su encuentro—. Y luego dicen que en Madrid es imposible encontrar una cuadrilla disponible en el mes de agosto...

—Sí —dijo Reina, siempre a mis espaldas—, la verdad es que tuvimos mucha suerte, encontramos pintores por casualidad. ¿Qué estás haciendo?

Mancillé con decisión el flamante asiento de algodón amarillo huevo de una de las sillas del comedor, plantando encima no uno, sino mis dos pies, y contesté mientras rescataba a Rodrigo.

—Me llevo este cuadro. Es mío.

—Pero tú no puedes hacer eso, yo creía...

Descolgué el cuadro y solté una carcajada. En la pared había un par de agujeros suplementarios y un desconchón más que regular. El bricolaje y mi marido nunca habían hecho buenas migas.

—Este cuadro es mío, Reina, me lo dejó el abuelo —la miré y ella bajó la cabeza—, tú heredaste el piano, acuérdate, eres la única que ha aprendido a tocarlo, y además, al llevármelo os hago un gran favor. Ya tenéis hueco para colocar una Gran Vía de Antonio López. Es el único detalle que falta aquí.

—Santiago me dijo que ese cuadro no te gusta, y yo pensé que, como al fin y al cabo, antes estaba en casa de mamá...

—Eso es mentira, Reina —apoyé el cuadro en la pared, devolví la silla a su sitio, y caminé hacia ella con los brazos cruzados, clavándome las uñas en las palmas de las manos para contrarrestar mi indignación con la urgencia de ese pequeño dolor—. Este cuadro no estaba en casa de mamá, estaba encima de mi cama, en mi cuarto, de la casa de mamá, y Santiago nunca te ha podido decir que no me gusta porque no es verdad. Lo que me pregunto es si a alguno de los dos se le ha ocurrido decirle al otro, en medio de tanta obra, por qué cojones soy yo la que tiene que irse de aquí mientras vosotros os quedáis con esta casa.

—Fuiste tú la que te marchaste —me miraba con cara de asombro, las pupilas dilatadas de inocencia trasnochada—. Suponíamos que tendrías otros planes.

—Y los tengo —mentí—, por supuesto que los tengo. ¿Dónde está el cuadro de la abuela?

La seguí por el pasillo hasta mi ex dormitorio. Como la República no tenía un apellido rimbombante, la habían puesto mirando a la pared, al lado de tres maletas llenas hasta los topes.

—Mi ropa, supongo —Reina asintió con la cabeza—. ¿Y mis cosas? ¿Las has metido en bolsas de basura o se las habéis vendido a un trapero?

—No, están todas ahí, en el buró... Pensé que me agradecerías que te lo recogiera todo yo, que te resultaría menos desagradable.

Media hora más tarde estaba nuevamente en la puerta. Llevaba el retrato de Rodrigo debajo del brazo izquierdo, mi vieja caja de caudales entre los dedos, y un estuche de cartón gris con dos cacahuetes apretado contra la palma. Mi brazo derecho sostenía el retrato de mi abuela, y de mi mano, en cuyo dedo corazón relucía una tuerca cilíndrica de metal dorado, andaba Jaime, refunfuñando porque habría preferido quedarse a dormir con su prima.

—Mañana, o pasado, o un día de éstos, vendré a recoger la ropa, los libros y las cosas que he guardado en las dos cajas que he dejado en el pasillo.

—¿No te vas a llevar nada más? —me preguntó Reina, que quiso acompañarme hasta la puerta.

—No —contesté—. Esto es todo lo que quiero.

Caminé despacio hasta el ascensor, apreté el botón, y mientras esperaba, volví la cabeza para mirarla. Entonces dije algo más, aunque sabía que ella nunca podría entenderlo.

—Esto —y señalé mis pocas posesiones moviendo la mano en el aire— es todo lo que soy.

El ático no tendría más de cien metros, aunque la superficie de las terrazas, situadas en las dos esquinas del salón y separadas entre sí por una ligera balaustrada de piedra, debía de superar con creces el área habitable. Aun sin ellas, aquella casa seguiría siendo maravillosa.

—¿Te gusta?

Asentí con la cabeza y continué paseando, con las dos manos unidas en la espalda, y esa especie de ambigua tristeza que me suele asaltar cuando sé que sueño sueños bonitos. Salí de nuevo al pasillo y miré otra vez todas las habitaciones, una por una, despidiéndome en silencio de ellas, tres dormitorios, dos baños, una cocina preciosa con un lucernario en el techo y un gran office adosado, un recibidor minúsculo y un espectacular salón de planta casi semicircular, dividido en tres espacios por dos hileras de antiguas columnas de hierro forjado que sin duda procedían de la obra original, y Madrid a mis pies.

—No puedo quedarme con esta casa, Kitty. Me gustaría, pero no puedo.

La mujer de mi padre, que me estaba esperando en el salón, me dirigió una mirada tan cargada de asombro que su expresión llegó a rozar la desconfianza.

—¿Por qué?

—Esto es demasiado caro y yo vivo de un sueldo de profesora de inglés, es absurdo que me venga a vivir a una casa así.

—¡Pero si no tendrías que pagar un duro!

—Lo sé, pero de todas formas esto es ridículo, yo... No sé cómo explicarlo, pero no puedo quedarme aquí.

—Pues no lo van a entender. Ninguno de los dos. Les parecerá fatal, y a mí también, porque yo tampoco te entiendo.

Cuando aparecí por sorpresa en su casa, la noche anterior, mi padre había reprimido torpemente su fastidio, pero ella, en cambio, se había comportado como una anfitriona encantadora. Nos ayudó a instalarnos, nos repitió hasta la saciedad que podíamos quedarnos allí todo el tiempo que quisiéramos, y hasta hizo un aparte conmigo para confesarme que entendía perfectamente que, a pesar de la tradición, no hubiera querido marcharme a casa de mi madre porque, al fin y al cabo, Reina había vivido allí hasta hacía un par de semanas. Sin embargo, nunca me habría atrevido a esperar que aquella misma mañana, después del desayuno, me dijera que ya me había conseguido un piso, y si no hubiera sugerido a continuación que, en el fondo, a ella también la estorbábamos, habría llegado incluso a pensar mal de tanta generosidad.

—No puedo hacerles perder tanto dinero —me expliqué por fin, cogiéndola del brazo para obligarla a salir de allí—, no me sentiría bien si lo hiciera.

Ella me respondió con una carcajada, las cejas enarcadas rebosando asombro.

—¡Pero, Malena, por Dios, si están forrados! Ganan tantas pelas que dan asco, créeme... ¿No te irás a pensar que éste es el único piso que tienen, verdad? Llevan veinte años cobrando el trabajo en especie, se quedan con una o dos viviendas de cada edificio que hacen, son los dueños de medio Madrid, en serio. Porfirio se ha comprado una avioneta, ¿no te has enterado? Le han encargado un hotel en Túnez y se ha comprado una avioneta, el tío, para ir y venir, es increíble, y luego, cuando Miguelito le dijo que quería una moto de esas enanas para su cumpleaños, le salió con que ni hablar, con que eso era tirar el dinero y no pensaba maleducarle con caprichitos, si tendrá morro...

—Pero le adora, seguro.

—Claro, y su hermana igual, no creas, aunque la verdad es que casi no le ven, pero como Susana también le adora, y es la que está todo el santo día con los críos...

—¿Y Miguel?

—¡Oh! Pues supongo que está incluso mejor que su hermano, porque se quiere casar.

—¿A estas alturas?

—Sí, pero no digas nada porque todavía no es oficial. Tiene una novia de veintidós años, veinte menos que él —interpretó correctamente la expresión de mi cara y cruzó conmigo una intensa mirada de inteligencia—. Bueno, por supuesto está buenísima, ya sabes, pero tampoco es tonta, eso desde luego, y es muy divertida, muy loca, en fin... Muy joven. Y sobre todo que él está encoñadísimo con ella, qué quieres que te diga, pero encoñado perdido, en serio. Se la llevó una semana a Nueva York para ligársela, ¿te lo puedes creer?, y desde que volvió, está con la baba colgando, a lo mejor hasta le sale bien, vete tú a saber.

Hizo una larga pausa, e intenté recordar cuál de los dos había sido su novio por última vez, pero no lo conseguí. Ella se desprendió de la fugaz sombra de melancolía que flotó por un instante sobre sus párpados, y me sonrió.

—Bueno, pues a lo que vamos, que la casa donde vivimos nosotros también era suya, y yo me tiré un montón de años allí, de gorra, hasta que tu padre se empeñó en comprarla. Para ellos esto es normal, y no van a echar de menos la pasta que dejen de cobrar aquí, de eso puedes estar segura, tienen hasta una asesora fiscal en nómina, así que ya te puedes imaginar...

—¿Y cómo sabes tú todo eso?

—Porque yo soy la asesora fiscal que está en nómina —entonces sí sacó la llave del bolso, abrió la puerta, y la cerró detrás de mí—. Anda, te invito a un café.

No dijo nada más hasta que nos sentamos al sol, en una de las mesas del quiosco de la plaza. Luego, sin probar la Coca-Cola que había pedido, apoyó los codos en el tablero de metal y me sonrió. Adiviné que iba a hacerme una confidencia, y me sorprendí, como siempre, de tener una madrastra tan joven.

—No le digas a tu padre que te lo he contado. A él no le gusta nada que siga trabajando con ellos, ¿sabes?, está obsesionado con su edad, yo creo que está celoso y hasta cierto punto le entiendo, la verdad, porque he sido tantos años la novia de los dos, así, alternativamente... De alguna forma, lo que me pasa es que no puedo vivir sin ellos, y con esto no quiero decir que no esté enamorada de tu padre, porque no es eso, para nada, yo creo que me enamoré de él la primera vez que le vi, aunque en aquella época, en la casa de Almansilla, con tu madre y vosotras, en fin, ni siquiera se me pasó por la cabeza intentarlo. Yo adoro a tu padre, Malena, pero Miguel y Porfirio me hacen falta, y ellos lo saben, es difícil de explicar.

Se levantó sin decir nada y desapareció detrás del quiosco. Supuse que había ido al baño, y me pregunté si, a pesar de estar tan enamorada de mi padre como ella confesaba y yo creía, seguiría teniendo ganas de acostarse de vez en cuando con sus dos hombres de toda la vida, y sentí envidia de ella por ser capaz de hacerlo, la misma clase de envidia que me daba Reina siempre que me confesaba que se había enamorado de verdad por primera vez desde que era adulta.

—¿Sabes lo que se me ha ocurrido? —dije cuando volvió, y seguí pensando en voz alta, sin ser plenamente consciente del sentido de las palabras que pronunciaba—. A lo mejor cada uno de nosotros nace con una cantidad de amor asignada, una cantidad fija, que no varía jamás, y quizás los niños mimados, esas personas a las que siempre ha querido mucha gente, como Miguel y Porfirio, reciben un amor mucho menos intenso del que en algún momento de su vida le tocará recibir a las personas como yo, que en general hemos tenido mala suerte.

—¿Y eso? —Kitty se reía—. ¿O es que siempre te has dedicado a las máximas solemnes?

—No sé —me reí con ella—. Se me ha ocurrido ahora, de repente. Ha sido el subconsciente, supongo.

—La fuerza del deseo.

—Quizás —alargué la mano sobre la mesa, la palma abierta—. Muy bien. Dame esa llave.

—¿Te quedas con la casa? —Asentí con la cabeza—. ¡Bravo, Malena! Y buena suerte. La verdad es que ya te toca.

Durante algunos meses creí sinceramente que aquellas palabras encerraban un presagio destinado a cumplirse en un plazo breve e inexorable, y cuando me despedí de Kitty para volver sobre mis pasos a esa casa que se había convertido en la mía por la pura voluntad del azar, mientras la recorría despacio, apreciando cada detalle, rozando las paredes con la punta de los dedos, pisando con las plantas desnudas una impecable tarima de pino color miel, comprendí que lo que Reina había logrado con tanto esfuerzo era apenas convertir aquel viejo piso que no me inspiraba ninguna añoranza en una mala copia del lugar donde yo viviría de entonces en adelante, e interpreté esa paradoja como la primera señal de que mi suerte estaba abocada a cambiar de signo.

Llamé al estudio de mis tíos para darles las gracias y sólo conseguí hablar con Miguel, porque Porfirio estaba de viaje. Quedamos en quedar, y lo hicimos un par de veces, pero en ambas ocasiones uno de los dos terminó llamando para desconvocar cuando yo ya estaba a punto de salir de casa. Al final, una mañana de octubre, fui a buscarles a su estudio, un edificio impresionante en la calle Fortuny, un vestíbulo como una plaza de toros, dos pisos unidos por una monumental escalera volada y un ejército de secretarias atareadas a la vista. Tenía previsto invitarles a comer, pero me llevaron a un restaurante japonés carísimo y, gracias a Dios, me prohibieron tajantemente intentarlo.

A pesar de las canas que empezaban a salpicar los cabellos de Porfirio y cubrían casi completamente la cabeza de Miguel, tuve la sensación de que no habían cambiado mucho con los años. Seguían pareciendo dos adolescentes privilegiados, irresponsables y caprichosos, ricos, divertidos y felices. Nos bebimos casi tres botellas de vino e, igual que en Almansilla, cuando yo era pequeña, no dejaron de hacerme reír mientras comíamos. Porfirio se burló profusamente de Miguel a propósito de su boda inminente, y éste le devolvió el guante imitándole en el trance de pilotar su avioneta. La sobremesa fue corta, sin embargo, porque tenían una reunión a las cuatro y media y, aunque se esforzaran por disimularlo, ambos estaban pendientes del reloj. Después del postre, Miguel anunció, por tercera o cuarta vez, que iba un momento al baño, y Porfirio se me quedó mirando con una sonrisa inequívoca, un punto perverso en la complicidad, que fui capaz de sostenerle sin parpadear por primera vez en mucho tiempo.

—¿Y a ti no te apetecería montar en mi avión? —me preguntó. Yo me eché a reír, y él se rió conmigo—. Es una experiencia única, ya sabes... Volar, el cielo africano, todo eso.

Miguel se reunió con nosotros sorbiendo aire aparatosamente por la nariz, y salimos del restaurante.

—¿Te llamo? —me dijo Porfirio al oído, mientras me besaba en la mejilla derecha.

—Llámame —asentí, aprovechando la coyuntura estrictamente simétrica.

No llegó a hacerlo, pero tampoco lo eché de menos, porque el traslado imprimió al otoño un ritmo enloquecido, y sólo después de Navidad empecé a disfrutar de los placeres de la vida solitaria, que hasta entonces desconocía. Recuperé, con un suspiro de alivio, el turno de mañana en la academia, me acostumbré a desprenderme, cada fin de mes y sin sollozos, de la cantidad necesaria para pagar el crédito que me había permitido montar la casa, y llegué a sentir que llevaba toda la vida viviendo allí, al lado de la Capilla del Obispo, en el ático de un lujoso edificio señorial rehabilitado, con un niño de cinco años recién cumplidos que acababa de consumar la heroicidad de haber crecido nada más y nada menos que seis centímetros desde el verano. No me sentía más sola que cuando vivía con mi marido, y la exclusiva compañía de mi hijo resultaba menos comprometedora y mucho más gratificante de lo que yo misma había podido prever, hasta el punto de que algunos fines de semana me daba un poco de rabia desprenderme de él, aunque lo cierto es que, aproximadamente el mismo número de veces, me hacía ilusión tener por delante días enteros para mí sola, aunque ya presintiera que no conseguiría invertirlos en nada especial.

Mientras Jaime se me hacía cada vez un poco más necesario, cuando su capacidad de comprender las cosas y de divertirse con ellas empezaba a aumentar tan deprisa que era extraño el día en que no lograba fascinarme con iniciativas o comentarios inesperados, Santiago se fue desdibujando lentamente en mi memoria hasta quedar reducido a las triviales proporciones de un personaje secundario, quizás porque mi contacto con él terminó convirtiéndose en una sombra accidental de mis relaciones con mi hermana. Al principio, esa distancia me dolía, porque tras el estupor inicial, lo cierto es que consideraba su abandono mucho más digno de gratitud que de rencor, y no podía desprenderme del cariño culpable que me había atado a él durante tanto tiempo, pero por más que lo intenté, no conseguí jamás que nos viéramos a solas, y la segunda vez que, después de no mencionarla cuando quedamos por teléfono, apareció con Reina a comer, dejé de intentarlo. Era ella la que subía a buscar a Jaime, la que me lo traía de vuelta, la que llamaba por teléfono regularmente para preguntarme cómo estaba, la que se ofrecía a solucionar todas las pequeñas pegas —los recibos, los seguros de los coches, la correspondencia, las declaraciones de impuestos atrasadas— que arrastraron durante algún tiempo tantos años de vida en común. Fue ella quien me informó de que en primavera tenían previsto mudarse a·un chalet adosado —acosado, resultó más bien— de estilo inglés, con jardín, el eterno sueño de mi marido, en una nueva urbanización situada aproximadamente donde Cristo dio las tres voces, frente al último extremo de la Casa de Campo. Fue ella quien me pidió el divorcio en febrero, anunciándome que tenían previsto casarse hacia el verano porque a los dos les apetecía tener un hijo común, y quien más tarde me invitaría a su boda. Fue ella quien me sugirió en marzo que Jaime se fuera de vacaciones con ellos en Semana Santa, y eso fue lo único a lo que me negué, porque los dos teníamos planeado volver a Almería a ver a Magda. Sin embargo, Jaime me suplicó con lágrimas en los ojos que le dejara ir con ellos, y dejé de oponer resistencia, porque tampoco podía dejar de comprender que la Expo de Sevilla le tirara demasiado. A la vuelta de aquel viaje, fue Reina también la que me devolvió un hijo que no parecía distinto.

En junio, sin embargo, Jaime me dijo que, a partir del curso siguiente, quería vivir con ella y con su padre.

Si mi hijo no les hubiera elegido ya, yo jamás habría asistido a aquella boda donde acapararía sin proponérmelo más miradas, más codazos y comentarios de los que recordaba haber cosechado en la mía propia. Pero no quería que Jaime me creyera resentida, celosa o amargada, y él había insistido tanto, y Reina había subrayado tan decididamente sus ruegos, que al final me decidí a ir al banquete, aun presintiendo que tal vez así le arruinaría la noche a Santiago. Por lo demás, y al margen de la intensa sensación de ridículo que me inspiraba mi propia situación, esa aparente promiscuidad sentimental —«aquí todos somos europeos, civilizados y progresistas»—, rigurosamente falsa, que muchos invitados accidentales dedujeron sin duda de mi presencia, no temía sufrir de verdad en aquel trance, el previsible banquete donde, por cierto, no fui la única estrella capaz de eclipsar el brillo de los protagonistas.

Mi hermana se había montado un bodón descomunal, de la escuela clásica, con aperitivos variados, cena sentados y baile con orquesta y barra libre. El primer acto se desarrolló sin sobresaltos. En el segundo, ya habían comparecido un par de cargos públicos de relativa notoriedad, clientes del novio, y una presentadora de televisión, antigua compañera del colegio, que había compartido pupitre con la novia durante varios cursos. Al tío que levantó a Reina de la mesa con sólo aparecer por la puerta en los albores del tercer acto, no lo reconocí, aunque pude darme cuenta de que buena parte de los asistentes concentraban al mismo tiempo su atención en él, un individuo moreno, llamativamente grande, alto y pesado, un rostro casi tosco, como diseñado bajo la expresa prohibición de emplear líneas curvas.

—¿Quién es? —le pregunté a Reina, cuando volvió a la mesa.

—Rodrigo Orozco —me contestó, asombrada por mi ignorancia—. No me digas que no le conoces.

—Pues no, creo que no le he visto nunca.

—Es primo de Raúl —me explicó, señalando con el dedo al mejor amigo de Santiago—. Acaba de volver de Estados Unidos, ha estado allí varios años, becado por una fundación muy importante, ¿sabes?, ahora no me acuerdo del nombre... Sí, mujer, tienes que saber quién es, hace un par de meses publicó un libro, salió en todos los periódicos.

—Ni idea —admití—. ¿A qué se dedica?

—Es psiquiatra.

—¡Ah! Pues parece más bien portero de un club nocturno...

Mi hermana me contestó con una mirada de desdén y ningún otro comentario, pero en un plazo no superior a un cuarto de hora, me cogió del brazo para obligarme a seguirla, cruzando el salón.

—Ven —dijo—. Me ha pedido que os presente.

Todavía no había adivinado de quién me estaba hablando, cuando me encontré delante de aquella mole, cuya semejanza con un armario de dos cuerpos desmentía el prestigio intelectual de su propietario casi tan eficazmente como su rostro de jefe sioux. Mi hermana pronunció su nombre, y él me tendió la mano en el preciso instante en el que yo inclinaba la cabeza en su dirección para besarle en las mejillas, y la confusión frustró al mismo tiempo su gesto y el mío. Saludé sin contratiempos al tío que estaba a su lado, un norteamericano bajo y delgadito que se identificó a sí mismo, y me quedé parada, sin saber qué decir. En ese momento, mi prima Macu me asaltó por detrás, cogiéndome del brazo para arrastrarme hasta su marido, que contaba chistes en el centro de un corrillo al que me sumé con un par de voluntariosas carcajadas. Entonces, no sé muy bien cómo, sentí que aquellos dos tíos que no dejaban de ser unos desconocidos por más que Reina acabara de presentármelos, estaban hablando de mí.

Me volví bruscamente y les pillé por sorpresa. El primo de Raúl me señalaba con el dedo sin ningún disimulo mientras se inclinaba para murmurar en el oído de su amigo algún comentario irresistiblemente ingenioso, a juzgar por la sonrisita de puntas irónicas que el americano me dedicaba, sosteniéndome la mirada con tanto descaro como el propio murmurador. Tal vez en otra época de mi vida habría interpretado esa escena de otra manera, pero en aquel momento me dije que, como mínimo, me estaban llamando gorda, y aquellas risas, y aquellas miradas, se hundieron en mi nuca como el filo de una puntilla. Me alejé de allí lo más deprisa que pude, mascullando insultos entre dientes para contrarrestar la indignación que coloreaba mis mejillas, y entonces, cuando me sentía más que nunca una atracción turística, fue Santiago quien me detuvo. Mi ex marido estaba tan borracho que no fue capaz de articular una excusa inteligible para invitarme a abandonar el salón, y al final se limitó a tirar de mí hasta el pasillo y siguió andando unos metros, hasta encerrarme con él en un locutorio telefónico. Allí, mirándome de frente, murmuró mi nombre, se desplomó sobre mí e intentó besarme. Me zafé sin gran esfuerzo de su abrazo, pero el extraño brillo que impregnó sus ojos en aquel instante, aportó el toque amargo, una tremenda nota gris, al final de una noche que resultó en definitiva convencional, por lo desastrosa.

Cuando me separé de mi hijo, sentí un dolor físico, concreto, atroz, una insoportable sensación en el estómago, el ombligo, el vientre, la piel horadada quemando la carne. El sonrió después de darme un beso, y yo le devolví beso y sonrisa, e intenté decir algo apropiado, llámame de vez en cuando, y pásatelo bien, pero no pude.

Volvíamos de Almería, de pasar unas vacaciones muy parecidas en apariencia a las del año anterior, muy distintas en el fondo. Yo quería creer que Jaime había elegido marcharse teniendo en cuenta criterios puramente materiales, él me los había enumerado muchas veces, en su acento una tranquilidad que bastaba para asegurar su inocencia, y me había propuesto colocarme a su altura, volver yo misma a tener cinco años y medio para no tener que reprocharle nada, pero a veces la tentación del chantaje emocional —yo lo he dado todo por ti, y ahora tú me dejas tirada— se hacía demasiado fuerte, y creo que si hubiera estado sola en Madrid, con él, habría terminado cometiendo el mismo pecado que mi madre repitió tantas veces conmigo.

—Es que la casa nueva de papá tiene jardín, mamá, y nos han puesto dos columpios, uno para Reina y otro para mí, y si vivo allí puedo jugar con ella, y tener el doble de juguetes, ¿sabes?, y de libros, porque puedo usar los suyos y los míos, y no me aburro, porque luego en ese barrio hay muchos niños, y nos dejan pasarnos al jardín de la casa de al lado, y la tía Reina me ha prometido que le va a pedir a los Reyes una bicicleta para mí, y en nuestra casa, en cambio, no tengo a nadie con quien jugar, y tampoco se puede montar en bicicleta...

Magda me convenció de que no tenía por qué haber nada más detrás, excepto un evidente deseo por parte de mi hermana y de Santiago de vivir con el niño, pero yo pensé muchas veces en mi propia aptitud, en mi irregular afición a cocinar, en mi falta de paciencia para ayudarle en los deberes, en la frecuencia con la que salía de noche, dejándole en manos de la canguro, en mi incapacidad para respetar los horarios, mi manera de vivir, que él comparaba en voz alta, cada día con más frecuencia, con la manera de vivir de mi hermana, con quien pasaba ya casi todos los fines de semana desde aquella Semana Santa.

—¿Sabes mamá? La tía Reina entra todas las noches en nuestro cuarto y nos da un beso a cada uno antes de irse a dormir, pero todas todas las noches, no se le olvida nunca. Y tenemos siempre la cama abierta desde antes, ella la abre antes de cenar.

Un buen día me pedía que le llenara la bañera de espuma, porque Reina lo hacía. A la mañana siguiente, quería llevarse al colegio un bocadillo de tortilla de chorizo recién hecha envuelto en papel de plata dentro de una bolsa hermética que lo mantuviera caliente, porque así eran los bocadillos que Reina le hacía a su hija. Esa misma tarde me pedía que le fabricara una hucha con un tetrabrik porque Reina sabía hacerlo. Un par de noches después me preguntaba por qué me iba a cenar con unos amigos en vez de quedarme en casa, porque Reina le había contado que no salía nunca sola por ahí desde que nació su hija. En cualquier momento, decidía que quería dormir conmigo cuando presintiera que iba a tener pesadillas, porque Reina le dejaba dormir con ella y con su padre. Si íbamos al parque, pretendía jugar conmigo en lugar de hacerse amigo de otros niños, porque Reina jugaba siempre con él los fines de semana. Si íbamos al cine, tenía que sacar entradas de entresuelo porque Reina decía que los niños ven mejor desde allí que desde el patio de butacas. Si le invitaba a una hamburguesa para merendar, tenía que limpiársela previamente de cualquier rastro de guarnición vegetal porque a Reina no le importaba hacerlo. Le parecía mal que yo andara desnuda por la casa aunque estuviéramos solos, porque Reina no lo hacía nunca, y no le gustaba que llevara zapatos de tacón, ni que me pintara los labios y las uñas de rojo, ni que me pusiera medias negras, porque Reina jamás hacía ninguna de esas cosas. Un día me preguntó por qué le regañaba tan poco cuando hacía las cosas mal, porque Reina siempre hacía que se enfadaba si le pillaba en cualquier falta. Otro día me reprochó que me empeñara en trabajar, porque Reina le había dicho que no trabajaba para poder disfrutar plenamente de su hija. A las horas que yo trabajo, tú estás en el colegio, le contesté, así que da lo mismo. No te creas, dijo él, yo creo que no da lo mismo. Reina, por lo visto, siempre tenía tiempo.

—Tú le has educado —repetía Magda—, y le has enseñado que puede elegir. El ha elegido, eso es todo.

Ella me animó a volver a la playa en agosto, después de dejar a Jaime con su padre, y yo prometí que lo haría, creí que estaba dispuesta a hacerlo, pero cuando llegué a mi casa me encontré muy cansada, y seguí estando cansada al día siguiente, y al otro, y al otro. Marqué uno por uno todos los números de teléfono que me sabía de memoria y nadie me contestó, el mundo entero estaba de vacaciones, y en el fondo no me importaba, llegaba incluso a experimentar una extraña punzada de placer cada vez que contaba diez tonos sin recibir respuesta, porque en realidad no me apetecía ver a nadie.

Nunca en mi vida me había sentido tan fracasada.

Todas las tardes iba al cine porque las salas tenían aire acondicionado.

Abrí la puerta y ni siquiera me fijé en él. Levanté la bombona vacía con las dos manos, la deposité en el descansillo y saqué un billete de mil pesetas del bolsillo, repitiendo mecánicamente una secuencia que había realizado un millón de veces, pero entonces él pronunció el precio de la carga en voz alta, y su acento me advirtió de que no era el repartidor de otras veces. Le miré a la cara y me sonrió.

—¿Polaco? —pregunté, por decir algo, mientras él buscaba el cambio en una pequeña cartera sujeta a su cintura por una correa.

Llevaba la cremallera del mono color butano abierta casi hasta el ombligo, y las mangas enrolladas por encima del codo. Me sacaba la cabeza, y sus brazos daban la impresión de ser capaces de rodearme más de dos veces. Tenía el pelo negro, los ojos verdes, la piel blanquísima y la cara muy cuadrada. Hacía mucho tiempo que no me tropezaba con un espectáculo semejante.

—¡No! —me contestó, con una sonrisa forzada, como si le ofendiera mi suposición—. No polaco, nada polaco. Yo búlgaro.

—¡Ah! Lo siento.

—Polacos, brrr... —añadió, moviendo la mano en un gesto de desprecio—. Católicos, pesados, todos como Papa. Búlgaros mucho mejor.

—Desde luego.

Cogió la bombona vacía, se la echó al hombro como si no pesara nada, me sonrió, y me dijo adiós. Aquella tarde no fui al cine.

Dos días después, vi que el vecino había dejado una bombona vacía delante de la puerta, y se la cambié por la que él me había dejado, pero quien subió a reponerla fue el polaco de siempre, rubio, bajito, con bigote y una cadena llena de medallas de la Virgen colgada del cuello.

—¿Y el búlgaro? —le pregunté, y él me miró con cara de pocos amigos, encogiendo los hombros—. Da lo mismo, tome.

—¿No propina? —me dijo solamente.

—No propina —contesté, y cerré la puerta.

Volví a verle a mediados de septiembre, una mañana de sábado, por pura casualidad. Salía del portal para ir a hacer la compra, llevando a Jaime de la mano, y lo vi en la esquina, parado junto al camión. No me atreví a decirle nada, pero él me reconoció y me sonrió de nuevo, y entonces me fijé en que, cuando lo hacía, se le marcaban dos hoyitos en las mejillas.

—¡Hola! —dijo, moviendo la mano en el aire.

—Hola —le contesté, acercándome—. ¿Qué tal estás?

—Bien, bien.

Entonces le llamaron, pero no entendí su nombre. El cogió dos bombonas que había en el suelo y me dedicó una mirada de disculpa.

—Ahora, el curro.

—Claro —dije—. Adiós.

—Adiós.

Unos diez días después, cuando acababa de sentarme a comer, sonó el timbre, y me dio tanta rabia levantarme de la mesa que llegué a pensar en no abrir. Por el camino, mientras intentaba adivinar quién podría ser tan inoportuno, ni siquiera me acordé de que existiera, y sin embargo fue a él a quien encontré, sonriendo como siempre, al otro lado de la puerta.

—¿No quieres? —señalaba una bombona que había en el suelo.

—¡Uy! Pues claro que sí... —mentí, escondiendo en un bolsillo la servilleta que llevaba en la mano—. ¡Qué casualidad! Precisamente tengo una bombona vacía. Ahora mismo voy a por ella, muchas gracias.

Corrí hasta la cocina, liberé un envase que todavía estaba lleno a medias, y lo transporté por el pasillo lo más airosamente que pude, como si pesara exactamente la mitad de lo que pesaba en realidad.

—¿Quieres que yo meta dentro? —me preguntó, señalando la bombona nueva, y me eché a reír.

—Sí, por supuesto que quiero —contesté, y él sonrió, aunque era evidente que no había identificado el sentido de mis risas—. Esto me recuerda un chiste muy viejo que contábamos en el colegio, cuando era pequeña, ¿entiendes?

—Colegio —dijo—, ¿tú niña? —y yo asentí.

—Un butanero llegaba a una casa y la señora le decía, métamela usted hasta aquí, que cuando llegue mi marido, ya me la meterá él hasta el fondo... Es muy malo, pero nos hacía mucha gracia.

Mientras me reía a carcajadas, él intentaba hacerme coro, como si nunca hubiera escuchado algo tan divertido, y creí que no había comprendido nada en absoluto, pero me equivoqué, porque un instante después, clavando los ojos en la cartera donde rebuscaba el cambio durante mucho más tiempo del razonable, emitió sus conclusiones en un cauteloso murmullo.

—Pero tú marido no, ¿verdad?

No quise contestar todavía, pero mis labios se curvaron en una sonrisa inconsciente. El levantó los ojos y prosiguió, mirándome.

—Tú hijo sí, yo he visto, pero marido no. ¿Correcto?

No pude reprimir una nueva carcajada, profunda y ruidosa, y esta vez él sí se rió conmigo, y los dos sabíamos de qué nos reíamos.

—Eso sí —dije en un susurro, sin intentar siquiera contener la risa—, eso es igual en todas partes, aquí, en Bulgaria, y en Nueva Guinea Papúa, desde luego, macho, es que hay que joderse...

—No entiendo —me contestó.

—Da igual. El caso es que todo es correcto —admití, y me quedé con ganas de añadir, es decir, que tú piensas que yo debo de estar subiéndome por las paredes de puro salida, y yo sé que es verdad.

—¿Divorcio?

—Sí.

—Entonces, podemos quedar —asentí con la cabeza—. ¿Esta tarde? —volví a asentir—. Ocho y media.

Seguí afirmando en silencio, pero a él no le debió parecer una garantía suficiente, porque cuando ya había empezado a bajar la escalera, se volvió y se me quedó mirando.

—¿Vale? —preguntó.

—Vale.

Aquella tarde, a las ocho y treinta y tres minutos, estaba llamando al portero automático. Cuando le dije que bajaba en un momento, me contestó que no, que ya subía él, y lo hizo muy deprisa, los tacones de sus botas negras repiqueteando en cada peldaño. Llevaba unos vaqueros estrepitosamente ceñidos, marcando paquete, y una camiseta de algodón gris claro, sin mangas.

—¿Quieres que vayamos a tomar unas copas? —le propuse cuando entró en el recibidor, intentando rescatar el plan que me había trazado previamente, una secuencia convencional, copas, cena, y más copas, destinada a revestir la situación con un cierto barniz de normalidad.

—No —me contestó, abrazándome por la cintura—. ¿Para qué?

—Pues también es verdad —susurré, dejando caer el bolso al suelo, un segundo antes de besarle.

Se llamaba Hristo y fue la primera cosa intrínsecamente buena que me pasaba en mucho tiempo.

Había nacido en Plovdiv, veinticuatro años antes, pero hacía mucho tiempo que vivía en Sofia cuando cayó el Muro, y un par de meses después, ya se había mudado a un pueblecito situado al lado de la frontera con Yugoslavia para salir pitando a las primeras de cambio, no fuera a ser que luego se arrepintieran y la cerraran antes de que le diera tiempo a atravesar la verja, según me explicó. Había cruzado media Europa antes de entrar en España, pero Alemania no le gustaba por el clima, en Italia no le habían ido bien las cosas, y en Francia ya había demasiados refugiados cuando él llegó. Llevaba dieciocho meses en Madrid y estaba a gusto, a pesar de que le habían negado el estatuto de asilado político media docena de veces, con el razonable argumento de que no había abandonado Bulgaria por motivos políticos, una tesis que él interpretaba como una sucia excusa, porque, como había repetido machaconamente a un centenar de funcionarios en otras tantas ocasiones, en su país no había ni libertad ni comida, y por lo tanto no necesitaba ningún otro motivo para marcharse.

—Además —añadió—, yo decía que rey nuestro vive aquí. Pero nada. Ellos que no, que no, que no.

Su plan inicial consistía en emigrar lo antes posible a Estados Unidos, pero cuando llegó, sus compatriotas le informaron de que la Cruz Roja española pagaba un subsidio mensual a cada refugiado del Este, mientras que, en el sumamente hipotético caso de que le dejaran entrar en América, allí ya no le iban a dar ni las gracias, así que cambió de planes sin dolor y muy deprisa. Al principio, sin embargo, las cosas no habían resultado fáciles. Compartía con otros cuatro búlgaros una habitación sucia y oscura en una pensión de mala muerte cuya patrona les sangraba todo lo que podía, a sabiendas de que necesitaban tener un domicilio fijo, preferentemente el mismo, para renovar la residencia todos los meses, y trabajaba de peón en una obra donde las condiciones no eran mucho mejores. Luego, cuando por fin quisieron concederle un permiso anual, se marchó de allí y empezó a moverse por su cuenta.

—Ahora tengo negocios —me dijo, muy enigmáticamente.

Sólo llevaba un mes repartiendo butano, y no pensaba estar mucho más tiempo haciendo lo mismo. Le estaba guardando el sitio a su hermano, que había tenido un accidente de coche, pero ya estaba harto. Le pregunté en qué trabajaba cuando vivía en Bulgaria, y se rió.

—En Bulgaria trabajan sólo mujeres —dijo—. Los hombres hacen otras cosas.

—¿Sí? —pregunté, atónita—. ¿Qué, chulearlas?

—Ganar dinero.

Le pedí que me explicara aquel misterio y comprendí que él sólo aplicaba el verbo «trabajar» a la ejecución de cualquier tarea legal, un campo hacia el que no se encaminaban precisamente sus preferencias. En Bulgaria había hecho de todo, desde importar ilegalmente una gran variedad de objetos originarios de Alemania Oriental, hasta pasar dinero falso, que era su ocupación habitual cuando salió del país. No conseguí que me confesara en qué clase de negocios estaba envuelto ahora, pero cuando le advertí que aquí las cosas eran ligeramente distintas y que con diez mil pesetas no se salía de la cárcel, me dijo que él no era tonto y que sabía de sobra lo que estaba haciendo, y me di cuenta de que hablaba en serio. No quería vivir como su hermano, trabajando diez horas diarias, sin contrato y sin seguros sociales, ganando poco y ahorrándolo todo para traerse a su mujer y a sus dos hijos, igual que si fuera polaco, dijo. El no estaba casado, y no tenía la más mínima intención de polonizarse. Cuando se estableció en Madrid, escribió a su novia una postal de tres líneas, estoy bien, no pienso volver, no se te ocurra venir, adiós.

—Ella llora días y días —me explicó—, pero cosas son así.

Echaba mucho de menos la mansedumbre de las mujeres de su país, porque ellas no exigían nada a cambio de obedecer a los hombres.

La primera noche que pasamos juntos, me contó que al poco tiempo de llegar se había echado una novia andaluza que vivía en Carabanchel, una chica soltera, joven y guapa, que follaba bien, pero no tan bien como yo —un detalle que especificó como si se tratara de un aspecto sumamente importante, lo cual no dejó de hacerme ilusión—, y que estaba dispuesta a casarse con él, pero que no le dejaba vivir.

—Siempre decía, dónde vas, y luego, pues ahora no te vas, ahora follar, follar, siempre follar cuando yo marchaba.

—Claro —le expliqué, entre carcajadas—, para dejarte seco, porque el polvo que le echaras a ella, ya no lo echabas por ahí.

—Yo comprendo —asentía con la cabeza—, comprendía pero no gustaba. Unos días yo decía, no, follar no, yo marcho, y ella decía, me mato, me mato, me voy a matar. Y siempre follar antes de irme.

A pesar de todo, le quedaban ganas para compaginar la compañía de su novia con la de otra refugiada, una chica rumana que trabajaba de limpiadora por horas y a la que no escondía porque no lo juzgaba necesario. Cuando la andaluza fue informada de la situación por otro búlgaro que aspiraba a pedir su mano, se puso como una fiera y le armó un escándalo tremendo en plena calle, y luego tiró su ropa y todas sus cosas por la ventana ante la mirada indiferente de los transeúntes, un detalle que terminó de sacarle de quicio.

—Y nacionalidad... ¡paf! Adiós.

—Claro, si es que eres un cabrón —le decía yo, riendo—. ¿Cómo pudiste hacerle eso a la pobre chica?

—¿Hacer qué? A ella daba lo mismo. Yo portaba bien con ella. Mejor que con la otra. En mi país, mujeres no son así. Las españolas muy distintas. Aquí, ser hombre es más difícil. Mujeres dan más, con más pasión, pero celosas, propietarias...

—Posesivas.

—Eso, posesivas. Quieren saber dónde vas, siempre dónde vas, dónde vives. Dan todo, pero piden todo. Dicen que se matan, siempre dicen que tú estás matando a ella, que ella se va a matar. Prefiero búlgaras, más fácil que están contentas. Ganas dinero, le das, la tratas bien, y ya está.

—Esto es el Sur, Hristo.

—Yo sé.

—El Sur, aquí las guerras casi siempre son civiles.

Nunca sabía de antemano cuando íbamos a vernos. Yo no tenía manera de localizarle porque no parecía tener un domicilio fijo, y él no me llamaba casi nunca, pero se enfadaba terriblemente cuando venía a mi casa y no me encontraba. Era divertido, listo, enérgico, y asombrosamente generoso a su manera. Cuando tenía dinero, me llevaba a locales carísimos y me hacía regalos espectaculares. Cuando no lo tenía, me lo pedía como si fuera la cosa más natural del mundo, y como lo era, yo se lo prestaba y él me lo devolvía religiosamente unos pocos días después, con un ramo de flores o una caja de bombones, cualquier detalle discreto a modo de interés. Siempre que nos veíamos, terminábamos en la cama, muchas veces incluso empezábamos allí y no íbamos a ninguna otra parte. Como en el fondo no dejaba de ser lógico, carecía de todos los síntomas del síndrome del hombre occidental contemporáneo. Se mostraba apabullantemente seguro de sí mismo, no le daba miedo decir lo que sentía, no necesitaba hacerse el duro a contrapelo, nunca parecía cansado, ni desganado, y me trataba con una especie de condescendencia irónica —como diciéndome sin hablar, y ahora te voy a follar porque lo estás deseando— que me divertía mucho, sobre todo porque, en líneas generales y a pesar de las apariencias, nuestra relación era más bien la opuesta. Era él quien me buscaba y quien me contaba su vida, él quien me pedía apoyo y comprensión, él quien, de los dos, parecía siempre estar haciendo el mejor negocio.

Un viernes apareció en mi casa muy cabreado, a una hora inaudita hasta entonces, casi las dos de la mañana. Había estado en una fiesta, me explicó, le habían llevado otros búlgaros pero ninguno le había advertido dónde se metía.

—Era una fiesta de hombres solo. Y lo pasado no me gusta. Con un español —puntualizó.

—No me extraña nada, Hristo —dije, adivinando de qué iba la historia—, con esas pintas que llevas.

—No entiendo.

—Ven, mírate en el espejo.

Le llevé por el codo hasta el recibidor, encendí la luz, y le coloqué exactamente frente al centro de la luna. Aquella noche había salido de casa con todas sus propiedades a cuestas, media docena de cadenas colgadas del cuello, dos esclavas en la muñeca derecha, un Rolex y otra pulsera en la izquierda, y diversos anillos en seis de los dedos, un cargamento de oro puro de veinticuatro quilates.

—¿Qué pasa?

—¡Por el amor de Dios! —exclamé—. ¿Pero es que no lo ves? Si pareces la querida de mi abuelo... —me di cuenta de que así nunca me comprendería, y me expliqué mejor—. Aquí, los hombres no llevan joyas, ninguna joya. No es de macho, ¿comprendes? Los machos no llevan oro. El oro es cosa de mujeres.

—Ya —dijo—. Yo sabía.

—¿Y entonces?

—No puedo quedarme dinero. Si me quedo dinero y me echan, en Bulgaria dinero español vale poco. Oro vale mucho allí.

—¡Pero si no te van a echar, Hristo! A ti no. Si fueras palestino, o gambiano, sería otra cosa, pero a vosotros no os van a echar.

—Yo no sé.

Le miré y él torció la cabeza. Por aquel entonces ya me había confesado de mala gana que trapicheaba con toda clase de cosas, desde divisas hasta repuestos de automóviles robados, todo excepto droga, la única mercancía que le parecía demasiado peligrosa en sus circunstancias.

—Bueno, mira, vamos a hacer una cosa. ¿Tú te fías de mí? —asintió con la cabeza—. Pues entonces, si así te vas a quedar más tranquilo, sigue comprando oro, pero no lo lleves encima, porque aparte de que te pidan precio por la calle, estás empezando a parecer un anuncio para un atraco, tío. Compramos una caja de caudales con una sola llave y te la quedas tú, pero la guardamos aquí, en mi casa. Puedes abrirla siempre que quieras para comprobar lo que hay dentro, yo no voy a quitarte nada, y el día que te echen, si es que te echan, vienes y te la llevas, ¿vale?

—¿Y si no da tiempo?

—Entonces, yo me cojo un avión y te llevo el oro a Sofia —me miró con extrañeza y me puse seria—. Te lo juro, Hristo.

—¿Por hijo?

—Por hijo. Te lo juro por mi hijo.

—¿Tú harías eso por mí?

—Claro que sí, qué bobada.

—Yo pagaría billete tuyo.

—Eso es lo de menos.

—¿En serio vendrías a Sofia?

—En serio.

Me miró como si jamás se hubiera atrevido a esperar una oferta semejante, y empezó a quitarse las cadenas muy despacio, para dejarlas caer lentamente en el hueco de mis manos, como si mi actitud le hubiera emocionado de verdad.

—¿Esta puedo quedarme? —me preguntó, señalando la más gruesa—. Me gusta mucho.

—Claro que sí, y el reloj, y alguna sortija también —dije, cuando comprendí que tampoco era cuestión de que pareciera un caballero.

Transporté el botín a mi cuarto y lo guardé provisionalmente en el cajón de la mesilla. El vino detrás de mí y me derribó sobre la cama antes de que tuviera tiempo para darme cuenta.

—¿Me quieres? —preguntó luego, cuando todavía podía sentir la huella fresca de su semen sobre mis muslos.

—Sí —contesté, y le besé en los labios—, claro que te quiero.

—Pero no te hago falta, ¿verdad?

Me sorprendió tanto escuchar una frase tan impecablemente articulada, que sospeché que tal vez la hubiera traído preparada, y sin embargo le dije la verdad.

—No, Hristo. No me haces falta. Pero me gusta estar contigo, eso es lo impor...

—Yo sabía —me interrumpió bruscamente—. Tú nunca dices me mato cuando yo marcho.

Me dio la sensación de que se había puesto triste, y me dio mucha rabia sospechar que el muy imbécil pudiera haberse enamorado de mí. Mientras buscaba desesperadamente algo que decir, él rompió a hablar en una lengua desconocida, moviendo en el aire la mano derecha, jugando con la expresión de su voz, como si declamara un poema. Cuando terminó, se me quedó mirando, y me pareció ver que lloraba.

—Pushkin —dijo solamente.

Luego se abalanzó sobre mí y empezó a follarme como si alguien le hubiera soplado al oído que al mundo le quedaban poco más de diez minutos de existencia.

A la mañana siguiente parecía completamente recuperado. No se levantó de la cama hasta que yo salí del baño, duchada y vestida, pero desayunamos juntos, y entonces comentó que hablaba ruso porque lo había estudiado en el colegio. Creí que ya no volvería sobre el tema, pero en la calle, cuando nos despedimos, dijo algo antes de besarme.

—¿Todo igual?

—Claro que sí —contesté, devolviéndole los besos—. Todo exactamente igual.

Me sonrió y me fui a trabajar.

Aquella misma tarde, Reina me llamó para preguntarme qué tenía pensado hacer en Navidad, y antes de darme tiempo para explicarme, me contó que ella había pensado que cenáramos todos en su casa, ellos, los niños, papá y mamá con sus respectivas parejas, y yo sin ninguna.

—Vamos, entiéndeme —dijo—, eso es lo que suponemos, pero puedes venir con quien quieras, naturalmente.

Faltaban más de quince días para Nochebuena y la verdad es que no había pensado todavía en nada concreto. Estaba segura de que Hristo vendría conmigo si se lo pedía, pero me parecía una putada llevarle. Al final, llamé a Reina y acepté, proponiendo a cambio que Jaime pasara la Nochevieja conmigo. Fue entonces cuando me preguntó si yo no encontraba a mi hijo un poco raro últimamente.

—No —contesté, sin necesidad de pararme a pensarlo—. Yo lo veo bien, igual que siempre. ¿Por qué dices eso?

—No, por nada.

—No, Reina, por nada no puede ser. ¿Qué es lo que le pasa?

—No sé... —murmuró—. Le ha dado por no hablar, y se pelea mucho con su prima. A lo mejor es porque ya se me nota el embarazo.

—¡Pero qué dices! Si el otro día me dijo que le hacía mucha ilusión tener una hermana.

—¿Tú crees?

—Pues sí, porque a ver por qué me iba a decir a mí otra cosa... Además —le recordé, como hacía siempre que tenía ocasión—, tú no eres su madre. ¿No será algo que ha pasado en el colegio? Aunque ha sacado muy buenas notas este trimestre.

—Ya, bueno, tendrá una mala racha.

No dijo nada más, pero yo tampoco necesitaba oír más para preocuparme. Sin embargo, vigilé con el rabillo del ojo a Jaime durante el fin de semana y lo encontré de buen humor, contento, y hasta especialmente comunicativo. Un día de la semana siguiente, fui a buscarle al colegio y le llevé al cine y a merendar, y a la salida me preguntó si podía quedarse a dormir en mi casa, y cuando le dije que por supuesto que sí, que podría hacerlo siempre que quisiera porque mi casa era su casa, me dijo que Reina le decía a veces que yo no podía llevarle al colegio antes de ir a trabajar porque me pillaba demasiado lejos y llegaría tarde a dar mis clases.

—¿Pero a que a ti no te importa llegar al colegio un cuarto de hora antes de que suene el timbre? —le pregunté.

—Claro que no.

—Entonces puedes venir a dormir aquí siempre que quieras. No tienes más que llamar y yo iré a buscarte.

Aquella noche, cuando le acompañé hasta la cama, me quedé un momento con él.

—¿Pasa algo, Jaime?

—¡Noooo! —me contestó, moviendo la cabeza.

—¿Seguro?

—Claro.

—¡Qué bien! —dije, sonriendo.

Luego le besé, apagué la luz y salí de la habitación, pero antes de cerrar la puerta, le escuché llamarme.

—¡Mamá!

—¿Qué?

—Cuando me den las vacaciones, podemos ir a Almería, ¿verdad?

—No creo, rey —dije, volviendo a su lado—, porque estas vacaciones son muy cortas, y tenemos que cenar con toda la familia en Nochebuena, y después en Nochevieja, y luego vienen los Reyes y no te dejarán nada si te pillan fuera de casa. Pero nos iremos en el primer puente que haya el año que viene, ¿de acuerdo?

—Sí —cerró los ojos y se revolvió contra la almohada. Parecía cansado.

—Buenas noches —le dije.

—Buenas noches —contestó, pero luego me llamó otra vez—. Mamá.

—¿Qué?

—No se lo he dicho a nadie, ¿sabes? Lo de nuestro escondite...

Dos días después, Reina me llamó otra vez para comentarme lo raro que encontraba a Jaime, y esta vez mentí deliberadamente al contestarle que no le había notado nada especial.

El alto con bigote se llamaba Petre, pero Hristo me dijo al oído que se hacía llamar Vasili porque en España nadie esperaba que un búlgaro se llamara así. Fue enumerando el nombre de todos los demás mientras me los presentaba, Giorgios, otro Hristo, Nikolai, otro Hristo, Vasco,

Plamen, un Petre sin complejos, un Vasili auténtico y todavía un par de Hristos más.

—Mi nombre muy famoso en Bulgaria —dijo, como disculpándose.

Hacía mucho frío, pero era difícil sentirlo. La Puerta del Sol estaba llena de gente apresurada y sonriente, las luces de colores brillaban sobre nuestras cabezas, y la desaforada megafonía de unos grandes almacenes repartía una monótona sucesión de villancicos tradicionales cuyo venenoso eco reventaba en el aire, impregnándolo de una nostalgia artificial y melosa. Poco a poco, fueron llegando más invitados a aquella extraña fiesta de Navidad, casi todos búlgaros, pero también rumanos, rusos, e incluso polacos, siempre muy jóvenes y hombres en su mayor parte, algunos acompañados por chicas españolas, otros con sus mujeres y algún niño pequeño, hasta formar una pequeña multitud alrededor de la fuente en cuyo reborde Hristo y yo habíamos encontrado milagrosamente un hueco donde sentarnos. Pronto empezaron a circular botellas de dos litros de Coca-Cola rellenas de ginebra hasta la mitad, y ningún vaso. Bebíamos a morro, limpiando el gollete con la palma de la mano antes de llevarnos la botella a la boca, y pasándola hacia la izquierda después del primer trago, hasta que llegaba otra por la derecha, y alguien empezaba a cantar en una lengua extraña, algunos le hacían coro durante un momento, luego cesaban y se reían, parecían muy contentos, se lo dije a Hristo y él me miró con cara de extrañeza, claro que estamos contentos, me dijo, mañana es Navidad. Entonces me eché a reír y él me besó, y me sentí mejor porque estaba allí, con aquellos millonarios desposeídos, que no tenían absolutamente nada pero esperaban del futuro absolutamente todo, porque estaban vivos, y llenos de cosas por dentro, y al día siguiente era Navidad, y no hacía falta nada más para estar contento. Yo les acompañaba y bebía con ellos, sin intención de perder el control pero sin hacer nada por evitarlo, mirando el reloj de reojo y maldiciendo de antemano la función que me esperaba, como si no pudiera concebir nada más odioso que la obligación de encerrarme esa noche en casa de mi hermana, a cenar, sonreír y templar gaitas, una tortura de la que, al menos, se habían librado ya, y por muchos años, los miserables optimistas que me rodeaban. Brindé por eso sin decir nada, y seguí bebiendo, y riéndome, y besando en las mejillas a los que se me acercaban, y dejándome besar a la vez, feliz Navidad, feliz Navidad, feliz Navidad para todos, qué cojones.

Ellos me vieron a mí antes de que yo pudiera distinguirles entre los ríos de gente que se cruzaban y entrechocaban como hormigas en la boca de un hormiguero, empujándose mutuamente en direcciones opuestas frente a la desembocadura de la calle Preciados. Caminaron unos pasos en mi dirección y se detuvieron, atónitos, ante el corro de los refugiados, que se abrió de inmediato para franquearles el paso, sus integrantes repentinamente cohibidos por la siempre impresionante y universal apariencia de las personas de orden. Cargados de paquetes, prósperos y bien vestidos, parecían cualquiera de esas familias modélicas que salen en los anuncios de televisión exhibiendo la estupenda bicicleta de montaña que les ha regalado su banco de toda la vida por el mero hecho de abrir la cartilla que premia los ahorros con el siete coma pi por ciento de interés, increíble pero cierto, ¿y a qué está esperando usted?

Reina iba completamente cubierta por un visón flamante, largo hasta los pies, y apestaba a laca como si acabara de salir de la peluquería. Su hija parecía una réplica exacta de las niñas que nosotras habíamos sido a su edad. Santiago llevaba un abrigo de pelo de camello de color tostado, y debajo, traje oscuro y corbata, como no podía ser menos en una fecha como aquélla, y Jaime tampoco se había librado. Bajo la trenka, entreví un bláiser azul marino con botones dorados que no le había visto puesto nunca.

—¡Hola, mamá!

Mi hijo fue el único que me saludó con serenidad, y si no se hubiera mostrado tan contento de encontrarme, tal vez yo nunca habría llegado a tomar conciencia exacta de mi situación, pero su saludo me despejó en un instante, y sólo entonces pude verme desde fuera, como si no fuera yo misma, una mujer de mediana edad abrazada a un hombre ocho años más joven que ella y rodeada por todas partes por una escolta de desharrapados, extranjeros indocumentados, ilegales, de inquietante aspecto, que se cambiaban de acera cada vez que veían un guardia de lejos, y todo parecía normal, pero esa mujer era yo, y era la madre del niño bajito con labios de indio que movía la mano en el aire, saludándome como si también él encontrara normal todo aquello, y de repente sentí que esa sonrisa lo significaba todo para mí, e intenté tocarle, pero mi hermana, que le llevaba de la mano, dio un paso atrás.

—¿Vas a venir a cenar? —me preguntó.

—Claro —contesté, sin poder impedir que mi voz sonara pastosa.

—Pues más te valdría ir a casa a cambiarte antes, porque estás hecha un asco.

Incliné la cabeza y distinguí la huella de varios regueros de Coca-Cola sobre mi blusa blanca. Estaba tan furiosa que no encontré nada airoso que decir. Cuando volví a mirar al frente, ya se habían dado la vuelta, y se alejaban deprisa de mí, dándome la espalda.

—¡Jaime! —grité, con una espantosa voz de borracha—. ¿No me vas a dar un beso?

Mi hijo se volvió a mirarme, enderezó la cabeza, y la giró otra vez. Entonces me hizo un gesto con la mano, pidiéndome que le esperara, y a pesar de la distancia, pude ver perfectamente cómo hacía ademán de soltar la mano de mi hermana, y cómo Reina aferraba la suya con más fuerza, haciéndole dar un traspiés. Un instante después, se dio la vuelta y me miró por última vez, encogiendo los hombros para demostrar su impotencia, mientras me mandaba un beso en la punta de los dedos.

Hristo, que lo había visto todo y no había entendido nada, me estrechó por los hombros cuando empecé a llorar, y luego me abrazó, y empezó a besarme, a acariciarme la cara, y a limpiarme las lágrimas, y yo le agradecí en silencio todos sus cuidados, y me hubiera gustado explicarle que ni él, ni nadie, podría cortar jamás, con ningún gesto, aquella brutal hemorragia de llanto, pero no podía hablar, sólo sollozar en voz alta, dejando escapar hipidos largos y hondos, el estridente sonido de la desolación, hasta que alguien, desde alguna parte, me alargó una botella casi llena para que vaciara de un solo trago la mitad de su contenido, y la reacción que desató el alcohol en mi interior, me permitió por fin abrir los ojos, y mover los labios.

—Pushkin —dije, y él asintió, moviendo la cabeza.

Luego, volvió a estrecharme por los hombros con las dos manos, me apretó contra su pecho, y yo seguí llorando.

Me desperté vestida, tirada en un sofá, en el salón de una casa que no conocía. Si mantenía los ojos cerrados, sólo sentía el zumbido de un serrucho que me cortaba la cabeza por la mitad, pero apenas levantaba un párpado, una mano invisible asestaba un martillazo bestial a la cabeza de un clavo muy gordo que me atravesaba el cerebro en diagonal. Recordaba vagamente cómo había ido a parar allí la noche anterior, pero no podía acordarme de a qué otro sitio tendría que haber ido en lugar de terminar en aquel piso lleno de gente que dormía en el suelo. Cuando conseguí conectar todos los cables, me puse de pie y, abriendo los ojos lo menos que pude, conseguí sortear sin dificultad todos los cuerpos que se interponían entre el mío y la puerta, localicé mi abrigo en el perchero del recibidor, me lo puse, y salí a la calle.

No contaba con encontrar un taxi tan deprisa, la mañana de Navidad y en lo que me parecía recordar que era el barrio de Batán, pero me tropecé con uno libre antes de llegar a la boca del metro. Cuando llegué a casa, vacié dos sobres de Frenadol en medio vaso de agua, y sin esperar a que me hicieran efecto, me preparé un zumo de tomate con mucha pimienta y un buen chorro de vodka. Luego me senté junto al teléfono con una toalla empapada de agua fría encima de los ojos, y marqué un número de memoria.

—¿Llamas para disculparte? —preguntó Reina después de descolgar.

—No. Solamente quiero hablar con mi hijo.

—Muy bien, espera un momento.

Jaime se puso enseguida, y le pedí perdón por no haber ido a cenar la noche anterior.

—No te preocupes mamá. Fue una cena muy aburrida y el pavo estaba duro. Seguro que tú te lo pasaste mejor con Jesucristo.

—A lo mejor, hoy podemos comer juntos... —propuse sin muchas esperanzas.

—No, no podemos, porque hoy vamos a comer en casa de la tía Esperanza.

—Claro —dije, acordándome de que Santiago siempre comía con sus hermanas el día de Navidad—. Bueno, pues te iré a buscar mañana, entonces.

Dijo que sí y colgó, después de advertirme que estaban poniendo dibujos en la tele.

Me tumbé en la cama, a oscuras, y dormí un par de horas. Al despertarme me encontraba muchísimo mejor. Me duché, me vestí, y salí a la calle con una bolsa de plástico en la mano izquierda. Hacía un día frío, pero el cielo estaba azul, y el sol limpio. Me pareció un buen presagio y decidí ir andando a pesar de la distancia.

Encima de la puerta, el cartel anunciaba reparaciones de urgencia, servicio veinticuatro horas, pero el local que se adivinaba entre las persianas que colgaban detrás de la puerta parecía desierto. Llamé al timbre sin grandes esperanzas, pero al segundo intento acudió un operario muy joven, embutido en un mono azul, que no presentaba un aspecto mucho mejor que el mío. En su rostro se leía el intenso cabreo que le sacudía cuando recordaba que le había tocado trabajar en un día que era festivo hasta para los panaderos. Le seguí en silencio hasta el mostrador, abrí la bolsa para mostrarle su contenido y a punto estuve de anticipar alguna excusa por la nimiedad de mi problema antes de exponérselo. El me sonrió abiertamente, sin embargo. Levantó la caja en el aire, dedicó sólo un instante a estudiar la cerradura, desapareció con ella por la puerta del fondo y volvió enseguida, después de producir un ruido seco.

—¡Qué bien! —exclamé, mientras devolvía a mi bolsa la caja ya abierta, la tapa deformada por las huellas de la palanca—. ¡Qué rápido! ¿Cuánto te debo?

—Nada, mujer —contestó—. ¿Cómo te voy a cobrar por una tontería como ésta?

Insistí brevemente pero él se mantuvo firme en su propósito de no cobrarme.

—No es nada, en serio.

—Muchas gracias, y otra vez perdona. Siento haberte molestado por tan poca cosa.

—De nada —bostezó, preparándose para reintegrarse al sueño que yo había interrumpido—. Y feliz Navidad.

—Feliz Navidad.

Seguí mi camino advirtiéndome cómo se amontonaban los buenos presagios en el brevísimo tramo de aquella mañana, y llegué a disfrutar del paseo que me condujo a mi destino definitivo, pero cuando ya tenía el dedo encima del pulsador del portero automático, me dije que tendría que haber llamado antes para anunciarme, porque nunca era yo la que iba allí, hasta entonces siempre había sido él quien había venido a mi casa. Sin embargo, abrió la puerta enseguida, y no pareció molesto por mi visita. Supuse que estaba solo y aburrido, como casi siempre.

—¡Malena, qué alegría! —se acercó a mí para abrazarme, y me plantó un beso sonoro, besos de verdad, en cada mejilla—. ¿Qué tal estás?

—Hecha polvo —admití—. Por eso he venido, ya sabes que sólo vengo a verte cuando estoy fatal.

—Ya... —se reía—, así sois las mujeres de ingratas, qué le vamos a hacer.

Nos sentamos en un gran salón donde se respiraba un inequívoco aire familiar que iba mucho más allá de la presencia de algunos muebles archiconocidos para mí.

—Este piso es tuyo, ¿verdad? —asintió con la cabeza—. Pero la casa parece de Porfirio.

—Porque la hizo él, hija, como todas —soltó una carcajada y yo le acompañé—. A ver, ¿qué quieres tomar?

—Nada, pero absolutamente nada, de verdad, tengo un resacón de la muerte.

—Bueno, como quieras —se sirvió dos dedos de whisky, se repantigó en una butaca, calentó el vaso con las manos, y me miró—. Entonces cuéntame.

Abrí la bolsa de plástico que había traído conmigo, y puse sobre la mesa la caja de seguridad recién descerrajada sin pronunciar una sola palabra. El se acercó para mirar en su interior, y cuando vio su contenido, emitió un silbido de admiración muy parecido al que dejé escapar yo una vez. Luego la extrajo con mucha delicadeza, se enderezó y se acercó al balcón para mirarla a la luz.

—¡Qué barbaridad! —me dijo un instante después, sonriendo—. Ya creía que no iba a volver a verla nunca más.

—Cómpramela, Tomás —le pedí—. Por favor, cómpramela. Tu padre me dijo que algún día me salvaría la vida, y yo ya no puedo más. Estoy en las últimas, en serio.

Se sentó a mi lado, la devolvió al interior de la caja, y me cogió de la mano.

—Yo no puedo comprártela, Malena, porque no tengo suficiente dinero para pagártela. Tendría que vender todo lo que tengo y ya no tengo edad para meterme en esa clase de aventuras, pero conozco a alguien que seguramente estará interesado, y él sí que puede reunir mucha pasta en poco tiempo. Si quieres, le llamaré mañana por la mañana, aunque no sé si podrá venir enseguida, porque vive en Londres... Claro que, bien pensado, también podemos ir nosotros allí. ¿Vas a hacer algo especial en Nochevieja?

—Cenar con mi hijo.

—¡Estupendo! Que se venga con nosotros. Podemos llevarle a la Torre, y a pasear por el Támesis, y al Museo Británico, a ver las momias de los egipcios, seguro que le encanta.

Sonreí ante tanto entusiasmo, negando al mismo tiempo con la cabeza.

—No puedo, Tomás, es imposible. Ya me gustaría, te lo digo en serio, y sobre todo por Jaime, pero me he gastado casi toda la extraordinaria y todavía no he comprado ni la mitad de los Reyes, no puedo pagar ahora dos billetes de avión, y el hotel, y... —la violencia de sus carcajadas me interrumpió a media frase—. ¿Pero dé qué te ríes?

—De ti, hija mía, de ti. Yo lo pagaré todo, y podrás devolvérmelo mucho antes de lo que te piensas, no te preocupes —hizo una pausa para serenarse y me habló con acento serio—. Vas a ser una mujer muy rica, Malena, vete haciéndote a la idea.

IV

El tío Griffiths la estudió durante unos segundos, en silencio. Luego dijo:

—¿Y dónde está tu marido?

Con voz débil, Julia repuso:

—Bueno... Pensaba que lo sabías... Me separé de él. Ultimamente era imposible tratarle.

—Era un mal sujeto.

Con tristeza, Julia dijo:

—No, no lo era.

—[...] ¿Qué dices? ¿Se casa contigo y te deja plantada, y luego dices que no era un mal sujeto?

—[...] Cuando tenía dinero era muy generoso conmigo —y en voz baja, añadió—: Me hacía regalos, regalos muy bonitos, realmente bonitos.

Tozudo, el tío Griffiths dijo:

—En mi vida había oído decir tantas tonterías.

De repente, y debido al tono en que el tío Griffiths había dicho esas palabras, Julia sintió desprecio hacia él. Pensó: «Te conozco. Apostaría cualquier cosa a que jamás has hecho un regalo bonito a nadie. Apostaría a que en toda tu vida has dado a nadie una cosa bonita. Eres incapaz de apreciar una cosa bonita incluso si te la ponen ante las mismísimas narices».

Jean Rhys, *Después de dejar al señor Mackenzie*

Mientras le ponía el pijama sin ninguna ayuda por su parte, creí que se me había dormido de pie, apoyado en el borde de la cama. Estaba tan cansado que parecía un borracho en miniatura, y sin embargo, sonrió un momento y me hizo una pregunta con los ojos cerrados.

—Oye, mamá, ¿tú crees que podré acordarme de esto cuando sea mayor?

—Oh, pues supongo que sí, si es que lo intentas.

No me contestó, e imaginé que había caído. Le apoyé contra mí para tener las manos libres, abrí la cama, y le empujé dentro con la mayor suavidad posible. Se colocó sobre el costado izquierdo, como siempre, y murmuró todavía dos palabras, en la frontera de los sonidos inteligibles.

—Lo intentaré —creí entender.

Cuando cerré la puerta y me hallé sola en el salón, dejé de experimentar, por primera vez desde que habíamos llegado, la insufrible sensación de impropiedad que me inspiraba la descabellada suite que Tomás había elegido, dos dormitorios dobles, con sus correspondientes cuartos de baño, dispuestos a ambos lados de un salón de forma ovalada al que se accedía por un vestíbulo independiente, una auténtica pasada en uno de los más rancios, tradicionales y prestigiosos hoteles de lujo de Londres. No había querido decirme por cuánto le iba a salir la broma, y yo tampoco había logrado enterarme por mi cuenta porque, por más que lo busqué, no fui capaz de encontrar en ninguna parte el habitual cuadrito con el precio de las habitaciones, un detalle de excesivo mal gusto, supuse, en relación con los criterios que debían guiar a la dirección de semejante establecimiento. Estaba convencida de que todo saldría mal, de que aquel libanés bajito, con barba de chivo, jamás accedería a soltar la brutal pila de millones en la que mi tío había fijado el precio de la esmeralda, aquella cifra de ciencia-ficción que Tomás había enunciado sin alterarse en lo más mínimo, mientras yo me sentaba encima de las manos para que no se me notara que estaba temblando como una hoja, del ataque de nervios que me sacudía desde que la había escuchado. Sin embargo, aquella noche, me hundí en el sofá de almohadones rellenos de pluma de ganso como si llevara haciéndolo toda la vida, y encendí un Ducados con soltura y un mechero Bic que me habían regalado en la taberna de la esquina de mi casa —«Casa Roberto, Comida Casera, Tapas Variadas, Productos Extremeños»—, para manchar graciosamente de ceniza, a continuación, el impoluto cenicero de plata, una taza de perfil muy bajo sostenida por tres tritones, que, por ningún motivo en especial, no me había decidido a utilizar todavía. Estaba convencida de que todo saldría mal, pero Jaime seguiría recordando aquel viaje muchos años después, y eso significaba que había valido la pena.

Escuché ruido detrás de la puerta y no me moví, ni siquiera lo hice cuando saludé a Tomás, que entraba sonriendo en el salón.

—¿Qué tal el teatro? —preguntó.

—¡Muy bien! Es que no te lo puedes ni imaginar, se lo ha pasado bomba, tanto que a partir de la mitad de la obra me ha pedido que dejara de traducírsela, porque mi voz le despistaba. Nunca había ido antes al teatro, y el espectáculo era estupendo, los actores, y la música, todo fantástico. Lo malo es que cuando volvamos a Madrid voy a tener que llevarle todas las semanas, pero...

—Un momento, un momento —me interrumpió, pidiéndome calma con una mano—. Lo primero es lo primero. ¿Has cenado? —negué con la cabeza—. Bueno, pues entonces, vamos a pedir algo, ¿dónde está la carta?

Hundió la vista en la pantagruélica oferta del servicio de habitaciones y descolgó el teléfono para encargar sin consultarme una copiosa cena fría.

—¡Ah! —dijo al final, en su muy aceptable inglés—. Y una botella de champán, por favor...

Cuando le escuché pronunciar el nombre de aquella marca con un horroroso acento francés, me arrepentí de no haber intervenido antes.

—Es una pena —advertí—, a mí no me gusta el champán.

—A mí tampoco —me dijo—. Pero el rito es el rito, y tú tienes algo que celebrar.

—¿Sí? —pregunté, y sólo entonces me di cuenta de lo nerviosa que estaba desde que había vuelto.

—Naturalmente —dijo, sonriendo—. Nuestro amigo ha aceptado.

No fui consciente de haber abierto la boca, pero de mi garganta brotó un aullido tan profundo que tres minutos más tarde, desde la recepción, un señor encantador y exquisitamente educado llamó para interesarse amablemente por nuestra salud.

—No ha pasado nada —explicó Tomás, mientras yo saltaba y dirigía al mismo tiempo inconexas oraciones de gratitud a ningún dios en concreto, los ojos húmedos y los puños apretados, sin dejar de abrazarle—. Mi sobrina, que ha recibido una buena noticia. Nosotros, los latinos, ya se sabe, tenemos la sangre caliente.

Luego, cuando colgó el teléfono, se separó de mí, fue hasta el mueble bar, vertió una generosa dosis de ginebra en una copa y me la tendió con gesto autoritario.

—Muy bien —dijo—, en la guerra como en la guerra. Bébetelo de un trago. Así... ¿Estás mejor?

—Sí, pero todavía no me lo creo.

—Pero ¿por qué? Si la hemos vendido más o menos al precio de mercado. El asesor me dijo que deberíamos cargar un diez por ciento, porque al fin y al cabo, es una piedra histórica, pero por lo visto, en ese caso siempre es habitual pagar un poco más. E incluso podríamos haberla vendido mejor, según él, aunque habría hecho falta disponer de mucho tiempo para negociar, años tal vez... ¡Ah, la cena!

Intenté tragar un par de bocados mientras le veía comer con apetito, pero me sentía como si alguien se hubiera divertido haciendo un nudo marinero con mis intestinos. El vino, en cambio, me sentaba bien, y sólo a su amparo me atreví a hacer una pregunta que me obsesionaba desde antes de salir de Madrid.

—¿No te ha dado pena, Tomás?

—¿Vender la piedra? —me preguntó, y yo asentí—. No. ¿Por qué iba a dármela?

—Pues porque era de tu padre, y la tendríais que haber vendido tú y tus hermanos, y no yo, eso para empezar, y luego porque es lo último... cómo te diría yo, lo último gordo que quedaba de la fortuna de Perú, ¿no? No sé, a mí hasta me sentó mal tener que pedírtelo.

—Siempre supe que la tenías tú, Malena, siempre, desde el principio. Mi padre me lo dijo aquella misma tarde, que había descubierto que tú eras como nosotros, como él y como yo, y sobre todo como Magda.

—La mala vena —murmuré, y él asintió con la cabeza.

—Claro, y le dio muchísima rabia, porque ya era muy mayor y a ratos se le iba un poco la cabeza, no creas. No hay derecho, decía, ¿cuándo se va a terminar esto?, ¿cuál es el precio que todavía tenemos que pagar, por el amor de Dios?, en fin, cosas así...

—¿Por eso me la regaló? —pregunté, decepcionada y confusa—. ¿Porque ya no razonaba bien?

—¡No! —se apresuró a corregirme—. Cuando te la dio estaba completamente lúcido, era muy consciente de lo que hacía. No, no he querido decir eso, me refería a que, en aquella época, la sola mención del nombre de Rodrigo le sacaba de quicio, cuando lo escuchaba era como si le pegaran un tajo a la vez en todos los nervios. Pero él no te regaló la esmeralda porque sí, sino para que la vendieras exactamente tal día como hoy, cuando sintieras que tú sola ya no podías más. Vosotros me tenéis a mí, me dijo, y yo siempre he tenido el dinero, pero voy a morir pronto, antes de que se haga mayor, y entonces, ¿quién cuidará de ella? Por eso te dio la esmeralda, para que ese tesoro cuidara de ti, para que te protegiera de los demás, y sobre todo de ti misma, ¿lo entiendes? El era sabio, y llevaba mucho tiempo observándote en silencio, te conocía muy bien, y pretendía distinguirte de los demás, hacerte fuerte, para que te sintieras alguien poderoso e importante, para que nadie pudiera hacerte daño. Quería que te quisieras más, y mejor que antes, porque te había oído pronunciar la misma frase que Magda decía a todas horas cuando era una niña.

—¿Qué frase? —pregunté—. Ya no me acuerdo.

—Yo sí —sonrió—. Le dijiste que tu hermana Reina era mucho más buena que tú.

Sólo a lomos de aquellas palabras que ya no recordaba haber pronunciado pude al fin volver atrás, al despacho de la casa de Martínez Campos, cuando el sol caía despacio, más allá de los cristales, para iluminar el soberbio índice que señalaba mi origen sobre un mapa, en las fronteras de un mundo inexistente, y el amor que sentí entonces esponjó nuevamente cada hueco de mi cuerpo, mientras me preguntaba si él, el muerto amado, conocería ya entonces, como yo conocía ahora, la bendita calidad de algunas viejas maldiciones.

—Yo le quería, Tomás, le quería muchísimo. Siempre le quise, desde que tengo memoria lo recuerdo, y sin embargo, no sé por qué.

—Es extraño, porque él era muy duro de querer —se quedó un momento callado, mirando al techo, pensando—. Pero, en fin, tiene que haber de todo. Eso le dije yo, cuando le conté la verdad.

—¿Qué verdad?

—La única.

—No te entiendo... Lo cierto es que siempre me has parecido un tipo demasiado misterioso, ¿sabes? De pequeña, hasta me dabas miedo. Solías estar todo el rato callado, igual que el abuelo, y muy serio. En las fiestas de la familia, Navidad y todo eso, nunca cantabas, ni te reías.

—Rara vez me divertía —remató la rima con una carcajada y yo me reí con él.

—Ni siquiera sé qué es lo que tienes tú de particular.

—¿Para pertenecer al bando de los malditos, quieres decir? —asentí con la cabeza y él permaneció en silencio un instante.

Luego, alargó la mano hasta su chaqueta, sacó un paquete de tabaco del bolsillo, lo abrió con cuidado, encendió un cigarro, y se inclinó hacia delante, apoyando los codos en las rodillas para mirarme.

—Pues todo —dijo suavemente—. Yo lo tengo todo, Malena, más derechos acumulados que todos vosotros juntos. Soy homosexual. Creí que lo sabías.

—Nooo... —murmuré, con la boca muy abierta, y sólo cuando conseguí cerrarla, intenté disculparme—. Lo siento, yo... Supongo que tendría que haberme dado cuenta, no sé...

—Pero ¿por qué? —le miré y vi que me estaba sonriendo. Parecía bastante divertido y absolutamente en nada ofendido—. Si a mí no se me nota, no se me ha notado nunca. Todavía me encuentro de vez en cuando con compañeros del colegio que tampoco lo saben, hay incluso uno que lleva años convencido de que estoy viudo, y siempre que me ve, me pregunta si la sigo echando mucho de menos. Magda fue la única que se enteró antes de tiempo, y porque me pilló en el monte, metiéndole mano a un sobrino de Marciano que me traía de cabeza, el muy cabrón, qué horror, las locuras que pude llegar a hacer por ese tío, cada vez que me acuerdo... Luego, los dos solíamos hacer esa broma. Ya se sabe, decíamos, cuando uno tiene catorce hijos, se acaba encontrando un poco de todo, un emigrante, una miss, un vegetal, un manco, una monja, un maricón, un procurador en Cortes, un eyaculador precoz...

—¿Quién? —chillé, presa de un alborozo absurdo, casi infantil.

—¡Ah! —me contestó él, dibujando una interrogación en el aire con un dedo que, a continuación, posó sobre su pecho con gesto cómicamente grandilocuente—. Yo, desde luego, no.

—Pedro, seguro —aventuré—. Y se lo tendría bien empleado.

—No te diré ni que sí ni que no —me contestó, riendo—, pero tampoco importa mucho, no creas. Papá se gastó una fortuna en putas, y al final le arreglaron siendo todavía muy jovencito, parece que quedó bastante bien...

—¿Y a ti no te intentó arreglar?

Movió lentamente la cabeza de un lado a otro.

—No, porque yo no se lo pedí. Además, ya tenía veintisiete años, era muy mayor, y nunca he sido tonto. Te diría, incluso, que él lo sabía desde mucho tiempo antes de que yo se lo contara, aunque nunca dijo nada, ni en un sentido ni en el contrario, simplemente jamás mencionaba el sexo en sus conversaciones conmigo. Podríamos haber seguido así toda la vida si mi madre no se hubiera puesto tan pesada, pero el día que cumplí los veinticinco me lo dijo, hijo mío, no te pienso dejar en paz hasta que te vea colocado, y cumplió su palabra, eso desde luego... Ella no sospechaba nada, creo yo, pensaba más bien que tenía mucho complejo, y que por eso no había salido todavía con ninguna chica, porque a los veinticinco yo ya era feísimo, para qué nos vamos a engañar, y entonces decidió buscármelas ella, y no sabes la verbena que me organizó. De la noche a la mañana, la casa se llenó de chicas, amigas de mis hermanas, de mis primas, de las novias de mis hermanos, hijas de las amigas de mi madre, rubias y morenas, gordas y flacas, altas y bajas, lanzadas y tímidas, yo qué sé, un catálogo completo, para todos los gustos, algunas muy guapas, y otras además simpáticas. Dos de ellas me cayeron especialmente bien, y nos hicimos amigos, salíamos juntos, íbamos al cine, o a cenar, pero antes de que tuvieran tiempo de hacerse ilusiones, a las dos les conté la verdad. Una se enfadó muchísimo, me dijo que no quería volver a verme, y la perdí rápidamente de vista, pero la otra, María Luisa, que se casó después, dos veces, y tiene un montón de hijos, y otro de nietos, sigue siendo muy amiga mía, y fíjate, tiene hasta gracia, me imagino que mi madre se revolvería en la tumba si se enterara, pero con ella sí que me he acostado de vez en cuando durante todos estos años, casi cuarenta, y no sé por qué, porque no me ha pasado con ninguna otra mujer, pero de repente, un buen día, a ella le apetecía y a mí también, y a lo mejor, luego nos tirábamos dos años, o tres, sin tocarnos, hasta que un día cualquiera volvía a pasar lo mismo, hemos sido dos extraños amantes...

—O sea, que habíais podido casaros.

—Desde luego. Y ella llegó a verme tan mal, tan angustiado, que me dijo que estaba dispuesta a hacerlo, y a hacer su vida mientras yo hacía la mía, pero viviendo oficialmente en la misma casa. Por eso fui a hablar con mi padre, porque no le podía hacer una cosa así. Me tiré semanas dándole vueltas al tema, preparé un discurso y hasta lo escribí antes de salir de mi cuarto, pero luego, en el despacho, me acerqué a su mesa, me senté, y se me quedó la mente en blanco. El me miraba en silencio, como animándome a hablar, y al final lo solté de un tirón, a lo bestia, yo nunca me he metido en tu vida, papá, le dije, no sé lo que te da Teófila, ni me interesa, pero tú tienes que comprenderme, y sé que te voy a dar un disgusto tremendo, que para un hombre como tú tiene que ser terrible tener un primogénito como yo, pero no puedo hacer nada, papá, yo no tengo la culpa, a mí me gustan los hombres... El cerró los ojos, echó la cabeza hacia atrás y no movió los labios. Aquella respuesta me impresionó tanto que le dije que me casaría si él me lo pedía. No, me contestó, sin abrir los ojos todavía, ni hablar, para ti sería una tortura y para tu mujer una putada. Le di las gracias y se levantó, recorrió un par de veces la habitación, y luego vino andando hasta colocarse detrás de mí, me puso una mano en el hombro, me lo apretó, y me pidió que le dejara solo. Tengo que pensar, me dijo, pero no te preocupes, y no le digas nada a tu madre, ya se lo diré yo, será lo mejor.

—¿Y ella? ¿Qué dijo?

—Nada. Absolutamente nada, fue como si, de repente, ella y mi padre se hubieran intercambiado los papeles. Nunca más pudimos hablar de nada que no fuera trivial, y eso sí que no me lo esperaba, te lo juro, porque siempre había creído que ella lo aceptaría mejor que él, que le dolería menos. Al fin y al cabo, tenía motivos de sobra para desconfiar de los pichabravas, llevaba toda la vida sufriendo por uno, y sin embargo, él se acostumbró a vivir conmigo aunque jamás llegara a comprenderme, pero mi madre no me lo perdonó. Nunca.

—Porque era una santa.

—Sí, supongo que sí, que fue por eso. Todavía recuerdo, y creo que no se me olvidará nunca, la mirada de triunfo que me dedicó el día de la petición de mano de tu madre. Todavía recuerdo cómo me dolió esa mirada, y sus comentarios ácidos, soberbios, implacables. Casaba a una hija preñada, pero eso era lo de menos.

—Lo de más era mi padre.

—Sí. O, si lo prefieres, el gran fracaso de mi vida —soltó una carcajada rotunda, pero me sonó tan falsa que adiviné que ni siquiera él mismo se la creía—. Así pensaba yo entonces por lo menos, ahora ya no estoy tan seguro. Tu padre no se dejaba, no se dejó nunca, y no me pongas esa cara porque te lo digo en serio, y si hubiera sucedido otra cosa, te lo diría también, porque para mí, como comprenderás, no es nada ofensivo, ni injurioso, todo lo contrario, pero tu padre no me decía nada, ni que quería ni que dejaba de querer, aunque al final siempre se las arreglaba para escurrírseme entre las manos sin que yo terminara de darme cuenta y, desde luego, de alguna manera, me usó, me utilizó descaradamente para colarse en mi casa y para seducir a tu madre...

—Magda dice que fue al revés, que fue mamá quien le sedujo a él.

—¿Sí? A mí no me dio esa impresión, qué quieres que te diga, pero a lo mejor tiene razón, no sé, en realidad todo eso ya da lo mismo. El caso es que tu padre jugó conmigo, pero después siempre he podido recurrir a él, ha estado siempre a mi lado. Y me ha sacado de sitios mucho peores que la romería balcánica en la que te vieron a ti el otro día, no creas...

—¿Ya te has enterado? —asintió con la cabeza, sonriendo—. ¡Joder, cómo corren las noticias!

—Ese tipo de noticias no corren —reía—, vuelan. Pero las cosas siempre se pueden mirar desde otro punto de vista... Al fin y al cabo, en ciertos círculos, este episodio no haría más que acrecentar tu prestigio, porque desde luego estás a la última, es lo que hace furor esta temporada.

—¿Qué? —le pregunté, sonriendo.

—Los novios búlgaros —me contestó, y los dos nos reímos juntos.

—Búlgaros no, brrr... —me dijo Hristo, moviendo la mano en un gesto de desprecio—, para trabajo, mejor polacos. Casados, católicos... Les gusta trabajar. Mejor todo polacos, yo elijo.

—Muy bien, como quieras.

Al principio, había pensado en montar una academia de idiomas, pero cuando se lo comenté, Porfirio me preguntó si tantas ganas tenía de arruinarme, antes de proponerme un negocio mejor.

—Mensajerías —me dijo al oído entre dos mordiscos, con flagrante desprecio de la romántica cúpula del cielo africano, mientras yo me acariciaba despacio con los muñones de sus dedos en la terraza de su apartamento, un ático del más flamante complejo hotelero tunecino—. Eso es lo que tienes que montar. Miguel y yo pagamos un pastón en mensajeros todos los meses, y estoy seguro de que tu padre hace otro tanto. A partir de ahora te lo llevas tú y andando, no seas tonta.

No me preguntó de dónde había sacado el dinero, ni siquiera cuando le llamé para pedirle que me vendiera el piso donde vivía, y yo no se lo conté, ni siquiera en el momento de pagarlo al contado, porque a los dos nos habían enseñado que esas cosas ni se preguntan ni se cuentan nunca. Desde que había vuelto de Londres, observaba escrupulosamente las tradicionales normas de conducta de mi familia, y después de vivir durante días enteros en el despacho de un notario, siguiendo punto por punto las indicaciones de Tomás, a quien le divertía muchísimo tener de repente tantas cosas que hacer —crear sociedades, hacer donaciones, nombrar testaferros, y adquirir propiedades bajo toda clase de seudónimos legales—, mi fortuna era tan inescrutable como nula había sido antes de marcharme a Londres. Me sentía una Fernández de Alcántara genuina, y cuando conseguí que Hristo aceptara la dirección de mi futura agencia de mensajeros, dejé de trabajar. Luego, compré el columpio más grande que pude encontrar, e hice recubrir de césped artificial una de las terrazas de mi casa. Me dije que había llegado el momento de devolver golpe por golpe, empuñando las mismas armas de las que hasta entonces sólo había dispuesto el enemigo, y sin embargo, Jaime volvió a mí con heridas más profundas.

Eran las nueve y media de la noche de un tremendo viernes de marzo, frío y oscuro como el más desalentador presagio de la primavera, cuando Santiago se presentó en mi casa sin avisar. A principio creí que venía solo, pero Jaime emergió bruscamente de su sombra y caminó despacio hasta que sus pies atravesaron el umbral de mi puerta. Luego echó a correr y se estrelló contra mi cuerpo con una violencia blanda y temblorosa.

—¡A ver si entiendes tú lo que le pasa a este niño! —me gritó mi ex marido con voz áspera—. Me tiene hasta los cojones ya, está insoportable, no puedo comprender qué coño pretende... Se ha tirado toda la tarde llorando como un histérico, diciendo que tenía que venir aquí, que tenía que verte, y cuando le he dicho que este fin de semana no le tocaba, me ha contestado que si no le traía se vendría andando, yo...

—¡Ya está bien, Santiago! Tiene seis años —chillé yo también. Jaime tiritaba y lloraba, la cabeza apretada contra mi estómago, parecía aterrorizado—. Muy bien, vete, yo me quedo con él, ya hablaremos.

Ensayó todavía un par de ortodoxos gestos de indignación, y giró sobre sus talones sin decir nada. Mientras le perdía de vista, me pregunté de dónde habría sacado repentinamente tanto carácter. Después cerré la puerta, llevé a Jaime al salón, me senté con él en el sofá, y le dejé llorar mientras quiso hacerlo.

—¿Estás cansado? —me dijo que no con la cabeza, pero yo insistí, tenía la impresión de que estaba agotado—. ¿Quieres irte a la cama? Puedo llevarte una taza de leche, y hablamos allí.

—Mamá, dime una cosa —me contestó él, en cambio—. ¿A que Iñigo Montoya es un héroe?

—¿Iñigo Montoya...? —repetí en voz alta, desconcertada.

El advirtió mi ignorancia, y esbozando un gesto de impaciencia, se puso de pie, fue andando hasta la otra punta del salón, adelantó la mano derecha con el puño cerrado, como si blandiera una espada, y vino hacia mí, repitiendo aquel extraño sortilegio con la voz más profunda que pudo arrancar de su garganta.

—¡Hola! Me llamo Iñigo Montoya. Tú mataste a mi padre. Prepárate a morir.

Dio un paso hacia delante e incrementó ligeramente el volumen de sus palabras y el dramatismo de sus gestos. Si no hubiera visto las lágrimas que enturbiaban sus ojos para rodar luego sobre sus mejillas, me habría reído con ganas de aquella sentida actuación.

—¡Hola! Me llamo Iñigo Montoya. Tú mataste a mi padre. Prepárate a morir.

Se acercó un poco más y sus gritos atronaron en el aire.

—¡Hola! Me llamo Iñigo Montoya. Tú mataste a mi padre. Prepárate a morir.

—*La princesa prometida* —murmuré, identificando por fin aquella sonora salmodia.

—Claro —me dijo él, suspirando como si mi reacción le hubiera liberado de una insoportable carga—. Menos mal que te has acordado.

Habíamos visto esa película por la tele los dos juntos, y los dos habíamos llorado al mismo tiempo cuando el malvado caballero de los seis dedos rasgaba los brazos de Iñigo Montoya con el filo de su espada, humillándole tan vilmente como ya lo hiciera una vez, muchos años antes, al marcar su rostro, derramando sangre sobre las mejillas de un solitario niño huérfano alimentado a medias por el orgullo y por la desesperación. Los dos habíamos llorado juntos, sufriendo la impotencia del desharrapado hidalgo toledano que parecía condenado a perder siempre, y los dos nos habíamos vengado con él de la más atroz de las afrentas de ficción, al contemplar cómo, desalentado y malherido, solo, y burlado por el destino, lograba convertir su rabia en fuerza, y extraer del dolor las energías precisas para vengar por fin la muerte de su padre. Los dos elegimos ser Iñigo Montoya, y los dos vencimos con él. Luego, apagué la tele. Era una película muy bonita, pero sólo una película, una historia más, como otra cualquiera, y sin embargo, ahora Jaime me agarraba por las muñecas y lloraba, implorando un consuelo inconcebible, como si mi respuesta fuera absolutamente vital para él.

—¿A que Iñigo Montoya es un héroe, mamá? Dime que sí. ¿A que también es un héroe para ti?

—Claro, Jaime —le miré con atención y me asusté, porque nunca le había visto tan asustado—. Por supuesto que es un héroe. Como el pirata y como el gigante, los tres son los héroes de la película.

—Reina dice que no.

—¿Cuál Reina?

—Las dos. Dicen que no es un héroe porque pierde en el duelo con el pirata Roberts, y vuelve a perder luego, cuando el malo le corta las mangas. Dicen que al final gana sólo por casualidad, y que el pirata tampoco es un héroe, porque los malos le matan, y sus amigos le llevan a resucitar, y como nadie resucita de verdad, pues ninguno es héroe... Ellas dicen que los únicos héroes son los que ganan las guerras.

—Eso no es verdad, Jaime.

—Ya lo sé, mamá, porque yo me llamo como un héroe que perdió una guerra, ¿no?, tú siempre me has dicho eso, y yo se lo he dicho a Reina, pero ella no se lo cree...

—¿Cuál Reina? —le pregunté, mientras las lágrimas resbalaban sin control sobre mi cara, prendiéndose en mis pestañas, recorriendo la línea de mi nariz, cruzando luego mis pómulos para morir en las resecas comisuras de mis labios.

—Las dos. Las dos dicen que no se puede ser héroe si luego se pierde.

Le abracé tan fuerte que tuve miedo de hacerle daño, pero él no se quejó. Sentado sobre mis rodillas, aferraba la tela de mi blusa con los dedos crispados mientras yo me balanceaba con él, acunándole como cuando era un bebé, y estuvimos así mucho tiempo, pero él recobró la calma antes que yo, y levantó la cabeza para mirarme a los ojos, y formuló después la pregunta más difícil de contestar que nadie me ha hecho en mi vida.

—Dime otra cosa, mamá, otra que es más importante... ¿A que los Alcántara conquistamos América?

Adiviné que esperaba recibir una confirmación inmediata, y sentí cómo se congelaban mis labios, y cómo mi lengua se desecaba hasta convertirse en una esponja deshilachada e inservible, y cómo el aire se solidificaba de repente para crear el espeso fluido que rellenó en un instante mi garganta. Entonces, mi hijo, decidido a combatir la decepción imprevista, se separó de mí, se levantó bruscamente, y buscó la protección del retrato de Rodrigo, señalando aquella flamante espada de guardarropía con un dedo encogido y tembloroso.

—Dime que sí, mamá, dime que sí... Fue éste, ¿no?, y sus hermanos, y su padre, ellos conquistaron América. Reina dice que no, pero es verdad. ¿A que sí, mamá, a que es verdad?

Magda siempre había tenido a su padre, mi abuelo siempre había tenido el dinero, yo siempre había tenido la esmeralda, y ahora comprendí que mis manos no estaban vacías, porque mi hijo me tendría siempre a mí. Fui a su lado, le cogí en brazos y sonreí.

—Claro que sí, Jaime. En el colegio te van a decir que fue Francisco Pizarro, pero muchos Alcántara iban con él. Nosotros conquistamos América... —señalé el cuadro con la barbilla y le miré, ya no lloraba—, Rodrigo y todos sus hijos.

Sobre la encimera había un cuenco de madera relleno de una suerte de hebras de estropajo transparente de aspecto ciertamente asqueroso. Cogí una con la punta de los dedos, la miré, la mordí, y entonces Jaime, que no había querido quedarse fuera, me aclaró el misterio.

—Alfalfa —explicó—. El abuelo dijo un día que no lo pensaba probar, porque eso sólo lo comen los caballos, pero la tía Reina dice que es buenísima. A mí no me gusta.

Entonces, ella entró en la cocina. En el sexto mes de embarazo estaba tan inmensa como la primera vez, pero allí se acababa el parecido. La miré con detalle y decidí que cualquier espectador incauto juzgaría con tanta convicción como torpeza que aquella mujer de aspecto aburrido

—media melena lisa de color castaño con mechas rubias y las puntas hacia dentro, las cejas demasiado depiladas, el rostro resplandeciente de crema hidratante recién aplicada, las uñas cortas y pintadas de brillo, cadenitas de oro en el cuello, medias de espuma de un tono invisible y mocasines marrones sin tacón— habría cumplido ya, por lo menos, cuatro o cinco años más que yo, pero al fin y al cabo, siempre es ése, pensé, el precio que se paga por determinada clase de felicidad.

—¡Malena! —se acercó, me dio un beso al que no pude corresponder, e intentó coger a mi hijo, quien se lo impidió aferrándose a mi mano—. ¿Has venido a traer a Jaime?

—No. He venido a hablar contigo y con tu marido.

—¿Sí? —parecía perpleja—. Es que hemos invitado a mamá a comer, y también a unos vecinos, y todavía no hemos tenido tiempo ni de montar la barbacoa.

—¿Barbacoa? —exclamé—. ¡Pero si hace un frío pelón!

—Ya, pero de todas formas, como hasta ayer hizo tan buen tiempo, lo teníamos previsto y... ¿no podría ser en otro momento?

—No. No puede ser en otro momento.

Mandé a mi hijo a jugar al jardín y seguí a Reina hasta el salón. Ella fue en busca de Santiago y regresó con él un instante después.

—Lo que tengo que deciros es muy breve —anuncié—, no os robaré mucho tiempo. Me llevo a Jaime a casa porque ya no quiere vivir aquí. Como yo no puse ningún inconveniente cuando me dijo que quería mudarse, espero que vosotros no me pongáis ahora las cosas difíciles —miré a mi ex marido a la cara y no detecté nada especial, mi hermana, sin embargo, se había quedado atónita, y por eso me dirigí expresamente a ella—. Sería lo justo y, al fin y al cabo, cuando Santiago y yo nos separamos, los tres estuvimos de acuerdo en que viviera conmigo. Eso es todo.

—Me lo imaginaba —dijo él, en un susurro.

—¡Pero no lo entiendo! —protestó Reina—. ¿Qué le has dicho para...?

—Nada —le interrumpí, consciente de que en ese momento no me convenía enfurecerme—. Absolutamente nada. Ha sido él quien ha decidido y, de paso, te diré que yo siempre he querido suponer que vosotros tampoco le dijisteis nada cuando decidió antes de ahora.

Ese fue el momento que escogió mi hermana para enseñar la patita por primera vez en toda su existencia.

—Si un juez tuviera noticia de las compañías que frecuentas, probablemente no opinaría que eres la persona más indicada para educar a...

—¡Basta, Reina! —Santiago, más escandalizado que furioso, siguió chillando desde un rostro del color de la púrpura. Me sonreí por dentro al descubrir de dónde había tenido que aprender a sacar tanto carácter, aunque en realidad no había nada divertido en aquella impúdica exhibición—. ¡Por favor, cállate ya!

—Era sólo un comentario —se defendió ella.

—Por supuesto —dijo él—. Pero es un comentario repugnante.

—En eso estoy de acuerdo, mira —añadí.

Se hizo una pausa breve, pero densísima, mientras los tres nos controlábamos mutuamente con la mirada. Mi hermana rompió el silencio, y apenas pronunció la primera palabra, deduje por su acento que había cambiado de estrategia.

—De todas formas, Malena, no es tan fácil, ¿sabes? —Mamá Ganso me miraba ahora con una expresión más acorde con su apodo—. Cambiar al niño de colegio a tres meses del fin de curso le perjudicaría...

—Nadie ha hablado de cambiar al niño de colegio.

—No, claro, lo podrías traer tú por las mañanas, y luego dejarlo aquí hasta...

—No es necesario, Reina. Hay una ruta de autobús que para en la puerta de San Francisco el Grande.

—Claro, claro, eso te queda muy cerca, pero yo también me refería, no sé... El psicólogo infantil opina...

—Eso no me interesa —la corté por tercera vez, juzgando que sería suficiente—. Por si te interesa a ti, yo opino que habría que ahorcar a todos los psicólogos infantiles.

En ese momento, Santiago recordó que tenía muchas cosas que hacer.

—Podéis seguir sin mí —susurró, y las dos asentimos.

—Desde luego —continué—, como Jaime se va a quedar conmigo, y si hay una cosa que me saque a mí de quicio en este mundo son los curas laicos, el próximo curso intentaré encontrar un colegio sin psicólogo, una cosa vulgar, ya sabes, ni agnóstico ni progresista ni alternativo, sin lecciones de ecología y con clases de latín. Pero se trata de una simple cuestión de estética, no creas, nada personal.

—Puedes seguir diciendo todas las burradas que quieras —alegó Reina con expresión dolorida—, pero el psicólogo dice que el niño no está equilibrado.

—Naturalmente —me mostré de acuerdo, y era sincera—. ¿De qué iba a comer él si no?

Mi hermana se palmeó las rodillas en un gesto de impotencia antes de levantarse, y echó a andar sin mirarme.

—Ven conmigo —dijo—. De todas formas, creo que te conviene mirar los informes...

Estaba en el primer cajón del escritorio de Reina, y sin embargo era el mismo cuaderno, irreconocible de puro viejo, el lomo torcido, desprendido del resto, el fieltro desgastado en las esquinas dejando la armadura de cartón al aire, un diario de niño forrado de tela verde, como una chaqueta tirolesa con un diminuto bolsillo en una esquina.

—Verás, están por aquí... —Reina hablaba a mi lado, pero yo no la habría escuchado menos si estuviera plantada en la otra punta del mundo—. Y, bueno, quiero pedirte perdón por lo que he dicho antes, eso del juez, pero sinceramente creo que el niño estaría mejor aquí, con nosotros.

Alargué la mano y lo toqué sin que ella se diera cuenta. Reconocí su tacto y lo saqué del cajón, y lo abrí al azar, para buscar después, por puro instinto, las páginas que escribí en los días de gloria. Empecé a leer y mis labios dibujaron la sonrisa de entonces, redonda y plena, el corazón me latía más aprisa, y mi piel protestaba, erizándose, por aquella gozosa agresión. Cerré los ojos y pude casi oler el olor de Fernando. Cuando los abrí de nuevo, tropecé con la primera anotación en boli rojo, unas palabras que no había escrito yo.

—Además, tú siempre dices que no te gustan los niños, y a mí me encantan, no sé...

Había muchas más frases en rojo, acotaciones sarcásticas a mis propios escritos, tachaduras que incorporaban venenosos textos alternativos, signos de admiración en los márgenes, interrogaciones y exclamaciones, carcajadas deletreadas con meticuloso cuidado, ja, ja, ja, y ja.

—¿Qué lees? —me preguntó mi hermana—. ¿Qué es eso?

Le di la espalda y seguí leyendo, hasta que una punzada de dolor purísimo, una muerte abreviada y auténtica, me golpeó en el centro del pecho, y para soportarla me doblé hacia delante, y seguí leyendo, me seguí muriendo de aquella muerte seca que me mataba desde hacía tanto tiempo, y celebré cada zarpazo como una caricia, cada dentellada como un beso, cada herida como un triunfo, y seguí leyendo, y la boca se me llenó de un sabor tan amargo que espantó a mi propia lengua, el aliento atroz de lo podrido corroyendo mis dientes, royendo mis encías, descomponiendo mi carne, habría jurado que no estaba llorando aunque mi piel quemaba, y seguí leyendo.

—Pobre amor mío —me oí murmurar, mi voz enferma, mis labios desgarrados, mi alma agonizando, evaporándose casi—, si sólo tenías veinte años. Tú, que te creías tan mayor, y al final te engañaron como a un chino...

—No leas eso, Malena —mi hermana estaba frente a mí, con la mano abierta—. Dámelo, es mío, yo lo encontré.

Sin conciencia para advertir siquiera la fabulosa eficacia de aquel gesto aislado, la derribé de un solo puñetazo y la vi caer en el suelo, las piernas abiertas y el terror pintado en la cara, y levantarse luego a toda prisa, buscando una salida, pero, por una vez, yo llegué antes a la puerta.

—Eres una hija de puta —dije, bloqueando el pestillo.

—Malena, estoy embarazada, no sé si te das cuenta...

—¡Una hija de puta! —repetí, y no fui capaz de seguir—. Eres...

La ira había sellado mis labios, y ella se dio cuenta. Empezó a andar para atrás, muy despacio, hablándome con ternura, el hipnótico acento que tan buen resultado le había dado otras veces, las mismas palabras, el mismo ritmo, la misma delicada expresión de fragilidad en un rostro lívido, pero herido por fin de miedo auténtico.

—Lo hice por tu bien —decía suavemente, los brazos ingenuamente rígidos y extendidos hacia delante, como si creyera que podrían fabricar una muralla eficaz contra mi cólera—. Y no me arrepiento, él no te convenía, tu vida habría sido un infierno, estoy segura, él pertenecía a otro mundo, todo lo que hice, lo hice por tu bien.

Eché a andar en su dirección, moviéndome yo también muy despacio, pero caminando de frente, hacia delante.

—¿Te enrollaste con él?

—No, pero ¿qué dices? No estarás pensando...

—¿Te enrollaste con él, Reina?

—No —llegó hasta la pared, se apoyó allí y se quedó inmóvil, los brazos cruzados delante del vientre—. Yo te lo juro, Malena, te lo juro.

Estaba tan cerca de ella que la oía respirar, y mi olfato registraba el pánico que emanaba de su aliento como un mudo consuelo. Apoyé las palmas de mis manos en el muro, enmarcando su cabeza, y empezó a sollozar.

—¿Te enrollaste con él?

—No.

—¿Por qué?

—El no quiso.

—¿Por qué?

—No lo sé.

Golpeé la pared con el puño cerrado, a un escaso milímetro de su cabeza, y todos sus rasgos se contrajeron en un instante, relajándose sólo a medias después.

—¿Por qué, Reina?

—Me dijo que yo no le gustaba.

—¿Por qué?

—No lo sé, porque estaba muy delgada, supongo.

—Eso no es verdad.

—Estaría muy enamorado de ti.

—¿Por qué no le gustabas, Reina?

—No lo sé.

Volví a golpear la pared, y esta vez pegué tan fuerte que me hice daño.

—¿Por qué?

—Voy a abortar, Malena, si sigues así, voy a perder a la niña, tú estás enferma, yo no...

Su mirada se detuvo en mi mano derecha y mis ojos la siguieron hasta allí, recorriendo luego el delgado reguero de sangre que brotaba de uno de mis nudillos, maltrecho y desollado. Lo estrellé de nuevo contra la pared y sonreí al ver una manchita roja, diminuta, sobre la impecable pintura blanca.

—Te voy a dejar la casa hecha una porquería.

—Déjame, Malena, por favor te lo pido, deja... —el estallido de un nuevo golpe le impidió terminar la frase.

—¿Por qué no le gustabas, Reina?

—Dijo que yo le daba asco.

—¿Por qué?

—No le entendí muy bien, yo...

—¿Qué fue lo que no entendiste?

—Me dijo que yo le daba asco.

—¿Por qué?

—Por lo que yo era.

—¿Y qué eres tú, Reina?

—Una calientapollas.

—¿Qué?

—Una calientapollas.

—Suena bien —sonreí—. Dilo otra vez.

—Una calientapollas.

Me separé de ella y por un instante estuvimos las dos juntas, hombro con hombro, nuestras espaldas apoyadas en la misma pared. Me dejé resbalar lentamente hasta quedarme sentada en el suelo. Sentía mi rostro como una masa compacta, uniforme, sin relieve, y la piel muerta, insensibilizada por el llanto. Nunca había conocido un cansancio semejante. Doblé las piernas y me abracé las rodillas con las manos. Posé allí mi frente y me dolió incluso el roce de la tela. No me di cuenta de que mi hermana había llegado a la puerta hasta que la escuché.

—Me enamoré de él al mismo tiempo que tú, Malena —me dijo. Levanté la cabeza y la miré, y sin ser consciente de la expresión de mi rostro, ad-

vertí que mi mirada hacía renacer su miedo—. Fue la primera vez que me...
No se atrevió a terminar la frase, yo me reía.

Media hora después bajé por la escalera completamente recuperada.
Cuando salí al porche, me di cuenta de que mi hermana no le había
comentado a nadie ningún detalle de aquella escena. Los vecinos habían
llegado, y mi madre también, acompañada de su novio el militar. Todos
conversaban apaciblemente, fingiendo con torpeza actitudes propias de
quien disfruta del sol en un día cálido, como si no estuvieran ateridos de
frío. Mamá se levantó al verme, y me dio un beso. Fui saludando después,
uno por uno, a todos los presentes y Reina, que asaba salchichas en la
barbacoa, de espaldas a mí, no giró la cabeza ni una sola vez para mirarme. Cogí a Jaime de la mano y di un par de pasos hacia la verja cuando
comprendí que no podía marcharme así, porque mis hombros cargaban
ya con demasiado dolor, con demasiado miedo, demasiados silencios, y
tanto amor, y tanto odio, que ninguna venganza sería nunca capaz
de alimentarme. Cerré los ojos y vi a Rodrigo reventando en un millón de
gusanos, a Porfirio sonriendo mientras se tiraba por el balcón, a mi abuelo
mudo, y siempre tan elegante, abriéndose la cabeza con un adoquín, a
Pacita atada a su silla de ruedas, a Tomás borracho, la lengua ácida, y
a Magda sola, vestida de blanco, caminando lentamente hacia el altar.
Apreté la mano de Jaime con la mía y llamé a mi hermana desde la puerta.
    Ella se dio la vuelta muy despacio, limpiándose los dedos en el delan-
tal, y tardó una eternidad en levantar la cabeza hasta que sus ojos se
encontraron con los míos.
    —Maldita seas, Reina —dije con acento sereno, pronunciando con
cuidado cada sílaba, la voz y la cabeza igual de altas—, y malditas sean
tus hijas, y las hijas de tus hijas, y que por vuestras venas corra siempre
un líquido perfecto, transparente, claro y limpio como el agua, y que
jamás, en toda vuestra vida, ninguna de vosotras llegue a saber nunca lo
que significa tener una sola gota de sangre podrida.
    Entonces, sin detenerme a comprobar el efecto que mis palabras ha-
bían provocado en su destinataria, caminé un par de pasos, le pedí a mi
hijo que se adelantara hasta el coche, y bajé la voz.
    —Ramona, hija de la gran puta —murmuré, mirando al cielo—, tú y
yo ya estamos en paz.
    Mientras conducía de vuelta a Madrid, Jaime me preguntó desde el
asiento de atrás cómo me las arreglaba para conseguirlo. Le dije que no
le entendía, y me explicó que era la primera vez que veía a alguien llorar
y reírse al mismo tiempo.

—¿Sí? —contesté, al descolgar el teléfono.

—Malena —afirmó un hombre.

—Sí, soy yo.

Me estaba preguntando quién podría dirigirse a mí de esa manera siendo al mismo tiempo propietario de aquella voz definitivamente desconocida, cuando escuché algo que hizo saltar el auricular entre mis dedos como si tuviera vida propia.

—Soy Rodrigo. Hace mucho tiempo que no nos vemos, no sé si te acordarás de mí.

Intenté contestar que no, pero fui incapaz de decir nada. Me miré en el espejo que tenía enfrente y mis ojos me devolvieron la mirada desde un rostro asombrosamente pálido, pero él tardó todavía un rato en romper la pausa.

—¿Estás ahí?

—Sí.

—Bueno, nos presentaron una vez, en una boda, pero...

—¿Cómo te apellidas? —disparé a bocajarro, incapaz de respetar la etiqueta por más tiempo.

—Orozco.

—¡Ah, ya! —y me debió de oír suspirar al otro lado de la línea—. El primo de Raúl...

—Exacto.

—Sí, claro, ahora me acuerdo —murmuré, pensando que aquel imbécil era lo último que me faltaba—. Muy bien. ¿Y a qué debo el honor?

—Bueno —resopló—, es bastante largo de contar. Ayer por la noche estuve en casa de Santiago. Tu hermana me invitó a cenar para contarme lo que pasó el sábado pasado, parecía muy preocupada...

—Ya —afirmé, en el tono más duro que soy capaz de cultivar—, no hace falta que sigas, puedo imaginarme perfectamente lo que te dijo.

Me sentí muy satisfecha de la justa sequedad de mis palabras, pero él me respondió con una extraña risita, significativa de que mi advertencia no le había afectado en lo más mínimo.

—Si me prometes ser discreta, te contaré un secreto.

—¿Que eres psiquiatra? —le pregunté, estaba indignada—. Eso ya lo sé, y también sé por qué me has llama...

—No —me cortó—. No es eso. Yo también creo que los psicólogos infantiles merecen la horca.

—¡Ah! —murmuré, y no fui capaz de añadir nada más, porque aquel volantazo me había dejado atónita.

—Escúchame, Malena —dijo, y empezó a explicarse de una forma distinta, suave y risueña, casi sedante, pero tensa al mismo tiempo, está echando mano a sus recursos de psiquiatra en activo, pensé—, yo no le quito el mono con aspirinas a ningún yonqui, ¿sabes?, no trato a amas de casa neuróticas, ni a ejecutivos que se han quedado impotentes por el estrés, yo no soy de ésos. A mí solamente me interesan las psicopatías criminales, estoy absolutamente especializado en ese campo y, como comprenderás, no trabajo en la sanidad privada. La verdad es que vivo a caballo entre la cárcel de Carabanchel y el Hospital General Penitenciario. Sé que no suena muy bien, pero en este negocio no queda más remedio que ir directamente a las fuentes de materia prima, ya sabes, y aquí veo más asesinos múltiples en un mes que un crítico de cine en toda su vida —no pude evitar reírme, y mi risa le sentó bien, porque cuando siguió hablando me pareció más relajado—. Juego al mus de pareja con uno todos los días, después de comer. Siete tías había espanzurrado ya cuando le trincaron, lo típico, empezó con su mujer, y poco a poco, le fue cogiendo gusto al asunto —volví a reírme y él ya se rió conmigo—. Te cuento todo esto para que te vayas haciendo a la idea de hasta qué punto me desprecia tu hermana. Si me llamó, fue sólo porque soy el único psiquiatra que conoce y, desde luego, no me pidió ni remotamente que te viera yo, pretendía más bien que le diera una dirección a la que acudir, la consulta de otro tipo de psiquiatra, algo parecido a un terapeuta familiar, aunque ella no lo dijo así, claro, porque ni siquiera debe de conocer el término.

—¿Pero para qué?

—No lo sé. Quizás tiene la intención de pedir una evaluación de tu personalidad.

—¿Y por qué iba a querer hacer eso?

—Pues no tengo ni idea, pero no es una prueba infrecuente en cierto tipo de procesos, creo incluso que a algunos jueces de familia les excitan mucho. Y me jugaría el sueldo a que ésos son precisamente los que opinan que las maldiciones dejaron de llevarse hace un par de siglos.

—De acuerdo —dije algunos segundos después, sin haber encontrado una respuesta proporcional a su elegancia—, pero si quieres que te diga la verdad, no comprendo por qué estás dispuesto a tomarte tanto trabajo conmigo.

—Mira, Malena, ayer encontré a tu hermana hecha una furia, pero absolutamente disparada, en serio, estuve a punto de inyectarle un cóctel de morfina que la dejara frita un par de días. Y no me fío de mis colegas de la privada. Ni un pelo. Si te dejara en manos de alguno que yo me sé, así, por las buenas, y pasara cualquier cosa... digamos que irregular, me sentiría fatal, sobre todo porque no sería la primera vez que ocurre. Como habitualmente sólo trato con asesinos, violadores múltiples, fanáticos religiosos y automutiladores compulsivos, me puedo permitir esta clase de lujos con una recomendada como tú. Ade-más... —hizo una pausa significativa y bajó el volumen—, tú siempre me has caído bien.

—¿Yo? —asintió haciendo mmm con la nariz, y me pregunté por primera vez de dónde había sacado yo la intolerable idea de que aquel tío era un gilipollas—. Pero si no me conoces.

No quiso oponerse a mi objeción y la línea enmudeció un par de segundos.

—Yo siempre había pensado —continué— que el día que nos conocimos te había parecido muy gorda.

—¿Gorda? —preguntó, y soltó una carcajada—. No, ¿por qué?

—No sé, como me mirabas todo el rato mientras hablabas con aquel tío bajito, y me señalabas con el dedo...

—Sí, pero no te estábamos llamando gorda.

—Ah —dije, y sucumbí sin motivos a un breve acceso de risa—, pues las apariencias engañan.

—Más de lo que te imaginas. ¿Te parece bien que quedemos pasado mañana? Por la tarde.

—Vale. ¿Dónde?

—¡Uf! Eso es más difícil... Bueno, no tengo consulta, y no creo que te apetezca venir aquí, a ponerte en la cola de las novias del vis a vis, así que podríamos quedar en mi casa.

Apunté una dirección del barrio de Argüelles y prometí ser puntual. Después de colgar, me di cuenta de que ni siquiera sabía por qué había quedado con él.

El siempre dice que en el primer momento le olí, que se dio cuenta de que le estaba oliendo, pero yo no termino de creérmelo, y sin embargo tiene que haber una explicación para lo que me pasó cuando me lo encontré al otro lado de la puerta, igual de alto e igual de pesado, la misma cara tosca, aquellos rasgos trazados sin una sola curva, el mismo desconcertante aspecto de portero de club nocturno que, entre hostia y hostia, lee libros.

—Hola —dije, e intenté darle un beso en cada mejilla en el preciso instante en que él se inclinaba hacia mí con la misma intención, pero no nos pusimos de acuerdo y al final decidimos dejarlo al mismo tiempo.

Llevaba una camisa negra de manga corta y unos vaqueros clásicos de marca saludablemente vulgar y del mismo color. Por supuesto, me dije, adoptando una elemental precaución sin ningún motivo específico, pretende disimular que él sí que está un poco gordo, pero luego le miré y tuve que corregirme a mí misma, porque en realidad yo no le encontraba exactamente gordo, y además, en ese caso, pensé, habría llevado la camisa por fuera, y no por dentro. Estaba hecha un lío, pero no llegué a emitir un juicio firme porque él ya había empezado a hablar.

—La casa está hecha un desastre —decía—, pero mi asistenta ha tenido un niño la semana pasada, y no he tenido tiempo para buscar otra, como sólo vengo por aquí para dormir, y ni siquiera lo hago todas las noches... Si quieres, vamos a mi estudio. Casi no lo piso, por eso es el único cuarto que está medio ordenado.

Entonces recuperé vagamente un dato almacenado años atrás en la última trastienda de mi memoria.

—¿Pero tú no estabas casado?

—Estaba —asintió, y al llegar a la puerta que daba acceso al pasillo, se entretuvo aposta para dejarme pasar delante y yo me di cuenta, y un escalofrío tontísimo recorrió en vertical, desde los riñones hasta la nuca, la distancia más larga de mi espalda—. Es la puerta del fondo. Mi mujer me abandonó hace cinco años. Ahora está casada con otro psiquiatra. Listo. Millonario. Tienen un hijo y esperan otro. Los dos quieren una niña. La parejita.

Dos de las paredes estaban forradas de libros desde el suelo hasta el techo. Frente a la tercera, decorada con tres cuadros muy extraños, se veía una mesa de despacho con un sillón a cada lado. En la cuarta se abrían dos ventanas, y cerca de ellas, sobre una tarima, había un diván forrado de piel castaña. Lo señalé con el dedo, y él se echó a reír.

—El regalo de fin de carrera de mi padre.

—¿También es psiquiatra?

—No, es representante de productos de droguería —apartó de la mesa el sillón destinado a las visitas y lo indicó con un gesto de la mano—. Siéntate, por favor. ¿Quieres una copa?

Afirmé con la cabeza, dedicando al diván una mirada nostálgica, y alargué la mano para recibir un vaso con dos dedos de whisky.

—Lo siento, no tengo hielo, y tampoco tengo otra cosa... Soy bastante descuidado para las cuestiones domésticas —se sentó enfrente de mí y me sonrió. Me gustaba cómo sonreía.

—¿Por eso te dejó tu mujer?

—No, aunque la ponía muy nerviosa, desde luego, porque ella era exactamente lo contrario, pero no, no fue por eso... Una noche, a las tres de la mañana, más o menos, me llamó un paciente por teléfono desde una cabina de la Plaza de Castilla. He quebrantado la condena, tío, me dijo, ¿qué hago? Desperté primero a su abogado, luego hablé con el juez de vigilancia penitenciaria, al final fui a por él, lo traje aquí y le hice la cama en el sofá del salón. Mi mujer no lo entendió. A la mañana siguiente, yo mismo le llevé a la cárcel, pero dos meses después volvió a llamarme de madrugada, a la misma hora, desde el mismo sitio, era un individuo muy metódico. Tendría que haber vuelto a ingresar exactamente doce horas antes, y por lo tanto, había quebrantado la condena otra vez. Ella me dijo que había llegado el momento de elegir, y yo elegí.

—¿Al loco?

—Desde luego, y eso que era un buen tío, pero no un caso especialmente brillante. Sin embargo, cualquier violador homosexual reincidente con episodios depresivos me habría parecido mucho más interesante que ella en aquella época, así que no lo sentí mucho, si quieres que te diga la verdad.

—¿Siempre exageras tanto? —pregunté entre risas.

—No —me contestó, riendo a su vez—, puedo exagerar mucho más, y siempre la naturaleza exagerará más que yo.

—¿Y los locos te siguen gustando más que las mujeres?

—No. Me gustan menos, pero son más generosos conmigo.

—Así que no tienes novia.

No creí haber hecho esa pregunta con ninguna intención especial, pero él me dedicó una mirada de esquina, risueña y sagaz al mismo tiempo, y se miró las manos antes de contestar.

—Bueno, tengo una especie de..., digamos..., más o menos. En Tenerife.

Solté una ruidosa carcajada, mientras él me vigilaba con aire divertido.

—¿Y no has encontrado una que viva más lejos?

—Pues lamentablemente no, pero la veo cada quince días, no creas. Tengo un supermacho ingresado allí.

—¿Un qué?

—Un supermacho, un individuo con dos cromosomas Y, un auténtico chollo. Llevo un montón de meses intentando traérmelo.

—Hablas de él como si fuera tuyo.

—Porque lo es. No lo quiere nadie más, es un individuo peligroso, difícil de tratar, posee una alteración genética muy rara. Los cronistas de sucesos lo han bautizado como el gen del asesino, porque son extremadamente agresivos a consecuencia de la hiperactividad sexual que deriva de su producción anormal de hormonas masculinas. En las mujeres no se da.

—¡Vaya! —dije sonriendo.

—Sí —añadió él, interpretando correctamente mi pensamiento—, yo también lo he pensado muchas veces, deber de ser un polvo único. Lo malo es que mientras se corre las estrangula, y luego se folla el cadáver un par de veces. Pero, en fin, nadie ha dicho nunca que exista el amor perfecto.

Reímos a coro durante un par de minutos, y siguiendo un impulso inconsciente, me rasqué el escote con las uñas de la mano derecha aunque no recordaba haber visto ningún grano por allí.

Recuperé mi vaso con dos nuevos dedos de whisky, y después del primer sorbo, decidí soltar sin previo aviso el discurso que tenía preparado, como si presintiera que nunca hallaría un momento más propicio para desprenderme de aquel lastre.

—Reina se enamora cada dos o tres años de alguien que le conviene, ¿sabes?, y siempre es la primera vez que le pasa de verdad. Yo solamente me he enamorado una vez, de un medio primo mío, un nieto de mi abuelo y de su amante de toda la vida, que no me convenía para nada. Se llamaba Fernando. Tenía dieciocho años, y yo quince. No me ha vuelto a pasar, ni de verdad ni de mentira.

Había empezado con la cabeza baja, la vista hundida en el tejido de mi falda, pero levanté poco a poco la barbilla, casi sin darme cuenta, y me asombré al advertir la fluidez con la que brotaban las palabras de mis labios, porque no me costaba ningún esfuerzo hablar mientras le miraba y él me miraba a mí, recostado en el asiento, las manos unidas sobre el regazo, como si desde que el mundo existía, ninguno de nosotros hubiera hecho otra cosa que estar así, hablando y escuchando.

—En esa época, yo tenía un diario. Me lo había regalado una tía mía, una persona muy importante para mí, y escribía en él todos los días, pero de repente, un verano, lo perdí sin saber cómo. El otro día lo encontré por casualidad dentro de un cajón, en el escritorio de mi hermana. Ella me lo había quitado, lo había leído, lo había anotado, y había continuado escribiendo en él, como si fuera suyo. Gracias a eso me he enterado por fin de por qué me dejó Fernando. En la familia de mi madre, todo el mundo vivía obsesionado por la herencia de mi abuelo, ¿sabes?, porque era muy rico, y yo sólo me enteraba de lo que pasaba en mi bando, pero en el otro, el de los bastardos, las cosas debían de ir aún peor. Reina también estaba enamorada de mi primo, pero yo no lo supe nunca, hasta que me lo dijo ella, el otro día. Intentó enrollarse con él y, por una vez, no le salió bien. Entonces, con la ayuda de algunos de mis primos legítimos, le convenció de que mi abuela, que estaba muerta desde hacía años, había impuesto una cláusula muy especial en el testamento de mi abuelo, que en cambio acababa de morirse, con la intención de que nunca jamás las dos ramas que descendían de él se pudieran unir en ningún punto. Era todo mentira, por supuesto, pero debieron de enseñarle hasta papeles, y no sé con qué más le amenazarían, pero él, que era alemán y en el fondo pensaba que aquí la Inquisición debía de seguir mandando lo suyo, creyó sinceramente que mi hermana le estaba haciendo un favor, porque si seguía conmigo, su padre perdería todos sus derechos y no pillaría ni una sola peseta de la herencia. Mi tío había emigrado a Alemania porque su orgullo no le permitía afrontar la situación, y Fernando, que no era muy distinto, decidió cortar conmigo por lo sano, pero no me contó lo que pasaba, no me dijo nada, ni siquiera creo que hablara de esta historia con nadie. Reina le había insistido mucho en que la verdad me haría demasiado daño, porque yo estaba muy enamorada de él y nunca podría superarlo, así que le sugirió otra fórmula, mucho más indolora según ella, porque me impulsaría instantáneamente a despreciarle y olvidarle pronto. Al final, me dijo que había mujeres para follar y mujeres para enamorarse, y que de mí ya había sacado bastante. Desde entonces me he despreciado a mí misma todos los días de todos los meses de todos los años de mi vida, hasta que me enteré de la verdad, el sábado pasado, y entonces, eso es cierto, durante un par de horas, me volví loca.

Esperaba que valorara inmediatamente lo que le había contado, pero él siguió mirándome en silencio durante un largo rato.

—Y no la mataste —dijo al final, solamente.

—No —admití—, pero confieso que llegué a pensarlo.

Se levantó del sillón y me pareció más grande que nunca, inmenso y confortable, mucho más fuerte que yo. Cogió mi vaso, que estaba vacío, y me dio la espalda mientras lo rellenaba.

—Yo la habría matado.

En ese momento, mis ojos estrellándose contra su nuca, contra sus hombros, contra la enorme mancha de su camisa negra, me di cuenta de que seguía rascándome, acariciándome con las uñas el escote, los brazos, las rodillas, seguramente no había dejado de hacerlo ni un momento mientras hablaba, y un temblor caliente, prólogo de mi asombro, sacudió el suelo que creía firme bajo mis pies cuando descubrí por qué volvía a picarme una piel seca, muerta, fósil, mientras forzaba mi memoria hasta el tope para intentar rescatar la experiencia de aquel remoto fenómeno, y apenas me atrevía a interpretar lo que veía pero cada uno de mis poros explotaba ya, reventando en diminutas chispas de colores, miles de millones de luces amarillas, rojas, verdes, azules, como un reclamo intermitente, un grito líquido, un arma irresistible, pulida y brillante.

—Es fácil... —me dijo, volviéndose muy despacio para acatar dócilmente la voluntad de mi piel—, rallas un vaso de cristal y vas disolviendo poco a poco los fragmentos en la sopa de todas las noches, hasta que un día, zas, tu víctima va y se muere de una bonita embolia. No se descubre en la autopsia, certifican muerte natural y... ¿de qué te ríes?

Tenía delante a un tío que había elegido libremente pasarse las mañanas encerrado en una cárcel, que jugaba al mus todas las tardes con un asesino múltiple de pareja, y que por las noches, de vez en cuando, traía violadores a dormir en el salón. Ninguna mujer tan rica como yo, con una vida tranquila, una casa en propiedad, un amante joven, y un hijo sano y divertido, podría pensar siquiera en un hombre tan poco conveniente.

—De nada —contesté—. ¿Puedo preguntarte una cosa?

—Claro.

—¿Tú comes vísceras?

Se echó a reír y encogió los hombros antes de contestarme.

—¿Por qué quieres saber eso?

—Es un secreto. ¿Comes o no comes?

—¿Callos, riñones, sesos y cosas así? —preguntó, yo asentí con la cabeza—. Sí, claro que como. Me gustan mucho, sobre todo el hígado encebollado, los riñones de ternera y las mollejas.

—Lo sabía —murmuré.

—¿Qué?

—No, nada.

—¿Otra vez nada?

—Sí... ¿Puedo pedirte un favor? —me levanté, cogí el vaso de la mesa, y le miré. El asintió con la cabeza. Intentaba disimularlo, pero estaba muerto de risa—. Déjame tumbarme en el diván.

—Pero ¿por qué? —estalló por fin, en largas carcajadas nerviosas—. Si eso está pasadísimo de moda.

—Ya, pero me hace ilusión.

Sin dejar de reírse, movió afirmativamente la cabeza.

—¿Y qué me vas a contar ahora?

Su voz sonó desde un lugar muy cercano, situado justo detrás de mi nuca, y me giré perezosamente sobre un costado para encontrarle precisamente donde suponía, sentado en una silla.

—¿Qué haces ahí?

—Ah, ésas son las reglas del juego. Si tú te tumbas en el diván, yo me tengo que sentar aquí.

—Pero entonces —sonreí—, tú me ves a mí y yo no te veo a ti.

—De eso se trata —bajó el volumen para cambiar de tono—. Y te advierto que luego te tendré que cobrar.

—¿Sí? —pregunté, estirándome para verle la cara.

—Desde luego. Es la tradición. La escuela clásica se muestra rigurosamente inflexible en ese punto —y fingió que se ponía serio antes de sonreír—. Me puedes pagar en vísceras.

—Muy bien —reí—, acepto.

Entonces me tendí nuevamente de espaldas y empecé a hablar, y hablé durante mucho tiempo, más de una hora, tal vez dos, casi siempre en solitario, a veces con él, y le conté cosas que jamás le había contado a nadie, vertí en sus oídos todos los secretos que me habían atormentado durante años, verdades atroces que se disolvían como por ensalmo en la punta de mi lengua, estallando en el aire como una burbuja vana, aire relleno de aire, y me sentía cada vez más ágil, más ligera, y mientras hablaba, desprendí mis zapatos del talón y jugué a balancearlos con los dedos de mis pies, levantando sucesivamente las piernas para mirármelas, doblando las rodillas, volviéndolas a estirar, uno se me cayó y no lo recogí, el otro permaneció en precario equilibrio sobre mi empeine, y el tejido de las medias empezó a molestarme, pero era una sensación casi agradable, cálida, hasta divertida, me gustaban mis piernas y no quería ver arrugas sobre ellas, así que fui estirando el tejido con los dedos, muy suavemente, de arriba abajo, y a la inversa, ahora un muslo, luego el otro, y a veces me daba cuenta de que aquélla era una actitud demasiado frívola para un discurso tan serio como el mío, y decidía estarme quieta un rato, pero me giraba un poco para mirarle y él me sonreía con los ojos, y las piernas se me levantaban solas, y las arrugas de las medias tentaban irresistiblemente a mis dedos, y volvía a estirármelas sin dejar de hablar, levantándolas por orden, primero la izquierda, luego la derecha, juntándolas un instante en el aire para separarlas luego, cambiándome de pie el zapato que conservaba hasta que ya no me quedó ninguna cosa terrible que contar.

—Por eso maldije a mi hermana —dije al final—. Sé que parece ridículo, pero en aquel momento, yo sentí que tenía que hacerlo.

Esperaba escucharle, pero todavía no dijo nada. Entonces me incorporé sobre el diván y le miré, y encontré su mirada, honda y concentrada, los ojos agrandándose en el trance de mirarme.

—La maldición es el sexo, Malena —dijo, muy despacio—. No existe otra cosa, nunca ha existido y nunca existirá.

Cuando empezamos a despedirnos, un cuarto de hora después, me sentía mucho más confundida de lo que estaba al llegar. La contundencia de aquel breve discurso, apenas una docena de palabras, me había conmovido hasta los huesos, y el extraño poder que emanaba de sus labios mientras lo pronunciaba me había hecho temblar y aún me abrumaba. Mi cuerpo me empujaba tiránicamente hacia él, pero mi mente estaba cansada, y el presentimiento de que aquello nunca sería una aventura me sembraba de pereza. Había perdido para siempre el coraje de los quince años —pura inconsciencia, me amonesté a mí misma—, y había ganado a cambio un montón de válvulas de seguridad herméticamente cerradas —la laboriosa maquinaria de la sensatez, me felicité después—, e intentaba convencerme de que tenía muchas ganas de estar sola, pero no conseguía terminar de querer marcharme.

—Le daré recuerdos de tu parte a mi paciente de Tenerife —me dijo a modo de adiós, atravesando conmigo el umbral de su casa.

—Por favor —asentí—. Y llámame luego para contármelo.

Giré la cabeza para besarle en una mejilla, y la suya chocó con la mía cuando intentaba hacer lo mismo que yo, así que lo dejamos otra vez, al mismo tiempo. Cuando abrí el ascensor, me pregunté qué era exactamente lo que quería hacer, irme o quedarme, y me contesté que estaba haciendo lo correcto, pero entonces, la puerta todavía entreabierta, mi cuerpo protestó, elevando brutalmente la corriente que alimentaba todas las bombillas de colores que brillaban sobre mi piel para permitirme advertir, con una íntima mueca de fastidio sincero sólo a medias, que sobre mi cabeza se acababa de encender la estrella de la punta.

El dio un par de pasos hacia su puerta como si pretendiera tranquilizarme, pero cuando ya había posado una mano sobre el picaporte, se volvió hacia mí como si se hubiera olvidado de algo.

—¡Ah, Malena...! Y tienes unas piernas cojonudas —hizo una pausa y sonrió—. Mucho mejores que las de tu hermana.

Aquella despedida me puso tan nerviosa que me tapé la cara con las dos manos y la puerta del ascensor se cerró sola. Mientras bajaba hasta el vestíbulo, sin reparar siquiera en que yo no había apretado ningún botón, me pregunté cómo era posible que hubiera elegido esas dos palabras, precisamente esas dos y ninguna otra, porque si hubiera dicho preciosas en lugar de cojonudas, y más bonitas en lugar de mejores, todo sería distinto, y tal vez no habría ocurrido nada verdadero, aquellas horas se habrían desvanecido como una breve función hecha de humo, pero él había elegido hablarme así, y en su voz, las palabras habían recobrado de golpe toda su potencia, todo su valor, y yo la vida. El último lastre que tiré por la borda será el primero de los tesoros desenterrados, comprendí, y entonces el motor se paró, y la puerta se abrió, pero yo no me moví, seguía riéndome sola en el centro de la cabina, las manos sobre la cara, las mejillas ardiendo, y un hormigueo insoportable recorriéndome entera, desde el cuero cabelludo hasta las plantas de los pies.

—Buenas tardes —escuché, y abrí los ojos.

Al otro lado, una mujer de treinta y tantos, melena castaña cortada a capas con mechas rubias, chaqueta austriaca de lana verde, falda tableada por debajo de la rodilla y mocasines castaños de tacón plano, me sonrió amablemente. Llevaba de la mano a dos niños guapos y rubios, enfundados en sendos abrigos de lana inglesa, que no tenían la culpa de que su madre se pareciera tanto a mi hermana. Cerré la puerta con decisión delante de sus narices, y pulsé el botón del quinto.

El seguía esperándome junto a la puerta abierta, con la mano en el picaporte, la espalda apoyada en la pared. Cuando le vi, se me escapó aquella vieja risita chillona que antes me prestaba la indeseable apariencia de una retrasada mental que da palmas porque la acaban de sacar de paseo, y tal vez sólo para enmascararla, o para hacerle sonreír, dije aquello.

—¡Qué coño!

Ultimos títulos